莎士比亚全集

The Complete Works of
William Shakespeare

9

· 第九卷 ·

[英]威廉·莎士比亚 ♦ 著

梁实秋 ♦ 译

湖南文艺出版社
HUNAN LITERATURE AND ART PUBLISHING HOUSE

博集天卷
CS-BOOKY

· 长沙 ·

目　录

利查二世

The Life and Death of Richard the Second

序

《利查二世》与《亨利四世》上下篇和《亨利五世》合起来成为一个三部曲。其中的历史故事是连贯的，而且每一部都吐露出一点下一部的端倪。不过当初莎士比亚撰写这几部历史剧的时候是否胸有成竹，想要一气呵成，我们不敢确说。我们至少可以说《利查二世》的写法和以后的有关亨利的戏的写法是颇为不同的。《利查二世》是莎士比亚的较早的作品，有人曾指陈《利查二世》对于其他历史剧的关系有如《罗密欧与朱丽叶》对于其他悲剧的关系，这一观点是很正确的。《利查二世》有较多的抒情气氛，有较多的押韵的诗句，但是没有亨利数剧的那些幽默的穿插。无论如何，《利查二世》本身是一部优秀的早年作品，同时又是与亨利数剧有不可分割的关系，所以此剧是重要的。

一　版本

《利查二世》是莎氏剧中最受欢迎的之一，在莎士比亚生时四开本有五个之多。

第一四开本刊于一五九七年，其标题页如下：

The/Tragedie of King Ri/chard the se-cond. As it hath been publickly acted/by the right Honourable/the Lorde Chamberlaine his Ser-/vants./LONDON/Printed by Valentine Simmes for Andrew Wise, and/are to be sold at his shop in Paules Church yard at/the signe of the Angel./1597

发行人 Wise 显然是从剧团买到的稿本，可能是莎氏原稿，也可能是钞本。标题页上没有莎士比亚的名字，有人以为这是表示当时莎士比亚尚不甚著名（以后四个四开本都列有莎士比亚的名字）。这个四开本公认为"好的四开本"之一，现有四本保留在世间，四本内容互略有不甚重要之出入。

翌年，一五九八年，Wise 又刊行了第二四开本与第三四开本，除了 Pericles 以外这是唯一的在一年之中刊行两版的莎氏剧，而在两年之中连刊三版则又是在莎氏剧中唯一之例。第二四开本是根据第一四开本印的，旧有的错误未加改正，并且又添加了一百二十三处新的错误（根据 Pollard 的计算）。第三四开本对于第二四开本略有改正。

"书业公会登记簿"记载着一六○三年六月二十五日 Wise 将《利查二世》连同其他四剧的版权转让给 Matthew Law，Law 于一六○八年刊行了他的第四四开本，内容是根据第三四开本，但是有重大的不同处，那便是增添了前三个四开本所缺的利查退位的那一段，所谓"deposition scene"，即第四幕第一景第一五四至三一八行。第四四开本的标题页有两种版式，较后的一种版式是这样的：

The/Tragedie of King/Richard the Second:/With new additions of the Parlia-/ment Sceane, and the deposing/of King Richard,/As it hath

been lately acted by the Kinges /Maiesties seruantes, at the Globe./By
William Shake-speare./at London,/Printed by W. W., for Mathew Law,
and are to/be sold at his shop in Paules Churchyard,/ at the signe of the
Foxe/1608.

Law 如何获得这增加的一百六十五行的稿本，我们只能臆测。很可能是凭记忆写下来的，因为文字很不整齐。

一六一五年的第五四开本是根据第四四开本印的，应是比较最不重要的一本。但是有人认为一六二三年的第一对折本是根据一本经过改正的第五四开本印的，所以也有它的重要性。

第一对折本是编辑很好的本子，但是究竟根据哪一个四开本编印的，是一个聚讼纷纷的问题。在第一对折本里，改正了第一四开本原有的错误约三分之一，第二、第三两个四开本的新错误约二分之一，第四、第五两个四开本之几乎所有的新错误。但是第一对折本本身也有不少新的错误。

第一对折本缺少五十一行，但是增加了不少舞台指导，标点也加强了甚多，诗行也较齐整，第三幕第四景之舞台词的配角也有较清楚的分配，台词分配的标识（speech-tags）也较为正常。

二　著作年代

《利查二世》的著作年代不能确定，一般推定是在一五九五年，第一四开本出版前二年。论据有三：

（一）就作风而论，此剧属于早期，与《罗密欧与朱丽叶》及《约翰王》颇为相近。押韵的地方特别多，约占全剧二千七百二十八行的五分之一，有三处用的是四行体（quatrains），并且对于"末尾标有段落符号的诗行"（end-stopped lines）有特别的喜爱。

（二）Samuel Daniel 著之史诗 *Civil Wars between the Houses of York and Lancaster* 的前四卷刊于一五九五年，其第一、二卷与莎氏剧有若干类似之处，例如第五幕第四景爱克斯顿所述杀害利查之动机一段，以及把稚龄的王后写作为成年的妇人，国王回伦敦后之与王后相晤，布灵布洛克与利查同时骑马进入伦敦，等等。

（三）同时代的人 Sir Edward Hoby 是一位活跃的国会议员，他在一五九五年十二月七日写信给他的朋友 Sir Robert Cecil 请他观剧，其内容是这样的：

Sir, findinge that you wer not convenientlie to be at London tomorrow night, I am bold to send to knowe whether Teusdaie (Dec, 9) may be anie more in your grace to visit poore Channon rowe, where, as late as it shal please you, a gate for your supper shal be open, & K. Richard present him selfe to your vewe. ...Edw. Hoby.

可遗憾的是我们不知道这信中所说的戏是否即是莎士比亚的剧，因为我们知道写利查二世的作品很多，除莎氏剧之外还有其他的作品。

一般学者对此剧著作年代的意见，据新集注本编者 Matthew W. Black 的报导大致如下：

White	1595
Chambers	1595 秋季上演
Parrott	"in or about" 1595
Wilson	sometime in 1595 上演

Neilson & Hill	1595 "a reasonable conjecture"
Campbell	"about 1595"
Craig	"late in the year 1595"
Brooke, Cunliffe, and MacCracken	1594-6
Harrison	1594 or 1595
Kittredge	1595 or early 1596

三　故事来源

《利查二世》的主要故事来源是 Raphael Holinshed 的 *Chronicles of England, Scotland, and Ireland*，一五八七年刊的第二版，简称为何林塞《史记》。第二幕第四景第八行以下一段不见于《史记》的第一版，见于第二版，故知莎士比亚所利用的是第二版。《利查二世》之近代编本都把《史记》中之有关部分摘录附在剧本后面供读者参考。莎氏剧有若干地方是《史记》之所无，有若干地方与《史记》不甚相符，我们不能一概推为莎士比亚的创造。事实上除了何林塞《史记》之外，莎士比亚还参考了其他作品，可得而言者大略如下：

（一）所谓"旧戏"，即假设在莎士比亚编写《利查二世》之前即已存在的一部旧戏。修改旧戏本来是莎士比亚的惯技，莎士比亚本非学者，他不直接从历史书里找材料，而把一部旧戏润色一番交付剧团使用，这当然是可能的事。主此说者有 Chambers、Wilson 与 Feuillerat，而威尔孙主张尤力，他说：

"他的无名的前驱者，深通英国历史，早已替他精读各种史记，把所有的有关利查覆亡的各种资料加以咀嚼，写成了一本戏剧，留待他来修改。那是剧院生意鼎盛的时期，他的剧团是于一五九四年新改组的，急于赚回一五九———一五九四年疫疠期间所受之重大损失，并且要和唱对台的 Admiral's men 一竞胜负；莎士比亚是他们的主要的剧作者，在这一时期还可能是他们的唯一的剧作者。并且，以我们所知的有关莎士比亚的一切而论，我们是否有理由假设，莎士比亚在任何能走抵抗力最小的路线的时候就会走那条路线呢？我看不出有任何理由来相信，他会费事去读何林塞或任何其他史记以便撰写《利查二世》，会比他以前撰写《约翰王》费更多的事。Daniel 的诗篇，一个演员对于 Thomas of Woodstock 所知的一切，以及我们所假想的当初撰写 The Troublesome Reign of King John 的作者所撰写的一个剧本，加起来就足够解释这一切事实了。"（新剑桥本，Introduction,p.ixxv）

可惜这只是一个假设。

（二）Edward Hall 的 The Union of the Two Noble and Illustrate Famelies of Lancastre & Yorke 刊于一五四八年，何林塞的《史记》之有关利查二世部分的资料取给于此。莎士比亚的《利查二世》第五幕第二景及第三景，即有关欧默尔参加阴谋部分，可能是直接采自Hall。威尔孙说："Hall 与《利查二世》之最显著的相似之处是二者均以同一事件（即毛伯雷与布灵布洛克互控）开始，也可以说 Hall 为整个一系列的莎士比亚历史剧竖起了间架并且撑开了帆布。"（新剑桥本，Introduction,p.liv）威尔孙相信利查退位时的一段词（第三幕第三景一四三——一五九行）也是受 Hall 的启示。

（三）法文作品方面：

① Jean Créton: Histoire du Roy d'Angleterre Richard (John

Webb 译作: *Translation of a French History of the Deposition of King Richard*,1399)

② *Chronique de la traison et Mort de Richard Deux Roy Dengleterre*(?1412)，无名氏作

③ Jean Le Beau: *La Chronique de Richard Ⅱ* (1399-1499)，无名氏作

上述三种资料之相互的关系现尚不能十分澄清。我们知道，第一种和第二种内容大致相同，第三种是第二种之又一翻述。第一种简称"Créton"，此文作者系于一三九八年来到英国，陪同利查二世远征爱尔兰，直到利查在威尔斯被捕投降之后才回法国。此文所记，以出国远征爱尔兰开始，直写到王后伊萨白尔自己返回法国为止，绝大部分都是目击的资料。第二种无名氏作，简称"Traison"，作者可能是王后伊萨白尔家人，文中所记自一三九七年中间开始，直写到利查被杀埋葬为止。这两种文件都是偏向利查立场的。莎士比亚大概是看过上述三种法文作品，我们也有理由相信莎士比亚剧中对利查常有同情的或温和的描述，是受这些法文作品的影响。不过前两种在莎士比亚时代只有钞本行世，莎士比亚是否一定参考过，不无问题。

（四）无名氏的戏剧 *The First Part of the Reign of King Richard the Second or Thomas of Woodstock*（c.1591），简称"Woodstock"。莎士比亚剧中之刚特的约翰，其性格与行为皆不见于何林塞《史记》，何林塞的刚特是一个急躁的自私的贵族，莎士比亚笔下的刚特是一个爱国者、预言家。莎士比亚把刚特理想化了，很可能是受"Woodstock"的暗示，因利查之另一叔父 Woodstock 即格劳斯特公爵也是在无名氏作家笔下被理想化了。在文字方面，两个剧本亦有

不少类似处。

The Third and Fourthe Boke of Syr Johan Froissart of the Chronycles of Englande... Translated... By Johan Bourchier... Lorde Berners(1525). 这部史记，和上述"Woodstock"一样，对于刚特的描述有甚大影响力，但是在文学上莎氏剧并无任何受过影响的痕迹。

（六）Samuel Daniel 的史诗 *The First Fowre Bookes of the Civile Wars Between the Two Houses of Lancaster and Yorke* (1595)。这部史诗在情节上有许多地方与莎氏剧相似，前面在讲著作年代时已经述及。在文学上和在思想上，二者相同之点，据 Peter Ure 指陈约有三十处，主要的是《利查二世》第五幕与史诗卷二第六十六至九十八首。史诗刊印在前，莎氏剧在后，故莎氏参考史诗似无疑义。

四　舞台历史

《利查二世》最早上演的文字纪录是 Meres 的 *Palladis Tamia*(1598)，此剧是被放在"悲剧"之列。当然此剧上演是自一五九五年始，伊利沙白女王亲自说过："此悲剧在大街上在剧院里已经演过了四十次。"

一六〇一年二月六日，Essex 伯爵武装叛变的前一天，他的朋友到环球剧院约请莎士比亚所属的剧团上演利查二世被废被杀的戏，答应付给他们四十先令额外报酬，其目的为"激起民众情绪"。戏是上演了，不过事后剧团并未受株连。这个戏的政治色彩显然对于伊利沙白的观众是有刺激的。此剧在莎氏生时有五个四开本行世，可以证明此剧在当时是受欢迎的，虽然一大部分理由可能是政治的。

一六〇七年九月三十日东印度公司的船 Dragon 号，据船长 Wiliam Keeling 记载，曾在船上演出《利查二世》。

一六〇八年第四四开本出版，标题页上声明"最近"曾经在环球上演。

一六八〇年十二月十一日桂冠诗人 Nahum Tate 改编《利查二世》上演于 Theatre Royal，于第三日即被禁演，翌年改戏名为 *The Sicilian Usurper*，人名地点均加以变更，仍未获准上演。可见此剧无论如何编排是有政治上的危险性的。

一七一九年十二月十日 Lewis Theobald 的改编本上演于 Lincoln's Inn Fields，以"新的布景与服装"为号召。前两幕全被删，背景集中于伦敦堡垒。演出并不出色，但连演了七次。

一七三八年二月 Ladies of the Shakspeare Club 上演此剧于 Covent Garden，表演甚为庄严慎重，上演十次。

Francis Gentleman 改编本于一七五四年上演于 Bath，但剧本未刊行。

Goodhall 改编本于一七七二年刊行，但从未上演。

Edmund Kean 于一八一五年三月九日上演此剧于 Drury Lane，剧本是由 R. Wroughton 改编的，剧情改变很多，例如比武一场及欧默尔阴谋均被删去，王后一角加重，王后哭利查时几乎完全使用李尔王哭戴斯地蒙娜的词句。哈兹立批评 Kean 的话是有意义的，他说 Kean 把利查演成了"一个感情激动的人物，那即是说，感情加上力量；实则他是一个动人哀怜的人物，那即是说，情感加上脆弱"。此剧上演十三次，此后也常再演，直到一八二八年。

一八五七年三月十二日 Charles Kean 上演此剧于 Princess's

Theatre，得到盛大成功，连演八十五晚。布灵布洛克凯旋进入伦敦，在莎氏剧中只有口述的盛况，此次则在舞台上实际演出。服装布景道具均极精确之能事。但剧本删节亦多。

十九世纪之成功的演出者包括 Junius Booth and Edwin Booth(1875,1878)，Sir Henry Irving(1898)，Sir Frank Benson(1896,1899)，尤其是 Benson 于一八九九年八月二十一日在 Flint Castle 户外搭台演出，那是利查王投降五百周年的日子，格外地饶有意义。

一八九九年十一月十一日 Elizabethan Stage Society 在 Burlington Gardens 之伦敦大学讲演场上演《利查二世》，不用布景，只用壁幔，用具亦仅台座及木椅数事，但服装则甚考究，其目的在模仿十六世纪的演出方法。演出时间达四小时之久。毁誉参半。

一九〇三年 Beerbohm Tree 在 His Majesty's Theatre 的演出是极成功的。不仅包括了进入伦敦的大游行，还添入了加冕典礼，其他方面则有删节。

一九三七年九月 John Gielgud 在 Queen's Theatre 演出此剧，是近年最盛大的演出，伦敦观众为之震惊，感觉到这是莎士比亚最伟大的成就之一。同年在美国亦有 Maurice Evans 在纽约的演出，连续演出一百七十一场。

五　几点意见

此剧政治意味甚为浓厚。戏的本身写的是利查二世的被废，这种题材在伊利沙白女王时代尤其富有刺激性。在一五七〇年罗马教皇对伊利沙白下令逐出教外，一五九六年更下令号召英国臣民起来叛变。伊利沙白对她的管理伦敦堡垒史迹的大臣 William Lambard 说："我就是利查二世，你不知道吗？"历史家 Sir John Hayward 在一五九九年写了一篇 "First Part of the Life and Raigne of Henrie IV, extending to the end of the first yeare of his raigne"，其中描述了利查二世之覆亡与被废，竟被认为有影射时事之嫌，被捕下狱。所以莎士比亚的《利查二世》中有关国王被废的一百六十五行在前三个四开本里都被删除了。莎士比亚冒大不韪写出了这样的一出戏，我们不能不说莎士比亚有他的政治眼光。莎士比亚并不同情利查二世所迷信的"君权神授说"，他尽量地提到了利查二世的失政，但是在他的笔下利查还不失为一个有丰富想象与柔情的人物。这不仅是一出历史剧，也可以说是一出有高尚情调的悲剧。

Wat Tyler 的叛变发生在利查二世的朝内，在历史上那是一件大事，因为那是第一次农民武装叛变，Tyler 失败被杀，但我们不能以成败论英雄。莎士比亚在这戏里没有提到他，理由是很显然的，莎士比亚继续 Marlowe 所创的历史剧的形式，是以中心人物描写为中心，不仅是聚集一些历史事件加以编排。何况 Wat Tyler 的叛变发生在一三八一年，利查二世只有十五岁，当时负实际政治责任的是刚特，利查亲政是八年以后的事。而且农民叛变的目标是贵族，不是国王。莎士比亚所最热心的是爱国主义，他把一篇最著名的爱国的台词（第二幕第一景四〇至六八行）放在垂死的刚特的嘴里，对于有平民革命意义的事并不感觉兴趣。

莎士比亚为要表现利查二世的性格，除了加强描写布灵布洛克作为陪衬对照之外，还不惜歪曲史实来追求戏剧的效果。刚特不是他所描述的爱国者，事实上他早有篡逆之心，在军事领导和政治管理上均无治绩可言，激起一三八一年的民变，早为民众所不齿。莎士比亚把刚特理想化，只是反衬利查的劣迹而已。王后伊萨白尔在一三九六年和利查二世结婚，她只有八岁，在剧情开始时也只有十一岁，而莎士比亚把她描写成为成年的妇女，非如此不足以和利查讲出那些对话，非如此不足以衬托出利查的性格。

剧中人物

国王利查二世 (King Richard the Second)。

刚特的约翰，兰卡斯特公爵（John of Gaunt, Duke of Lancaster）。⎤
朗雷的哀德蒙，约克公爵（Edmund of Langley, Duke of York）。⎦ 国王之叔。

亨利，别号布灵布洛克，赫福德公爵（Henry, surnamed Bolingbroke, Duke of Herford），刚特的约翰之子，后为国王亨利四世。

欧默尔公爵（Duke of Aumerle），约克公爵之子。

汤姆斯·毛伯雷，诺佛克公爵（Thomas Mowbray, Duke of Norfolk）。

色雷公爵（Duke of Surrey）。

骚兹伯来伯爵（Earl of Salisbury）。

巴克雷爵士（Lord Berkeley）。

卜希（Bushy）⎤
白格特（Bagot）⎥ 国王利查之仆。
格林（Green）⎦

脑赞伯兰伯爵（Earl of Northumberland）。

亨利·波西，绰号霹雳火（Henry Percy, surnamed Hotspur），其子。

洛斯爵士（Lord Ross）。

威劳贝爵士（Lord Willoughby）。

菲兹华特爵士（Lord Fitzwater）。

卡赖尔主教（Bishop of Carlisle）。

西寺住持（Abbot of Westminster）。

典礼官（Lord Marshal）。

爱克斯顿的皮尔斯爵士（Sir Pierce of Exton）。

斯蒂芬·斯克卢帕爵士（Sir Stephen Scroop）。

威尔斯兵队队长。

国王利查之后。

格劳斯特公爵夫人（Duchess of Gloucester）。

约克公爵夫人（Duchess of York）。

王后之女侍。

众贵族、传令官、军官、士兵、园丁、狱卒、使者、马厩管理员及其他侍从等。

地 点

英格兰及威尔斯各地。

第 一 幕

第一景：伦敦。宫中一室

利查王率侍从等；刚特的约翰及其他贵族等上。

王　　　年高的刚特的约翰[1]，令人敬重的兰卡斯特，你已
　　　　经按照你的保证的誓言把你的大胆的儿子哈利·赫
　　　　福德带到这里来了吗？他最近以强烈言词指控诺佛
　　　　克公爵汤姆斯·毛伯雷，当时我无暇听审，现在可
　　　　以让他提出证明。

刚特　　我把他带来了，主上。

王　　　你还要告诉我，你盘问过他没有，他指控公爵是由
　　　　于宿仇，还是激于忠臣所应有之义愤，确知他的劣
　　　　迹昭著？

刚特　　关于此事，以我盘问的结果而言，他确是发现了他

对于国王陛下显有加害的企图，并非是由于宿仇。

王　　　那么就叫他们到我面前来吧。我要亲自听取原告和
被告，面对面的、怒目相视的、自由的对质。〔数侍
从下〕
双方都充满愤怒，都性格高傲，
发作起来像海似的聋、火似的躁。

数侍从拥布灵布洛克及毛伯雷上。

布灵布洛克　愿我的仁厚的君王，我的最慈爱的主上，能有无数
的幸福的日子！

毛伯雷　　愿您每天的幸福与日俱增，直到上天嫉妒尘世间的
幸运，在您的王冠之上再加上一个不朽的荣衔。

王　　　我谢谢二位。不过你们两个人是一条心，都是要恭
维我，看你们前来的用意便可以知道了，那便是，
彼此互控大逆不道。赫福德老弟，你控告诺佛克公
爵汤姆斯·毛伯雷的罪状到底是什么呢？

布灵布洛克　第一——上天可以证实我说的话——是由于一个臣
子爱戴的热诚，关心国王陛下的安全，而非涉及其
他不合理的仇恨，我以一个控告者的身份来到了陛
下的面前。现在，汤姆斯·毛伯雷，我要对你指控，
你要细心听了，因为我所要说的话，我要在尘世间
拼着一死来证明其为不虚，或者是在天堂上用我的
神圣的灵魂来负起证明的责任。你是乱臣贼子，以
你的身世，不该如此，以你的行为，不配再活下去，
因为天空越是清明透彻，

飞飘的云翳越是显着丑恶。

我要格外地侮辱你，

再度指斥你是叛逆；

如蒙主上恩准，我愿在离去之前，

以我的正义之剑证实我的语言。

毛伯雷　　我的冷静的语言可别令人误会以为我缺乏热心，我们两个的争端不是女人们斗嘴逞强用尖刻的舌头毒骂一场所能解决的。为了这一争端，热血是一定要洒出来的，虽然我也不能自夸有多大的修养以至于保持缄默一言不发。第一，我对陛下应有的敬意使我受了限制，不能说话放肆，否则我也要放言高论，把这些叛逆的罪名加倍地当面奉还给他。如果能把他的王家血统撇开，假使他不是我的主上的家族，我要公然蔑视他，我要唾他，喊他作诽谤的懦夫、小人。为了支持此一指责，我愿在不利的条件之下和他决斗，纵然必须徒步跑到阿尔卑斯的冰冻的山岭或是任何其他不能住人的英国人足迹不曾到过的地方，我亦在所不惜。目前我只能说这样的一句话[2]来保障我的忠诚：我以今生来世的希望为誓，他说的是弥天大谎。

布灵布洛克　　脸白身抖的懦夫，我掷下了我的铁手套，放弃我和国王亲族的关系，撇开我的崇高的王家血统的身份，你拿这个做借口乃是因为你心怀恐惧，并非是由于对国王的敬意。如果你于羞愧惶惑之余还有勇气拾起我的维护荣誉的手套，你就弯下腰去吧。根据这个，以及一切的武士应有的礼节，我要和你单独决斗，以证实我已经说过的话，或是你所能猜想到的更严重的指责。

毛伯雷　我拾起来。当初我受封为骑士的时候放在我肩上的就是这一把剑 [3]，我现在以此剑为誓，任何合于武士规范的决斗我都愿意尽量奉陪：

我若是叛徒，或用卑鄙手段厮打 [4]，

让我上马之后不再活着下马！

王　我的老弟对毛伯雷的指责有何话说？一定是很严重的控诉才能使我对他怀着一点点不快之感。

布灵布洛克　注意，我所说的话，我要以性命证明其为真实不虚：毛伯雷用为陛下军队发饷的名义领取了八千金币 [5]，这一笔款他留供自己挥霍，真不愧为一个虚伪的叛徒和奸恶的小人。此外我还要说，并且在决斗中证明，不管是在这里或是在英国人的眼睛所曾见到过的最遥远的地方，这十八年来 [6] 国内所曾发生的叛变，追究起来无一不是以虚矫的毛伯雷为罪源祸首。更进一步我要说，并且以决斗来证明这个人的劣迹，他确曾谋杀格劳斯特公爵 [7]，骗倒了他的轻信的对手们。后来他就像是一个奸诈的懦夫一般，把他的无罪的灵魂从血流当中摆脱出来了。这血，像是那向上帝献祭的亚伯的血一样 [8]，从那并无喉舌的土壤的深窟当中向我喊叫，要我申冤惩凶。

我以我的光荣的血统为誓，

我要尽力去做，否则不惜一死。

王　　　　他的志气是何等的高扬！诺佛克的汤姆斯，你对这个有何话说？

毛伯雷　　啊！这个人是他的家族门楣之羞，我要正告他上帝和好人是如何的痛恨这样荒谬的说谎者，请我的主上转过头去暂时作为耳聋吧。

王　　　　毛伯雷，我的眼睛和耳朵是公正不偏的，他纵然是我的亲兄弟，甚至是我的王国继承人——事实上他只是我的父亲的弟弟的儿子——现在我愿凭我的王杖发誓，这样和我血统亲近的关系并不能使他享受特权，也不能使我的正直坚定的信心变成为偏私。
他是我的臣民。毛伯雷，你也是臣民，
我准你自由发言，不必有顾虑的心。

毛伯雷　　那么，布灵布洛克，从你的深心，再经过你那虚伪的喉咙，你是在说谎。我为卡雷领取的款项，其中四分之三我已照发给国王的士兵们，剩下的一份我奉准留作自用，因为自从我上次到法国迎取王后，国王就欠着我一笔巨款的尾数迄未清偿 [9]。这个谎言你自己吞回去吧。讲到格劳斯特之死，我不曾杀死他。不过在这案件之中，我疏忽了我的职守 [10]，那是我的耻辱。至于你，我的高贵的兰卡斯特公爵，我的对手方的尊贵的父亲，有一回我确曾设计取你的性命，这罪过使我痛心之至，但是后来在领圣餐之前我忏悔了，坦白地请求你的饶恕，我希望已经得到你的饶恕了。这是我的错。至于其他所控各节，那乃是出于一个小人，一个怯懦的有辱门楣的叛徒

　　　　　　的仇恨之心，这一点是我要挺身加以证实的。为回
　　　　　　敬起见我也掷下我的手套在这狂妄的叛徒的脚边，
　　　　　　愿证明我是一个忠实的贵族，就是洒出我的一腔热
　　　　　　血亦在所不惜。
　　　　　　为了迅速求证，我顶诚悬地
　　　　　　请陛下指定我们比武的日期。

王　　　　两位怒火中烧的贵人，且听我的劝告，我们用不放
　　　　　　血的方法医治这一场愤怒吧：
　　　　　　我虽非医生，这是我的处方。
　　　　　　仇恨深，就要划一道深的创伤。
　　　　　　忘怀、宽恕，谋求和平的解决，
　　　　　　医生们说这个月不是放血的季节。
　　　　　　好叔父，把这场争论就此结束。
　　　　　　我劝诺佛克公爵，你把你的儿子去安抚。

刚特　　　做调人颇适合于我这一把年纪。
　　　　　　儿啊，把诺佛克公爵的手套丢下去。

王　　　　诺佛克，你也放下他的。

刚特　　　哈利，还不放下去。
　　　　　　你的孝道不需要我说第二遍的。

王　　　　诺佛克，我命令你放下，不用反抗。

毛伯雷　　主上，我把我自己投在你的脚旁。
　　　　　　你可令我牺牲性命，但名誉不可牺牲。
　　　　　　效死是我的责任，但是我的美名——
　　　　　　它无视死亡，将在我的墓上常存——
　　　　　　却不能让你拿去随便践踏。

我蒙羞了，我被控了，我受了侮辱，

诽谤的毒矛刺入了我的心灵深处，

他血口喷人，除了他的心头血液，

无法医治我的创伤。

王　　　　狂怒必须加以堵截。

把他的手套给我，狮子能驯服豹。

毛伯雷　　是，但不能改变他的斑点。我可以放弃手套，

如果你先取去我的耻辱。我的亲爱的主上，

人生所能得到的最纯洁的宝藏

便是无瑕的名誉，人而失去名誉，

便只是镀金的黏土，彩饰的烂泥。

忠臣胸里的一股刚直之心

才是十重密封的箱子里的奇珍。

名誉即是我的生命，二者实为一物。

夺去我的名誉，我的生命即告结束。

亲爱的主上，让我为名誉而打斗一场，

我生于名誉，也愿为了维护名誉而亡。

王　　　　兄弟，放下你手中的手套，你先表示罢休。

布灵布洛克　啊！上帝保佑我不可起这样罪过的念头。

我怎能在我父亲面前垂头丧气，

或是在这丧胆的杂种面前仓皇恐惧

来辱没我的高贵出身？在我的舌尖

用这种卑鄙的话语伤害我的名誉之前，

或是这样的卑鄙求和，我的牙齿先要

把那下贱的收回誓言的工具咬掉，

	然后我侮辱他，把血喷在他的脸上，

然后我侮辱他，把血喷在他的脸上，

毛伯雷的脸正是耻辱居住的地方。〔刚特下〕

王　　我不是生来向人求情的，我是命令人的。我既然不能

使你们言归于好，那么就准备吧，在圣蓝伯特节 [11]

那一天，在珂文特利 [12]，届时如不出场即将处死：

在那里由你们的剑矛来决断

你们之间的深仇和宿怨。

我既不能使你们和好，我只好看着

以胜利者的武功来决定正义属于哪个。

典礼官，对我们的武官传下命令，

让他们安排这一场自家人的斗争。〔同下〕

第二景：同上。兰卡斯特公爵府中一室

刚特与格劳斯特公爵夫人上。

刚特　　哎呀！我和乌德斯陶克 [13] 的手足之情比你的呼吁更

能激起我的愤慨去对付那些屠害他的性命的人们。

但是惩罚之权恰好操在造成这桩罪行的人们手里，

我们无法惩治，所以我们的冤情只好交给上天去裁

决了。上天看到尘世间的时机成熟，便会把严厉的

惩罚降到罪人们的头上。

夫人　　　　手足之情不能给你更大的刺激吗？你的衰老的血液当中的感情没有火焰了吗？爱德华的七个儿子[14]——你自己是其中的一个——恰似装着他的神圣血液的七只小瓶，或是从一个根株上生出的七根美丽的枝条。七个小瓶当中有几个是自然枯涸的，七根枝条有几根是被命运之神所切断的[15]。但是汤姆斯，我的亲爱的夫君，我的生命，我的格劳斯特，那是满盛爱德华的神圣血液的一个小瓶，那是他的最尊贵的根株上的一个茂盛的枝条，现在破碎了，所有的宝贵的血浆都溅泻了，现在被嫉恨的毒手和凶手的血淋淋的巨斧所砍伐了，他的夏叶全都枯萎了。啊，刚特！他的血即是你的血，把你塑造成人的那寝床、那母胎、那气质、那模型，也同样地把他塑造成人。你现在虽然是还活着呼吸，由于他的一死你也是被杀害了。你的可怜的弟弟乃是你父亲的生命的摹本，你竟看着他死去而无动于衷，这简直可以说你对于你父亲之死深表同意。不要说这是忍耐，刚特，这是沮丧。这样的使你的弟弟任凭别人屠杀，你是在表示你的生命之途是完全袒露的，引导残酷的凶手来屠杀你。在低贱的平民之间我们所谓的忍耐，在贵族的心胸中间只能算是灰白冷漠怯懦而已。我该怎么说呢？为了保障你自己的生命，最好的方法便是为我的格劳斯特之死报仇。

刚特　　　　这争端该由上帝来解决，因为置他于死地的乃是上帝的代表，在上帝面前接受涂油礼的上帝代理人。

如果他死得冤枉，让上天来复仇吧，因为我决不能举起一只愤怒的胳膊来对抗执行上帝意旨的人。

夫人　那么我将到哪里去申冤呢？

刚特　去向上帝申诉，上帝是寡妇的回护者。

夫人　那么，我去申诉。再见，老刚特。你到珂文特利去，在那里你可以看到我的侄儿赫福德和残酷的毛伯雷决斗。啊！愿我丈夫的冤屈落在赫福德的矛尖上，好戳入那屠夫毛伯雷的胸膛。如果第一回合不幸未中，愿毛伯雷的心中罪孽如此深重，以至于压断了他的口吐白沫的坐骑的脊背，把骑者倒栽在比武场中，成为向我的侄儿赫福德投降的俘虏！

再见，老刚特。你的亡弟的遗孀

只好和忧愁做伴消磨她一生的时光。

刚特　弟媳，再见。我必须到珂文特利去。

愿我能享受的好运也同样地陪伴你！

夫人　还有一句话要说。悲哀落下去之后还会跳起来，不是因为它中空，是因为它沉重。

我向你告辞，其实我尚未开始诉苦，

因为哀伤好像已毕，其实是永无结束。

请为我问候我的哥哥哀德蒙·约克。

瞧！话说完了。不，不可这样分手，

虽然话已说完，不可这么急急地就走。

我会还有话说。让他——啊，说什么呢——

越快越好到普拉希[16]来看我。

哎！在那里老约克能看到些什么，

除了空的房间，光溜溜的墙壁，

无人居住的下房，无人践踏的路面？

那里能听到什么欢迎，除了我的悲叹？

所以代我问候他，不必叫他来，

来了只能发现处处都藏有的悲哀。

我要孤单地孤单地去，然后一死。

让我的泪眼向你作最后的告辞。〔同下〕

第三景：珂文特利附近空地。比武场已划出，并设有王座。传令官等及其他侍立

典礼官及欧默尔上。

典	欧默尔大人[17]，哈利·赫福德穿起武装了吗？
欧默尔	是的，已经全身披挂，渴望入场。
典	诺佛克公爵，精神抖擞，等着挑战者的号角响呢。
欧默尔	那么，双方都已准备好了，只是等着国王陛下驾到。

奏花腔。利查王上，登上王座；刚特、卜希、白格特、林格及其他上，各就位。号角鸣，内号角应声鸣。然后被告毛伯雷披甲胄上，一传令官作前导。

王	典礼官，去问那位斗士为什么全副武装前来此地。

	问清他的姓名，令他宣誓他的决斗的理由是正大的。
典	以上帝的名义，和国王的名义，我问你是什么人，为什么全身披挂地来到此地，要和何人决斗，为了什么争端？按照你的武士的身份和誓约，从实说来，上天和你的勇气都会保佑你的！
毛伯雷	我的姓名是汤姆斯·毛伯雷，诺佛克公爵，到此地来乃是根据我的誓约——上帝不准武士违反的誓约——我要向那控诉我的赫福德公爵表明我对上帝、国王和国王的后代之忠贞。同时，靠了上帝的恩宠和我这一条胳膊，于保卫我自己之际，我要证明他对上帝、对国王、对我，都是一个叛逆。我正大光明地决斗，愿上帝保佑我！〔他就位坐下〕

号角鸣。原告布灵布洛克披挂上，有传令官前导。

王	典礼官，问那边披挂的武士，问他是谁，为什么这样的披戴盔甲到此地来。并且按照我们的规则，让他宣誓说明他决斗的理由是正大的。
典	你姓甚名谁？为什么到此地来，来到王家比武场中利查国王的面前？你来是和谁决斗？你有什么冤情？要像一位真正的武士一般从实说来，上天会保佑你的！
布灵布洛克	我是赫福德、兰卡斯特和德贝的哈利。我武装在此站立，准备仰仗上帝的恩宠和我的一身勇气，在比武场里，向汤姆斯·毛伯雷，诺佛克公爵证明他对上帝、对国王利查和对我本人，都是一个卑鄙奸险

的叛徒。我正大光明地决斗，愿上天保佑我！

典 除了典礼官及奉派依法处理比赛事务的官员之外，
任何人不得擅入场地，否则处死。

布灵布洛克 典礼官，让我吻主上的手，并且在他面前下跪，因
为毛伯雷和我像是两个发了誓愿去作长途跋涉的香
客。让我们再对我们的朋友们分别地辞行，亲热地
告别吧。

典 原告向陛下敬礼，请求吻陛下的手，表示辞别。

王 〔从王座上下来〕我要下来拥抱他。

赫福德老弟，你名正言顺，

愿你这场御前决斗得到幸运！

再会，我的血亲。如果今天你的血流，

我可以悲伤，但不能为你的死而报仇。

布灵布洛克 啊！如果我被毛伯雷所伤害，

高贵的眼睛不必为我糟蹋一滴泪。

和毛伯雷打斗，我自信可以胜利，

会像老鹰抓鸟一般地容易。

我爱戴的主上，我向您告别；还有你，我的高贵的弟
弟，欧默尔大人。

虽然要和死亡打交道，我不消极，

我觉得年富力强，愉快地在呼吸。

看！像是英国式的宴席[18]，

甜食放在最后，结局最为甜蜜。

啊！您，我的血肉是您所赋给的，您的青春的气质
在我身上复活，所以有双倍的力量把我昂然高举去

攀摘我头上的胜利，赖您的祈祷而使我的甲胄格外的坚强，赖您的祝福而使我的矛尖变得格外锐利，以便刺入毛伯雷的蜡一般的盔甲，让刚特的约翰的名声在他的儿子的英勇行为当中得以重振吧。

刚特　　　愿上帝使你在正义的行为中顺利成功！行动要像闪电一般地迅速，你的打击要像霹雳一般一个接着一个地降在你那险恶的敌人的盔上，鼓起你的青春之血，要勇敢地活下去。

布灵布洛克　愿我的清白和圣乔治帮我成功。〔他就位〕

毛伯雷　　〔起立〕无论上帝或命运之神怎样安排我的命运，我生也好，死也好，总归是一个正直的人，忠于利查的王座。一个俘虏摔掉束缚的枷锁去迎取宝贵的自由，其心情之愉快也比不上我和我的敌人共赴这战争的盛筵时之心喜雀跃。

最伟大的主上和诸位同僚贵族，

请接受我口中的快乐无量的祝福。

我轻松愉快地去决斗，像游戏一样，

一个人心安理得，自然胸怀坦荡。

王　　　　再会，公爵。我确实看见

德行和勇气含在你的眼睛里面。

典礼官，下令比武，开始吧。〔王及诸贵族各归原位〕

典　　　　赫福德、兰卡斯特与德贝的哈利，接受你的枪。上帝保佑有理的一方。

布灵布洛克　〔起立〕我胜利的希望像堡垒一般坚强，我愿喊

"阿门"。

典　　　〔向一官员〕去把这枪交给汤姆斯，诺佛克公爵。

官甲　　赫福德、兰卡斯特与德贝的哈利，为了上帝、他的国王和他自己，在此地挺身而立，冒着暴露自己为虚伪不忠的危险，要证实诺佛克公爵，汤姆斯·毛伯雷对于上帝、他的国王和他，都是一个叛徒，现在向他挑衅出来应战。

官乙　　在此地挺身而立的是汤姆斯·毛伯雷，诺佛克公爵，冒着暴露自己为虚伪不忠的危险，要为他自己辩护，同时要证实赫福德、兰卡斯特与德贝的哈利对于上帝、他的国王和他自己，都是不忠，勇敢地并且热望地等候着开始比武的信号。

典　　　喇叭手，吹奏吧。前进，二位斗士。〔进攻号鸣〕且慢，且慢，国王把他的权杖掷下来了[19]。

王　　　让他们摘下他们的盔，放下他们的枪，各自回到座位上去，诸位和我暂退。奏起喇叭，等我以命令来答复这两位公爵。〔奏长调花腔。向二斗士〕走过来，听我和我的顾问会议所作的决定。为使我的国土不致沾染上它所培养出来的宝贵的血液，因为我的眼睛怕看兄弟阋墙自相残杀的惨状，因为我认为是以鹰翼翱翔的雄心傲气，再加上互不相下的嫉妒，怂恿了你们来惊扰像婴儿在摇篮酣睡一般的我的境内的和平。这酣睡，一旦被喧嚣的战鼓、凄厉的号角、兵甲的铿锵所惊醒，会把美丽的和平从我的宁静的国土里惊走，使我在自家人的血流当中蹚涉。

因此，我把你们放逐出境：你，赫福德弟弟，在第十个夏天使我的田野丰收以前，不准重返故土，只得流浪他乡，否则处死。

布灵布洛克　遵命。我只好这样地安慰我：

这里照暖你们的太阳也会向我照射；

照耀着你们的那些金色光芒，

也将照耀我，装饰我的流亡。

王　　　　　诺佛克，留给你的是一项较重的惩罚，我有些不大情愿地加以宣布：暗中逝去的漫长岁月将永不能结束你的无尽期的流亡，"永不准回"这一句绝望的话，我对你宣告了，违者论死。

毛伯雷　　　好严厉的判决，我的主上，从陛下口中说出真是料想不到。我应该从陛下手中得到较好的报酬，不该是这样严重的伤害，被驱逐到茫茫人世中去。我这四十年来^[20]所学习的语言，我的本国语言英语，现在必须放弃。现在我的舌头对于我的用处不比一只无弦琴更多^[21]，也可以说是像装在匣子里面的一只精致的乐器，也可以说是这乐器从匣子里取了出来又被送进一个不会弹奏的人的手里：你把我的舌头关在我的嘴里了，用我的牙齿和嘴唇作为双层的铁栅门，麻木茫然的愚昧无知作为看守我的狱卒。现在我的年纪太大了，不能再去巴结保姆做一个牙牙学语的孩子。

你的判决岂不是不准说话的死刑，

使我的舌头永不发出本国的语声？

王	伤感对你没有益处可言， 判决之后的怨诉已嫌太晚。
毛伯雷	那么我就把本国的光明舍弃， 住进无穷尽的黑夜的阴影里去。〔欲退〕
王	回来，你且宣誓再走。把你们的被放逐的手放在我的这把剑柄上，凭你们对上帝的义务发誓——对我的义务我已连同你们自己一同放逐了——要遵守我亲自监立的誓约：你们永不——愿真诚与上帝帮助你们——永不在放逐期间彼此暗通款曲；永不彼此见面；永不书信往还；永不互相问候，永不试图把在国内因仇恨而引起的轩然大波加以和解；永不蓄意聚会，设计阴谋，攻击我、我的权威、我的臣民、我的领土。
布灵布洛克	我宣誓。
毛伯雷	我也宣誓，愿遵守这一切。
布灵布洛克	诺佛克，如果我可以对我的敌人说话，我要对你说：如果国王准许我们打斗，我们两人之间此刻必有一个早已灵魂出窍，从这脆弱的躯壳之中被放逐出去，就像我们的肉体从这国土中被放逐出去一样。在你离开国土之前承认你的罪状吧，你既然要走很远的路，不要带着一颗有罪的心作为累赘的负担吧。
毛伯雷	不，布灵布洛克，如果我曾是叛徒，我情愿在永生的名册当中把我的名字涂去，从天国被逐出，就像从这里被逐出一样！ 你是什么人，上帝、你、我，都明白。

国王很快地——我想——就会后悔。

再会，主上。现在到哪里都不算是走错，

全世界我都可以去，只是不得重返英国。〔下〕

王　　　　叔父，在您的眼睛里我看出了您的悲伤的心，你的
愁苦的样子使我把他的放逐期限缩减了四年——
〔向布灵布洛克〕

等到你过完六个冬冻的冬天，

我们欢迎你从放逐中归还。

布灵布洛克　小小的一个字含着多么长的一段时间！

四个缓慢的冬天，四个繁荣的春季，

含在一个字里，这就是国王的圣谕。

刚特　　　　我感谢主上，为了我的缘故，把我的儿子的放逐缩
短了四年，可是我因此得不到多少益处，因为月缺
月圆，寒来暑往，在他必须度过的六个年头尚未度
完之前，

我早已油干灯暗，那残余的光亮

随着衰老之躯和漫漫长夜而消亡，

我的一时长的蜡烛头儿就要烧完，

蒙人眼的死神不准我见儿子的面。

王　　　　唉，叔父，你活着的日子还很多。

刚特　　　　但是一分钟，国王，你也不能给我，

你可以使愁苦把我的白昼缩短，

夺去我的黑夜，但不能借我一个明天；

你可以帮助光阴在我脸上刻画沟纹，

但你无法让光阴过去而不留皱痕；

　　　　　你要我死，光阴会服从你的命令，

　　　　　死了之后，你的国土买不回我的生命。

王　　　　你的儿子之被放逐是经过审慎考虑的，你也同意如

　　　　　此判决。

　　　　　对我的处刑为何生这样大的闷气？

　　　　　尝着甜的东西，消化起来变成酸的。

刚特　　　你逼我以审判官的资格发言，

　　　　　我宁愿以父亲的身份为他分辩。

　　　　　啊！如果不是我的儿子，是生人一个，

　　　　　我就会态度从宽，以便减轻他的罪过：

　　　　　我要极力避免偏袒的讥评，

　　　　　竟在判决中毁了自己的生命。

　　　　　我当时期待着你们有人要说，

　　　　　我这样牺牲我的儿子是严厉太过。

　　　　　而你们对我的强勉的舌头表示默许，

　　　　　由着它并非本愿地伤害了我自己。

王　　　　兄弟，再会。叔父，和他道个别离，

　　　　　我判他六年放逐，他必须去。〔奏花腔。国王利查及

　　　　　侍从等下〕

欧默尔　　再见，兄弟！无法面告的事情，

　　　　　请写个信来告诉我们一声。

典　　　　大人，我不告别，我要和您并骑，

　　　　　送您到我所能到达的最远的陆地。

刚特　　　啊！你为什么藏着话不说，对你的朋友们的寒暄也

　　　　　不答礼？

布灵布洛克　为了发泄胸中的大量的悲哀，舌头正该滔滔不绝，可是我向你们告别，说多少话也嫌太少。

刚特　　　　你的愁苦只是短期的别离。

布灵布洛克　短期没有快乐，便是面对短期的愁苦。

刚特　　　　六个冬天算得什么？很快地就过去了。

布灵布洛克　对于快乐的人是这样的，但是愁苦使一个钟头变成为十个。

刚特　　　　你可以把它唤作一次娱乐旅行。

布灵布洛克　我明知这是被迫流亡，若是这样的错误称呼，心里会叹气的。

刚特　　　　把你的疲惫的脚步所踏上的困顿的征程看作为一种衬托，将来归返故国便等于是镶嵌上去的一颗珠宝了。

布灵布洛克　不，宁可说，每一疲乏的脚步将提醒我离开我心爱的珠宝有多么遥远。是不是我必须在异乡长期地习艺，到头来重获自由，除了曾在悲愁手下作过学徒之外无可夸耀？

刚特　　　　凡是阳光普照之处，由智者看来，都是快乐的湾港。在无可奈何的情形之下，要这样想：苦难乃是最为有益之事。不要以为国王放逐了你，是你放逐了国王。苦难临头，如不能顽强抵抗，将压得更重。去，就算是我遣你出去追寻荣誉，不是国王放逐你；或是假想吃人的疫疠弥漫在我们空中，你是逃往一个较为清明的地方。要注意，凡是你所认为宝贵的东西，要想象是存在于你所要去的那个方向，不是你所从来的那个方向。把歌唱的鸟儿当作乐师，你践踏的

青草当作铺了灯心草的宫中接待室，把花儿当作美
貌妇人，你的步履只消当作是愉快的跳舞。

忧伤向着你咆哮，

别理它，它就不会咬。

布灵布洛克　啊！谁能靠了怀想积雪的高加索山而去用手抓火？
谁能仅凭空想宴席而能满足饥火中烧？谁能幻想
夏天的炎热便安然在十二月的冰雪里面打滚？啊，
不！念念不忘美好的事物，只是令人对恶劣的现实
格外敏感：

忧伤的利齿咬人便能化脓，

但是不会减除伤口的痛疼。

刚特　　　好了，好了，我的儿子，我来送你。

如果我有你的青春和冤抑，我不留在此地。

布灵布洛克　那么，英格兰的土地，再会了！亲爱的土壤，再
见！现在还是载负着我的母亲，我的保姆！

无论流浪何方，我可以这样自负，

我是一个地道英国人，虽然遭了放逐。〔同下〕

第四景：伦敦。国王堡垒中一室

利查王、白格特与格林从一门上；欧默尔从另一门上。

王	我看到了。欧默尔弟弟，你送那位高贵的赫福德走了多远？
欧默尔	我送高贵的赫福德——如果你愿这样地称呼他——到了最近的大路之上，就和他分手了。
王	你说吧，你们洒了多少离别的泪？
欧默尔	真的，我不想流泪。只是当时一阵东北风正吹得紧，打在我们脸上，惊醒了我的正在安眠中的眼泪，于是偶然地用一滴清泪点缀了我们的空虚的离别。
王	你和他分别的时候我那位兄弟说了些什么话？
欧默尔	"再会。"可是我内心觉得我的舌端根本不该渎亵"再会"这两个字，我就装出勉强抑制离别之苦的样子，好像道别的话都埋在离愁的坟墓里了。真是的，但愿"再会"这一语能把时间延长，给他的短暂的放逐增加若干岁月，那么我就会向他道无数声的"再会"。但是那是不可能的，所以他不曾从我口中获得一声"再会"。
王	他是我的弟弟，老弟。但是，等到他放逐期满回国的时候，他是不是以探视亲友为目的而归来，倒颇是疑问哩。我自己和卜希，以及现在这里的白格特与格林，都看到了他取悦民众的手段，低声下气地亲切致礼，真好像是潜入了他们的心坎，对一些贱奴不惜纡尊屈贵，忍耐着自己的厄运并且强作笑容，以便讨穷苦匠人的欢心，好像是要把他们的好感带到他放逐的地方去一般。他一下子就向一个卖蛤蜊的姑娘脱帽致敬；两个赶车的对他说了一声愿上帝

保佑他，他立刻就弯膝作礼，还说"多谢，同胞们，我的亲爱的朋友"，好像英国的王位是将由他继承，他是我们臣民所仰望的嗣君。

格林　　唉，他已经走了，我们也不必再想他了。现在谈一谈在爱尔兰的那些猖獗的叛徒吧，需要立刻采取措施。主上，如再迁延时日，将授予他们更多的可乘之机，使陛下蒙受损失。

王　　　我要亲自去督战。由于我们的朝廷开销太大[22]，赏赉太多，国库已经有一些空虚，我不得不把我的王家领地的租税交人包办[23]。这笔收入可供我们目前的急需。如仍不足，那么我指定在国内代行政事的人可以使用空白献金书[24]，他们应先访查什么人是巨富，填写他们的姓名摊派巨大金额，然后把钱送来供应我的需要，因为我立刻要到爱尔兰去。

卜希上。

卜希，有什么消息？

卜希　　刚特的约翰病得很重，陛下！突然病倒，已派急使前来恳请陛下前去看他。

王　　　他病在哪里？

卜希　　在伊利大厦[25]。

王　　　上帝呀，让他的医生不要忘了帮助他立刻进入坟墓吧！他的钱柜里面的东西可以给我的出征爱尔兰的士兵们制备盔甲。来，诸位，我们都去探视他。我们来祈祷上帝，让我们尽管快去，依然迟到一步。

全体　　　阿门！〔同下〕

注释

[1] 刚特的约翰，爱德华三世之第四子，国王利查二世之叔父，在一三九八年时年五十八岁，其五弟约克为五十七岁，按照当时平均年龄，均可称为老年人。但也许莎氏故意形容他们为年高德劭之人，与时年三十二岁之利查二世成一对比。

[2] 原文 let this... 此一 this 可能指下面的斥"布灵布洛克为说谎"的一句话，亦可能指身上所佩之剑。

[3] 骑士（knight）受封时，跪在国王面前，国王以剑放在他的肩上，对他说："起来吧，某某爵士。"

[4] 原文 unjustly 有二解：Deighton 说是"武士决斗时宣誓不使用附有魔术的武器"；Verity 说是"不正大的宗旨"（in a bad cause）。二说皆可通。

[5] noble，金币名，值六先令八便士。

[6] "十八年来……"，"即是自从一三八一年 Wat Tyler 叛变以来。此语采自何林塞，莎士比亚可能不知其底蕴也"（威尔孙注）。

[7] Thomas of Woodstock，爱德华三世之第七子，国王之叔父，于一三九七年被谋杀于 Calais。

[8] Sacrificing Abel，亚伯是亚当夏娃的次子，向上帝献羔羊及羊脂，为上帝所眷爱，长兄该隐妒杀之。上帝知之，曰："你做的是什么事？你的弟弟的血在土壤之下向我叫喊呢。"（《创世纪》第四章一至十节）

[9] 利查王的元配 Anne of Bohemia 于一三九四年卒，翌年毛伯雷与

Rutland（即剧中之 Aumerle）奉派赴法国与法国查理士六世之女 Isabel（时年方八岁）议婚。毛伯雷并未"迎取"，翌年英王举行盛大"亲迎"仪式，莎士比亚所谓 fetch，实误。毛伯雷一行所费不赀，用去三十万马克（每马克值十三先令四便士），故称"巨款"。

[10] 这"职守"是什么？语意含糊。可能是指当初奉命押解格劳斯特赴伦敦堡垒处死，毛伯雷违旨将格劳斯特送往卡雷，延长其寿命三个星期有余。

[11] 圣蓝伯特节 St. Lambert's Day，九月十七日。

[12] 珂文特利 Coventry，在瓦利克县，离伯明罕约十九英里。

[13] 乌德斯陶克 Thomas of Woodstock 即格劳斯特公爵，爱德华三世之第七子，为毛伯雷在卡雷所害。其妻格劳斯特公爵夫人，即 Eleanor Bohun，Humphrey Earl of Hereford 之女。

[14] 爱德华的七个儿子：

1)Edward the Black Prince（利查之父。）1330-76

2)William of Hatfield（早亡。）1336-44

3)Lionel of Antwerp, Duke of Clarence 1338-68

4)John of Gaunt 1340-99

5)Edmund of Langley, Duke of York 1341-1402

6)William of Windsor（夭折。）

7) Thomas of Woodstock, Duke of Gloucester 1355-97

[15] 这两句是一个意思的重复。言已死的五个儿子当中之"自然枯涸的"或是说"被命运之神所切断的"换言之"得善终的"，有四个，即 Edward the Black Prince、William of Hatfield、Lionel of Antwerp、William of Windsor。她的丈夫格劳斯特是被谋害的。所谓"命运之神"是 Fates 三姐妹，严格讲切断生命之线应是第三个命运之神 Atropos。

[16] 普拉希 Plashy，亦作 Pleshy，在 Essex 的 Felstead 附近为格劳斯特的乡间别墅。

[17] 欧默尔是约克公爵的儿子，本名 Edward Plantagenet，由利查二世封为 Duke of Albemarle or Aumerle，此次决斗时被任为 High Constable of England，为宫廷最高官员。

[18] 当莎氏时，正式宴席最后一道食物为精致之糖果点心，即所谓 dessert，为英国所特有之习惯。

[19] 权杖（warder）乃是一镀金的短杖，类似 Mercurie 之 caduceus，掷地即命令比武停止进行之意。

[20] 毛伯雷生于一三六六年左右，在一三九八年时只有三十二岁，所谓"四十年来"约略言之耳。

[21] 毛伯雷曾出使法德，不可能不懂法文拉丁文，至少他曾做卡雷的总督，应懂法文。

[22] 王家雇用人员成万，御厨即占一百之数。一三九七——一三九八年全国收入十三万七千九百镑，利查即用去四万镑。

[23] 据何林塞的《史记》，王家领土是交由国王的四位亲信 Sir William Scroop、Sir John Bushy、Sir William Bagot、Sir Henry Green 承包租税，由四人预缴定额租税，然后分区横征暴敛。

[24] 空白献金书 blank charters 略似空白支票，书写金额处留为空白，政府官员强迫富人签名或签章之后可自由填写金额，并勒令照付，为利查贾怨虐政之一。

[25] Ely House 是伊利主教在伦敦的官邸。

第 二 幕

第一景：伦敦。伊利官邸中一室

刚特卧榻上；约克公爵及其他旁立。

刚特　　国王能否及时到来，让我在最后喘息之中对他的不
　　　　羁的青春进些忠告？

约克　　不必烦恼，也无须浪费你的气力，因为一切劝告对
　　　　他是无用的。

刚特　　哟！不过据说垂死的人所说的话能像庄严的乐声一
　　　　般逼人倾听：

　　　　话说得少，容易被人听得进去，

　　　　苦痛中说的话，其中必含至理。

　　　　一个临死说不出话的人，比起

　　　　有青春活力的人更能引人对他倾听，

人的临死比人的一生更为人所注意。

夕阳，和一曲乐章的尾声，

像宴席最后的甜食，意味最悠远，

比任何往事更能铭刻在心里边。

纵然利查对我生时的劝告不肯听从，

我临死的哀鸣或可打破他的耳聋。

约克　　　不！他的耳朵是被阿谀的声音阻塞了，例如一般人对他的歌功颂德[1]，还有那些无聊的邪恶的歌谣，其中毒素常常正是青年们敞开着的耳朵之所乐闻：从时髦的意大利传来的种种报导，其新奇风尚正是我们国人亦步亦趋，甘心效颦的[2]。世上什么地方出了新鲜花样——只要是新，不问是多么恶劣——而不很快地在他耳边嗡嗡作响呢？顽强的欲念和理智的考虑已经积不相能，进忠告是嫌太晚了。

对于自行其是的人不必加以指导，

你已奄奄一息，不必枉费唇舌了。

刚特　　　我觉得我是一个刚得到灵感的先知，在临终时可以预言他的未来：他的骄奢淫逸的气焰是不能长久的，因为烈火很快地就会自行烧熄。细雨下得长久，但是暴雨是短暂的；驰骋太快的人容易倦；吞食太急的人容易噎，轻浮的虚荣，有如一只无厌的鹭鸶，吞食所有的一切之后，很快地就要毁灭它自己。这个历代相传的王座，这个王君所有的宝岛，这庄严的国土，这战神的家乡，这第二个伊甸，具体而微的乐园，这造化为她自己所建筑以防止外来腐化和战

争侵袭的堡垒[3]，这幸运的民族，这小小的世界，这
镶在银海当中的宝石，以海做它的屏藩或是护宅的
壕沟，以抵拒较不幸运的国家的嫉恨。这福地，这
国土，这领域，这英格兰，这保姆，这孕育王者的
多产之母，由于他们的祖先之英勇而受人敬畏，由
于英主辈出而赫赫有名，为了他们扬威异域而英名
远播——为了效劳基督和真正的骑士精神——远播
到圣玛利的儿子救世主在顽强的犹太国土的坟墓所
在之地，这块拥有这样可爱的人物的国土，这一块
可爱的可爱的国土，为了闻名世界而倍觉可爱的国
土，现在是出租了——我说这句话难过得要死——
像是房地出赁或小小的农场放租一般。为雄壮的大
海所环绕的英格兰哟，你的巉崖海岸击退了海神之
凶恶的围攻，现在被耻辱，被几行文字，被几张破
羊皮纸上的租赁契约，所束缚起来了，那一向征服
他国的英格兰，已经很可耻地自动地征服了它自己。
啊！愿这种丑事随同我的生命而消逝，那么我的即
将来临的死将是何等的幸福。

*利查王及后；欧默尔、卜希、格林、白格特、洛斯及威
劳贝上。*

约克　　　国王来了！对付他这年轻人要温和一些，因为烈性
　　　　　的小驹，被激怒起来，会闹得更凶。

后　　　　我的高贵的叔父兰卡斯特可好？

王　　　　还好吧，您？上了年纪的刚特怎样了？

刚特 　　啊！这名字多么适合我的身体状况，真是老刚特，因年老而干瘦[4]：内心的忧伤逼得我经常禁食，不吃食物谁能不干瘦呢？为了守护昏睡的英格兰我长期地不睡，不睡令人瘦，瘦就令人干。一些做父亲的人所饱餐的美味，对于我却是严格的禁戒，我是说我的孩子们的面孔。由于这一方面的禁食，你已经使得我变成干瘦。我干瘦得该进坟墓了，也干瘦得像是一座坟墓了，我的坟墓除了收容我这一把骨头之外将什么也得不到。

王 　　病人还能这样轻佻地拿自己的姓氏做文字游戏吗？

刚特 　　不！这是苦中作乐自我嘲弄，
　　你既然想要我一死而姓氏绝传，
　　我就玩弄我的姓氏来讨你喜欢。

王 　　垂死的人还要讨活人的喜欢？

刚特 　　不，不！是活人讨死人的喜欢。

王 　　你现在正要死，你却说你讨我的喜欢。

刚特 　　啊，不是！是你要死，虽然我病得重一些。

王 　　我很健康，我呼吸自如，我看着你在生病。

刚特 　　唉，天晓得我是看着你在生病。我自己有病看不清，却看得清你是在生病。你的临终的病床不比你的国土小，你卧病在那床上，声名狼藉，而且你是一个粗心大意的病人，把你的尊贵的御体交付当初伤害你的医师们去治疗，上千的谄媚之徒聚集在你的王冠之内，那王冠不比你的头大多少。可是，他们被关在这小小圈子之内，所造成的祸害一点也不比你的国土为小。啊！如果你的祖父，以先知的眼睛，能看到他的儿子的儿子如何毁灭他的儿孙们，他就会让你根本无法做出这些可耻之事，在你未登王位之前就把你罢黜下来，你现在是着了魔而自行罢黜自己呢。唉，侄儿，纵然你是统治世界的君王，你把这块国土租赁出去，那也是耻辱，何况这块国土就是你所能享有的全部世界，这样地使国土蒙羞岂非是不仅耻辱而已？你现在是英格兰的地主，不是国王。你现在的法律上的地位只是受民法制裁的租赁关系人，而且——

王　　而且你这疯狂愚蠢的傻瓜，借病骂人，胆敢使用冷酷的劝告气得我面色苍白，追赶我的热血离开了它的本来的居处。现在，我以至尊的地位发誓，如果你不是伟大的爱德华的儿子的弟兄，你的脑袋里的这样放肆的舌头就会使得你的脑袋脱离你的狂妄的肩膀。

刚特　啊！不必饶我，我的哥哥爱德华的儿子哟，不必只因我曾是他的父亲爱德华的儿子而饶我。像是鹈鹕一般 [5]，你已经把那血液吸出来大口地狂饮了。我的弟弟格劳斯特，一个直率忠厚的人——愿他的在天之灵享受幸福——他就是一个榜样和证人，足以说明你对于溅洒爱德华的血是无所顾虑的。你和我的这一场病通力合作吧，你的残酷就要像是弯躬驼背的老年人一般把这枯萎已久的花朵立刻剪断。
在耻辱中活着吧，耻辱永不随你死去！

这句话此后将永远地刺痛你！

把我抬上床，然后进入我的坟。

受人敬爱的人才是愿意活下去的人。〔被侍从等抬下〕

王　　　　让年老而脾气坏的人们死去，

二者你都有，二者对坟墓都相宜。

约克　　　我恳求陛下，把他的话归罪于他的老病交加。

他爱你，我以性命打赌，他重视你，

像赫福德公爵哈利一般，如果他在这里。

王　　　　对，你说得对，他爱我是像赫福德爱我一般。

他们怎样对我，我怎样对他们，一切任其自然 [6]。

　　　　脑赞伯兰上。

脑赞伯兰　主上，老刚特向陛下致敬。

王　　　　他说什么？

脑赞伯兰　他没有说什么，一切都已说过了：

他的舌头现在是一只无弦的琴，

言语、生命和一切，他都已耗尽。

约克　　　愿约克紧跟着也这样地全部用光！

死虽然无趣，它结束一生的忧伤。

王　　　　最熟的果子最先落，他落了地。

他的时间已过，我们的旅程必须走下去 [7]。

这也无须再多谈了。现在且说我们的爱尔兰战事。

我们必须铲除那些粗暴的披头散发的爱尔兰步兵，

他们像是毒蛇一般不准别的虫豸只有他们才可以居

住在那地方 [8]。这件大事是需要款项的，为了协助解决这个问题，我把我的叔父刚特名下所有的银器、钱币、收入及所有动产，一概没收充公。

约克　　要我忍耐多久？啊！耿耿愚忠使得我容忍你的不义，可是要我容忍多久呢？格劳斯特之死，赫福德之被放逐，对刚特之谴责，英格兰人民所受之苛扰，可怜的布灵布洛克的婚事之被干涉[9]，我自己之受辱[10]，这些事都不曾使我的忍耐的脸上露出不悦之色，亦不曾当着我的主上的面前皱过一次眉头。我是尊贵的爱德华的最后的儿子，你的父亲威尔斯亲王是他的长子，这位青年王子在战争中比狮子还凶，在和平时期比羊还驯。你的面孔很像他，他在你的这个年纪就是这个样子。但是他皱眉的时候，那是对法国人，不是对他的友人；他所花掉的是他自己的尊贵的手所赢来的，他的胜利归来的父亲的手所赢得的他并未曾花掉；他的手没犯过使亲属流血之罪，但是涂满了他的亲属的敌人的血。啊利查！约克实在是悲伤太过了，否则他永远不会这样地作一比较。

王　　　唉，叔父，怎么回事呀？

约克　　啊！我的主上。饶恕我，如果你愿意。否则，我，我本不想被饶恕，情愿就是这个样子好了。你想把被放逐的赫福德所享有的王族特权与一般权利都予以没收并且据为己有吗？刚特不是才死，而赫福德不是还活着吗？刚特不是一生公正，而哈利不是秉性忠诚吗？难道刚特不该有个后嗣，难道他的后嗣不是一个够标准的儿子？剥夺赫福德的权利[11]，你便是剥夺了"时间"之相沿成俗的权利,那么让明天不要跟着今天吧,你也不是你自己吧。因为如果不靠了合法继承,你如何能是国王呢?现在,当着上帝的面——愿上帝不准我不幸而言中——如果你真不法地没收赫福德的权益,吊销他的指派代理人便可诉请交付产权的权利许可证 [12],拒绝接受他的效忠的请求 [13],那么你就要在你自己头上招惹出千种的危险,你要失去一千个忠诚的人心,而且要刺激我的耐心使它不能不起忠顺之心所不敢想象的念头。

王　　　随你怎样去想。我要夺取

他的金银器、他的财物、他的土地。

约克　　我不愿在旁观看。主上,再见!

将有什么后果,没人能够预言。

不过关于坏的事,那是不消说,

一定不会产生好的结果。〔下〕

王　　　卜希,立刻到威尔特席尔伯爵 [14] 那里去,令他到伊利大厦来见我,来办理这一件事。明天早晨我要到爱尔兰去,这是时候了。我想,我指派我的叔父约克在我出征期间出任英格兰的总理大臣,他为人公正,一向很爱戴我。来,我的王后,明天我们必须分离。打起兴致来,因为我耽搁的时期是很短的。〔奏花腔〕〔国王、王后、卜希、欧默尔、格林、白格特下〕

脑赞伯兰　啊,诸位大人,兰卡斯特公爵已经逝世了。

洛斯	也可以说是还活着呢，因为现在他的儿子是公爵了。
威劳贝	那只是在名义上，不是在收益方面。
脑赞伯兰	如果公理得申，两方面都会所得甚丰。
洛斯	我心里堵得慌，真想一吐为快，如果再沉默下去，心一定要碎了。
脑赞伯兰	不，说出你心里的话吧。谁要是转述你的话而使你吃亏，就让他以后永远不能再说话！
威劳贝	你所要说的话是否有关赫福德公爵？如果是，大胆说出来吧，我亟想听对他有益处的话。
洛斯	我所能做的对他一点益处也没有，除非你认为对于他之被剥夺遗产表示怜悯也算是益处。
脑赞伯兰	现在，我当着上帝面前要说，像他那样的一位尊贵的亲王——另外在这衰败的国土里还有许多位出身高贵的人士——而竟遭受这样的冤抑，实在是可耻的事。国王已经失掉了他的本性，被一般诡佞之辈所玩弄。凡是他们由于嫉恨对我们任何人所说的坏话，国王就会据以严加究办，来对付我们，我们的性命、我们的子女、我们的后嗣。
洛斯	一般平民，他已经用苛税加以掠劫，所以很失民心；一般贵族，他也因旧恨而予以罚款，所以也很失他们的心。
威劳贝	而且每天还创出新的敛财的方法，例如摊派捐献[15]、强迫借款[16]，我不知道还有多少其他的花样。但是，天晓得，这些钱到哪里去了？
脑赞伯兰	没有花在战争上面，因为他没有发动战争，他只是屈

辱地乞和，把他的祖先血汗赢来的土地拱手让人 [17]。

洛斯　　　　威尔特席尔伯爵把全国租税都包下来了。

威劳贝　　　国王已经倾家荡产了，像是一个破产的人一般。

脑赞伯兰　　耻辱的毁灭已经到了他的头上。

洛斯　　　　他没有钱进行爱尔兰战争——虽然他横征暴敛——
　　　　　　所以只好掠夺这被放逐的公爵。

脑赞伯兰　　那是他的高贵的族人。极端堕落的国王哟！不过，
　　　　　　诸位大人，我们听着这可怖的风雨咆哮，却没有找
　　　　　　个躲避风暴的地方；我们看着强风打在我们的帆上，
　　　　　　我们却不收帆，安然地等死。

洛斯　　　　我们看出我们是要遭受海难了。导致海难的缘由，
　　　　　　我们已经忍耐了这样久，现在的危险是无法避免了。

脑赞伯兰　　不然！就在骷髅的两只空洞的眼眶里我也看见有生
　　　　　　命在探视，不过我不敢说我们的好消息什么时候
　　　　　　能来。

威劳贝　　　不，让我们知道你的心事，就像你知道我们的心事
　　　　　　一般。

洛斯　　　　你放心说吧，脑赞伯兰。我们三个人和你是完全一
　　　　　　致的，你说出之后，你的话还是和放在心里一样，
　　　　　　所以，大胆说吧 。

脑赞伯兰　　那么是这样的：我从布利丹尼的一个海口布朗港获
　　　　　　得情报，赫福德公爵哈利、考伯姆爵士蓝诺 [18]，最
　　　　　　近从哀克塞特公爵家中逃出的"阿伦戴尔伯爵利查
　　　　　　之子"，利查之弟前任的坎特伯来大主教 [19]、汤麦
　　　　　　斯·尔平翰爵士、约翰·拉姆斯顿爵士、约翰·脑

伯来爵士、罗伯特·窝特顿爵士，还有佛兰西斯·考因特，这些位全都得到布利丹尼公爵之良好的装备，有八艘大船，三千士兵，相当迅速地向此地开来，不久即将到达我们的北部海岸。若非等待国王先行动身前往爱尔兰，也许此刻他们早已到达了。那么如果我们想要挣脱我们的奴隶的枷锁，弥补我们的衰落的国家的破翼，把受辱的王冠从典当中赎取回来，把覆盖在我们的王杖上的金光的那一层灰尘排去，使王的尊严恢复原状，那么赶快和我一同到雷文斯堡！

如果你们胆小，这样做有所恐惧，

就留在这里不要声张，我自己去。

洛斯　　　上马，上马！害怕的人才迟疑逡巡。

威劳贝　　只要马能支持，我将是第一个到达的人。〔同下〕

第二景：同上。宫中一室

王后、卜希与白格特上。

卜希　　　陛下悲伤太过了。您和国王分别的时候，您曾许下诺言，要排遣那戕害生命的忧伤，鼓起愉快的心情。

后　　　　为了使国王高兴我是这样说过，为了使我自己高兴我却办不到。除了向我的亲爱的利查那样一位亲爱的客人不得不道别之外，我再也想不出任何理由我竟欢迎像忧伤这样的一位客人。但是，在另一方面，我觉得，在命运的腹中已经成熟而尚未诞生的一种悲哀正在向我袭来，我的内心为了这虚无缥缈的东西而战栗了。不知是为了什么事，比为了和我的丈夫国王分别更加悲伤。

卜希　　　每一种真实的悲伤有二十种形相，都像是悲伤，其实不是。因为悲伤的眼睛，泪眼模糊，把一个完整的东西分裂成为许多的事物，像是透视图画[20]一般，从正面观看只见乱七八糟的一无所有；从侧面看就可辨出形体，陛下就是从偏斜的角度观看您的夫君的别离，所以除了悲哀自身之外还发现了很多的引起伤感的悲哀的形相。这悲哀，如果加以正视，只是虚幻的影子而已。

　　　　伟大的王后，不要为国王离国以外的事而哭泣，

　　　　因为此外根本看不到任何可哭泣的事体。

　　　　如果有，那是由于悲哀的错觉的眼睛，

　　　　哭的不是真实的事物，是一些幻影。

后　　　　也许是这样的，但是我的内心告诉我不是如此。不管是怎样，我不由自主地悲伤，而且悲伤得这样厉害，

　　　　虽然在想的时候我没有想什么，

　　　　沉重的虚无使得我迷惘畏缩。

卜希　　　这只是幻想罢了，陛下。

后　　　　　那绝不是幻想，幻想总是根据前此的一段悲伤而来，我的悲伤不是如此，我的悲伤是无中生有的。也许使我悲伤的那种虚无状态，其中也还有点什么，我现在所有的这份悲伤是我命中注定将来必须承当的。但究竟是什么，现在还不知道，

无以名之，只是无名地悲哀罢了。

格林上。

格林　　　　上帝保佑陛下！很高兴见到诸位。我希望国王还没有开船到爱尔兰去。

后　　　　　你为什么要这样希望？他已经开船该是一个较好的希望，因为他的计划需要迅速，迅速需要好的希望。那么为什么你希望他尚未开船呢？

格林　　　　他是我们的希望之所寄，我希望他撤回他的军队，使在我们国土上强行登陆的敌人的希望趋于破灭：被放逐的布灵布洛克把他自己召回本土了，高举着双臂安全抵达了雷文斯堡。

后　　　　　上帝不许！

洛斯　　　　啊！陛下，这消息太确实了！还有更坏的消息呢，脑赞伯兰大人，他的儿子年轻的亨利·波西、洛斯、鲍蒙和威劳贝几位大人，带着他们所有的强大的朋友们，都逃向他去了。

卜希　　　　你为什么不宣告脑赞伯兰及其他同谋造反的人为叛逆呢？

格林　　　　我们已经宣告了。乌斯特伯爵因此就折断了他的权

杖 [21]，辞去他的宫内大臣的职务，所有的宫内人员都和他一起投奔布灵布洛克了。

后　　那么，格林，对于我的悲哀你是产婆，布灵布洛克便是我的悲哀所产下来的不祥的长子，现在我的内心总算是养出了她的怪胎。而我呢，一个刚刚产后喘息未定的母亲，在苦恼之上又平添了苦恼。

卜希　　不要灰心，夫人。

后　　谁能阻止我灰心？我要灰心，我要和那骗人的希望作对，他是一个谄媚者，一个食客，一个拦阻死亡的人，死亡很温存地要把生命的束缚解开，而虚伪的希望使它苟延残喘。

约克上。

格林　　约克公爵来了。

后　　他的老颈子上戴着战争的标记呢 [22]。啊！他满脸地流露着愁苦的事。叔父，为了上帝的缘故，说一点好消息吧。

约克　　如果我这样做，我便是口是心非了。安慰是在天堂里，我们是在尘世上，尘世上除了烦恼、悲哀与忧伤之外便什么也没有了。你的丈夫，他到遥远的地方去想有所获，别人却来使他在国内有所失。我被留在这里来支撑大局，其实我年老体弱，自顾不暇。他的放纵所造成的病苦时期现在业已来临，现在他得要考验一下他的那一班谄媚他的朋友们了。

一仆上。

仆 　　　大人，你的儿子在我来到之前已经走了 [23]。

约克 　　他已经走了？哼，好吧！一切的事情都随它去！贵
　　　　族都已逃走，平民态度冷淡，我恐怕都会叛变到赫
　　　　福德那一面去。差人，你到普拉希去，去见我的弟
　　　　妇格劳斯特，让她立刻送一千镑给我。等一下，拿
　　　　我的戒指去。

仆 　　　大人，有一件事我忘记禀告大人：今天，我来的时候，
　　　　我在那里停了一下，不过若是再报告下去我将要使
　　　　您伤心。

约克 　　什么事，差人？

仆 　　　在我到达的一小时之前公爵夫人已经逝世 [24]。

约克 　　上帝怜悯吧！多少苦难像潮水一般一齐涌上了这苦
　　　　难的国土！我不知怎么办了。我祷告上帝，真愿国
　　　　王当初杀死我的弟弟的时候把我也一同砍头，假使
　　　　逼他如此做的理由不是由于我的不忠。怎么！没有
　　　　快差派往爱尔兰吗？我们怎样筹款应付这场战争
　　　　呢？来，弟媳——我应该说侄媳——请原谅我。去，
　　　　差人，你回家去，预备几辆车子，把那里的盔甲带
　　　　来。〔仆人下〕诸位大人，请你们就去征募兵丁好不
　　　　好？如果我晓得如何处理这些乱塞进我手里的事务，
　　　　永远不要信任我。两个都是我的家人：一个是我的君
　　　　主，我的誓约和义务都要我保卫他；另外一个也是我
　　　　的家人，国王委屈了他，良心和我的亲属之谊都要

　　　　　　　　　我为他申冤。好，我必须有个办法。来，侄媳，我
　　　　　　　　先要把你安顿下来。诸位先生，去召集你们的部下，
　　　　　　　　立刻到柏克雷堡垒和我相会。我也该到普拉希去。
　　　　　　　　但是时间不准。大事不妙，
　　　　　　　　每一桩事都是乱七八糟。〔约克与王后下〕

卜希　　　　有顺风正好送消息到爱尔兰去，不过没有消息回来。
　　　　　　要我们招募和敌人声势相当大的队伍，是不可能的。

格林　　　　并且，我们对于国王的这一份爱戴之诚，也要使我
　　　　　　们遭受不爱戴国王的人们的厌恨。

白格特　　　你说的是那些善变的民众，因为他们的爱是在他们
　　　　　　的钱包里，谁要是掏空了他们的钱包，谁就要在他
　　　　　　们心里填入同样多的毒恨。

卜希　　　　在这一件事上国王受到了大众的咒骂。

白格特　　　如果他们有权裁判，我们也要受咒骂，因为我们一
　　　　　　向是国王的亲信。

格林　　　　好，我要径赴布利斯多堡垒躲避一下，威尔特席尔
　　　　　　伯爵已经在那里了。

卜希　　　　我和你一同到那里去。因为愤恨的民众，除了把我
　　　　　　们像狗似的撕成碎片之外，不会对我们有何益处。
　　　　　　你愿和我们一同走吗？

白格特　　　不！我要到爱尔兰去投奔国王。
　　　　　　再会。如果内心的预感并非偶然，
　　　　　　我们三人今日一别，永不得再见。

卜希　　　　那就要看约克在打退布灵布洛克时能否获得成功了。

格林　　　　哎呀，可怜的公爵！他所担任的工作

有如清数砂粒，喝干海洋。

一人在他身边助战，千人逃亡。

立刻告别吧，这一别即是永久分散。

卜希　　　我们也许还能再会。

白格特　　我恐怕，永难再见。〔同下〕

第三景：格劳斯特县中荒原

布灵布洛克与脑赞伯兰率军上。

布灵布洛克　大人，现在距离柏克雷还有多远？

脑赞伯兰　　相信我，尊贵的大人！我在格劳斯特县是个陌生的
　　　　　　人，这些高峻的荒山和崎岖的道路把我们的旅程拉
　　　　　　长，并且令人疲惫，但是您的隽永的谈吐像是糖一
　　　　　　般，使艰苦的程途成为甜蜜可喜。不过我想到洛斯
　　　　　　和威劳贝，他们从雷文斯堡到考次渥德，一定会觉
　　　　　　得那是好长的一条路，因为他们没有和您搭伴，我
　　　　　　必须说和您搭伴的确给我解了不少旅途的疲乏。但
　　　　　　是他们的旅程也有一种乐趣，那就是希望享受我目
　　　　　　前所享受的利益，对于快乐怀着希望，其快乐的程
　　　　　　度正不下于希望之实现。这两位疲惫的大人，只好
　　　　　　靠了希望来把他们的旅程缩短，就像我之得以叨陪

左右已经忘了跋涉之劳一般。

布灵布洛克　和我搭伴同行还没有您所夸奖的那么大的价值。谁
　　　　　　来了？

　　　　　　亨利·波西上。

脑赞伯兰　　是我的儿子，年轻的亨利·波西，是我的弟弟乌
　　　　　　斯特不知从什么地方派他来的。亨利，你的叔父
　　　　　　好吗？

波西　　　　我本想从您这里打听到他的健康情形呢，父亲。

脑赞伯兰　　怎么，他不是和王后在一起吗？

波西　　　　不，父亲！他已经离开宫廷，折断了他的权杖，遣
　　　　　　散了王室的工作人员。

脑赞伯兰　　他有什么理由呢？我们上次聚谈的时候他并无此项
　　　　　　决心。

波西　　　　因为您被宣告为叛逆了。不过他是到雷文斯堡去了，
　　　　　　向赫福德公爵投效去了，派我到柏克雷看看约克公
　　　　　　爵募集了多少军队，然后指示我到雷文斯堡去。

脑赞伯兰　　你忘记赫福德公爵了么，孩子？

波西　　　　没有，父亲，我根本不曾记得的事是不会忘记的。
　　　　　　以我所知，我从来没有见过他的面。

脑赞伯兰　　那么现在你该认识他了，这位便是公爵。

波西　　　　我的尊贵的大人，我愿向您效劳，现在我是又嫩又
　　　　　　生又年轻，没有多少劳可效，可是年事渐长之后就
　　　　　　会成熟起来，有较为老练的效果了。

布灵布洛克　我谢谢你，亲爱的波西。你可以相信，我认为我的

最大的幸运便是我有一颗能记住我的好朋友们的心。由于你的爱护，我的命运也要逐渐成熟，那时节如何报酬你的忠诚将永远是我的一件乐事。我的心立了这个契约，我的手这样地予以证明。

脑赞伯兰　到柏克雷还有多远？老约克带着他的军队在那边闹些什么事？

波西　堡垒就在那里，就在那一丛树木旁边，我听说有三百个兵驻守着。在里面的有约克、柏克雷和赛穆尔几位爵爷，此外没有什么有声望有地位的了。

洛斯与威劳贝上。

脑赞伯兰　洛斯与威劳贝两位大人来了，踢马腹弄得一身是血，急得满脸通红。

布灵布洛克　欢迎，二位大人。我知道你们是由于一番厚爱，来追随一个被放逐的叛徒。我的所有的财富现在只是感激的空话，将来充实之后，会完全作为对你们的好心辛苦的报酬。

洛斯　您的接见已经使我们变为富有了，最尊贵的大人。

威劳贝　而且这赏赍已经远为超过我们之分所应得。

布灵布洛克　还是只能空言感谢，这是穷人的财富。在我的幼稚的命运成年之前，这就是我的慷慨的报酬。谁来了？

柏克雷上。

脑赞伯兰　果不出所料，是柏克雷大人。

柏克雷	赫福德大人，我是奉命来见你的。
布灵布洛克	大人，我只能以兰卡斯特的名义回答你。我来到英格兰就是为要取得这个名义，我必须先从你口里听到这个称号，然后才能回答你任何的话。
柏克雷	不要误会我，大人！我无意取消你的一项荣衔，我来见你，不管你是什么爵位，是奉本国最尊贵的执政约克公爵之命，问你为了什么缘故要趁国王出征的机会掀起内战惊扰国内的安宁。

约克偕侍从上。

布灵布洛克	我不需请你转达我的话了，公爵大人亲自来了。我的高贵的叔父。〔跪〕
约克	向我表示你的恭顺的心，不必下跪，下跪是虚伪骗人的。
布灵布洛克	我的仁慈的叔父——
约克	嘘，嘘！不必对我说什么仁慈，也不必对我说什么叔父——我不是叛徒的叔父，从一个邪恶的嘴里说出的"仁慈"只是对这两个字的渎亵。那两条被放逐的被禁入境的腿为什么胆敢接触英格兰土地上的尘埃？还要问你几个"为什么"，为什么你那两条腿胆敢在宁静的国土上横行这么多英里，以战争和可鄙的武装炫耀把乡村吓得面色苍白？你是因为国王外出才来的吗？哼，蠢孩子，国王还是留在后方的，他的大权交付了我的耿耿的胸怀。如果我现在还是一个热血青年，像你父亲勇敢的刚特和我自己当年

从法国千军万马中间救出人间俊杰黑亲王的那般情况。啊！那么，我的这只被瘫痪症所降服了的胳膊将要多么迅速地惩罚你，纠正你的过错！

布灵布洛克　我的仁慈的叔父，让我知道我犯了什么错：是由于在人品上哪一方面有了缺陷，并且在什么地方犯了过失？

约克　你的情形最为恶劣，是公然叛变大逆不道。你是一个被放逐的人，在期限未满之前，以武力抗拒你的主上。

布灵布洛克　我是被放逐了，那被放逐的是赫福德。现在我回来了，我是以兰卡斯特的名义回来的。高贵的叔父，请您以公正的眼光来看看我所受的伤害。您就是我的父亲，因为我觉得我看见老刚特活在您的身上。啊！那么，我的父亲，您是否允许让我长久地做一个流浪汉，我的一般权利和王族特权都被强夺了去，送给一些暴发的浪子去挥霍？当初何必生我？如果我的堂兄可以做英格兰的国王，那么就得承认我是兰卡斯特公爵。您有一个儿子，欧默尔，我的高贵的堂弟。如果您在刚特之前死去，而他受人这样的践踏，他一定会发现他的伯父刚特有如生父一般，把他所受的冤抑翻腾出来追究到底。我被拒绝作接收产权的声请，而我的权产许可证却赋予我这种权利。我父亲的财产全被没收变卖了，而这一切全都胡乱花光。您要我怎样办？我是一个臣民，只能要求依法办理。我不得聘请代理人，所以我就亲自前来认领我以合法嫡嗣的身份所应获得的遗产。

脑赞伯兰	这位高贵的公爵是受欺太甚了。
洛斯	有赖大人为他平反了。
威劳贝	好些下流的人因分他的财产而致富了。
约克	英格兰的诸位贵人，让我告诉你们这一点吧：我的侄儿所受的冤屈我不是不知道，而且我也曾尽了全力来挽救他。不过像这个样子的其势汹汹地动兵而来，自作主张，自寻出路，以非法行为谋取合法权益，那是不可以的。你们煽动他做这样的事，等于是支持叛变，全部成了叛徒。
脑赞伯兰	这位尊贵的公爵已经发誓说他回国只是为了他个人的权益，而且那项权益乃是我们全体坚决发誓要帮助他获取的。谁要是破坏了这个誓约，谁就永远不得快乐！
约克	好，好！我已看出这场动武的后果。我必须承认，我是无法补救，因为我的兵力薄弱，全都装备不足。不过如果我能，我凭着赐我以生命的他来起誓，我要把你们一齐逮捕，使你们在国王面前匍匐讨饶。我既然不能，我要让你们明白知道我守中立。那么，我就少陪了，除非你们愿意进入堡垒，今夜在此安歇。
布灵布洛克	叔父，这是我们愿意接受的邀请。但是我们必须劝您和我们一同到布利斯多堡垒去，据说卜希、白格特及其共犯们正在那里盘踞着，都是国家的蠹虫，我已赌咒要把他们铲除。

约克　　　　我可以同你们去，但仍以不去为宜，
　　　　　　因为我不愿破坏我们国家的法律。
　　　　　　既非朋友亦非敌人，我欢迎你们，
　　　　　　对于无法补救的事我也不必担心。〔同下〕

第四景：威尔斯一兵营

　　　　　　骚兹伯来与一军官上。

军　　　　　骚兹伯来大人，我们已等了十天。好不容易把我们
　　　　　　的老乡集结起来，可是还得不到国王的消息，所以
　　　　　　我们要解散了，再见。

骚兹伯来　　再等一天，你这忠实的威尔斯人，国王把他全部信
　　　　　　心都寄托在你身上了。

军　　　　　国王大概是死了，我们不能再等。我们国内的月桂
　　　　　　树全枯萎了，彗星惊扰了天上的恒星，苍白的月亮
　　　　　　变得红头涨脸地望着地球，形容憔悴的预言家低声
　　　　　　诉说将有灾异，富人愁容满面，穷汉舞蹈跳跃，一
　　　　　　方面是怕失掉他们所享有的一切，一方面是希望趁
　　　　　　着战乱从中取利，这都是国王死亡或颠覆的征兆。
　　　　　　再见！老乡们都已经逃掉，
　　　　　　深信国王利查是已经死了。

骚兹伯来　　啊，利查！我的内心沉重，好像是看到你的光荣像
　　　　　　流星一般从天空落到地上。
　　　　　　你的太阳哭泣着向西方下沉，
　　　　　　显示风暴、愁苦和动乱即将来临。
　　　　　　你的朋友都投向你的仇敌，
　　　　　　一切的命运都对你不利。〔下〕

注释

[1] 牛津本原文 As praises of his state: then there are fond。按第一版对折本作 As praises of his state: then there are sound，显然不妥，后 Coller 改为 As praises, of whose tastes the wise are fond，亦牵强，牛津本系按 Delius 的改窜，今照译。

[2] 利查二世的朝中受法国影响甚巨。意大利影响是莎士比亚时代之事。

[3] 原文 infection 不是专指"疫疠"（如 Verity、Kittredge 所主张），应是指一般道德的与物质的腐败情形（如 Wilson、Peter Ure 所主张）。所谓"战争侵袭"，莎氏心目中可能暗指西班牙之无畏舰队。

[4] gaunt 一字有"干瘦"义，故用作双关语。

[5] 鹈鹕（pelican）的母鸟，据说以其本身心里的血液哺育其幼雏。就母鸟而言，寓自我牺牲之意；就雏鸟而言，寓忘恩负义。

[6] and all be as it is 意为"让一切自然发展下去，让一切变成什么样子都没有关系"。*The New Clarendon Shakespeare* 注云: This expression may be taken as implying a fatalistic acceptance or "fey-ness" on Richard's part,

and as expressing his inability to do anything to save himself.

[7] *New Clarendon* 注云: our pilgrimage must be: our turn to make our (death) journey is to come, some interpret, "We must go on with life, finish our (earthly) pilgrimage." 其实二说并无根本歧异。"尘世的旅程"即是"趋赴死亡之旅"也。

[8] 此语可能指第三世纪起始的传说, St.Patrick 清除爱尔兰境内毒蛇的故事。

[9] 布灵布洛克于一三九四年丧妻, 故于放逐期间在法国与法国国王查理士六世 (亦即利查二世之岳父) 之表妹 (Duke de Berri 之女) 订婚, 利查二世闻之遣 Earl of Salisbury 赴法予以破坏。

[10] 不知何所指。

[11] 使儿子继承父业的权利。

[12] 按照封建惯例, 骑士死后, 其继承人如未成年, 则为国王名下之被监护者, 但在成年时得诉请国王免予监护, 使土地交付其本人掌管。

[13] 骑士继承土地产权, 应向其封建主行效忠仪式, 跪在封建主面前, 自承为其属下, 并接受封建主之一吻。

[14] Earl of Wiltshire (原名 Sir William le Sorope), 为英国财务大臣, 承包全国税收的四亲信之一。

[15] 见第一幕注二十四。

[16] benevolences 实乃强迫借款, 是一四七四年爱德华四世所创之苛捐, 令有资产之人士出资应付政府需要, 以示效忠国王, 后为利查三世所废止, 旋又为亨利七世所采用, 沿至查理士一世之时。莎士比亚显然犯了时代错误的毛病。

[17] 利查对法政策是维持和平。一三九三年与法王查理士六世缔约, 一三九六年又续约, 要法王查理士六世之女伊萨白尔为妻。此处所

谓以土地让人是指以 Brest 与 Cherbourg 于一三九七年让给 Duke of Brittany，事实上利查并无保留此二地之权利。

[18] That Harry Duke of Hereford. Rainold Lord Cobham 此行之下疑有一行脱落，Malone 于其一七九〇年本补加 "The son of Richard Earl of Arundel" 一行。

[19] 阿伦戴尔伯爵利查之弟汤麦斯·阿伦戴尔，于一三九七年因兄叛逆处死遭受连累，亦被放逐。

[20] perspectives，文艺复兴时期的一种玩具，在皱褶不平的表面上，从一个角度观看为一个形象，从另一角度观看则为另一形象。或谓为一种玻璃镜。此处所指似为前者。

[21] 乌斯特伯爵（Thomas Percy, Earl of Worcester）任 the Steward of the Royal Household 之职，在许多内廷供奉的人员面前折断他的白色的权杖，表示解除他自己的及他们大家的职务。

[22] 指 gorget，保护喉咙之颈甲。

[23] 欧默尔是出走到爱尔兰去投奔国王。

[24] 事实上格劳斯特夫人死于 Barking，时在一三九九年十二月三日，比此景之历史时间迟几个月。莎氏故为此提早之安排，所以增加灾难丛集之悲剧气氛。或谓其目的在使此一演员得以抽身改扮第五幕之约克公爵夫人。

第 三 幕

••• ——————— •••

第一景：布利斯多。布灵布洛克的营地

布灵布洛克、约克、脑赞伯兰、亨利·波西、威劳贝、
洛斯上；官员等押犯人卜希与格林后随上。

布灵布洛克　把这两个人带过来。卜希和格林，你们的心灵很快
　　　　　　地就要和你们的躯体分离，所以我也不愿再述说你
　　　　　　们的一生的奸恶使你们心灵不安，那未免有失宽大。
　　　　　　不过，为了从我的手上把你们的血迹洗掉起见，我
　　　　　　要在大众面前宣布你们被处死刑的一些理由。你们
　　　　　　把一位君主一位贤明的国王带入了歧途，一位出身
　　　　　　高贵仪表堂堂的好人被你们完全毁坏了，你们所过
　　　　　　的糜烂的生活使得国王和王后之间有若仳离，破坏
　　　　　　了他们的床笫之欢，使王后的美丽的面颊因受你们

的委屈而被眼泪玷污。我自己生于帝王之家，和国王是近亲，并且在你们使他误会我之前友爱最笃。但是我俯首承受了你们的欺侮，在异乡的云雾之中吐出了我的英国人的叹息，吃着放逐中的苦口的面包。这时节你们吞噬了我的庄园，开放了我的林苑，砍伐了我的树木，把我的家族纹章从我自家的窗上给捣毁了，并且销除了我的私人的图案[1]，使得我除了别人对我的敬意和我自己的活的血液之外没有任何标志向世人证明我是一位贵族。此外还有很多理由，两倍以上的理由，应处你们以死刑。把他们拉出去执行死刑。

卜希　　　　死刑对于我，比布灵布洛克对于英格兰，要更多受欢迎些。诸位大人，再会。

格林　　　　我的安慰是，上天会接受我们的灵魂，用地狱的苦痛惩罚恶人。

布灵布洛克　脑赞伯兰大人，负责把他们处决。〔脑赞伯兰及其他押卜希与格林下〕

　　　　　　叔父，您说王后是在您府上，为了上帝的缘故，要好好地待遇她。告诉她我向她致敬，请特别注意要把我的问候之意转达过去。

约克　　　　我已派了一位专人前去，带着一封叙述你对她的敬爱之意甚为详尽的信。

布灵布洛克　多谢，亲爱的叔父。来，诸位大人，走吧，去和格兰道渥及其同党打仗[2]。且工作一阵，随后再作乐。〔同下〕

第二景：威尔斯海岸。一堡垒在望

奏花腔：鼓号齐鸣。利查王、卡赖尔主教、欧默尔及士兵等上。

王　　　眼前这个地方就是他们唤作巴克劳利堡垒的吗？

欧默尔　是的，陛下。您最近在汹涌的海上颠簸之后，可喜欢此地的风光吗？

王　　　我当然是很喜欢！又回到我的国土之上，我喜极而泣了。亲爱的土地，我用手向你敬礼——虽然叛徒们用他们的马蹄蹂躏你——像是一位与孩子久别的母亲，重聚时便不免纵情地一面流泪一面微笑，我现在也是一面哭一面笑地向你敬礼，我的土地哟，用我这国王的手来抚摩你。我的亲爱的土地，不要以粮食供养你的主上的敌人，也不要以你的美味来满足他的口腹之欲。让吸取你的毒液的蜘蛛和步履笨拙的蟾蜍，出现在他们的路上，给那些擅自践踏你的奸人们的脚以伤害。长出一些带刺的荆棘给我的敌人，他们在你的胸膛上摘取一朵花的时候，你要用潜伏着的毒蛇加以保护，让它用叉舌狠命地一咬，咬死你的主上的敌人。诸位，莫要笑我这些没有意义的咒语，当正统的国王在叛变的武力威胁之下尚未倾覆之前，这块土地会有感觉的，这些顽石会变成为武装士兵。

卡赖尔　不必担心，陛下！上天有意使你为王，亦必有力不

顾一切地使你保持王位。天意不可违，我们必须接
受。否则，天意如此，而我们不愿悉力以赴，那便
是我们拒绝接受上天赐给我们的救助了。

欧默尔　　　他的意思是说，陛下，我们不够积极，而布灵布洛
克，由于我们的自恃无恐，装备日强声势日大了。

王　　　　好令人气短的弟弟！你知道不，天上炯炯的太阳藏
在地球后面去照耀世界另一面的时候，盗贼黉夜横
行，在这里做出杀人流血的暴行，但是当它从地球
下面照亮了东方松树的树颠，把它的光芒刺入了每
一个罪恶之窟的时候，那时节谋杀、叛逆以及一切
可恶的罪过在它们的背上不复有昏夜的外衣遮掩，
赤裸裸地原形毕露，将因自惭形秽而抖颤了吗？所
以这个强盗、这个叛徒布灵布洛克乘我在另一国土
巡游的时候一直地在黑夜中纵乐，他会要发现我从
东方的宝座上升起，他的叛变将使他羞惭满面，无
法忍受白昼的光辉，只有为了他的罪恶而自行惶恐
战栗。狂暴的大海里所有的水也不能冲洗掉国王身
上所涂的油，凡人的议论不能废黜上帝所选定的代
表。为了对付布灵布洛克所征募的挥动利刃反抗王
室的每一个人，上帝用天上的粮饷给他的利查派定
了一名光耀的天使。

有天使助战，凡人们一定溃散，

因为上天永远保护理直的一面。

骚兹伯来上。

欢迎，大人！你的队伍离此有多远？

骚兹伯来   不比我这双孱弱的胳膊远，也不比它近。陛下，悲哀引导着我的舌头，让我只说绝望的话。高贵的主上啊，我恐怕是只因迟了一日，您的世上所有的快乐的日子都蒙上了阴翳。啊！如果能把昨天唤回，把时间逆转，你就可以拥有一万二千名战士。

今天，今天，不幸晚了一天，

把你的幸福、朋友、国家都给推翻，

所有的威尔斯人，听到你的死讯，

都一哄而散向布灵布洛克那边逃奔。

欧默尔   请宽心，我的主上！陛下为什么脸色这样苍白？

王   刚才不久，两万士兵的热血

在我脸上炫耀，现已逃逸。

这么多的血尚未返还的时节，

我的脸上不该是惨兮兮的？

想要安全的人尽可离开我身边，

时间在我的光荣上已涂了污点。

欧默尔   请宽心，我的主上！不要忘了您是谁。

王   我是忘形了。我不是国王吗？醒起哟，你这懒惰的国王！你是在睡。国王的名义不就可以抵得过两万人吗？披挂起来，披挂起来，我的名义哟！一个渺小的平民在打击你的伟大的荣光。不要低头望地，你们这些国王的亲信，我不是地位很高吗？我们的思虑也要高，我知道我的叔父约克有足够的军队可以帮我们的忙。谁来了？

斯蒂芬·斯克卢帕爵士上。

斯克卢帕　　愿吾主所能得到的健康快乐，比我这音调悲切的舌头所能表示的为更多！

王　　　　我的耳朵是敞着的，我的心也有了准备，你所能宣布的消息，最坏也不过是尘世间的损失。说吧，是不是我的国亡了？唉，国家是我所烦心的事，免除了这份烦心，那算是什么损失呢？是不是布灵布洛克想要成为和我一般伟大？他不可能比我更伟大，如果他侍奉上帝，我也要侍奉上帝，于是我就成为和他地位相等的人了。我的人民叛变？那是我无法挽救的，他们是背叛对上帝的誓约，也是背叛我。
让悲哀、毁灭、挫败一齐向我吼叫，
千古艰难唯一死，死是谁也逃不掉。

斯克卢帕　　我很高兴陛下对于灾难的消息有这样坚强的准备。好像是时令反常风狂雨暴的一天，使得清澈的河水泛滥了两岸，全世界都要溶为泪水一般，布灵布洛克就是这样的赫然震怒，大大地溢出了范围，用坚硬发亮的钢刃和比钢刃更硬的心盖满了你的恐惧的国土。白胡子的老者们在他们的头发稀疏或是完全秃顶的脑袋上戴起盔甲反抗陛下；孩子们，嗓音还像女人，也努力粗声大气地说话，在他们的细弱的肢体上套上了僵硬笨重的甲胄来抵抗您的王权；就是受雇为您祈福的人，也在学习弯射他们的由两种杀人力量的 [3] 紫杉木制成的弓，来反对您的政权；是的，就是手执纺杆的妇女们，也挥动了生锈的矛戟来对付您的王位。

年轻的和年老的都开始叛变，

一切比我所能说的还更悲观。

王 你把这样坏的一个消息讲得太好了，太好了。威尔特席尔伯爵在哪里？白格特在哪里？卜希怎么样了？格林在哪里？竟让危险的敌人在我们境内横行无阻？如果我能胜利，我一定要他们的脑袋来赎罪。我敢说他们已经和布灵布洛克讲和了。

斯克卢帕 陛下，他们确是和他讲和了。

王 啊小人、毒蛇，该下地狱永不得翻身！一群狗东西，很容易被收买去巴结任何人！一窝毒蛇，由我的心血而获得温暖的，竟刺了我的心！三个犹大[4]，每一个都比犹大坏三倍！他们真愿意讲和吗？为了这项罪行，让可怕的地狱对他们的邪恶的灵魂作战吧！

斯克卢帕 我看出了，最亲切的爱一旦变质便成为最尖酸最狠毒的恨。解除你对他们灵魂的诅咒吧，他们是抛掷头颅而讲和的，不是举手投降而讲和的。你所诅咒的那几个人

已经受到死神最凶狠的打击，

现在深深地被埋葬在空旷的坟里。

欧默尔 卜希、格林和威尔特席尔伯爵都死了吗？

斯克卢帕 是的，他们都是在布利斯多被斩首的。

欧默尔 我的父亲约克公爵和他的队伍在哪里呢？

王 在哪里都没有关系。谁也不要说什么安慰的话了。

我们谈论坟墓、蛆虫和墓碑吧，把尘埃作为我们的纸，用落泪的眼睛在地面上书写哀愁吧。我们选定执行人谈谈遗嘱吧——还不能这样做，因为除了把我们的被罢黜的躯体送入地下之外我们还有什么遗产呢？我们的土地，我们的性命，全都是布灵布洛克的了，除了死以及覆盖骸骨的一抔泥土之外没有什么可以说是我们自己的。为了上帝的缘故，我们坐在地上讲说古代帝王之死的悲惨故事吧：有些是如何地被废，有些是如何在战争中被害，有些是如何被他们所谋害的人的鬼魂所祟，有些被他们的妻子所毒杀，有些是如何在睡眠中遇刺，全都是被谋杀。一位国王之血肉做成的头颅上面箍着一顶空洞的王冠，就在那王冠之中死神设立了他的朝廷。那个怪模怪样的小丑就坐在那里，对着他的威仪嘲弄，对着他的排场狞笑，准许他一个短暂的期间，一个小小的场面，让他称孤道寡，受人畏惧，以脸色杀人，使他生起妄念以为这血肉之躯乃铜墙铁壁一般地牢不可破。国王这样地胡思乱想之际，死神终于到来，用一根小针在那铜墙铁壁上戳一个孔，国王就算完了！戴上你们的帽子，不要用这么恭敬的样子来讥笑一个血肉做的人，抛弃恭敬、惯例、仪式和礼节，你们是一直错认了我，我和你们同样地吃面包为生，同样地感觉贫穷，经历苦痛，需要朋友。有此种种，你们如何可以对我说我是一位国王呢？

卡赖尔　　陛下，智者决不呆坐着哭诉他们的苦痛，而要立刻

去阻塞那苦痛的根源。恐惧能使力量瘫痪，所以恐
惧敌人便是使自己软弱，亦即是把力量送给了敌人，
这样做法实在是和您自己作对。心怀恐惧，结果是
被人杀死；奋起作战，不会有比死更坏的结果：

战而死，是以死亡战胜死亡；

恐惧而死，是以生命向死亡投降。

欧默尔	我父亲有一支队伍。探听他一下，尽量地把一肢当作整体来使用吧。
王	你责备我的很对。骄傲的布灵布洛克哟，我来和你交战来决定是谁的末日来临。

这一阵恐惧业已消散，

赢取我分所应得，那并不难。

斯克卢帕，我叔父的军队在何处？

要说得好听，虽然你的面色愁苦。

斯克卢帕	人们仰观天象来预测

一天气候变化有多少，

你看我的沉重的眼色，

只能把更沉重的消息来报导。

我是在使您熬受刑苦，一点一点地把不能不说的最
坏的消息尽量拖延。您的叔父约克是已经和布灵布
洛克结合在一起了，您的北部的堡垒尽已投降，您
的南部的贵族纷纷起义投到他的那一边。

王	你说得够了。〔向欧默尔〕你真该死，把我从愉快的程途引到了绝望的地步！你现在尚有何说？我现在还有什么可以自慰的？我以天为誓，谁再劝我宽怀，

　　　　　我就永远恨他。

　　　　　到弗林特堡垒去，我要在那里憔悴以终。

　　　　　国王作了灾难的奴隶，要毅然地去服从。

　　　　　把我的队伍解散，让他们去

　　　　　耕耘能有收获希望的土地，

　　　　　我是无望了。谁也不必再对我劝告

　　　　　改变我的主张，一切劝告都是无效。

欧默尔　　陛下，我再说一句话。

王　　　　用甜言蜜语对我说

　　　　　实在是双倍地伤害了我。

　　　　　把我的随从遣散，让他们离开这里，

　　　　　离开利查的黑夜，投奔布灵布洛克的白昼去。〔同下〕

第三景：威尔斯。弗林特堡垒前

　　　　布灵布洛克及其军队于鼓乐旌旗中上；约克、脑赞伯兰
　　　　及其他上。

布灵布洛克　根据这一情报，我们知道威尔斯人众已经散去，最
　　　　　近带着几个私党在这海岸登陆的骚兹伯来已经去会
　　　　　见国王去了。

脑赞伯兰　这消息很好，大人，利查就躲藏在离此不远的地方。

约克	脑赞伯兰大人似乎应该说"国王利查"。哎呀好悲惨的日子，这样神圣的一位国王竟要藏藏躲躲！
脑赞伯兰	您误会了，只是为了简便，我略去了他的头衔。
约克	当初曾经有过一个时候，如果你对他如此简慢，略去他的头衔，他也会把你缩短，砍去你的头颅那么长的一截子。
布灵布洛克	叔父，您不必过分地误会。
约克	好侄儿，你也不要过分地僭越，否则你会要忘记我们的头上还有苍天。
布灵布洛克	我晓得，叔父，我并不敢违抗天意。谁来了？

亨利·波西上。

	欢迎，亨利！怎么，这堡垒不肯投降？
亨利	这堡垒像王室一般地拱卫森严，拒绝您的进入。
布灵布洛克	王室一般地！噫，里面没有国王吧？
亨利	有，大人，里面的确有一位国王：利查国王驻在那灰砌的石墙之内。和他在一起的有欧默尔大人、骚兹伯来大人、斯蒂芬·斯克卢帕爵士，此外还有一位有道的僧侣，他究竟是谁，我无法探悉。
脑赞伯兰	啊！可能即是卡赖尔主教。
布灵布洛克	〔向脑赞伯兰〕尊贵的大人，去到那古堡的糙墙之下，吹起黄铜喇叭把谈判的号声送进那些倾圮的墙洞，这样地宣告：亨利·布灵布洛克双膝跪落，敬吻国王利查之手，向最尊贵的国王陛下表示忠诚，我甚至匍匐到他脚前情愿缴出我的武器和军队，如

果放逐令之取消及土地之返还能得到无条件的允诺。
如其不然，我要使用军事的力量，用被屠戮的英国
人民创口淌出的血来浇洒夏日的尘埃。讲到这一点，
我的谦卑下跪可以证明，布灵布洛克根本无意让猩
红的血雨来浸染利查国王的鲜绿的土地。去，把这
一番意思向他表示，我们这时候就在这绿草如茵的
原野上进军。我们行军不可有吓人的鼓声，好让他
们从堡垒的破烂的雉堞上清楚地看出我们的精良的
装备。我觉得，利查王和我今日之会，其可怕的程
度当不下于一场雷雨，霹雳一声，惊破天空的密云。
让他作为是雷电，我是无抵抗的雨水：让他在天空暴
躁，我却把雨水降到地上，降到地上，不是降在他
的头上。向前进，注意看国王利查的脸色。

谈判的号声响起，内有喇叭声作应。奏花腔。国王利查、
卡赖尔主教、欧默尔、斯克卢帕、骚兹伯来，登墙上。

亨利　　看，看！国王利查亲自出现了，好像是涨红了脸的
　　　　愠怒的太阳从东方的火烧着的门口出现，因为他看
　　　　到了嫉妒的阴云决心要掩蔽他的光辉，并且要使得
　　　　他的向西的行程黯然无光。

约克　　但是他还是个国王的样子：看啊，他的眼睛，像鹰的
　　　　一般亮，照射出慑人的威严。
　　　　哎呀，哎呀，多么悲惨，
　　　　竟有灾害毁伤这样美的脸！

王　　　〔向脑赞伯兰〕我觉得十分惊异，我站立这样久等着

你屈膝致敬，因为我认为我是你的合法的君王，如果我是，你的双膝怎么敢在我面前忘行大礼？如果我不是，举出上帝免除我的职务的凭证，因为我很明白，任何血肉的手都不能抓握我这神圣的王杖，除非他是作渎亵偷窃篡夺的勾当。虽然你以为大家都已经和你一样地昧着良心背叛了我，我陷入了众叛亲离的地步，但是你要知道，我的主人万能的上帝正在云端为我征集疫疠的队伍，你们如果胆敢举起你们的奴才的手威胁我的王冠，那疫疠就会打击你们的未来的子孙。告诉布灵布洛克——我想他就在那边——他在我的土地上所走的每一步都是大逆不道，他是前来启视流血战争之血迹斑斑的遗嘱，但是在他安然戴上那顶他所觊觎的王冠之前，成千成万的血淋淋的人头将要破坏了英格兰地面上的美景，把她的苍白而和平的面貌变成为猩红的愤怒之色，把忠诚的英国人的鲜血洒在牧地的草上。

脑赞伯兰　　上帝不许我们的国王会在内战中受到粗暴的攻击！您的非常尊贵的弟弟，亨利·布灵布洛克，很谦恭地吻您的手。凭着您的祖先埋骨的坟墓[5]，您二位共同的王族血统，从一个源头流下来的血液，业已埋葬的勇敢的刚特的手，他本人的才能与荣誉，其中包括一切可以提起和可用以发誓之事物，他愿发誓说，他此次前来之目的只不过是想跪着乞求他的世袭的权利以及迅速恢复自由。您这一方面一经允准，他就放下他的闪亮的兵器任它去生锈，把他的

　　　　　装甲的战马送进马厩，一心一意为您忠诚服务。他
　　　　　身为王子，他发誓说他所说的都是实话。我身为贵
　　　　　族，我相信他。

王　　　　脑赞伯兰，你去说，国王这样回答：他的高贵的弟弟
　　　　　来到此地，甚表欢迎；他的所有的合理的要求将全部
　　　　　邀准，毫无保留。用你所有的一切亲善的辞令，代
　　　　　我向他表示我的好意。〔脑赞伯兰回到布灵布洛克那
　　　　　边〕〔向欧默尔〕我有失身份了，老弟，是不是，态
　　　　　度如此谦卑，语言如此软弱？我要不要唤回脑赞伯
　　　　　兰，向这叛徒应战而不惜一死？

欧默尔　　不，陛下！我们用温和的语言作战，
　　　　　时间会给我们朋友，朋友给我们救援。

王　　　　啊上帝！啊上帝！当初我亲口把放逐的严令加在那
　　　　　傲慢的人的身上，如今又用甜心蜜语把这命令取消。
　　　　　啊！但愿我是像我的苦痛一般地伟大，或是比我的
　　　　　衔称小一些，或是能忘记我过去曾是什么人，或是
　　　　　不复记忆我现在确是什么人。你涨得慌么，高傲的
　　　　　心？敌人既然可以自由地打击你和我，我也给你一
　　　　　些跳动的空间吧 [6]。

欧默尔　　脑赞伯兰从布灵布洛克那边回来了。

王　　　　现在国王可怎么办呢？他必须投降吗？国王只好投
　　　　　降。他必须被废吗？国王只好逆来顺受。他必须失
　　　　　掉国王的尊号吗？以上帝的名义，随它去吧。我要
　　　　　放弃我的珍宝来换取一串念珠，放弃我的辉煌的宫
　　　　　殿来换取一个隐居之所，放弃我的灿烂的服装来换

取一件受救济的贫民的袍子，放弃我的镂花的酒杯
来换取一只木碗，放弃我的王杖来换取一根香客的
木棍，放弃我的臣民来换取一对圣徒的雕像，放弃
我的广大的国土来换取一座小的坟墓，一座小小的
坟墓，而且是一座没没无闻的坟墓。或是葬身在公
路之上，交通孔道之上，让人民随时践踏他们的君
主的脑袋，因为在我生时他们践踏我的心，一旦入
葬，为什么不可以践踏我的脑袋呢？欧默尔，你哭
了，我的软心肠的弟弟！我们洒着被人鄙夷的眼泪，
将造成坏天气，我们的叹息与泪水一定会要浸毁夏
季的谷物，在这叛变的国土之内造成饥荒。我们是
不是可以苦中作乐，来作一种流泪比赛的游戏？这
个样子做：我们不断地把泪滴在一个地方，最后在那
块土里蚀出两个墓穴，

就埋在那里："这里卧着两个亲属，

他们是用泪眼自掘他们的坟墓。"

这无聊的举动好不好？我知道

我是在瞎说，你是在把我笑。

最伟大的公爵，脑赞伯兰大人，国王布灵布洛克怎
么说？国王陛下是否准许利查活着直到利查寿终
正寝？

你只消一鞠躬，布灵布洛克必定准。

脑赞伯兰	陛下，他在下面院里等着和您说话呢。请您下来好不好？
王	下来，下来，我就来。恰似光芒四散的费哀赞，不

会驾驭暴戾的马 [7]。

下面院里？国王也变得下贱，

乖乖地去听叛徒们的召唤。

下面院里？下去！下去，院里！下去，国王！

枭鸟叫嚣在百灵鸟应该翱翔歌唱的地方。〔国王等从
上面下〕

布灵布洛克　国王怎么说？

脑赞伯兰　　心中的苦痛忧愁使得他胡说乱道，像是一个疯子。

可是他还是来了。

国王利查及侍从等上。

布灵布洛克　全都站开，向国王陛下敬礼。〔跪〕我的仁慈的
主上——

王　　　　　好弟弟，你让那卑贱的泥土因吻你的膝头而骄傲，
也未免太辱没你的膝头了。我愿由内心感到你的友
爱，不愿用不感愉快的眼睛看你的礼貌周全。

起来，弟弟，起来！我知道你的野心已经兴起，

至少有这样高 [8]，虽然你的膝头落得很低。

布灵布洛克　我的仁慈的主上，我来只是要求我分所应得的。

王　　　　　你所应得的是你的了，我也是你的了，一切都是。

布灵布洛克　我所最敬畏的主上，愿我所据为己有的不超过我的
忠诚所应得的您的恩宠的范围。

王　　　　　你有资格得到，用最强硬最稳妥的方法去攫取一件
东西的人，都有资格得到那一件东西。

叔父，把您的手给我，揩干你的眼睛。

眼泪表示爱，但是没有补救的效能。

弟弟，我太年轻不能做你的父亲，

虽然你年纪够大可以做我的继承人。

你想要的我都给，而且心甘情愿，

因为迫于形势，不能不这样干。

向伦敦出发。弟弟，是不是这样？

布灵布洛克　是的，我的主上。

王　　　　那么我也不得反抗。〔奏花腔。同下〕

第四景：朗雷。约克公爵的花园

王后及两侍女上。

后　　　　我们在这花园里玩些什么游戏来排遣愁怀呢？

侍甲　　　夫人，我们滚木球吧。

后　　　　这会使我联想到这世界是充满了障碍，我的命运走
上了不如意的路[9]。

侍甲　　　夫人，我们跳舞吧。

后　　　　我的心里有无限的哀愁，我的腿无法踏出欢欣的步
伍，所以，别跳舞吧，小姐，玩些别的游戏。

侍甲　　　夫人，我们讲故事吧。

后　　　　　讲悲苦的还是快乐的？

侍甲　　　随便哪一种，夫人。

后　　　　哪一种都不好讲，小姐，如果讲快乐的，眼前全无
　　　　　快乐可言，这将格外地使我想起忧愁的事；如果讲
　　　　　悲苦的，眼前全是悲苦，这将在我的缺乏快乐之上
　　　　　再加更多的悲苦，我已有的，无须重复，我所无的，
　　　　　抱怨也没有用处。

侍甲　　　夫人，我来唱吧。

后　　　　你想唱你就尽管唱。不过如果你哭，你一定会使我
　　　　　更高兴。

侍甲　　　我可以哭，夫人，如果对您有益。

后　　　　如果哭能对我有益，我会高兴得唱起来，那么也就
　　　　　无须借用你的眼泪[10]。但是且慢，园丁们到此地来
　　　　　了，我们躲到树荫里去。我敢以我的苦痛作赌注来
　　　　　和对方的一排针打赌，他们一定要谈论国家大事，
　　　　　大变动来临之前每个人都会这样的，
　　　　　苦难的事总是由苦难的谈论做前驱。〔王后及侍女
　　　　　等下〕

　　　　　一园丁及二仆人上。

园　　　　去，你去把那边低垂的杏树枝扎起来——那些枝子
　　　　　像是不受管制的孩子们，用它们的庞大的重量把它
　　　　　们的父亲压弯了背——把弯曲的小枝给支撑起来。
　　　　　你去，像刽子手一般，把我们领土里过分出人头地
　　　　　的长得太快的枝条都给砍头，在我们的治理之下，
　　　　　大家必须是一般高。你们干这个的时候，我去拔除

野草，这些有害无益的东西只是会吸取土壤的肥料妨害花儿的正常生长。

侍甲　我们的以海为墙的花园，整个的国土，充满了野草，她的最美丽的花株都被壅塞了，她的果木树全未修剪，她的篱笆坍倒，她的花坛凌乱，她的好好的草花上面挤满了毛虫，这时节我们又何必在这小小的范围之内维持法律秩序和各部分的匀称，好像是给我们的安定的国家做一个小小的模型呢？

园　你别再说了！纵容春天芜乱不治的那个人，他自己已经到了清秋萧瑟的地步。在他的宽大叶子遮掩之下的那些野草，像是拥护他，实际是蛀蚀他，如今全被布灵布洛克连根拔起了，我是说威尔特席尔伯爵、卜希、格林。

仆甲　怎么！他们死了？

园　他们是死了，而且布灵布洛克还捕获了那挥霍无度的国王。啊！多么可惜，他没有像我们整理花园似的修治他的国家。我们在适当的季节总要划破我们的果木树的树皮，怕的是里面的汁浆血液过分地旺盛，会要因为太丰满而毁灭它自己。如果他对权势日增的要人们也这样做了，他们可能已经结出效忠的果实给他品尝了。我们砍去多余的树枝，好让结果实的树枝生长。

　　如果他也这样做，王冠仍可保，

　　如今由于荒嬉，把王冠失掉了。

仆甲　什么！你以为国王会被废吗？

园	他是已经被打倒了，恐怕是要被废，昨晚约克公爵的一位好朋友接到了信函，有很坏的消息。
后	啊！我因为不说话要被活活压死了。[11]〔上前〕你，老亚当的化身，你是奉派整理花园的，怎敢信口乱说这不愉快的消息？是什么夏娃，什么毒蛇，诱惑了你，使你制造人类的第二次堕落？你为什么说国王利查被废？你，你这不比泥巴好多少的东西，竟敢预卜他的覆亡？你说，你是在什么地方，什么时候，怎么样地，得知这个坏消息？说呀，你这贱货。
园	饶恕我，夫人！我说出这些消息并没有什么快乐，不过我所说是实。国王利查，他是落在强大的布灵布洛克的掌握里了，他们两个的命运放在天平上了：在您的夫君一方面除了他本人之外一无所有，有几个无聊的亲信只能使得他分量更轻；但是在布灵布洛克那一方面，除了他自己之外还有所有的英国的贵族，因为占了这一点便宜，他就把国王利查压倒了。赶到伦敦，你会发现确是如此的， 我所说的不过是人人知道的消息。
后	迅速的不幸啊，你是捷足的，你要传达的消息与我最为有关，而反让我最后知晓？啊！你让我最后知道，是为了让我把你的悲哀长久地留在我的心里。 来，小姐们，我们去， 到伦敦去和苦难的国王相聚。 怎么！我生来只是为使我的愁容 来点缀布灵布洛克的胜利游行。

　　　　　园丁，为了把这悲惨的消息对我讲，

　　　　　我祈祷上帝让你接枝的树木永不生长。〔王后及侍女

　　　　　等下〕

园　　　　可怜的王后！如能使您处境不再恶化，

　　　　　情愿让我的手艺接受您的咒骂。

　　　　　她在这里掉了一滴泪，就在这地方，

　　　　　我要种一片号称"悔恨之花"的芸香[12]。

　　　　　芸香，表示哀怜，在此即可看见，

　　　　　为一位哭泣的王后作纪念。〔同下〕

注 释

[1] impress 系纹章学的术语，是正式的 coat of arms 之外的一种勋纹图案，为小型的含有寓意的图画，常附有箴言 motto，绘于或刻于武器或用具之上。布灵布洛克使用过好几种，如银天鹅、羚羊、大红袍、狐狸尾巴等。凡是叛徒，依法此种图案应予销毁。

[2] 原文 To fight with Glendower and his complices 一行疑是衍文，因格兰道渥之战是在一四○○年，乃约一年以后之事。且原文此行上下两行叶韵，被此行所割裂。

[3] 紫杉（yew）木做弓，弓为杀人利器，其果（berries）有毒（或谓其叶有毒），能致人于死，故云。

[4] 犹大 Judas 即 Iscariot，背叛耶稣的那个门徒。

[5] 指爱德华三世的坟墓，在西敏斯特寺。

[6] "说至此处，解开衣襟。"（Harrison 注）

[7] 费哀赞（Phaëthon）自命是太阳神 Helios 的儿子，因为太阳神与衣索欧皮亚国王密洛普斯之妻 Clymene 交而生费哀赞。费哀赞向其父悬求使用其天车，于一日之间绕地球一匝，因不谙驾驭之术，几撞毁地球。Jupiter 怒而将他推于车外，坠 Po 河云。事见奥维德《变形记》。

[8] 说至此处，以手触其王冠。

[9] 原文 rub、bias 均系木球（bowls）术语。地上凸凹不平或有小石块，使球不能顺利前进，皆谓之 rub。木球内灌铅使之偏重，滚行时可以曲线前进以绕过途中障碍，谓之 bias。against the bias 即"不按照所希望的路线前进"之意。

[10] 原文 And I could sing, would weeping do me good,/ And never borrow any tear of thee 剑桥本 Wright 解作："And I could sing for joy if my troubles were only such as weeping could alleviate, and then I would not ask you to weep for me."

[11] 指古代一种酷刑，受讯之人如拒绝发言，得用重物压其胸上至死，所谓 peine forte et dure。

[12] Verity 注："rue 俗称为 herb of grace 或 herb-grace，此处所指之 grace 乃是忏悔，因为据说此种植物之名系由动词 rue 而来，to rue= to repent。'忏悔'与'回忆'是密切关系的，故此处之 rue（芸香）即是 Symbol of sorry remembrance '悲惨回忆之象征'也。"

第 四 幕

第一景：伦敦。西寺大厦 [1]

教会首要在王座右方，贵族领袖在王座左方；平民在下面。布灵布洛克、欧默尔、色雷、脑赞伯兰、亨利·波西、菲兹华特、又一贵族、卡赖尔主教、西寺住持及侍从等上。官员等押白格特上。

布灵布洛克　传白格特。现在，白格特，你有话尽管说，说一说关于高贵的格劳斯特之死你所知道的情形，什么人鼓动国王干出了这桩事，什么人下的毒手使得他死于非命。

白格特　　　那么请欧默尔大人和我对质吧。

布灵布洛克　弟弟，站出来，和他对质。

白格特　　　欧默尔大人，我知道您的大胆的舌头决不会否认从前所说过的话。在阴谋杀害格劳斯特的那个凄惨的时候，我听见你说，"我这只无远弗届的胳膊，可以从和平的英格兰王宫伸展到卡雷，难道不能伸展到我的叔父的头上去吗？"就在那个时候你还说了许多旁的话，我听见你说，你宁可拒绝接受十万银币，也不愿看到布灵布洛克返还英格兰；并且加上这样的一句，您这堂兄弟若是能死掉的话，那是何等的国家之福。

欧默尔　诸位亲王贵族，我该怎样回答这个贱人呢？我能降低我的高贵的身份，以平等地位谴责他吗？我只好这样做，否则因他的信口诽谤我的名誉要受污损。这就是我的挑战的表示，也就是在你的死刑判决书上亲手盖的章，你是命定地要下地狱了！我宣称你是说谎，我要让你心头流血来证明你所说的话是虚伪的，虽然玷污了我的宝剑未免太委屈了。

布灵布洛克　白格特，别动，你不可把它拾起来。

欧默尔　除了一位之外，我愿使我如此激怒的那个人是现场中出身最高贵的一个。

菲兹华特　如果你坚持地位相等方肯打斗，这就是我的挑战，欧默尔，回敬你的挑战。在太阳照耀之下我看见你站在那里，就凭那美丽的太阳为誓，我听见你说了，而且你说的时候还得意扬扬，你说你是把高贵的格劳斯特处死的主动。你若是否认二十遍，你也是说谎，我要用我的剑尖把你的谎言送回到你的制造谎言的心里去。

欧默尔	懦夫，你不敢活着见到那一天。
菲兹华特	我衷心地愿意此刻就决一死战。
欧默尔	菲兹华特，你这样做必定要下地狱。
亨利	欧默尔，你说谎！他的控告是真实的，而你是完全虚伪。为了证明你是如此，我投下了我的挑战物，要打到吐出最后一口气为止，来证明你的虚伪。如果你敢，你就拿起来。
欧默尔	如果我不拿，让我的两手烂掉，永远不再在我的仇敌的闪亮的盔上挥舞我的复仇的剑。
贵族	我也要让这块土地做同样的工作 [2]。没有信义的欧默尔，我要从日出到日落在你的狡诈的耳朵旁边不断地大声指控你是在说谎，这就是我的名誉的担保。拿起来我们决一死战，如果你敢。
欧默尔	还有谁和我打赌？我以天为誓，我全都愿意一拼。我在一个胸膛里有一千股精神力量来对付像你们这样的两万人。
色雷	菲兹华特大人，我清楚地记得欧默尔和你谈话的那个时候。
菲兹华特	那是真的！当时你是在场，你可以和我一同作证，这是真的。
色雷	天呀，其为虚伪不实，犹之乎上天是真实不虚一般。
菲兹华特	色雷，你说谎。
色雷	无耻的奴才 [3]！你指斥我说谎，这一指责分量很重，逼得我的剑不能不反抗复仇，要使得你这个信口骂别人说谎的人以及你的谎言本身终于像你的父亲的

髑髅一般静静地卧到泥土里面。为证明这一点，这
便是我的名誉的保证。接受我的挑战，如果你敢。

菲兹华特 多么糊涂啊，你居然踢刺一匹性急的马 [4]！如果我
敢吃，敢喝，敢呼吸，敢活下去，我就敢到旷野和
色雷相会，唾他的面，直指他是说谎，说谎，说谎。
那便是我的信用的保证，一定可以使你受到我的严
厉的惩处。我想在这新的局面里好好地生存，不能
不说出欧默尔是犯了我所指控的罪。并且，我听到
被放逐的诺佛克说起，你，欧默尔，曾派遣你手下
两个人在卡雷把那高贵的公爵处死。

欧默尔 哪一位诚实的基督徒借给我一件挑战的信物吧 [5]，现
在我把它掷在地上，我宣称诺佛克说的是谎话，如
果他能被召回保护他的荣誉。

布灵布洛克 这些争论在你们双方表示意欲决斗的情形之下应该
暂行停止，等待诺佛克的召回。他是要被召回的，
虽然他是我的仇敌，他的所有的土地和产业都将
发还给他，他回来的时候，我们要强迫他和欧默尔
决斗。

卡赖尔 那个光荣的日子是永远不能见到了。被放逐的诺佛
克在光荣的基督的战场上有好几次为耶稣基督而战，
擎着基督十字架的大旗向着那些邪恶的异教徒土耳
其人阿拉伯人迎风招展，疲于征战，退隐到意大利。
在威尼斯他把他的骸骨长埋在那愉快的国土之中，
把他的纯洁的灵魂交付给他的领导者基督，在他的
旗帜之下他曾这样长久地作战。

布灵布洛克　怎么，主教，诺佛克死了吗？

卡赖尔　　　如同我还在活着一样地确实，大人。

布灵布洛克　愿宁静的和平引导他的灵魂到阿伯拉罕老祖宗的怀
　　　　　　里去吧！诸位控诉的大人，你们的争端在你们的誓
　　　　　　约之下暂行停止，等我指定你们的决斗的日期。

　　　　　　约克偕侍从上。

约克　　　　伟大的兰卡斯特公爵，我是被拔除了羽毛的 [6] 利查
　　　　　　派来见你的。他心甘情愿地让你继位，把他的至尊
　　　　　　的权杖交给你的手中执掌。你现在既是他的继承人
　　　　　　了 [7]，登上他的宝座吧。亨利万岁，亨利四世万岁！

布灵布洛克　遵照上帝的意旨，我要登上王位。

卡赖尔　　　啊，上帝不许！在诸位亲贵面前我最没有资格说话，
　　　　　　但是我最适宜于说出真话。但愿在座的高贵人士之
　　　　　　中有人是足够高贵的来为高贵的利查做一个公正的
　　　　　　审判人！那么，真正的高贵的性格就会教他不做这
　　　　　　样错误的事。哪一个臣民可以审判他的君王？在座
　　　　　　的哪一个不是利查的臣民？盗贼纵然犯有显而易见
　　　　　　的罪过，也不能加以审判，除非他们到场应审。那
　　　　　　么上帝的权威的象征，他的将领，事务员，选定的
　　　　　　代理人，涂过油的，加过冕的，御宇多年的国王，
　　　　　　就应该受他的属下臣民的审判么，而且他本人又不
　　　　　　在场？啊！不许有这样的事，上帝，在一个信奉基
　　　　　　督教的国土里纯洁的人们不可以做出这样荒谬可恶
　　　　　　的事。我是在对一些臣民说话，而且是以臣民的身

份说话，是受上帝的激动而为他的君王仗义执言。这位赫福德大人，你们尊称为王，对于骄纵的赫福德的君王而言，他乃是罪大恶极的叛逆。如果你们把王冠戴在他的头上，我可以预言，英国人的血将要用以为土地施肥，未来的世世代代将要为这罪行而痛苦呻吟；和平将要和土耳其人与异教徒去安眠，而这一向为和平所定居的地方将要发生混战，同族相杀，同类相残；纷乱、恐怖、疑惧、叛变，将要在此地滋生，这块国土将被称为各尔各他髑髅之地[8]。啊！如果你们激起这一家族和这一家族的仇恨，那将成为这块受了诅咒的国土所曾遭遇到的最悲惨的分裂[9]。

防止它，阻止它，不要让它发生，

否则子子孙孙要对你们大叫"惨痛！"

脑赞伯兰　你说得很有理，先生。为了酬答你的辛劳，我们以大逆不道的罪名逮捕你。西寺住持，着你把他妥为看管，直到他受审的日子。诸位大人，请你们批准议会的要求吧[10]。

布灵布洛克　把利查带到此地来，以便教他当众宣布让位，我们就可以进行下去，不致引起猜疑。

约克　我去做他的向导。〔下〕

布灵布洛克　在此被捕的诸位大人，可前去觅保听候定期受审。〔向卡赖尔〕我们并不感激你的好意，也不希望得到你的援手。

约克偕利查王及捧王冠官员等又上。

王　　　　　哎呀！我的王者的霸气尚未消除，为什么就奉召来
　　　　　　见一位国王呢？我尚不曾学会奉承、谄媚、鞠躬、
　　　　　　屈膝，且让悲哀来教我在人前屈服吧。可是我还
　　　　　　清楚地记得这些人的面孔，他们不是本来属于我的
　　　　　　吗？他们从前不是对我喊过"敬礼"吗？犹大对基
　　　　　　督也这样喊过 [11]，但是他，在十二个人当中，发现
　　　　　　除了一人之外全是忠实的；我，在一万二千人中，没
　　　　　　有一个。上帝保佑国王！没有人喊一声阿门么？让
　　　　　　我作牧师兼执事 [12]？好吧，阿门。
　　　　　　上帝保佑国王！虽然我不是他。
　　　　　　上天若认他是我，我还喊声阿门吧。
　　　　　　我奉召来此做什么事？

约克　　　　做一桩你自动愿做的事，也就是你因厌倦王位而建
　　　　　　议的事，把你的王权王冠让给亨利·布灵布洛克。

王　　　　　把王冠给我。走过来，弟弟，把王冠拿去。弟弟你
　　　　　　过来，我的手在这边，你的在那边。这顶金冠像是
　　　　　　一口深井，有两只吊桶一上一下地汲水，空的一只
　　　　　　在空中舞动，另外一只下沉，没人看见它但是充满
　　　　　　了水。
　　　　　　我便是下面含泪饮恨的那只桶，
　　　　　　而你是正在高升在半空中。

布灵布洛克　我以为你是情愿让位的。

王　　　　　王冠情愿奉让，悲哀仍属我自己。

　　　　你可以废除我的王位与光荣的排场，
　　　　废不了我的悲哀！我仍是悲哀之王。

布灵布洛克　随同王冠你给了我部分的烦恼。

王　　　　你的烦恼增加并不能把我的减少。
　　　　我的烦恼是丧失了旧日的责任，
　　　　你的烦恼是新的责任加上了身。
　　　　烦恼我已经送给你，我还是烦恼；
　　　　烦恼是追随王冠的，但仍在我心头萦绕。

布灵布洛克　你是愿意放弃王冠吗？

王　　　　也是也不是，因为我是无权无势，
　　　　所以不能说不，因为我任凭你处置。
　　　　现在请听我说我将如何地拆毁我自己：我把这沉甸甸
　　　　的东西从我头上摘下，把这笨重的王杖从我手中取
　　　　出，把王者之尊从我心里除掉；用我自己的眼泪洗掉
　　　　我的油膏，用我自己的手缴出我的王冠，用我自己
　　　　的舌头废弃我的王位，用我自己的语言免除一切臣
　　　　民的礼节：一切的排场仪仗我都免除；我的领地、租
　　　　金、收益，我都放弃；我的法令、命令、法规，我都
　　　　废止。
　　　　所有对我背誓的人，愿上帝饶恕！
　　　　对上帝所作的誓，愿上帝加以维护！
　　　　使我这一无所有的人无忧无虑，
　　　　使你这一切成功的人一切满意！
　　　　愿你能长久占据利查的宝座，
　　　　愿利查早日在一个土坑里长卧！

退位的利查说，上帝保佑亨利王，

带给他许多年光明愉快的好时光！

还有什么别的事吗？

脑赞伯兰　〔送过一个文件〕没有了，只是请你读一下这些控

诉，这些你本人和你部下所犯的背叛国家利益的严

重罪行，你承认下来，大家就会觉得你是罪有应得

合该被废。

王　　　我必须这样做吗？我必须把我所编织好的荒谬行为

再拆散开么？亲爱的脑赞伯兰，如果你的罪状都写

在纸上，在这样高贵的听众面前让你宣读一遍，你

不觉得羞耻吗？如果你肯宣读，你会发现其中有极

可恶的一款，包括废除国王、撕毁誓约的庄严保证，

这一款是你的一大污点，在天堂簿里要受诅咒的。

哼，所有的你们站着望着我的人们啊，我被狼狈的

处境苦苦相逼，你们之中纵然有几位像是皮拉多一

般洗你们的手 [13]，但是你们这些皮拉多哟，你们究

竟是把我送到这苦难的十字架上了，水是洗不掉你

们的罪过的。

脑赞伯兰　您快些吧，宣读那些条款。

王　　　我的眼睛充满泪水，我看不见，但是咸水还不能使

我完全目盲，在这里我还能看见一群叛徒。唉，如

果我反看我自己，我发现我自己和其余的人一样的

是叛徒。因为我在这里衷心同意把一个国王身上的

威仪全部解除，使光荣变成卑贱，使君王变成奴隶，

使威仪变成平民，使尊严变成伧夫。

脑赞伯兰　　我的主上——

王　　　　我不是你的主上，你这傲气凌人的人！我不是任何
　　　　　人的主上，我没有姓名，没有衔称，甚至受洗时的
　　　　　命名也没有，都被夺去了 [14]，哎呀好苦的日子！我
　　　　　熬过了这么多岁月，现在还不知道用什么名字喊我
　　　　　自己。啊！但愿我是一个用雪堆成的假国王，站在
　　　　　布灵布洛克太阳之前，把我自己融化成为一滴滴的
　　　　　水。好国王，伟大的国王——但是并不大好，如果
　　　　　我说的话在英格兰还能通行无阻，那么我就发出号
　　　　　令立刻去取一面镜子来，让我照照自己于丧失威仪
　　　　　之后还有什么样的一副面孔。

布灵布洛克　你们哪一位去取一面镜子来。〔一侍者下〕

脑赞伯兰　　镜子没来的时候宣读这个文件吧。

王　　　　恶魔！我还没有下地狱你就收拾我了。

布灵布洛克　不必再逼他了，脑赞伯兰大人。

脑赞伯兰　　议会将不满意。

王　　　　我会使他们满意！等我看到记载着我全部罪恶的那
　　　　　一本书，那就是我自己，那时节我将读个够。

一侍者携镜又上。

把镜子给我，我要读一读里面的东西。还没有更深
的皱纹？悲哀打击我的这张脸这么多下子，而没有
造成更深的创伤？啊，讨人欢喜的镜子！恰似我得
意时的追随我的人们，你是在骗我。这一张脸就是
每天在他的屋宇之下养活上万人的那一张脸吗？这

就是像太阳一般令人不敢逼视的那一张脸吗？这就是曾经对着那么多的荒唐行为面加赞许，终于被布灵布洛克弄得面上无光的那张脸吗？脆弱的光荣在这脸上照耀着，这脸也是和这光荣一样地脆弱。〔把镜摔击在地下〕看它那个样子，破成一百个碎片了。一言不发的国王啊，请记取这场戏的教训，我的悲哀多么快地就毁了我的脸。

布灵布洛克　是你的心中悲哀的幻影毁了你的脸在镜中的幻影。

王　　　　再说一遍。我的悲哀的幻影！哈！让我们想想看，的确是的，我的忧伤完全是在我的内心里，令人看不到的忧伤在我的苦痛的心灵里一声不响地膨胀，这种外表的悲哀的表现只是那种忧伤的幻影，忧伤的实质是在心灵里。国王，多谢你的大恩，你不仅给了我悲叹的原因，你还教导我如何为那原因而忧伤。我还有一事奉求，然后就走，不再麻烦你。我可以得到允许吗？

布灵布洛克　说吧，好兄弟。

王　　　　"好兄弟！"我比一个国王还要伟大了。因为我当初是国王的时候，奉承我的人不过是些臣民；现在我是臣民了，却有一个国王来奉承我。我已经如此伟大，我无须有所乞求。

布灵布洛克　还是说吧。

王　　　　我可以得到允许吗？

布灵布洛克　你可以得到。

王　　　　那么就请准我走。

布灵布洛克　到哪里？

王　　　　　随便你要我到哪里，只消不在你面前。

布灵布洛克　去，你们哪一个押送他到堡垒去[15]。

王　　　　　啊，好！押送？你们全是强盗，

　　　　　　因打倒一位国王而轻易地发迹了。〔利查王及卫

　　　　　　士下〕

布灵布洛克　我谨订于下星期三举行加冕礼。诸位亲贵，你们准备

　　　　　　吧。〔除卡赖尔主教、西寺住持及欧默尔外，均下〕

住　　　　　我们刚看到的是一出悲惨的表演。

卡赖尔　　　惨事还在后头呢，尚未出生的子子孙孙

　　　　　　将觉得今天这个日子像荆棘般刺着他们。

欧默尔　　　神圣的僧侣，你有没有方法

　　　　　　让这恶人不要玷污我们的国家？

住　　　　　大人，在我尽情吐露我的心事之前，你不仅要发誓

　　　　　　隐藏我的意图，而且还要实行我所安排的任何计划。

　　　　　　我看出你的脸上充满了义愤，你的心里充满了悲哀，

　　　　　　你的眼里充满了泪水。

　　　　　　和我到家里去用晚餐，

　　　　　　我有一计，会带给大家快乐的一天。〔同下〕

注释

[1] 西寺大厦 Westminster Hall 是利查二世于一三九七年开始重建，

一三九九年完工，第一次议会在此集会竟是为了废黜他而召开的。

[2] 大部分编者解释为，"让这土地也来负担着我所投下的挑战物"。Chambers 解释为，"让这土地来作为我们的决斗场所"。

[3] 菲兹华德于一三八六年继承父爵，时年十八岁，此时已届三十一龄，似不应再被称为"孩子"了。原文 boy 系蔑视之称，相当于"奴才"。

[4] 谚语: Do not spur a forward（or free）horse. "勿踢刺性急的马。"

[5] 据何林塞，借用旁立者的一个头巾（hood）掷于地上。

[6]《伊索寓言》中之乌鸦，借他鸟之羽毛以自饰，终被他鸟拔除，大感窘辱。

[7] 原文 descending now from him 耶鲁本注 becoming now his heir 是也。Deighton 注 which now falls from him 似牵强。

[8]《新约·马太福音》第二十七章第三十三节。

[9]《马太福音》第十二章第二十五节: "一国自析，必成墟; 家邑自析，无以立……"

[10] 一三九九年十月二十二日议会要求将利查二世交付审判。原文第一五四行至三一八行，即所谓 deposition scene，一五九七与一五九八年之三个四开本俱未收入，因当时伊利沙白女王在位对于鼓励她退位的传言颇为敏感。一般认为原稿有此一段，在台上亦会照通，唯在付印时则自动地或被动地被删。女王死后数年第四四开本（一六〇八年）始行印在剧内。按史实，利查二世并未亲自出席议会宣言退位。

[11]《马太福音》第二十六章第四十九节。

[12] 牧师祈祷毕，教会执事例喊一声"阿门"。

[13] 皮拉多（Pilate），审判基督之总督。《马太福音》第二十七章第二十四节: "皮拉多见无济，且恐民众生变，乃当众取水盥手曰: '此义者之血，我无染焉，尔自承之。'"

[14] 有人认为此处是指利查的敌人所散布的一种流言，谓利查本非黑王子（the Black Prince）之亲生子，实乃波尔多一牧师之私生子，他的真名不是利查，而是约翰（Jehan）。此说不见正史。可能莎氏之意只是强调利查被废后之一无所有。参看拙译《李尔王》第五幕第三景："爱德加：你要知道，我的姓氏已经失掉了，被叛逆的牙齿吃光了……"

[15] Tower 即 Tower of London，泰晤士河北岸一古堡，曾为政治犯监狱。

第 五 幕

第一景：伦敦。通往堡垒的一条街

王后及侍女等上。

后　　　国王将从这边来，这是通往朱立阿斯・西撒所兴建
　　　　的那座不吉利的堡垒的那一条路 [1]，我的丈夫被那
　　　　骄纵的布灵布洛克判了罪就要在那硬帮帮的石壁里
　　　　面作囚徒了。我们在这里休息一下，如果这反叛的
　　　　土地还肯给她的真正的国王的王后一点休息。

国王利查及卫士上。

　　　　且慢，看啊——还是不如不看——我的美丽的玫瑰
　　　　凋谢了，还是要抬起头来看，由于怜悯你便会溶化
　　　　成为露水，用真情的泪水再把他洗得鲜艳。啊！你，

你只是古代脱爱城的遗址，尊荣的图样，你是利查王的坟墓，不是利查王。小酒店里的客人都该饮酒作乐的时候，为什么你这座富丽堂皇的大旅舍里却住进了面目阴森的忧伤？

王　　　美丽的女人，不要和悲伤合作来使我过于急促地死亡。好人儿，要把我们过去的情形看作为一场美梦，从梦中醒来，我们的实际状况不过如此。爱人，我是阴森的"苦难"的盟兄弟 [2]，他和我将永结联盟至死为止。你赶快到法国去，隐居在一所修道院里去。在这尘世中间我们已把王冠失掉，

必须靠了修行在另一世界重新得到。

后　　　什么！我的利查在形体上和心理上都变了，都变弱了！布灵布洛克把你的心智也推翻了？他钻进你的心里了吗？垂死的狮子会伸出爪子在地上抓土——如果抓不到别的东西——以表示被制服时的愤怒。而你本是一头狮子，本是兽中之王，竟肯像一个学童似的，驯顺地接受惩处，吻着教鞭，以下贱的谦恭奉承人家的暴怒吗？

王　　　兽中之王，的确是！如果他们不是兽，我就会仍是一个安乐的人中之王。贤慧的旧日的王后哟，准备离开此地到法国去，只当我是死了，只当是在我临终床前一般现在就和我生离死别吧。在冬天漫长的夜里，和一班善良的老人围炉而坐，让他们对你讲些好久以前发生的悲惨时代的故事。在你道晚安之前，为了报答他们所讲的悲惨故事，把我的惨痛的

故事告诉他们，让他们在哭泣中就寝去，因为，那没有知觉的薪柴听了你那动人的舌头所发出的沉痛的声音，也会被感动得流泪而浇灭了火。有些柴已烧成白灰，有些柴已烧成黑炭，还是要为一位合法的国王之被废而哀伤哩。

脑赞伯兰偕侍者上。

脑赞伯兰　　陛下，布灵布洛克改变主意了，你必须到庞福雷特去[3]，无须到伦敦堡垒。夫人，对您也有了处置的办法，须要赶快离去前往法国。

王　　脑赞伯兰，布灵布洛克爬上了王座是借你为阶梯，时间不会过得太久，秽败的罪恶就会出头迸裂到溃烂的地步。你一定会想，你帮了他获得一切，纵然他把国土分一半给你，那也是太少；而他一定会想，你既然会把一位不合法的国王拥上王位，一旦稍有不如意，你一定也会把他再从那篡夺来的王位上一把抓了下来。邪恶的朋友们之间的友谊会变成猜忌，猜忌会变成嫉恨，嫉恨会使得一方或双方陷入分所应得的危险或罪有应得的死亡之境。

脑赞伯兰　　我的罪过自有我来承当，没有别的话好说。道别之后就离开吧，因为你们必须立刻分离。

王　　双倍的分离！坏人啊，你们破坏了双重的结合，王冠与我之间的结合，然后，我与我妻之间的结合。让我用一吻来解除你我之间的誓约。但是不行，因为当初正是用一吻来结合的。把我们分开吧，脑赞伯兰，我向北去，那是饱受寒冷与疾病打击的地方；

我的妻到法国去。当初她从法国来，有铺张的场面，

她来到此地有如鲜艳的五月一般，

如今送回去，像是万圣节或最短的一天^[4]。

后　　　　我们必须分开吗？我们必须离别吗？

王　　　　是的，手离开手，我的爱，心离开心。

后　　　　把我们两个一齐放逐，让国王和我一同去吧。

脑赞伯兰　那可以算是一种恩惠，但不是明智之举。

后　　　　那么他到哪里，教我也到哪里。

王　　　　为的是两个人在一起哭泣便可以合并成为一桩痛心

的事。

你到法国去哭我，我在此地来哭你，

远隔还好一些，再近也不能在一起。

你用叹息，我用呻吟，计算我们的路程。

后　　　　谁的路最远，谁发出最长的苦痛的呼声。

王　　　　我迈一步呻吟两声，我的路程短，

用一颗悲痛的心把近路拖得远。

向悲哀求爱，时间越短越好，

因为结合之后有无限的烦恼。

用一吻堵住我们的嘴，默默地两离分，

这样的我把心给你，我也取得你的心。〔二人相吻〕

后　　　　把我的心还给我，那不是好办法

让我保管你的心，用愁苦把它来闷杀。〔二人再吻〕

现在我又收回我的心了，你去吧，

我要设法用一声呻吟杀掉它。

王	我们这样恋恋不舍,徒使忧伤骄纵。
	再说一声再见,其余的让悲哀去说明。〔同下〕

第二景:同上。约克公爵府中一室

约克及公爵夫人上。

夫人	你对我说要把我们两个侄儿来到伦敦以后的事情讲给我听,当时你哭起来没有把故事讲完。
约克	我讲到什么地方?
夫人	正讲到那悲惨的地方,粗鲁恣肆的人们从窗口上把泥土和垃圾掷到国王利查的头上。
约克	对了,我是在说,伟大的布灵布洛克公爵,跨着一匹烈马,那匹马好像是知道背上驮的是一位雄心万丈的人,用缓慢而庄严的步伐继续前进。这时节大众高呼,"上帝保佑你,布灵布洛克!"你会觉得窗户都在说话了,那样多的老老少少的热烈的面孔从窗口把他们的焦急的目光投射在他的脸上,挂满了画图的墙壁 [5] 好像是都在齐声欢叫,"耶稣保佑你!欢迎,布灵布洛克!"这时候,他,左顾右盼,脱下帽子,头低得比他的高傲的马颈还低,对他们这样的答话,"我谢谢你们,诸位同胞!"就这样的不

断地做，就这样的走过去了。

夫人　哎呀，可怜的利查！这时节他在哪里骑行呢？

约克　好像是在剧院里，一个受欢迎的演员下场之后，观众的眼睛漫不经心地望着那跟着上场的人，总以为他的喋喋不休是可厌的。和这情形正是相似，也许带着更大的轻蔑，大家对着利查怒目蹙额，没有人喊，"上帝保佑他！"没有快乐的呼声欢迎他回国，可是泥土被投在他的神圣的头上了。他带着一缕轻愁把泥土拂去，眼泪与微笑一直地在他脸上交战，那是悲哀与忍耐的标志，若非上帝为了某种重大原因使得人们的心肠变硬，那心肠一定会融化了的，就是最残酷的蛮性也会要怜悯他。

这些事情自有上天来摆布，

对上天的意旨我们要心悦诚服。

我们是对布灵布洛克效忠的臣民，

他的威严尊贵我永远要承认。

夫人　我的儿子欧默尔来了 [6]。

约克　从前的那个欧默尔，因为他忠于利查那名义已被撤销。夫人，你现在必须称他为罗特兰 [7]。我在议会里为他保证，保证他对新王永效忠诚。

欧默尔上。

夫人　欢迎，我的儿子！现在谁是装点那新春绿野的紫罗兰？

欧默尔　母亲，我不知道，我也不大想知道。上帝晓得，我不是其中的一个，我也很高兴。

约克　　在这新春你的行为可要检点，

否则不待长成你就要被修剪。

牛津那边有什么消息？比武庆祝还要举行吗？

欧默尔　　以我所知，父亲，是要举行的。

约克　　你会到那里去的，我想。

欧默尔　　如果上帝不阻止它，我是打算去的。

约克　　吊在你胸前的那个印记是什么[8]？噫，你变色了？

让我看看上面写的是什么。

欧默尔　　父亲，那是无关紧要的。

约克　　既是不关紧要，谁看也没有关系，我一定要知道。

让我看看那文件。

欧默尔　　请父亲原谅我，那不是什么重要的东西，为了某些

原因我不愿给人看。

约克　　为了某些原因，我要看。我疑心，我疑心——

夫人　　你有什么可疑心的？那不过是他和人家立的一张借

钱的字据，为了买几件漂亮衣服到庆祝的那一天穿。

约克　　一个人和他自己立字据！他给人家立下字据，他自

己保持这张字据做什么？妻，你是傻子。孩子，让

我看看那文件。

欧默尔　　我真要请求您，原谅我，我不可以给人看。

约克　　我一定要知道！让我看看。〔抢抓过来，阅读〕叛

逆！大逆不道！小人！叛徒！奴才！

夫人　　什么事啊，我的丈夫？

约克　　喂！里面有人吗？

一仆上。

给我的马套上鞍子。上帝怜悯！这是多么险恶的
阴谋！

夫人　　　唉，是什么事，我的丈夫？

约克　　　给我靴子，我说，给我的马套上鞍子。现在，以我
的名誉，以我的性命，以我的真诚为誓，我要告发
这个坏人。〔仆下〕

夫人　　　是什么事情？

约克　　　不要作声，糊涂的女人。

夫人　　　我要作声。是什么事，欧默尔？

欧默尔　　好母亲，你放心，这件事顶多用我的可怜的性命抵
偿便是。

夫人　　　你的性命抵偿！

约克　　　给我拿靴子来，我要去见国王。

仆携靴又上。

夫人　　　打他，欧默尔。可怜的孩子，你是吓昏了。〔向仆〕
滚开，奴才！永远不要到我面前。〔仆下〕

约克　　　给我靴子，我说。

夫人　　　喂，约克，你要做什么？你不愿为你自己的亲生子犯
罪而隐瞒吗？我们还有别的儿子吗[9]，我们还可能再
生儿子吗？我的生育的期间不是已经过去了吗？你要
在我老年时期把我的好儿子夺去，使我不能被人称为
幸福的母亲？他长得不像你吗？他不是你亲生的吗？

约克　　　你这糊涂疯狂的女人，你愿意隐瞒这一桩险恶的阴
谋吗？他们有十几个人在这个上面立了誓约，全体

签名各执一纸，在牛津谋杀国王。

夫人　　　我们不准他参与，我们把他留在这里，那东西对他又有什么关系呢 [10]？

约克　　　走开，糊涂女人！他是我的亲儿子，就是再加上二十倍的亲，我也要告发他。

夫人　　　如果你为了他也像我那样的受过生育之苦，你就会更怜悯他一些了。但是现在我明白你的心了：你是猜疑我对你不忠实，他是私生子，不是你的儿子。亲爱的约克，亲爱的丈夫，不要这样想，他长得像你，不能再像，并不像我，也不像我的任何亲属，但是我爱他。

约克　　　躲开，不听话的女人。〔下〕

夫人　　　跟了去，欧默尔！你跨上他的马，赶快奔驰，比他先到国王面前，在他控告你之前先去请求饶恕。我也随后就到。虽然我老了，骑起马来不比约克跑得慢。布灵布洛克不饶恕你，我便长跪不起。去！走吧。〔同下〕

第三景：温莎。堡中一室

布灵布洛克以国王姿态上；亨利·波西及其他贵族上。

布灵布洛克　没人知道我那放荡的儿子的近况吗？自从我上次见到他，有整整三个月了。如果我有什么报应临头，那便是他。我祷求上帝，诸位大人，能把他找到才好，到伦敦打听一下，到那里的各酒店去访查，因为据说他每天都到那边去，陪同一些放荡不羁的伙伴，甚至于包括站在窄巷里殴打巡吏抢劫行旅的人在内。而他呢，一个年轻的浪子，任性的孩子，认为那是荣誉攸关的事，必须回护那一批放浪的人 [11]。

波　西　　陛下，一两天前我见到王子，我还告诉了他即将在牛津举行的比武庆祝。

布灵布洛克　这位大少爷说了些什么？

波　西　　他的回答是：他愿到妓院去，从任何一个妓娼讨一只手套戴在头上作为爱宠的标志，头上戴着那只手套他就会把最强壮的斗士打下马来。

布灵布洛克　又荒唐，又放肆！不过从这两者中间，我看出一些迹象将来可能有较好的指望，在年纪大些的时候也许就会实现。谁来了？

　　　　　　欧默尔上。

欧默尔　　国王在哪里？

布灵布洛克　我的弟弟这样的两眼发直，仓皇四顾，是什么意思呀？

欧默尔　　上帝保佑陛下！我悬求陛下准我和您单独会谈。

布灵布洛克　你们都退下，让我们单独在此。〔亨利·波西及众贵族下〕现在我的弟弟有何话说？

欧默尔	〔跪〕让我的双膝永远地长在地上，让我的舌头永远黏附在我嘴里的上膛吧，除非是在我站起来或是说话之前先得到您的饶恕。
布灵布洛克	是意图犯罪还是已经犯了罪行？如果属于前者，无论情节如何重大，为了赢取你以后的好感，我饶恕你。
欧默尔	那么请准我把门锁上，在我讲完我的故事之前没有人可以进来。
布灵布洛克	可以由你。〔欧默尔锁门〕
约克	〔在内〕主上，当心！注意你自己，你有一个叛徒在你的面前。
布灵布洛克	〔拔剑〕坏人，我要令你做不了坏事。
欧默尔	停住你的仇恨的手，你没有害怕的理由。
约克	〔在内〕开门，过于大胆自信的国王，一定要我为了一片忠心而对你口出大逆不道的狂言吗？开门，否则我要把门砸开。〔布灵布洛克开门锁；随后再锁上门〕

约克上。

布灵布洛克	什么事，叔父？说呀！喘喘气，告诉我危险到了什么地步，我好准备去应付。
约克	看看这个文件，你就会知道我于气急败坏之中无法陈述的叛乱阴谋。
欧默尔	你一面看，你一面要记起你所作的诺言。我实在很后悔。不要读我在那上面签的名字，我的心和我的

手并非是一致的。

约克　　　　是一致的，坏人！在你的手签字之前是一致的。是
　　　　　　我从这叛徒怀中把它抢过来的。国王，他是由于怕，
　　　　　　不是由于爱，才表示忏悔的。不要怜悯他，否则你
　　　　　　的怜悯会变成为一条毒蛇刺入你的心。

布灵布洛克　啊，好一个凶恶、强硬、大胆的阴谋！啊，好一个
　　　　　　奸诈的儿子之忠实的父亲！你这清澈无染的银色的
　　　　　　泉源，从你那里竟泄出这样的一条河流，穿过泥泞
　　　　　　之途，玷污了他自己！你的洋溢的美德产生了罪恶，
　　　　　　你的丰盛的忠善之心可以使你这荒唐儿子的重大罪
　　　　　　愆获得赦免。

约克　　　　那么我的美德就要像淫媒似的助他为恶，他就要带
　　　　　　着耻辱去消耗我的荣誉，像浪费的儿子挥霍他父亲
　　　　　　苦苦积起的金子一般。
　　　　　　他的不名誉死去，我的名誉才得生存。
　　　　　　在他的不名誉之中我活着也是丢人，
　　　　　　让他活着等于是杀我，饶他一命，
　　　　　　叛徒活了下去，可是好人受到死刑。

夫人　　　　〔在内〕喂，陛下！为了上帝的缘故准我进来。

布灵布洛克　什么尖噪音的请求人发出这样的呼声？

夫人　　　　〔在内〕一个女人，你的婶母。伟大的国王，是我。
　　　　　　和我说句话，怜悯我，打开门，
　　　　　　一个从未行乞过的乞丐向你求情。

布灵布洛克　我们的戏已从悲剧改变过来，
　　　　　　现在上演的是"国王与乞丐"[12]。

　　　　　　我的心怀叵测的弟弟，放你母亲进来吧，

　　　　　　我知道她是为了你的大罪前来说好话。〔欧默尔打开

　　　　　　门锁〕

约克　　　　如果你赦罪，无论是谁来求情，

　　　　　　更多的罪恶将要因此而勃兴。

　　　　　　砍去这腐烂的一肢，其他的尚可保全;

　　　　　　如果不加处置，其他的全要腐烂。

　　　　　　公爵夫人上。

夫人　　　　国王啊，这硬心肠的人你不要相信，

　　　　　　不爱自己儿子的人也不会爱别的人。

约克　　　　你这疯狂女人，你来此是何用意?

　　　　　　想用你的两只老奶喂养一个叛逆?

夫人　　　　亲爱的约克，别急。〔下跪〕

　　　　　　陛下容禀。

布灵布洛克　起来，好婶婶。

夫人　　　　请原谅，我还不能。

　　　　　　在你赦免我的犯罪的儿子罗特兰，

　　　　　　在你使我重新得到快乐以前，

　　　　　　我将永远地用我的膝头而行，

　　　　　　永不去看快乐的人所看的光明。

欧默尔　　　随同我母亲的请求我弯下我的膝头。〔下跪〕

约克　　　　我也弯下我的双膝反对他们的请求。〔下跪〕

　　　　　　如果你法外施恩，你将命途多舛!

夫人　　　　他说的是真心话吗? 看看他的脸，

他的眼里没有泪，他的请求似儿戏，

他的话脱口而出，我们的话出自心里。

他的请求是虚心假意，希望你不准；

我们是真心真意地求你开恩。

他的疲劳的双膝巴不得早点起身，

我们的双膝长跪直到在地上生根，

他说的话充满了虚伪的矫情，

我们的是一片真心一片热诚。

我们的请求比他的诚恳，

让我们得到诚恳请求所应得的恩准。

布灵布洛克	好婶婶，站起来。
夫人	不要说"站起来"，

先说"赦罪"，再说"站起来"。

如果我是你的保姆教你学说，

"赦罪"这个字是你该学的第一个。

我从没有为一个字着这样大的急。

说"赦罪"，国王，让慈悲心教导你，

字是短的，但是意味深长，

没有字像"赦罪"那样适合于帝王。

约克	用法文说，国王，说，"原谅我吧"[13]。
夫人	你想用法文的"原谅"破坏英文的"赦罪"吗？

啊！我的坏脾气硬心肠的丈夫，

你竟用这字本身来和这字相抵触。

"赦罪"这个字要按本国流行的意义而使用，

那变化多端的法文我们听不懂。

你的眼睛要说话，把你的舌头放进去，

或是把你的耳朵放进你的慈悲心肠里，

那么听了我们的哀诉祈求刺着你的心，

慈悲心也许会感动你而饶恕我们。

布灵布洛克　好婶婶，站起来。

夫人　　　我并不请求准我站起，

赦罪乃是我目前唯一所要请求的。

布　　　我饶恕他，像上帝也会饶恕我一般。

夫人　　　啊，一个下跪的膝头占了好有利的据点！

可是我还不放心，你再说一遍，

说两次"饶恕"并不是饶恕两个罪犯，

只是加强饶恕的力量。

布　　　从我的内心

我饶恕他。

夫人　　　你是人世间的一位神。

布灵布洛克　但是关于我的那位忠实可靠的妹夫[14]和那位住持，

以及其他的一切同党，毁灭立刻就要紧追着他们的

脚后跟。好叔父，帮我调遣几支队伍到牛津，或任

何这些叛徒盘踞之处。

我赌咒，不能让他们在这世上生存，

只要我知道他们在哪里，我会抓到他们。

叔父，再见。弟弟，你也再见。

亏你母亲来求情，你要有忠诚的表现[15]。

夫人　　　来，老儿子，我求上帝为你洗心革面[16]。〔同下〕

第四景：堡中又一室

爱克斯顿及一仆上。

爱克斯顿	你没有注意听国王，他说的是什么话？"我没有朋友为我解除这个活对头吗[17]？"是不是这样说的？
仆	他正是这样说的。
爱克斯顿	"我没有朋友？"他说。他说了两次，用力地连续说了两次，他是不是这样？
仆	他是的。
爱克斯顿	他说的时候，他凄然地望着我，好像是要说，"我愿你就是愿意把这恐怖从我心上解除的人。" 指着在庞福雷特的国王。来，我们去， 我是国王的朋友，我愿铲除他的仇敌。〔同下〕

第五景：庞福雷特。堡垒的地窖

国王利查上。

王	我一直在设法想把我居住的这个监牢比作为一个世界：因为世界是人口众多的，而这里除我之外没有一个人，所以我办不到，但是我一定要把它想通了。

我要使我的头脑作为我的灵魂的女人，我的灵魂算是父亲，这两个养育出一大批生生无穷的思想，这些思想居住在我这个具体而微的小世界里[18]，像世界里的人一样的有他们的脾气，因为没有思想是知足的。比较高尚的，例如涉及神圣事物的思想，其中含有不少难题，可引一句经文和另一句经文相对抗。像这样的一句："来，小孩子们[19]。"然后又有这样的一句，"其来之难有如骆驼之穿针孔[20]。"有些思想野心勃勃，居然想制造不可能的奇迹。如何用这柔弱无能的指甲，在这残酷世界的铁石肋骨——我的粗硬的牢墙——上面掘出一条通道？这个办不到，只好倔强地抱憾而终。有满足趋向的思想则安慰自己说，他们不是第一批命运之神的奴才，也不会是最后一批，像是愚蠢的乞丐一般，坐在枷里还要自我解嘲，心想许多人都在那里坐过，还有许多人也一定要在那里去坐。这样想便觉得心安，把自己的不幸让以前曾经受过类似苦难的人们去担负。我便是这样的以一个人扮演许多种人，没有一种能使我满足：有时候我是国王；随后叛逆之事又使我愿为乞丐，于是我就成了乞丐；随后贫困煎熬又说服了我还是做国王的时候好，于是我又做了国王；不久我又想到我是被布灵布洛克夺了王位，于是我立刻变成为什么也不是了。但是不论我是什么，我或任何尘世间的凡人在安然死去以前对任何事物都不会感到满足的。我听到的是不是音乐声？〔奏乐〕哈，哈！注意板眼。美妙的音乐，如果荒腔走板，那多难听！人生的音乐亦复如是。在这里我的听觉很灵敏，有一根弦失调我也能指摘出来，但是讲到当初我的国家与时代的谐和我却听不出我的真正的失调。我糟蹋了时间，现在时间在糟蹋我，因为现在时间把我做成了他的计时钟：我的思想便是分，用一声声的叹息滴答滴答地向我的眼睛报告时间的进行；我的眼睛便是钟的表面，我的手指像钟面上的时针，在揩泪的时候不断地指陈时间[21]。可是先生，报时的钟声便是响的呻吟，打在我的心上，心便是铃儿，于是叹息、眼泪、呻吟，表示分、刻、时[22]。我的时间急速地逝去，只是使得布灵布洛克踌躇得意，我傻呆呆地站在这里只是他的一座自鸣钟上的一个人形而已[23]。这音乐要使我发狂，不要再响了吧。它虽然可以帮助疯人恢复神志，由我看来它似乎要使神志清明的人发狂。给我音乐的那个人，我还是祝福他的心！因为那是爱的表现，对利查的爱在这充满恨的世界里是一件珍奇的装饰品。

一马厩管理员上。

马　　敬礼，高贵的君王！

王　　多谢，高贵的爵士！我们"王家的"之最贱的也比"高贵的"多值四十便士[24]。你是做什么的？你怎么来到这里的？除了给我送饭使我苟延残喘的那个板着面孔的家伙之外从没有任何人来到过这个地方。

马　　　　我只是你的马厩的一名小小的管理员，国王。当你
　　　　　在位的时候，我到约克去路过此地，费了好大事才
　　　　　终于获准前来见我的故主一面。啊！在加冕礼那天，
　　　　　我在伦敦街道上看见布灵布洛克骑着那匹红棕色的
　　　　　巴巴利[25]，就是你常骑的那匹马，也就是我小心伺
　　　　　候过的那匹马，我心里好难过。

王　　　　他骑的是巴巴利？告诉我，好朋友，那马是怎样驮
　　　　　着他走的？

马　　　　骄傲得很，好像看不起土地似的。

王　　　　因为布灵布洛克骑在它背上，它就这么骄傲！那匹
　　　　　马我曾亲手喂过他，这只手也曾拍过它使得它骄傲。
　　　　　它没有颠踬吗？它没要跌倒吗——骄傲的必定要跌
　　　　　倒——它没要跌断那个篡到它背上的骄傲的人的颈
　　　　　子吗？原谅我，马！我为什么要这样责备你，你是
　　　　　生来为人所制服的，生来供人骑的？我生而不是一
　　　　　匹马，可是也像驴似的背着负担，被那意气扬扬的
　　　　　布灵布洛克踢得受伤，弄得疲乏。

　　　　　狱卒持一盘上。

狱　　　　〔向马厩管理员〕伙计，让开！别再停留在这里。

王　　　　如果你爱我，这时候你该离开此地。

马　　　　我口所不敢言，我心里是要说的。〔下〕

狱　　　　大人，可否请您开始吃饭？

王　　　　你先尝一口，像往常一般[26]。

狱　　　　大人，我不敢！爱克斯顿的皮尔斯爵士最近从国王

那里来，不准我尝。

王　　　让恶魔来抓那个兰卡斯特的亨利，还有你！忍耐太
　　　　久，我感觉厌倦了。〔打狱卒〕

狱　　　救命，救命，救命！

爱克斯顿与众仆持武器上。

王　　　怎么！这样明目张胆地向我进攻，这是什么意思？
　　　　奴才，从你自己手中交出给你自己送死的家伙吧！
　　　　〔夺过一武器，杀死一人〕你去，去填地狱里另一间
　　　　房吧。〔他又杀死一人，然后爱克斯顿将他击倒〕这
　　　　样把我击倒的那只手必将在那永不熄灭的火里烧着。
　　　　爱克斯顿，你好残酷的手段，
　　　　把国王的血洒上国王自己的地面。
　　　　上升，上升，我的灵魂！你的座位高高在上，
　　　　你的笨重的躯体向下沉了，就在这里死亡。〔死〕

爱克斯顿　浑身的高贵血统，浑身的勇气，
　　　　都被我毁了。啊！但愿这桩事是好的：
　　　　魔鬼本来说我这件事情做得好，
　　　　现在又说这件事在地狱里被记录了。
　　　　我把这死国王带去交给活国王。
　　　　其余的你们搬去，在此地把他们埋葬。〔同下〕

第六景：堡中一室

奏花腔。布灵布洛克与约克及贵族随从等上。

布灵布洛克　亲爱的叔父约克，我所得的最近消息是叛徒们已经
　　　　　　用火焚毁了我们的格劳斯特县的西西特城，不过他
　　　　　　们是否已经被捕或伏诛我还不知道。

脑赞伯兰上。

　　　　　　欢迎，伯爵。有什么消息？

脑赞伯兰　　首先，我愿陛下圣躬康泰。次一消息是：
　　　　　　骚兹伯来、斯宾塞、布伦特和坎特的首级，
　　　　　　我已经派人送到伦敦去。
　　　　　　他们这几个人是如何的被捕，
　　　　　　在这文件里有详细的叙述。

布灵布洛克　亲爱的波西，我很感谢你的辛勤，
　　　　　　将有适当的酬劳答谢你的功勋。

菲兹华特上。

菲兹华特　　陛下，我已经把布劳卡斯和班奈·西来爵士的首级
　　　　　　从牛津送到伦敦，这两个便是在牛津企图倾害陛下
　　　　　　之危险的奸党。

布灵布洛克　你的辛劳，菲兹华特，我永不忘掉。
　　　　　　你的功劳实在不小，这个我知道。

亨利·波西，偕卡赖尔主教上。

波西　　　这次阴谋的祸首，西寺住持，禁不住良心谴责和心
　　　　　情郁闷，已经入了坟墓；
　　　　　但是卡赖尔还在这里活着，
　　　　　对于他的狂妄听凭陛下发落。

布灵布洛克　卡赖尔，这便是对你的制裁：
　　　　　找个僻静的地方，虔修的所在，
　　　　　在一个更优美的地方去享受你的清福。
　　　　　你平安地活着，死时便无痛苦。
　　　　　虽然你曾经是我的敌人，
　　　　　我看出你尚有高贵的荣誉之心。

　　　　爱克斯顿偕侍从抬棺上。

爱克斯顿　　伟大的国王，我把你的死对头装在棺木里来奉献：
　　　　　在这里面躺着，没有半点气息，
　　　　　你的最大的仇敌中之最有力的，
　　　　　波尔多的利查，被我运到此处。

布灵布洛克　爱克斯顿，我不感谢你，你已经做出
　　　　　一桩可耻的事，用你的这只毒手，
　　　　　将使我和这享有美誉的国土蒙羞。

爱克斯顿　　陛下，我做这事是按您亲口说的话。

布灵布洛克　需要毒药的人们不见得就爱它，
　　　　　我也不爱你。我虽然愿他死去，
　　　　　我恨那凶手，我爱那被杀死的。

良心不安便是你的辛劳所得，

休想得到我的嘉奖或是恩泽，

陪着该隐在黑夜当中流浪，

永远不要出头看到阳光。

诸位，我心里充满了悲哀，

用血浇我，我才得生长起来。

来，和我同悼我所哀悼的人，

立刻把黑色的丧服穿上身。

我要航海到圣地去，

去洗掉我这罪手上的血迹。

静静地跟着，陪我一起致哀，

哭送这一具出现太早的棺材。〔同下〕

注 释

[1] 伦敦堡垒据传是朱立阿斯·西撒所兴建，后代又屡加修建。此处所谓"不吉利"，指其将为利查监禁之所。

[2] 中古武士常结拜为盟兄弟，所谓 fratres jurati，誓同甘苦，至死不渝。

[3] 庞福雷特（Pomfret）即 Pontefract Castle, Yorkshire，乃 William the Conqueror 的部下 Ilbert de Lacy 于十一世纪时所建，现已成废墟。

[4] 万圣节（Hallowmas）十一月一日为冬季之始，最短的一天为十二月二十一日，即冬至日，冬季之中点。

[5] 原文 painted imagery，Malone 注云："我们的作者大概是想到他自己

那时代街上悬挂的画布，布上所绘人像常有一行文字从嘴里冒出来，表示欢迎一类的词句。"New Clarendon 本编者注："The windows were so crowded with people that they seemed to be alive, and the walls so hung with mottoed tapestries that they seemed to cry 'Welcome!'" Chambers 与 Herford 更进一步解释说 "greedy looks" 与 "painted imagery" 都是真实的，窗与墙说话则是想象的。

[6] 欧默尔不是她的儿子，她是约克的第二个妻子，元配早于一三九四年死去。莎氏所述与史实不符。

[7] 欧默尔的公爵名义于一三九九年十一月三日被剥夺，改称为罗特兰伯爵 Earl of Rutland。

[8] 印章不盖在文件上，盖在一条羊皮纸上，羊皮纸黏附在文件上，故很容易吊露在衣服外面。

[9] 公爵至少尚另有一个儿子，名利查，以剑桥伯爵的名义在《亨利五世》剧中出现。

[10] "那东西"，按 Verity 解释，是指上文的"文件"。Deighton 解做"他们所要做的事"。

[11] 按史实，是年哈尔王子年仅十二，亨利四世三十三岁。

[12] 指流行歌谣 King Cophetua and the Beggar Maid，有时简称 A Song of a Beggar and a King。

[13] 法文的 pardonnez moi "原谅我" 委婉的谢绝请求之用语。

[14] 即 John Holland, Earl of Huntington 娶布灵布洛克之妹 Elizabeth 为妻，为牛津阴谋案之领袖。"忠实可靠"乃反语。

[15] 后袭约克公爵，在《亨利五世》中战死于 Agincourt 之役。

[16] 参看 Book of Common Prayer 关于洗礼之祷词："grant that the Old Adam in this child may be so buried, that the new man may be raised up in

him."

[17] 原文 living fear 二字费解。Verity 注云: fear = object of fear. Peter Ure 之 Arden Shakespeare 注云: "Living seems to be a compression of the conceit about 'life' and 'death' in the excerpt from Holinshed quoted below: 'Have I no faithfull freend which will deliver me of him, whose life will be my death, and whose death will be the preservation of my life?'" 在第五幕第六景第三十一行有 thy buried fear 字样，可资参证。

[18] "小世界"应是指利查的监牢，或谓指利查本人，以人为"宇宙"之缩影 microcosm，恐不恰。

[19]《马可福音》(Mark,x.14): "容赤子来就我，勿之阻也，盖天主之国，惟若辈是属。"

[20]《马太福音》(Matthew, xix. 24): "我实语尔，难矣哉富人之进天国也！吾谓驼经针孔较富人之进天国犹易。"

[21] 原文第五十一至五十四行比喻复杂。Deighton 引 Henley 注: "It should be recollected that there are three ways in which a clock notices the progress of time, viz., by the vibration of the pendulum, the index on the dial, and the striking of the hour. To these the king, in his compassion, severally alludes ; his sighs corresponding to the jarring of the pendulum, which at the time that it watches or numbers the seconds, marks also their progress in minutes on the dial or outward watch, to which the king compares his eyes; and the want of figures is supplied by a soccession of tears, or (to use an expression of Milton) minute drops: his finger,by as regularly wiping these away, performs the office of the dial's point! —his clamorous groans are the sounds that tell the hour."

[22] 原文 minutes, times, and hours 其中之 times 何所指？ The New

Clarendon Sh. 编 者 Lothian 注 云：" 'Tears' and 'times' correspond; so that 'times' must mean the larger divisions of the hour, other than minutes, marked by the hand." 似有理，故译为 "刻"。

[23] Jack o'the clock 旧时钟上的小人，金属制，着盔甲，手持小槌，每隔一刻钟打钟一次。

[24] royal 与 noble 均双关语。royal（金币）=10s. noble = 6s. 8d. 二者差额为 ten groats，one groat = 4d. 据 Peter Ure 解释："你把我估计过高，高出了十个 groats，我至少不比你高贵，你是和我平等的人（peer）。"

[25] 非洲西北部 Barbary 以产马著名。这种马统称为巴巴利，亦可能为某一匹马之专用名。

[26] 往昔为防中毒，君王备有侍从专司尝食食物之责。

亨利四世（上）

The First Part of King Henry the Fourth

序

　　《亨利四世》分上下两篇。其中的故事是联贯的，而且就剧情的发展而论，无论在亨利王子或孚斯塔夫任何一角色的性格与命运的演变方面来看，这上下两篇都好像是一个完整体，而不是正篇续篇的性质。所以约翰孙博士很早就说：

　　"对于不以在批评上有所发现为职志的读者们，这两篇戏会给人以非常衔接的印象，下篇仅是上篇的延续。所以分成为两篇者，只是因为合一篇则嫌太长而已。"（*Johnson's Shakespeare*, 1765, iv, 235）

　　而威尔孙（John Dover Wilson）教授在他新编的《亨利四世》（见 *The New Shakespeare*）里，也追随着约翰孙的看法，认为上下篇是一出戏。

　　上下篇之"联贯性"固无可置疑，故事太长分为两篇亦是事实，但有一点我们必须首先指出：上下篇分开来看，每篇都是有起有讫，自成一有机的整体。两篇接连上演是不可能的，让观众看一出不完整的片断的作品也是同样不可能的。上篇写亨利王子如何由淫佚浪漫而变成为正规的英雄武士，这一段情由已经是描写得告一段落了。由英雄武士而再登极称王，那乃是亨利王子的又一进展，留在下篇再述。孚斯塔夫原是幽默穿插的性质，其目的原不外是借以调剂历史剧的枯燥单调而已，故其情节可多可少，吾人正不必把孚斯塔夫当作实有其人看待，从而希望看到他的被拒甚至抑郁以亡而后已。我们看完上篇，已能得到一个圆满的印象而无遗憾。何况，第一版四开本的《亨利四世》的标题页，根本并无"上篇"字样，可见莎士比亚原意亦并未要有上下两篇，下篇是以后补上去的。

《亨利四世》之前有《利查二世》，之后有《亨利五世》，故事都是衔接的，合起来成为一个四部曲，如果把《亨利四世》上下篇看作为一出戏，则是一个三部曲。由亨利四世的篡位，以至于《亨利五世》之扬威法兰西，这一段历史是非常有意义的，因为在这期间我们看到英国如何由封建的中古的社会过渡到近代的统一的王国。当然，我们不可过分夸张《亨利四世》之政治的意义，因为莎士比亚所最感兴趣的是人，是人的心理，是人性。历史剧乃是当时的一种时尚。唯因莎士比亚抓住了这普遍的固定的人性，所以像《亨利四世》这样的历史剧至今仍为人所爱看爱读，其中的角色成为不朽的人物而活在我们心里。

一　版本历史

《亨利四世》上篇的四开本，前前后后一共有九个：

第一四开本　一五九八年

第二四开本　一五九九年

第三四开本　一六〇四年

第四四开本　一六〇八年

第五四开本　一六一三年

第六四开本　一六二二年

第七四开本　一六三二年

第八四开本　一六三九年

第九四开本　一七〇〇年

第一四开本很可能是莎士比亚的原稿本付印的，因为其中有关 Oldcastle 一字的调侃尚未删去（ I, ii, 40 ），在印刷方面我们也可以看出这第一四开本是很仔细的。第五四开本是很重要的，因为第一对折本（ First Folio ）是根据这一个本子编印的。第九四开本是 Betterton 的"舞台本"。

第一对折本的内容与四开本略有出入，R. G. White 大概是唯一的著名的批评家认为对折本的内容胜过四开本（ ed. 1859, vi, 278 ）。一般的意见以为第一四开本是标准的。不过我们也要承认，有些地方对折本是较优的，虽然四开本的错误在对折本里并未改正。

第一四开本的标题是这样的:

The History of Henrie the Fourth; with the Battell of Shrewsburie. Beween the king and Lord Henry Percy, surnamed Henrie Hotspur of the North. With the humourous conceipts of Sir John Falstalffe.

这标题特别标明了此剧剧情的两个重心：一个是 Shrewsbury 之战，一个是孚斯塔夫的幽默。亨利四世本人在《亨利四世》一剧里并不太重要。从这里也可以窥见莎士比亚的一点用心之所在。

《亨利四世》的版本问题上还有值得注意的一件事。现在美国华盛顿的 Folger Shakespeare Library 藏有一卷残本，此残本显然的是此剧之最早的版本，大约是刊于一五九八年之初，在第一四开本之前。残本仅存四页，相当于（Q1,iii, 201-II, ii, 102），在版本考证上并不太重要。

二 著作年代

此剧初刊于一五九八年，大约是著于一五九七年，虽然也有人主张把著作年代提前到一五九六，甚至到一五九三。现在一般公认一五九七是此剧的著作年代。有两项外证：

（一）书业公会的登记簿（Stationers' Register）有这样的记载：

1597 (1598, new style) xxvto die ffebruarij. Andrew Wyse. Entred for his Copie under the handes of Master Dix : and master Warden Man a booke inti tuled The Historye of Henry the 111Jth with his battaile of Shrewsburye agains Henry Hottspurre of the Northe with the conceipted mirthe of Sir John Ffalstoff.

（二）密尔斯著《智慧的宝藏》（Meres: *Palladis Tamia*）是于一五九八年七月七日在书业公会登记的，书中有这样的记述：

"Plautus 与 Seneca 乃公认为拉丁文作家中最佳之喜剧与悲剧作家。在英国作家中，莎士比亚同样的是这两种戏剧作家中之最优秀者，在喜剧方面，例如……，在悲剧方面，例如他的《利查二世》《利查三世》《亨利四世》……"

密尔斯把《亨利四世》列入悲剧之内，他还从这才出版的《亨利四世》里面引用了一些词句。

这两项外证还不能确切地证明此剧的著作年代，因为莎士比亚的作品通常并不是于写作完成或舞台上演之后立即到书业公会去登记或径行出版。不过，就该剧的文字及诗体特征之内证而论（散文几占一半），此剧之著作显然是与《威尼斯商人》在同一时期。

Hudson（ed. 1852）说："孚斯塔夫的名字本来是 Oldcastle 是毫无疑义的，所以我们可以假设，此剧之写作必当在最初登记于同业公会之前相当久的时候，以便诗人发现其有改变那名字的必要。"要相当久，但亦不会太久。因为此剧上演于宫廷，是在"忏悔节"，女王在 Whitehall 看此剧上演是在一五九六——一五九七年二月六日或八日。而 Lord Cobham 之对于其祖先 Oldcastle 遭受诬蔑之抗议当然不会在此剧上演之后太久。所以把《亨利四世》的著作年代放在登记的前一年，大概是适当的。我们有理由相信，此剧写成之后立即上演，立即遭到抗议，立即修改，立即登记，立即出版，这一连串的行动是极为迅速的，可能是莎士比亚作品所受到的处理之最迅速的一例。

三 故事来源

《亨利四世》是一部历史剧，在史实方面莎士比亚依赖的是何林塞的《史记》（Holinshed：*Chronicles of England*, 2nd ed. 1587），此剧之主要的历史的骨干皆取给于此。此剧就历史背景而言，所描写的是紧接《利查二世》之后，直到一四○三年七月二十一日的舒斯伯来之战为止的一段期间。莎士比亚所利用的《史记》是自四九八页至五四三页的一段。但是一部历史剧是与历史不同的，把一二十年的史实缩短在三数小时的戏剧里，这其间不但需要剪裁，还需要修改增删，以加强戏剧的效果。所以，此剧与史实有许多出入之处，可得而言者有下述诸端：

（一）此剧开场国王宣布要到耶路撒冷去远征，在《史记》上这是亨利四世在位时最后一年之事。

（二）《史记》并未述及兰卡斯特的约翰亲王，他生于一三九〇年，舒斯伯来之战发生在一四〇三年，那时节他只有十三岁，不可能参加战争。莎士比亚需要一个年轻而老成的弟弟以为狂放不羁的哈利王子作一陪衬而已。

（三）同样地，莎士比亚插入了波西夫人与毛提摩夫人，一面可以增加一些女性的温柔的气氛，一面由波西夫人的出现可以得到机会描述霹雳火的一些特殊性格。这都是《史记》里所没有的。

（四）在本剧，和谟屯之战（The battle of Holmedon）是在毛提摩在威尔斯作战失利之后。而据《史记》：则毛提摩在威尔斯败绩是在一四〇二年六月二十二日，而和谟屯之战则发生在一四〇二年九月十四日。（可能莎士比亚把和谟屯之战和另一次边疆战事弄混了，因为那另一次战事发生在 Nisbet Moor，确是与毛提摩败绩发生在同一天的。）

（五）第三幕第二景王子与父王之会晤是根据《史记》的，但是莎士比亚把这一会晤提前了好几年。

（六）但是莎士比亚之最重要的一项歪曲史实，乃是剧中主要人物的年龄的改动。这一歪曲，使一段严肃而沉闷的历史变成了生动而有趣的戏剧，这就是莎士比亚的点铁成金的手段。

因为戏剧需要有两个主要的角色互争雄长，同时此剧虽以亨利四世为名，实际是以哈利王子为主要角色，两雄相争当然是以哈利王子与霹雳火对抗为宜，而二人的年龄又均以年轻而又相等为宜。因此之故，在莎士比亚的笔下霹雳火是个野心勃勃性情暴躁的小伙子，而哈利王子也成为一个年纪不相上下的行为放荡的青年。要这样的两个青年遇在一起相斗，然后这一场斗争才显得格外的有声有色。而事实呢，哈利王子生于一三八七年八月，在此剧开始时应只有十四岁，霹雳火生于一三六四年五月，在此剧开始时应已有三十七岁，比亨利四世还要年长一些。十四岁的孩子不可能成为主将，三十七岁的人亦不好再算是青年（虽然哈利王子确曾出现在舒斯伯来战场上而且相当出力）。可能莎士比亚把他们的年龄一增一减，都变成了青年。据何林塞，王军的胜利，应归功于国王的英勇，亨利四世正在壮年，在战场上手刃了三十六名敌人。而在戏里，国王的威武却为王子所掩。第五幕第一景所描写的王子向霹雳火挑衅决斗，在历史上也是没有根据的。霹雳火之死，是在败乱中被人刺杀，不知是死于何人之手，并不如戏中所描写的被王子当场格毙。国王之险遭德格拉斯毒手，幸遇王子援救，这一节在何林塞的《史记》里亦不见叙述。凡此种种皆是莎士比亚有意使王子成为剧中英雄而不得不采取的歪曲史实的艺术手段。

除了何林塞的《史记》之外，莎士比亚可能也看过 Samuel Daniel 的 *The First Fowre Bookes of the Ciuile Wars Between the Houses of Lancaster and Yorke*。这是一部 ottava rima 体的叙事诗，四开本刊于一五九五年，对折本刊于一六〇一年。对于莎士比亚的《亨利四世》上篇影响最大的是该诗四开本的卷三第八十六至一一四各节（亦即该诗对折本之卷四第十五节以下各节）。莎士比亚可能从这首诗里得到很多的启示，因为 Daniel 有很多点与莎士比亚是一致的。例如：①哈利王子之援救父王，免遭德格拉斯的毒手；②王子与霹雳火之对打；③霹雳火之被写成为一个年轻人；④舒斯伯来之战，格兰道渥的军队未到场助战；⑤亨利四世之遭受封建势力的围攻以及王子的生活之放荡，被视为其篡位之报应（Nemesis）。总之，凡莎士比亚之修改史实之处，几乎完全和Daniel雷同。我们有理由推测，莎士比亚受此诗影响极大，至少在观点方面。〔参看 Frederic Moorman:*Shakespeare's History-Plays and Daniel's "Civile Wars"* (Sh. -Jahrbuch, x1) 1904〕

除了上述两部作品之外，就要提到一部著者不明的旧剧本，*The Famous Victories of Henry the Fifth*，此剧于一五九四年五月在书业公会登记。大家公认，莎士比亚从这戏剧里没有受到多大影响，没有袭取任何词句。Bernard M. Ward 在一九二八年 *Review of English Studies* 的卷四里有一篇精到的论文，"The Famous Victories of Henry V:Its Place in Elizabethan Dramatic Literature"。据他的研究，莎士比亚从此剧得到三方面的影响，如下：

（一）历史与喜剧的混合。莎士比亚的历史剧里，只有三出是相当匀称地把历史与喜剧揉和在一起。这就是两篇《亨利四世》和《亨利五世》。而这正是那出旧剧的特点，二十二景之中有九景是喜剧的，包括第一、二、四、五、六、八、十二、十八、二十一诸景，分配得如此均匀。

（二）包括的时代。旧剧剧情是自嘎兹山抢劫始，至法兰西嫁女给亨利五世止。关于抢劫的细情，史无记载，而莎士比亚也是遵照旧剧描述的。

（三）剧中人物。四个历史上无根据的剧中人物不但在两剧中姓名相同，而且担任同样的角色。主角是 Oldcastle，莎士比亚最初亦采用此名。旧剧中的 Ned，莎士比亚亦命名为 Ned。旧剧中的强盗绰号为 Gadshill，莎士比亚沿用之。Robin Pewterer 为旧剧中匠人之一，莎士比亚剧中之搬运夫乙则呼搬运夫甲为"Neighbour

Mugs"必定是 Pewterer 一字之所暗示。两剧所描写的王子常常临幸之地，均为东市一古老的酒店。

四 舞台历史

《亨利四世》上篇虽然自初即是极受欢迎的，但是以《亨利四世》上篇的名义公开上演的正式记录却很晚。一六〇〇年 Lord Chamberlain 招待 Flanders 的大使曾演出此剧，这仍然不是公开上演，而且戏名是 *Sir John Oldcastle*，并非是《亨利四世》上篇。

一五九七年冬是大家公认的此剧最早公演的年代，但实际上并无正式记录可为凭证。

一六一三年伊利沙白公主结婚，此剧曾经上演，而戏名是 *The Hotspur*，可能即是《亨利四世》上篇。是年另有此剧上演的记录，戏名是 *Sir John Falstaff*，可能是指《亨利四世》上篇而言。（参看 E. K. Chambers:*Elizabethan Stage*, ii. 217；iv. 180）

一六二五年元旦夜，宫廷中曾上演一剧名：*First Part of Sir John Falstaff*。一六三八年五月二十九日公主生辰，宫中又上演此剧，名 *Ould Castel*。我们无法辨明一六〇〇年上演 *Sir John Old Castle* 及一六三八年上演的 *Ould Castel* 究竟是否即是《亨利四世》上篇，抑是下篇，还是上下两篇。也很可能这是把有关孚斯塔夫的几景（尤其是属于上篇的）拼凑而成的另外一部作品，如那有名的 Derling Ms. 之所代表的。

复辟以后，Pepys 的《日记》于一六六〇年十二月三十一日记载着此剧的上演，表示失望，但于次年又认为是很好的戏。

一六六七年他特别喜欢 Cartwright 所扮演的孚斯塔夫一角。当时著名演员 Hart 演霹雳火。这一角色于一六八二年由 Betterton 扮演，于一七〇〇年左右 Betterton 改扮孚斯塔夫一角，据说是空前的成功。Betterton 的此剧之舞台本即是前面所述的"第九四开本"，其特点是在最能吻合莎士比亚的原版。

到了十八世纪初期，最著名扮演霹雳火的是 Booth，扮演孚斯塔夫的是 Quin。Garrick 于一七四六年亦曾五次扮演霹雳火，但不太成功，厥后即放弃尝试。自 Quin 以后最好的孚斯塔夫是 Henderson，他于一七七七年开始扮演此一角色，一直到一七八五年。

此后二十年间（即浪漫运动初期）此剧不曾上演，后来 J. P. Kemble 才又于一八〇二年重演此剧，扮演霹雳火。他的胖弟弟 Stephen Kemble 于同年演孚斯塔夫，虽然批评家 Hazlitt 讥笑他身体够胖而头脑不足，仍然是颇受欢迎的，因为他从一八〇二年演起，演到一八二〇年，其间并无人能与竞争。

一八三八年最奇特的一场表演是诗人 Beddoes 在 Nürich 包租戏院把上下两篇缩成为一出戏，用德文上演。诗人自行扮演霹雳火，另一肥胖的业余演员于数月前努力加餐使身体益为硕大以便扮演孚斯塔夫。

自浪漫运动以后，此剧在英国即逐渐较不大时髦，一般趋向是要把孚斯塔夫演得文雅一些。维多利亚时期一般观众对孚斯塔夫渐怀反感。此一时期根本也没有多少杰出的莎士比亚喜剧演员。

近代的著名的演出是 Beerbohm Tree 于一八九六年的表演，扮孚斯塔夫。Benson 较喜《亨利四世》下篇，但亦曾偶尔演出上篇。Old Vic 剧院于一九二〇年亦曾演出此剧。

在美国，此剧在舞台上亦有悠久之历史。最早的演出是在一七六一年，在纽约。此后也有几个著名的孚斯塔夫演员，如Hackett、John Henry Jack、William F. Owen 等。在若干著名大学里，此剧亦不时上演。

五　几点批评

莎士比亚的历史剧在我们中国是比较不被大家所注意的，因为我们很容易发生一种误解，误以为莎士比亚的历史剧既然是以英国历史为题材，则对于不大熟悉英国历史的中国读者们当无多大的兴趣。其实不然。他的历史剧，固然用英国历史的故事及人物作为骨干，但是他用的是戏剧的方法，他从英国历史里撷取若干精彩的情节，若干性格凸出的人物，以最经济的最艺术的手腕加以穿插编排。是以动作及对话，不是以叙述及描写，来表达一段历史。我们不需要多少有关英国历史的知识，即可充分领略一出历史剧。至少一出英国历史剧不比英国的任何悲剧或喜剧更令我们发生陌生之感。

《亨利四世》（尤其是上篇）之所以特别的受人欢迎，主要的有两个原因，一是孚斯塔夫这个幽默人物的创造，一是这出戏之政治的意义。

孚斯塔夫不是一个简单的丑角。他的复杂性几乎可以和悲剧的哈姆雷特相提并论。他在《亨利四世》里所占的重要性远超出寻常丑角的比例。《上篇》一共十九场，孚斯塔夫出现了九场，第二、五、七、十、十二、十五、十七、十八各场都有他的戏。在没

有露面之前，他在幔帐后面鼾声雷动，已引起了观众的大笑。他的
颟顸，他的天真，他的妙语如珠，他的饮食男女的大欲，使得他
成为一个又好玩又可爱又可恶的东西。这样，莎士比亚破坏了一
出戏之应有的"单一性"，使得历史剧变了质。但是哪一个观众或
读者能舍得不要这一个特殊的角色呢？许多的批评家都费了笔墨
研讨孚斯塔夫。Maurice Morgann 于一七七七年发表的 *An Essay on
the Dramatic Character of Falstaff* 在莎士比亚批评里是划时代的，他
把孚斯塔夫当作一个实有其人的角色来分析，替他辩护，说他不是
一个懦夫，说他在性格上是勇敢的，说他是一连串的矛盾的综合。
这是一派浪漫批评的开始。一直到 A. C. Bradley 教授在一九二〇
年的《双周评论》发表《论孚斯塔夫的被斥》而登峰造极。另一
派是写实的历史的批评，可推 E. E. Stoll 教授于一九一四年发表
的《孚斯塔夫论》为代表，最近的出色的著作当属 J. D.Wilson 教
授一九四三年的剑桥讲演《孚斯塔夫的命运》。我们客观地看，孚
斯塔夫无疑的是莎士比亚的最成功的杰作之一，他是丑角，他是配
角，他异于传统的 miles gloriosus，他也异于中古剧中的 Riot，他
太有趣，所以他喧宾夺主，如是而已。

　　一个戏剧家的政治意识本是不易加以说明的，但是在选材遣词
之间他总不免要流露一些轻重偏倚的趋向，我们亦不妨从而加以推
测衡量。历史上的亨利五世（即此剧的哈利王子）在伊利沙白时代
的英国人心目中，是英国最伟大的英雄，最英武的国王，因为他统
一全国扬威域外。他是万民拥戴的偶像。莎士比亚无疑地也抱着同
样的一份爱国的心情。所以他在两篇《亨利四世》和一篇《亨利五
世》里，一心一意地要形容这一位英主，其他人物均是陪衬。我们
知道，亨利四世面临着一个全国再度陷于分崩离析的局面，他的两

大敌对势力一是天主教僧侣，一是封建主。这两大势力互相勾结，想要维持他们的摇摇欲坠的既得利益，主要的是土地。统一的政府，王权的增加，固然可以带给全国人民以和平与繁荣，但不啻是给封建势力及僧侣阶级敲了丧钟。所以亨利四世之获取王位纵然非法，但就整个历史发展趋势而言，他（国王）代表的是一种前进的力量。拥护国王最力的是人民，伊利沙白时代的新兴的商人阶级之拥护伊利沙白女王亦正是同一的前进力量的现象。莎士比亚个人，在戏里描写反叛的封建主及僧侣，是不惜加以贬抑的。他对亨利四世是处处加以誉扬的。所以我们可以看出，在封建与统一的整个的斗争中，莎士比亚的位置是应该放在哪一方面。关于这一课题，一九三五年 Donald Morrow 有一本小册子（*Where Shakespeare Stood: His part in the crucial struggles of the day*, The Casanova press）有极透彻的说明。当然，一出戏的政治意义，或作者的政治意识，并不一定就影响一部作品之艺术的价值，但是我们要充分了解一个作者或一部作品，却不可不加以注意。

剧中人物

亨利四世（King Henry the Fourth）。

亨利（Henry），威尔斯亲王

兰卡斯特的约翰（John of Lancaster）⎤ 国王之子。

韦斯摩兰伯爵（Earl of Westmoreland）。

瓦特·布仑特爵士（Sir Walter Blunt）。

汤姆斯·波西（Thomas Percy），乌斯特伯爵。

哈利·波西（Henry Percy），脑赞伯兰伯爵。

哈利·波西，绰号霹雳火（Henry Percy, Hotspur），其子。

哀德蒙·毛提摩（Edmund Mortimer），玛尔赤伯爵。

利查·斯克庐帕（Scroop），约克大主教。

阿奇鲍（Archibald），德格拉斯伯爵。

欧文·格兰道渥（Owen Glendower）。

利查·魏尔南爵士（Sir Richard Vernon）。

约翰·孚斯塔夫爵士（Sir John Falstaff）。

迈克尔先生（Sir Michael），约克大主教之友。

波音斯（Poins）。

嘎兹希耳（Gadshill）。

皮图（Peto）。

巴多夫（Bardolph）。

波西夫人（Lady Percy），霹雳火之妻，毛提摩之姊。

毛提摩夫人（Lady Mortimer），格兰道渥之女，毛提摩之妻。

魁格来夫人（Mistress Quickly），东市野猪头酒店之女店主。
诸亲贵、官员、警长、酒商、茶房、酒保、二搬夫、旅客等及侍
从等。

地 点

英格兰。

第 一 幕

第一景：伦敦。王宫

亨利王、韦斯摩兰等上。

王　　　我是如此的疲惫，如此的烦恼，现在找一个喘息的时候吧，在喘息中我们且来商讨那将要在远方国土里掀起的新战争吧。本国土地的裂罅以后不再用本国子孙的血涂染她的唇了，战争不再在本国土地上刻划濠沟了，也不再用敌骑的铁蹄来践踏她的花草了。本是同根同种，而近来竟瞪起仇恨的眼睛，像是雷雨中的电闪一般，从事内战，互相残杀，此后要齐一步伍，在一条路上前进，不可再在亲族友好之间互相敌视。战争的锋芒，像是没套好鞘的利刃，不可再伤害自家的人。所以，朋友们，远至基督的坟墓——我们现在就是基督的战士，就是在他的十字架下被募集去赴战的——我们要募集一队英吉利的大军，他们的胳臂是在娘胎里就已经锻炼好，专为驱逐那些异教徒们，从那一千四百年前为我们死在十字架上的那人圣足所曾履践的土地上驱赶出去。这原是我一年前的打算，用不着再告诉你们我是愿意去的。我们不是为了这事才来开会的。那么你告诉我，我的好兄弟韦斯摩兰，为了促进这回重要的急事，枢密院昨晚有什么决定。

韦斯摩兰　　陛下，这紧急的事曾经热烈研讨。昨晚颁发了许多命令给各将领，不料这时节从威尔斯来了探报，带着噩耗，最坏的是，高贵的毛提摩，率领着海福县的人马去征讨那狂悖不法的格兰道渥，竟被这威尔斯人生擒了去，部众一千人都被杀戮了。威尔斯女人对这些尸体还加摧残，其惨无人道，说起来都不能不觉得耻辱。

王　　　　这战事的消息似乎是阻挠了我们到圣地去的计划了。

韦斯摩兰　　陛下，再加上别的消息是要阻挠我们的计划的，因为从北方来了更恼人的消息，大意是这样的：在圣十字节[1]那天，英勇的霹雳火[2]，就是那年轻的哈利·波西和那勇敢干练的苏格兰人阿奇鲍，在和谟屯交锋了，战事很是酷烈。听他们的炮声，想象当时的情景，所以有这样的消息传来，因为传消息的人是在他们紧急相持的时候驰来的，所以尚不知胜负如何。

王　　　　一位亲爱忠诚的朋友方才来到，瓦特·布仑特爵士，
　　　　才下马来，身上还沾着从和谟屯到我们此地之间的
　　　　各样的泥土，他给我们带来了好消息，德格拉斯伯
　　　　爵溃败了，瓦特爵士亲见在和谟屯平原上有一万名
　　　　勇敢的苏格兰人和二十二员骑士血肉模糊地堆在一
　　　　起。霹雳火还俘虏了费辅的伯爵毛戴克，就是败绩
　　　　的德格拉斯的长子，还有阿曹尔、墨雷、安格斯、
　　　　曼提斯诸伯爵。这不是很体面的胜利品吗？很漂亮
　　　　的俘获吗？哈，兄弟，是不是？

韦斯摩兰　老实说，真是值得令一位帝王夸耀的胜利。

王　　　　是呀，可是因此你使得我忧愁并且起了罪恶的念头，
　　　　我嫉妒脑赞伯兰伯爵竟有这样的儿子，这儿子成为
　　　　人人称赞的资料，是林中矗立的最直挺的树，是幸
　　　　运女神的情郎与夸耀。而我，看了他的受人赞扬，
　　　　再返看我的年轻的哈利，他的额上沾染的是放荡和
　　　　不名誉。啊！但愿夜游的小仙真能把我们的孩子们
　　　　在襁褓中交换位置，把波西作为是我的，帕兰塔贞
　　　　奈特作为是他的，那么我就可以有他的哈利，他有
　　　　我的了。不过，我也无须想他了。兄弟，这年轻的
　　　　波西的骄纵，你以为怎样？他在奇袭中捕来的俘虏，
　　　　他竟自行扣留，并且派人传话给我，除了费辅伯爵
　　　　毛戴克之外我一个也得不到。

韦斯摩兰　这是他的叔父的教唆，这必是乌斯特伯爵，他在各
　　　　方面都和你作对，他不但夜郎自大，而且鼓动年轻
　　　　人也昂然对你无礼。

王	不过我已唤他前来应质。为了这事，我们一定要把我们到耶路撒冷去的事情暂缓进行。兄弟，星期三我们在温莎宫会议。去通知各位大臣，你自己快回来见我，因为比我在怒中所能说的还有更多的话要说，更多的事要做。
韦斯摩兰	我就回来，陛下。〔同下〕

第二景：伦敦。太子居室

太子与孚斯塔夫上。

孚斯塔夫	喂，哈尔，现在是什么时候了，孩子？
太	你的头脑怎么这样昏聩，老酒喝得太多了，晚饭后解纽扣，午后倒在木凳上死睡，所以你忘记了问你真要知道的事[3]。白昼几点钟，与你何干？除非钟点是一杯杯的白酒，分钟是阉鸡，时钟是鸨妇的舌头，钟面是娼家的招牌，神圣的太阳是个穿着火焰色缎子袍的风骚美貌的姑娘，我看不出你有什么理由要多管闲事打听现在是什么时候。
孚斯塔夫	真是的，你这话说得中肯极啦，哈尔。因为我们以路劫为业的人都是靠了月亮和金牛星，不是靠太阳，"那漂亮的游行骑士"[4]。我请你，好孩子，等你做

了国王——上帝保佑你这好心的——我该说陛下，因为好心你是没有的——

太　　什么！没有！

孚斯塔夫　　没有，我敢说！就是有，也不够在一顿鸡蛋牛油前面做祷告用的 [5]。

太　　好，怎么样呢？直说吧，直说吧。

孚斯塔夫　　好，乖孩子。那么，等你做了国王，我们这些护夜的勇士别再令人称作白昼的盗贼，我们算是戴安娜 [6] 的猎户，绿林的绅士，月亮的情人。让一般人说，我们是有节制的人，像那大海一样，受那高贵贞洁的月亮的节制，在她的眷顾之下我们去偷。

太　　你说得好，而且也很恰当。因为我们既是月亮的部下，我们的命运也的确像海一般有涨有落，像海一般受月亮的节制。我且举个证明：一袋金钱在星期一夜里顶随便地抢了过来，在星期二早晨顶随便地就花了出去，得来的时候吼一声"交出"，花去的时候喊一声"拿来" [7]。现在是在落潮，低得像是梯子的脚跟，不久又高涨，高到绞架的横梁 [8]。

孚斯塔夫　　天呀，你说得对，孩子。女店主不是一个顶甜的女人吗？

太　　像海布拉 [9] 的蜜一般，你这老家伙 [10]。牛皮衣不是最甜的坚牢的衣服吗 [11]？

孚斯塔夫　　什么，什么，瞎扯！又是你那一套胡说八道？牛皮衣可跟我有什么关系？

太　　噫，女店主可跟我又有什么关系？

孚斯塔夫	嗯，你常常喊过她来算账。
太	我可曾令你付你那一部分账吗？
孚斯塔夫	没有过。你的好处我得承认，账确实都是你付的。
太	是呀，在别的地方也是呀，只要我手里有钱，没钱的时候，我记账。
孚斯塔夫	是呀，你到处记账。假如不是很显然的你是显然的王位继承人——但是，请问你，好孩子，你做了国王的时候，在英格兰还有没有绞架，有勇气的人是不是还要受那老朽的怪物所谓法律者的骗弄？你做国王之后，不要再绞杀盗贼了吧。
太	不，你要去绞杀。
孚斯塔夫	我要？嘻，希奇哩！天呀，我要做一名很威武的法官了。
太	你已经判断错误了，我的意思是，你要去绞杀盗贼，成为一名威武的刽子手。
孚斯塔夫	好，哈尔！好！我告诉你说，从某一方面看，这很合于我的脾气，和在朝中做官是一样的好。
太	为了求得什么好处吗 [12]？
孚斯塔夫	对啦，当然有好处，刽子手得来的衣服当然不在少处。哎呀，我忧闷得很，像一只雄猫，又像一只被牵着走的熊。
太	或是一只老狮子，或是一具情人的琵琶。
孚斯塔夫	对啦，或是林肯县的风笛的嗡嗡声 [13]。
太	或者像一只兔子，或是像肮脏的摩尔臭沟 [14]，你以为如何？

孚斯塔夫　　　这真是难闻的比喻，你真是一个最善比喻，最泼野，
　　　　　　　最可爱的年轻的太子。但是，哈尔，我请你不要和
　　　　　　　我胡扯了。我真愿意你和我能够知道好名誉从什么
　　　　　　　地方可以买得来。前些天有一位枢密院的老爵士在
　　　　　　　大街上为了你的缘故把我大骂一顿，我没理他。但
　　　　　　　是他说得很冠冕堂皇，而且是在大街上。

太　　　　　　你做得对。因为智慧在街市上呼喊，无人理会[15]。

孚斯塔夫　　　你倒真会乱用《圣经》上的文字，一位圣徒都会被
　　　　　　　你引诱坏了。你害我不浅，哈尔，上帝饶恕你！我
　　　　　　　在认识你以前，哈尔，我是什么都不晓得。而我现
　　　　　　　在呢，如果一个人该说老实话，我比一个坏人实在
　　　　　　　好不了多少。我要放弃这种生活，我要放弃。我对
　　　　　　　上帝发誓，如果我不放弃，我是坏蛋，我不能为了
　　　　　　　任何王子而让我的灵魂下地狱。

太　　　　　　明天我们到什么地方行抢，杰克？

孚斯塔夫　　　哼！随便你到哪里，孩子，算上我一个。如果我不
　　　　　　　去，你唤我坏蛋，任凭你羞辱我[16]。

太　　　　　　我看你确是生活改善了，从祈祷一变而为抢劫。

　　　　波音斯上。

孚斯塔夫　　　噫，哈尔，这是我的本分[17]。哈尔，一个人在他本
　　　　　　　分内努力，不算是罪过。波音斯！现在我们可以知
　　　　　　　道嘎兹希耳准备好一桩抢案没有了。啊！人要是靠
　　　　　　　自己的美德而获救，像他这样的人，地狱里哪一窟
　　　　　　　才算是够热的？对善良的人喊"站住！"的强盗，

要以他为最能干的了。

太　　　　早晨好，奈德。

波音斯　　早晨好，亲爱的哈尔。悔过先生[18]今天好吗？糖酒
　　　　　约翰爵士今天好吗？杰克！你在"耶稣受难日"[19]
　　　　　把你的灵魂出卖给恶魔，换取一杯马代拉酒[20]，一
　　　　　根冷鸡腿，这交易你们做得如何了？

太　　　　约翰爵士守他的诺言，恶魔是要得到这笔买卖的。
　　　　　他是从来没有破坏过那句谚语[21]，他给恶魔所应得
　　　　　的东西。

波音斯　　那么你对恶魔守信用便要下地狱了。

太　　　　否则他欺骗了恶魔也要下地狱。

波音斯　　伙计们，伙计们，明天早晨，四点钟，早早地到棍
　　　　　棒山[22]！有香客到坎特伯利去[23]，带着丰富的祭品，
　　　　　还有客商到伦敦去，带着饱满的钱囊。我给你们都
　　　　　预备好了假面具，你们自己有马。嘎兹希耳今夜就
　　　　　住在洛柴斯特了。明晚在东市[24]我已预备下晚饭，
　　　　　我们可以像睡觉一般安稳地去下手。如果你们愿意
　　　　　去，我可以把你们的钱囊塞满了金钱；如果不去，在
　　　　　家里守着，等着绞死吧。

孚斯塔夫　你听我说，哀德华[25]，如果我守在家里不去，我将
　　　　　为了你去而绞死你。

波音斯　　你会吗，大块头？

孚斯塔夫　哈尔，你去不去？

太　　　　谁？我去抢？我做强盗？我发誓不肯。

孚斯塔夫　你这人没有一点诚实、男子气，也没有义气。如果

你不敢抢十先令，你也不配称国王的儿子[26]。

太　　　　好吧，我这一生中也可偶然发一次狂。

孚斯塔夫　　唉，这才说得对。

太　　　　好，无论如何，我还是不去。

孚斯塔夫　　那么，我对主发誓：等你做国王的时候，我做叛徒。

太　　　　我不在乎。

波音斯　　　约翰爵士，让我和太子私下谈一下，我会说出前去行抢的理由，使他不得不去。

孚斯塔夫　　好吧，愿上帝给你一套劝人的本领，给他一双受教的耳朵，好让你说的话使得他受感动，他听见的话使得他信服，让一位真正的太子为了游戏起见变成一个盗匪，因为我们现在所能有的一点可怜的荒唐，正需要有人支援。再见吧，你们在东市可以找到我。

太　　　　再会吧，你这暮春！再会吧，你这冬行夏令的东西[27]。〔孚斯塔夫下〕

波音斯　　　喂！我的好大人，明天和我们一同骑马去，我有一个玩笑可开，我一个人却办不了。孚斯塔夫、巴多夫、皮图、嘎兹希耳，去抢那些人，而我们先埋伏在一旁，你同我不要露面，等他们得到赃物之后，我们两个若不能把他们再抢了，把我的头割下去。

太　　　　我们和他们出发时却怎样分手呢？

波音斯　　　噫，我们可以先走，或后走一步，和他们定好一个地方见面，届时不到，只好由我们了。那么他们只好独自进行抢劫，等他们刚刚得手，我们就下手。

太　　　　对！但是他们看见我们的马，我们的衣服，以及其他的装备，怕要认识我们呢。

波音斯　　嘻！我们的马他们不得看见，我拴在树林里；我们的面具在离开他们的时候就换过；并且，先生，我已准备好几套粗布袍子，可以遮盖起我们外面令人认识的衣服。

太　　　　对！但是我恐怕斗不过他们。

孚斯塔夫　嗯，其中有两个，我知道是最会向后跑的纯种的懦夫。还有一个，如果他看事不祥而还肯多斗一会儿，我从此戒绝武器。这玩笑的妙处就是，那胖贼在我们晚饭相会的时候一定要讲出一大套不着边际的谎话：至少，他和三十人苦斗了一场，怎样的防卫，怎样的进击，他忍受了什么样的困苦情形，这场玩笑就在反驳他的谎话。

太　　　　好吧，我和你去。预备好我们必需的一切，明天晚上 [28] 在东市和我相会，我在那里吃晚饭。再会吧。

波音斯　　再会吧，殿下。〔下〕

太　　　　你们这帮人我全看透了。对于你们的无聊中的放肆的行为，我暂时容忍。但是在这种地方，我要模仿太阳，太阳也允许恶劣的乌云遮盖它的丰采，可是在需要的时候，只要它高兴显露它的本来面目，它就会冲出那好像要掐死它的丑陋的云雾，它会格外受人景仰。如果整年地游荡、嬉戏，将要和工作一样地令人腻烦，偶一为之，就觉得惬意，除了稀罕的事情之外，一切都不能令人高兴。所以，一旦我摒绝这种游荡的生活，偿付我所不曾欠下的债，我

的为人要比我表现的好得多，这样便可超出了一般
人对我的期望。我的改邪归正，就好像是一块亮晶
的金属衬托在黑暗的背景上一般，被过去的错误衬
得格外光彩，比毫无衬托的要显得更美丽动人了。
我犯错是把犯错当作手段，
乘人冷不防我要突然改善。〔下〕

第三景：伦敦。王宫

亨利王、脑赞伯兰、乌斯特、霹雳火、瓦特·布伦特爵
士及其他上。

王　　　　我太没有火气，太温和了，对这些侮辱都不易激动，
你们可抓住我的弱点了。因此你们就践踏我的耐性。
但是，要知道，我从此要还我本来面目，要威猛而
严厉，不能再任着我的天性，像油一般的滑润，像
鹅绒一般的软和，以致失掉了那骄傲的人只有对骄
傲的人才肯起的敬意。

乌斯特　　陛下，我们一家人实在不该接受陛下的震怒，尤其
是陛下的威严乃我们亲手帮助造成的。

脑赞伯兰　陛下——

王　　　　乌斯特，你走开！我在你的眼里已看出危险和叛逆。

啊，先生，你来见我也未免太大胆了，国王永远不
能忍受一个臣仆的恼怒的面孔。我准许你立刻离开
这里，我需要你的时候，我会召唤你。〔乌斯特下〕
〔对脑赞伯兰〕你是刚要开口来的。

脑赞伯兰　是的，陛下。以陛下的名义所要索取的俘虏，就是
哈利·波西在和谟屯所捕捉的那些，据他说，他并
没有像报告给国王的那样强硬地拒绝交献。所以，
这或是由于嫉恨，或是出于误会，绝不是我儿子
的错。

霹雳火　　主上，我没有拒献俘虏。但是我还记得，战事刚结
束，我又气又累，口渴得要命，气都喘不过来，靠
在我的剑上休息的时候，来了一位大人，衣冠楚
楚，打扮得整整齐齐，像新郎一般的新艳，他的下
巴，是新剪的，好像是收谷时才割过谷秆的田地一
般。他浑身香气，好像是个女帽商。他的大拇指二
拇指之间捏着一个香料盒，不时地送到鼻端，然后
又拿开。鼻子好像生气了，等下次送过来的时候，
一气吸进去了[29]。他不断地微笑高谈。士兵抬尸过
去，他骂他们做没教养的奴才，没有礼貌，竟敢在
风向和他的贵体之间抬过一具肮脏丑陋的死尸。他
用许多矫揉造作的词句和我谈话，其中一项便是代
表陛下索取我的俘虏。我的创伤才凉，当时疼痛难
熬，这鹦鹉竟来和我胡缠。我于苦痛烦躁之中随便
回答了几句，我也不记得说了什么，说可以，或是
不可以。因为他真使我冒火，看他打扮得那么漂亮，

浑身那么香，那么像一个宫女似的谈论着炮、鼓和伤——上帝保佑——他还告诉我为了内部的创伤世上最好的东西无过于鲸蜡，又说那实在是太可惜了，可恶的硝石竟从良善的土里挖了出来，以致那样卑劣地毁灭了多少结实强大的人；又说若是没有这些下贱的炮火，他自己也要做一名军人。他这一套断续的空谈——陛下——我空泛地回答了，我才说过。我请求你，不要教他的报告成为我的忠诚与陛下之间的一种离间。

布仑特　考虑过这种种的情形之后，陛下，哈利·波西当时对这样一个人，在这样一个地方，在这样一个时候，无论是说了些什么，以及其他所报告过的一切，都应该一笔勾销，不该再成为害他的口实，也不必再谴责他当时所说的话。只消他现在否认便是。

王　　噫，他现在还是拒献俘虏，不过带了条件要我立刻出资去赎他的内弟[30]。那糊涂的毛提摩，他带兵去征讨那伟大的魔术家，该死的格兰道渥，我敢拿灵魂赌咒，他必是故意地把他的部队出卖了，因为我听说最近玛尔赤伯爵竟娶了格兰道渥的女儿为妻。那么我要掏空了财库去赎回一个叛徒吗？他们自作自受，难道我还要花钱去收买叛逆，和这可怕的东西打交道吗？不，让他在荒山里去饿死吧。谁若是要我出一文钱去赎那叛逆的毛提摩，我永远不把他当作我的朋友。

霹雳火　叛逆的毛提摩！他从未叛变，陛下，那只是战争中

　　意外的事，他勇敢地受了那么多的伤，张着口的伤，
一个伤口就够证明他的忠实了。他在温和的塞汶河
的芦苇岸上，和那伟大的格兰道渥短兵相接，独力
奋战，足足有一个钟头之久。他们休息了三次，彼
此同意，就着急流的塞汶河边喝了三次水，这河水
都被他们的血染的面目给吓坏了，向抖颤的芦苇里
乱窜，把带卷纹的头躲进那染了这勇士们的血的岸
边空隙。卑鄙狡诈永远不能用这样的重伤掩饰她的
行为，高贵的毛提摩也永远不会诚心愿意地受这么
多的伤，所以不要用叛逆的字样来诬蔑他。

王　　　你把他看错了，波西！你看错他了，他根本就没有
和格兰道渥对打。我告诉你吧，他怕和格兰道渥作
对，就和怕单独和恶魔相遇一样。你不觉得惭愧
吗？但是，先生，以后你别在我面前提起毛提摩了。
用最快速的方法把你的俘虏送来，否则你要听我一
番令你不愉快的话。脑赞伯兰，你和你的儿子可以
走了。把你的俘虏给我送来，否则你要受处分的。

〔亨利王、布仑特及随从等下〕

霹雳火　　就是恶魔来吼叫要我的俘虏，我也不给。我立刻追
上去，干脆这样告诉他，就是冒了丢掉头颅的危险，
也要出一口恶气。

脑赞伯兰　怎么！你气疯了吗？停住，且考虑一番。你的叔父
来了。

乌斯特上。

霹雳火	不许提毛提摩！呸！我偏要提。我若是不和他联合起来，让我死后受罪。为了他的缘故，我愿流干了我的血，一滴一滴地洒在尘埃上，我要把这被践踏的毛提摩高高地拥起，拥得和这忘恩负义的阴险的国王布灵布洛克一样的高。
脑赞伯兰	老弟，国王把你的侄子气疯了。
乌斯特	我走开之后是谁招惹出这场冲突？
霹雳火	他居然决心要我的所有的俘虏。我再度请求赎我的内弟的时候，他的脸变白了，对着我的脸怒目相视，甚至于一听到毛提摩的名字就抖起来了。
乌斯特	我不怪他。故王利查不是宣布他是血统上最近的吗？
脑赞伯兰	他是，那宣布我是听见的。随后那不幸的国王——我们对不起他的地方愿上帝饶恕——就开始远征爱尔兰。他归来被阻，他的王位被篡夺了，不久就遇害了。
乌斯特	为了他的死，我们在舆论中很受指责，很不体面哩。
霹雳火	但是，且慢！我请问你，利查王当时可曾宣布我的内弟哀德蒙·毛提摩做王位继承人吗？
脑赞伯兰	他宣布了，我听见的。
霹雳火	对了！那么我不能怪他的本家国王之愿他饿死在荒山了。但是你，你把王冠放在这无情的人的头上，你为了他而蒙受大逆不道的恶名，难道你就情愿受世人的唾骂，甘心做工具，做帮凶，做一根绞绳，做一架绞梯，甚至一名刽子手吗？啊！饶恕我把你

说得这样不堪，把你在这狡诈的国王之下的真正的
地位和关系都说穿了。是不是就让世人辱骂，或留
给将来做历史资料呢？像你们这样的权贵，不惜为
了一件不法的行为把威望声名孤注一掷，像你们二
位——上帝恕罪——所做的，锄倒了利查，那棵温
柔可爱的玫瑰，栽上这株荆棘，这棵野蔷薇，布灵
布洛克，是不是更进一步地要令人耻笑？你们为了
他蒙受了这么多耻辱，而结果被他骗弄了，遗弃了，
丢掉了？不！时间还来得及，你们可以恢复你们失
去的名誉，还可以重新获得世人的好感。要报复这
骄傲的国王的傲慢无礼，他是在日夜地研求如何偿
还他欠下你们的债，就用你们的死来清偿。所以，
我说——

乌斯特　　别说了，孩子！别再说了。我现在要宣布一个秘密
　　　　　的计划，我要把一些严重危险的内容告诉你那容易
　　　　　接受的愤愈的心灵，这计划是充满了危机和冒险的
　　　　　精神，犹如在一条怒吼的河流之上架上一支枪，很
　　　　　不安稳地踏过河去。

霹雳火　　他若是滚下去，下世再见！除非他会游泳。尽管从
　　　　　东到西全是危险，只消荣誉从北到南地穿过它，就
　　　　　让它们斗争吧。啊！我的血脉跳荡得好快，与其说
　　　　　可以撩拨兔子，毋宁说可以惊动狮子。

脑赞伯兰　想象中的伟大的行动使得他忍耐不住了。

霹雳火　　我指天为誓，我觉得跳上天去从惨白的月亮那里抓
　　　　　取灿烂的荣誉，或是钻到深不可测的海底把淹死的

荣誉抓着头发扯上来，都是容易事。假如这冒险抢
救的人能独自享受那荣誉，没人来分享。但是寒伧
相的同谋设计，就算了吧！

乌斯特　他心中涌现的幻想倒是不少，但是还不明白他该做
的事情的真相。好孩子，且听我说。

霹雳火　我请你原谅。

乌斯特　你所俘虏的那些高贵的苏格兰人——

霹雳火　我全要自己留下！以上帝为誓，他一个也不能得到。
即使一个苏格兰人能拯救他的灵魂，他也不能得到，
我要全都留下，以此手为誓。

乌斯特　你又胡扯了，你不肯听我说话。那些俘虏可以由你
留着。

霹雳火　不，我要留下，这是绝对的。他说他不愿赎毛提摩，
不准我再提起毛提摩，但是我要乘他熟睡的时候在
他耳边大吼一声"毛提摩"！不，我要养一只八哥，
只教它说"毛提摩"，把鸟送给他，让他的愤怒永不
消歇。

乌斯特　听我说，孩子，听我一句。

霹雳火　一切的事情我完全放弃，除了如何地使这个布灵布
洛克吃苦。至于那个招摇生事的威尔斯亲王，若不
是他的父亲根本不爱他，看他遭些意外会更称愿，
我真想用一壶毒酒把他毒死。

乌斯特　再会吧，我的本家，等你脾气好一点能听话的时候
我再和你说。

脑赞伯兰　唉，你真是一个暴躁的傻瓜，怎么变成这样的女人

霹雳火	气，一味地絮聒，不听别人一句！ 唉，你要知道，我一听到提起这卑鄙的政客布灵布洛克，我就觉得像是受鞭抽棍打一般，针刺一样，蚂蚁螫了似的。在利查的时候——在什么地方来的？该死的！是在格劳斯特县——他的那个荒唐的叔父约克公爵就住在那里，当你同他从雷文斯堡回来的时候，就在那里我初次向这满面春风的国王这布灵布洛克屈膝，该死！
脑赞伯兰	在伯克莱堡垒。
霹雳火	你说得对。唉，这谄媚的狗，当时对我说了多少甜言蜜语！你听，"等我的好运真个实现的时候"，"好哈利·波西"，"亲爱的弟兄"。啊，恶魔来抓去这样的骗子吧。上帝饶恕我！好叔父，你说你的吧，我说完了。
乌斯特	别，你若是没说完，自管说下去，我们听候着你。
霹雳火	我说完了，真的。
乌斯特	那么再提到你的那些苏格兰的俘虏。不要赎款，立刻全部释放，令德格拉斯的儿子作为你的全权代表在苏格兰招起一支兵马。为了许多理由，我以后写信告诉你，这事必定很容易地办到。〔向脑赞伯兰〕你的儿子在苏格兰这样张罗的时候，你呢，就秘密地联络那高贵可敬的大主教。
霹雳火	约克大主教，是吗？
乌斯特	是的，他的弟弟斯克庐帕死在伯利斯多，他怀恨在心。我说这话并非是一片揣想，并非是我以为可能，

而是经过仔细考虑谋划而决定的，只等机会一到就可以进行。

霹雳火　　我明白了。我以性命打赌，必定顺利。

脑赞伯兰　你总是不等兽跑出来就先放出猎狗。

霹雳火　　噫，这准是一个极好的计划，就叫苏格兰的队伍和约克，都和毛提摩联合起来，对不对？

乌斯特　　就是这样。

霹雳火　　真是的，这主意打得极好。

乌斯特　　我们还有理由要赶快去做，我们要出头叛变，好保住我们的头。因为我们无论怎样谨慎自处，国王总觉得欠我们的情，他以为我们必是不满，除非他找到一个时机把我们彻底解决。你看他已经开始对我们没有好的颜色了。

霹雳火　　他是，他是！我们要报复他。

乌斯特　　再会吧。此事不必再谈，等我写信指导你进行便是。时机一成熟——那时候会立刻到来——我就溜到格兰道渥和毛提摩那里去。我会安排好，你和德格拉斯和我们的队伍就在那里会师，用我们的强大的武力去支援我们的现在动摇中的命运。

脑赞伯兰　再见吧，好兄弟！我们会成功的，我相信。

霹雳火　　叔父，再会！

　　　　　啊！我愿时间快快地过去，

　　　　　让战场的叫嚣赞扬我们的胜利！〔同下〕

注 释

[1] 圣十字节（Holyood day）在九月十四日。当波斯人掠劫耶路撒冷时，十字架被运往波斯，后被 Emperor Heraclius 夺回十字架之一部，遂定为教会节日之一。

[2] 哈利·波西绰号 Hotspur，意为性烈如火之人，故译为霹雳火。

[3] 孚斯塔夫问："现在是什么时候了？"（What time of day is it?）太子斥其昏聩，何故？约翰孙博士解释曰："太子之所以驳斥此问，似因孚斯塔夫之发此问乃在夜间而非白昼也。"但原文并未指明为夜。近代诸家注释金以为孚斯塔夫之行径均为夜间之事，与白昼无关，太子故意断章取义，反对此一 day 字。此说近是。

[4] 太阳喻为"漂亮的游行骑士"，据 Steevens 谓或系引自一原文已佚之歌谣，其故事系据西班牙浪漫故事 *El Donzel del Febo* (*The Knight of the Sun*) 之当时英译（见 *The Mirror of Princely Deeds and Knighthood*）而写成者。

[5] Grace 有三义，对国王之尊称、仁慈的好心、饭前的祷词。"鸡蛋与牛油"乃最简单之饭食，其祷词似亦应甚短，故云。

[6] 戴安娜（Diana）月神，喜猎。

[7] "交出"（lay by），强盗喝令过客缴出钱财之语；"拿来"（bring in），在酒店中呼侍者添酒之语。

[8] 行刑之绞架，其横梁颇高，罪犯须缘梯而上。强盗之最后归宿，不免缘梯而登绞架，故以此自讽。

[9] 海布拉（Hybla），西西里之古城，产蜜。

[10] "你这老家伙"，原文 my old lad of the castle 有三种解释:（一）莎氏此剧初稿孚斯塔夫原名 Sir Joan Oldcastle，后经反对，始改为孚斯塔

夫，此处仍是以 Oldcastle 之姓名为戏，而在删改时遗漏者，此说为一般人所承认，持之最力者为 Halliwell，见所著 *On the Character of Sir John Falstaff*, 1841。（二）据 Farmer（一七七三年集注本）谓即系 Old Lad of Castile, a Castilian，其义为"喧嚣之纵饮者"。（三）据 Rushton（*Shakespeare's Euphuism*, 1871 p. 35）谓 Castle 乃一酒店或娼家之名。

[11] robe of durance 双关语，（一）坚固的服装，（二）监牢内的服装。"牛皮衣"系囚犯的服装。

[12] suits 双关语，（一）朝中做官向主上乞讨恩宠，（二）衣服。英国习惯，行绞刑后罪犯之衣服例由刽子手所得。

[13] Lincolnshire bagpipe 有两种解释:（一）Steevens 等以为系指蛙鸣而言，恐误。（二）即风笛，民间通行之乐器，在苏格兰为最盛，莎士比亚时或在林肯县为最著名，亦未可知。

[14] the melancholy of Moor-ditch，按伦敦城外有沟，其水系由 Moorfields 宣泄而成，故名。此淤滞之沟渠，何以有"忧闷"之名，殊不可解。意者其地不雅洁，易启人忧闷耶？

[15]《旧约·箴言》第一章二十一一二十四节:"智慧在街市上呼喊，在宽阔处发声，在热闹街头喊叫……我呼唤，你们不肯听从，我伸手，无人理会。"

[16] baffle，公然侮辱之意，古时不忠之骑士所受之惩罚例为将其脚跟朝上高高吊起，或不吊其本人，而绘一倒悬之肖像。字源不明。

[17] vocation，"职业"或"本分"，或系引用《新约·哥林多前书》第七章第二十节:"各人蒙召的时候是甚么身份，仍要守住这身份。"

[18]"悔过先生"（Monsieur Remorse）讽孚斯塔夫之改邪归正徒托空言也。"糖酒"，当时习俗以糖入酒以减其烈性。

[19]"耶稣受难日"（Good-Friday）即复活节前之星期五日，教会例于

此日追悼耶稣之死于十字架。

[20] 马代拉（Madeira），岛名，近摩洛哥，以产酒名。

[21] 谚语"to give the Devil his due"原意为对最丑恶之人亦应保持公道，不作过分之形容。此处之 due 指孚斯塔夫之灵魂。

[22] 棍棒山（Gadshill）在 Rochester 西北约二英里许，为盗匪出没之所。

[23] 坎特伯利（Canterbury）有圣徒 Thomas à Becket 之墓，为香客礼拜之所。

[24] 东市（Eastcheap），伦敦市区东部地名，酒馆林立。

[25] 哀德华乃波音斯之名。

[26] blood royal 双关语:（一）国王的后裔,（二）一个 royal 等于十先令之金币。

[27] 孚斯塔夫年事已高，犹有童心，故讥之为"暮春"。"冬行夏令"原文 All-hallow summer 之意译，其意谓"诸圣日"（十一月一日）与夏天之混和天气，亦讥孚斯塔夫之年老而心犹童也。

[28] 出发抢劫原定在明天早晨，此处谓明晚相会，毋乃不符？故 Capell 改原文为"今晚"。但 Clarke 之解释亦不为无理:"太子所谓相会乃抢劫后之相会，非抢劫前之相会，乃指欣赏此戏谑之时间而言，非准备此戏谑之时间也。"但究嫌牵强。原文有笔误耶？

[29] "一气吸进去了"（took it in snuff）双关语:（一）生气,（二）吸取。莎氏时代，尚无烟草，此处所谓"香料盒"系盛麝香之类，盒盖凿小孔。

[30] 据 Steevens 指陈，莎士比亚此处显有错误，剧中之哀德蒙·毛提摩（即玛尔赤伯爵）乃波西夫人之侄，其叔父亦名哀德蒙·毛提摩，乃波西夫人之胞弟也。莎士比亚将二者混而为一。故毛提摩在此剧中时而为霹雳火之内弟（I. iii, 142），时而称波西夫人为"姑姑"（III. i, 195）

前后矛盾。其谱系如下：

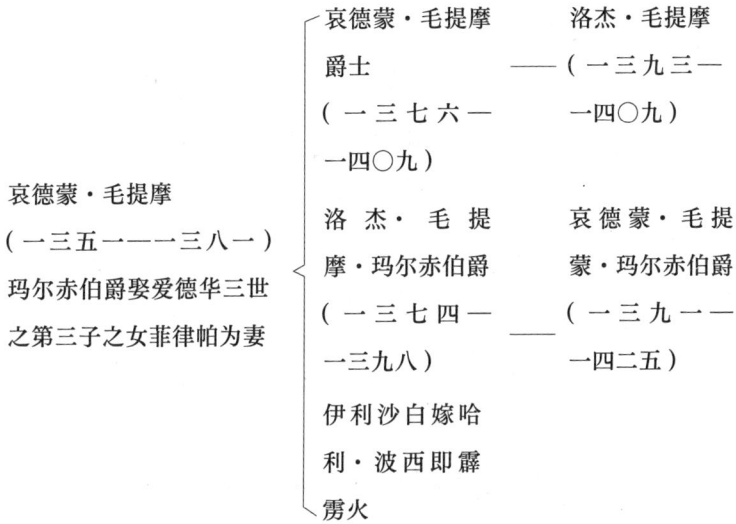

哀德蒙·毛提摩
（一三五一—一三八一）
玛尔赤伯爵娶爱德华三世
之第三子之女菲律帕为妻

哀德蒙·毛提摩爵士（一三七六—一四○九）—— 洛杰·毛提摩（一三九三—一四○九）

洛杰·毛提摩·玛尔赤伯爵（一三七四—一三九八）—— 哀德蒙·毛提摩·玛尔赤伯爵（一三九一—一四二五）

伊利沙白嫁哈利·波西即霹雳火

第 二 幕

第一景：洛柴斯特。一旅馆院里

一搬运夫手携灯笼上。

搬甲　　　哦喝！现在若不是早晨四点，我情愿吊死，大熊星
　　　　　正在那新烟囱上面，可是我们的马还没有套呢。哎，
　　　　　马夫！

马夫　　　〔在内〕就来，就来。

搬甲　　　我请你，汤姆，打一打秃尾巴的鞍子[1]，在鞍子头
　　　　　上再放些羊毛，这可怜的马的肩骨磨伤得很厉害。

又一搬运夫上。

搬乙　　　豌豆黄豆都湿得不得了，这是最快的法子令马肚里
　　　　　生虫。马夫罗宾死了之后，这家子一切全乱了。

搬甲　　　　可怜的人！自从大麦涨价之后，他就没高兴过一天，
　　　　　　活活把他急死了。

搬乙　　　　我觉得这是伦敦路上跳蚤多的一家，我这一身咬得
　　　　　　像鲤鱼似的 [2]。

搬甲　　　　像鲤鱼！真要命，从一点起没有一个人像我被咬的
　　　　　　那样厉害。

搬乙　　　　哼，他们从不给我们预备夜壶，于是我们就只好在
　　　　　　壁炉撒尿，尿能生跳蚤就像泥鳅一般。

搬甲　　　　喂，马夫！倒是来呀！该死的，倒是来呀！

搬乙　　　　我有一条腌猪腿和两捆姜，要一直送到柴令克劳思
　　　　　　去呢。

搬甲　　　　上帝呀！我的笼里的火鸡都快饿死了。怎么啦，马
　　　　　　夫？你真该死！你的头上没有眼睛吗？你听不见
　　　　　　吗？敲破你的脑袋若不是像喝酒一般的有趣，我算
　　　　　　是坏蛋。来，该死的！你丧尽天良了吗？

　　　　　　嘎兹希耳上。

嘎兹希耳　　早安，搬夫们。几点钟了？

搬甲　　　　我想有两点吧 [3]。

嘎兹希耳　　请你把灯笼借给我到马厩去看看我的马。

搬甲　　　　不，且慢！比这更高明的把戏也骗不了我，老实说。

嘎兹希耳　　把你的灯笼借给我吧。

搬乙　　　　哼，你休想能得到 [4]！"把你的灯笼借给我。"是这
　　　　　　样说的吧？呸！你先去吊死再说吧。

嘎兹希耳　　搬运夫先生，你什么时候到伦敦去？

搬乙　　　差不多点烛上床的时候吧 [5]，我告诉你吧。来，老街坊摩格斯，我们把那几位先生喊起来吧，他们要和我们搭伴走，因为他们有值钱的行李。〔二搬运夫下〕

嘎兹希耳　　喂！茶房！

茶　　　　〔在内〕"就在你身边，扒手会这样说。" [6]

嘎兹希耳　　这就等于是说，"就在你身边，茶房这样说。"因为你和盗贼的分别也不过是一个指点一个下手，计划是你定下的。

茶房上。

茶　　　　早安，嘎兹希耳先生。我昨晚告诉你的话是不错的：有一位坎特乡下的小地主带着三百马克 [7]，我听见他昨晚在吃饭的时候告诉他的同伴，大概是个审计官，手里也有不少的贵重东西，说不清是什么。他们已经起来了，要鸡蛋牛油呢，他们立刻就要走了。

嘎兹希耳　　先生，他们在路上若不遇到圣·尼古拉的信徒 [8]，砍掉我的脑袋。

茶　　　　不！我不要你的脑袋，请给刽子手留着吧，因为我知道你是和真正的坏人一般专崇拜圣·尼古拉的。

嘎兹希耳　　你和我谈起刽子手干什么？如果我被绞死，我得有一对特大的绞架，因为如果我死，约翰爵士得陪着我死，你知道的，他不是一个瘦家伙。嘘，还有别的你梦想不到的勇士们呢，为了游戏起见，情愿给我们这一行增光，并且如果一旦事发，他们的身份就可以把事情弥缝起来。我的伙伴并不是一些扒手，也不是为了六便士打闷棍的，更不是红脸大胡子的醉汉，而是出身高贵安逸的大官人、大人物，都是些能不多说乱道的人，都是些没等开口就动手，没等喝酒就开口，没等祷告就喝酒的人。我还是说错了，因为他们不断地对他们的神明钱财 [9] 做祷告；或者说，不是祷告，而是抢劫 [10]，因为他们是来去飘忽地把大家的财物当作了他们的赃物 [11]。

茶　　　　什么！财物当作靴子？走湿路不漏水吧？

嘎兹希耳　不漏，不漏！法律给涂上油了。我们去抢劫是稳稳当当的，毫无顾虑，我们有隐身术，令人看不见我们走动。

茶　　　　不，老实说，你令人看不见，多半是靠了昏夜，不是隐身术。

嘎兹希耳　我们握握手，我们的买卖里有你一股，我是个好人，我说话一定算数。

茶　　　　不，你分我一股，因为你是个坏贼。

嘎兹希耳　胡说，"人"乃一切之通称 [12]。叫马夫把我的马从马厩里牵出来。再会吧。你这糊涂虫。〔同下〕

第二景：棍棒山旁大路

太子与波音斯上。

波音斯　　来，藏起，藏起。我把孚斯塔夫的马牵走了，他烦
　　　　　恼得像涂了胶的丝绒一般[13]。

太　　　　藏好了。

孚斯塔夫上。

孚斯塔夫　波音斯！波音斯，该死的！波音斯！

太　　　　住声，你这肥头胖脑的东西！你吼得多凶！

孚斯塔夫　波音斯在哪里，哈尔？

太　　　　他到山顶上去了，我去找他。〔佯为寻波音斯，下〕

孚斯塔夫　和这贼一同去抢劫，我可倒霉了。这恶棍把我的马
　　　　　牵走了，也不知拴在哪里了。我若是用尺量再徒步
　　　　　走四尺路，我就喘不过气来了。好，我若是逃掉了
　　　　　为杀死那恶棍而被绞杀，这样的死总不能不算是善
　　　　　终。这二十二年来我随时都在赌咒再也不和他搭伴，
　　　　　可是我老是像中了魔似的离不开他。这恶棍若不是
　　　　　给了我迷药吃令我爱他，我情愿吊死。一定没有别
　　　　　的缘故，我吃了迷药了。波音斯！哈尔！两个该死
　　　　　的！巴多夫！皮图！我再走一步就要死了。脱离这
　　　　　群流氓，变成一个好人，一定会和喝酒一般的舒服，
　　　　　否则我是一个真正的吃饭长大的坏蛋。八码坑洼不
　　　　　平的路，让我走起来就像是七十英里一般，那铁石
　　　　　心肠的东西们是明明知道的。当了盗贼而彼此还不
　　　　　忠实，真是倒霉！〔彼等呼啸作声〕咦！你们全是
　　　　　混账东西！把我的马给我，你们这群坏人，给我马，
　　　　　你们死去吧。

太　　　　　〔走出〕住声，你这脑满肠肥的东西！爬下去，把耳
　　　　　　朵挨近地上，听听有客商的脚步声没有。

孚斯塔夫　　我爬下去之后你可有什么杠杆再把我撬起来吗？天
　　　　　　呀！就是把你爸爸的库里的钱都给了我，我再也不
　　　　　　能带着我这一身肉多走一步了。你们是什么意思这
　　　　　　样的欺弄我？

太　　　　　你胡说，你没有被欺，你是没有马骑[14]。

孚斯塔夫　　好太子哈尔，请你把我的马给我，好国王的儿子。

太　　　　　去，你这坏人！我做你的马夫吗？

孚斯塔夫　　去，用你的太子吊袜带去上吊吧！我要是被捉，我
　　　　　　就告发你。我若是不给你们编出歌谣，谱上些下流
　　　　　　调子到处让人唱，我情愿一杯酒就是我的毒药。玩
　　　　　　笑开得这样厉害，而且真行得出来！我恨死了。

　　　　　　嘎兹希耳上。

嘎兹希耳　　站住！

孚斯塔夫　　我是在站着哪，并非情愿。

波音斯　　　啊！是给我们设计的那个人，我听得出他的声音。

　　　　　　巴多夫和皮图上。

巴多夫　　　有什么消息？

嘎兹希耳　　遮起脸来，遮起脸！把面具戴上！有一笔国王的钱
　　　　　　从山上下来了，钱就要到国王的库里去。

孚斯塔夫　　你胡说，你这坏蛋，钱是要到国王的饭店里去。

嘎兹希耳　　足够令我们全变成为阉人。

孚斯塔夫	足够令我们全被绞死。
太	诸位，你们四个人先到那窄路上和他们对抗，奈德·波音斯和我在底下走着，如果他们逃脱了你们的阻截，就会落在我们手里。
皮图	他们有多少人？
嘎兹希耳	十个八个的。
孚斯塔夫	天呀，他们不会把我们抢了吧？
太	什么，一个懦夫，大肚子约翰爵士？
孚斯塔夫	诚然，我不是你的祖父瘦小的约翰[15]，但不是一个懦夫，哈尔。
太	好，我们等事实证明吧。
波音斯	杰克先生，你的马在篱笆后面呢，你需要的时候就可以去找到。再见，放勇敢些。
孚斯塔夫	我就是死也下不了手去打他。
太	〔向波音斯旁白〕奈德，我们的面具在哪里？
波音斯	这里，就在近旁。我们去藏起来。〔太子与波音斯下〕
孚斯塔夫	诸位，大吉大利！每个人都尽力去吧。

旅客等上。

客甲	来呀，伙伴，这孩子领我们的马下山，我们且步行一阵，舒展我们的腿一下。
群盗	站住！
客等	耶稣保佑我们！
孚斯塔夫	打，打倒他们！切这些坏人的脖子！啊！婊子养的

　　　　　　　蠹虫！吃肥肉的坏蛋！他们恨我们年轻人。打倒他
　　　　　　　们，抢他们的东西。

客等　　　　啊！我们完了，我们和我们的全完了。

孚斯塔夫　　你们该死，大肚子的恶棍！你们完了吗？不，胖吝
　　　　　　　啬鬼，我愿你们的全部财产都在这里！走，死肉，
　　　　　　　走！怎么！你们这些坏人，年轻人必须要活呀。你
　　　　　　　们是陪审员吗？我们来审你们。〔抢他们并加捆绑。
　　　　　　　同下〕

　　　　　　　太子与波音斯上。

太　　　　　盗匪已经把良民绑起来了。现在你我若是去抢盗匪，
　　　　　　　快乐地回到伦敦，这点资料足够谈一个星期，笑一
　　　　　　　个月，开心一辈子。

波音斯　　　藏起来，我听见他们来了。

　　　　　　　群盗上。

孚斯塔夫　　来呀，诸位，我们分吧，然后趁天未亮的时候骑马
　　　　　　　走开。太子和波音斯若不是两个无耻的懦夫，世界
　　　　　　　上简直没有公道，那个波音斯的勇气不比一只野鸭
　　　　　　　的多。

太　　　　　放下钱！

孚斯塔夫　　坏人！〔当彼等分赃之际，太子与波音斯突加攻击。
　　　　　　　彼等尽逃；孚斯塔夫略打一二击，亦逃，遗赃于后〕

太　　　　　得来甚易。现在我们快乐地上马吧，盗匪已经四散，
　　　　　　　吓得不敢再聚起来，彼此对怕是官兵。走吧，好奈

德。孚斯塔夫淌汗淌得要死，他一面走一面给瘦土上滴油，那情景若非是太可笑，我真怜悯他。

波音斯　　那家伙叫唤得多厉害哟！〔同下〕

第三景：瓦克渥资堡垒。堡中一室

霹雳火读信上 [16]。

霹雳火　　"但就余个人而言，为顾及余与贵府之交谊，固甚愿前往。"他甚愿，那么为什么他不来呢？为顾及他与我家的交谊，他这是表示他爱他自己的马厩胜过于爱我的家。我再看下去。
"阁下计议之事甚为危险——"
噫，那是一定的，着凉、睡觉、喝酒，都有危险。但是我告诉你，糊涂先生，从这荆棘般的危险里我们要采出花一般的安全。
"阁下计议之事甚为危险，所提及之盟友均不可靠，时机亦不适宜，欲举办此等大事，全部计划毋乃过于轻率。"
这样说吗，真这样说吗？我再和你说吧，你是一个浅薄的怯懦的下贱东西，你胡说！这是一个多没脑筋的人！凭良心讲，我们的计划是最好的计划，我们的盟友忠实可靠。好计划，好盟友，充满了希望，极好的计划，很好的盟友。这是一个多么没出息的人！哼，约克大人都赞美这计划和动作的方法。呸！这家伙若是在我身边，我用他的太太的扇子[17]就可敲破他的头。我的父亲、我的叔父、我自己，不是都在内吗？还有哀德蒙·毛提摩大人、约克大人和欧文·格兰道渥呢？此外还有道格拉斯？他们不是都来信说于下月九日带兵来会我，并且有些已在途中了吗？这人真是一个毫无信仰的东西！一个异教徒！哈！不久你就可以看见，这家伙为了衷心的恐惧与怯懦，要到国王那里去泄露我们的机密。啊！我该把我自己割成两半，互相对打，怎么邀请这样一盘稀牛奶来参加这样伟大的举动。绞死他！让他向国王告密好了，我们已有准备。我今晚就出动。

波西夫人上。

怎么样，凯特！两小时以内我就要离开你。

夫人　啊，我的好丈夫！你为什么这样孤独？这月来我是个被遗弃的妇人，不得上我的哈利的床，我到底犯了什么错？告诉我，好丈夫，你为了什么饮食无心，抑郁不乐，整夜失眠？你为什么两眼老望着地，独自坐着的时候又常常惊跳？你两腮上为什么失掉了血色，对我没有一点温存，昏沉沉地发怔发呆？你昏睡的时候我在旁边守着，听见你喃喃地说起残酷的战争，说着吆喝你的马的词句，喊叫，"勇敢些！上战场去！"你又说起什么冲锋、撤退、濠沟、帐幕、栅围、外堡、胸墙、大炮、重炮、长炮、俘虏的赎金、伤亡的兵士及一切疯狂战争的事项。你的内心是在不安，所以扰动你的睡眠，头上进出了汗珠，好像是才搅动的河流里的水泡。你的脸上也露出奇怪的表情，就好像人们接到紧急的命令而停止了呼吸的时候那样。啊！这是什么征兆？我的丈夫手里一定是有什么大事。我一定要知道，否则他是不爱我。

霹雳火　　什么事，喂！

　　　　　一仆人上。

　　　　　威廉送信走了吗？

仆　　　　大人，他一小时前就走了。

霹雳火　　勃特勒从县官那里取来马了吗？

仆　　　　他刚刚牵来了一匹。

霹雳火　　什么马？红棕色的，切过耳朵的，是不是？

仆　　　　正是。

霹雳火　　这红棕马就作为我的宝座吧。好，我立刻就要骑上去。啊希望无穷[18]！令勃特勒把它牵到园里来。
　　　　　〔仆下〕

夫人　　　但是你听我说。

霹雳火　　你说什么，夫人？

夫人　　　什么事把你带走？

霹雳火	噎，我的马呀！爱人，我的马。
夫人	胡说，你这疯疯癫癫的猴子！一只黄鼠狼也没有你这样的坏脾气，使得你这样狼狈。老实说，我要知道你的事情，哈利，我一定要知道。我猜想大概是我的弟弟毛提摩想要争取王位，约请你支援他的行动。但是你若是去——
霹雳火	徒步走那样远，我将要很劳累，爱。
夫人	别胡说，你这鹦鹉，直接地回答我问你的话。老实说，我要拧断你的小手指，哈利，你若不把真话全告诉我。
霹雳火	走开，走开，你这捣乱的东西！爱！我不爱你，我不要你，凯特，这不是一个和傀儡逗笑亲嘴的地方，我们要打破鼻子敲碎脑袋[19]，而且照样地回敬别人。天呀，我的马来！你有什么说的，凯特？你要我怎样？
夫人	你不爱我吗？真个不吗？好，那么就不要爱吧，因为你既不爱我，我也不爱我自己了。你不爱我吗？不，告诉我你是说着玩还是真的。
霹雳火	来，你看着我上马好吗？我上了马之后，我就赌咒说我是无限地爱你。但是你要记住，凯特，以后你不许问我到哪里去，或是去做什么事。我必须去的地方，一定要去。总之，我今晚必须去的地方，一定要去。总之，我今晚必须离开你，温柔的凯特。我知道你很聪明，但究竟不比哈利·波西的妻子更聪明；你是很稳重的，但究竟是个女人。至于秘密，

没有女人比你更严紧，因为我十分相信你所不知道的事情你绝不会说出去。到这地步为止，我信任你，温柔的凯特。

夫人　　　怎么！到这地步为止？

霹雳火　　　不能再多一英寸。但是，你听我说，凯特，我到哪里去，你也会要去的，我今天出发，你明天。这你满意了吧，凯特？

夫人　　　也只好如此了。〔同下〕

第四景：东市。野猪头酒店中之一室

太子与波音斯上。

太　　　　　奈德，请你从那乌烟瘴气的屋里出来，陪我谈笑一阵。

波音斯　　　你到哪里去了，哈尔？

太　　　　　和三四个傻瓜在六八十个大酒桶中间打转。我的身份可降到最低的调子了。先生，我和三个酒保成了盟兄弟，可以直呼其名，汤姆、狄克、佛兰西斯。他们已经敢拿死后的生活来打赌，认定了我虽然是威尔斯亲王，同时也是礼貌之王，并且爽直地告诉我我不是一个骄傲的人，像孚斯塔夫那样，而是个

科林兹人 [20]，有气魄的人，是个好小子——岂有此理，竟这样叫我——又说我做英格兰王的时候，东市的好小子们都会听从我的指挥。他们把纵酒叫作染红色，你喝酒停住喘气的时候，他们就叫声"啊！"催你干杯。总之，一刻钟之间我已经变得很内行了，我这一辈子可以和任何补锅匠用同样的土话一同喝酒。我和你说，奈德，你没同我一道去见见这场面，你错过了不少的光荣。但是，甜蜜的奈德——把奈德的名字弄甜一些，我给你这半便士的糖，这是一个小伙计刚塞到我手里的，他一辈子只会说这几句英文——"八先令六便士""欢迎您来"，再加一声锐叫"就来，就来，先生！新月 [21] 又要了一品脱的甜酒"，等等。但是，奈德，为了消磨时光，等着孚斯塔夫来到，请你站在旁边一间屋里，我这时候就追问那小伙计为什么给我那包糖。你就不住声地喊"佛兰西斯"！他对我讲的话除了一连串的"就来"之外，就什么也说不出了。你走开，我给你试验一次。

波音斯　　　佛兰西斯！

太　　　　　好极了。

波音斯　　　佛兰西斯。〔波音斯下〕

佛兰西斯上。

佛兰西斯　　就来，就来，先生。招呼石榴，拉尔夫。

太　　　　　到这里来，佛兰西斯。

佛兰西斯　　大人。

太　　　　　你学徒还有几年，佛兰西斯？

佛兰西斯　　说真的，五年，并且——

波音斯　　　〔在内〕佛兰西斯！

佛兰西斯　　就来，就来，先生。

太　　　　　五年！专门端盘送盏的，这可真够长的。但是，佛
　　　　　　兰西斯，你敢那样的大胆吗，偷偷地背弃你的合同，
　　　　　　拔起腿来逃跑吗？

佛兰西斯　　啊天呀，先生！我敢按着英格兰的所有的《圣经》
　　　　　　来起誓，我内心里实在——

波音斯　　　〔在内〕佛兰西斯！

佛兰西斯　　来了，先生。

太　　　　　你多大年纪，佛兰西斯？

佛兰西斯　　让我算算——到迈克尔节 [22] 我大约有——

波音斯　　　〔在内〕佛兰西斯！

佛兰西斯　　就来，先生。我请你等一下，大人。

太　　　　　不，你听我说，佛兰西斯。你给我的那一包糖，那
　　　　　　值一便士，是不是？

佛兰西斯　　哎呀，大人，我真愿意它值两便士。

太　　　　　为这包糖我愿给你一千镑。你想的时候尽管来要，
　　　　　　我就给你。

波音斯　　　〔在内〕佛兰西斯！

佛兰西斯　　就来，就来。

太　　　　　就来，佛兰西斯？不，佛兰西斯，明天吧，佛兰西
　　　　　　斯；或是，佛兰西斯，星期四吧；或是，真的，佛

　　　　　　兰西斯，随便你愿意什么时候都行。但是，佛兰
　　　　　　西斯——

佛兰西斯　　大人？

太　　　　　你愿不愿意去陷害这个穿皮坎肩的，带玻璃纽扣，
　　　　　　短头发的，戴玛瑙戒指，穿棕色袜子，系毛线袜带，
　　　　　　油嘴滑舌的，凸着大肚子的 [23]——

佛兰西斯　　天呀，先生，你说的是谁？

太　　　　　噫，那么你只好去喝那黄色的甜酒了。你要注意，
　　　　　　佛兰西斯，你的白布衣服早晚是要脏的。在巴巴利，
　　　　　　先生，这却值不了这么多 [24]。

佛兰西斯　　什么哟，先生？

波音斯　　　〔在内〕佛兰西斯！

太　　　　　走开，你这坏东西！你没听见他们叫吗？〔二人同
　　　　　　时叫他；店伙呆立不知所措〕

　　　　　　酒店老板上 [25]。

老板　　　　怎么！你听见他们这样的叫，还站着不动吗？去招
　　　　　　呼里面的客人。〔佛兰西斯下〕殿下，老约翰爵士，
　　　　　　还带着半打人，在门口呢，要不要叫他们进来？

太　　　　　先不要理他们，随后再开门。〔老板下〕波音斯！

　　　　　　波音斯上。

波音斯　　　就来，就来，先生。

太　　　　　先生，孚斯塔夫和其余的一群贼都到了门口。我们
　　　　　　来开心吧？

波音斯　　　像蟋蟀一般地开心吧，伙计。但是你听我说，你和
　　　　　　这酒保开的一场玩笑，是怎样的一条妙计？其目的
　　　　　　安在？

太　　　　　从古时候亚当时代起，到近代今晚十二点，凡是人
　　　　　　类所有的形形色色的癖好荒唐，我现在全有。〔佛兰
　　　　　　西斯端酒走过〕几点钟了，佛兰西斯？

佛兰西斯　　就来，就来，先生。

太　　　　　这家伙会说的话比一只鹦鹉还少，还是一个人养的
　　　　　　儿子哩！他的工作就是上楼下楼，他的口才就是
　　　　　　算账。我现在和北方的霹雳火波西的看法还是不
　　　　　　同，他是在吃早饭的时候杀死六七打苏格兰人，洗
　　　　　　洗手，对他的妻说，"这生活太平静了！我需要工
　　　　　　作。"她就说，"啊我的亲爱的哈利，你今天杀死了
　　　　　　多少人？""给我的棕色马一副药汤吃。"他回答说。
　　　　　　"大约有十四个吧。"过了一个钟头才回答，"算不得
　　　　　　什么，算不得什么。"请你把孚斯塔夫叫进来，我扮
　　　　　　演波西，那该死的肥猪扮作他的妻毛提摩夫人。"喝
　　　　　　呀！"醉汉在嚷。叫胖贼进来，叫一篓油进来。

　　　　　　孚斯塔夫、嘎兹希耳、巴多夫、皮图与佛兰西斯上。

波音斯　　　欢迎，杰克！你上哪里去啦？

孚斯塔夫　　你们全是懦夫，我说，而且是双料的！的的确确！
　　　　　　给我一杯酒，伙计。我在未老之前，我要去缝袜
　　　　　　子，补袜子，并且织袜底[26]。该死的所有的懦夫！
　　　　　　给我一杯酒，坏蛋——这年头没有勇敢的人了吗？

〔饮酒〕

太　　　　你可曾看见过泰顿[27]（那多情的泰顿）和一碟牛油接吻，牛油听了他的喁喁情话之后就融了吗？如果你看见过，请看看那一摊油！

孚斯塔夫　你这坏东西，这酒里都掺了石灰石了[28]！坏人只是做坏事，但是一个懦夫却比一杯掺了石灰石的酒还要坏。阴坏的懦夫！你干你的去吧，老杰克，随便什么时候死吧。如果这世上还有一点点丈夫气概，大丈夫气概，我是一条下过子的鲱鱼[29]。在英格兰没绞死的人也不过三个，其中之一是胖而老了。上帝帮助这时代吧！这是个坏世界，我说。我愿我是个织工，我可以唱些圣诗[30]。该死的这些懦夫，我还是要说。

太　　　　怎么了，羊毛袋！你嘟囔些什么？

孚斯塔夫　国王的儿子！我若是不用一把木板刀把你赶出国外[31]，把你的臣民像一群野鹅似的一齐赶出去，我以后脸上永远不再生胡须。你还是威尔斯亲王哪！

太　　　　噫，这婊子养的胖人，什么事呀？

孚斯塔夫　你不是一个懦夫吗？你回答我这一句。还有那个波音斯？

波音斯　　呸！你这个大肚子，你若喊我作懦夫，我杀死你。

孚斯塔夫　我喊你作懦夫！在我喊你作懦夫之前，我会看见你先下了地狱。我若能和你跑得一样快，我愿出一千镑。你的背是很够直的，你用不着怕人家看见你的背，这就叫做不背弃朋友吗？好一个不背弃！我要的是那些敢面对着我的人。给我一杯酒，我今天若是喝醉了，我是坏蛋。

太　　　　啊，坏人！你自从上次喝醉之后，嘴还没有揩哩。

孚斯塔夫　那是毫无关系的。〔饮酒〕你们全是该死的懦夫，我还是要说。

太　　　　怎么回事？

孚斯塔夫　怎么回事？我们四个人今天早晨抢到了一千镑。

太　　　　在哪里呢，杰克？在哪里呢？

孚斯塔夫　在哪里！又被抢走了：一百个人对我们这可怜的四个。

太　　　　什么，一百个，你说？

孚斯塔夫　假如我没有和他们一打人短兵相接地足足斗了两小时，我不是好人。我靠奇迹逃了命。我的上身衣服被刺穿了八次，袜腿上刺穿了四次；我的盾被戳得透穿；我的刀刃砍成锯齿形了，有物为证！我自从成人之后，从没有斗过这样好，但仍无济于事。该死的这一群懦夫！让他们说吧。如果他们说的和真相有些出入，他们是坏人，不是人养的。

太　　　　说吧，诸位，到底怎么回事？

嘎兹希耳　我们四个进攻一打人——

孚斯塔夫　十六个，至少。

嘎兹希耳　把他们捆起来了。

皮　　　　不，不，他们没有被捆。

孚斯塔夫　你这坏蛋，他们是被捆了，每一个都捆起来了，否则我是个犹太人，一个希伯来的犹太人[32]。

嘎兹希耳　我们正在分钱的时候，约莫有六七个生力军突然攻击我们——

孚斯塔夫	并且把其他的都解了绑，他们也上来攻打我们。
太	怎么，你们和他们全体作战吗？
孚斯塔夫	全体！我不知道你所谓的全体是什么，不过我若是没有和他们五十个人相打，我是一把小萝卜；若没有五十二三个对付我这可怜的老杰克，我不是两条腿的动物。
太	祷告上帝你没有害死他们几个吧。
孚斯塔夫	不，那是来不及祷告的了！我结果了两个：两个我确知是被我结果了，两个穿粗麻布衣裳的家伙。我告诉你吧，哈尔，如果我说谎，你唾我的脸，你喊我作一匹马。你晓得我的防御的老姿态，我就这样的站定，手里这样握着我的刀。四个穿粗麻布的坏东西向我杀来——
太	怎么，四个？你刚刚说只有两个。
孚斯塔夫	四个，哈尔，我告诉你是四个。
波音斯	是，是，他是说四个。
孚斯塔夫	这四个一齐攻了过来，并且用力地向我猛刺。我一点也不费事地就用我的盾把他们的七把刀给顶住了，这样。
太	七把？噫，刚才还是四个。
孚斯塔夫	穿粗麻布的。
波音斯	是呀，四个，穿粗麻布衣裳的。
孚斯塔夫	七个，我凭这把刀起誓，否则我是个坏蛋。
太	请你不要理他，等一刻还要多哩。

孚斯塔夫	你是不是听着哪，哈尔？
太	是的，我注意地听呢，杰克。
孚斯塔夫	这样最好，因为很值得一听。我方才说的那九个穿粗麻布的——
太	果然，又添了两个。
孚斯塔夫	他们的刀尖断了——
波音斯	裤子可就掉了[33]。
孚斯塔夫	于是开始后退。但是我紧追上去，我手脚一齐上，一瞬间我就结果了十一个中间的七个。
太	啊荒谬！两个穿粗布的变成了十一个。
孚斯塔夫	但是，许是恶魔的意思吧，有三个杂种穿着深绿色衣服从我背后来了，对着我刺。当时很黑，哈尔，你看不见你自己的手。
太	这个谎和说谎的人有些相像，像座山似的那么明显，那么显露，那么明了。噫，你这糊涂胖子，昏头傻子，你这婊子养的，肮脏污渍的油篓子——
孚斯塔夫	怎么，你疯了吗，你疯了吗？难道真理不是真理吗？
太	噫，天黑得使你看不见你自己的手，你怎么知道那些人是穿深绿色的衣裳？来，告诉我们你的理由，你怎样解释？
波音斯	说，你的理由，杰克，你的理由。
孚斯塔夫	怎么，逼我招供吗？呸！就是给我上吊刑，上分尸架，我也不能逼打成招。逼迫我说理由！就是理由像黑莓一般的多，我也不能被逼迫向任何人声述理

由，我决不。

太　　　　　这玩笑我不能再开下去了！你这红脸的懦夫，好睡
　　　　　　觉的人，压断马背的东西，大块头的肉——

孚斯塔夫　　呸！你这瘦鬼，你这鬼皮，你这干牛舌，你这牛鞭，
　　　　　　你这干鱼！啊，让我喘口气来说说你像什么吧：你这
　　　　　　裁缝尺，你这刀鞘，你这下流的硬挺的刀——

太　　　　　好，喘喘气吧，随后再说。等你说完这些下流的比
　　　　　　喻，只听我说一点。

波音斯　　　听着，杰克。

太　　　　　我们两个人看见你们四个进攻四个，你们把他们捆
　　　　　　绑了，抢到了他们的钱。你注意听啊，
　　　　　　一个多么简单的故事以驳倒你。随后我们两个就进
　　　　　　攻你们四个，简单说吧，你们被吓跑了，我们得到
　　　　　　了赃物，现在可以拿出来给你看。并且，孚斯塔夫，
　　　　　　我从没见过一条小牛像你跑的那样快，那样灵活，
　　　　　　吼叫求饶，一直地边跑边吼。你是一个何等的奴才，
　　　　　　竟把你的刀刃砍成那样，反说是打仗打的！还有什
　　　　　　么妙法什么奇计，什么诡辩遁词，可以使你逃躲这
　　　　　　一场的耻辱？

波音斯　　　说，让我们听听，杰克，你现在还有什么把戏？

孚斯塔夫　　我当着上帝说，我知道是你们，就和上帝知道是一
　　　　　　样的。诸位，听我说：我能够害死太子吗？我应该和
　　　　　　一位王子作对吗？噫，你们晓得我是和赫鸠里斯一
　　　　　　般的勇敢，但是一个人不能不有人心，即是一头狮
　　　　　　子也不会加害一位王子。人心是很重要的东西，在

人心上我是懦夫。为了这件事，我对我自己和对你，都会更加得意。我算是一头勇猛的狮子，你是一位真正的王子。但是，伙计们，我很高兴你们得到钱了。老板娘，关好了门！今晚狂欢，明天祷告。好汉们，伙计们，孩子们，好人，所有的好朋友的称呼全都属于你们！怎么样！我们作乐吧？我们临时排一出戏吧？

太　　　　　好得很！剧情就是你的逃跑。

孚斯塔夫　啊，别再提那个了，哈尔，如果你爱我！

魁格来夫人上。

魁格来　啊耶稣！是太子驾到！

太　　　　怎样，老板娘，你对我有何话说？

魁格来　真是的，大人，在门口有一位朝廷的老爷，他要和你说话，他说他是从你爸爸那里来的。

太　　　　给他十先令让他去做大老爷去吧[34]，让他回去，回到我妈妈那里去。

孚斯塔夫　是怎样的一个人？

魁格来　是个老头子。

孚斯塔夫　老年人半夜里跑来做什么？我去向他答话吧？

太　　　　好的，你去，杰克。

孚斯塔夫　好，我去打发他走。〔下〕

太　　　　诸位，我起誓，你们都打得好，你打得好，皮图；你也打得好，巴多夫！你们全是狮子，你们都为了人心而逃跑，你们都不肯加害一位王子，不，呸！

巴多夫	真是的，我看见别人跑我才跑的。
太	老实告诉我，孚斯塔夫的刀刃怎么砍成那样了？
波音斯	他用自己的短刀砍的，他说他可以昧尽良心地去赌咒，让你不得不信这是打仗的结果，他还劝我们同样地做。
巴多夫	是的，并且用茅草把鼻子戳破，把鼻血涂在衣服上，赌咒说这是好人的血。这是我七年来不曾做过的事，听他说出这样荒谬的主意，我都脸红了。
太	啊坏人！十八年前你偷过一杯酒，当场被捉到，以后你随时都可以脸红。你随身带着军火[35]，你还要逃跑。是什么人心使得你那样？
巴多夫	〔手指其脸〕殿下，你看见这些流星了吗？你看见这些陨星了吗[36]？
太	我看见了。
巴多夫	你以为主何吉凶？
太	肝经热，钱囊冷[37]。
巴多夫	如果正确地了解，这是脾气躁。
太	不，如果当真被捕，非绞死不可[38]。

孚斯塔夫上。

瘦杰克来了，骨头架子来了。怎么样，我的棉花塞的人儿！自从上回你看见你自己的膝盖以来，杰克，到如今有多久了？

孚斯塔夫	我自己的膝盖！我在你那年纪的时候，哈尔，我的腰还不及鹰爪的一握，我可以爬进任何区长的"搬

指"[39]。偏偏地要叹气发愁！把一个人吹成一个大尿泡了。外面有很不好的消息：约翰布来西爵士刚从你父亲那里来。你早晨要上朝去。就是北方的那个疯子，波西，还有威尔斯的那一个，就是打过阿玛蒙一顿棍子，使得路西佛做乌龟[40]，并且对着一把威尔斯戟上的十字架发誓和恶魔结拜弟兄的那个人——你叫他什么来的？

波音斯	欧文·格兰道渥。
孚斯塔夫	欧文，欧文，就是他！他的女婿毛提摩和老脑赞伯兰，还有那出众的苏格兰人，骑在马背上直上直下地爬山的德格拉斯。
太	就是骑马飞驰拿手枪打死飞着的麻雀的那个人了。
孚斯塔夫	你说得正着。
太	他从来没有打着过麻雀。
孚斯塔夫	唉，那家伙是有本领，他不逃跑。
太	噫，你这坏东西，为什么又赞美他跑呢？
孚斯塔夫	骑在马上跑，你这呆瓜！但是他徒步的时候，他一步也不退。
太	是的，杰克，因为他有人心。
孚斯塔夫	我承认，是因为他有人心。好，有他在内。还有一位毛戴克，还有一千个蓝帽子[41]。乌斯特今晚偷跑了。你父亲得到这消息胡子都变白了。你现在买地可以像臭鱼一般的贱了[42]。
太	那么，如果有个热的六月，内战继续下去，我们大概可以买处女，就像他们买马蹄钉一样，成百成百

地买。

孚斯塔夫　　真是的，朋友，你说得对！在那方面我们许可以做一笔好买卖。但是，告诉我，哈尔，你是不是怕得厉害？你是王太子，除了那恶鬼德格拉斯，那魔鬼波西，那恶魔格兰道渥之外，谁还能给你再选出三个这样的敌人？你不怕得厉害吗？你的血液不发冷吗？

太　　　　　一点也不，老实说。我没有你那份人心。

孚斯塔夫　　好吧，你明天见你父亲，怕要挨一顿大骂。你如果爱我，先练习一遍答话吧。

太　　　　　你作为是我的父亲，来审问我的生活情形。

孚斯塔夫　　我可以吗？就这么办：这把椅子作为我的宝座，这把刀作为我的御杖，这垫子作为我的王冠。

太　　　　　你的宝座只是一把折椅，你的金杖是一把破刀，你的价值连城的王冠是一个可怜的秃脑壳！

孚斯塔夫　　好，如果你的天良尚未丧尽，现在你就要受感动的。给我一杯酒，让我的眼睛发红，好像是才哭过，因为我必须带着热情说话，我要打起康毕塞斯国王[43]的腔调。〔饮酒〕

太　　　　　好，我这里打躬了。〔鞠躬〕

孚斯塔夫　　我现在要说话了。站开去，诸位大人。

魁格来　　　啊耶稣！这真是怪好玩的！

孚斯塔夫　　别哭，亲爱的王后，因为淌泪是无用的。

魁格来　　　啊，天父在上！看他把面孔板起的样子。

孚斯塔夫　　为了上帝的缘故，诸位，把我的哀伤的王后带走，因为眼泪会阻塞住她的眼睛的水闸。

魁格来　啊耶稣！他演得活像我所见过的那些混账演员一样！

孚斯塔夫　别吵，好酒保！别吵，好烧酒！哈利，我不仅诧异你的时光是怎样消磨的，我还诧异你结交的是什么伴侣：因为虽然药菊花是越践踏越长得茂盛，但是青春却是越浪费越消磨得快。你是我的儿子，一部分是我信任你母亲的话，一部分是我自己的意见，但主要的是，你的眼睛有个讨厌的特征，你的下嘴唇有点呆蠢的下垂，都像我。如果确是我的儿子，我有句话要说，你既是我的儿子，为什么这样的受人指责呢？天上的太阳能变成为一个偷黑莓的贼吗？这是根本不该问的话。英格兰国王的儿子能变成为抢钱的强盗吗？这话却不能不问。有一样东西，哈利，你常听说过，我们国人有许多人都知道，叫做沥青。古代作家说过，沥青可以玷污人[44]。你所结交的伴侣也是如此。哈利，我现在不是和你喝酒谈天，是垂涕而道；不是快乐的情绪，是悲哀的心情；不只是空谈，而是很沉痛的。但是你结交的人里我常看出有一个好人，我却不知他的姓名。

太　　　　是怎样的一个人，陛下可否告我？

孚斯塔夫　是个体面庄重的人，老实说，是个胖子：一团和气，一双讨人欢喜的眼睛，一副顶高贵的派头。据我想，他的年纪大约有五十，或者将近六十。现在我想起来了，他的姓名是孚斯塔夫。如果那个人是天性放荡的，他可是骗了我，因为，哈利，我在他脸上就看出美德。如果看果实就可以认识树，和看树就认识果实一样 [45]，那么，我可以肯定地说，那孚斯塔夫是有德行的。和他交结，其余的都可以放弃。现在告诉我吧，你这坏孩子，告诉我，你这一月来到哪里去了？

太　　　　你说得像一个国王吗？你来作为是我，我扮作我的父亲。

孚斯塔夫　篡我的位吗？如果在言词和内容上，你能说得有这样一半的庄严，你把我当作家兔或是野兔似的倒挂起来。

太　　　　好，我在这里坐下。

孚斯塔夫　我在这里站着。你们来裁判，诸位。

太　　　　喂，哈利！你从哪里来？

孚斯塔夫　陛下，从东市来。

太　　　　我听到的关于你的控诉是很严重的。

孚斯塔夫　天呀！那全是假话，陛下。不，我要扮作年轻的太子来给诸位开心 [46]。

太　　　　你赌咒吗，没出息的孩子？以后永远不要来见我。你是很严重地走上了邪道：有一个恶魔化身为一个胖的老人迷惑了你。你那伴侣简直是个大酒桶。你为什么要交结这样的一个怪脾气的箱子，兽性的筛桶，水臌的臃肿货，大酒囊，塞满肥肠的大口袋，肚里装面糕的满宁特立的烤牛 [47]，可敬的邪恶，灰白头的罪过，老年的恶棍，上年纪的虚荣？除了尝酒喝

　　　　　　　酒之外他还有什么长处？除了切阉鸡之外他做什么
　　　　　　　事干净利落的？除了机巧之外有什么聪明？除了
　　　　　　　作恶之外还有什么机巧？所有的事情哪一样不是作
　　　　　　　恶？有哪一件事又值得称道？

孚斯塔夫　　　我愿陛下给我指示：陛下所指何人？

太　　　　　　就是那个邪恶的可怕的引诱青年的人，孚斯塔夫，
　　　　　　　那个白胡子的老撒旦。

孚斯塔夫　　　陛下，这人我知道。

太　　　　　　我知道你知道。

孚斯塔夫　　　但是如果说我知道他比我有更多的坏处，那就不是
　　　　　　　我所知道的了。若说他老，他的白头发确是可以证
　　　　　　　明，这是无可奈何的事。但是若说他是个淫乱的人，
　　　　　　　我很抱歉，我绝对否认。如果酒和糖也是过错，愿
　　　　　　　上帝保佑坏人！如果年老和作乐也是罪行，那么我
　　　　　　　所认识的许多老店主都是该受诅咒的了。如果胖子
　　　　　　　就该受厌恨，那么法老的瘦牛该讨人欢喜[48]。不，
　　　　　　　我的好陛下，驱逐皮图，驱逐巴多夫，驱逐波音斯，
　　　　　　　但是那可爱的杰克·孚斯塔夫，那和善的杰克·孚
　　　　　　　斯塔夫，那诚实的杰克·孚斯塔夫，那勇敢的杰
　　　　　　　克·孚斯塔夫，并且因为老而格外显得勇敢的杰
　　　　　　　克·孚斯塔夫，却不要驱逐他，离开你的哈利！不
　　　　　　　要驱逐他，离开你的哈利！要驱逐了胖杰克，就和
　　　　　　　驱逐了全世界一般。

太　　　　　　我要，我一定要。〔闻敲门声。魁格来夫人、佛兰西
　　　　　　　斯与巴多夫下〕

巴多夫跑上。

巴多夫	啊！殿下，殿下，警长带了一大群兵士来到了门口。
孚斯塔夫	滚开，你这坏人！把戏演完了，我为了那孚斯塔夫有许多话要说呢。

魁格来夫人上。

魁格来	啊耶稣！殿下，殿下！
太	嗨，嗨！恶魔骑上琴弓了[49]，到底怎么回事？
魁格来	警长带着大队的卫兵来到了门口：他们要进来搜查。我放他们进来不？
孚斯塔夫	你听见了么，哈尔？永远不要把一块真金币唤作假币。你实际上是疯了，虽然表面上不像[50]。
太	你是个天生的懦夫，没有人心！
孚斯塔夫	我否认你的大前提。你如果拒绝这位警长，很好，否则，让他进来。如果我不像别人似的使得一辆囚车显着体面，咒骂我的教养！我希望和别人一样快地用一根绳子绞死完事。
太	去，你且藏在幔帐后面。别人都上楼去。现在，诸位，放出诚实面孔良善心肠的样子。
孚斯塔夫	这两样我都有，但是都过了时，所以我还是藏起来吧。〔除太子与皮图外，均下〕
太	叫警长进来。

警长偕一搬夫上。

喂，警长先生，你找我有什么事？

警　　首先要向您道歉，殿下。我跟踪追贼来到此地。

太　　什么贼人？

警　　其中之一是大家都知道的，殿下，一个胖大的人。

搬　　胖得像块牛油。

太　　这人不在此地，我可以告诉你们，因为我此刻刚刚派他出去。警长，我给你我的诺言，明天午饭的时候我一定教他去受询，或任何人，为了任何被控的事。我请你现在就离开此地吧。

警　　遵命，殿下。有两位先生在此次抢案中失掉了三百马克。

太　　也许有这事。如果他是抢了这些人，他是要负责的。再见吧。

警　　晚安，殿下。

太　　我觉得该是早安了，是不是？

警　　真是的，殿下，我想有两点了。〔警长与搬夫下〕

太　　这一身肥油的东西和保罗教堂一般的著名哩。去，喊他来。

皮图　　孚斯塔夫！在幔帐后面熟睡了，像马似的打着鼾。

太　　听，喘气的声音有多么粗。搜他的衣袋。〔搜衣袋，发现一些纸单〕你搜到些什么？

皮图　　除了纸单什么也没有，殿下。

太　　让我看是些什么：读读看。

皮图　　计开：

阉鸡一只　　　　　　　　二先令二便士

酱	四便士
白酒二加仑	五先令八便士
饭后的腌鱼白酒	二先令六便士
面包	半便士

太　　　　　啊好荒谬！只半便士的面包，喝这么大量的酒！还有什么别的，都收藏起来吧，我们得便再细看。由他在那里睡到大白天。我早晨要上朝去。我们全要去打仗，你的位置会是很荣耀的。我要给这胖家伙找一个步兵的差事，我知道他走二百四十码就会累死。那笔钱要加上利钱退回。早晨早些来会我。再会吧，皮图。

皮图　　　　再会了，殿下。〔同下〕

注　释

[1] 打鞍令其变软。"秃尾巴"原文 Cut 系马名，Curtal 之缩写，即截去尾巴之马，故径译意。

[2] 据 Holland 译 *Pliny's Natural History* 谓夏日海中亦有蚤虱之属，扰及鱼类。此处或系指鱼身斑点有如蚤咬伤痕，亦未可知。

[3] 前云晨四时，此处又云二时，何故？盖搬夫疑其非善类，故意告以为时尚早，非起身之时，免为所乘。

[4] when?canst tell? 乃拒绝一种请求时之习用语，其来源不详。

[5] Time enough to go to bed with a candle 亦习用语，其义模棱，等于拒

不作答。

[6] "At hand, quoth pick-purse" 亦习用语。当时茶房多与盗贼勾结，故惯用此等习语。当日盗贼如毛之情形亦可概见。

[7] 马克乃钱之数量，合十三先令四便士。三百马克合二百镑。

[8] 圣·尼古拉（Saint Nicholas）乃保护学者之圣徒，何以盗贼亦得称为圣·尼古拉之信徒耶？据 Warburton 解释，尼古拉简写为 Nick，意为"恶魔"，故戏称之为"圣·尼古拉的信徒"，似亦言之成理。

[9] commonwealth 双关语:（一）国家，（二）公共的钱财。

[10] "祷告"（pray）与"抢劫"（prey）原文音同。

[11] boots 双关语:（一）贼赃，（二）靴子。

[12] "Homo" is a common name for alll men. 引自当时"拉丁文法"。其意盖谓不应称之为"贼"也。

[13] 奸商以胶涂绒令挺拔，但易皱。fret 双关语:（一）皱，（二）烦恼。

[14] colted 双关语:（一）被骗，（二）骑在马上。

[15] 太子之祖父 John of Gaunt，勇武无匹，gaunt 双关语，有"瘦小"之意。

[16] 是谁之信此处并未宣明，有二说:（一）George Dunbar, Earl of March，（二）Sheriff Rokeby。

[17] 扇于一五七二年左右由法国传到英国，为妇女不可少之装饰，羽毛制，常以象牙为柄，体积甚大。

[18] Esperance, or Esperance ma comforte 乃波西家族纹章上之箴言，此处用为呐喊语。

[19] crown 双关语:（一）脑袋，（二）金币名。此处言自己脑壳破裂，使别人之脑壳亦破裂，犹有裂纹之劣币亦须转付于人同受其害也。

[20] 科林兹人（Corinthian）生活放荡，以酗酒著名。

[21] 新月，室名。下文中之石榴，亦室名。

[22] 迈克尔节（Michaelmas）九月十九日。

[23] Spanish pouch 有数解：（一）大腹便便，（二）酒囊，或醉汉，（三）装钱之大袋。此处所用一连串之形容词，俱描写此酒店老板之形态也。

[24] 此处太子所言俱语无伦次，其意在使佛兰西斯茫然不知所措。巴巴利（Barbary）非洲产糖之地，或谓太子之所以提起巴巴利，盖因太子又回忆到上文所述之糖。太子感其赠糖，欲令其脱离酒店，至太子邸中服务，而此童不了解，故云在产糖之地，一块糖不能赢得如此之恩宠也。

[25] 莎士比亚时野猪头酒店之老板乃 Thomas Wright。Halliwell 则以此老板为魁格来太太的丈夫。

[26] 织补破袜乃最屑屑不足道之职业，孚斯塔夫乃愤而出此语。原文 foot them 双关语：（一）织补袜子之下端近脚处，以别于袜筒，（二）穿袜子。

[27] 泰顿（Titan）太阳神。

[28] 酒中掺石灰石（lime），使酒易于保存，或谓可使酒性变烈。此处似谓可使酒味变薄。

[29] 鲱鱼（herring）产卵后即瘦小，不足食。

[30] 十六世纪下叶在西班牙菲利帕二世压迫之下，荷兰之新教徒喀尔文派多逃往英伦，以纺织为业。织工于工作时喜唱歌，以笃信宗教之故，多唱圣诗。

[31] "道德剧"中之罪恶（Vice）与近代哑剧中之丑角均手持木刀。

[32] 希伯来的犹太人，即纯种的犹太人，其言行盖最不足置信者。

[33] "刀尖"原文 points 双关语：（一）刀尖，（二）吊带。

[34] royal 双关语：（一）等于十先令之币，（二）贵人，老爷。上文魁

格来夫人所谓"老爷"亦双关语，a nobleman 意为，"一位老爷"，但 a noble 亦币名，等于六先令八便士。

[35] "火"指巴多夫之红鼻。

[36] "流星""陨星"指巴多夫脸上之脓包。

[37] 即酗酒与贫穷之意。

[38] if rightly taken 双关语:（一）如正确了解，（二）如被捕。choler 原意为"暴躁脾气"，与 collar 音近，collar 即 haltler，意为"绞绳"。

[39] "搬指"（thumb-ring）英国莎士比亚时代之地方官长常于大拇指上戴金质指环。

[40] 阿玛蒙（Amaimon），神话上东方之王，恶魔之领袖。路西佛（Lucifer）即谋叛之天使长撒旦（Satan）。

[41] 苏格兰人喜戴蓝色帽，故成为绰号。

[42] 约翰孙博士注:"昔者国家之繁荣端赖其土地之价值，犹今日之赖股票价格。于亨利七世使忠于当朝国王者获得安全保障以前，每逢革命，征服者即没收反对者之地产，甚至未助己者亦不能免。故凡预见政府将有变更而深惧自己之地产受危险者，辄急剧出售其土地，易于轻便易携之物。"

[43] 康毕塞斯国王（King Cambyses）乃波斯王。约于一五六一年左右，有剧名 A Lamentable Tragedy mixed full of Pleasant Mirth containing the Life of Cambises, King of Persia 者上演于伦敦，著者为 Thomas Preston。此处所谓康毕塞斯国王，当系指此剧而言。其文词率皆夸张，孚斯塔夫仿其腔调，意盖有讽。

[44] 即"近墨者黑"之意。语见 Ecclesiasticus xiii, 1. "He that toucheth pitch shall be defiled"。

[45]《马太福音》第十二章第三十三节:"你们或以为树好，果子也好，

树坏，果子也坏，因为看果子就可以知道树。"

[46] 原文 nay,I'll tickle ye for a young prince,i'faith 各家解释不同，Arden 本编者 Cowl and Morgan 注云："我要扮演年轻王子的角色给你们开心。此乃旁白。对酒店之观众而言。"颇有见地。新集注本编者 Hemingway 于引录此注之下添注数字云："此旁白或系对太子而发？"转觉多事。

[47] 满宁特立（Manningtree）地名，在英国 Essex，以产肥牛著名，于节日集会中常烤全牛，且演剧助兴，其剧保有中古"道德剧"之遗风。下文之"邪恶""罪过""恶棍""虚荣"即道德剧中可见之丑角也。

[48]《创世记》第四十一章第一至四节："过了两年法老做梦，梦见自己站在河边。有七只母牛从河里上来，又美好，又肥壮，在芦荻中吃草。随后又有七只母牛从河里上来，又丑陋，又干瘦，与那七只母牛一同站在河边。这又丑陋又干瘦的七只母牛，吃尽了那又美妙又肥壮的七只母牛。法老就醒了。"

[49] "恶魔骑上琴弓了"（The devil rides upon a fiddlestick）乃成语，意为"何事大惊小怪！"据 Arden 本注云："其意盖谓必有大骚动行将出现，其缘由必为非常之事，例如，恶魔骑在琴弓上。"但据 Rolfe 又谓："据 Clark 云其起源乃由于清教徒之厌恶音乐跳舞。"未知孰是。

[50] "永远不要……不像"，此段颇费解。各家解释不同，但均不妥善。孚斯塔夫明知侦骑已至，而故作镇定，出此言时盖仍在继续其扮演对话也。所谓"其金币"是孚斯塔夫自况，剖析其并非恶人（假币）。"你实际上是疯了，虽然……"一语系孚斯塔夫斥责太子之词，盖责其无知人之明，诬良为盗也。如此解释，似强可通。四开本及第一第二对折本，mad 作 made，殊无保存之价值。

第 三 幕

第一景：班高尔。副主教家中一室

霹雳火、乌斯特、毛提摩与格兰道渥上。

毛提摩　　前途很乐观，盟友也都很可靠，我们的事业的开始是充满了成功的希望。

霹雳火　　毛提摩爵士、格兰道渥哥哥，请坐下好吧？还有乌斯特叔父。糟了！我忘记了地图。

格兰道渥　不，在这里呢。坐下，波西老弟；坐下，好老弟霹雳火。因为兰卡斯特[1]一听见你那个绰号，他的脸就吓得发白，就不免长叹一声，愿你早早上天堂。

霹雳火　　愿你下地狱呢，他一听见有人提起欧文·格兰道渥。

格兰道渥　我不怪他。我诞生的时候，天上充满了火亮的形体，燃烧着的火盏；我出生的时候，大地像是一个懦夫似的颤抖。

霹雳火　　　噫，虽然你没有生，你的母亲的猫若是产一窝小猫，
　　　　　　到时候还是有同样的现象。

格兰道渥　　我说我生的时候地球抖颤了。

霹雳火　　　如果你以为地球是因为怕你而抖颤，地球和我的意
　　　　　　见可是不同。

格兰道渥　　天上是火，地确实在抖了。

霹雳火　　　啊！那么地之所以抖，是因为看见天上全是火，不
　　　　　　是怕你的诞生。宇宙生病，就往往发生奇异的灾象。
　　　　　　凸着肚子的大地，常常患者一种疝痛，被那关在她
　　　　　　的子宫里的狂风所苦恼，风挣扎着要出来，于是震
　　　　　　撼了地球老太太，把高高的塔尖和生苔的楼顶都倾
　　　　　　覆了。正在你生的时候，地球太婆患着这个病，所
　　　　　　以痛苦地发抖。

格兰道渥　　老弟，许多人如果这样的顶撞我，我是不忍受的。
　　　　　　请准我再告诉你一遍，我生的时候，天上充满了火
　　　　　　亮的形体，山坡上的羊乱跑，草场里的牛羊吓得乱
　　　　　　叫。这些朕兆注定了我不是平凡的人，我这一生的
　　　　　　行径都表示了我不是和普通人一样的。在这大海围
　　　　　　绕着冲击着的英格兰苏格兰威尔斯的国土里，可曾
　　　　　　有一个人能降伏我教训我吗？凡是女人养的，试举
　　　　　　出一个人来，谁能追随着我研究繁复的魔术，谁能
　　　　　　赶得上我施展深奥的魔法。

霹雳火　　　我想没有一个人能说更好的威尔斯话了。我要吃饭
　　　　　　去了。

毛提摩	住声，波西老兄！你要把他气疯了。
格兰道渥	我能从大海底召唤精灵。
霹雳火	噫，我也能，任谁都能。但是你唤他们，他们会来吗？
格兰道渥	噫，老弟，我可以教你如何使唤恶魔。
霹雳火	老兄，我可以教你如何用说实话的方法去羞辱恶魔：说实话使恶魔羞[2]。如果你有力量能唤他出现，叫他到这里来，我赌咒我有力量叫他羞愧而去。啊，你活着的时候就说实话使恶魔羞吧！
毛提摩	算了，算了！别再说这无用的话了。
格兰道渥	亨利·布灵布洛克已向我进犯了三次，我三次把他打得从魏河和沙底的塞汶河边狼狈而逃，毫无所得。
霹雳火	光着脚回去，而且赶上了坏天气[3]！他能免得一场虐疾吗？
格兰道渥	来，图在此地，我们是否按照我们三方协定的计划来分割我们的权益？
毛提摩	副主教已经分好平均的三份。英格兰，从特兰特和塞汶到这里，东南这一块，划归了我所有；以西的所有的地方，越过塞汶那面的威尔斯，在这区域内所有的肥田，都属于欧文·格兰道渥；好兄弟，其余的以北地区，特兰特那一边，全是你的。我们的三份合同都已备好，互相加盖了印鉴，一切手续今晚可以办妥。明天，波西老兄、你和我，还有乌斯特大人，一起出发去和你的父亲与苏格兰的队伍会师，按照我们所约定的地点，在舒斯伯来。我的丈人格

兰道渥尚未准备好，这十四天我们也不需要他的助力。〔向格兰道渥〕在这期间你可以聚起你的佃夫、朋友和邻近的绅士。

格兰道渥　不需要这样久我就可以前去相会，诸位。我护送诸位的女眷前去，现在你们无须向她们告辞，就偷偷地去吧。否则你们和妻子告别，不知要淌多少泪水哩。

霹雳火　我觉得我这一部分，从布来顿这里以北，在面积上却比不上你的：看这条河多么弯曲，把我的土地中最好的部分切去了一个大月牙，好大的一块给切掉了。我要把这条河在这地方堵塞起来，平静的银色的特兰特要平平稳稳地在一条新道里流，不许它弯曲地挖进这么深，夺去我这样富庶的一个山谷。

格兰道渥　不弯曲！不行，它一定要弯曲！你看它本是弯曲的。

毛提摩　是的。但是看看这条河的路线，也挖掉我一块地，使对方大占便宜，使我这一方面损失不少，和它夺自你的是一样的多。

乌斯特　是的，花费不多就可以从这里改变河道，把这一块地划到北方来，然后河还可以平静地直流。

霹雳火　我就是要这样子，花费不多就可以办到。

格兰道渥　我不要改变它。

霹雳火　你不要？

格兰道渥　我不要，也不许你改变它。

霹雳火　谁敢对我说不？

格兰道渥　嚜，我敢。

霹雳火　　　那么你不要教我听懂你的话，你说威尔斯话吧。

格兰道渥　　我能说英语，先生，和你说得一般好，因为我是从英国宫廷里训练出来的。那时我还年轻，我写了不少英文的诗歌，谱上了琴弦，把文字装饰得很美丽，这本领你却没有。

霹雳火　　　噫唏，我衷心地因此而高兴哩。我宁可是一只咪咪叫的小猫，我也不愿是那种所谓的作歌曲的诗人；我宁愿听旋刨铜蜡烛台的声音，或是轮子在车轴上干磨的声音，那声音都不比装腔作势的诗歌那样的使我牙酸肉麻；诗歌像是一匹马在鞭笞下的蹒跚步。

格兰道渥　　好了，你改变特兰特的河道吧。

霹雳火　　　我不在乎这些，我可以把三倍多的土地奉送给任何有交情的朋友。但是讲交易的话，你听我说，一根头发的九分之一我也要计较。合同弄好了吗？我们走吧？

格兰道渥　　月色很好，你们今晚就可以出发。我去催促书记，同时把你们已动身的消息透漏给你们的妻子。我恐怕我的女儿要发狂，因为她是这样的爱她的毛提摩。

〔下〕

毛提摩　　　唉，波西老兄！你对我的岳父顶撞得好厉害！

霹雳火　　　我不由自主。有时候他使得我发怒，因为他对我谈的尽是些鼹鼠、蚂蚁、预言家梅林和他的预言、龙、无鳍的鱼、剪了翅膀的半狮半鹰的怪物、脱了羽毛的乌鸦、蹲立的狮子、竖站的猫，这一类荒诞无稽的事物，使我违反我的信仰。我告诉你吧，昨天晚

　　　　　　　上他缠着我至少有九小时，细数那些供他役使的魔
　　　　　　鬼的名字。我就叫几声"哼"，"别瞎说了"，我根本
　　　　　　不听他那一套。啊！他那份腻烦，就像是一匹疲劳
　　　　　　的马，一个饶舌的妻子，比一间乌烟瘴气的屋子还
　　　　　　糟。我宁愿在磨房里吃牛酪乳和大蒜，也不愿在耶
　　　　　　教国土里任何避暑别墅中间吃着珍馐听他那一套。

毛提摩　　　老实说，他是一个笃实君子，读书很博，通达宇宙
　　　　　　的奥秘，勇敢得像狮子，非常的和蔼可亲，和印度
　　　　　　的矿一般的豪富。要不要我告诉你，老兄？他是特
　　　　　　别的敬重你，你顶撞他的时候他极力控制他的脾气，
　　　　　　真的，他是。我敢担保，世上就没有一个人能像你
　　　　　　那样的挑逗他而不尝受危险与谴责。但是我请求你，
　　　　　　你也不可常常这样。

乌斯特　　　实在的，这是怪你太任性了，自从你来，你已经很
　　　　　　使得他忍耐不住了。你必须设法改正这种错误，你
　　　　　　这种性格，虽然有时候是可以表示伟大、勇敢、血
　　　　　　气——这是你所能得到的最大的荣誉了——但是也
　　　　　　时常暴露你的急躁、礼貌欠缺、缺乏节制、虚骄、
　　　　　　傲慢、固执、轻蔑，一个尊贵的人沾染上一点点这
　　　　　　种毛病，便能失掉人心，把其他的优点都玷上了污
　　　　　　点，丧失了应得的赞美。

霹雳火　　　好了，我算是受教了。愿礼貌能帮你的大忙！我们
　　　　　　的太太们来了，我们向她们告辞吧。

　　　　　　格兰道渥偕众夫人上。

毛提摩 　　这真是最使我恼怒的事，我的妻不会说英语，我不
　　　　　　会说威尔斯话。

格兰道渥 　我的女儿哭了！她不愿和你离开，她也要当兵，她
　　　　　　要从军去。

毛提摩 　　好岳父，请告诉她，她和我的姑母 [4] 波西很快地就
　　　　　　要在你护送之下前去。〔格兰道渥对毛提摩夫人说威
　　　　　　尔斯话，伊亦以威尔斯话答之〕

格兰道渥 　她是横心了！一个顽梗任性的丫头，怎样劝也是无
　　　　　　用。〔她向毛提摩说威尔斯话〕

毛提摩 　　我懂你的脸色，从那泪汪汪的眼里流露出来的美丽
　　　　　　的威尔斯话，我是完全懂得的。若不是怕羞，我也
　　　　　　愿用同样的语言来回答你。〔她又说〕我懂你的亲
　　　　　　吻，你也懂我的，那是触觉的交谈。爱人，在我学
　　　　　　会你的语言以前我永远不会背离你的，因为你的口
　　　　　　齿使得威尔斯话变得太好听了，像是最高雅的诗歌
　　　　　　由一位美丽的女王在夏日树荫下配着琵琶曼声的
　　　　　　歌唱。

格兰道渥 　不，你若是软化，她简直要发狂了。〔她又说〕

毛提摩 　　啊！我完全听不懂。

格兰道渥 　她要你躺在这席毯上，把你的头枕在她的腿上。她
　　　　　　会唱你所爱听的歌，让睡眠降临在你的眼帘上，让
　　　　　　舒适的倦意麻醉你的周身，使得你似醒似睡，恰似
　　　　　　太阳的御驾刚从东方出发的时候昼与夜茫然不分
　　　　　　一般。

毛提摩 　　我衷心高兴地坐下来听她唱，在这期间的我们合同

大概也可以写好了。

格兰道渥　　就这么办。给你演奏的乐队还在千里外的半天空呢，立刻就来到此地，坐下，听吧。

霹雳火　　　来，凯特，你是最善于躺下来的。来，快点，快点，好让我把头放在你的腿上。

波西夫人　　去你的，你这捣乱鬼！〔格兰道渥作威尔斯语，音乐可闻〕

霹雳火　　　现在我看出魔鬼是懂得威尔斯话的，怪不得他是那样的古怪呢。天呀，他还是个很好的音乐家。

波西夫人　　那么你也该除了音乐之外什么都不会，因为你完全是被古怪脾气所支配的。躺着，你这坏鬼，听这位夫人唱威尔斯歌。

霹雳火　　　我还不如听我的母狗夫人[5]唱爱尔兰歌呢。

波西夫人　　你想敲破你的头吗？

霹雳火　　　不。

波西夫人　　那么，躺着别作声。

霹雳火　　　也不！那是女人的毛病[6]。

波西夫人　　现在，上帝帮助你吧！

霹雳火　　　上威尔斯女人的床。

波西夫人　　你说什么？

霹雳火　　　别作声！她唱了。〔毛提摩夫人唱威尔斯歌〕

霹雳火　　　来，凯特，我要你也唱。

波西夫人　　我不，老实说。

霹雳火　　　你不，"老实说"！心肝！你赌咒活像一个糖果店的老板娘！你不，"老实说"，还要加上一句"只要我活着"，"上帝帮助我"，"像白昼般的确定"，并且你的咒语是如此的单薄，好像你是从来没有到过比芬斯堡来[7]更远的地方。凯特，你是贵夫人，你赌咒也要赌一个撑满嘴的好好的咒。"老实说"，和这一类微带辛辣气味的咒语，留给那些衣裳镶边穿最讲究的衣服过礼拜天的城市妇女们去说吧。来，唱。

波西夫人　　我不唱。

霹雳火　　　那是变裁缝或做教鸟唱歌的教师的最简便的方法。如果合同已经备好，我在两小时内就出发，你们高兴的时候就来吧。〔下〕

格兰道渥　　来，来，毛提摩！你这样的慢，就和波西火般地急着要走一般。这时候我们的合同一定写好了，我们只要盖章，然后立刻上马。

毛提摩　　　我衷心愿意。〔同下〕

第二景：伦敦宫中一室

亨利王、王子及众贵族上。

王　　　　　诸位，请便吧，威尔斯亲王和我必须私下谈谈。但是请就在附近等候，因为我立刻需要你们。〔众贵族下〕我不知这是否是上帝的安排，为了我做错了什

　　　　么事，上帝暗中注定，从我的血统里产生了报应来
　　　　惩罚我。但是你的生活的经过却使我相信，你生来
　　　　就是为了报复，为了做上帝的鞭笞来惩罚我的过失。
　　　　否则你告诉我，这样放纵的低级的欲望，这样下贱
　　　　的，这样可怜的，这样愚蠢的，这样卑鄙的行为，
　　　　这样无聊的娱乐，粗俗的伴侣，像你所结纳的，何
　　　　以能和你的高贵的出身相提并论，何以能和你的高
　　　　贵的胸襟保持同一水准？

太　　　陛下听我说，我希望我能剖白一切的罪过，同时我
　　　　有把握我能洗刷许多我所被指控的过失。请准许我
　　　　要求一点点的宽待，就是，有些捏造的故事，至尊
　　　　的耳边总难免听到，那原是讨好的小人和拨弄是非
　　　　的奴才所编排的，我固然要予以驳斥。但有些事却
　　　　是真的，是我年轻误入歧途，这些事我坦白地承认，
　　　　要求你饶恕。

王　　　上帝饶恕你！但是对于你的秉性，我却不能不惊讶，
　　　　因为比起你的所有的祖先都相差太远了。你很鲁莽
　　　　地丧失了你的枢密院的位置 [8]，由你的弟弟来代替
　　　　了，满朝的皇亲贵族对你都几乎视若路人了。你的
　　　　前途是毁了，每个人都预料到你的堕落。我当初如
　　　　果也这样的随便抛头露面，在民众眼前也变得这样
　　　　稀松平常，也这样的滥交狐群狗党，那么拥我登极
　　　　的一般舆论必将对旧主永远效忠，把我丢在无声无
　　　　臭的流囚生涯里面，看为一个不足齿的平民了。因
　　　　为不令人常常看见，一旦像彗星一般地出现，我不

能不惹起人的注意了，一般人都对他们的孩子说，"这就是他"。别的人又会说，"在哪里呢？哪一个是布灵布洛克？"于是我好像是从天堂里取来了所有的礼貌，我做出一派谦恭下士的姿态，因此我从一般人的心中赢得了忠诚悦服，甚至当着国王面前我从他们的口里赢得了欢呼敬礼。所以我的威仪永远是崭新的，我的出现，就如教皇的袈裟一般，不常见，见了就不能不令人惊羡。我的排场也是如此，很少有，但是很丰富，像筵席一般，因为稀罕而格外庄严。轻浮的国王，他和一些浅薄的弄臣与枯柴般的滑稽之士跳来跳去，燃烧得快，也很快地烧完。他降低了自己的身份，和跳蹦的傻子厮混，他们的讥讪会污损了他的令名，他不顾名誉损失竟和那些满口玩笑的孩子们说笑，忍受那些面上无须的妄人们的讥弹，与市井为伍，为了讨大家欢喜而牺牲自己。于是每天被大家的眼睛看个饱，他们好像是吃厌了蜂蜜便嫌恶甜味一般，稍微多一点点，他们就会嫌多得太多。所以，他该露面的时候，他就像是六月的杜鹃[9]，谁听见也不注意。大家看看他，但是用习惯了的迟钝的眼睛来看，毫无惊奇的凝视的样子，绝不像是太阳般的威仪平常不大露面而突然照耀引起人们的震惊。他们反而是眼帘低垂，要打瞌睡，甚至当面睡着了，并且脸上露出不耐烦的样子，像是一些悻悻然的人们对他们的仇敌所表示的那样，实在是因为看的回数太多，腻烦了。哈利，你的情形就是如此，因为你结交下流的朋友，你已经失掉了王子的尊严。没有人不是懒得再看你，只有我的眼，是想能多看见你。我的眼，说起来也真可恼，为了痴心的情爱，都要被泪水浸瞎了。

太

我以后一定要更知道自爱。

王

务必如此！因为现在的你正像是当时的利查，那时我刚从法国回来在拉汶斯堡登陆；现在的波西又正好像是当时的我。现在，我凭着我的宝杖再加上我的灵魂来打赌，你不过是一个继承王位的影子，他却对于国家大事比你有更深刻的关切。因为他并无权力，连任何权力的借口也没有，他却陈兵境内，胆敢向武装的狮爪挑衅，他的年纪不比你大，他却能领导年高有德的贵族和主教兴起刀兵前来厮杀。他战胜了那著名的德格拉斯，因此赢得了何等不朽的荣誉！他的勇敢的行为和善战的英名，使得他在军人中间称霸，在整个信奉耶稣的国土里享有最高的威名。但是这位霹雳火，好像是一位襁褓中的战神，一位婴儿斗士，竟接连三次击败了这伟大的德格拉斯。有一次捉到了他，又放了他，和他做了朋友，为的是加强叛军的声势，来摇撼我的王位的安全。你对这事有什么话说？波西、脑赞伯兰、大主教约克、德格拉斯、毛提摩，全都联合起来反抗我。我把这消息告诉你有什么用？哈利，我为什么要把我的敌人告诉你呢？你本身就是我的最致命的最迫切的敌人！你是很可能由于卑懦的恐惧、下流的冲动，或乖戾的脾气，竟接受波西的贿买来和我作对，去跟随着他，伺候着他的颜色，表示你究竟有多么堕落。

太　不要这样想，不会是这样的！那些使得陛下这样不信任我的人们，愿上帝饶恕他们！我要用波西的头来赎我的罪。总有那么光荣的一天，我大胆地告诉你，我是你的儿子：那时节我穿的是血染的衣裳，满脸都被淋血的头盔给玷污了。但是，一经刷洗，我的耻辱也一齐洗净了，那就是百口交赞英勇绝伦的霹雳火和你的无人注意的哈利在战场上相遇的那一天，不管那天什么时候来临。因为他的头上有各种的荣誉——我愿越多越好，我的头上的耻辱不妨加倍——因为那时间将要来到，我要使这北方的小伙子用他的光荣换取我的耻辱。波西不过是个工具，陛下，为我猎取光荣，我要彻底地清算他，要他放弃所有的光荣。是的，世人对他最微细的崇拜也不准他保有，否则我就强逼他清账。这我可以答应你做到，以上帝为誓！如果上帝愿意，我就这样去做，我请求陛下饶恕我过去的长期的放荡的生活。如其不然，生命的结束便可以解除一切的束缚，我宁可死十万次，也不会破坏这誓约的一毫。

王　你这一番话等于是消灭了十万敌人，我就要有重任交托给你。

布仑特爵士上。

怎样，好布仑特！你的脸上好像有重要的事。

布仑特　　　我要谈的正是一桩要事。苏格兰的毛提摩 [10] 传来消息，据说德格拉斯和英国的叛军已于本月十一日在舒斯伯来会师。他们的声势很盛——如果各方均守诺言——其声势之浩大不下于任何叛乱。

王　　　　　韦斯摩兰伯爵今天出发，我的儿子兰卡斯特的约翰和他同去，这消息已经有五天了。下星期三，哈利，你也出发；下星期四，我自己亲征，我们在不理治脑兹会合。哈利，你经过格劳斯特县前进，预计起来，连准备在内，大概十二天后我们的大军可以在不理治脑兹会合了。

我们去吧，我们有许多事情要做，

良机要变得臃肿，如果把良机错过。〔同下〕

第三景：东市。野猪头酒店内一室

孚斯塔夫与巴多夫上。

孚斯塔夫　　巴多夫，自从上回作案之后，我是不是瘦得多了？我是不是减轻了？我是不是缩小了？噫，我的皮松松地挂着，像是老太婆的肥袍子，我都干瘪得像个老干苹果了。我要改过自新，并且要赶快，趁我还有这一身肉，不久我要憔悴了，那时节我没有力量改过了。要是说我没有忘记礼拜堂里面是什么样子，我是一颗黑胡椒，我是一匹酒贩子的马[11]，礼拜堂的内部！交朋友，滥交朋友，害苦了我。

巴多夫　　　约翰爵士，你这样的烦恼，你活不长久了。

孚斯塔夫　　唉，正是呀！来，给我唱个淫歌，使我快乐。我秉性是和任何绅士一般的良善，很够良善的：不大赌咒；每星期掷骰子从不超过七回；上妓馆也不过一次而已，每一刻钟；借的钱总是还，还过三四次；生活得很好，很有节制，现在我生活得没有一点秩序，没有一点节制。

巴多夫　　　唉，你是这样的胖，约翰爵士！你当然要超过一切节制，一切相当的节制，约翰爵士。

孚斯塔夫　　改善你的尊容，我就改善我的生活。你是我们的旗舰，船尾上带灯笼，你是带在鼻子上，你是燃灯武士[12]。

巴多夫　　　唉，约翰爵士，我的脸对你并无害处。

孚斯塔夫　　没有，我敢说！我觉得还很有益处，犹如很多人把骷髅或是"骷髅指环"[13]都看作有用的东西。我看到你的脸就不能不想到地狱的火焰和穿紫色袍的财主[14]，你看，他在那里穿着他的袍子，烧呢，烧呢。如果你稍微有一点向善之心，我愿指着你的脸起誓，我的誓词将是，"我当着这把火，那是上帝的使者"[15]。但是你是完全不可救药的了，除了你的脸上有一点光明之外，你是纯粹的黑暗的儿子。你夜晚跑到棍棒山上给我捉马的时候，我当时真以为你是一个鬼火或是一团烟火呢[16]，否则钱不算钱。啊！你是永久点着灯笼火把的宴会，你是永烧不灭的露天烽火。我夜晚和你一同走路，从一个酒店到一个酒店，省了一千马克的火把，但是你喝我的酒却足够我在欧洲最贵的灯笼铺里去买火把的了。这三十二年来，我一直用火培养着你的火蛇，上帝为了这个要报答我！

巴多夫　　　　呸，我愿我的脸是在你的肚里。

孚斯塔夫　　　上帝饶恕！那我一定要肚里发烧。

魁格来夫人上。

怎样，老母鸡帕特来特夫人[17]！你问过没有，是谁偷了我的衣袋？

魁格来　　　　唉，约翰爵士，你想的是什么，约翰爵士？你以为我的店里有贼吗？我已搜寻过，询问过，我的丈夫也询问过，一个人一个人地，一个孩子一个孩子地，一个仆人一个仆人地，在我店里从来没有失过一根头发的十分之一。

孚斯塔夫　　　你说谎，女店主！巴多夫剃过一回脸，失掉不少毛发。我赌咒我的衣袋是被人摸了。滚开，你是个女人！滚。

魁格来　　　　谁，我？不，我不怕你。上帝的光！在我自己家里从来没有人这样喊过我。

孚斯塔夫　　　走开，我知道你太清楚了。

魁格来　　　不，约翰爵士！你不知道我，约翰爵士！我却知道
　　　　　　你，约翰爵士！你欠我钱，约翰爵士，你故意和我
　　　　　　吵架，好赖账：我买过一打衬衣给你穿。

孚斯塔夫　　粗麻布，很坏的粗麻。我给了面包房的女人了，她
　　　　　　们拿去做筛子了。

魁格来　　　我是诚实女人，那是八先令一英尺的棉花布。此外
　　　　　　你还欠我的钱，约翰爵士，你吃的饭，零碎喝的酒，
　　　　　　还有借给你的钱，二十四镑。

孚斯塔夫　　也有他的份，让他给吧。

魁格来　　　他！哎呀！他穷，他什么也没有。

孚斯塔夫　　什么！穷？看看他的脸，什么你才叫阔？让他们用
　　　　　　他的鼻子铸币，用他的腮铸币吧。我是一个钱也不
　　　　　　付。什么！你拿我当年轻小伙子欺侮吗？我在酒店
　　　　　　里舒服一下就该令人摸我的衣袋吗？我失掉了我祖
　　　　　　父给的值四十马克的印章指环。

魁格来　　　啊耶稣！我听见太子告诉过他不知若干次，那指环
　　　　　　是铜的。

孚斯塔夫　　什么！太子算得是什么，他是个赖酒的汉，呸！如
　　　　　　果他在这里，他敢这样说，我要把他像狗似的打
　　　　　　一顿。

　　　　　　太子与波音斯排队入。孚斯塔夫出迎，吹手杖作奏笛状。

　　　　　　怎样了，伙计！真要开步走了吗？我们全要出
　　　　　　动吗？

巴多夫　　　是的，两个一排，新门式[18]。

魁格来	殿下，我请求你，听我说。
太	你说什么，魁格来夫人？你的丈夫好吗？我很欢喜他，他是个诚实人。
魁格来	好殿下，听我说。
孚斯塔夫	请你别理她，听我说。
太	你有什么话说，杰克？
孚斯塔夫	那一天晚上我在幔帐后面睡着了，我的衣袋被偷了。这屋子变成了妓馆，他们偷人家的衣袋。
太	你丢了什么，杰克？
孚斯塔夫	你相信我不，哈尔？四十镑一张的契约有三四张，还有我祖父的印章指环。
太	小事一端，八便士的玩意儿。
魁格来	我也是这样和他说，殿下。我说我听见过殿下是这样说的。但是，殿下，他像是个嘴里不干净的人，提起你来竟说出许多难堪的话，并且说要打你一顿哩。
太	什么！他没有吧？
魁格来	否则我这个人没有一点诚意、真实和妇道。
孚斯塔夫	你的诚意不见得比一颗煮干梅[19]更多，你的真实不比一只离了洞的狐狸多[20]。讲妇道，玛丽安姑娘[21]若和你比起来，她可以作参议员的太太。去，你这东西，去。
魁格来	嗨，什么东西？什么东西？
孚斯塔夫	什么东西！唉，我们得感谢上帝的一件东西。
魁格来	我不是一件需要感谢上帝的东西，我希望你应该知

道。我是一个好人的太太，除开你的勋爵之外，你这样喊我便可证明你是个恶棍。

孚斯塔夫　　除开你的妇道，如其用别样的称呼，你是个畜牲。

魁格来　　　嗨，什么畜牲，你这恶棍？

孚斯塔夫　　什么畜牲！嘻，一只水獭。

太　　　　　一只水獭，约翰爵士！为什么，一只水獭？

孚斯塔夫　　为什么？她是既非鱼，又非兽，我们不知道她有什么用处。

魁格来　　　你这样说话真不公道。你或是任何人都知道我的地位，你这恶棍。

太　　　　　你说得对，女店主，他辱骂你太厉害了。

魁格来　　　他也辱骂你，殿下，他前天还说你欠他一千镑钱。

太　　　　　先生，我欠你一千镑吗？

孚斯塔夫　　一千镑，哈尔！一百万镑，你的情分就值一百万，你欠我情。

魁格来　　　不，殿下，他喊你作杰克，并且说要打你。

孚斯塔夫　　我说了没有，巴多夫？

巴多夫　　　老实说，约翰爵士，你是说了。

孚斯塔夫　　是的，假如他说我的指环是铜的。

太　　　　　我说是铜的。你现在可敢言行一致吗？

孚斯塔夫　　唉，哈尔，如果你是平民，你知道我是敢的；但是你是太子，我怕你，就像怕狮子的幼儿吼叫一般。

太　　　　　为什么不像狮子呢？

孚斯塔夫　　国王才是像狮子似的令人怕，你以为我怕你像怕你父亲一样的吗？不，如果是这样，我祷告上帝令我的腰带断[22]。

太　　　　啊！如果真断，你的肚肠子怕要落到膝盖上去。但
是，先生，你的心里本没有信仰、真实和忠诚，里
面全是一些肠子膈膜之类。指控一个老实的女人偷
了你的东西！噫，你这婊子养的，无耻的臃肿的恶
棍，你的衣袋里除了酒店账单妓馆字条和治气喘的
值一便士的糖棍之外，如果还有别的东西，除此之
外如果你的衣袋里还有别的东西损失，我是坏蛋！
但是你还要追究，你不肯忍受委屈。你不害羞吗？

孚斯塔夫　　你听不听我说，哈尔？你知道在天真的境界里亚当
堕落了，在这邪恶的时代里，可怜的杰克·孚斯塔
夫可能干些什么呢？你看我的肉比别人要多一些，
所以也就更脆弱些[23]。那么你承认，你摸了我的
衣袋？

太　　　　看样子大概是了。

孚斯塔夫　　女店主，我宽恕你。去预备早餐。要爱你的丈夫，
管教你的仆人，招待你的客人。你可以看出我是最
讲理的，你看我已经心平气和了。还要！不，请你
走吧。〔魁格来夫人下〕现在，哈尔，谈谈朝廷上的
消息：关于那桩抢案，朋友，那是怎样应付的？

太　　　　啊！我的亲爱的胖牛，我永远是保护你的好天使，
钱是还了。

孚斯塔夫　　啊！我不欢喜这退还，那是双倍的费事。

太　　　　我已经和父亲和好了，什么事都可以做了。

孚斯塔夫　　要做事，就先去抢劫国库，不必等洗手立刻就去做。

巴多夫	去做，殿下。
太	我已经给你讨了一份差事，杰克，率领一队步兵。
孚斯塔夫	我愿意是骑兵。我到哪里去找一个会偷的呢？啊！需要一个高手的贼，二十岁左右，我的装备太差了。好，为了这些叛徒，很感谢上帝，他们不害人，除了好人之外。我赞美他们，我恭维他们。
太	巴多夫！
巴多夫	殿下？
太	送这封信给我的弟弟约翰，兰卡斯特的约翰大人；这一封给韦斯摩兰大人。去。波音斯，上马，上马！因为你和我在饭前要跑三十英里路。杰克，明天下午两点钟到法院大厅和我相会。到那里你就可以知道你的任务，领到款项和装备的命令。
	战火弥漫，波西很是嚣张，
	不是我们就是他们总要遭殃。〔太子、波音斯及巴多夫下〕
孚斯塔夫	壮语！前途无限！女店主快开早饭。
	啊！我愿这小店就是我的招兵站。〔下〕

注释

[1] 即亨利王。

[2] **谚语**，"Speak the truth and shame the devil"（*Ray's Proverbs*, 1670）。

[3] bootless 双关语，（一）无所得，（二）足上无鞋。"赶上坏天气"曲解 weather-beaten 之意。

[4] 非姑母，应作姊，参看第一幕第三景注 [30]。

[5] 夫人（Lady）犬名。

[6] 此乃反语，女人通病乃哓哓不休，此处故意反讥"不作声"为女人通病。

[7] 芬斯堡来（Finsbury）在伦敦近郊，乃伦敦市民常到之处，此处所谓足迹不曾超过芬斯堡来者，盖讥其为一普通市民也。

[8] 亨利太子为枢密院院长，因当众掴大法官之耳光，被罢免，以其弟代之。据史书所载，此事发生在舒斯伯来战役之后。

[9] 杜鹃于四五月之交飞至英国，至六月则不足奇。

[10] 此毛提摩有误。应为 George Dunbar。莎士比亚之所以有此误，盖因 Dunbar 亦拥有 Lord of March 之勋衔，故与英国之毛提摩相混。

[11] "酒贩子的马"（brewer's horse）各家解释不同，或谓此马劳苦过度必甚羸瘦，孚斯塔夫故作反语，以羸马自况，证以上句之胡椒自况，亦反嘲自己之肥胖，此说近是。

[12] 巴多夫有"酒糟鼻"，红肿如灯。"燃灯武士"（Knight of Burning Lamp），中古武士多有诡奇之名称，孚斯塔夫故造此名以讥之。

[13] memento mori 意为"提醒死亡之物"，乃警醒人类勿忘终有一死也，通常系于指环之宝石上镂刻骷髅及二骨交叉状，怵目惊心，发人深省。

[14]《路加福音》第十六章第十九—二十三节："有一个财主穿着紫色袍和细麻布衣服，天天奢华宴乐。又有一个讨饭的……。后来那讨饭的死了，被天使带去放在亚伯拉罕的怀里；财主也死了，并且埋葬了，他在阴间受痛苦……"

[15]《出埃及记》第三章第二节:"耶和华的使者从荆棘里火焰中向摩西显现……"

[16]"一团烟火"（a ball of wildfire）据 Cowl 解释,"一种烟火,与近代之爆竹略似。"新集注本云:"与上下文意义较合,盖亦自然电火之现象。"牛津字典径训为"鬼火"。未知孰是。

[17] Dame Partlet,"列拿狐"中之母鸡。

[18] 新门（Newgate）,监狱名。犯人皆列队入狱。

[19]"煮干梅"（stewed prunes）乃酒店或妓馆中习见之物,或谓系投于汤中而食,或谓有治疗花柳病之功效,或谓煮干梅置于窗前即妓馆之标志,Cowl 则径谓煮干梅即鸨妇之意。

[20] a drawn fox（离了洞的狐狸）狡狯异常,或佯死以骗猎者。另一解释为"拔出鞘的刀"。

[21] 玛丽安姑娘（Maid Marian）乃五月节跳舞中之一角色,通常由男人扮演,性格放荡。玛丽安亦罗宾汉之情妇。

[22] 腰带断似为不吉利之事。谚云: ungirt, unblessed."无腰带者无福。"

[23]《马太福音》第二十六章第四十一节:"总要警醒祷告,免得入了迷惑。你们心灵固然愿意,肉体却软弱了。"

第四幕

第一景：舒斯伯来附近叛军营盘

霹雳火、乌斯特与德格拉斯上。

霹雳火　　说得好，我的高贵的苏格兰人。在这文明的时代，说实话如果能不被认为是恭维，那么德格拉斯应该受这样的赞美，当代的武士没有一个能像他这样的声震遐迩。天呀，我不会奉承，我最恨甜言蜜语，但是我的心里的最光荣的位置上除了你没有别人。不，你可以教我证实我的话，你可以考验我。

德格拉斯　你才是荣誉之王！世上没有一个人，无论多么强，是我所不敢对敌的。

霹雳火　　这样最好。

一使者送信上。

	是谁的信？〔向德格拉斯〕我先谢谢你了。
使	这些信是你父亲的。
霹雳火	他来的信！他为什么不自己来？
使	他不能来，大人！他病得很厉害。
霹雳火	糟！在这匆忙的时候，他怎么有闲暇生病？谁统率他的军队？军队开来是在谁指挥之下？
使	他的信里自有说明，我却不知道。
乌斯特	请问你，他是不是病倒在床上？
使	在我出发之前他已经躺了四天了，我临走的时候他的医生很为他担心。
乌斯特	我愿在他生病之前国事已经底定，他的健康在如今是最急迫需要的。
霹雳火	现在生病！现在萎缩！这病要玷染了我们的事业的生命的血液，那是传染的，会传到我们的营里。他在这信里说，内部生病——又说派代表就不能那样迅速地把他的部下聚集起来；并且除了自己以外他也不敢把这样危急重要的事情付托给任何生疏的人。但是他给我们这样大胆的劝告，就用我们的小量的兵力前进，去看看我们的命运如何，因为，据他说，现在不容犹豫，国王已经得到关于我们的企图的情报了。你以为如何？
乌斯特	你父亲的病对于我们是个损害。
霹雳火	一个很厉害的创伤，简直是断掉了一根肢体。但是，

实在讲，却也不然，他这次不到，似乎有一点我们表面上看不出来的意义。把我们的财富孤注一掷，那可好吗？把这样丰富的赌注全交给那变幻莫测的一小时来决定，那可好吗？那不好。因为那样做，我们就把我们的希望看穿了，看到底了，把我们的所有的财富的最大的范围也看透了。

乌斯特　是的，我们会有那种情形。而现在我们却保留了一些希望，我们可以大胆消费，因为还有后继的希望，这就有了退步了。

霹雳火　一个藏身处，一个逃避的地方，如果我们这初次的尝试遭了噩运的狞视。

乌斯特　不过，我还是愿意你父亲在此地。我们这回的举动，性质很特殊，绝不容许分裂。恐怕有些人，不明了他所以不来的缘由，遂以为伯爵不来乃是由于他的睿智、忠诚，完全不赞成我们的举动。想想这样的猜疑将如何地妨碍了游离分子的参加，并且将如何地产生一种对我们的正义的怀疑，你是知道的。我们站在挑衅的这一方面要尽力避免严格的侦询，要堵塞所有的窥望的漏洞，理性的眼睛所能窥见我们的每一个漏洞。你的父亲这次不到，等于是把窗帘打开了，令无知的人望见了一种梦想不到的恐惧。

霹雳火　你顾虑太过了。我倒要这样利用他的缺席：他缺席将使得我们的事业格外光彩，更令人赞佩，特别地显着勇敢自信。因为一般人一定要想，如果我们不需要他的帮助就能起事来推翻政府，得到他的帮助的时候一定可以把政府颠覆了。目前一切都很好，我们的肢体都很健壮。

德格拉斯　要多好有多好！所谓恐惧这一个名词，在苏格兰从来没有人说起过。

利查·魏尔南爵士上。

霹雳火　我的魏尔南老兄！欢迎之至。

魏尔南　祷告上帝让我带来的消息值得受欢迎。韦斯摩兰伯爵率领七千人正向此地进发，和他一道的还有约翰王子。

霹雳火　这消息不坏。还有什么？

魏尔南　我还听说，国王预备御驾亲征，或是已经向这里急进了，带着强大的军队。

霹雳火　我也欢迎他。他的儿子，那个快腿的[1]疯疯癫癫的威尔斯亲王，还有他的那些不务正业的伴侣们，都在哪里呢？

魏尔南　全准备好了，全武装起来了，打扮得羽毛缤纷像是鼓翼的鸵鸟；又像才洗过澡的大鹰在扑腾翅膀，金甲辉煌像是塑像[2]，五月一般的精神抖擞，仲夏的太阳一般的灿烂，小山羊一般的活跃，牛一般的狂野。我看见那青年的哈利，头上戴着盔，腿上挂着护腿甲，装备得漂亮，像是生翅的梅鸠里[3]一般从地上跃起，很从容地跳上马鞍，好像是一个天使从云间降落，驾驭一匹烈性的马，用他高妙的骑术炫耀世人。

| 霹雳火 | 别再说，别再说了！你这一番赞叹比三月的太阳更能令人发寒热 [4]。让他们来吧，他们打扮齐整得像是牺牲品一般地来，我们就把他们血淋淋地热烘烘地奉献给那火眼战争女神。穿盔甲的战神玛尔斯就坐在他的神龛里，让他浸在血里。听说这些丰美的战利品就在附近，而还没有到手，真是急煞。来，让我试试我的马，他会要像雷霆似的负着我直奔威尔斯亲王的心窝：哈利对哈利，烈马对烈马，一交手永不分离，直等到其中有一个倒毙。啊！真希望格兰道渥能来。 |

魏尔南　还有消息：我骑马来的时候在乌斯特听说他在这十四天以内不能聚起兵来。

德格拉斯　这是我所听到的最坏的消息了。

乌斯特　是的，这消息令人不寒而栗。

霹雳火　国王全部兵力大概有多少？

魏尔南　三万。

霹雳火　四万也不要紧。

我的父亲和格兰道渥都不在此地，

我们的兵力也可以抗拒强敌。

来，让我们赶快先来检阅一番。

末日快到了，全要死得喜喜欢欢。

德格拉斯　别提死。已有半年之久

我已不怕死的魔手。〔同下〕

第二景：科文特利附近公路

孚斯塔夫与巴多夫上。

孚斯塔夫　巴多夫，你先到科文特利去。给我装一瓶酒。我们的队伍就要开过去，我们今晚要到色顿考菲。

巴多夫　你会给我钱吗，队长？

孚斯塔夫　随便你花，随便你花。

巴多夫　这瓶酒连前共计十先令[5]。

孚斯塔夫　如果有那么多，拿去作为你的酬劳；如果能有二十先令，你都拿去，由我负责[6]。教我的副官皮图在城门口等我。

巴多夫　遵命，队长！再会吧。〔下〕

孚斯塔夫　提起我手下的这一队兵，我若还不惭愧，我是腌大头鱼。我用一百五十个兵额换取了三百多镑。我专征集好人家的人，小地主的儿子；我打听到一些订了婚的单身汉，并且是在教堂里经过两次结婚预告的；那些有钱的懦夫，听见鼓响就和听见了恶魔一般地怕：怕听枪响比一只受伤的鸟和野鸭都厉害。我征集的尽是这些吃牛油面包的家伙，他们的心在肚里，比针尖还小，他们只得用钱赎身。如今我的部下包括旗兵、队副、尉官、士兵，这一群奴才褴褛得像是画布上的拉撒路[7]，财主的狗在舔他的疮。这些都是从来没有当过兵的，而是些因犯过而被辞退的奴仆、非长房的小儿子[8]、逃亡的酒店伙计和失业的马夫，都是和平世界的蛀虫，比打过补绽的破旗子还加十倍的褴褛，我手下的角色就是这些，顶替了那些赎身的人，你看见了会误以为是一百五十个浪子[9]刚从喂猪吃糠的地方回来。有一个说话缺德的人在路上遇见我，他说我是把绞架上的人全取下来了，征集死尸入伍了。谁也没有见过这样的稻草人。我不肯和他们一起走过科文特利，这是一定的。唉，这些东西开步走的时候把腿劈得开开的，好像是戴着镣铐，实在是其中有些确是才从监牢里出来。我的全队只有一件半衬衫，那半件还是两块手巾系在一起搭在肩上，好像是不带袖子的短罩袍；那一整件衬衫，老实说，是从圣·阿尔班的那个店主人或是达文特里的那个红鼻子酒店主那里偷来的。但这并没有关系，在每个篱笆上都有的是衬衫，他们可以随便拿。

太子与韦斯摩兰上。

太	怎样了，吹凸了的杰克！怎样了，胖褥子！
孚斯塔夫	什么，哈尔！怎样啦，小疯子！你在瓦立克县干什么来的？韦斯摩兰大人，我请你原谅，我以为大驾已经到舒斯伯来了。
韦斯摩兰	的确，约翰爵士，我早就该在那里了。你也是。不过我的队伍已经到达了。我告诉你，国王正在找我们呢，我们须要连夜赶了去。
孚斯塔夫	噫，不必替我担心，我是像猫偷奶油一般的机警。

太	我想你必真是偷奶油，因为你偷来的东西已经给你造成牛油了。但是告诉我，杰克，后面来的那些人是谁的部下？
孚斯塔夫	我，哈尔，我的。
太	我从没有见过这样可怜相的一群流氓。
孚斯塔夫	去，去！叉在枪尖上，是够好的了，充炮灰，充炮灰，和较好的人是一样的填坟坑。算了吧，都是不免一死的人，不免一死的人。
韦斯摩兰	是的。不过，约翰爵士，我总觉得他们是赤贫的样子，太褴褛了。
孚斯塔夫	是的。讲到他们的穷，我不知道他们是从哪里得来的。至于他们的瘦，我敢说不是从我这里学的。
太	当然不是，我敢赌咒！除非肋骨上有三指厚的油还算是瘦。但是先生，赶快吧，波西已经到了战场。
孚斯塔夫	什么，国王已到营里了吗？
韦斯摩兰	是的，约翰爵士，我恐怕我们耽误太久了。
孚斯塔夫	好，争斗的尾声和宴席的开始是最适宜于一个冷淡的战士和馋饿的客人[10]。〔同下〕

第三景：舒斯伯来附近叛军营盘

霹雳火、乌斯特、德格拉斯与魏尔南上。

霹雳火	我们今晚和他开战。
乌斯特	那不大好。
德格拉斯	那么我们教他占便宜了。
魏尔南	一点也不。
霹雳火	你为什么这样说？他不是盼着援军吗？
魏尔南	我们也是。
霹雳火	他的援军是一定来的，我们的却未必。
乌斯特	好孩子，你听话，今晚不要动。
魏尔南	不要动吧。
德格拉斯	你的劝告不大好，你说的话是由于恐惧和缺乏热情。
魏尔南	别诬蔑我，德格拉斯。以我性命为誓——我真敢拿我的性命来打赌——如果是有关名誉的考虑命令我前进，我和你是一样的毫不畏惧，和任何活着的苏格兰人一样。明天在战场上看我们中谁是恐惧的。
德格拉斯	对，或是就在今晚。
魏尔南	同意。
霹雳火	今晚，我说。
魏尔南	算了，算了，不可如此。我很奇怪，你们是这样伟大的将才，竟看不出有什么障碍在阻挠我们急进：我的弟弟魏尔南[11]的一队骑兵还没有到，你的叔父乌斯特的骑兵是今天才到的，现在他们的锐气还没有振作起来，他们的勇气也因为疲劳而显着消沉，没有一个骑兵够得上他本来面目的一半的一半。
霹雳火	敌人的骑兵大致也是如此，长途疲惫，意志消沉，我们的士兵却大部分休息过来了。

乌斯特	国王的兵数超过了我们的。为了上帝的缘故，等着 兵马到齐了再说。〔喇叭鸣，表示敌人来通话〕

瓦特·布仑特爵士上。

布仑特	我来带着国王的宽大的办法，如果你们肯恭听。
霹雳火	欢迎，瓦特·布仑特爵士，真愿你是和我们同心合 力的！我们中间有些人是很敬爱你的，就是他们都 嫉恨你的本领和声名，只因你不是我们的同党，并 且像敌人似的反对我们。
布仑特	上帝不准许我不敌对你们，如果你们一直地反抗国 王，违法作乱。但是，先说我的使命吧。国王派我 来听取你们的怨诉，为什么你们要在和平的境界里 唤起这样深刻的仇恨，给悦服的臣民做出凶残的榜 样。如果是国王在任何方面忘了你们的功绩——他 承认你们的功绩是很丰美的——他命令你们指出你 们的愿望，你们极快地就可以如愿以偿，而且喜出 望外，并且你们及被你们教唆的人完全得到赦罪。
霹雳火	国王是很宽厚。我们深知国王晓得在什么时候做诺 言，什么时候去偿付。我的父亲我的叔父和我自己 把他现在所享受的帝王之尊送给他了。当初他手下 不过二十六个人，没人看得起他，狼狈不堪，一个 可怜的无人注意的流囚偷偷地回家来了，我的父亲 在海岸上首致欢迎。他听见他对上帝发誓，他回来 只是要做兰卡斯特公爵，请求恢复产权，与国王和 好，流着天真的眼泪，说着效忠的言词。我的父亲

心肠太好，被怜悯心所动，就答应帮助他，而且真帮助了。国内的王公贵族看见脑赞伯兰都附和他了，于是大大小小的全来向他脱帽鞠躬，在城市村镇里迎候他，在桥上等待他，在街道两旁肃立，在他面前献礼，宣誓对他拥护，把他们的子弟送给他做随从，甚至成群大队地亦步亦趋地紧跟着他。他自己觉得自己伟大了，果然不久就超过了他在荒凉的拉文斯堡的岸上尚知谦逊的时候对我父亲所做的誓言。老实说，他居然以修改某几项使人民担负过重的法令自任，谴责非法的行为，好像是对于国家的腐败痛哭流涕。就靠这一副面孔，这一套公道的外貌，他赢得了他所要钓取的人心。他更进一步，出征爱尔兰的国王留在后方的宠信，都被他砍头了。

布仑特　嘘，我来不是听这个的。

霹雳火　那么说到本题。随后不久，他废弃了国王；再后不久，他害了他的性命；紧接着他向全国征起税来了 [12]。还有更甚于此者，他忍心把他的族人玛尔赤——如果各人得到所应得的位置，他实在是他的国王——丢在威尔斯做质，遗弃在那里而不去赎。我打了胜仗，他侮辱我，用间谍想陷害我；在枢密院骂我的叔父；在盛怒之下把我的父亲逐出朝外。誓约一个一个地破坏了，非法行为一桩一桩地做，其结果是逼得我们为了安全而不能不起事。同时我们要追究他的王位，我们觉得他取得王位的手段太不正直，不能长久这样下去。

布仑特　　　我就把这些话回报国王吗?

霹雳火　　　不,瓦特爵士!我们且休息一下。回到国王那里去,
　　　　　　设法去布置一个安全归来的担保,明天一清早我的
　　　　　　叔父就把我们的意见传达过去。再会吧。

布仑特　　　我愿你能接受国王的仁慈和善意。

霹雳火　　　也许我们可以。

布仑特　　　祷告上帝,你们接受吧!〔同下〕

第四景:约克。大主教府内一室

约克大主教与迈克尔上。

主　　　　　快去,好迈克尔先生,火速把这密封的信送给典礼
　　　　　　官[13];这一封给我的弟弟斯克庐帕,其余的都按照
　　　　　　写明的姓名送去。如果你知道里面是什么事,你会
　　　　　　赶快办的。

迈克尔　　　大人,我猜到一点内容了。

主　　　　　很可能你是猜着了。明天,好迈克尔先生,是上
　　　　　　万的人的命运要受考验的日子,因为,据我所确
　　　　　　知,国王调动了大军在舒斯伯来和波西大人开战。
　　　　　　我恐怕,迈克尔先生,一部分因为脑赞伯兰正在
　　　　　　生病——他的军队所占分量最大——一部分因为欧

文·格兰道渥未到，他也是其中一员健将，受了预
言的影响裹足不前——我恐怕波西的力量太单薄，
不能和国王立刻交锋。

迈克尔　唉，大人，你不必担心，有德格拉斯和毛提摩。

主　　　不，毛提摩不在那里。

迈克尔　但是有毛戴克、魏尔南、哈利·波西还有乌斯特大
人，还有一伙英勇的战士、高贵绅士。

主　　　确是有。但是国王却召集了全国的精锐:威尔斯亲王、
兰卡斯特的约翰大人、高贵的韦斯摩兰、彪悍的布
伦特，还有很多的同样的能征善战的角色。

迈克尔　不必忧虑，大人，我们必能抵抗他们。

主　　　我也这样希望，但是不能不忧虑，为防止最恶劣的
事情发生，迈克尔先生，你要快去。因为如果波西
大人事败，国王在解散队伍之前一定要来讨伐我们，
因为他已经听到我们的联盟的消息，所以我们必须
要加强力量来抵抗他。赶快走吧。我还要再给别位
朋友写信。再会了，迈克尔先生。〔同下〕

注　释

[1] 据说亨利王子善跑，曾偕亲随二名不用弓矢猎犬及陷阱能于苑围中
徒步活捉牛鹿之类。

[2] 天主教堂中之塑像往往披以灿烂绣衣。

[3] 梅鸠里（Mercury），罗马神祇中之使者，鞋上有翅，体态轻盈。

[4] 三月阳光渐暖，而东风料峭，人易患疟。Rolfe 径注为 that is, foster fear（令人生惧）。

[5] "这瓶连前共计十先令" This bottle makes an angel. 所谓 "天使"，指金币言，约值十先令，图案系天使长迈克尔持枪刺龙，故云。此处之 makes 显系双关语：（一）连前所欠共值，言此瓶酒连同前欠达十先令;（二）制成，言此瓶可制成金币。第一说较胜。

[6] I'll answer the coinage. 据 Cowl 注 "我担保金币非赝品"，Deighton 注云 "铸币由我负责：指私铸金币将受惩处也"。不知孰是。

[7] 拉撒路（Lazarus），乞丐名，参看第三幕第三景注 [14]。

[8] "非长房的小儿子"，谓不能承继而致贫穷流浪之人也。

[9] 浪子回头的故事见《路加福音》第十五章第十一至三二节。

[10] 谚语: Better coming to the latter end of a feast than the beginning of a fray. "赶上筵席的尾声，比赶上打架的开始要好些。"

[11] 剧中之魏尔南乃 Sir Richard，Baron of Shipbrook in Chester，而此魏尔南乃 Sir Richard Vernon of Harlaston near Stockport，为另一人也。

[12] 英国自一二七二年至一六二六年，国王据《大宪章》得征收 "十五分之一税" 为国王每年之补助金。

[13] 典礼官 Lord Marshal 规定游行或宴会之等级次序者，此处所指之典礼官乃 Lord Mowbray。

第 五 幕

第一景：舒斯伯来附近国王营盘

亨利王、太子、兰卡斯特的约翰、瓦特·布仑特爵士、约翰·孚斯塔夫爵士上。

王　　　太阳从那树木蓊茏的山顶上开始窥望，那面孔是多么血红呀！因为他的病容，白昼也显着苍白了。

太　　　南风是在给他做号角，在树叶里簌簌作响，预告大风暴和坏天气的来临。

王　　　那么让它去同情那些失败的人们吧，因为在胜利者看来没有什么东西是显着不吉利的。〔喇叭鸣〕

乌斯特与魏尔南上。

怎样了，乌斯特大人！你和我如今在这样的情形下相会，实在是很不好。你辜负了我的信任，你使得我脱下了舒适的和平的衣裳，把我这副衰老的肢体挤在无情的钢铁里 [1]。这很不好，先生！这很不好。你以为如何？你愿否解开这可怖的战争之强暴的结子，再回到那恭顺的轨道上面去，像从前似的放着美丽而自然的光明，不要再做一颗流星，令人认为是恐怖的灾异，或是酝酿着未来的祸变的朕兆？

乌斯特　　　陛下，请听我说。讲到我自己，我若能在和平的时间里消磨我的晚年，就很满意了。我要声明，我并没有寻求这一场冲突。

王　　　　　你并没有寻求！那么，是怎样来的呢？

孚斯塔夫　　叛变是在他的路上，他捡到的。

太　　　　　别多话，乌鸦 [2]，别多话！

乌斯特　　　陛下对于我和我的一家人是不再眷宠了，但是我要提醒你，陛下，我们是你最初的最亲近的朋友。利查在位的时候，我为了你而折断了我的官杖 [3]，昼夜地赶路，半路上去迎接你，吻了你的手，当时你的地位和声望还不及我的稳固煊赫。是我自己、我的哥哥、他的儿子，把你送回了家，冒了当时的许多危险。你对我们发誓，你是在唐卡斯特发的誓，你对于国家并无企图，只要取到你新获得的权利，那就是刚特的产业，兰卡斯特公国。对于你这一要求，我们宣誓相助。但是，很快的，幸运自天而降，落在你的头上，并且这样多的尊荣向你泛滥而来，一部分是靠了我们的帮助，一部分是因为国王不在，一部分是因为乱世的秕政，以及你所遭受的冤枉的苦难，还有那逆风使得国王停留在爱尔兰那样久，师老无功，英格兰的人全认为他是死了。利用这些好的机会，你便急速地把大权掌握在你的手里。你忘了你在唐卡斯特对我们发的誓约。你是我们喂养大的，你对待我们就像那无情的杜鹃的小雏对待麻雀一般[4]：你强占了我们的巢，靠我们的喂养长得这样庞大，我们爱护你的人都不敢走近你的跟前，生怕被你吞了，为了安全起见，被迫举翅高飞，逃开了你，兴起这次兵戈。我们所以这样向你敌对，全是你自己造下的因，你待人太刻，你的态度凶横，你破坏了你初回国时对我们所发的一切的信誓。

王　这些事情你们已经列举了，在市场里宣布了，在教堂里朗诵了，用些美丽的颜色来粉饰叛乱的外衣，为的是使那些脆弱善变的人和穷苦不满的人看了欢喜，他们听到动乱的革命的消息都惊喜得张着大嘴摩拳擦掌[5]，叛乱总是少不了堂皇的借口。也少不了有一些乖张的穷汉，唯恐天下不乱。

太　我们双方一经交手，就要有很多的人丧失性命。去告诉你的侄子，威尔斯亲王也是随同全世界的人一齐赞美亨利·波西的。我以我的灵魂获救为誓，这次举动撒开不计，我认为如今没有一位绅士是比他更勇敢，更活泼，更青年有为，更大胆，更进取，用高贵的事业来使近代历史增光。讲到我自己，说来惭愧，我是武士道的临阵脱逃者，我听说他也认为我是这样。但是我在我父王前面宣布——我很愿意让他在声名威望上面都占着优势，并且为了免得使大众流血，我愿和他单独比赛。

王　　　威尔斯亲王，我很愿意你去赌赛，如果没有太多的顾虑不许你这样做。不，好乌斯特，不，我爱我的人民，就是受了你的侄子的蒙蔽的人，我也爱。如果他们接受我的善意，那么他、他们和你，以及一切人，还可以都是我的朋友，我是他的。去这样告诉你的侄子，他意下如何，你再来回报。但是如果他不肯服从，那么国法俱在，就不能不执法以绳了。好，去吧。我现在不要再听你的答辩，我的建议是公道的，聪明地接受了吧。〔乌斯特与魏尔南下〕

太　　　我拿性命打赌，他们一定不接受。德格拉斯和霹雳火都自恃逞强，敢与世界为敌。

王　　　所以，每位统领都各自去执行他的任务；因为，等回话一到，我们就进攻；上帝佑护我们，我们的举动是正大的！〔亨利王、布仑特、兰卡斯特的约翰下〕

孚斯塔夫　哈尔，你若是看见我在战场上倒下去，可要跨着我[6]。好，这是朋友之谊。

太　　　这点朋友之谊，除了巨人[7]恐怕谁也尽不了。做你的祷告，再会吧。

孚斯塔夫　我愿意这是睡觉的时候，哈尔，一切平安。

太　　　唉，你欠上帝一死。〔下〕

孚斯塔夫　这笔账还没有到期，我才懒得没到日子就还呢。为什么他没来讨，我先急着还呢？好，这没有关系，

是名誉催促我去打仗。是的。但是我去打仗，假如
名誉把我变成烈士呢？那么怎么办？名誉能补上一
根腿吗？不能。或是一根胳臂？不能。或是令伤处
不痛吗？不能。那么名誉没有外科的本领？没有。
名誉是什么呢？一个名词。名誉这个名词可算得是
什么呢？空气。好一笔账！谁有名誉？礼拜三死的
那个人。他能感觉到吗？不能。他能听见吗？不能。
那么，名誉是不可捉摸的吗？对死人，的确是。对
活人名誉可以存在吗？不能。为什么？毁谤不许它
生存。因此，我不要它，名誉不过是个送殡的勋章[8]。
我的问答完了。〔下〕

第二景：舒斯伯来附近叛军营盘

乌斯特与魏尔南上。

乌斯特　　啊，不！国王的慷慨宽厚的建议，利查爵士，绝不
　　　　　可令你的侄儿知道。

魏尔南　　最好是教他知道。

乌斯特　　那么我们就全完了。要国王守他的诺言，长久地爱
　　　　　我们，那是不可能的，绝不能办到的，他仍然要猜
　　　　　疑我们，找一个时机利用别的罪名来惩罚这一次的

过失。在我们这一生，猜疑将睁着无数的大眼望着我们 [9]，因为叛变本是像狐狸一般的不可信任，无论怎样驯顺，怎样的抚爱，怎样的监禁，终究会露出祖遗的狡狯的野性。我们无论摆出什么样的面孔，悲哀也好，快活也好，总要被人误解，我们将要像是牛圈里的牛，喂得越肥，离死越近。我的侄儿的过错会被忘掉的，可以说是青年的血气方刚，并且他的绰号也使他讨些便宜，暴躁的霹雳火，全然是情感冲动。他的过失要全归在我的头上和他父亲的头上：是我们引诱他的。他的堕落既是由我们而来，我们是祸首，要负全责。所以，好兄弟，在任何情形之下不要教哈利知道国王的建议。

魏尔南　　随便你怎样说，我总附和便是。你的侄儿来了。

霹雳火与德格拉斯上；官员与兵士后随。

霹雳火　　我的叔父回来了。把韦斯摩兰大人放了吧。叔父，有什么消息？

乌斯特　　国王立刻就要向你挑战。

德格拉斯　烦韦斯摩兰大人带话回去我们应战。

霹雳火　　德格拉斯大人，你去告诉他。

德格拉斯　好极了，我去，我很高兴。〔下〕

乌斯特　　国王一点宽大的意思也没有。

霹雳火　　你求他了吗？上帝不准！

乌斯特　　我很和平地向他诉说我们的委屈，他如何背誓。他竟这样的弥缝，他否认他曾经发过他所破坏了的誓约，他喊我们做叛徒、逆党，他要用大兵惩罚我们的叛逆。

德格拉斯上。

德格拉斯	武装，诸位！武装起来！因为我已经对亨利王下了大胆的挑战，让作质的韦斯摩兰带了回去，一定会使得他很快地来攻。
乌斯特	威尔斯亲王在国王面前挺身而出，并且，侄儿，他挑衅要和你单独比武。
霹雳火	啊！我很愿意这争端只在我们两个头上，别人今天就可以不必劳苦了，除了我和哈利·玛茅资之外。告诉我，告诉我，他是怎样挑衅的？是否用一种轻蔑的姿态？
魏尔南	不是，我以我的灵魂为誓！我这一生从来没有听见过更有礼貌的挑衅，除非是亲兄弟在练习比武的时候。他承认了你一切的优点，用高贵的语言对你绝口称赞，像历史一般地述说你的长处，还认为你远超过了他的称赞，称赞的话比起你来都是不够分量的。他真是不失为王子的身份，说到自己非常谦逊，很大方地谴责自己有青春的荒唐，好像是忽然得到了施教与受教两方面的精神。他说到这里停住了。我可以明告世人，如果他能闯过今天的噩运，英格兰从来没有过这样有希望的一位君王，虽然他的荒唐引起那样多的误解。
霹雳火	老兄，我想你是被他的荒唐给迷惑住了，我从来没

有听说过一位王子像他那样的放荡。但是不管他如
何，只要今晚以前我用一只武士的臂膀拥抱他一下，
他在我这种礼貌之下就要发抖。武装，武装，要赶
快！伙伴、士兵、朋友，你们最好是想想你们该做
些什么事，我不善言词，我不会用言语激励你们的
斗志。

一使者上。

使	大人，有你的几封信在此。
霹雳火	我现在不能看。啊诸位！人生很短促，那短促的人生若是平凡地度过，纵然依附在钟表的时针上隔一小时便到了尽头，那也嫌太长了一些。如果我们活着，我们要踩着帝王们在脚底下；如果死，要勇敢地死，王侯们陪着我们一同死！现在，讲到我们的良心，这武器是纯洁的，因为动兵的宗旨是正大的。

又一使者上。

使	大人，准备吧。国王很快地来了。
霹雳火	我感谢他来打断了我的话头，因为说话不是我的本行。只有这个——每个人都尽他的力吧：我现在拔出这一把剑，我想用今天大战中所能遇到的最好的热血来试试。现在，前途无量！波西！就出发吧。奏起所有的高尚的军乐，在乐声中我们全都拥抱吧；因为，我敢打赌，我们中间有些个怕不见得有第二次来行这种礼节了。〔喇叭鸣，众相拥抱，下〕

第三景：两营盘之间

> 前哨战与集团战。大战之号角鸣。德格拉斯与瓦特·布仑特相遇上。

布仑特 你姓甚名谁，在大战中竟这样和我苦斗不放？从我的头上你想得到什么名誉？

德格拉斯 那么让你知道，我的姓名是德格拉斯。我在大战中紧紧追着你，因为有人告诉我你是国王。

布仑特 他们告诉你的不错。

德格拉斯 今天斯塔福大人模仿你的打扮付了很大的代价，因为，代替了你，亨利王，我这把剑竟结果了他。如今也要结果你，除非你投降做我的俘虏。

布仑特 我生来不投降，你这骄傲的苏格兰人！你遇见了一个国王要替斯塔福大人的死报仇。〔交战，布仑特被杀〕

> 霹雳火上。

霹雳火 啊德格拉斯！你在和谟屯若是这样的战法，我永远也不能战胜一个苏格兰人。

德格拉斯 全完事了，全胜利了，国王躺在这里喘气呢。

霹雳火 在哪里？

德格拉斯 这里。

霹雳火 这个，德格拉斯！不是！这个相貌我是认识的，这是一位英勇的武士，他的姓名是布仑特，打扮得和国王一样。

德格拉斯 你的灵魂无论是到哪里去，也是傻瓜！你假借名义，付多大的代价，你为什么告诉我你是国王呢？

霹雳火 国王令好多人穿着他的战袍进行。

德格拉斯 现在，以我的剑为誓，我要把穿他的战袍的人都杀死，把他的战袍一件件地杀，等到遇见国王为止。

霹雳火 起来，走呀！我们的兵今天打得很好。〔同下〕

战号。孚斯塔夫上。

孚斯塔夫 虽然我逃出了伦敦不用付账，我怕在这里碰上一笔要命账，在这里一记账就是敲掉脑壳。且慢！你是谁呀？瓦特·布仑特爵士，你是有了名誉了！这可不是虚荣！我像是熔了的铅一般的热，一般的重，上帝不要教铅进我的身体！我自己的肚子够重了，不需要再加重量。我已经领着我一群叫化子被人宰割了：一百五十个里面没有三个活的，他们只好到郊外终身行乞去。谁来了？

太子上。

太 什么！你在这里闲站着？把你的剑借给我。许多贵族都在骄敌的铁蹄下面僵硬地躺着，而还没有报仇，请你把你的剑借给我。

孚斯塔夫 啊哈尔！我求你，让我喘喘气。土尔其人格来高雷[10]也没有我今天杀人的成绩。我杀死了波西，我把他解决了。

太	他的确是。他等着要杀你呢。我请你，把你的剑借给我。
孚斯塔夫	不，当着上帝，哈尔，如果波西还活着，你不能要我的剑。但是如果你愿意，可以把我的手枪拿去。
太	给我。怎么！在这个匣子里吗？
孚斯塔夫	是的，哈尔。性很烈，性很烈，可以洗劫^[11]一个城池。〔太子取出酒一瓶〕
太	怎么！现在还是开玩笑的时候吗？〔以瓶掷之，下〕
孚斯塔夫	好，如果波西还活着，我要戳死他。如果他遇上我，很好；如果他不，如果我甘心地去遇上他，让他把我切成肉片。我不喜欢瓦特爵士所得到的那种狰狞的名誉，我要生命。如果我能保全我的生命，很好；如果不能，名誉自然会来，这就是结果。〔下〕

第四景：战场另一部分

战号。前哨战。亨利王、太子、兰卡斯特的约翰、韦斯摩兰上。

王	我请你，哈利，退下去。你流血太多了。兰卡斯特的约翰，你和他一道去。
兰卡斯特	我不，陛下！除非是我流血了。

太	我请求陛下亲临前线，否则你的后退将使得你的战友惊愕。
王	我要这样做。韦斯摩兰大人，领他到帐幕里去。
韦斯摩兰	来，殿下，我领你到你的帐幕里去。
太	领我，大人？我不需要你的帮助。上帝不准一道浅浅的划伤就使得威尔斯亲王离开了战场，看着血染的贵族倒在地上由人践踏，叛徒们在屠杀中欢呼胜利！
兰卡斯特	我们休息太久了。来，韦斯摩兰老兄，我们的任务在这边，为了上帝的缘故，来。〔兰卡斯特的约翰与韦斯摩兰下〕
太	天呀，你骗了我了，兰卡斯特！我没想到你是这样的骁勇。以前，我只是把你当弟弟爱，约翰，但是现在，我敬重你像我的灵魂一般。
王	我看见他和波西厮杀，想不到这样年轻的战士能有这样的力量。
太	啊！这孩子使得大家都振奋了。

战号。德格拉斯上。

德格拉斯	又是一个国王！像九头妖[12]一般的杀不完。我是德格拉斯，专杀穿那种打扮的人。你这冒充国王的，你到底是谁？
王	我就是国王本人。德格拉斯，我心里很难过，你遇见了这许多国王的影子而没有遇到国王本人。我的两个孩子正在战场上寻找波西和你，但是赶巧你落

在我的手上，我来和你试试。你准备提防吧。

德格拉斯　我疑心你又是一个冒充的。不过，老实说，你的举止却像是一个国王。但是无论你是谁，我准保你逃不出我的手，就这样打赢你。〔交战。亨利王在危急中，太子上〕

太　　　　抬起你的头来，卑鄙的苏格兰人，否则你大概不能再抬起头来了！勇敢的哈利、斯塔福、布仑特的鬼魂全在我的胳臂上，是威尔斯亲王在威胁你，我从不乱说话，说到哪里做到哪里。〔交战。德格拉斯逃〕

　　　　　打起精神，陛下，尊体如何？尼古拉斯·高塞爵士求派援军，克利夫顿也乞援。我立刻找克利夫顿去。

王　　　　等一下，休息一会吧。你已经恢复了失去的声名，你已经表示你是很关心我的生命，因为你这一次解救了我。

太　　　　啊上帝！他们说我盼你死，实在太冤枉我了。如果真是这样，我大可以由那德格拉斯对你下毒手。那会比全世界的毒药更快地致你于死地，给你的儿子省掉多少麻烦。

王　　　　到克利夫顿那里去吧，我去会尼古拉斯·高塞爵士。

〔下〕

霹雳火上。

霹雳火　　如果我没认错，你是哈利·玛茅资。

太　　　　你这样说话好像我会否认我的姓名似的。

霹雳火	我的名字是哈利·波西。
太	那么，一个强项的叛徒正是那个姓名。我是威尔斯亲王。波西，你休想再和我分享光荣，两颗星不能在一条轨道里走，一个英格兰也不能受两个人的统治，哈利·波西和威尔斯亲王。
霹雳火	决不可以，哈利！我们两个之间要结果一个，这时间已经来到。我深愿你的武艺也和我的一样高强！
太	我在离开你之前要表现更高强。你头上茁生的荣誉我都要剪下来，做一只花冠戴在我的头上。
霹雳火	我不能再忍受你的空话。〔交战〕

孚斯塔夫上。

孚斯塔夫	打得好，哈尔！打，哈尔！不，这可不是儿戏，我告诉你。

德格拉斯上；与孚斯塔夫战，孚倒地佯死，德格拉斯下。霹雳火受伤倒下。

霹雳火	啊，哈利！你夺去了我的青春的光荣。这脆弱的生命的损失，比起你赢去的那些光荣的名誉，我觉得还容易受些。那使我伤心，比你的剑刺我的肉还痛，但是心是生命的奴隶，生命受时间的摆布，而时间笼罩着全世界也总有个尽头。啊！我可以预言[13]，可惜死神的冰冷的僵硬的手已经按在我的舌上。不，波西，你是尘土了，你是食粮给——〔死〕
太	给蛆虫吃，英勇的波西。再会吧，好汉！没织好的

野心，你如今缩成这样了！这身体还有生气的时候，
给他一个国土，他还嫌小，但是现在，两步平凡的
泥土就够了。你现在长眠着的这块土地，从来没有
载过这样勇敢的一个活人。如果你能听到我的这番
恭维，我却不敢这样热情地赞誉。让我用围巾来遮
盖你的裂伤的脸吧，我要替你来感谢我这一番柔和
的礼貌。再见了，你载誉升天吧！你的耻辱伴着你
长眠地下，在你的墓铭里也不会再提起的！〔瞥见
地上孚斯塔夫〕

什么！老相识！这一大堆肉还保不住一条小命吗？
可怜的杰克，再会了！丢掉一个比他更高贵的人，
我都不会这样难过。啊！如果我真是一个好玩的人，
我怕要十分地想念你哩。

死神今天还没有杀死更肥的鹿，

虽然更高贵的人却死了无数。

不久我就把你的五脏挖了出来 [14]，

目前你且同高贵的波西在血里卧个并排。〔下〕

孚斯塔夫　　〔站起〕挖我的五脏！如果你今天挖我的五脏，你
　　　　　　明天就可以用盐腌起来吃了。天呀！方才我是该假
　　　　　　装死，否则那凶神苏格兰人就把我彻底解决了。假
　　　　　　装？我说错了，我不是假装的。死，才算是假装，
　　　　　　因为死人是没有生命的人，才是假装一个人。但是
　　　　　　一个人，活生生的，而假装死，他不算是假装，而
　　　　　　实在是地地道道的一个大活人。临机应变是勇敢的
　　　　　　最好的一部分，靠了这一部分，我救了我的命。该

死的！这炸药般的波西，虽然是死的，我还是怕
他，假如他也是假装的而忽然站起来了呢？我敢赌
咒，我恐怕他会证明比我假装得好。所以，我得要
把他弄稳当了。对了，我要赌咒是我杀死他的。他
为什么不能像我似的站起来呢？只有亲眼看见的人
才能驳斥我，而没有人看见我，所以，先生，〔刺
之〕你的大腿上加上一道新伤之后随我来吧。〔背负
霹雳火〕

太子与兰卡斯特的约翰上。

太　　　　来，约翰弟弟，你的处女剑很勇敢地尝试了血的
味道。

兰卡斯特　但是，且慢！这是谁呀？你不是告诉我说这个胖子
死了吗？

太　　　　我是说了，我看见他死了，躺在地上喘气流血。你
还活着吗？还是戏弄我们的视觉的幻象？我请你，
说话。我们不用耳朵听是不敢信任我们的眼睛的，
看那个样子不像是你。

孚斯塔夫　不，那是毫无问题，我不是个双料的人[15]。但是如
果我不是杰克·孚斯塔夫，那么骂我是杰克。这是
波西〔掷尸〕！如果你的父亲对我有奖，很好，否
则，下一个波西让他自己去杀好了。我希望不是伯
爵就是公爵，告诉你说吧。

太　　　　噫，波西是我自己杀死的，并且我看见你死了。

孚斯塔夫　真的吗？天呀，天呀！这世界的人是多么爱说谎。

我承认我是倒在地上，喘不过气来，可是他也是一样。我们同时忽然站了起来，照那舒斯伯来钟塔的计算，足足斗了有一小时。如果你相信我，很好；如果不，让那些该酬功的人自己担着罪过吧。我以性命打赌，这大腿上的伤是我给他的，如果这人还活着胆敢否认，我要让他再吃我的剑。

兰卡斯特　这是我从没有听见过的最奇异的故事。

太　这是最奇异的一个人，约翰弟弟。来，把你的行李放在你的背上。至于我这一方面，如果一个谎言可以给你一点好处，我愿用最适当的言语给你遮掩。〔收兵号响〕号声是收兵了，我们胜利了。来，弟弟，我们到战场的最高处，看看哪些朋友还活着，哪些是死了。

太子与兰卡斯特的约翰下。

孚斯塔夫　我要跟了去，像他们说的跟着去求赏。酬劳我的人，上帝也酬劳他！如果我变伟大了，我要变瘦；因为我要改邪归正，戒掉酒，过干净的生活，像一个贵族该有的那样。〔下〕

第五景：战场另一部分

喇叭鸣。亨利王、太子、兰卡斯特的约翰、韦斯摩兰及其他，率俘虏乌斯特与魏尔南上。

王	反叛总归要受这样的惩罚。坏心的乌斯特！我没有对你们都表示仁爱、宽恕和善言温语吗？你为什么把我的意思说成反面？辜负了你的家人的信任？今天我们这一面死了三位骑士，一位高贵的伯爵，还有许多人，他们现在还可以活着的，如果你是像一个基督徒那样的在两军之间忠实地传达使命。
乌斯特	我所做的，是我的安全迫使我做的。我甘心接受我的命运，既然这命运落在我头上而无可避免。
王	把乌斯特带去处死，还有魏尔南。其他的罪犯我还要考虑。〔乌斯特与魏尔南护送下〕战事怎样了？
太	那高贵的苏格兰人德格拉斯，他一看今天命运对他全然不利，英勇的波西被杀，他便带着他的部下和其余的人一同惊惶逃走了。他从山上堕下受伤，被追者捕获了。德格拉斯现在我的帐幕里，我请求陛下由我去发落。
王	我很愿意。
太	那么，兰卡斯特的约翰弟弟，这一个光荣的使命我给了你了。去到德格拉斯那里，把他释放，不需要赎款，完全自由。他今天对我们所表现的勇敢，使得我们不能不爱这种高贵的行为，虽然这是出之于我们的敌人。
兰卡斯特	为了这份恩宠，我多谢殿下，我立刻就去传达。
王	还有一件事，我们现在分兵。你，约翰儿子，我的

　　韦斯摩兰老弟，急速开往约克，去抵御脑赞伯兰和
斯克庐帕主教，我听说他们正忙着备战。我自己，
还有你，哈利儿子，到威尔斯去，和格兰道渥与玛
尔赤伯爵作战。
叛变将要失掉他的力量，
若是再吃今天这样的败仗。
这场战事既然是如此顺利，
未竟全功之前不要泄气。〔同下〕

注 释

[1] 据历史，舒斯伯来战役时，亨利王仅三十七岁，亨利太子仅十五岁，但莎士比亚将父子年龄俱改为较长。

[2]"乌鸦"（chewet）或训作"肉饼"。

[3] 乌斯特原为利查二世之内廷总管，弃官而依附布灵布洛克，故云。

[4] 杜鹃（cuckoo）不善构巢，产卵于他鸟巢内，通常则为麻雀（hedge-sparrow）之巢，杜鹃之雏孵化长大之后，因体强力大，辄排挤麻雀而占有之。

[5] 原文 rub the elbow 通常解释为"欢喜满意之表情"，其故不明。Cowl 谓"快乐时则臂肘发痒，故揉臂肘即内部满足之外部表现也"，臂肘发痒之说甚奇，恐不足采。Wilson 谓系"摩擦手掌"之意。

[6] 战士受伤倒地，战友例应趋前保护，张开双腿跨其身上，以免其再受伤害。

[7] 指阿波罗之巨像（the Colossus of Rhodes），行人可在其胯下自由往来。

[8] scutcheon 出殡时用，后即悬于教堂墙上。

[9] 神话 Argus 有一百只眼，死后变为孔雀尾。

[10] "土尔其人"乃任何残酷者之通称。旧注谓格来高雷乃教皇格来高雷七世也，原名 Hildebrand，于一〇三五年继亚历山大为教皇，性凶残嗜杀。Wilson 谓系指格来高雷十三世（一五七二——一五八五）因彼系英国敌人，在英国与 Nero 及 Grand Turk 有"世界三大暴君"之称云云。

[11] sack 之另一义为"洗劫"。

[12] Hydra 神话中之妖蛇，有头九，割其一头如不灼烧其伤口则二头起而代之，卒为赫鸠里斯所戮。

[13] 传说人将死时有作预言之能力。

[14] 旧俗尸身防腐，先取其脏腑，然后熏香。

[15] 指背波西而言。

亨利四世（下）

The Second Part of King Henry the Fourth

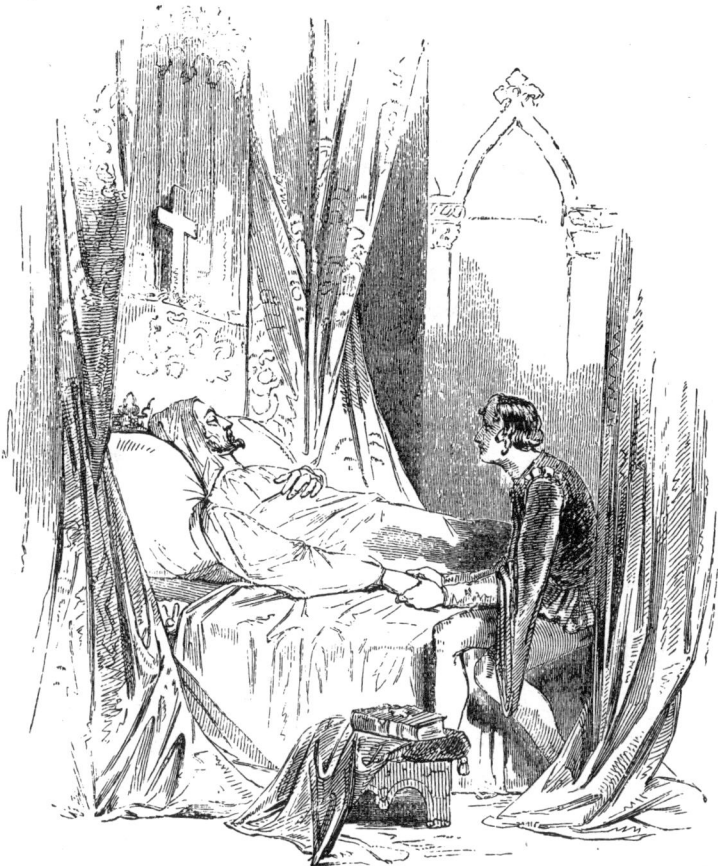

序

    《亨利四世》上篇的成功使得莎士比亚立刻又编了下篇。在这一出戏里，有不少极出色的诗与幽默的段落，但是就全部而论，较上篇不无逊色，从最早的时候起其受欢迎的程度即不及上篇。上篇在一六二三年第一版对折本以前曾有六个四开本行世，下篇则只有一个四开本，这就是很明显的证据。不过这是有关亨利王四世的三部曲之中间的不可或缺的一环，同时又是有关孚斯塔夫的命运之重要的补充与结束，所以在莎士比亚的历史剧中仍是极为重要的一部。

一　版本

    四开本登记于一六○○年八月二十三日，很快地在当年就出版了。其标题页如下：

The Second Part of Henrie/the fourth, continuing to his death, and coronation of Henrie the fifth. With the humours of Sir John Fal/staffe, and swaggering Pistoll./ As it hath been sundrie times publickely acted by the right-honorable, the Lord Chamberlaine his servants. / Written by William Shakespeare. London. Printed by. V. S. for Andrew Wise and William Aspley. 1600.

这四开本排印得相当良好，很可能是根据莎士比亚的手稿（即所谓 foul papers）而排印的。

第一对折本的《亨利四世》下篇不是根据四开本排印的，而是根据莎士比亚手稿的一个钞本排印的。那个钞本的性质如何，是提词本还是提词本的钞本，就不得而知，第一对折本比四开本要多好些重要的段落，其中较重要的如下：

（一）毛尔顿对脑赞伯兰的一段话（第一幕第一景第一六三至一八〇行）；

（二）巴多夫爵士论叛变的一段话（第一幕第三景第三六至五六行）；

（三）大主教论民众之善变的一段话（第一幕第三景第八六至一〇八行）；

（四）波西夫人回忆其亡夫的一段话（第二幕第三景第二三至四五行）；

（五）大主教诉说叛党不满的一段话（第四幕第一景第五五至七九行）；

（六）毛伯雷与韦斯摩兰的对话（第四幕第一景第一〇三至一三九行）。

由此可见，第一对折本应是较完整的本子。也有人因此而推测，很可能的第一对折本是根据一册经过校勘补订的四开本而排印的。

不过四开本之所以缺少那么多段落，并非是偶然。伊利沙白时代的朝廷权力斗争是很剧烈的，历史剧很容易被指为影射当时政治，这是戏剧作者所不愿的，所以要尽可能避免卷入漩涡，把可能引起指责的段落删去。在一六〇〇年八月，Essex 已经失宠，但是同情他的人还是很多，如果有人攻讦，指霹雳火为暗射 Essex，或约克大主教等人的愤怨为暗射 Essex 的积恨，其结果将是不堪设想。

第一对折本在字句间还有一点小小的改动。一六〇〇年国会通过法案禁止在舞台上提起上帝、耶稣、圣灵、三位一体等等的誓语，违者每次处罚十镑。因此孚斯塔夫及其伙伴经常挂在嘴边的赌咒的字眼都被删节了。"天"代替"上帝"，God save me 改为 in good earnest，God's light 改为 what。甚至于轻微的口头语 in faith 都被删掉了。

二 著作年代

此剧作于上篇之后，上篇是作于一五九七年，此剧当然是写于一五九七年之后。同时，有两件事亦可证明此剧之写作不可能较一五九八年春为更晚:（一）孚斯塔夫的名字还留有 Oldcastle 的痕迹，而上篇的第一版（刊于一五九八年）里已经把名字改过来了。（二）班章孙的喜剧 *Every Man Out of His Humour* 在一五九九年初演，里面提到《亨利四世》下篇的一个角色赛伦斯法官。因此我们想下篇的写作当在一五九八年春。

三　故事来源

　　和上篇一样，下篇里有关历史的部分，其故事来源主要的是 Raphael Holinshed 著之 *The Chronicles of England, Scotland, and Ireland*。此书刊于一五七七年，不过莎士比亚编《亨利四世》上、下篇时所参考的是该书之一五八七年的第二版。但是也有些情节是参考了一出旧戏 *The Famous Victories of Henry the Fifth*（初演于一五八八年，刊于一五九八年），例如：哈利王子之于病榻取试王冠，以及随后父子之和好，再如加冕后孚斯塔夫等之被摈斥。Samuel Daniel 的长诗 *The Civil Wars of England* 也可能给莎士比亚一些指示，因为在这诗的卷四里，史实是被紧缩了，舒斯伯来之战胜利以后国王立刻就病倒，受良心的惩罚，对儿子叮咛嘱咐。莎士比亚努力把舒斯伯来与国王之死中间的距离尽量拉长了。

　　下篇里面有关孚斯塔夫及其一伙的部分，全是莎士比亚的创作。乡间法官赛伦斯与沙娄也是莎士比亚的特有的人物，取材于当时英国的实际情形。

四　舞台历史

　　《亨利四世》上、下篇，在作者当时，直到一六四二年各剧院关闭时止，在舞台是受欢迎的，唯下篇远不及上篇。一六六〇年复辟以后，上篇恢复上演，Pepys 曾观赏不下五次之多，对下篇则从没有提起过。

　　一七〇〇年著名演员 Betterton 于演出上篇大获成功之后改编

并且演出了下篇。这改编本在剧坛享誉许多年，情节次序大有更动，字句则保存莎氏原文。

一七二〇年在 Drury Lane 剧院连演了五晚，后又演一次。在这一演出中 Cibber 饰沙娄法官，极为成功，Mills 演孚斯塔夫，Wilkes 演王太子。十一年后在同一戏院又复上演，Mills 演王太子，Harper 演孚斯塔夫，Cibber 则仍饰沙娄。五年后（一七三六年）该剧团又在该剧院上演一次。由著名的 James Quin 演孚斯塔夫。一七四四年及一七四九年在 Covent Garden Theatre 的演出都是由 Quin 演孚斯塔夫的。

Garrick 扮演国王，于一七五八年在 Drury Lane 露演此剧。他在十二年前曾扮演过上篇中的霹雳火，但并不十分成功，此次改演下篇的国王，"体型上很吃亏，但面部之有力的表情及强劲的发音颇足以补其短。"

一七六一年十二月，为了庆祝英王乔治三世加冕，曾在 Covent Garden 连演《亨利四世》下篇二十二天之久。

此后于一七六四年、一七六七年、一七七三年、一七八四年，均有上演的记录，而较重要的是一八〇四年 John Philip Kemble 演国王，Charles Kemble 演王太子的那一次。一八二一年英王威廉四世加冕时，Macready 又排演了此剧。

一八五三年 Samuel Phelps 在 Sadler's Wells 演出此剧，自己饰演国王与沙娄两个角色。由于此次上演的成功，一般原来深感怀疑的批评家也认为此剧是适宜于舞台的剧本了。他于一八六四年和一八七四年曾一再地演出此剧。

在美国此剧几乎完全不为人所知。十八世纪时上篇演出过二十六次，下篇一次都没有。十九世纪美国的喜剧演员 James H.

Hackett 演孚斯塔夫有四十年之久，几乎每年都要演一次，奔走于
英美两地，但他扮演的都是上篇及 *The Merry Wives* 中之孚斯塔夫。

五　几点批评

下篇与上篇比较起来，我们会发现下篇不但在结构上不甚紧
凑，而且其中许多人物与观念都是上篇的扩展与延长。例如：酒店
老板娘在上篇只是短暂地露面一下，在下篇便发展成为魁格来夫人
了；孚斯塔夫所说如何招募新兵的方法，在上篇第四幕第二景里只
是口头说说，在下篇里便扩充为很长的一景了（第三幕第二景）。
在上篇里孚斯塔夫只是给太子捧场的一个人，在下篇里他变成为一
个主要的角色。

舒斯伯来战役之后，到国王驾崩，其间本没有太多的事情可
写，下篇可以说是舒斯伯来与国王驾崩之间的填充物。霹雳火已
死，格兰道渥也不再出场，剩下的敌人只有北方的叛军及约克大主
教。国王之死是全剧高潮，这高潮需要尽力往后推。莎士比亚在
这一点上颇费苦心。他的主要的办法是大量穿插幽默的剧情，在
舞台上已经成功的孚斯塔夫之外再加上一个皮斯图，再加上两个
愚蠢的乡下法官沙娄与赛伦斯。上篇有一千五百零一行描述历史，
一千五百三十九行描述幽默的穿插；下篇有一千三百七十行描述历
史，一千九百九十一行描述孚斯塔夫的故事。上篇的历史故事是一
有连贯性的整体，下篇则仅包含历史中的九个景，而且这九景之
中，有三景给了波西家人，三景给了垂死的国王，两景给了北方的
叛军，一景给了新王登位后的措施。亨利四世在全剧中不占多少分

量。与其说此剧是"亨利四世的悲剧",毋宁说它是"孚斯塔夫的喜剧"。

　　喜剧性的穿插过多,成为喧宾夺主。但从另一方面看,孚斯塔夫这个角色的充分成长,成为莎士比亚的幽默人物之最成功的代表,亦正是一大收获。在此剧末尾,孚斯塔夫兴高采烈,从格劳斯特县连夜骑马赶回伦敦,看着新王加冕后出来,大呼大叫,所赢得的回答是新王的一句:"我不认识你,老人。"这是极富戏剧性的一景。这就是所谓"孚斯塔夫之被拒",引起了许多人的不平与惊异。A. C. Bradley 教授的一篇《论孚斯塔夫之被拒》(一九二○年)是最好的分析研究,据他看是莎士比亚的描写太过火了,他创造了孚斯塔夫,他无法控制自己,把他写得太有趣太值得同情了。

剧中人物

谣言，演出者。

亨利王四世（King Henry the Fourth）。

亨利，威尔斯亲王（Henry, Prince of Wales）；
后为亨利王五世。

陶玛斯，克拉伦斯公爵（Thomas, Duke of Clarence） ⎤
兰卡斯特的约翰（Prince John of Lancaster） ⎬ 王之子。
格劳斯特的亨佛莱（Prince Humphrey of Gloster） ⎦

瓦利克伯爵（Earl of Warwick） ⎤
韦斯摩兰伯爵（Ealr of Westmoreland） ⎥
色雷伯爵（Earl of Surrey） ⎥
高渥（Gower） ⎬ 王党。
哈枯特（Harcourt） ⎥
布仑特（Blunt） ⎦

最高法院之大法官。

大法官之仆。

脑赞伯兰伯爵（Earl of Northumberland） ⎤
利查斯克庐帕，约克大主教（Scroop, Archbishop of York） ⎥
毛伯雷爵士（Lord Mowbray） ⎥
海斯庭爵士（Lord Hastings） ⎥
巴多夫爵士（Lord Bardolph） ⎬ 王之敌党。
约翰·柯维尔爵士（Sir John Colevile） ⎥
特拉佛斯与毛尔顿（Travers and Morton）， ⎥
脑赞伯兰之随从 ⎦

约翰·孚斯塔夫爵士（Sir John Falstaff）。

其侍童。

巴多夫（Bardolph）。

皮斯图（Pistol）。

波音斯（Poins）。

皮图（Peto）。

沙娄与赛伦斯（Shallow and Silence），乡村法官。

大维（Davy），沙娄之仆。

霉头（Mouldy）、阴影（Shadow）、黑瘤（Wart）、弱者（Feeble）、公牛（Bullcalf），新兵。

爪牙与陷阱（Fang and Snare），乡长之皂吏。

一门人。

一舞者，诵"尾声"者。

脑赞伯兰夫人（Lady Northumberland）。

波西夫人（Lady Percy）。

魁格来夫人（Mistress Quickly），东市一酒店之女店主。

道尔·蒂尔席特（Doll Tearsheet）。

众爵士与其侍从等；官吏、士兵、使者、酒保、刑吏、马夫等。

地 点

英格兰。

序 幕 [1]

瓦克渥兹。脑赞伯兰之堡垒前。谣言上，衣上绘满舌头 [2]。

谣　张开你们的耳朵，因为谣言在大声疾呼的时候，你们谁愿意堵塞听觉的孔道？我，从东方到西方，用狂风作为我的驿马，总在宣扬这地球上发生的事情。不断的诽谤在我的舌端驰骤，我用各种语言把它播送，把虚谎的报告塞满人们的耳朵。当隐藏在安全的微笑下面的敌意正在伤损这世界的时候，我谈说和平：谈论那可怕的动员，准备抗战，使得人们以为这被别种疾苦给弄膨胀了的年头是又被战争的凶神给播下了孽种，而其实没有这么一回事，这不是谣言是谁？不是我是谁？谣言是一支笛子，由揣测、疑虑、猜想来吹，而且是简单易吹，那万头攒动的蠢笨的怪物，那杂乱动摇的群众，都会吹。不过在自家人面前我又何必解剖我这人所尽知的躯体呢？
谣言为什么到此地来呢？我是来报告亨利王的胜利，
他在那舒斯伯来附近战场上已经击败了年轻的霹雳
火和他的队伍，就用叛徒的血水浇灭了叛乱的怒焰。
但是我一开首就这样讲实话，是何用意呢？我的任
务是宣布亨利·玛茅资被高贵的霹雳火怒斩而死，
国王在德格拉斯一怒之下，把他的尊贵的头颅落到
了尘埃之上。这消息我已传遍了各处村庄，从舒斯
伯来大战场一直到这霹雳火的父亲老脑赞伯兰躺着
装病的这座古老斑剥的堡垒。探报疲忙地来到，其
中没有一个报告任何别样的消息，除了从我处听到
的之外：
从谣言的舌端他们带来虚伪的吉利的情报，
比真确的不祥的消息更为糟糕。〔下〕

注 释

[1] 约翰孙博士曰："此谣言所致之辞，固非不雅驯，亦非无诗意，但实
在全无用处，因除于第一景中明白宣示者之外，并未令吾人获知消息
也。此种序幕之唯一目的应是宣示剧情以前之事实，因观众于剧中人
物之口中无法知悉也。"此说颇遭讥评。《亨利四世》上、下篇各自独
立，并不连续演出，此序幕之作用尽在于略述上篇之故事，使观众心
理上稍得准备耳。

[2] 谣言（Rumour）乃一长舌妇，故遍身绘满舌头，以肖其饶舌，最早作此描写者为维吉尔（《绮尼德》卷四）。莎士比亚时代作家，作类似之描写者甚多。

第 一 幕

第一景：瓦克渥资。脑赞伯兰堡垒前

巴多夫爵士上。

巴多夫　　谁在这里守门？喂！〔守门者开门〕

守　　　　我说，你是谁？

巴多夫　　你去启禀伯爵，巴多夫爵士前来拜候。

守　　　　伯爵现在走到园子里去了：请您去敲一敲门，他自己
　　　　　　会来应门。

脑赞伯兰上。

巴多夫　　伯爵来了。〔守门者下〕

脑赞伯兰　有什么消息，巴多夫爵士？每一分钟好像都要产生
　　　　　　一些噩耗。这世界是发狂了，战事，像是一匹喂肥

的脱缰之马，疯狂的冲突，打破了面前的一切障碍。

巴多夫　　　高贵的伯爵哟，我给你带来了舒斯伯来的一些确实
　　　　　　的消息。

脑赞伯兰　　好，如果上帝愿意！

巴多夫　　　和我们所能愿望的一般好。国王负伤，几乎致命；并
　　　　　　且你的儿子运气真好，哈利王子干脆的是被杀死了；
　　　　　　两个布仑特都丧命在德格拉斯手里；年轻的约翰王子
　　　　　　和韦斯摩兰和斯塔福都从战场败逃了。哈利·玛茅
　　　　　　资身边的那只肥猪，那大块头约翰爵士，成了你的
　　　　　　儿子的俘虏。啊！这一场大战，如此的激烈，如此
　　　　　　的彻底，如此的大获全胜，真是自从西撒以来从未
　　　　　　发生过的事，给时代平添了光荣。

脑赞伯兰　　这消息是从哪里来的？你看见这场战事了吗？你是
　　　　　　从舒斯伯来来的吗？

巴多夫　　　有人从那里来，我是听他说的。他是一个出身高贵
　　　　　　名誉很好的绅士，他诚恳地告诉我说这消息是确
　　　　　　实的。

脑赞伯兰　　我的仆人特拉佛斯来了，我上星期二派他去探听消
　　　　　　息的。

巴多夫　　　大人，我是在半路上赶过他的，恐怕除了从我霉去
　　　　　　的之外不见得有什么更多的消息。

特拉佛斯上。

脑赞伯兰　　喂，特拉佛斯，你带来了什么好消息？

特拉佛斯　　启禀大人，约翰·恩佛维尔[1]告诉我一些好消息就

打发我回来。他的马跑得快，走在我前面了。可是
有一位先生在他之后急驰而来，气急败坏的样子，
停在我的身边歇歇他的马。他问起我到柴斯特的路，
我就向他打听舒斯伯来那边的消息。他告诉我说，
叛军遭了恶运，年轻的哈利·波西已经冷了。说完
这话之后，他拉紧缰绳，向前探着身子，把脚后跟
上装着的马刺直戳在那喘息未定的可怜的马肚子上，
不肯再多说一句话，就启程而去，好像要一口气把
路程吞下去的样子。

脑赞伯兰　哈！再说一遍：他是说哈利·波西冷了吗？霹雳火变
成霹雳冰了吗？叛军遇到恶运了？

巴多夫　大人，你听我说吧：如果你的儿子没有大获全胜，我
以我的名誉为誓，我愿放弃我的爵位，换取一根缎
带 [2]。不要信他。

脑赞伯兰　那么路上遇到特拉佛斯的那位先生为什么要提起失
败的情形呢？

巴多夫　谁，他？他是个下流人，他骑的那匹马必是偷来的。
并且，我敢说，他信口乱说。看，又有人带消息
来了。

毛尔顿上。

脑赞伯兰　是的，这人的脸色，像是封面纸一般 [3]，预告了悲
惨的内容，惊涛骇浪侵到了陆上之后，海滩上也同
样地留下痕迹。说吧，毛尔顿，你是不是从舒斯伯
来来的？

| 毛尔顿 | 我是从舒斯伯来逃的，我的高贵的主上。可怕的死神在那里戴上了最丑恶的面具，恐吓我们这一面的人。 |

脑赞伯兰　我的儿子和弟弟怎么样了？你是在发抖，你脸上的惨白色比你的舌头是更适宜于报告你的消息。当初就是像你这样子的一个人，这样的沮丧，这样的无精打采，这样的垂头丧气，这样的半死不活，这样的满脸愁容，在深更半夜去拉开普来阿姆的床帐[4]，预备告诉他半个特洛爱城已被焚毁。而普来阿姆没等他开口就已经明白火灾的事情，我现在也是在你报告之前就知道我的波西是死了。你一定要说，"你的儿子如此如此，你的弟弟又如此如此，那高贵的德格拉斯又那般的作战"，把他们的勇敢的事迹塞满了我的贪听的耳朵。但是最后，真要堵起我的耳朵似的，你长叹一口大气把这些赞美吹得烟消云散，末了说出这样一句："弟弟、儿子和所有的人全死了。"

毛尔顿　德格拉斯还在活着，你的弟弟也还没有死，不过你的儿子——

脑赞伯兰　怎么，他是死了——看，猜疑的人是多么嘴快！一个人怕一件他所不愿知道的事，靠了直觉就能从别人的眼睛上知道他所怕的事是已经发生了。你说吧，毛尔顿，你对你的伯爵说他的预言是谎话，我会认为这是一种甜蜜的侮辱，为了你这样对我无礼我要大大奖赏你哩。

毛尔顿	您是太尊贵了，我不敢反驳，您的预言太真实了，您的疑虑太准确了。
脑赞伯兰	但是虽然如此，你别说波西是死了。我看见你眼里有奇异的泄露:你在摇头，你以为实话实说是危险的，是罪过。如果他是被杀，你就这样说吧，报告他的死并不犯罪，给死者作谎报才是罪过，说死者已死不算是罪过。不过第一个传噩耗的人只是费力不讨好，他的声音以后永远像是丧钟，令人想起他是在为一个亡友敲着丧钟。
巴多夫	我不能想象你的儿子是死了。
毛尔顿	我很抱憾我要强迫你相信我真不愿意看见的事，但是我的眼睛亲见他血渍斑斑地，有气无力地，疲惫汗喘地，向哈利·玛茅资抵抗。他一时怒起，把那从不胆怯的波西打倒在地上，倒下去便再也没有起来。简单说，他这一死——他活着的时候能使营里最怯懦的士兵鼓起勇气——他这一死，刚传布出去，使得队伍里训练有素的最骁勇的人丧失了斗志。因为他的部下的刚强气质都是照着他的榜样锻炼出来的，他一旦消沉下去，其余的人也就软化，像迟钝的铅铁一样。凡是本身沉重的东西，一经推动便飞跑得顶快，所以我们的士兵，看到霹雳火阵亡便都变得很沉重。沉重的心情加上他们的恐惧的心理使得他们从战场迅速地逃散，各自寻求他们的安全，比箭飞到目标上去还要快些。随后那高贵的乌斯特又太快地被俘了，那狂暴的苏格兰人，凶狠的德格

拉斯，他那把很中用的大刀连砍了三次假扮国王的人，威风也开始低降了，也屈尊随着他们逃了。在逃的时候，惊慌中失足跌倒，也被俘了。总起来说，国王获胜，调遣劲旅前来向你进攻，由年轻的兰卡斯特和韦斯摩兰率领着。这就是消息的全部。

脑赞伯兰　为了这个我以后有功夫再来哀伤。毒品可以当作药材用，在我健康的时候这些消息可以使我病倒；我本来在抱病，这些消息反倒很可以使我康复了。一个病夫，他的筋骨被病缠得软弱无力，苟延残喘，一旦病得不耐烦，能像一团火似的从护士的扶持中挣脱出来。我的肢体也正是这样，虽然被悲哀给蚀弱了，现在又受了悲哀的激动，加了三倍的强壮。所以，走开，你这骄弱的拐杖！现在这只手要戴上鳞甲钢节的手套。走开，你这病态可掬的小帽！这头是才尝到胜利滋味的王子想要袭击的对象，你这顶帽子是太脆弱的防御。现在用铁来箍起我的头。这可诅咒的时代所能带来的最狂暴的日子，你来吧，你来对这愤怒的脑赞伯兰皱眉吧！让天空来吻大地！让自然的力量不再束缚那汹涌的大海！让一切秩序毁灭！这世界不要再像个舞台似的，演着冗长的戏，来喂养战乱的精神。让初生的凯恩 [5] 的精神盘踞在每人的心里，每颗心都坚决地怀着杀机，为的是让这残酷的情况早早结束，让黑暗掩埋起所有的死者！

特拉佛斯　这激愤的情绪实在不是您的本色，大人。

巴多夫　　　　好伯爵，不要让智慧和您的名誉分离。

毛尔顿　　　　您的亲爱的同谋者的性命都依赖着您，如果您任性
暴躁，健康会要受损。在您说"我们起义吧"之前，
您已经考虑到战争的后果，您已经结算过胜负的总
账。一旦用兵，您的儿子也许要陨落，这是您意料
中事：您知道他是冒险，危险很大，陷入危难比安
然渡过为更可能。您明晓得他的血肉之躯可能受到
创伤，并且他的勇往直前的精神会把他送到危险最
大的地方去，您当时却说"前进"。这些强烈感觉到
的顾虑都不能扼止这顽强的举动，业已发生的事情，
或是说这大胆举动所带来的后果，岂不仅仅是势所
必至的自然现象吗？

巴多夫　　　　我们所有分担这次不幸的人，都知道我们是在危险
的大海里冒险，如果能生还，那机会不过什一。但
是我们还要冒险，因为希望中的收获扼杀了可能的
危险的顾虑，我们既然失败了，要再来冒险一次。
来，我们要全体出发，牺牲一切。

毛尔顿　　　　现在还不是时候。我听到一宗确实消息——我讲的
是实话——约克大主教已经举义了，有装备很好的
队伍，他这个人有双重的保障可以约束他的部下。
您的儿子只有肉体方面的控制，去作战的仅是些影
子，人的影子，因为叛变这一个名词就把他们的肉
体的与灵魂的动作给隔开了。他们作起战来，觉得
恶心得很，勉强得很，好像喝药，只有他们的武器
像是在我们这一面。但是，他们的精神和灵魂被叛

变这个名词给冻结了，像鱼在池里一般。现在主教
却把叛变变成了宗教，他的思想公认是诚悬而神圣
的，所以有人身心一致地追随他，并且他还从庞佛
来[6]的石壁上刮下一些利查王的血来夸张他的起义
的宗旨，把他的用兵的动机作为是由于天意，宣称
他是在保卫一个流血的国家，这国家被伟大的布灵
布洛克蹂躏得喘不过气，所以人们不分贵贱的都赶
了去追随他。

脑赞伯兰　这我早已知道了。但是，老实说，目前的悲哀使我
把这事忘得干干净净。和我一同进去，大家商量一
下安全与复仇的最妥当的办法。

预备送信出去，要赶快动手！

朋友太少，现在最需要朋友。〔同下〕

第二景：伦敦。一街道

约翰·孚斯塔夫爵士，侍童携其剑盾上。

孚斯塔夫　喂，你这巨人，医生对于我的小便是怎样说的？
童　　　他说，先生，小便是很好的健康的小便；但是撒小便
的那个人，恐怕还有许多病是他自己所不知道的。
孚斯塔夫　各种各样的人都以讥笑我为荣。这糊涂东西的脑筋

创造不出什么足以引人发笑的材料，除了我创造的
和用我作资料创造出来的之外：我不仅是本身机智，
而且是别人的机智的根源。我在你面前走，好像是
一只母猪把它的小猪都压死了只剩下你这一只。太
子派你来服侍我，若不是只为了反衬出我的伟大，
算是我没有见识。你这婊子养的小人参果，戴在我
的帽子上比跟在我的脚后面要合适得多。我从没有
像现在这样用一颗玛瑙做我的随从。但是我不用金
银镶嵌，只用破衣裳打扮你，你既是一块宝贝，我
要送还给你的主人，就是那年轻小伙子，太子，下
巴上还没有生毛。胡子长在我的手掌上比长在他的
腮上还要快些。但是他还不犹豫地说，他的头是个
金洋头 [7]，上帝高兴的时候，自然会完成它，现在
倒是尚无丝毫的差池。他可以保持他的原形，十足
的金洋，因为理发匠永远赚不着他的六便士 [8]。但
是他仍然要大声地啼叫，好像是他爸爸尚未结婚的
时候他已经是个成年的人了。他可以扬扬自得，却
得不到我的好感，我可以确告他。关于我做短袍短
裤的那块缎子，唐伯顿老板说些什么？

童　　　　　他说，先生，您需要找到比巴多夫更可靠的担保，
　　　　　　他不肯接受他和你的保证。他不喜欢这个担保。

孚斯塔夫　　像那个贪吃的人一样下地狱吧 [9]！他的舌头格外的
　　　　　　干！一个婊子养的阿奇托菲 [10]！一只下流无耻的应
　　　　　　声虫！胆敢欺骗一位贵绅，然后又计较担保。这婊
　　　　　　子养的小滑头居然穿起一双高筒靴，腰上挂一束钥

匙了。如果一个人和他交易，诚心诚意地要赊欠，那么他们一定要计较担保。我宁愿他们把毒老鼠药放在我嘴里，也不愿借口担保来堵我的嘴。我希望他给我送二十二码缎料过来，因为我是一位真正的骑士，而他却来索要担保。好吧，让他在担保中安稳地睡吧，因为他有一只丰盛的角[11]被他的老婆的淫荡照得通亮。但是他还是看不见，虽然他自己有这样的灯笼照着他。巴多夫哪里去了？

童　　　　他到平原给您买马去了。

孚斯塔夫　我在圣保罗[12]买到他，他又到平原[13]给我买马，如果我在娼家再弄到一个妻子，我可以说是仆马妻俱备了[14]。

　　　　　大法官[15]及仆上。

童　　　　先生，为了巴多夫被太子打了一掌随后又拘捕太子的那个贵人来了[16]。

孚斯塔夫　紧跟着我，我不愿见他。

法　　　　谁在那里走？

仆　　　　孚斯塔夫，启禀大人。

法　　　　就是被控与抢案有关的那个人吗？

仆　　　　是他，大人。但是他以后在舒斯伯来立了功劳，并且听说就要到兰卡斯特的约翰爵士那里去担任一些职务。

法　　　　什么，到约克去？叫他回来。

仆　　　　约翰·孚斯塔夫爵士！

孚斯塔夫	孩子，去告诉他我是聋子。
童	你要大声一点，我的主人是聋子。
法	我准知道他是聋，在听好话的时候。去，扯他的臂肘，我一定要和他说话。
仆	约翰爵士！
孚斯塔夫	什么！一个年轻小伙子，讨饭！现在不是有战事吗？难道没地方用人吗？国王不是需要百姓吗？叛徒不是也需要士兵吗？虽然不在某一方面是件可耻的事，讨饭要比在最坏的那一方面更为可耻，如果那是比叛变更坏的名义。
仆	您错认了我，先生。
孚斯塔夫	怎么，先生，我方才说你是一个诚实人了吗？如果我真那样说了，我便不能不暂且撇开我的骑士和军人的身份而承认我是说了一个大谎。
仆	我求你，先生，撇开你的骑士和军人的身份，并且准许我说你是说了一个大谎，如果你说我是一个诚实人以外的另一种人。
孚斯塔夫	我准许你这样对我说！我撇开我的根深蒂固的东西！如果你想得到我的任何准许，先让我上吊；如果你得到准许，最好是你去上吊。你这弄错了方向的狗，走开！滚！
仆	我的主人想要和你说话。
法	约翰·孚斯塔夫爵士，说句话。
孚斯塔夫	我的好大人！愿上帝给大人快活的一天！我很高兴看见大人在外面走动，我听说大人病了，我希望，

大人是听医嘱出来散步。大人，虽然没有完全度过青春，却也上了一点年纪，多少有了一点老态，我极诚恳地请求大人对于玉体要加保重。

法　　　　　约翰爵士，在你未到舒斯伯来出征之前，我曾派人找你。

孚斯塔夫　　我听说国王陛下从威尔斯回来政躬违和。

法　　　　　我没说国王陛下。我派人找你，你却不来。

孚斯塔夫　　并且我还听说，国王陛下是得了那种倒霉的中风症。

法　　　　　是，上天会保佑他！我请你，让我和你谈句话。

孚斯塔夫　　这中风症，据我看，是一种昏睡——如果您认为不错的话——是一种血液的凝滞，一种倒霉的麻木。

法　　　　　你告诉我这个做什么？管他是什么病呢。

孚斯塔夫　　这病的根源是由于忧虑过度，脑筋的紧张与刺激。我读加伦 [17] 得知这病症的缘由：那是一种聋病。

法　　　　　我觉得你倒是有这一种病，因为你听不见我对你说的话。

孚斯塔夫　　我听得很清楚，很清楚。我的毛病是一种不听的病，不肯注意听的病。

法　　　　　惩罚你的脚跟 [18] 就会改善你的耳朵的注意，我倒是不反对做你的医生。

孚斯塔夫　　我是和约伯 [19] 一般的穷，大人，可是没有他那样的忍耐，你可以因为我穷而下一味监禁的药。但是我做了你的病人，如何照方服药，聪明的人便不能不有一点怀疑，干脆不能不怀疑。

法　　　　　我派人找你来和我对话，因为有件事情与你的性命有关。

孚斯塔夫	我听从我的一位精通军法的律师的劝告，我没有来。
法	好，老实说吧，约翰爵士，你过的是一种很不名誉的生活。
孚斯塔夫	扣上我的这条皮带的人，过的都是这样的生活。
法	你的收入很微细，而你的浪费很大。
孚斯塔夫	我但愿相反：收入要大一点，而腰围要细一点。
法	你引坏了年轻的太子。
孚斯塔夫	年轻的太子引坏了我，我是那个大肚皮的家伙，他是我的那条狗。
法	好，我并不愿意刺痛才疗愈的创伤，你在舒斯伯来白天立的功劳把你在棍棒山夜里做的勾当遮盖了不少，你应该感谢这动乱的时代，使你平安地逃脱了法网。
孚斯塔夫	大人！
法	既然一切很好，就这样下去吧，不要再惊醒一条睡狼[20]。
孚斯塔夫	惊醒一条睡狼和嗅到一条狐狸是一样的不好。
法	说什么！你就像是一根蜡烛，大部分已经烧光了。
孚斯塔夫	一根宴会用的大蜡烛，大人，全是油脂。如果说是蜡质变的[21]，我的变胖也可证明是不假。
法	你脸上每一根白胡须都应该有它的庄重的样子。
孚斯塔夫	油汗，油汗，油汗的样子[22]。
法	你到处追随着年轻的太子，像是他的恶天使一般。
孚斯塔夫	不是的，大人！所谓"恶天使"[23]是分量不足的，

我希望遇到我的人不用称我的分量就接受我。不过在某些方面，我承认，我不能通行。我不知怎么说才好。在这孳孳为利的时代，美德不算一回事，真正勇敢的人变成了耍狗熊的，机伶的人只好做酒保，他的机警浪费在算账里。其他一切的优秀的秉赋，按照这时代的恶意的看法，不值一文钱。你们上了年纪的人不考虑我们年轻的人的能力，你们用你们的冷酷的脾胃来衡量我们的热烈的肝胆，我们正在青春的前线上，我承认，是不免有些轻浮。

法　　　你已经有了老年的一切现象，也算是个上了年纪的人了，你还以为你的名字是在青年的名册里吗？你不是有了泪湿的眼睛，干枯的手，焦黄的脸，雪白的胡子，细缩的腿，凸涨的肚子吗？是不是你的嗓音嘶了，喘气促了，下巴双了，头脑昏了，浑身各部分都老朽了，而你还自认为是年轻？呸，呸，呸，约翰爵士！

孚斯塔夫　大人，我大约是在下午三点钟出生的，生来就有白头[24]，肚皮有一些圆。至于我的声音，因为呐喊和唱圣诗，所以哑了。我不愿再进一步来证明我年轻，老实说，我只是在判断上和了解上显得老成。谁要是愿意赌一千马克和我比赛跳舞，让他借给我钱，我就和他拼！至于太子打你那一记耳光，他的行为是像一位鲁莽的太子，你像是一位懂事的大臣而接受了。我已经申斥了他，这年轻的狮子很后悔。真是的，他忏悔的方式不是粗布麻衣，而是新衣老酒。

法　　　　　好，愿上帝给太子一个好一点的伴侣！

孚斯塔夫　　愿上帝给这伴侣一个好一点的太子！我不能离开他。

法　　　　　好，国王已经把你和哈利太子分开了。我听说你要
　　　　　　跟着兰卡斯特的约翰大人去讨伐大主教和脑赞伯兰
　　　　　　伯爵。

孚斯塔夫　　是的。我感谢你这一条妙计。但是你们这班躲在家
　　　　　　里抱着和平夫人接吻的人，可要小心祷告，祷求我
　　　　　　们的队伍不要赶上一个热天作战。因为，我对上帝
　　　　　　发誓，我只带了两件衬衫，我不预备出太多的汗，
　　　　　　如果赶上一个热天，除了我的酒瓶之外还要舞动一
　　　　　　点什么，我宁愿我永远不再吐痰[25]，从没有一桩危
　　　　　　难的事情出来而不落在我的头上。好，我不能永远
　　　　　　地活下去。我们英国总是有这样的一个习惯，如果
　　　　　　有一个好东西，便到处都要使用它。你若一定说我
　　　　　　是个老年人，那么你便该给我休息。我真希望我的
　　　　　　名字对于敌人不是那样的可怖，我宁愿腐锈而死，
　　　　　　也不愿永久地劳动以至于磨削得精光。

法　　　　　好吧，要诚实，要诚实！上帝保佑你出征顺利。

孚斯塔夫　　您可否借给我一千镑做装备用？

法　　　　　一便士都不行！一便士都不行！你没有那么多耐心，
　　　　　　不能再加负担[26]。再会吧，替我向韦斯摩兰致敬。

　　　　　　〔大法官及仆下〕

孚斯塔夫　　我若是真去致敬，用那三个人举起的大锤头把我砸
　　　　　　死。把老年和贪欲分开，和把年轻人和淫欲分开
　　　　　　是一样的难，一个容易害风湿，一个容易害杨梅

疮，所以人生这两个阶段都够痛苦，无须我来诅咒。
孩子！

童　　　　　先生！

孚斯塔夫　　我袋里还有多少钱？

童　　　　　七个小币零二便士。

孚斯塔夫　　钱袋的这种浪费的病 [27]，我无法医治，借贷只是拖
　　　　　　延下去，病是不治之症。去送这封信给兰卡斯特大
　　　　　　人；这一封信送给太子；这一封送给韦斯摩兰伯爵；
　　　　　　这一封送给老俄苏拉夫人 [28]，就是我在下巴上发现
　　　　　　第一根白胡子之后每星期都发誓要娶的那个女人。
　　　　　　去吧，你晓得在什么地方找到我。〔童下〕这害杨梅
　　　　　　疮的风湿症！或是说，这害风湿症的杨梅疮！因为
　　　　　　不知是什么毛病害得我的大脚趾痛。我若是瘸腿也
　　　　　　不要紧，战事可以作为解释的理由，而且我领恤金
　　　　　　的时候格外显着有理。有头脑的人能利用一切，我
　　　　　　将要把疾病变成为利益。〔下〕

第三景：约克大主教府中一室

约克大主教、海斯庭、毛伯雷及巴多夫诸贵族上。

约克　　　　我们的宗旨，我们的策略，你们都已经知道了。我

　　的顶高贵的朋友们，我请求你们，对于我们的成功的希望请坦白地表示意见。首先，大礼官，你有何话说？

毛伯雷　　我充分承认我们是师出有名的，但是很愿再多知道一点，以我们的兵力在策略上如何的安排方能鼓起大胆去迎战国王的大军。

海斯庭　　我们目前募集的兵员已经有两万五千名壮丁，从伟大的脑赞伯兰那方面还有大量增援的指望，他的胸间正燃着愤愤不平的怒火。

巴多夫　　那么，目前的问题，海斯庭大人，是这样的：不要脑赞伯兰，我们的两万五千人是否可以应战？

海斯庭　　算上他之后，我们可以。

巴多夫　　唉，对呀，问题就在这里了：但是如果不把他算在内，我们便是太弱，我以为我们在尚未得到他的协助之前便不可太冒失。因为像这样面目狰狞的事体，一切的揣测、希冀、不切实的援助，都不可估计在内。

约克　　这是很对的，巴多夫大人，因为，年轻的霹雳火在舒斯伯来的情形便正是如此。

巴多夫　　确是如此，大人。他结纳的是一团希望，他吃的是援兵的空虚的诺言，他以为大兵增援而沾沾自喜，其实那援兵比起他估计的最小的规模还要小些。所以，抱着一个疯人才能有的幻想，他引率军队陷入绝境，闭着眼睛跳入了毁灭。

海斯庭　　但是，对于希冀的事预做一番估计，总不会有害于事。

巴多夫	有害的，如果目前的这场战事的结果——一种紧急的行动——业已进行的一个举动，只是寄托在希望里，如同早春的蓓蕾一般：开花结果的希望还没有霜侵致死的失望来得大哩。我们若是想要建筑，我们先要测量地基，然后绘制图样；我们看过了这房屋的设计，便要考量建筑的费用。如果不是我们的能力所能负担，那么除了另画图样缩减房间或是终于打消建筑的计划，还有什么办法呢？目前这伟大的工作——几乎是把一个国家根本推翻另外建立一个——我们更该考虑到一般情况的地基和图样，决定一个稳固的基础，询问包工的建筑师，估量我们自己的财力，究竟能推行到什么地步方可克服困难。否则，我们只是在纸面上用数目字来布防，使用的只是人的姓名而不是人，就像是一个人画了房屋的图样而财力不济，建筑了一半便放弃了，未完成的资产赤条条地由着云雨来冲打，由着残暴的严冬来糟蹋。
海斯庭	我们的希望，很可能顺利实现，姑且作为终于流产，目前拥有的兵员即是希望中最大的名额，我以为我们的力量已经够强，足以应付国王。
巴多夫	什么！国王只有两万五千人吗？
海斯庭	来打我们的只有这许多。不！还没有这许多，巴多夫大人。因为现在乱事四起，他的队伍已分作三支：一支兵攻打法国人，一支兵攻打格兰道渥，只好用另一支来对付我们。

	所以这动摇的国王的力量已经分而为三，并且库里贫乏得空空作响。
约克	我们无须顾虑，他绝不会把他的几支兵力纠合起来全力应付我们。
海斯庭	如果他真这样做，他的后方便没有防御，法国人和威尔斯人会在他的脚后跟叫起来。不怕他这一着。
巴多夫	带他的兵向这里来的大概是谁？
海斯庭	兰卡斯特公爵和韦斯摩兰。打威尔斯的，是他自己和哈利·玛茅资。谁代表他去打法国人，我还没有确实情报。
约克	我们就去宣布我们起兵的宗旨。国人已经厌恶他们自己选中的国王，他们的过分的爱戴已经发生反感了。把居处建立在平民的心上，总会是动摇不稳的。啊，你们这些愚蠢的民众！你们当初何等热烈地对布灵布洛克祝福，欢呼的声音震动了天，那时节他还没有做到你们所希望于他的位分。现在他按照你们的愿望而装扮起来了，你们这些狼吞虎咽的人却吃腻了，自动地又想把他吐出来。就是这样，这样的，你们这群劣种的狗，当初从你们的贪狠的心里把利查王吐了出来，现在又想再吃那吐出来的死东西，因找不到而汪汪地叫。这世界如何能令人信赖？利查活着的时候，他们愿他死，如今却恋爱着他的坟墓。当他跟在那受欢迎的布灵布洛克后面经过骄傲的伦敦的时候，你们曾在他的良善的头上洒土，如今却大叫，"土啊！把那一个国王还给我们，

　　　　　　把这一个国王收了去吧！"

　　　　　　啊，人们的心是多么该诅咒！

　　　　　　过去未来的是最好，现在的最鄙陋！

毛伯雷　　我们可否纠合队伍立刻就开拔？

海斯庭　　时间命令我们动身，我们要服从它。〔同下〕

注 释

[1] 此约翰·恩佛维尔（Sir John Umfrevile）为何许人耶？或谓即巴多夫，或谓乃另一人，莎士比亚初稿或为恩佛维尔，后改为巴多夫，而此处乃系遗漏。就上下文观之，应为一人，殆无疑义。

[2] 缎带是系裤用之物，言不值钱之事物也。

[3] 封面纸（title-leaf）乃书卷之首页，标题下例有简短说明，宣布内容性质之一斑。Steevens 谓指一般悼诗封面纸作黑色，恐非。

[4] 普来阿姆（Priam）乃特洛爱（Troy）之老王。

[5] 凯恩（Cain），《圣经》中亚当夏娃之长子，杀死胞弟亚贝耳（Abel），此地代表凶杀之精神。

[6] 庞佛来（Pomfret），堡垒名，利查王被处死之处也。

[7] 金洋头（a face-royal）双关语，（一）国王之像，（二）金币上浮雕王像，值十先令。

[8] 王子年事尚轻，面部无须，故无须请理发匠刮脸，当时理发价格为六便士。

[9]《路加福音》十六章二十四节，富人入地狱受火刑。

[10]《撒姆耳后纪》十六章二十三节，阿奇托菲（Achitophel）背叛大卫王之谋臣。

[11] 原文 horn of abundance 即 Cornucopia 希腊神话中之羊角，象征丰饶之意。英俗语谓妻不贞则其夫头上生角。当时无玻璃，灯笼是羊角制的。

[12] 圣保罗（St. Paul's）指圣保罗大礼堂，当时乃一交易中心，雇用仆役之事多于此处洽商。

[13] 平原（Smithfield）原为 Smethefield，故译为平原，乃伦敦城外一块三角地带，约五六亩广，为牛羊马贩卖中心地。

[14] 谚云："人不可在三种地方选择三种东西。在西敏斯特选妻，在圣保罗选仆人，在平原选马。否则他将得到一个贱妇，一名恶仆，一匹劣马。"

[15] Sir William Gascoigne 于一四〇一年被派为大法官。

[16] 太子为回护其部下之罪行，曾于法庭上公然捆击法官，见 *Famous Victories* 第四景，莎士比亚剧中并无描述。

[17] 加伦（Gnlen），古希腊著名医生及医学作家。

[18] 原文 punish by the heels 意即监禁。Campbell 谓 "lay by the heels" 是司法界术语，即监禁之意。Schmidt 则释为加脚镣之意。后者解释较妥。

[19] 约伯（Job），《圣经》中坚忍之模范。

[20] 谚云："令睡狗安眠"（Let the sleeping dog lie）。意谓勿故态复萌也。

[21] Wax 双关语:（一）蜡，（二）变化。

[22] "庄重"，原文为 gravity，与 gravy（油汗）字音相近。故有此戏言。

[23] 人生于世，有二天使时时追随身畔，一善一恶，竞相支配其行为。此处所云之"恶天使"，乃双关语，"天使"原文为 angel，另一意义为"金币"，在亨利八世时值七先令六便士，在爱德华六世时值八先令，

币面雕有天使长圣迈克尔像，故有此名。所谓"恶天使"者谓成色不足之金币也。

[24]"下午三点钟生的"，意谓午后三时始上台与观众相见，故又云生而白头，上台之始即已白头也。

[25]"吐白沫"，原文 Spit white，颇费解。Steevens 谓"吐白沫"即酗酒之别称，因纵酒则胃热，内热之结果必吐白沫也。但如此解释，"吐白沫"乃病态，孚斯塔夫之语气似以"吐白沫"为一不愿舍弃之物，疑不近情。或谓口渴则"吐白沫"，故意即饮酒也，口渴则饮酒，不吐白沫则永无畅饮之需要。Shaaber 以为诸说皆嫌附会，宜径释为"我永远不再吐痰"，其意若曰，孚斯塔夫平夙有吐痰之习惯，永不再吐即痛不欲生之意。

[26] 原文 to bear crosses 双关语：（一）忍受不幸之事，（二）带印有十字纹之银币。

[27] 原文 consumption 双关语：（一）肺病，（二）消费。

[28] 俄苏拉夫人（Mrs. Ursula）伊何人耶？或谓即魁格来夫人，但此魁格来夫人之芳名为 Nell（见《亨利五世》第二幕第一景），想莎士比亚一时疏忘，前后未能一致，抑名俄苏拉者实另为一人耶？

第 二 幕

第一景：伦敦。一街道

魁格来夫人上：爪牙及其侍童随同上；圈套在后跟随。

魁格来　　爪牙先生，申请逮捕的状子递进去了吗？

爪　　　　递过了。

魁格来　　你的跟班在哪里？是不是个健壮的跟班？他能够执
　　　　　行吗？

爪　　　　孩子，圈套在哪里？

魁格来　　啊天呀，是啊！好圈套先生。

圈　　　　有，有。

爪　　　　圈套，我们一定要逮捕约翰·孚斯塔夫爵士。

魁格来　　是的，好圈套先生。我已经办了手续逮捕他和他那
　　　　　一伙。

圈	也许我们当中有人要丧失性命，因为他要砍杀一阵。
魁格来	哎呀不得了！可要留神他，他在我自己家里就砍过我，顶蛮横的。老实说，如果他抽出了武器，他闯出什么乱子都不在乎：他像魔鬼似的刺杀，他对于男人女人小孩一概不饶。
爪	我若是和他厮杀起来，我不怕他那一手。
魁格来	不，我也不怕！我从旁帮你。
爪	只要我能抓住他，只要他落到我的掌握里——
魁格来	他若是从军去可就把我毁了：我告诉你说，他欠下我无数的债。好爪牙先生，可捉牢了他；好圈套先生，可别教他逃掉。他立刻要到那饼角[1]——请原谅我——去买马鞍；他被请到朗巴街的豹头家[2]去吃饭，就是丝商斯木兹先生家里。我的状子既已递进，我这案子又是大家都晓得的，我请求你，立刻逮捕他到案受讯。一百马克是一笔大债，很够一个孤苦的老太婆忍受的了，我一直在忍着、忍着、忍着，总是被他推拖、推拖、推拖，由这一天推拖到那一天，想起来好不羞人。这样的对付实在没有一点诚意，除非把女人当作一头驴，一口畜牲，由着每一个恶棍来摆布。他从那边来了，还有那酒糟鼻子[3]的粗暴的恶汉，巴多夫，和他在一起呢。执行你的职务，执行你的职务，爪牙先生、圈套先生！给我，给我，给我尽你的职务。

约翰孚斯塔夫、侍童及巴多夫上。

孚斯塔夫	怎么样！谁的马死了[4]？怎么一回事？
爪	约翰爵士，根据魁格来夫人的控告，我逮捕你。
孚斯塔夫	滚开，奴才们！拔剑，巴多夫，把这恶棍的头给我砍下来，把这贱妇丢在沟里。
魁格来	把我丢在沟里！我要把你丢在沟里。你敢？你敢？你这杂种流氓！杀人啦，杀人啦！啊，你这杀人的凶犯！你要杀死上帝的官差，国王的官差吗？啊，你这杀人的恶汉！你是凶手，杀人犯，杀女人犯。
孚斯塔夫	拦住他们，巴多夫。
爪	来劫救！来劫救[5]！
魁格来	好人们啊，来一两个人来劫救吧！你不敢，你敢？你不敢，你敢吗？你来吧，你来吧，你这个流氓！来吧，你这个该死的东西！
孚斯塔夫	滚开，你这个贱货！你这个泼妇！你这个臭娘儿们！我要弄得你的屁股痒。

大法官偕随从上。

法	什么事？不要吵闹，喂！
魁格来	好大人，请你保护我！我求你，帮助我！
法	怎么啦，约翰爵士！什么！你在这里打架？这和你的身份，你目前的职务，是相称的吗？你早就该出发到约克去了。放开他，伙计！为什么要抓住他？
魁格来	啊，我最尊敬的大人，容我禀告，我是东市的一个可怜的寡妇，是我请求逮捕他的。

法	为了多少钱？
魁格来	不只是一点钱，大人！是全部的，我所有的钱。他把我的家都吃光了，他把我所有的财产都放进他那个大肚子里去了。但是我要从你肚里挖出一点来，否则我要像梦魇一般夜夜骑在你的身上。
孚斯塔夫	我若是能够找到一个踏脚的地方爬上去，我想我倒要骑在那匹母马的身上去哩[6]。
法	这是怎么闹的，约翰爵士？呸！一个好好的人怎么能招惹出这一场谩骂？你不觉得羞耻吗，逼得一个可怜的寡妇用这样粗蛮的手段来讨债？
孚斯塔夫	我总共欠了你多少？
魁格来	天哪，如果你是个诚实人，你欠我的债是除了钱之外还有你整个的人。你曾经指着那一只半镀金的银杯发誓，是在那海豚厅里[7]，在那圆桌旁边，在那煤火前而，在"降灵节"[8]那星期的一个礼拜三——那时候太子还打破了你的脑壳，因为你说他的爸爸长得像温莎的一个唱歌队员——你曾对我发誓要和我结婚，令我做你的夫人。你能否认吗？那位牛油太太，就是那屠户的妻子，不是正好走了进来，喊了我一声魁格来老太婆吗？她进来要借一点醋，她告诉我们说她有一盘大龙虾，于是你想要吃一点，我又告诉你这东西对于新受的创伤不大相宜，是不是？她走下楼去，你不是又对我说以后对这些穷人不要再这么亲热，你说不久她们就要喊我做夫人了吗？你不是又亲我的嘴，令我给你拿了三十先令来

　　　　　　　　　吗？我现在用你发誓的话和你对证。否认吧，如果
　　　　　　　　　你能。

孚斯塔夫　　　大人，这是一个可怜的穷疯子，她遍街地喧嚷说她
　　　　　　　　　的大儿子长得像你。她从前的日子很好过，老实讲，
　　　　　　　　　这一穷下来可把她急疯了。至于这两个糊涂的官吏，
　　　　　　　　　我请求你对他们要加以处分。

法　　　　　　约翰爵士，约翰爵士，我很明白你那一套曲解事实
　　　　　　　　　的办法。你那一副假装正经的面孔，和你那花言巧
　　　　　　　　　语，并不能骗倒我的公正的观察。据我看，你是诈
　　　　　　　　　欺了这个柔懦的妇人，使得她在财物方面和肉体方
　　　　　　　　　面都供你享用。

魁格来　　　　是呀，确实如此，大人。

法　　　　　　请你，住声，你欠她的债要还了她，并且要补偿你
　　　　　　　　　对她所做下的荒唐事：前者用十足的真金，后者用十
　　　　　　　　　足的忏悔。

孚斯塔夫　　　大人，我不能一声不响地接受这种处分。你以为体
　　　　　　　　　面的大胆便等于是傲慢无礼。如果一个人一味地敬
　　　　　　　　　礼，什么也不说，他便算是品行好了。不，大人，
　　　　　　　　　我对你有满怀的敬意，但是我并无所求于你，我现
　　　　　　　　　在对你说吧，我要立刻摆脱这些官吏的纠缠，因为
　　　　　　　　　我奉了国王的命令有紧急的公干在身[9]。

法　　　　　　你这样说话，好像是你有权力做坏事似的。但是你
　　　　　　　　　要顾全你的名誉，不能不负责，你要满足这可怜的
　　　　　　　　　妇人的要求。

孚斯塔夫　　　你请过来，老板娘。〔邀赴一旁〕

高渥上。

法	啊，高渥先生！有什么消息？
高渥	大人，国王陛下和威尔斯亲王哈利就要来到此地了。其他的都在信里。〔递信〕
孚斯塔夫	一个绅士决不食言。
魁格来	不，你从前也这样说过的。
孚斯塔夫	一个绅士决不食言。好了，不要再说了。
魁格来	我凭着脚下踏着的土地发誓，我必须要把我的餐厅中的银器和壁幕都典当出去才成。
孚斯塔夫	玻璃杯，玻璃杯喝酒最好[10]。至于你的墙壁，一张好看的滑稽画[11]，或是浪子的故事图[12]，或是水彩的德国行猎图[13]，都比你的那些床帐和虫蛀的壁幕好得多。如果你能够的话，就凑足十镑吧。好了，你如果没有这一点点的脾气，全英格兰没有一个比你更好的女人。去，洗洗脸，撤销你的诉讼。好，你不可以对我这样发脾气，难道你还不知道我吗？我知道一定是有人挑唆你的。
魁格来	约翰爵士，就是二十个诺布吧[14]。老实说，我舍不得当掉我的银器，上帝保佑我，唉！
孚斯塔夫	留着吧，我再想别的办法。你究竟是个傻瓜。
魁格来	好了，我一定给你便是，纵然我当掉我的衣服。我希望你来吃晚饭。你将来一总还我？
孚斯塔夫	难道我不活啦[15]？〔向巴多夫〕去，同她去，同她去！紧盯着，紧盯着。

魁格来	你要不要道尔·蒂尔席特来陪你吃晚饭？
孚斯塔夫	别再多说了！叫她来吧。〔魁格来夫人、巴多夫、官吏们及侍童下〕
法	我已经听到好的消息了。
孚斯塔夫	什么消息，大人？
法	国王昨晚在哪里安歇的？
高渥	在巴新斯托克[16]。
孚斯塔夫	大人，我希望一切都很好。到底是什么消息，大人？
法	他的队伍都回来了吗？
高渥	不！一千五百步兵、五百骑兵，开向兰卡斯特大人那里，去抵抗脑赞伯兰和大主教。
孚斯塔夫	国王从威尔斯回来了吗？
法	你立刻就可以拿到我的回信。来，随我来，高渥先生。
孚斯塔夫	大人！
法	什么事？
孚斯塔夫	高渥先生，我可否请你来吃饭？
高渥	我一定要在这里伺候这位大人。多谢你，好约翰爵士。
法	约翰爵士，你在这里耽搁太久了，你应该一路上招募兵丁才对。
孚斯塔夫	你愿意和我一同吃晚饭吗，高渥先生？
法	是哪个糊涂先生教给你的这种礼貌，约翰爵士？
孚斯塔夫	高渥先生，如果这种礼貌不合于我的身份，教给我

这种礼貌的人确实是一个糊涂虫。大人，这是真正
的斗剑的艺术，一来一往，和平解决。

法　　　愿上帝来启发你[17]！你是一个大傻瓜！〔同下〕

第二景：伦敦另一街道

太子及波音斯上。

太　　　我当着上帝说，我是十分的疲倦了。

波音斯　真会到这地步吗？我一向以为疲倦不敢侵犯这样出
身高贵的人呢。

太　　　真的，我是疲倦了，虽然我承认下来不免使我的尊
严变色。我若是想喝淡啤酒[18]，是不是显着有点
下流？

波音斯　噫，一位王子可不该随便地想念着这样平淡的东西。

太　　　也许我的胃口生来就没有亲王的那么高贵，因为，
老实说，我现在确实想念那玩艺儿，淡啤酒。但是
这些平凡的想头真使得我厌恶我的身份了。对于我
那是何等的耻辱啊，明天若还记得你的姓名，或是
认识你的相貌！或是注意到你有几双丝袜子，例如，
这一双，还有那一双当初是桃色的！或是记得你一
共有几件衬衫，一件洗换，一件穿着！但是这些事，

看守网球场 [19] 的人知道得比我清楚，因为你不带着
球拍子去玩的时候，大概就是你的衬衫调换不过来
了，你有好久没有去了，一定是因为你的其他的下
流毛病 [20] 又发作了，把衬衫又当掉了，靠了你那破
衬衫培养出来的呱呱叫的孩子，能不能公开受洗 [21]，
只有上帝知道。接生婆说孩子倒是不错。就因为这
缘故，世上人口日繁，私生子的数目也大为增加。

波音斯　　　你这样辛苦之后，还这样的胡说乱道，真是岂有此
理！你告诉我，你的父王如今病得很重，有多少王
子如果处在与你同样境遇还会这样的嬉皮笑脸？

太　　　　　要不要我告诉你一件事，波音斯？

波音斯　　　要，可是你得说一点好的。

太　　　　　不比你出身高的人听起来是够好的。

波音斯　　　去你的！我准备好了听你要说的那件事。

太　　　　　真是的，我告诉你，现在我的父亲病了，我不宜露
出悲哀的样子。虽然我可以告诉你——因为缺乏一
个更好的人我姑且把你当作我的朋友——我可以做
出悲哀的样子，而且也是悲哀。

波音斯　　　关于这件事恐怕不见得。

太　　　　　以这只手为誓，你是以为我已深深地堕入魔道，就
如同你和孚斯塔夫之怙恶不悛一个样：看结局再判断
一个人吧 [22]。但是我告诉你，为了我父亲病得这样
沉重，我的内心在伤痛，只是因为和你这样的下流
人做伴侣，我不便表示悲哀的样子。

波音斯　　　理由呢？

太	如果我哭，你将以我为何等人？
波音斯	我将以你为最合王子身份的假君子。
太	每个人都要这样想。你和每个人的想法是一样的，你是一个有福气的人，世上没有一个人的想法比你的更为平正通达，每个人都会认为我是一个假君子。什么使得你这样想呢？
波音斯	噫，就因为你是如此的放荡，和孚斯塔夫又如此的亲近。
太	还有和你。
波音斯	啊，我可受夸奖了，我居然亲耳听到：关于我，他们所能说的最坏的话也不过是，我生为次子[23]，并且我是个漂亮勇敢的人，这两点我承认都是我所不能自主的。哎呀，巴多夫来了。

巴多夫及侍童上。

太	还有我给孚斯塔夫的那个孩子，从我这里领去的时候，他还是个基督徒的样子，你看，那胖贼把他变成为一只猴子了。
巴多夫	上帝保佑你！
太	也保佑你，顶高贵的巴多夫。
巴多夫	〔向童〕来，你这乖驴，你这害羞的傻瓜，你何必脸红？你为什么现在脸红？你变成了一个何等妩媚的小兵！喝一壶酒也算得一回事吗？
童	大人，他方才是隔着一层红玻璃窗喊我，隔着窗子我看不见他的脸。最后，我看见他的眼睛了，我又

以为他是在那卖酒的老板娘的新裙子上挖了两个洞，
他由洞里往外看哩 [24]。

太　　　　这孩子是不是大有长进？

巴多夫　　滚开，你这婊子养的两脚站立的兔子，滚开！

童　　　　滚开，你这阿尔台阿的梦 [25]，滚开！

太　　　　解释给我们听，孩子，什么梦，孩子？

童　　　　大人，阿尔台阿梦到她生出了一根火把，所以我唤
　　　　　　他为她的梦。

太　　　　好一个解释，值一块钱。给你，孩子。〔给钱〕

波音斯　　啊！但愿这朵好花别被虫蚀。好，这六便士给你好
　　　　　　好保养。

巴多夫　　如果你们不把他弄到和你们一起上绞架，绞架算是
　　　　　　受了委屈。

太　　　　你的主人好吗，巴多夫？

巴多夫　　很好，大人。他听说殿下到城里来了，这里有一封
　　　　　　信给你。

波音斯　　送信很有礼貌哩。你的那个主人圣马丁节 [26] 可
　　　　　　好吗？

巴多夫　　身体很健康，先生。

波音斯　　唉，那不朽的那一部分却需要医生。不过这不足以
　　　　　　动他的心：那一部分虽然有病，也不会死。

太　　　　我准许这个大肉瘤像我的狗似的对我那么亲热，他
　　　　　　真守住他的岗位，因为你看他这信是怎样写的。

波音斯　　"约翰·孚斯塔夫，武士"——这是人人知道的，他
　　　　　　每次提起自己总是这样说的，恰似那些和国王有一

点亲戚的人，只要割破手指头，就要说一声，"洒了
国王的血了。"旁边有个假装不懂的人就问道，"那
是怎么回事呀？"答语是敏捷得很，就像是借钱的
人的帽子似的[27]，"我是国王的穷表弟呀，先生。"

太   不，他们总会是和我们一家的，否则他们会一直追
溯到雅弗[28]，且读他的信。

波音斯   "约翰·孚斯塔夫爵士，武士，谨致敬意于国王之长
子威尔斯亲王哈利。"咦，这像是一张证书的口吻。

太   住声！

波音斯   "余欲模仿尊荣的罗马人之言辞简练[29]，"他说的一
定是呼吸短促，气喘——"我向你敬礼，我对你赞
美，我向你告辞。勿与波音斯过于亲密，因彼将滥
用你的恩宠，甚至胆敢扬言于外，谓你将与其妹奈
耳结婚。闲时多加反省，别矣。

你的，然乎否乎——视你如何侍我而定。杰克·孚
斯塔夫，对于我的知交，约翰，对于我的兄弟姐妹，
约翰爵士，对于全欧洲。"

大人，我要把这封信浸在干酒里，让他吃掉。

太   那你是让他一口气吃下他的二十个字[30]。但是你真
这样对我吗？我一定要和你的妹妹结婚？

波音斯   愿上帝给这丫头这样好的福气！但是我从来没有这
样说过。

太   好，我们是在人间扮演丑角，天使在云端对我们窃
笑[31]。你的主人来到伦敦了吗？

巴多夫   是的，大人。

太　　　　他在哪里吃晚饭？这老猪还是在那老猪圈里吃饭吗？

巴多夫　　还是在那个老地方，大人，在东市。

太　　　　和谁在一起？

童　　　　还是原先的那一群老伴侣。

太　　　　有女人和他在一起吃晚饭吗？

童　　　　没有，大人，只有老魁格来太太和道尔·蒂尔席特太太。

太　　　　这是哪一个贱妇？

童　　　　是一位好女人，先生，我的主人的一位亲戚。

太　　　　大概是乡下母牛和城里的公牛那种亲戚的关系。奈德，我们偷偷地也去，好不好？

波音斯　　我是你的影子，大人，我跟着你。

太　　　　还有你，孩子，和巴多夫，对你的主人别提起我已经来到城里。这是给你守秘密的钱。〔给钱〕

巴多夫　　我没有舌头，先生。

童　　　　至于我的舌头，先生，我管得住。

太　　　　再会了，去吧。〔巴多夫与侍童下〕这一个道尔·蒂尔席特必是一条公路[32]。

波音斯　　我敢担保，像从圣阿尔班到伦敦的那条大路一般的畅通。

太　　　　我们怎样才可以不被人窥破，看孚斯塔夫今晚显露原形呢？

波音斯　　罩上两件皮背心和围裙，作为是酒保到他桌前去伺候他。

太　　　　　由天神变到牛[33]！好严重的堕落！这是周甫的行径。
由王子变到小徒弟！好下贱的变化！我就这么做，
因为做任何事，既打定了主意，也就只好荒唐。随
我来，奈德。〔下〕

第三景：瓦克渥资。脑赞伯兰堡垒前

脑赞伯兰、脑赞伯兰夫人及波西夫人上。

脑赞伯兰　　爱妻，好媳妇，我求你们，不要妨碍我的严重的事
务。不要像世人一般的愁眉苦脸，像他们一般的使
我烦恼。

脑夫人　　　我已经绝望了，我不再多说。随便你怎么做，让你
的智慧做你的向导吧。

脑赞伯兰　　哎呀！亲爱的妻，这是与我的名誉有关的。并且，
除非我去，无法可以挽救的。

波西夫人　　啊！为了上帝的缘故，不要去参加战争吧！父亲，
你当初在比现在更有迫切理由遵守信誓的时候已经
破毁了你的诺言了。那时候，你亲生的波西，我心
爱的波西，多少次引颈北望，盼着他的父亲的援兵，
但是他空望了一场。那时候谁劝过你守在家里不
动？两重名誉都丧失了，你的和你儿子的。关于你

的，愿上帝恢复它的光荣！关于他的，那是像在灰色的天空上照耀着的太阳，靠了他的光亮英格兰的武士们才能活动，做出勇敢的事迹。他是高贵的青年人们对着他整肃衣冠的一面镜子；没有一个青年不模拟他的步伍；他天生地有说话急促的毛病，于是急促的发音变成了勇敢人的腔调，那些本来能低声慢语的人，也故意地毁弃他的优点，好变得像他，所以，在语言上，在走路姿态上，在食品上，在娱乐的选择上，以及军中的规律和特殊的脾气，他都成了目标和榜样，能规范别人。而他，啊，惊人的他！人间的奇迹！你却把他丢下了——他不比任何人差，可是没有你的支持——你让他在劣势的情形之下独自面对着狰狞的战神，他挺身到战场里去，在那里除了霹雳火这个名字的声音以外没有一样事物可以御敌，你就这样的把他丢在那里了。千万不要，啊千万不要，以为你帮助别人比帮助他为更与名誉有关，那是对不起他的鬼魂的，不要管他们了吧。大礼官和大主教的力量是雄厚的，我的亲爱的哈利只消有他们的一半的兵力，我今天就可以拥抱着霹雳火的脖子谈论玛茅资的死讯了。

脑赞伯兰　别瞎说了，我的好媳妇！你把我过去的疏误重新哀悼一遍，只是使我丧气。我现在一定要去，到那里去冒险，否则危险也会在另外一个地方来找寻我，于我更为不利。

脑夫人　啊！逃到苏格兰去吧，等那些贵族和武装的民兵试过他们的武力再说。

波西夫人　　如果他们制胜了国王，然后你再参加他们，像是一道钢箍，使得他们的武力更为坚强。但是，为了我们，先让他们自己试试看。你的儿子当初也是这样单独作战的，他也是这样的吃了苦头。我于是变成了寡妇。我只怕我的寿命不够长，用我自己的眼泪不够灌溉他的英名，令它滋长到天一般的高，来纪念我的尊贵的丈夫。

脑赞伯兰　　来，来，和我一同进去吧。我的心里就像是涨到最高处的潮水一样，完全静止，不涨不落。我很愿去参加大主教的阵营，但是有几千种理由拦阻我去。我决定到苏格兰，我在那里等着，等有机缘需要我的时节再去。〔众下〕

第四景：伦敦。东市野猪头酒店内一室

二酒保上。

酒甲　　你带来的那是什么东西？干苹果[34]？你知道约翰爵士最怕看一只干苹果。

酒乙　　你说得一点也不错。太子有一次把一盘干苹果放在他面前，对他说又来了五个约翰爵士，并且摘了摘

　　　　　　帽子，说，"我现在对这六只圆圆的干皱的老武士们
　　　　　　告辞了"。这使得他非常愤怒。但是他已经忘怀了。

酒甲　　　好啦，铺桌布吧，把苹果放下来。看能不能找到斯
　　　　　　尼克的乐队[35]，蒂尔席特太太很欢喜听音乐的。快
　　　　　　一点！他们吃饭的那间屋子太热[36]，他们立刻就要
　　　　　　来了。

酒乙　　　伙计，太子和波音斯先生也立刻就要来到这里。他
　　　　　　们还要穿起我们的两件皮背心和围裙呢，不可令约
　　　　　　翰爵士知道。巴多夫刚送信来。

酒甲　　　噫，这里要有好戏看了。这倒是很好的一个计策。

酒乙　　　我去找找斯尼克看。〔下〕

　　　　　魁格来太太和道尔·蒂尔席特上。

魁格来　　老实说，乖乖，我觉得你现在的身体是十分的健全：
　　　　　　你的脉搏跳动得和理想的一样；你的脸色，我敢说，
　　　　　　是像任何一朵玫瑰一样的红，真是的！但是，老实
　　　　　　说，你喝的葡萄酒却是太多了一点，那是很厉害的
　　　　　　酒，在你没来得及说"这是怎么回事"之前，它已
　　　　　　经刺激了你的血脉。你现在觉得怎样了[37]？

道尔　　　比刚才好一些，唔[38]！

魁格来　　这说得很好！身体舒适比金子还强。看！约翰爵士
　　　　　　来了。

　　　　　孚斯塔夫唱歌上。

孚斯塔夫　"当初亚肃刚临朝"——倒尿壶去。〔酒甲下〕——"他

乃是当朝一英主”[39]。怎样了，道尔夫人！

魁格来　　有一点恶心。是的，老实说。

孚斯塔夫　　她们这一类的人全是这样，只要一平静下来就要病[40]。

道尔　　你这个混账坏蛋，这就是你给我的安慰吗？

孚斯塔夫　　你能制造臃肿的坏蛋[41]，道尔太太。

道尔　　我制造的！狂吃滥嫖才能制造呢，我不能制造。

孚斯塔夫　　如果厨子帮着制造出贪吃的人，那么你帮着制造花柳病，道尔，我们从你身上得到传染，道尔，是你传给我们的。这你要承认，我的可怜的好人儿，这你要承认的。

道尔　　是的，不错的。还有我们的金链子和宝石呢[42]。

孚斯塔夫　　“你的胸针、珠子和颈链[43]”——最好的应付你们的方法，你晓得吧，就是临阵萎缩：从那裂缝里撤退出来，枪是弯曲的，然后去裹伤，然后再试试那尊装了弹药的大炮[44]——

道尔　　你去自己吊死吧，你这条下贱的海鳝，你去自己上吊吧！

魁格来　　真是的，老是这个样子！你们两个一见面就要吵架。老实讲，你们两个都是脾气坏，像两块干面包似的，谁也不能容忍谁的短处。这是什么年头儿！一个人总要忍耐，那就说的是你：你是较脆弱的杯子，所谓较空虚的杯子。

道尔　　一个脆弱空虚的杯子容得下这样满满的一大桶吗？他肚里装了一整船的葡萄酒，你就没见过货舱填得更满的船。来，我和你要好，杰克，你要打仗去了，以后我能不能再见到你，别人才不介意呢。

酒保甲重上。

酒甲	先生，旗手[45]皮斯图在下边，要和你说话。
道尔	绞死他，粗暴的流氓！不要他到这里来，他是全英格兰最喜欢胡说乱道的一个坏人。
魁格来	如果他胡说乱道，不准他到这里来。不，一定不准。我要在我的四邻当中好好地过日子，我不要粗野的人。我的名誉是很好的，和最好的人一般。关起门来，粗暴的人别到这里来，我活了这样久不是教人来撒野的。关起门来，我请你。
孚斯塔夫	你听清楚没有，女店主？
魁格来	请你死了心吧，约翰爵士，我不准粗野的人到此地来。
孚斯塔夫	你听见没有？那是我的旗手。
魁格来	胡说，约翰爵士！你不用废话，你的粗野的旗手就是不能进我的门。不久以前，代理区长肺痨先生把我传了去，他对我说——就是上星期三以前不久——"邻人魁格来，"他说——我们的牧师哑巴先生就在旁边——"邻人魁格来，"他说，"接待那些规规矩矩的人，因为，"他说，"你的名誉很不好。"现在我明白他为什么这样说了。"因为，"他说，"你是一个诚实的女人，大家对你印象很好，所以要注意你接待的是些什么客人，不要接待，"他说，"粗野的伴侣。"我不准这样的人来——你听了他说的

话，你会吃惊的——不，我不要粗野的人。

孚斯塔夫　　他不是一个粗野的人，女店主。他是一个驯顺的骗子，老实说。你可以把他当作一条小猎狗似的温柔地抚摸他，就是一只巴巴利 [46] 的母鸡对他翘起羽毛作抵御的姿势，他也不会吼叫的。喊他上来吧，酒保。〔酒保甲下〕

魁格来　　骗子 [47]，你这样喊他吗？我不拒绝任何诚实的人到我屋里来，也不拒绝骗子。但是老实讲我不喜欢粗野叫嚣，一提起撒野，我就受不住。摸摸看，诸位，我抖得多厉害。你看，我不瞎说的。

道尔　　你的确是，女店主。

魁格来　　我是发抖吗？是，真的，我是在抖，好像是白杨叶似的，我不能忍受撒野的人。

皮斯图、巴多夫、侍童上。

皮斯图　　上帝保佑你，约翰爵士！

孚斯塔夫　　欢迎，旗手皮斯图。过来，皮斯图，我向你敬一杯干酒，你也敬我的女主人一杯。

皮斯图　　约翰爵士，我要敬她两颗子弹 [48]。

孚斯塔夫　　她是能避弹的，先生，你怕不能伤她。

魁格来　　算了吧，避弹也好，子弹也好，我一概不喝。超过于我有益的限度我就不喝，不管人家高兴不高兴，我。

皮斯图　　那么敬你，道乐赛，我来敬你。

道尔　　敬我！我瞧不起你，下流的东西，什么！你这个贫穷、卑贱、流氓气的、欺骗人的、没有多余衬衫的人！滚开，你这倒霉鬼，滚开！我是为你的主人吃的肉。

皮斯图　　我认识你，道乐赛夫人。

道尔　　　滚开，你这个偷窃的恶汉！你这个下流的小贼，滚开！我凭这酒发誓，如果你对我无礼[49]，我要把我的刀插进你的烂嘴巴。滚开，你这个轻浮的恶棍！你这个带把腰刀冒充军人的骗子，你！请问，先生，你从什么时候起冒充军人？天哪！你肩膀上还有两个肩章？真够瞧的！

皮斯图　　上帝不要叫我活下去吧。我要撕碎了你的皱领！

孚斯塔夫　别闹了，皮斯图！我不愿你在这里动手动脚的。你走开吧，皮斯图。

魁格来　　别这样，好皮斯图队长。不可以在这里撒野，好队长。

道尔　　　队长！你这该死的可恶的骗子，被称作队长，你不知羞吗？如果队长们和我一样的看法，他们会把你这个不配做队长而冒充队长的人一阵乱棒打出去。你配做队长，你这个奴才！凭什么？就凭你在娼寮里敢撕破一个娼妇的皱领？他配做队长！绞死他，坏蛋！他吃的是生霉的煮梅子和干饼子[50]。一个队长！天哪，这些个小人把队长这个名义都弄成可厌的了，就好像"占领"那个名词似的[51]，在没有被滥用之前，原是很好的一个名词，所以做队长的人们需要注意一下才好。

巴多夫　　　请你下楼去吧，好旗手。

孚斯塔夫　　请你过来听我说，道尔夫人。

皮斯图　　　我不！我告诉你说，巴多夫伍长，我要把她撕裂。
　　　　　　我要对她报复。

童　　　　　请你下去吧。

皮斯图　　　我要先看着她下地狱，到普鲁托 [52] 的苦海里去，到
　　　　　　地狱的深处，那里有恶神哀来伯斯 [53] 和无穷的酷刑。
　　　　　　拉住了钓钩和钓线 [54]，我说。下去，下去，畜生！
　　　　　　下去，坏东西 [55]！我们这里没有爱伦吗 [56]？

魁格来　　　好皮塞尔队长 [57]，不要吵。现在很晚了，真是的。
　　　　　　我现在请求你把你的怒火降低一点。

皮斯图　　　这真是发的好脾气！驮东西的马，亚洲的听吆喝的
　　　　　　瘦马，一天走不了三十英里路，能和一般西撒、罕
　　　　　　尼拔尔、特洛爱的希腊人来争竞吗？不，倒不如让
　　　　　　他们堕入阎王塞白勒斯的地狱里去，由着天空去吼
　　　　　　吧 [58]。我们应该为了一些小事而吵架吗？

魁格来　　　说实话，队长，这话是很刻毒的。

巴多夫　　　走吧，好旗手，这样闹下去真要变成吵嘴了。

皮斯图　　　人能像狗一般地死！皇冠能像针一般地放弃 [59]！我
　　　　　　们这里没有爱伦吗？

魁格来　　　相信我，队长，这里没有这样的一个女人。什么
　　　　　　话！你想我能拒绝她在这里吗？为了上帝的缘故，
　　　　　　不要吵。

皮斯图　　　那么吃吧，长胖吧，我的美丽的卡里波里斯 [60]。来，
　　　　　　给我们一点干酒。"如命运惩治我，希望会安慰我。" [61]

我们怕军舰上的排炮吗？不，让那鬼东西开火好了。给我一点干酒。好人儿，你躺在这里吧。〔将剑放下〕我们是否就此打住，没有其他的下文了？

孚斯塔夫　　皮斯图，我要安静。

皮斯图　　　亲爱的骑士，我吻你的手[62]。什么！我们曾经在一起看过金牛七星呀[63]。

道尔　　　　为了上帝的缘故，把他推到楼下去！我不能忍受这样的一个粗鲁的流氓。

皮斯图　　　"把他推到楼下去！"难道我们没在一起玩过加洛威的马[64]？

孚斯塔夫　　把他掷下去，像"推钱戏"的先令一般[65]。如果他除了胡说八道之外什么事都不做，我们不要他在这里。

巴多夫　　　来，你到楼下去。

皮斯图　　　什么！我们要动刀吗？我们要流血吗？〔抓起剑来〕那么让死神来摇我入睡吧，来截断我的悲苦的生命吧！那么，让惨酷可怕的伤口来解开那"三姐妹"的生命之线吧！[66]来呀，阿特罗波斯，我说！

魁格来　　　你们要干出好事来！

孚斯塔夫　　把剑递给我，孩子。

道尔　　　　我请你，杰克，我请你，不要拔剑。

孚斯塔夫　　你下楼去。〔拔剑〕

魁格来　　　你们是要打架呀！在我陷入这场恐怖之前，我先得声明这不是我的家。可不是么。一定要闹到杀人的地步，现在我敢说。哎呀，哎呀！收起你们的光亮

<table>
<tr><td></td><td>的剑来吧，收起你们的光亮的剑来吧。〔巴多夫与皮斯图下〕</td></tr>
</table>

道尔	我请你，杰克，安静些。那流氓走了。啊！你这婊子养的勇敢的小坏蛋，你！
魁格来	你的小肚子[67]，没有受伤吧？我觉得他对着你的肚皮凶狠地刺了一下。

巴多夫上。

孚斯塔夫	你把他赶出门去了吗？
巴多夫	是的，这流氓是喝醉了。你伤了他的肩膀了。
孚斯塔夫	这流氓，敢和我作对！
道尔	啊，你这可爱的小坏东西，你呀！哎呀，可怜的猴子，瞧瞧你出了多少汗！来，让我揩揩你的脸。过来，你这婊子养的胖家伙。啊，坏东西！老实讲，我爱你。你是像特洛爱城的海克脱一般的勇敢，抵得过五个阿加曼农，比起"九名将"有十倍的好[68]。啊，坏人儿。
孚斯塔夫	好可恶的东西！我要把他放在毡子上面掷[69]。
道尔	就这么办，如果你真敢！你若是真这样做，我就在两层被单之间照样地把你掷一回。

乐队上。

童	乐队来了，大人。
孚斯塔夫	让他们奏乐吧。演奏吧，诸位。坐在我的膝上，道尔。好可恶的夸口的奴才！这家伙像水银一般从我

面前溜了。

道尔　　　　老实讲，你是像座礼拜堂一般地追逐着他。你这婊子养的又小又乖的巴托罗缪猪儿[70]，你什么时候才肯白天不打夜里不戳，开始把你这条老命整顿一下准备上天堂呢？

　　　　　太子及波音斯化装酒保自后上。

孚斯塔夫　　别说了，好道尔！别像是一颗骷髅似的讲话[71]。不要令我老是想着死。

道尔　　　　喂，太子是怎样的性格？

孚斯塔夫　　一个还不算坏的浅薄的青年：他可以做一名很好的厨房司务，他可以削面包[72]。

道尔　　　　他们说，波音斯很机伶。

孚斯塔夫　　他机伶！该死，这猴子！他的机伶劲儿就像吐克斯伯来[73]的芥末一般的浓，他脑筋里的智慧不比一个野鸭的多。

道尔　　　　那么，为什么太子那样喜欢他呢？

孚斯塔夫　　因为他们的腿是一般粗[74]，并且他又会投铁环，吃海鳗茴香[75]，吞酒上漂着的蜡烛头[76]，和孩子们玩跷跷板，跳细木凳，用祈祷来赌咒，皮靴子永远是整洁合适的，像招牌上的那条腿一般[77]，从没有因讲正经故事而引起过麻烦。这样的种种的粗俗的本领他全有，足以证明他是一个头脑弱而体力强的人，因此太子才欢喜他。因为太子也正是这样的一个人，这两个人半斤八两，不差毫发。

太	这胖车轴是不是想把他的耳朵让人切下来？
波音斯	让我们当着他的娼妇面前打他一顿。
太	看，这老家伙的头被抓得像是鹦鹉似的。
波音斯	身体干不动了，而他的心还不死，这有多么奇怪？
孚斯塔夫	吻我，道尔。
太	今年土星和金星交在一起了[78]！日历将怎样解释？
波音斯	看啊，那火烧的三座星[79]，他的仆人，正在和他的主人的老相好喁喁私话哩。
孚斯塔夫	你真是吻得我舒服。
道尔	说实话，我是顶真心地在吻你。
孚斯塔夫	我老了，我老了。
道尔	我爱你，远过于我爱过的那些稀脏的年轻小伙子。
孚斯塔夫	你愿要什么料子做裙子？星期四我可以领到钱，你明天可以有一顶帽子。唱一个快乐的歌！来，时间已经不早了，我们上床去睡吧。我走了之后你会把我忘记的。
道尔	老实讲，你如果这样说，你要使得我哭起来了，在你回来之前我从没有把自己打扮漂亮过。以后你打听打听看。
孚斯塔夫	来一点干酒啊，佛兰西斯！
太 波音斯	〔走向前〕就来，就来，先生。
孚斯塔夫	哈！国王的私生子吗？你不是他的兄弟波音斯吗？
太	噫，你这只罪恶的大集团，你过的是什么生活。

孚斯塔夫	比你强些：我是绅士，你是酒保。
太	一点也不假，先生，我是来揪着你的耳朵把你拖出去。
魁格来	啊！上帝保佑您，真是的，欢迎您回到伦敦。现在，上帝祝福您的那张和蔼的脸！啊耶稣！您是从威尔斯来吗？
孚斯塔夫	你这婊子养的疯狂的尊贵的东西，我指着这个贱肉恶血〔指道尔〕发誓，我欢迎你。
道尔	什么！你这胖贼！我厌恶你。
波音斯	殿下，如果你不立刻动手，他会把你的怒气消灭，把一切变成为一场笑话。
太	你这个婊子养的蜡烛油，你呀，你方才当着这位诚实的美德的有礼貌的高贵妇人的面前说我多少坏话！
魁格来	上帝祝福你的好心肠！她确是这样的一个人，我敢说。
孚斯塔夫	你听见了吗？
太	是的。你认识我，你从棍棒山逃命的时候就认识我。你晓得我在你背后，故意地那样说使我难堪。
孚斯塔夫	不，不，不！不是这样。我不晓得你在近旁能听得到。
太	那么我要强迫你承认那有意的侮辱，然后我晓得怎样地处治你。
孚斯塔夫	没有侮辱，哈尔！我以我的名誉为誓，没有侮辱。
太	没有毁谤我，可是又说我是厨房司务，削面包的人，以及一些想不到的话？

孚斯塔夫　　　没有侮辱，哈尔。

波音斯　　　　没有侮辱。

孚斯塔夫　　　没有侮辱，奈德，一点也没有。诚实的奈德，确实没有。我在坏人面前毁谤他，好教坏人不至于爱上他，在这种行为当中我尽了细心的朋友和忠实的臣子的义务，你的父亲会要感谢我的。没有侮辱，哈尔，没有，奈德，没有。真没有，孩子们，没有。

太　　　　　　现在，你因了纯粹的畏惧和完全的怯懦，竟不惜冤枉这位有美德的高贵妇人，为的是和我们言归于好。她是坏人吗？你这里的这位女主人是坏人吗？你的侍童是坏人吗？一团热心在鼻头上燃烧着的诚实的巴多夫是坏人吗？

波音斯　　　　回答呀，你这棵死榆树，回答呀。

孚斯塔夫　　　恶魔已经指定了巴多夫，无可救药！他的脸是恶魔的小厨房，专用来烧烤醉鬼。至于那侍童，有善良的精灵在呵护着他，但是也禁不住那恶魔的诱惑。

太　　　　　　这几位女人呢？

孚斯塔夫　　　其中之一是已经在地狱里传梅毒呢[80]，可怜的人。至于另外一位，我欠她钱，她是否为了这个缘故也该下地狱，我不知道。

魁格来　　　　不会的，我敢担保。

孚斯塔夫　　　不，我想你也不会的，关于这事你已经得到豁免了。真的，你还有另外一宗罪过，斋期中在你家里可以吃肉，这是违法的，为了这个我想你不免要下地狱。

魁格来　　　　所有的酒店老板都是这样的，整个斋期里卖一两个羊腿可有什么关系？

太　　　　　你，高贵的妇人——

道尔　　　　殿下有何话说？

孚斯塔夫　　他说的是他本心不愿说的客气话。〔内敲门声〕

魁格来　　　是谁这样大声敲门？到门口看看去，佛兰西斯。

皮图上。

太　　　　　皮图，怎样！有什么事吗？

皮图　　　　您的父王是在西敏斯特。有二十名疲劳不堪的驿使
　　　　　　从北方来，我来的时候在路上遇到并且赶过了十几
　　　　　　位队长，秃着头，流着大汗，敲每一个酒店的门，
　　　　　　向每个人问讯约翰·孚斯塔夫爵士。

太　　　　　天呀，波音斯，我觉得我是大大的不对了，竟这样
　　　　　　无聊地浪费掉宝贵的时间，叛乱的风暴，像南风一
　　　　　　般，满载着黑雾，就要开始溶解，落在我们的没有
　　　　　　防御的秃头上。把我的剑和大衣给我。孚斯塔夫，
　　　　　　再会了。〔太子、波音斯、皮图及巴多夫同下〕

孚斯塔夫　　现在到了这夜晚的最甜蜜的一段时间，而我们一定
　　　　　　要走，不能享受了。〔内敲门声〕又有人敲门！

巴多夫上。

怎样！有什么事。

巴多夫　　　你要立刻到宫廷去，大人，有十几位队长在门口等
　　　　　　着你呢。

孚斯塔夫　　〔向童〕孩子，付钱给那乐队。再会了，女店主；再

会了，道尔。我的好女人，你们看，有才干的人是多么忙碌，没本领的人可以睡觉，会做事的人就要被请了走。再会吧，好女人，如果我不立刻被派出去，我在走前还来看你们。

道尔　我说不出话来了。如果我的心不是要碎——好吧，亲爱的杰克，保重你自己。

孚斯塔夫　再会，再会。〔孚斯塔夫及巴多夫下〕

魁格来　好，再会吧。到豌豆熟的时节，我认识你足足有二十九个年头了，一个更诚实更好心眼的人——好，再会吧。

巴多夫　〔在内〕蒂尔席特太太。

魁格来　什么事呀？

巴多夫　〔在内〕教蒂尔席特太太来到我的主人那里。

魁格来　啊！快跑，道尔，跑。快跑，好道尔。〔同下〕

注释

[1] 饼角（Pie-corner）乃伦敦 Gilspur Street 与 Cock Lane 之拐角处，此处食店林立，故名。此处气味熏人，非缙绅所能忍受，故提及此地时，紧加"请原谅"一语，染清教主义之妇女有此虚矫习气。

[2] 莎氏时，居家无门牌号数，恒于门上绘一图像，以为标志，近日乡间酒店仍沿此风。

[3] 原文 malmsey-nose，希腊摩利亚（Morea）东岸一城市 Malvasia 产强

烈之甜酒，多饮则鼻红，故云。

[4] 俗语；Whose mare's dead? 意即"出了什么事啦？"

[5] 原文 A rescue！法律名词，谓自官人手中劫取犯人而救之也。时孚斯塔夫被官人及魁格来夫人围攻，已倒地受窘，故呼巴多夫来"拦住他们"，巴上前解救，故爪牙有此语。

[6] 原文 mare 意为"梦魇"，做噩梦时恒觉有物压伏胸上，即 incubus，亦即 night-mare，为一恶鬼。孚斯塔夫反唇相讥，谓汝不能如梦魇骑我，我将骑梦魇（ride the mare），有猥亵之含义。因据俗迷信，梦魇之恶鬼恒于女人眠时覆于其身而强与之交合。或谓 mare 暗指绞架，非。

[7] 酒店内餐厅之名称，往往均甚奇特，如"石榴""木鸟""狮子"之类。

[8] 降灵节（Whitsun），复活节后七星期。

[9] 奉王命紧急公干者，得受法律特殊保护，不受普通之干涉，所谓 quià profecturus 是也。

[10] 当时玻璃器皿，自威尼斯输入，价较金银质之酒杯为贱，风行一时。

[11] 据 Staunton 注，十六世纪末至十七世纪中叶，荷兰画派作家喜作一种粗陋之滑稽画，所绘者为酒馆酗饮、士兵营房、乡下市集，或江湖医士之类。间或绘有猿狗之类，加入饮宴，或演奏乐器，或权充士兵。

[12] 即《圣经》中之浪子。

[13] 德国猎野猪之景。Winstanley 指为 St. Hubert 猎鹿时因见圣灵而皈依之图，因此乃德国绘画中习用之题材，说亦近理。

[14] 一诺布（noble）等于一镑之三分之一，魁格来殆欲将借款由十镑减至六镑十三先令四便士。

[15] 言当然不成问题也。

[16] Basingstoke，离伦敦西南方约五十英里一小市。

[17] 原文 lighten 双关语:（一）启示,（二）减轻其体重。Rolfe 谓"此际大法官盛怒之下,恐无兴致再作此戏语"。但法官之戏语,不一而足,或已无形中受孚斯塔夫之沾染矣。

[18] 淡啤酒（small beer）即较淡薄之劣质啤酒,品质较低,晨间饮之最宜。

[19] 网球戏源出拜赞庭官内,西人习之,盛行于十三世纪法国,十六世纪时流行于英国,伦敦拥有甚多之私人球场及公共球场,下赌注甚丰,清教徒则反对甚力。

[20] 原文 the rest of thy low countries,意义不甚明显。或谓 low countries 指人体之下身,或臀部。可能 low countries 有双关意,暗指 Netherlands（低地国家,即荷兰）,同时荷兰又系产麻纱之地,纱布亦可名为 holland。故直译应为"你的其他的衣服已经设法吞并了你的衬衫",今从 Shaaber 意译,虽亦未妥,但太子此语有讥责波音斯淫荡行径之意,殊为显然。

[21] 原文 shall inherit his kingdom 意译为"公开受洗",典见《圣经·马太福音》二十五章三十四节。

[22] 即"盖棺论定"意。奥维德（Ovid）亦云: Exitus aclo probat. (*Heroides*, ii, 85)

[23] 长子有继承权,故次子贫。

[24] 酒店窗子例用红色玻璃,故"红窗"即酒店之代称。巴多夫脸色赤红。下等妇女喜着红裙。故有此谑语。

[25] 阿尔台阿（Althea）乃 Calydon 国王之妻,生子 Meleager,生时命运之神（Fates）置柴于火上,告之曰:"柴不燃,则王子永不死。"阿尔台阿急取柴藏之⋯⋯后其子杀诸舅父,母怒,投柴于火,柴燃,子遂死云。另一神话: Hecuba 怀孕,尚未生 Paris,梦产一火把,烧遍全国。

侍童所云显系将两则神话混为一谈。莎士比亚或有意如此写，以状其一知半解也。

[26] 圣马丁节（Martinmas）十一月十一日，小阳春，意谓犹有童心之老人，即孚斯塔夫。或谓此节日为杀猪宰牛之时，隐寓孚斯塔夫肥胖之意，亦近情。

[27] 莎氏原文 borrowed cap 应译为"借来的帽子"，意不可解，Warburton 提议改为 borrower's cap，牛津本从之，意稍可通，言借钱者见人随时脱帽，敏捷异常也。

[28] 雅弗（Japhet），诺亚（Noah）之子，据神学家及早期人种学家皆谓欧洲人之祖先为雅弗，说见《创世记》第十章第五节。

[29] 此罗马人或系指朱利阿斯·西撒而言，彼于纪元前四十七年战胜 Pontus 国王 Pharnaces 时致书罗马元老院仅寥寥数字：Veni,vidi,vici.（"余已来，余已见，余已胜。"）作如是解，则原文之 Romans 应从 Warburton 改为单数。

[30] 把语言吃掉，即是承认错误而撤回之意。二十言其多也。

[31] 此语恐系采自赞美诗篇 *Psalms*, ii. 4.

[32] 原文 road 即娼妇，其意若谓人人可遍行之公路也。十四世纪时，此字即有此涵义。

[33] 希腊神话 Jupiter 向 Europa 求爱，化身为牛。

[34] 干苹果（apple-John），苹果之一种，于圣约翰节前后成熟，故名。据云能收藏两年不败，唯皮皱，常以为象征老年，故孚斯塔夫恶之。

[35] 酒馆常雇乐队奏乐以娱宾客，斯尼克其队长之名也。

[36] 顾客常于饭后另择一室进水果饮酒听音乐。

[37] 魁格来太太于此段对话（他处亦然）中惯用错字，例如 pulsidge 为 pulse 之误，temperality 为 temper 之误，extraordinarily 为 ordinarily

之误，perfumes 为 inflames 之误，均未能译出。

[38]"唔！"原文 hem! 原是轻咳一声之意，道尔此时轻咳一声用意安在耶？或谓故作此声，以试其肺力（Cowl），殊不类。或谓所以引约翰爵士之注意（Porter），但事实上似无此必要。译者以为或系引起魁格来太太之注意，暗示约翰爵士已来，勿再谈下去也。

[39]一歌谣之首两行，字句稍有误，原文应是：

"When Arthur first in court began

And was approved king"

见波西古诗拾零。

[40]原文 calm 双关语：（一）魁格来太太所谓 calm 即 qualm 之意，言酒后恶心欲呕吐也;（二）孚斯塔夫所谓 calm 指风平浪静时之静止状态言，谓娼妇于不能兴风作浪时自然感觉不适也。calm 与 qualm 二字，据 Steevens 在莎氏时音相同。

[41]原文 fat rascals 指染梅毒之人，因染梅毒结果之一为全身臃肿。（Mason）

[42]所谓金链宝石，或系指孚斯塔夫曾骗取（或借取）娼妇之金饰。

[43]此句或亦系歌谣中之一行，但不可考。

[44]此段虽系一连串之战事术语，显寓猥亵之意，普通版本率多删略。

[45]旗手，步兵中之最下级。

[46]巴巴利（Barbary），非洲北部，产"珠鸡"，其羽毛凌乱逆翘。"珠鸡"为妓娼之别称。

[47]骗子（cheater）即掷骰舞弊之赌棍。Warburton 指陈魁格来误解此字之涵义，以为系 escheator（王室之理财官）之意，故表示欢迎之意。Cowl 不以此说为然，谓诚实人与骗子俱所欢迎，只消不叫嚣粗暴即可。后者之说是也。诚实与欺骗正是对持之辞。

[48] 皮斯图原文为 Pistol，本义为"手枪"，故云。但 Delius 指出所谓"两颗子弹"系猥亵之双关语，如不诬，则所谓 Pistol 亦猥亵之双关语。魁格来太太似不解。

[49] 原文 an you play the saucy cuttle with me... 所谓 cuttle 者或谓即绺贼所用之刀，用以割人之钱袋者。但亦可释为 bully 之意。细查语气，道尔斥皮斯图为绺贼，亦普通诟詈之词耳，未必真指其有偷窃之行，且道尔所深恶者乃其胡言乱道，故意译为"无礼"二字，与下句欲以刀插其嘴之意相符合。

[50] 煮梅子及奶油饼乃娼寮中常备之食品，此言皮斯图穷极无聊，在娼寮中拾啜残剩食品以维生也。

[51] "占领"原文 occupy 另一意义为"奸淫"，十七世纪时有此涵义。

[52] 普鲁托（Pluto），希腊神话中之阎罗王。

[53] 哀来伯斯（Erebus）即地府，亦可作为人名，即 Chaos 与 Night 所生之子，盘据阴间为一恶神，《绮尼德》卷四第五一〇行。此地作人名解似较妥。

[54] 原文 hold hook and line 似费解。各版注解率引录两行歌谣——

"Hold hooke and line,

Then all is mine. "

皮斯图可能系引用此语，但因此并不能解释其意义。Schmidt 释为"在冥府钓鱼"，似较为可通。（参看拙译《李尔王》三幕六景六行："……是阴间湖上的一个钓人。"）皮斯图盖谓道尔坠入阴间苦海，有若人鱼，彼则居高而钓也。

[55] 对折本作 Fates，四开本作 faters，译者所根据之牛津本作 fates，意义显然不同。今仍作为 faters（即 faitors）译。

[56] 原文 Have we not Hiren here? 有二解:（一）Hiren 即 iron，其意义

为"刀"；（二）Peele 有剧 *The Turkish Mahamet and Hyrin the fair Greek*（已佚），其中一角色为 Hiren，莎士比亚及其他十七世纪初期之戏剧家常引为"娼妇"之别名。此处皮斯图所谓"我们这里没有爱伦吗？"究何所指？新集注本 Shaaber 之解释较佳："彼对此二义或均无所指，仅引用剧词而已；如其心目中确有所指，则指刀而言较为近是。"

[57] 魁格来夫人将皮斯图化为皮塞尔（Peesel），其音与 pizzle 相近，意为牛之阳具。

[58] 原文 let the welkin roar 系旧歌谣中之一行。

[59] 二语系引自 Tamburlaine 一剧而字句有出入。

[60] 此 语 引 自 Peele: *The Battle of Alcazar*，1594。剧 中 描 写 Muley Mahamet 以刀挑肉，对其妻卡里波里斯曰：
"汝持此肉去，此乃余割自一牡狮者，汝食之，当发胖，体力大壮，可拒敌复仇也"云云。

[61] 此 乃 格 言， 法 文 应 为："si fortune me tormente, l'espérance me contente." 皮斯图混用意大利文及法文，故不伦不类。此格言乃镂刻于皮斯图刀上者。

[62] 吻手乃表示致敬告辞之意，西班牙文所谓 Beso las manos。

[63] 言我辈曾共甘苦，披星戴月，于夜间共同做穿窬之行也。

[64] 加洛威（Galloway）地名，在苏格兰，产马，体小而善走，人尽可骑，喻道尔为娼妇，人尽可玩弄也。

[65] "推钱戏"（shove-board，又称 shove-groat）系于平滑之木板（或桌面）上绘方格，标明字数，戏者以手弹币，使停留于瞄准之方格内，得分多者胜。

[66] "三姐妹"（Sisters three）即司命运之三女神，Clotho 手持生命之线，Lachesis 编织之，Atropos 剪断之。

[67] groin 腹之下部，近大腿处，俗谓"小肚子"。

[68] 海克脱（Hector）、阿加曼农（Agamemnon），希腊神话中之勇将。所谓"九名将"（Nine Worthies）者，即 Hector, Alexander the Great, Julius Caesar, Joshua, David, Judas Maccabaeus, Arthur, Charlemagne, Godfrey of Bouillon。

[69] 对懦夫所惯用之刑罚，即置之于毡上，数人持毡，掷之起，俟降落上再掷之起。

[70] 巴托罗缪（St. Bartholomew），十二使徒之一，伦敦每年八月二十四日举行市集庆祝，例有烤猪出售。

[71] 戒指上常刻骷髅，提醒人勿忘死，所谓"memento mori"是也。

[72] 富室食用面包，削去其硬壳。硬壳煮汤，作饲狗之用。

[73] Tewksbury 乃 Gloucester 一乡镇，以产芥子名。

[74] 言波音斯之仪表与太子类似。腿之粗细在当时与相貌占同等地位。

[75] "海鳗茴香"（conger and fennel）各家解释不同。据 Schmidt 及 Steevens 均认为系兴奋物，刺激情欲。White 则谓，食之令人头脑糊涂。Cowl 又谓海鳗质硬，难以煮烂下咽，故此语乃指食者消化力强而言。不辨孰是。

[76] 白兰地酒内置葡萄干，以火点燃之，青年男子往往竞吞之，以表示其对于爱人之忠诚，蜡烛头当然为更难下咽之物。

[77] 酒店或靴鞋店之招牌，漆画着靴之腿。

[78] 土星（Saturn）司老年。金星（Venus）司情爱。

[79] "火烧的三座星"（fiery trigon）天文名词，指十二宫中之三星。此处指巴多夫，因彼脸红之故。

[80] 原文"burns poor souls"，burn 双关语：（一）狱火熬炼，（二）传布梅毒。

第 三 幕

第一景：西敏斯特。宫中一室

亨利王着长袍偕童上。

王 去，喊色雷伯爵和瓦利克伯爵来。但是在他们来之前，教他们看看这些信，仔细考虑一下。赶快去。〔童下〕在这个时候有多少万我的顶可怜的臣民正在安睡哟！啊睡眠！啊温柔的睡眠！你是自然的柔顺的护士，我是怎样地惊吓了你，以至于你不肯再压下我的眼睑，使我忘怀一切呢？睡眠呀！你为什么宁愿躺在烟气腾腾的茅房里，卧在不舒适的草垫上，由着嗡嗡的夜蝇催着安眠，而不肯来到贵人的薰香了的卧室，躺在华丽的幔帐里，由最美妙的音乐引着入睡？啊你这昏迷的神！你为什么陪着贱民睡在

龌龊的床上，把帝王的卧榻变成了更夫的岗舍[1] 或
是公众的警钟台？你在那高矗的令人目眩的桅樯之
上，会不会合上那船夫的眼睛，让他在狂涛骇浪的
摇篮里安然入睡。同时有狂风猛袭着，挟着粗暴的
波浪，吹卷了波浪的头顶，于震耳欲聋的吼声中把
浪头挂上了捉摸不定的云端，一阵骚动使得死人都
会醒起？啊偏心的睡眠啊！你怎能在这样狂乱的时
候把你的安息送给一个湿淋淋的船夫，而在这最平
静的夜晚，一切条件都很适宜，你反倒拒绝把安息
送给一个国王呢？

那么睡吧，幸福的穷人！

戴王冠的反倒睡得不安稳。

瓦利克与色雷上。

瓦利克	陛下早安！
王	已经到早晨了吗？
瓦利克	一点了，一点多了。
王	那么，你们二位早安。我送给你们的信看过了吗？
瓦利克	看过了，主上。
王	那么你们可以看出我们的国家是何等紊乱了，生着何等的恶病，在近心处有何等的危险。
瓦利克	只是像身体一样，偶然染病，加以好好的指导和少许的药饵，自然可以恢复以前的健康。脑赞伯兰伯爵很快地就会冷静下去的。
王	上帝啊！我真愿能读一读命运的那本大书，看看时

代的变迁，高山如何变成平地，大陆如何的厌倦凝
结的固体而融化成为大海！并且，有时候，看看大
海周遭的沙滩做的腰带绕在海神的胯上如何的又嫌
太宽；偶然的机会如何捉弄人，变迁的精神如何的
在人生的酒杯里倾注各种不同的酒浆！啊！如果这
些都能看得到，那么一个最幸运的青年，看看他的
流年，过去的有多少危难，未来的还有多少折磨，
他一定愿意合上这本书，坐下来从容死去。不过十
年前，利查和脑赞伯兰是很好的朋友，在一起宴会，
过了两年的工夫他们打起仗来了。也不过是八年前，
这波西是我最心爱的一个人，他像兄弟一般为我做
事，把他的情感和性命都交付给我了，是的，为了
我他当面和利查顶撞起来。当时你们俩是哪一位在
场来的——〔向瓦利克〕是你，奈维尔老弟，我记
起来了——利查被脑赞伯兰骂得眼泪汪汪的，他说
了这样一句话，现在证实了是一句预言，"脑赞伯
兰，你是一架梯子，我的老弟布灵布洛克要借你爬
上我的王座。"虽然在那个时候，上帝晓得，我并没
有这个意思，只是环境把王权压迫得如此低头俯就，
我被迫得不能不和王位亲吻了。"将来总有一天，"
他这样接下去说，"将来总有一天，腐烂的罪恶，挤
出了脓头，而全盘崩溃。"他这样说下去，预言到我
们现在的状况和我们友谊的分裂。

瓦利克　　所有的人在他们一生当中，都可以目睹一段历史，好
像是在重演过去的一般事迹。根据这种观察，一个人

就可以预言，而且相当准确，预言一些尚未实现而可能发生的事情，其种子和嫩芽是早已埋伏下了的。这些事情恰似时间孵化出的幼雏，根据这种必然的形式，利查王就可以完全猜想到这位伟大的脑赞伯兰，当时既对他叛变，叛变的种子就不免要滋长成为更大的叛变，除了在你身上之外一定找不到生根的地方。

王　　　那么这些事是必然的吗？那么我们就把它们当作必然的事情来应付吧，这必然的事正在向我们大声急呼呢。据说主教和脑赞伯兰的队伍有五万之众。

瓦利克　　那是不会的，陛下！谣传就像是回声一般，把所恐惧的武力至少加了一倍的数目。陛下请安心睡觉去。以我的灵魂来打赌，陛下，你已经派出的军队一定可以很容易地胜利归来，还有更可以使你安心的事，我得到消息说格兰道渥已经死了。陛下这半月来身体欠安，这样的熬夜恐怕要使你的病症加重。

王　　　我接受你的劝告：
如果这内战一旦能完毕，
我们就可以出发到圣地去。〔同下〕

第二景：格劳斯特法官沙娄家中院内

沙娄与赛伦斯上，相遇；霉头、阴影、黑痣、弱者、公牛及仆人等，自后上。

沙娄	来，来，来，先生，把你的手给我！先生，把你的手给我！先生，凭着十字架发誓，你起身真早！我的赛伦斯老兄可好吗？
赛伦斯	你早安，沙娄老兄。
沙娄	我的老嫂子，和你同床的那位，可好吗？你的顶美丽的女儿，我的干女儿哀伦可好吗？
赛伦斯	哎呀！是一只乌鸦 [2]，沙娄老哥。
沙娄	诚然是的，先生。威廉世兄一定变成一位很好的学者了。他还是在牛津，是不是？
赛伦斯	是的，先生，花我不少钱。
沙娄	那么不久他一定可以到法学研究院了。我曾经在"克利曼特法学院"住过一阵，我想他们现在一定还谈论着疯狂的沙娄。
赛伦斯	当初他们唤你作"放荡的沙娄"，老兄。
沙娄	天呀，我被唤作过任何东西，我倒也任何事都做得出来，而且彻底。当初我在那里，还有斯塔福县的小约翰·道爱特，黑乔治·巴恩斯，佛兰西斯·皮克邦，威尔·斯魁尔那个考次窝人。在所有的法学院里你找不到这样的四个放荡的人，我可以对你说，我们晓得高级的姑娘在哪里，其中最好的几个都在我们的支配之下。随后述有杰克·孚斯塔夫，现在是约翰爵士了；那时还是个孩子，诺福克公爵汤麦斯·毛伯雷的侍童。

赛伦斯	就是才到这里来招兵的那个约翰爵士吗？
沙娄	就是这个约翰爵士，就是他。我看见他在法学院大门口打破了斯考根的脑袋[3]，那时候他还是个毛孩子，没有这样高。并且就在那同一天，我和一个卖水果的桑泊孙·斯托克菲施在格雷法学研究院的后面打了一架。耶稣！耶稣！我过的那些疯狂的日子！现在多少旧相识都死了！
赛伦斯	我们全会跟着死的，老兄。
沙娄	一定的，那是一定的！很确实的，很确实的！圣诗作者说过[4]，死是人人不能免的；人人都要死的。在斯丹佛市场里一对好牛值多少钱？
赛伦斯	真是的，老兄，我没到那里去过。
沙娄	死是一定的。你城里的老德布尔还活着吗？
赛伦斯	死了，先生。
沙娄	耶稣！耶稣！死啦！他拉得一手好弓，也死啦！他射得一手好箭，刚特的约翰[5]很欢喜他，在他身上下过很大的赌注。死啦！他能在二百四十码外射中鹄心；他能把一支重箭直射出二百八十码到二百八十码半之遥，真是令人看了高兴。二十只羊现在值多少钱？
赛伦斯	要看货色的好坏：二十只好羊也许可以值到十镑。
沙娄	老德布尔死了？
赛伦斯	我想那面来的是约翰·孚斯塔夫爵士手下的两个人。

巴多夫及另一人上。

巴多夫　早安，诚实的先生们。我请问哪一位是沙娄法官？

沙娄　　我是罗伯特·沙娄，先生，这乡间的一个穷爵士，并且是皇家的法官。有何见教？

巴多夫　先生，我的队长向你致敬。我的队长，约翰·孚斯塔夫爵士，一位英勇的爵士，并且是一位勇敢的领袖。

沙娄　　他实在太多礼了，先生。他用木棍子比剑的时候我就认识他。这位好骑士可好？我可否问问夫人，他的妻子，可好？

巴多夫　先生，请原谅，一个军人有比妻子更好的伴侣。

沙娄　　这真是说得好，先生，并且也是实在说得好。"更好的伴侣"！这好，这实在是好！好的词藻一定是并且一向是被称赞的，伴侣！由"作伴"引申而来。很好，一个好的词藻。

巴多夫　原谅我，先生，这个字我听说过。"词藻"，你是不是说？我对着白昼发誓，我不懂这个词藻。但是我要用我的剑来拥护这个字，是一个合军人身份的字，并且是个很好的军用名词。伴侣，那就是说，一个人有伴侣的意思；或是，一个人被人认为有伴侣的意思，那是极好的一件事。

　　　　孚斯塔夫上。

沙娄　　说得很对。看，好约翰爵士来了。把你的手给我，把阁下的手给我。实在讲，你的气色很好，你保养得好。欢迎，好约翰爵士。

孚斯塔夫	我很高兴看见你也这样好，好罗伯特·沙娄先生。这位是修卡德先生吧。
沙娄	不，约翰爵士，这是我的赛伦斯老兄，也是一位法官。
孚斯塔夫	好赛伦斯先生，就凭您这尊姓也就很适宜于做一位法官[6]。
赛伦斯	欢迎阁下。
孚斯塔夫	嗳！这是很热的天气，先生们。你们给我预备好半打壮丁了吗？
沙娄	预备好了，先生。请坐吧！
孚斯塔夫	请你让我看看。
沙娄	名册在哪里？名册在哪里？名册在哪里？我来看看，我来看看，我来看看。是了，是了，是了，是了，是了，是了，是。对的，先生，拉尔夫·霉头！我一喊就教他们走出来，教他们出来，教他们出来。让我看看，霉头在哪里呢？
霉	在这里。
沙娄	你以为怎样，约翰爵士？是个肢体很结实的家伙，年轻、强壮，出身也好。
孚斯塔夫	你的姓是霉头吗？
霉	是的，先生。
孚斯塔夫	那么更应该立刻拿出来用用了。
沙娄	哈，哈，哈！好极了，长霉的东西都是用的回数太少的缘故，非常之好。真的，说得好，约翰爵士，说得很好。

孚斯塔夫	选中他吧[7]。
霉	你们饶了我吧，我已经受够了骚扰了。我的老母亲会要急坏了，若是没有人给她做事。你们不必选中我，还有别人呢，比我更适宜于当兵。
孚斯塔夫	算了吧。不用说了，霉头！你必须去。霉头，你已经到送死的时候了。
霉	送死！
沙娄	住声，伙计，住声！站在一旁。你知道这是什么地方吗？再看其他的吧，约翰爵士，让我看看。西门·阴影！
孚斯塔夫	是的。让我坐在他下面吧，他大概是个冷冷的军人。
沙娄	阴影在哪里？
影	在这里。
孚斯塔夫	阴影，你是谁的儿子？
影	我是我妈妈的儿子，先生。
孚斯塔夫	你妈妈的儿子！很可能是，并且是你爸爸的影子：女人的儿子常常是男人的阴影。常是这样的，实在是，他不是他爸爸的本质。
沙娄	你喜欢他不，约翰爵士？
孚斯塔夫	阴影在夏天最有用。选中他，因为是要有若干阴影来填满我们的花名册的[8]。
沙娄	汤麦斯·黑瘤！
孚斯塔夫	他在哪里？
黑	这里，先生。
孚斯塔夫	你的姓是黑瘤吗？

黑	是的，先生。
孚斯塔夫	你是一个很破烂的瘤子。
沙娄	要不要我选中他，约翰爵士？
孚斯塔夫	那是不必需的，因为他的衣服只剩了背上披着的那一点点，而且完全是靠几根针连在一起。不必再打击他了。
沙娄	哈，哈，哈！您真会说笑话，先生，您真会说笑话，我佩服您。佛兰西斯·弱者！
弱	在这里，先生。
孚斯塔夫	你是做哪一行生意的，弱者？
弱	女人的成衣匠，先生。
沙娄	要不要我选中他呢，先生？
孚斯塔夫	你可以。但是如果他是个男人的成衣匠，他会要打扮你呢。你能在敌人队伍上刺穿许多洞像你在女人裙子上刺的一般多吗？
弱	我会尽力去做的，先生。你不会嫌少。
孚斯塔夫	说得好，好一个女人的成衣匠！说得好，勇敢的弱者！你会勇敢得像一只愤怒的鸽子或是一只大胆的老鼠。选中这个女人的成衣匠，好了，沙娄先生，深深的打个记号，沙娄先生。
弱	我愿意黑瘤也去，先生。
孚斯塔夫	我愿你是个男人的成衣匠，你好给他织补一番，使得他能够去。我不能让他当一名兵，他浑身带着成千成万的东西[9]，这一点就够了，顶有力的弱者。
弱	是够了，先生。

孚斯塔夫	我很感谢你，可敬的弱者。下面是谁？
沙娄	草地上的彼得·公牛！
牛	在这里，先生。
孚斯塔夫	当着上帝说，好一个健壮的家伙！来，在他未吼之前先把他选中。
牛	啊上帝！好队长先生——
孚斯塔夫	怎么！还没有刺中你，你就吼起来了？
牛	啊上帝，先生！我是个病人。
孚斯塔夫	你有什么病？
牛	受寒了，先生。还有咳嗽，先生，在国王加冕那天我撞钟的时候受的寒，先生。
孚斯塔夫	好了，你打仗去会有袍子穿的，我们会治好你的风寒，我会下令教你的朋友们替你撞钟[10]。这就是全体的人吗？
沙娄	我喊来的已经比你的数目多两名了。你只能在此地招募四名，先生，所以，我请你和我一道去吃饭吧。
孚斯塔夫	来，我和你去喝杯酒，但是不要等吃饭了。我很高兴见到你，真是的，沙娄先生。
沙娄	啊，约翰爵士，你可还记得，我们曾在圣乔治广场的"风车"家睡过一整夜吗？[11]
孚斯塔夫	不提那个了，好沙娄先生，不提那个了。
沙娄	哈！那是好快活的一晚。琴夜工还活着吗？
孚斯塔夫	她还活着呢，沙娄先生。
沙娄	她永远不愿和我在一起。
孚斯塔夫	永远不，永远不。她总是说她不能忍受沙娄先生。

沙娄　　　　真是的，我能使得她从心里发怒。那时候她是个娼
　　　　　　妇。她还能维持吗？

孚斯塔夫　　老了，老了，沙娄先生。

沙娄　　　　不，她一定是老了，她没法不老。当然她是老了，
　　　　　　我到克利曼特法学院之前，她已经和那老夜工生下
　　　　　　了洛宾夜工了。

赛伦斯　　　那是五十五年前了。

沙娄　　　　哈！赛伦斯老兄，这位爵士和我所见过的，你总也
　　　　　　见过的了。哈！约翰爵士，我说得对不？

孚斯塔夫　　我们是常听到半夜的钟声，沙娄先生。

沙娄　　　　那是听到的，那是听到的，那是听到的。老实说，
　　　　　　约翰爵士，我们是听到的。我们的口号是，"喂，孩
　　　　　　子们！"来，我们吃饭去吧；来，我们吃饭去吧。耶
　　　　　　稣，我们过的那些好日子啊！来，来。〔孚斯塔夫、
　　　　　　沙娄与赛伦斯同下〕

牛　　　　　好伍长巴多夫先生，你是我的朋友，这是值四个哈
　　　　　　利十先令的"法国钱"[12]，送给你了。说实话，先
　　　　　　生，我情愿受绞刑，先生，我也不愿去当兵。可是
　　　　　　呢，就我自己而论，先生，我并不介意。不过呢，
　　　　　　我也并不愿意，并且，就我个人而论，我颇想留下
　　　　　　和朋友作伴。否则，先生，就我个人而论，我不会
　　　　　　如此的介意。

巴多夫　　　算了，站在一旁去。

霉　　　　　好伍长队长先生，为了我的老娘的缘故，帮帮我的
　　　　　　忙吧：她没有人给她做事，我若是走了，她上了年纪，

自己做不动事了。送你四十先令，先生。

巴多夫　　算了，站在一旁去。

弱　　　　我说实话，我不介意。一个人只死一回，我们都欠
　　　　　上帝一死。我从不悲观丧气：如果命中注定，很好；
　　　　　如果注定不如此，也很好。没有人应该自命不凡而
　　　　　不给国王当兵，随便由命运支配吧，今年死的明年
　　　　　就不必再死了。

巴多夫　　说得好！你是一条好汉。

弱　　　　实在，我不悲观丧气。

孚斯塔夫及法官等上。

孚斯塔夫　来，先生，哪几个人是我的？

沙娄　　　四个，随便你选。

巴多夫　　〔向孚斯塔夫〕我有句话说。我收了三镑把霉头和公
　　　　　牛放回。

孚斯塔夫　〔向巴多夫旁白〕算了，好吧。

沙娄　　　来，约翰爵士，你愿意要哪四个？

孚斯塔夫　你给我选吧。

沙娄　　　那么，霉头、公牛、弱者和阴影。

孚斯塔夫　霉头和公牛：你，霉头留在家里吧，等着到了不堪服
　　　　　役的时候；你，公牛，等长到了能服役的时候再来，
　　　　　你们两个我都不要。

沙娄　　　约翰爵士，约翰爵士，你可别害了你自己：他们俩是
　　　　　你的最好的兵，我愿意你带最好的兵。

孚斯塔夫　沙娄先生，你想教我怎样选一个人吗？你难道要我

注意的是四肢、筋肉、个子高、块头大，光是一个彪形大汉么！我要的是精神，沙篓先生。这是黑瘤，你看他那样子多么褴褛，他会装子弹放枪，敏捷得像一个镟器匠的槌子，他的手脚比用钩索吊啤桶的人还要灵活。这一个侧面人，阴影，把这个人交给我，他对于敌人不是一个靶子，敌人若想打中他，就和对着一把小刀的锋刃瞄准一般。并且，在撤退的时候，这女人的成衣匠弱者将跑得多么快哟！啊！把瘦小的给我，我不要大个儿的。把一根小枪放在黑瘤手里，巴多夫。

巴多夫　　　拿住了，黑瘤，开步走[13]。这样，这样，这样。

孚斯塔夫　　来，要把枪拿好了。这样，很好！好了，很好，好极了。啊，我就是要瘦、小、老、皱、秃的射击手。做得很好，实在的，黑瘤，你是一把好手。拿着吧，给你六便士。

沙篓　　　　他并不内行，他做得不对。我记得在哩终广场[14]，那时候我正住在克利曼特法学院——我在亚肃赛会里扮演的是达宫内爵士[15]——有一个小小的活泼的家伙，他跳来跳去，向前冲又向前冲。"啦，嗒，嗒"，他正说着，"砰"一声响，他立刻又走了，立刻又回来。我永远也不能再看见这样的好手了[16]。

孚斯塔夫　　沙篓先生，这几个人就很可以了。上帝保佑你，赛伦斯先生，我不愿意再对你多费话了。再会吧，二位。多谢你们，我今晚要赶十几英里路呢。巴多夫，发几套制服给这些兵。

沙娄	约翰爵士，上帝保佑你！祝你胜利！上帝给我们和平吧！你回来的时候，到我们家里来，让我们重叙旧交，也许我能和你一起到宫廷去走一遭。
孚斯塔夫	我真愿意你能和我一起去，沙娄先生。
沙娄	好了，我不过是这么说罢了。上帝保佑你。
孚斯塔夫	再会吧，文雅的先生们。〔沙娄与赛伦斯下〕去，巴多夫，带这些人走。〔巴多夫及新兵等下〕等我回来的时候，我要把这些法官收拾一下，这位沙娄法官，我把他一眼望到底了。天呀，天呀！我们老年人是多么容易犯说谎话的罪过呀。这一个挨饿的法官，其实没有什么过错，只是对我唠叨着谈他的年轻时代的荒唐以及他在特恩布耳街[17]一带所做的得意事。每三个字当中有一个是谎话，他对听者说谎比对土耳其王贡税还要更准时不误。我记得他在克利曼特法学院的时候，就像是饭后用酪饼屑捏出来的人形一般。他赤裸的时候，真活像一个两条腿的萝卜，上面用刀刻划出一个怪模怪样的头：他瘦弱到令眼光迟钝的人看不到他的身体各部分，他真是饥馑之神；然而淫得像只猴子，娼妓们唤他作"人参"[18]。他永远是跟在时髦的后面，他学会了赶车的人口里吹的调子就对那些卖淫过度的娼妇唱，硬说是他自己编的情歌夜曲。现在这把罪恶的短剑[19]也变成绅士了，很亲昵地说着刚特的约翰，好像他是他的盟兄弟一般。我敢赌咒他根本没有见过他，除了有一次在比武场里，在裁判员的侍从当中挤来挤去还把

头打破了。我亲眼看见的，我还告诉刚特的约翰说他比他还要瘦哩[20]。因为你可以把他连人带衣服塞进一条鳝鱼皮里去，高音笛[21]的盒子可以给他做一座大厦，一座宫殿。现在他有田有牛了。好吧，如果我回来，我和他联络联络，我若是不把他作为一个哲学家的两块石头[22]给我来受用，那才是怪事哩。如果小鲦鱼是老梭鱼的钓饵，我觉得在自然法则当中没有理由令我不去吃掉他。让时间来安排吧，就此打住。〔下〕

注释

[1]"更夫的岗舍"，原文 a watch-case，有两种解释：或谓即 sentry-box 打更者之小木屋，或谓指钟表之匣套而言。前者近是。意大利文 casa 有 house 之意。且后者之解释，与下文警钟似亦重复。

[2] 谦逊之词，或谓指其女皮肤色黑而言。

[3] Henry Scogan 是巢塞之友，诗人，生于亨利四世时代。但另有 John Scogan 者，生于十五世纪下叶爱德华四世之时，一宫廷之弄臣，有 *Scogan's Jests* 一书行世，为莎士比亚时代所熟知。此处所引之斯考根，按年代应指前者，按情形应指后者。

[4]《诗篇》第八十八首第四十九节："什么人活着而将来见不到死？"

[5] 刚特的约翰（John of Gaunt）即爱德华三世之第四子，亨利·布灵布洛克之父。

[6] 赛伦斯（Silence）可作"沉默"解，法官（Peace）亦可作"沉默"解，故云。

[7] "选中"原文 prick，本义为"刺""针刺"，在姓名上用针刺一孔，以为标记，故又转为"选中"之意。此字又含有他义，如"责诟""打击"等等，孚斯塔夫此后常用双关义。

[8] 即"吃空额"之意。

[9] 指虱而言。

[10] 双关语，指俟其阵亡时撞葬钟而言。

[11] "风车"（wind mill）或谓酒店名，或谓即一实有风车，Adams 博士谓系娼家，恐近是。

[12] "哈利十先令"，亨利四世时尚未开铸，莎氏时使用之先令币系亨利七世或八世之物。据 Furnivall 注：伊利沙白一五六一年诏令，规定一金币（royal）等于十先令（以前为十五先令），一"法国钱"（french crown）等于四先令（以前为六先令）。故剧中付给巴多夫者实为"法国钱"十枚，等于两镑。下文霉头所付者为四十先令，亦值两镑。共四镑，后交付孚斯塔夫者为三镑，中饱一镑。

[13] 原文 traverse 一般均释作"开步走"，军中号令。Shaaber 新集注本另有一解：此字另有一意，即横举枪瞄准之谓。与下文意义较为贯串。此说不无可取。

[14] 哩终广场（Mile-end Green）在伦敦之东，民团操练之所，亦各种游艺市集之地。

[15] 达宫内爵士（Sir Dagonet）乃亚肃王（King Arthur）之宫廷弄臣，一卑鄙不足道之小丑。哩终广场有表演弓箭之团体，自称"亚肃王之骑士"，会员凡五十八，分别采用各骑士之名姓，沙娄所选用者乃达宫内也。

[16] 当时之陆军有执矛者（Pikeman）和枪手（Musketeer）两种，密集成一方阵，十人一排，十人一行，执矛者在中间，枪手在两旁，有时枪手散列于执矛者之前方，但于密集射击时，前排射击毕则急返后方重装弹药，第二排射击后亦然，如是轮流递进，以待原来第一排回复其位置。此处所描写者即一枪手之敏捷也。"啦，嗒，嗒"，表示动作灵敏之意，或谓系模仿枪声。"砰"即枪声。

[17] Turnbull Street 即 Turnmill Street，为酒店娼寮集结之处。

[18] 人参形似人类，腿股阳物俱备，据云食之可以壮阳。

[19] 罪恶 Vice 为道德剧中习见之人物，手持小木剑与恶魔斗。

[20] John of Gaunt 即兰卡斯特公爵，利查二世之叔，生于比利时之 Ghent，转为 Gaunt，此字有"瘦小"之意，故引为双关语。

[21] 从前木笛（Hautboy）有三种，高音、中音、低音。高音者最小。

[22] 哲学家即昔之炼丹术士，有二石，一为长生不老之药，一为点铁成金之石。

第 四 幕

第一景：约克县内一森林

约克大主教、毛伯雷、海斯庭及其他上。

约克　　这森林叫什么名字?

海斯庭　这是高尔特立森林。

约克　　停在这里，诸位，派探兵出去，打听我们的敌人有
　　　　多少人马。

海斯庭　我们已经派人去了。

约克　　很好，和我共襄大事的朋友们和弟兄们，我必须告
　　　　诉你们我接到了脑赞伯兰的最近的来信。其冷淡的
　　　　意向、语气和内容，是这样的：他本愿亲自到此地
　　　　来，所带队伍必须与他的地位相称，而这样的队伍
　　　　尚未能募集成功。因此他回到苏格兰，等待时机成

熟。结语是诚恳地祈祷你们能渡过危机战胜敌人。

毛伯雷　　　　我们所希望于他的就这样地消灭粉碎了。

一使者上。

海斯庭　　　　喂，有什么消息？

使　　　　　　在这森林西面，不到一英里之遥，敌人很整齐地开
　　　　　　　过来了。就他们所遮蔽的那块土地来看，我估计他
　　　　　　　们的数目将近三万或以上。

毛伯雷　　　　这正是我们所预料的数目。我们向前冲过去，在战
　　　　　　　场上抵抗他们。

韦斯摩兰上。

约克　　　　　是哪一位全身披挂的领袖到这里来见我们？

毛伯雷　　　　我想是韦斯摩兰伯爵。

韦斯摩兰　　　我们的统帅、王子、约翰大人、兰卡斯特公爵，令
　　　　　　　我前来致意。

约克　　　　　韦斯摩兰大人，安心地讲下去，你来是什么用意。

韦斯摩兰　　　那么，我所要讲的话便主要地对你说了。如果叛军
　　　　　　　早就露了原形，一群卑鄙的乌合之众，领导的是些
　　　　　　　轻浮的少年，装潢的是些褴褛的衣裳，来支援的是
　　　　　　　些要饭的乞丐。我说啊，如果这场可恶的叛乱早就
　　　　　　　这样出现，这正是叛乱应有的切合身份的形式，那
　　　　　　　么，你，可尊敬的主教，还有这些位贵族，便不会
　　　　　　　到这里来，用你们的声望给这卑鄙的叛变的丑态来
　　　　　　　做点缀。你，大主教，你的高位是靠国内升平来维

持的，你的胡须是被升平点染成银色的，你的学问文章是升平教导出来的，你的白衣是象征着纯洁，你就是鸽子，你就是和平的天使，你为什么要把你的如此慈祥的和平论调一变而为粗暴的战争口吻；把你的书本变成了胫甲，把你的墨水变成了血，把你的笔变成了枪，把你的神圣的口舌变成了战争的号角？

约克　为什么我要这样做呢？问题就在这里。简单说是为了这个：我们是全生病了。我们因为放纵过度而发起狂热，我们必须要放一点血，我们的前王利查就是染了这种病死的。但是，我最尊敬的韦斯摩兰大人，我现在并不以医生自居，也并非是以和平的敌人的姿态来混在这些军人的队伍里面，只是暂时地表现出一点可怖的战争气象，来疗治那些幸运过度的病态的心灵，来疏通那些阻塞生命的脉管的郁积。听我更坦白地说吧：我已经很公平地衡量过，我们用兵可能引起的祸害是些什么，我们所遭受的冤苦是些什么。结果我发现我们的苦楚比我们的罪过重得多。我们看出时代的潮流是向着哪个方向走，我们是被这时代的狂潮逼迫着离开了我们的最平静的领域。我们的怨诉有一篇总账，如果有时间，可以一一列举，而很久以前我们就向国王提出了，怎样请求也得不到陈情的机会。我们受了冤抑，想诉诉苦，竟不能见国王一面，从中作梗的正是那些害我们最厉害的人。近日刚刚渡过的危机——记忆犹新，因为地面上的血迹还没有干呢——以及目前随时发生的例证，使得我们不能不诉诸于不祥的武力，不是要破坏和平，或任何一部分的和平，我们是要建立真正的和平，名符其实的和平。

韦斯摩兰　你的申诉什么时候遭受了拒绝？在什么事上你受了国王的损害？哪一位贵族是由于国王的授意来激怒你，请你在这无端叛变的残暴的誓约上盖了你的神圣的印玺，使得叛逆的凶刀变成神圣？

约克　我的老弟[1]，国家的公事我不能不过问，杀弟的私恨使我不能不特别地起来抗争。

韦斯摩兰　并没有这样报复的必要。就是有必要，也用不着你来做。

毛伯雷　为什么没有他的份呢？我们在过去受了伤害，被这世界的环境用高压的手段打击我们的尊荣，我们不是都该反抗吗？

韦斯摩兰　啊！我的好毛伯雷大人，你想想世界所以变成这样，有其必然的道理，那么你就可以说，伤害你的乃是时代，而不是国王。但是，就你来说，我觉得你没有任何一点根据对于国王或对于如今这时代而感觉不满，所有的诺福克公爵应享的权益，原属于你的高贵的令人怀念不忘的父亲，不是全恢复给你了吗？

毛伯雷　我的父亲在名誉上有什么亏损，需要我来恢复？国王在位的时候原是很敬爱他的，是被逼迫把他贬逐的：当初哈利·布灵布洛克和他，都骑在马上，在鞍上挺着胸，他们的战马嘶鸣着等候冲杀的信号，他们的长矛紧握在手，扯下了面盔的遮盖，他们的眼睛在那遮盖的洞里冒着火光，号角大响把他们吹在一起。那时节，那时节，什么也拦不住我的父亲向着布灵布洛克胸口刺去，啊！这时候国王掷下了他的手杖 [2]，他自己的性命就系在他掷下的手杖上，所以他是把自己的性命掷去了，同时也掷去了那许多人的性命，他们后来不是死在布灵布洛克的刀下便是被他处决了。

韦斯摩兰 毛伯雷大人，你现在说的是你所不知道的事。赫尔福伯爵 [3] 当时在英格兰是著名的勇敢的贵人，命运之神究竟向哪一方面微笑，谁知道呢？但是如果你的父亲战胜，他也不能带着胜利走出科文特里 [4]，因为全国的人都异口同声地厌恨他。他们的祈祷与爱戴都集中在赫尔福身上，他们真是欢喜他、祝福他、爱慕他，比对国王还有过无不及，但这些都是题外的话。我到此地来，是奉了亲王元帅之命来询问你们的衷情，并且告诉你们他愿意接见你们。如果你们的要求是公正的，你们可以如愿以偿，绝不拿你们当作敌人看待。

毛伯雷 但是这是他使得我们强逼出来的表示，是由于策略，而不是由于爱。

韦斯摩兰 毛伯雷，你这样想法未免自视过高。这表示是由于仁爱，不是由于恐惧，因为，你看，我们的军队就在眼前，我们太有把握了，绝不容有恐惧的念头发

生。我们的队伍里有比你们更多的勇将，我们的士
兵也更善于作战，我们的盔甲全都是坚固的，我们
的宗旨也最正大光明，我们有理由保持和你们同
样的乐观的心理，所以你不可以说我们的表示是被
迫的。

毛伯雷　　　好吧，我的意思是我们不要谈判。

韦斯摩兰　　这证明你是自惭形秽：立场腐败，经不起检讨。

海斯庭　　　约翰王子是不是有全权可以代表他的父亲，来听取
并且来决定我们所提出的条件呢？

韦斯摩兰　　他是有这个意思。我很惊讶你提出这样琐细的问题。

约克　　　　那么，韦斯摩兰大人，你拿这个单子去吧，里面含
着我们的共同的要求，每一条款必须得到圆满解决。
我们这方面的所有的人员，在此地的和在别处的，
凡是支援这次举动的，应一律用切实合法的手续宣
告免予议处，我们的愿望必须按照我们宣布的意思
立刻付诸实行[5]，我们就再回到恪遵法令的路上，
竭力拥护和平。

韦斯摩兰　　这个我送给我们的元帅去看。如果诸位同意，我们
就在两军之间举行谈判吧！或是按照上帝的意旨获
至和平，或是动起干戈来解决我们的纠纷。

约克　　　　我们就这样做吧。〔韦斯摩兰下〕

毛伯雷　　　我内心里觉得我们的和平条件不能维持久远。

海斯庭　　　这你不用担心。只要我们能根据这些广泛的条件获
致和平，并且绝对地坚持我们的条件，我们的和平
会稳如磐石的。

毛伯雷	是的。但是以后我们总是要被猜疑的，每一桩细微的无据的事情，或每一件荒谬的无聊的情节，在国王看起来都是沾染着这次叛变的意味。我们纵然是对国王效忠以至于鞠躬尽瘁，我们也要被狂风吹簸，我们的谷粒将要像糠秕一般的轻，善恶不分。
约克	不，不。要注意这一点：国王已经受够了挑剔责难，他已经晓得用杀戮的方法来消灭一个可猜疑的人，会要在生者之间激起两个更可猜疑的人。所以他一定要把他的石板擦抹干净，不要在记忆中留下痕迹，在新的记忆当中重新唤起已往的创伤。他很明白他不能在国内把他所疑惧的分子一律肃清，他的故人和他的友人都盘根错节地连在一起了，拔起一个敌人便不免连带着伤了一个友人。所以这个国家，就像是一个泼妇，激怒了她的丈夫，刚要动手打她，她举起了孩子来抵挡，使得那决意惩罚她的那只胳臂高高悬起，打不下来。
海斯庭	并且，国王为了应付以前的叛变已用尽了他的棍棒，他现在已经没有膺惩的工具了。所以他的威力，像是没有牙齿的狮子，可以威胁，但是不能贯彻。
约克	这是很对的。所以放心吧，如果我们好好地讲和，我们的和平就会像是断臂复合，格外的坚强有力。
毛伯雷	但愿如此。韦斯摩兰大人回来了。

韦斯摩兰上。

韦斯摩兰	王子就要到了。可否请您大驾在两军之间的半途上

去迎见他呢？

毛伯雷　　　约克大人，用上帝的名义，就出发吧。

约克　　　　你先走，向殿下致意。大人，我们就来。〔同下〕

第二景：森林中另一部分

毛伯雷、大主教、海斯庭及其他自一边上；兰卡斯特的
约翰、韦斯摩兰、官员及侍从等自另一边上。

兰卡斯特　　我在这里欢迎你，我的毛伯雷老兄。您今天好，温
　　　　　　和的大主教。还有你，海斯庭大人，各位都请了。
　　　　　　约克大人，我觉得你的教友们听见钟声便聚集起来
　　　　　　围绕着你虔诚地听你讲解《圣经》，总比你现在全身
　　　　　　披挂用鼓声激励一群叛徒，使言词变成刀剑，使生
　　　　　　命变成死亡，要更合于你的身份些。一个国王肯推
　　　　　　心置腹的人，正沐受着隆厚的恩宠，如果他辜负了
　　　　　　国王的好意，哎呀，在这样的眷荫之下他将要酿出
　　　　　　什么样的祸害呀！你，主教大人，便恰是这样。谁
　　　　　　没有听说过你对于《圣经》是如何的渊博？对于我
　　　　　　们，你是上帝的议会的主席；对于我们，你就是我们
　　　　　　想象中的上帝的唇舌；你是在我们的愚蠢思虑与上天
　　　　　　的神圣恩惠之间的媒介，你是一个启发者。啊！谁

肯信你不是滥用了你的神圣的地位，利用了上天的恩宠，像一个奸诈的权臣利用他的主上的名义做些不名誉的行为？你是在虚伪的宗教热诚的号召之下，煽动了上帝代理人我的父亲的臣民，你煽动了他们破坏上天的和我父王的和平。

约克　　我的好兰卡斯特大人，我在这里不是要破坏你的父王的和平。我已经对韦斯摩兰大人说过了，这骚乱的世界逼得我们为了公共的安宁而不能不用这种非常的手段来保卫自己的安全。我们的怨诉已经详细陈明送交殿下——那都是朝廷中轻蔑地不加理会的——所以才产生出战争的儿子海得拉[6]。其实它的险恶的眼睛很容易安抚入睡，你只消答应我们的顶公正合理的要求，我们便衷心悦服，这一阵疯狂霍然而愈，服服帖帖地倒在国王脚下。

毛伯雷　如其不然，我们准备试试我们的运气，战至最后一人。

海斯庭　并且纵然我们在这里失败，我们还有增援部队来支持我们。如果他们再失败，他们也还有后援，叛乱就这样的继续下去，只要英格兰还有后人，便要一代一代地争执下去。

兰卡斯特　你太浅薄了，海斯庭，太过于浅薄了，你不能探测到将来的底蕴。

韦斯摩兰　请殿下直接了当地回答他们，在怎样的范围之内你欢喜他们的条件？

兰卡斯特　我全都欢喜，我完全承认。我以我的血统的名誉为

誓，我的父亲的意旨是被误解了，他的左右一些人
又太随意地曲解他的意思，滥用了职权。大人，这
些怨诉立刻就要加以补救。以我的灵魂为誓，一定
要补救。如果这可以使你满意，把你的队伍解散，
各返原乡，我们也同样办理。在这两军之间让我们
友谊地对饮一场互相拥抱，大家都亲见我们重归于
好，各自带着这个消息还乡。

约克　　　　我信任殿下这些慨允补救的诺言。

兰卡斯特　　我答应你了，并且一定维持我的诺言。我举杯祝阁
下健康。

海斯庭　　　〔向一官员〕去，队长，向全军宣布这和平的消息，
让他们领取薪饷，然后离去。我知道他们一定会很
高兴！快去吧，队长。〔官员下〕

约克　　　　祝你健康，我的高贵的韦斯摩兰大人。

韦斯摩兰　　我谨祝阁下：如果你知道我为了这次和平费了多少心
血，你一定要开怀畅饮。不过我对你们的一番好意
容以后再公开地宣示吧。

约克　　　　我不怀疑你。

韦斯摩兰　　我很高兴。谨祝我的老兄毛伯雷健康。

毛伯雷　　　你正在一个适当的时候祝我健康，因为我忽然觉得
有些不舒服。

约克　　　　在噩运之前一般人总是觉得快乐，在好事之前却会
觉得忧郁。

韦斯摩兰　　所以你快活吧，老兄。因为忽然悲伤等于是说，有
些好事就要来到。

约克　　　　相信我，我是精神上非常愉快。

毛伯雷　　　如果你自己说的格言是对的，这可大大不妙。〔内作
　　　　　　欢呼声〕

兰卡斯特　　和平的消息已经宣布了，听，他们欢呼得多么
　　　　　　起劲！

毛伯雷　　　如果这是在胜利之后，那就令人高兴了。

约克　　　　和平即是胜利的性质，因为双方都很体面地被克服
　　　　　　了，没有一方面是失败者。

兰卡斯特　　去，大人，把我们的军队也解散了。〔韦斯摩兰下〕
　　　　　　我的好大人，如果你愿意，让我们的队伍在我们面
　　　　　　前经过，让我们看看这双方对垒的人马。

约克　　　　好海斯庭大人，你去，在他们未散之前，整队来走
　　　　　　一遭。〔海斯庭下〕

兰卡斯特　　诸位，我想今晚我们要在一起过夜了。

　　　　　　韦斯摩兰上。

　　　　　　老兄，为什么我们的军队没有动静？

韦斯摩兰　　军队的头领，奉你的命令严守不许动，非听到你亲
　　　　　　自的吩咐，他们不肯走动。

兰卡斯特　　他们很守纪律。

　　　　　　海斯庭上。

海斯庭　　　大人，我们的队伍已经散了：像解了轭的小牛一般东
　　　　　　西南北地四散了；又像是学校放学，各自回家或是到
　　　　　　玩耍的地方去。

韦斯摩兰	好消息,海斯庭大人,你这大逆不道的叛徒,我现在逮捕你。还有你,大主教;还有你,毛伯雷大人,都按叛国罪加以逮捕。
毛伯雷	这种措置是公平体面的吗?
韦斯摩兰	你的聚众谋乱又何尝是呢?
约克	你就这样破坏你的誓约吗?
兰卡斯特	我并未对你保证。我答应对你所怨诉的各点加以补救,这些事,我以名誉为誓,我必极端谨慎地执行。但是你们,叛徒们,为了这场叛变以及你们所做下的这些行为,准备着尝受你们应得的处分吧。 你们实在太糊涂,妄自作乱, 糊涂地进兵,又糊涂地遣散。 擂起鼓来!追那些四散的逃兵。 是上帝,不是我们,安然成功。 你们监守着这些叛徒上断头台, 那是叛逆的床铺,送命的所在。〔同下〕

第三景:森林中又一部分

号角鸣。进军。孚斯塔夫与柯维尔对上。

孚斯塔夫	阁下尊姓大名?请问是何官阶,从何处来?

柯维尔	我是一名骑士，我的名字是山谷的柯维尔。
孚斯塔夫	好极了，柯维尔是你的名姓，骑士是你的官阶，你出身的地点是山谷。柯维尔将永远是你的姓名，叛徒将是你的官阶，监牢将是你的归宿，很够渊深的一个地点，所以你将永远是山谷里的柯维尔。
柯维尔	你不是约翰·孚斯塔夫爵士吗？
孚斯塔夫	不用管我是谁，阁下。我是和他一样好的一个人。你投降不，阁下？还是要我为了你而流几滴汗？如果我真流汗，你可以看作是你的朋友的眼泪，他们会为了你的死而哭泣，所以你恐惧战栗吧，哀求我的慈悲。
柯维尔	我想你是约翰·孚斯塔夫爵士，这样想我便投降吧。
孚斯塔夫	我的肚子里装满了无数的舌头，没有一个舌头会说任何其他的字，除了我的名字。如果我有一个普通大小的肚子，我会是全欧洲最活泼的一个人。我的肚皮，我的肚皮，我的肚皮毁了我。我们的统帅来了。

兰卡斯特的约翰、韦斯摩兰、布仑特及其他上。

| 兰卡斯特 | 紧急的关头已经过去了，现在不必再追了。把军队调回来吧，好韦斯摩兰老兄。〔韦斯摩兰下〕
喂，孚斯塔夫，你一直是在什么地方？现在一切事全完了，你又来了，你这种迟延的毛病，我敢说，早晚有一天要使得你压断了绞架的木梁。 |
| 孚斯塔夫 | 殿下，我若是不这样受谴责，我将要很抱歉，我一 |

向知道责骂申斥便是勇敢行为的报酬。你以为我是一只燕子，一支箭，一颗子弹吗？我年老龙钟了，还能像思想一般的迅速吗？我用了最大的可能急忙赶到此地来：我骑垮了一百八十多匹驿马；旅途劳顿之中，我靠了纯粹无瑕的勇敢，活捉了山谷的约翰·柯维尔爵士，一位顶狂暴的骑士，勇敢的敌人。但这算什么呢？他见了我便投降了，我真可以说和那罗马的钩鼻子的家伙一般，"我来了，我看见了，我战胜了。"[7]

兰卡斯特　　这是他的客气，多过于你的功劳。

孚斯塔夫　　那我就不晓得了。他就在此地，我把他献上来。我请求殿下，把这件事登记在今天的其他的战果的记录里面；或者是，特撰一部歌谣，在上端画上我的像，柯维尔吻着我的脚。如果我被迫采取这种办法，而你和我比较起来不像是一个镀金的两便士，我在名誉的皎洁天空里大放光明使得你相形见绌，犹如一轮满月压倒那些针尖似的繁星的残烬，那么，你永远不要相信一位高贵的人所说的话。所以，让我得到报酬吧，让有功的人上去吧。

兰卡斯特　　你太重了，上不去。

孚斯塔夫　　那么让他光耀一番吧。

兰卡斯特　　你太昏了，发不出光。

孚斯塔夫　　我的好殿下，总得做一点什么事，对我有点益处，不管你怎么说。

兰卡斯特　　你的名字是柯维尔吗？

柯维尔　　　　是的，大人。

兰卡斯特　　　你是一个著名的叛徒，柯维尔。

孚斯塔夫　　　一个著名的忠臣把他俘虏了。

柯维尔　　　　大人，我是和那些领我到此地的比我地位高的人一样的，如果他们听从我的话，你战胜他们恐怕要付出更高的代价。

孚斯塔夫　　　我不晓得他们是用什么价钱把自己出卖的，但是你，像是个好心肠的人，是免费把自己送掉的，我为了你而感谢你。

　　　　　　　韦斯摩兰上。

兰卡斯特　　　他们停止追赶了吗？

韦斯摩兰　　　兵已经撤回，等着行刑呢。

兰卡斯特　　　把柯维尔和他的同谋者送到约克去，立刻行刑。布仑特，把他领走，你把他看好了。〔布仑特及其他监视柯维尔下〕

　　　　　　　我们赶快到宫廷去，诸位。我听说我的父王病得很厉害，我们的消息要在我们之前先达到陛下面前，这消息由老兄〔向韦斯摩兰〕带了去，去安慰他吧。我们也急速跟着就去。

孚斯塔夫　　　殿下，我请求你，准许我到格劳斯特县一行，并且你到了宫里报告的时候多多地提拔我。

兰卡斯特　　　再会吧，孚斯塔夫，我以统帅的身份，要把你说得比应得的更好。〔除孚斯塔夫外均下〕

孚斯塔夫　　　我愿你有这种才智，那是比你的疆土更为可贵的。

老实说，这个少年老成的孩子并不欢喜我，没有人能够使得他笑一下。但这也不算稀奇，他连酒都不喝。这些严肃的孩子们没有一个证明是有出息的，因为喝白水会使得他们的血气冷淡下去，并且鱼吃得太多，他们得一种男性贫血症。然后，等到他们结婚的时候，他们只能生出女孩子来。他们大概都是傻懦夫，我们若是不靠酒来温暖，有些人也会变成那样。好的白葡萄酒有两种作用。它直达到脑筋里，把围绕在那里的所有的愚蠢的迟钝的浊陋的湿气全烘干了，使得它有理解力、活泼、有创造性，充满了活跃的火炽的有味的意象。这些意象运送到声音里、舌端上，产生出来的结果，便是绝好的才智。顶好的白葡萄酒之第二种性能便是，使血变热。血原是冷的，静止的，使得肝呈青白色，这是卑怯懦弱的标志，但是白葡萄酒使它温暖，使它从内部流到四肢。它照亮了脸，像灯塔一般，发出警告给人体这小小国土的所有的其他部分，令其警戒起来。然后，浑身的潜在的较小的力量全都聚集起来，涌到它们的主宰心脏旁边，有了这些部众心脏便强大了，做出任何勇敢的行为，这勇气是从白葡萄酒来的。使用武器的本领是毫无价值的，若是没有酒，是酒使得它发生作用的；学问也不过是恶魔守护着的窖金，要等酒来发动它，使得它动作，成为有用。所以哈利王子是勇敢的，虽然他从他父亲那里承继了冷血，可是他恰似一块荒瘠的不毛之地，他努力

喝下大量大量的肥沃的白葡萄酒来施肥耕耘，结果
他变得很热烈很勇敢。如果我有一千个儿子，我要
教他们的第一桩做人的道理便是，不要喝白水，养
成喝酒的习惯。

巴多夫上。

怎样了，巴多夫？

巴多夫　队伍全解散了，都走了。

孚斯塔夫　叫他们走吧。我要到格劳斯特去，我要到那里去拜
访那乡绅罗伯特·沙娄先生。我觉得我已经把他放
在我的指尖上来揉弄了，不久我就要用他做封蜡用。
走吧。〔同下〕

第四景：西敏斯特。耶路撒冷厅

亨利王、克拉伦斯、格劳斯特、瓦利克及其他上。

王　诸位，如果上帝顺利地结束这一场在我们家门喋血
的斗争，我要领导我们的青年去从事更高尚的战争，
只拔出神圣的刀枪。我们的海军已经准备好了，陆
军也集结起来了，我离职期间的代理人也依法派定
了，一切都很合于我的愿望。只是我个人的健康还

	稍差一些，让我休息一下，等这些尚在猖狂的叛徒 们俯首就范。
瓦利克	这两桩事我们相信陛下不久都可以称心如意。
王	亨佛莱，我的格劳斯特王子，你的大哥到哪里 去了？
格劳斯特	我想他是到温莎打猎去了，陛下。
王	谁陪他去的？
格劳斯特	我不知道，陛下。
王	是不是他的弟弟陶玛斯·克拉伦斯和他在一起？
格劳斯特	不，陛下，他现在就在此地。
克拉伦斯	父王有什么吩咐？
王	没有什么事，只是挂念你，克拉伦斯的陶玛斯。为 什么你没有和你的哥哥一道去？他很欢喜你，你却 冷淡他了，陶玛斯。你比你的所有的弟兄们更能赢 得他的爱，要保护这份爱，我的孩子，并且等到我 死了之后，你在他和你的其他兄弟之间发生调解疏 通的功效。所以不要忽视他，不要使得他的爱变钝， 也不要做出对他冷淡或漠不关心的样子，以至失掉 这特别优越的机会。他是很宽厚的，如果对他小心 些。他可以为怜悯而流泪，他动起慈悲可以慷慨地 施舍。但是，虽然如此，一旦激怒，他是像钢石一 般；像冬日一般的变幻无常，像春日忽然凝冻的冰雹。 所以他的脾气你必须要好好注意：指责他的错误，要 放出恭敬的态度，要在他的脾气高兴的时候；但是在 他愤怒的时候，就要由着他的性，等他的情感像是

鲸鱼上陆一般不免暴躁一番而趋于衰歇。要懂得这
一点道理，陶玛斯，你就可以对你的朋友们作为一
个屏蔽，对于你的弟兄们作为一个联系的金箍，那
盛着同胞血液的器皿，纵然有人不免要投入离间挑
拨的毒药，纵然发作起来像"附子"或炸药一般猛
烈[8]，也永远不至于漏了。

克拉伦斯　我必用尽小心敬爱去服从他。

王　　　　你为什么没有陪他到温莎去，陶玛斯？

克拉伦斯　他今天没有在那里，他在伦敦吃饭。

王　　　　谁陪伴着他？你知道吗？

克拉伦斯　波音斯和那些常在一起的人。

王　　　　最肥沃的土地最容易生野草。他，正是我青春时代
的最好的写照，完全长遍了野草，所以我的悲苦直
到死的时候还不能停。我一想到我死后你们就会看
到的那种紊乱糜烂的日子，我便要从心里泣血。因
为他如果恣肆胡为不知收敛，一味地任性纵欲，一
旦机缘凑巧可以满足他的狂纵的欲望，啊！他的欲
望将要多么迅速地迎取那来临的危机与毁灭！

瓦利克　　陛下，您为他虑得太远了。太子不过是在研究他的
伴侣们，像研究外国语一般，要想精通那一种语言，
最下流的字必须要检出来学习。一旦学会了之后，
陛下晓得的，便没有什么用处，只是认识它，避免
它而已。同样的，像粗野的字句一般，太子在时机
成熟的时候就要抛弃他的那些伴侣；他们的种种行
径将要当作标准，太子用作为衡量别人的生活之用，

于是过去的罪恶也变为有用的了。

王　　　　在死尸身上筑巢的蜜蜂很少会离他而去的。

韦斯摩兰上。

谁来了？韦斯摩兰！

韦斯摩兰　敬祝主上健康，并且愿您听我报告之后还有新的幸
　　　　福！太子约翰命我向您致敬：毛伯雷、大主教斯克庐
　　　　帕、海斯庭和所有的人，都已经捉到，听从您的法
　　　　律制裁。现在没有一把叛徒的刀尚未入鞘，和平之
　　　　神到处插着橄榄枝。经过的情形，陛下有暇的时候
　　　　可以仔细地一件件地查看。

王　　　　啊韦斯摩兰！你是一只夏季的鸟，总是在冬季的末
　　　　尾来歌颂天明。

哈枯特上。

看！又有消息来了。

哈枯特　　上天保佑陛下不受敌人侵害，他们如果起来反抗你，
　　　　他们必定会一败涂地，像我现在所要来报告的一
　　　　般！脑赞伯兰伯爵、巴多夫大人，率领着英国人和
　　　　苏格兰人的强大队伍，被约克县的县长 [9] 给击溃了。
　　　　战争的经过，这包信件里有详尽的记载。

王　　　　为什么这些好消息会使得我难过呢？难道幸运之神
　　　　永远不会双手盈握地来临 [10]，而永远是用最恶劣的
　　　　字母来写下她的美丽的语言吗？她总是给人好胃口，
　　　　而不给人食粮，贫穷而健康的人正是这样。再不然，

就是给人筵席，而不给人胃口，有些富人有充足的物资而不能享受，正是如此。听这快乐的消息我应该快活，可惜我眼力不济了，我的头脑也晕眩了。哎呀！走近过来，我现在病得很厉害！

格劳斯特　安心吧，陛下！

克拉伦斯　啊我的父王！

韦斯摩兰　陛下，您要打起精神来：鼓起勇气！

瓦利克　请镇定些，诸位大人。你们晓得这种病症的暴发对于国王陛下原是常事。请离开他远一些，让他呼吸自由一些，他立刻就会好的。

克拉伦斯　不，不！他不能长久支持这样的痛苦：他的心里的不断的烦恼，已经把他的肉体的围墙给磨得很薄了，生命已经暴露了，随时要迸出来。

格劳斯特　人民中间有些传说使得我怪害怕的，他们真发现有没父亲的儿子和畸形的怪胎。四季也失了常态，好像一年当中有几个月是睡着了，于是就跳了过去。

克拉伦斯　河水涨潮三次，中间并无退潮[11]，老年人是专记得过去的灾异的历史家，据说在我们的曾祖父爱德华病死之前不久也曾发生过同样的事。

瓦利克　小声些，诸位，国王苏醒过来了。

格劳斯特　这次中风必定是他的终局。

王　我请你们扶我起来，搀我到另外一间房里去：慢一点，请你们。〔同下〕

第五景：西敏斯特。耶路撒冷厅另一室

亨利王卧床上；克拉伦斯、格劳斯特、瓦利克及其他随侍。

王	不要有一点声音，我的朋友们，除非是轻柔的手给我的疲倦的精神弹奏一曲低声的调子。
瓦利克	叫另外屋里奏起乐来。
王	把我的王冠放在我的枕上。
克拉伦斯	他的眼没有光，他变得很厉害。
瓦利克	声音小些，小些！

太子上。

太	谁看见克拉伦斯公爵没有？
克拉伦斯	我在这里，哥哥，我很难过。
太	怎么啦！屋里下着雨，外面倒没有，国王怎样了？
格劳斯特	病得很沉重。
太	他听到好消息没有？告诉他。
格劳斯特	他听了之后就变得很厉害。
太	如果他有高兴事反倒要生病，那么不用医药他也会好转来的。
瓦利克	别这样大声音，诸位。太子殿下，请小声说话，你的父王想要入睡。
克拉伦斯	我们到另外房间里去。
瓦利克	殿下愿意和我们一同去吗？

太　　　　　不，我要坐在这里守着国王。〔除太子外同下〕
　　　　　　为什么王冠放在他的枕上，那是这样招惹麻烦的一
　　　　　　个床头伴侣？啊漂亮的害人精！金黄的烦恼！它使
　　　　　　得你眼睛睁得大大的不能安眠！而现在你居然陪着
　　　　　　它睡着了！但是，比起那戴着普通睡帽呼呼睡到大
　　　　　　天光的人，你睡得没有一半的酣，没有一半的甜。
　　　　　　啊威严的王冠，你使得戴你的人头痛，恰似在暑天
　　　　　　披挂的盔甲，能保护身体，但同时也烫坏了人。在
　　　　　　他的唇边，有一根羽毛，一点都不动，他只消呼息
　　　　　　一下，那轻飘的羽毛一定会动的。我的圣明的陛
　　　　　　下！我的父亲！这可真是睡得熟哩，使得多少位英
　　　　　　格兰的帝王脱离这个王冠的正是这种睡眠。你应该
　　　　　　从我这方面得到的是眼泪和衷心的悲恸，这些东西
　　　　　　是我的情爱和孝心所要很丰盛地付给你的，啊亲爱
　　　　　　的父亲！我从你那方面应该得到的乃是这一顶王冠，
　　　　　　按照地位和血统的密切关系，都应该是属我的。看
　　　　　　呀！戴在这头上了，〔放在他头上〕上天要保护它，
　　　　　　把全世界的力量集中在一个巨人的胳臂上，它也不
　　　　　　能从我头上夺去这世袭的尊荣。我从你得来的这个，
　　　　　　我要照样地传给我的下一代。〔下〕

王　　　　　〔醒来〕瓦利克！格劳斯特！克拉伦斯！

　　　　　瓦利克、格劳斯特、克拉伦斯及其他上。

克拉伦斯　　是国王喊吗？

瓦利克　　　陛下有什么事？御体觉得好些吗？

王	诸位，为什么你们把我独自丢在这里？
克拉伦斯	主上，我们把太子我的哥哥留在此地了，他说他来守候着你。
王	威尔斯亲王！他在哪里？让我看看他，他不在这里。
瓦利克	这个门开着呢，他是到那边去了。
格劳斯特	他并没有走过我们停留的那个房间。
王	王冠哪里去了？谁从我枕边拿去了？
瓦利克	我们退去的时候，陛下，是还在这里的。
王	是太子拿了去了！去，找他去。他会这样的性急，把我的睡眠当作了死亡？找他去，瓦利克大人，责令他回来。〔瓦利克下〕

他这一着，再加上我的病，将更快地致我于死。看，孩子们，你们是什么样的东西哟！金子成为目标的时候，天性叛变得多么快呀！愚蠢的过分担心的父亲们，因为担忧而损失了睡眠，因为困苦而伤害了脑筋，因为勤劳而销毁了骨头，所得的报偿原来如此。他们堆积不择手段的伤天害理的金钱，结果原来如此；他们小心翼翼地训练他们的儿子，给他们文武的才能，而到头来不过如此，恰似蜜蜂在百花丛中采蜜，我们的腿上装满了蜡，我们的嘴里吸满了蜜，我们带回蜂巢里去，然后又像蜜蜂一般，为了我们的辛劳而被杀死。一个为子孙奔忙的父亲，在临死的时候就要尝受这种苦味。

瓦利克上。

那个等不得他的朋友"疾病"来结果我的人，在哪里呢？

瓦利克　陛下，我就在隔壁房里找到了太子，他正在用眼泪洗面，表示出极度悲哀的样子。非血不能解渴的暴君，若是看见他，也会要用温柔的泪珠来洗他的刀。他到这里来了。

王　但是为什么要拿走王冠呢？

太子上。

看，他来了。到我这一边来，哈利。你们走开，让我们谈谈。〔瓦利克及其他下〕

太　我没有想到能再听见你说话。

王　是你的愿望产生出那个念头，哈利。我活在世上太久了，我使得你厌烦了。你是不是渴望着我的座位出缺，所以在你的时机尚未成熟之前就先把我的王冠戴起来了？啊糊涂的青年！你追求的尊荣，会有一天要压倒你。只要等一下，因为我的尊荣的云是由一阵很微弱的风来支持着的，很快地就要落下来，我的白昼已经黯淡下去了。你偷取的那个东西，其实过几小时之后就毫无疑难地属于你了。在我临死的时候，你充分证实了我对于你的估量：你的一生都表示出你不爱我，你愿我至死不改变这种信念。你的思想里藏着一千把刀，在你的铁石的心上磨，对着我的半小时的残生来戳刺。怎么！你不能再忍受我半小时吗？那么你去吧，去亲自给我掘坟墓，敲

起那令你悦耳的钟声，庆祝你的加冕，不是哀悼我
的死亡。那些应该洒在我的丧车上的泪珠，都作为
是涂在你头上的圣油吧，令我和祖先的尘埃混和在
一起便是，把那把生命给你的人送给蛆虫吧。除掉
我的官员，破坏我的法令，因为打翻一切成规的时
候现在已经来到。哈利五世加冕了！起来呀，虚
荣！下去呀，国王的威严！贤明的大臣们，全都走
开！荒谬的蠢材，从各处到英格兰的朝廷里来吧！
现在，邻近的国土，有机会把你们的蠢材驱逐出来
了，你是否有一个恶棍，赌咒、酗酒、跳舞、夜里
纵乐、抢掠、凶杀，用最新的方式犯最旧的罪恶？
你放心吧，他不再麻烦你了：英格兰会把他的三重
罪状镀上两层金。英格兰会给他职位、尊荣、权力，
因为第五代的哈利已经给那被节制住的兽欲取下了
嘴罩，那野狗将要在每个清白的人身上咬一口。啊
我的可怜的国土！为了内战已经凋敝不堪，有我在
的时候都不能防止你的紊乱，你遭遇了危难可怎么
办呢？啊！你将要又变成一片荒漠，由你的老住户
豺狼来居住。

太　　啊！饶恕我，陛下！若不是我的眼泪阻碍了我的语
言，我早就会打断你这一场痛骂，不会听着你这样
沉恸地讲完。你的王冠在这里，愿永戴着王冠的神
祇来保护它，使它长久地属于你！如果我爱这王冠，
胜过了爱你的尊荣，爱你的名望，让我长跪在这里
不要起来，这外表的匍匐屈膝乃是我的最诚挚的衷

心的孝道的表示。上帝保证我，方才我进来的时候，看到陛下没有气息，我心里是多么难过呦！如果我是作伪，啊！让我就在目前的放荡生活中死去吧，不必活下去把我计议中的改邪归正的情形做给多疑的世人看了。方才我进来看你，以为你是死了，陛下，以为你是几乎死了，我就对着王冠说话了，好像它是个活的东西一般，就这样的责骂它："随你俱来的烦恼，蚀坏了我的父亲的肉体，所以，你是金子中之最好的，也是金子中之最坏的：别种金子，没有这样精纯，实在是更可宝贵，作为饮剂可以延年。但是你这最精纯的最尊荣最显赫的金子，谁戴你，你就把谁吃掉。"就这样，我的最尊贵的主上，我指控它，把它放在自己头上，和它较量一番，好像一个敌人当我的面把我的父亲杀死了，一个好儿子不能不和他奋斗到底。但是如果它使我感觉到些微的快乐，或是在我心里激起任何的虚骄之念；如果我有悖叛的意思，虚荣的念头，再加上一点点高兴的心情，来接受这权威的象征，让上帝令我的头永远不得戴上它，令我成为一个最穷苦的奴才，见了它就惶悚下跪！

王　　啊我的儿子，是上帝令你起意把它拿走，为的是使你能赢得你的父亲的更多的爱，而你偏这样巧妙地粉饰解说。走过来，哈利，坐在我的床边，来听取我这一生中大约是最后的劝告。上帝晓得，我的儿子，我用了什么不正当的手段才得和这王冠遭遇，我自己完全晓得，这王冠戴在我的头上，发生了多少麻烦。这王冠传给你，一定可以得到较大的安宁，较多的爱戴，较好的观感，因为我这一生创业的污点都要随着我入土了。我创下的帝业，好像是用肆无忌惮的手段来夺到的尊荣，好多个帮过我的人都在谴责我，逐渐地酿成了争端、流血，破坏了表面的和平。这些恐慌的局面，你看见我都很惊险地克服了，我这一朝好像完全是表演这种惊险场面的一景。现在我的死亡把格调变了，因为由我夺来的东西，落在你身上就显着好看多了，只消是由我传给你的。但是，你虽然比我的地位稳固一些，却还不够安稳，因为民怨犹新。我的所有的朋友，你必须也要认为是你的朋友，他们的毒刺利牙不过是刚刚拔掉，靠了他们的暴力我才得登极，所以我不得不恐惧被他们的暴力把我再给推翻。为了避免这样的情事，我把他们砍了。现在我打算领导许多人到圣地去，我怕的是他们休息太久了，不免就要仔细追究我的王位的缘由。所以，我的哈利，你的策略一定要是使得不妥分子忙于对外作战，积极的活动转移到国外去，就可以使人不复忆起以往的事情。我还想多说，但是我的气力不济了，不能再说话了。我这王冠是怎样得来的，啊上帝，饶恕我！请准许它和平地戴在你的头上。

太　　　我的父王，

王冠是你赢得的，你戴过由我来承继，

我拥有这王冠，显然是合法的。
我要用非常的努力辛劳，
合法地把这王冠来确保。

兰卡斯特的约翰上。

王　　　　看，看，我的兰卡斯特的约翰来了。

兰卡斯特　愿父王康健、平安、幸福！

王　　　　你给我带来了幸福和平安，约翰儿子。但是健康，
　　　　　哎呀，早已鼓动着青春的翅膀飞离这衰老的躯壳了。
　　　　　见到了你，我尘世间的事就算了结了。瓦利克大人
　　　　　在哪里？

太　　　　瓦利克大人！

瓦利克及其他上。

王　　　　我起初陷入昏迷状态的那间屋子，可有什么特殊的
　　　　　名称吗？

瓦利克　　那间屋子名叫耶路撒冷，陛下。

王　　　　赞美上帝！我的性命必须在那里结束了。许多年前
　　　　　就有过预言，据说除了在耶路撒冷我是不会死的，
　　　　　而我一向妄以为那是圣地。
　　　　　抬我到那屋里去，我要死在那里，
　　　　　哈利要在耶路撒冷死去。〔同下〕

注 释

[1] 此处原文有困难。原文——"My brother general, the commonwealth, To brother born an household cruelty, I make my quarrel in particular." 文义不顺，疑有脱漏。my brother general 作何解，亦难确定，如系指大主教之弟，则下行之 brother born 岂不重复？如系指韦斯摩兰，则下文意义更不联贯。如系指 the commonwealth 亦极牵强。历来各家批评，于承认此处费解之余，或依己意窜改原文，或独创新解，唯亦难自圆其说。（参看 Shaaber 新集注本页二八九——二九三）译者之见，拟参用 Malone、Johnson 及 Knight 之解释，虽嫌稍旧，实较平易。Malone 之意见如下："余疑 commonwealth 一字之后脱漏一行，其意应是 'is the general ground of our taking up arms.'"Johnson 于费解之处往往不多推敲，径依常识判断，常能一语道破，其关于此点之言曰："吾之不满者，就一般而言，为国事之窳败；就吾特殊者而言，则吾弟被王所杀，家仇似海，不能不报也。"如此解释似甚近情，唯 my brother general 究何所指耶？是又不无遗憾耳。Knight 主张 My brother 为对韦斯摩兰之称呼，其余之意义大致与 Johnson 同。今综合上述三家意见，勉为敷译，亦自觉不能完全称意也。

[2] 布灵布洛克与毛伯雷之决斗，见《利查二世》第一幕第三景。时国王为仲裁者，"掷下手杖"即表示斗争终止之意。

[3] 即布灵布洛克。按"伯爵"系"公爵"之误。

[4] 科文特里（Coventry），比武之处。

[5] 对折本及四开本原文: And present execution of our wills To us and to our purposes confined. 最后二字费解。约翰孙疑为 purposes consigned 之误，若干版本皆从之，牛津本亦从之。约翰孙意译之如下："Let the

execution of our demands be put into our hands, according to our declared purposes." 今照译。

[6] 海得拉（Hydra），希腊神话中之百头水蛇，为赫鸠里斯所杀。

[7] 罗马之朱利阿斯·西撒，金币及奖章上之侧面雕像皆显示其鼻具有钩形。于战胜 Pontus 之后致书罗马元老院有句云："Veni, vidi, vici."

[8] "附子"（aconitum），植物，有毒质。酒桶中如投入毒药则桶必裂，或谓虽石瓶亦能渗漏。

[9] Sir Thomas Rokeby, sheriff of Yorkshire.

[10] 幸运之神（Fortune）在古典艺术中通常绘为一妇人，左手持"丰盛的羊角"（Cornucopia），右手持一船舵，舵斜倚在一圆球之上，羊角象征女神之宠爱，船舵象征其指导力量，圆球其善变之性也。此处所暗示者仅为左手中之羊角也。

[11] Holinshed 有此记载："是年（一四一二）十月十二日泰晤士河涨潮三次，一次接连一次，中间并无退潮。"

第 五 幕

第一景：格劳斯特县。沙娄家中一室

沙娄、孚斯塔夫、巴多夫及侍童上。

沙娄　　　　无论如何，先生，你今晚可不能走。什么话！大维，
　　　　　　来呀。

孚斯塔夫　　罗伯特·沙娄先生，你一定要恕我失陪。

沙娄　　　　我不恕你，你不能走。借口一律不接受，任何理由
　　　　　　都无效。你不能走。喂，大维！

大维上。

大维　　　　我来了，先生。

沙娄　　　　大维，大维，大维，大维，等我想一想！大维，等
　　　　　　我想一想，是的，真是的，厨子威廉，叫他到这里

来。约翰爵士，你不能走。

大维　　　　真是的，先生，是这样的，那些传票无法送达。还
　　　　　　有，先生，畦头空地要不要种上麦子？

沙娄　　　　种红麦，大维。讲到威廉，有没有雏鸽？

大维　　　　有，先生。这是铁匠的钉马掌和打犁头的账单子。

沙娄　　　　一起付掉它好了。约翰爵士，你不能走。

大维　　　　先生，担架木[1]一定要再配一副新链子。并且，先
　　　　　　生，为了威廉那一天在新克莱市场上丢了酒，你是
　　　　　　否有意要扣他一点工资呢？

沙娄　　　　他是要偿付的。预备几只鸽子，大维，两只短腿母
　　　　　　鸡、一块羊肉，再随便弄几样精致的小菜，告诉威
　　　　　　廉厨师傅。

大维　　　　那位战士在这里过夜吗，先生？

沙娄　　　　是的，大维，我愿好好款待他。朝中有人比袋里有
　　　　　　钱要好得多。要好好招待他的部下，大维，因为他
　　　　　　们都是些小人，会在背后信口骂人的。

大维　　　　可是他们自己也在背上挨足了咬，先生，因为他们
　　　　　　的衬衣是真脏得不得了。

沙娄　　　　说得妙，大维！去做你的事，大维。

大维　　　　我请求您，先生，文谷村的威廉·魏泽和山上的克
　　　　　　莱门·巴克斯的那件诉案，您对魏泽多多关照一下。

沙娄　　　　有很多人都在控诉那个魏泽呢，大维。据我所知，
　　　　　　那个魏泽是个大坏蛋。

大维　　　　我承认您说的他是个坏蛋，先生，但是，上帝不准，
　　　　　　先生，一个坏蛋难道就是有朋友求情也不该得到一

点关照。一个清白的人，先生，能为自己辩白，而一个坏蛋就不能了。我这八年来一向忠心伺候您，先生，如果我在一季中不能帮坏蛋和好人打官司赢一两次，那便是我没能得到您的信任。这坏蛋是我的好朋友，先生，所以，我求您，特别关照他一点。

沙娄　　好啦，我不让他受冤枉便是。去招呼客人吧，大维。〔大维下〕你在哪里呢，约翰爵士? 来，来，来! 脱下你的靴子。让我握你的手，巴多夫先生。

巴多夫　　我很高兴能见到您。

沙娄　　我衷心地感谢你，好巴多夫先生。〔对侍童〕欢迎，我的壮大的小伙子。来，约翰爵士。

孚斯塔夫　　我就跟着您去，罗伯特·沙娄先生。〔沙娄下〕巴多夫，去看我们的马。〔巴多夫及侍童下〕如果我被锯成小块，我可以分成为四打像沙娄先生一般的长髯隐士的拐杖。看看他和他的仆人们之臭味相投，倒是满有趣的。他们，由于对他恭顺，也变成为糊涂法官了；他，由于和他们周旋，也变成一个法官一般的仆人了。因为在一起起居的关系，他们的性格变得非常融洽，物以类聚，像是一群野鹅一般。如果我有事向沙娄先生求情，我就要去奉承他的仆人们，就说他们是主人的亲信；如果对于他的仆人们有所请托，就去恭维沙娄先生，就说没有人比他更会驾驭仆人。无论是聪明的举动，或是愚笨的行为，在彼此之间一定会传染的，像疾病一般，所以一个人交友宜慎。我要从这个沙娄身上制造出大量的笑料，使哈利王子不住地大笑，直笑得六种时髦消逝——
那就是一年四季，或是两件债务案件审结——而仍
笑个不停。啊！对于一个背上从来没有害过风湿痛
的年轻人而言，随着一声轻微的咒骂而扯个谎，或
是板起面孔说个笑话，都是很有兴味的事。啊！我
一定要使你们看到他笑，笑到他的脸像是没折好的
一件湿袍子！

沙娄　　　〔在内〕约翰爵士！
孚斯塔夫　　我来啦，沙娄先生。〔下〕

第二景：西敏斯特。宫中一室

瓦利克及大法官上。

瓦利克　　怎么样，我的大法官！到哪里去？
法　　　　国王怎样了？
瓦利克　　十分的好，他的烦恼现在全结束了。
法　　　　我希望不是死了吧。
瓦利克　　他已经走过了自然的道路，对我们而言，他不算是
　　　　　一个活人了。
法　　　　我真愿国王把我也带走，他生时我对他的忠心服务，
　　　　　将使我遭受一切的迫害。

瓦利克	的确是的，我想年轻的新王是不大喜欢你。
法	我知道他不，所以要自己准备一下，去迎接未来的情况，不过那情况是不会比我想象中所描绘的更为凶险的。

兰卡斯特、克拉伦斯、格劳斯特、韦斯摩兰及其他上。

瓦利克	故王哈利的几位悲伤的儿子来了。啊！但愿活着的那位哈利能有这三位王子当中最坏的一位的性格。那么有多少必须向卑鄙的人降旗致敬的贵族们就都可以保护他们的位置了！
法	啊上帝！我恐怕一切都要被打翻了。
兰卡斯特	早安，瓦利克老兄，早安。
格劳斯特 克拉伦斯	早安，老兄。
兰卡斯特	我们今天会面，好像都是忘了如何说话的人。
瓦利克	我们没有忘，不过我们的话题太沉重，无法多谈。
兰卡斯特	好，让那位使我们心情沉重的人享受安宁吧！
法	让我们也享受安宁吧，否则我们要更为心情沉重！
格劳斯特	啊！大人，你确是已经失掉了一个知己。我敢说你那愁苦的脸不是借来的，一定是你自己的。
兰卡斯特	虽然没有人能有把握获得国王的什么样的恩宠，你的前途是最黯淡的了。我因此格外难过。但愿不是如此。
克拉伦斯	哼，你现在必须要对约翰·孚斯塔夫爵士客气一些了，这是有违您的本心的。

法　　　诸位王子，我所做的事，都是为了荣誉而做的，都
　　　　是受公正无私的念头所引导的，你们永远不会看到
　　　　我去乞求不体面的没有味道的赦免[2]。如果忠贞正
　　　　直不能给我保障，我就到故王那里去，告诉他是谁
　　　　逼我去追随他。

瓦利克　太子来了。

亨利王五世偕侍从等上。

法　　　早安，上帝保佑国王陛下！

王　　　国王陛下这一袭新的灿烂的衣裳，在我身上穿起来
　　　　并不像你所想的那样舒适。弟弟们，你们在忧伤之
　　　　中怀有恐惧，这是英国宫廷，不是土耳其宫廷，不
　　　　是一位阿穆拉兹继承另一阿穆拉兹[3]，是哈利继承
　　　　哈利。不过你们悲伤吧，好弟弟们，因为，说老实
　　　　话，那是你们分内的事。你们悲伤得如此之肃穆庄
　　　　严，我也要认真地仿效你们，把悲哀放在内心深处。
　　　　那么，你们就悲伤吧。不过，好弟弟们，也别悲伤
　　　　得超过了我们应该共同分担的分际。至于我，愿指
　　　　天为誓，请你们放心，我要做你们的家长，同时也
　　　　是你们的长兄，只消让我得到你们的爱戴，我就会
　　　　担当你们的烦恼。还是为那死去的哈利而哭泣吧，
　　　　我也要哭泣，但是活着的哈利要使每一颗泪珠都变
　　　　成为幸福的日子。

兰等　　我们希冀于陛下的再也没有什么别的了。

王　　　你们全都很冷淡地望着我，〔向大法官〕尤其是你，

我想你是以为我决不爱你。

法　　我无所疑惧，如果我受到正当的裁判。陛下没有正
　　　当的理由来恨我。

王　　没有！像我这样的前程远大的王子，如何能忘记你
　　　所给我的奇耻大辱呢？什么！对于英国国王的嫡亲
　　　的继承人竟敢申斥、辱骂、粗暴地送入监牢！这可
　　　以轻易放过吗？这可以放进忘川去洗刷，完全忘
　　　掉吗？

法　　我当时是代表你的父亲行使职权，他的权力付托给
　　　我了。在执行他的法律的时候，我正在为国家而忙
　　　碌，陛下却忘记了我的地位，司法的尊严，以及我
　　　代表国王的身份，居然就在我执法的席次上打了我。
　　　于是我把您当作侵犯您的父王的一个人，我大胆执
　　　行我的权威，把您逮捕了。如果这件事做得不对，
　　　那么您现在戴上了王冠，有一个儿子不服从您的命
　　　令，从您的尊严的法庭上扯下了公理，推翻了法律
　　　的程序，把保护您自身安全的剑锋弄得迟钝；不仅此
　　　也，他还要踢您的尊严的代表，侮辱您的代表之行
　　　使职权，您都应该觉得心满意足才是，请您设身处
　　　地地想想。您自己是父亲，假使您有一个儿子，听
　　　到您自己的尊严受到这样的冒犯，看到您的最威严
　　　的法律这样的横遭破坏，您本身被一个儿子这样的
　　　侮辱；然后您再假想我站在您的一边，用您的权力把
　　　您的儿子轻轻地加以制伏，经过这样冷静的考虑之
　　　后，再判决我吧。您既是国王，请以国王身份宣布

我究竟做错了什么事，不合于我的职位，我的身份，我的主上的威权。

王　　你是对的，法官。你考虑得很对，所以你要继续执掌那司法的天平和宝剑，我诚心地愿意你的声誉日隆，直到有一天看到我的一个儿子开罪于你，而且服从了你，像我从前那样。这样我便可以重述我父亲说过的话："我真幸运，能有这样大胆的一个人，敢对我自己的儿子执法以绳；我也同样的幸运，能有这样的一个儿子，肯放弃他的地位，甘愿接受法律制裁。"你逮捕过我，为了这个缘故，我把你那一直佩戴着的没受过玷污的剑再度交付给你。要记取这一点，你使用这剑的时候要同样的大胆、公正、无私，像你从前对付我一般。我们握手吧，我少不更事，你要像父亲似的对我，你怎样附在我的耳边提词，我便怎样发言，我的一切的意向都俯首听命于你的老练贤明的指导。诸位王子，相信我，我请求你们，我的父亲狂放地进了他的坟墓，因为我的狂放的性格也葬在他的坟墓里面了，我要以他的那种性格严肃地生活下去，打击世人对我的预科，粉碎预言，消灭那些只根据我的外表而遽下判断的恶意诽谤。我的血气方刚，在荒唐之中翻覆起落，以至于今。现在退潮入海了，将与庄严的大海混合在一起，此后要波澜壮阔地向前迈进。现在我要召集议会，我要征选贤良之士，使我们的伟大的国家能和世上治理最好的国家并驾齐驱，让战争或和平，或

二者同时并行，对于我都成为熟习之事。在这些事
情上，老人家，你必须以首席的姿态前来参与。等
加冕礼毕，我就要像前面所说过的立刻召集各阶层
的议员 [4]。上帝赞许我的良好的志向吧，

不让任何王子贵族有理由来说，

愿上帝缩短哈利的幸福生活。〔同下〕

第三景：格劳斯特县。沙娄家中花园

孚斯塔夫、沙娄、赛伦斯、巴多夫、侍童及大维上。

沙娄 不，您得看看我的花园。在亭子里我们去吃我自己
接种的去年的苹果 [5]，有一盘葛缕子及其他可以和
苹果一同吃 [6]。来，赛伦斯老弟。然后再睡觉去。

孚斯塔夫 您这一所住宅可是真好，而且一应俱全。

沙娄 空虚，空虚，空虚！全都很寒伧，全都很寒伧，约
翰爵士。空气倒还不错。铺桌子，大维；铺桌子，大
维！做得好，大维。

孚斯塔夫 这个大维对你倒是很有用处，他是你的仆人，也是
你的管家。

沙娄 是个好仆人，好仆人，好仆人，约翰爵士——真是
的，我晚饭喝酒太多了——是个好仆人。现在坐下

来，现在坐下来。来，老弟。

赛伦斯　　　喂，伙计[7]！他唱的是，我们将要，

　　　　　　除了吃喝玩乐之外什么都不做。

　　　　　　赞美上帝使我们新年好快乐，

　　　　　　肉又贱，女人们又亲热，

　　　　　　跑来跑去的是年轻小伙，

　　　　　　如此的快乐，

　　　　　　一直的是如此的快乐。

孚斯塔夫　　倒真是兴致不浅！好赛伦斯先生，我立刻要敬你
　　　　　　一杯。

沙娄　　　　给巴多夫先生一点酒，大维。

大维　　　　您请坐，我就来陪您，您请坐。侍童先生，好侍童
　　　　　　先生，请坐。请用酒吧[8]！肉菜不多，我们多喝一
　　　　　　杯酒吧。你们要多原谅，要紧的是我们这一番心。
　　　　　　〔下〕

沙娄　　　　快活吧，巴多夫先生。我的那位小军人，快活吧。

赛伦斯　　　快乐吧，快乐吧，我的老婆好霸道，

　　　　　　女人全是泼妇，不论个子矮或是高。

　　　　　　在大厅里我们胡说八道有多么逍遥，

　　　　　　欢迎快乐的忏悔节。

　　　　　　快乐吧，快乐吧。

孚斯塔夫　　我没想到赛伦斯先生是有这样兴致的一个人。

赛伦斯　　　谁？我？在此以前我也曾喝得醉醺醺的一两次了。

大维又上。

大维	这一盘粗皮苹果是给您的。〔放在巴多夫面前〕
沙娄	大维!
大维	大人,我就来伺候您。要一杯酒吗,先生?
赛伦斯	来一杯酒,又芳烈又透明,
	好对着我的爱人把杯倾,
	快乐的人寿命长。
孚斯塔夫	说得对,赛伦斯先生。
赛伦斯	我们是要快乐的,现在夜晚最愉快的时候到了。
孚斯塔夫	祝你健康长寿,赛伦斯先生。
赛伦斯	斟满了杯,递过来,
	杯深一英里,我也要敬你这一杯。
沙娄	忠实的巴多夫,欢迎。如果你想要点什么而不说出来,那可就是你的不对了。〔向侍童〕欢迎,我的小贼娃儿,我也实在很欢迎你。我要向巴多夫先生敬酒,向伦敦一带的所有的英雄好汉敬酒。
大维	我希望在我死前能到伦敦去见识一次。
巴多夫	如果我能在那里见到你,大维——
沙娄	哼,你们会在一起喝一夸酒!哈!你们会不会,巴多夫先生?
巴多夫	会的,先生,喝两夸的大杯酒。
沙娄	我指着上帝发誓[9],我谢谢你。这家伙能陪你喝,我敢向你担保:他不会醉倒的,他身体很壮。
巴多夫	我也会陪他的,先生。
沙娄	噫,这真是豪爽的话。要什么尽管说。开怀畅饮吧。〔内敲门声〕看看谁在门外。

<table>
<tr><td></td><td>喂！谁敲门呢？〔大维下〕</td></tr>
<tr><td>孚斯塔夫</td><td>〔向正在干杯的赛伦斯〕唉，现在你算是回敬我同量
的酒了。</td></tr>
<tr><td>赛伦斯</td><td>拿酒对我敬，
推我称英雄 [10]：
圣民高 [11]。</td></tr>
<tr><td>孚斯塔夫</td><td>是这样的。</td></tr>
<tr><td>赛伦斯</td><td>是这样的吧？哼，你得说一个老年人还有一手吧。</td></tr>
</table>

大维又上。

<table>
<tr><td>大维</td><td>启禀大人，有一位皮斯图从朝廷带消息来了。</td></tr>
<tr><td>孚斯塔夫</td><td>从朝廷！让他进来。</td></tr>
</table>

皮斯图上。

<table>
<tr><td></td><td>怎样，皮斯图！</td></tr>
<tr><td>皮斯图</td><td>约翰爵士，上帝保佑你，先生！</td></tr>
<tr><td>孚斯塔夫</td><td>是哪一阵风把你吹来的，皮斯图？</td></tr>
<tr><td>皮斯图</td><td>不是害人的邪风。好爵士，你现在是国内最伟大的
人物之一了。</td></tr>
<tr><td>赛伦斯</td><td>天啊，我想他是的，除了巴孙村的泼夫之外。</td></tr>
<tr><td>皮斯图</td><td>泼夫！你瞎扯，你这顶下流的懦夫！约翰爵士，我
是你的皮斯图，你的朋友，我匆匆忙忙骑马来找你，
我给你带来了消息，幸运、快乐和有价值的新闻。</td></tr>
<tr><td>孚斯塔夫</td><td>我请你像世界上的一个平常的人老老实实地说出来。</td></tr>
<tr><td>皮斯图</td><td>呸，什么世界，什么世界上的下贱的人！我要说的</td></tr>
</table>

是有关阿非利加和黄金般的快乐的日子 [12]。

孚斯塔夫　啊，下流的亚述的武士，你有什么消息？让考非邱
　　　　　阿王知道真相吧 [13]。

赛伦斯　　"还有罗宾汉、斯卡来特和约翰。" [14]

皮斯图　　粪土堆上的狗可以和诗人遭遇吗？好消息可以被侮
　　　　　辱吗？那么，皮斯图，把你的才华都掷给恶魔吧。

沙娄　　　先生，我不知道您是什么出身。

皮斯图　　那么你就难过吧。

沙娄　　　请原谅，先生。如果，先生，您是从朝廷带着消息
　　　　　来的，我认为只有两条路走：或是宣布出来，或是隐
　　　　　藏起来。先生，我是在国王手下担任一点职务的。

皮斯图　　在哪一位国王手下，你这穷光蛋？说呀，否则就死。

沙娄　　　在亨利王手下。

皮斯图　　亨利四世？还是五世？

沙娄　　　亨利四世。

皮斯图　　你的职务是完蛋了 [15]！约翰爵士，你的亲爱的小
　　　　　羔羊现在是国王了，他就是亨利五世。我说的是真
　　　　　话。皮斯图说谎的时候，你可以这样做，还可以像
　　　　　西班牙狂人那样的把大拇指放在食指和中指之间来
　　　　　羞辱我。

孚斯塔夫　怎么！老王死了吗？

皮斯图　　死透了！我说的事情全是真的。

孚斯塔夫　走啊，巴多夫！给我的马套上鞍。罗伯特·沙娄先
　　　　　生，你随便选择国内的一项官职，你就可以得到它。
　　　　　皮斯图，我要给你加倍的官衔。

巴多夫	好快乐的日子！给我一个爵士的封号我也不满意。
皮斯图	什么！我带来的确是好消息。
孚斯塔夫	把赛伦斯先生抬上床去。沙娄先生，沙娄大人，你要做什么官都可以，我是命运之神的管家。穿上你的靴子，我们要骑马一整夜。啊亲爱的皮斯图！去呀，巴多夫。〔巴多夫下。〕来，皮斯图，再对我多说一些。你想一想你要一些什么好处。靴子，靴子，沙娄先生，我知道年轻的国王在想念我。我们可以骑任何人的马，英国的法律由我规定。过去和我做朋友的都有福了，我的那位大法官可倒霉了！
皮斯图	让凶恶的老鹰抓他的肺！大家都说，"往日的荣华安在哉？"噫，在这里。欢迎这快乐的日子吧！

〔同下〕

第四景：伦敦。一街道

数名教区差兵拉魁格来夫人及道尔·蒂尔席特上。

魁格来	不，你这出了名的坏蛋！我愿上天教我死，然后我可以令你受绞刑。你把我的肩膀扯得脱白了。
差甲	是巡警把她交给我的，我可以向她保证她将要饱吃一顿鞭子：最近有一两个人为了她而被杀害了。

道尔	差役，差役[16]，你说谎。过来，我告诉你吧，你这该死的牛肚子面孔的坏人，如果弄得我的胎儿小产，你还不如回家去揍你的妈，你这面色焦黄的小人。
魁格来	主啊！但愿约翰爵士能来，他会使得某个人今天吃点苦头。但是我祷求上帝，可千万别教她小产！
差甲	如果小产，你就又有一打靠垫了，现在你只有十一个。来，我命令你们两个都跟我去，因为你们和皮斯图共同殴打的那个人已经死去了。
道尔	我告诉你说，你这香炉上的瘦人[17]，为了你这种行为我一定要教你着实地挨一顿打，你这青肚子苍蝇！你这龌龊的饿肚子的差役！你如果不挨一顿打，我从此不穿裙子。
差甲	来，来，你这夜游女英雄，来。
魁格来	啊，但愿正义能这样的战胜强权！好，能忍自安。
道尔	来，你这坏人，来，带我去见法官。
魁格来	对！来，你这只饿狗。
道尔	骷髅先生！枯骨先生！
魁格来	你这副骸骨，你！
道尔	来，你这瘦东西！来，你这坏人！
差甲	很好。〔同下〕

第五景：西敏斯特寺附近一广场

两男仆上，铺洒灯心草。

仆甲　　再多洒些灯心草，再多洒些灯心草。

仆乙　　喇叭吹过两遍了。

仆甲　　两点钟的时候他们就要从加冕那里出来了。赶快，
　　　　赶快。〔同下〕

孚斯塔夫、沙娄、皮斯图、巴多夫及侍童上。

孚斯塔夫　靠近我站在这里，罗伯特·沙娄先生，我要使国王
　　　　给你恩宠。我要在他走过的时候给他送个媚眼，你
　　　　只消注意看看他将怎样的对我殷勤。

皮斯图　　上帝保佑你的肺，好爵士。

孚斯塔夫　过来，皮斯图，站在我身后。啊！如果我有时间去
　　　　制作新的制服，我就会把向你借来的一千镑用掉了。
　　　　但是这没有关系，这一身破烂的样子更好：这足以表
　　　　示我来见他的热诚。

沙娄　　确是这样的。

孚斯塔夫　这表示我的爱戴诚恳。

沙娄　　确是这样的。

孚斯塔夫　我的忠心。

沙娄　　确是的，确是的，确是的。

孚斯塔夫　好像是，我日夜赶路，没有考虑，没有想起，没有
　　　　那份耐心，去换服装。

沙娄	那的确是。
孚斯塔夫	只好满身风尘地站在这里，一头大汗，急着想要见他，其他的事全不顾了，一切的事都忘记了，好像是除了见他之外没有任何事情可做。
皮斯图	这真可以说是"始终如一"，因为"除此以外别无所有"，完完全全，一点也不差 [18]。
沙娄	是这样的，确实的。
皮斯图	我的爵爷，我要惹你动肝火，使你发怒。你的道尔，你心目中的海伦，现在横遭拘捕，下了感染疾疫的监牢，被下流龌龊的匠人的 [19] 手给拖到那里去了。惊动地狱里的那位凶恶的阿来克图的毒蛇，激起复仇之念吧，因为道尔被关起来了，皮斯图所说的全是实话。
孚斯塔夫	我要救她出来。〔内呼喊声，喇叭鸣〕
皮斯图	海在呼啸，喇叭齐鸣。

国王亨利五世及随从等，大法官在内，上。

孚斯塔夫	上帝保佑你，哈尔王！我的尊贵的哈尔！
皮斯图	上天拱卫你，保护你，最尊贵的最有威名的小伙子！
孚斯塔夫	上帝保佑你，我的好孩子！
王	大法官阁下，对那个妄人说句话。
法	你疯了吗？你知道你说的什么吗？
孚斯塔夫	我的王！我的主宰！我对你说话呢，我的乖！
王	我不认识你，老人。开始祈祷吧，一个无理取闹的小丑，长一头白发，多么不相称呀！我在梦中好久

就有这样的一个人，这样的贪吃臃肿，这样的老，这样的荒谬。但是醒来之后，我看不起我的梦，此后你要减损你的肉体，增进你的品德，不要再贪吃，要知道坟墓为你张开口，比为别人要张得三倍大。不要用丑角口吻的玩笑话来回答我，不要以为我是从前的那个人。上帝晓得，世人也必须看出，我已经撤掉了从前的我；我也同样地撤掉从前陪伴我的人。有一天你听说我恢复了故态，仍来找我，你可以和从前一样，做我的荒唐行为的领导人与支持者，在那一天到来之前，我放逐你，就像我放逐了其他的引我误入歧途的人一样，不准走进离我一英里以内的地方，如有违犯即行处死。至于生活费用我会供应你的，不至于因缺乏钱财而逼你为恶。将来我听到你已改过自新，我会按照你的能力和成就给你擢升的机会。法官阁下，我命令你负责执行我所说的话。走吧。〔亨利王五世及随从等下〕

孚斯塔夫　　沙娄先生，我欠你一千镑。

沙娄　　　　是的，约翰爵士。我求你准许我把这笔钱带回家去吧。

孚斯塔夫　　那是办不到的，沙娄先生。你不必为了这个而难过，我会私下里被他召见的。你要注意，他当着一般人必须作出这种样子。不必为了你的前途担心，我还是会使你变成为伟大。

沙娄　　　　我看不出你怎么能使我伟大，除非你把你的衣服给我穿上，里面塞起稻草。我求你，好约翰爵士，我那一千镑钱你还我五百好了。

孚斯塔夫	先生，我说话绝对算数，你方才所听到的那些话只是一种表面文章。
沙娄	我恐怕这就是你要掉进去死在里面的表面文章，约翰爵士。
孚斯塔夫	不要怕，和我一同吃饭去。来，皮斯图副官；来，巴多夫，到晚上我就会被召见的。

兰卡斯特的约翰、大法官及法警等上。

法	去，把约翰·孚斯塔夫爵士带到弗利特监狱，把他的一干人等全都带去。
孚斯塔夫	大人，大人！
法	我现在不能说话，我不久就要审问你。带他们走。
皮斯图	"如命运惩治我，希望会安慰我。"〔孚斯塔夫、沙娄、皮斯图、巴多夫、侍童及警吏等下〕
兰卡斯特	我很喜欢国王的这样良好的处理。他要他从前的伙伴们在生活上都得到好好的安顿，不过在他们的行为给人以较为聪明谨饬的印象以前，是全要被放逐的。
法	他们是就要如此处置。
兰卡斯特	国王已经召开议会了，大人。
法	他是召开了。
兰卡斯特	我敢打赌，在这一年终了以前。

我们要把本国的兵火带到法国那边。

我听见有一只鸟如此歌唱，

唱得国王心花怒放。

来，你和我一道走吧？〔同下〕

注 释

[1] 原文 bucket 有二解:（一）水桶，=pail,（二）横在肩上的一种木质扁担，=yoke。既然提到链子，恐以第二解为宜，虽然从井里汲水也需要链子。

[2] 原文 forestall' d remisson 意义不明。可以解作"无法可以获得的赦免"，或"非主动的，经过恳求始行允诺的赦免"，或"根本无罪可赦的赦免"，或"无法接受的赦免"。按四开本作 forestaled，其意若云：staled beforehand（by the ignominy of having to ask for it）。似为最好的解释。

[3] 土尔其苏丹登位时惯常将其他意欲取得王位者处死。阿穆拉兹三世于一五七四年，穆罕默德三世于一五九五年，均曾使用此种残酷手段对付同胞弟兄。此处所提及之阿穆拉兹系泛指土耳其暴君。

[4] 原文 all our state，威尔孙注为"国内的一切重要人物"，Harrison 注为"组成议会之贵族僧侣平民三阶级"，后说近是。

[5] 据 Capell 注:"去年秋天采摘下来的苹果。"不是"去年接种的苹果树"。

[6] Caraway（葛缕子），其种子芳香可作面包等佐料，此处所谓之葛缕子盖指含有葛缕子之糖果或糕点而言，当时认为多食苹果使腹内积气，葛缕子有化气功用。

[7] 这句话可能是指想象中的歌唱者（Cowl），亦可能是指赛伦斯自言自语的对自己之称呼（Schmidt）。

[8] 原文 Proface！是意大利文 Pró vi faccia 英语化之讹，意为 Much good may it do you！是吃东西或饮酒之前的客套语，用以表示欢迎。

[9] 原文 By God's liggens 是一句赌咒语，意义不明。Harrison 注云：Probably "little legs"。Cowl 注云：Perhaps a corruption of a diminutive, "lidkins",from "lid" 均不可凭。

[10] 原文 dub me knight 据 Malone 考证，"莎士比亚时代饮宴时大家常跪在他们的情人面前饮下大量的酒，或其他颇不可口的饮料，饮最豪者在当晚被称是英雄云。"

[11] Samingo 可能是 San Domingo（酒徒之守护神）之简称，亦可能为 Sir Mingo（不知何许人，旧饮歌中之叠句。）

[12] 非洲产黄金，故云。

[13] 考非邱阿（Cophetua），非洲一国王，曾娶乞丐女，事迹仅见于一歌谣中。亚述，异教地，其人多善掠劫。

[14] 引自歌谣 Robin Hood and the Pindar of Wakefield，在皮斯图听来是庸俗不堪的东西。

[15] 国王死，则法官职务终了。

[16] 原文 nut-hook，带钩之长竿，用以摘取树枝上干果。为差役或巡警之绰号，犹现代英文之 catchpole。

[17] 原文 thin man in a censer，有人说是指剔空的香炉盖上的凸起的人像，有人谓系指香炉腹部浮雕之人形。

[18] 拉丁格言 semper idem（=always the same）absque hoc nihil est（=apart from this there is nothing）.absque 是 obsque 之误。

[19] 当时的巡警，不值班时，即是匠人。

尾 声

由一舞者口述。

首先，我的怯场；随后，我的敬礼；最后，我的致词。
我怯场是，怕诸位不满，我敬礼，那是我的责任，
我致词，求诸位原谅。如果你们准备听一段好词，
你们可毁了我了；因为我要说的都是我自己编的；我
不论说些什么，说出来恐怕只能证明是我自己坍台。
废话少说，言归正传。诸位要知道——最好是让诸
位知道——我最近在一出没能讨人喜欢的戏的末尾，
也曾在这里请求大家原谅，而且预告将有较好的一
出献演。我当时确有意用这一出戏来补偿诸位；如果
这出戏像是海上冒险的商船没能安然归来，我破产，
诸位债权人也损失了。我曾答应诸位我要到这里来，
现在我来了，听凭诸位发落；给我削减一点，我就尽

力还一点；然后，像一般债务人一样，再作一些无定期的诺言。

如果我的口舌不能求得诸位的宽恕，诸位可否让我使用我的两腿？用跳舞来还债，还是不够报答诸位的盛情。但是一番诚恳的心可以获得一切可能的满意，我也可以如此希望。这里的所有的女客们都原谅我了：如果男客们不原谅，那么就是男客们不和女客们同意了，这种事在这种集会中是从来没见过的。请准我再说一句话。如果诸位没对肥肉吃得太腻，我们的拙陋的作者将要继续编写这个故事，有约翰爵士在内，还有法国的美丽的卡萨琳使大家欢乐一番。在那戏里，以我所知，孚斯塔夫将要死在出汗上，除非他是早已死在诸位的严峻的批评之下；欧卡塞是殉教而死的，这个人并不是他。我的舌头疲倦了；等我的腿也疲倦的时候，我就要向诸位道晚安了：现在我跪在诸位面前了；不过，实在是，为了女王而祈祷上苍。

亨 利 五 世

The Life of King Henry the Fifth

MR W. DAVIDGE AS PISTOL

PISTOL. Base is the slave that pays

KING HENRY V

序

　　《亨利五世》是《亨利四世》下篇的继续。《亨利四世》下篇的
"尾声"里曾有这样的预告：

　　"如果诸位没对肥肉吃得太腻，我们的拙陋的作者将要继续编
写这个故事，有约翰爵士在内，还有法国的美丽的卡萨琳使大家欢
乐一番。在那戏里，以我所知，孚斯塔夫将要死在出汗上，除非他
是早已死在诸位的严峻的批评之下；欧卡塞是殉教而死的，这个人
并不是他。"

　　这个诺言并未实现。因为孚斯塔夫并未出现在《亨利五世》
里，虽然在这戏里我们听说到有关孚斯塔夫之死的叙述，并且孚斯
塔夫的老伙伴和新伙伴（尼姆）在这戏里扮演了滑稽的角色。为什
么孚斯塔夫不出现？可能是因为亨利五世登极之日已经把孚斯塔夫
摒斥了，无法再带他到法国去。也可能是孚斯塔夫的受观众欢迎会
有损于亨利五世的威望的描写。也可能是孚斯塔夫的情趣在《亨利
四世》上、下篇里已经表现无遗，难以为继，他在《温莎的风流妇
人》里已是强弩之末。也可能是因为莎士比亚剧团里擅演孚斯塔
夫的那位演员（Will Kempe）离开了剧团。也可能剧本里原有孚斯
塔夫的戏，而宫廷的娱乐官（Master of Revels）为了怕再触怒 Lord

Cobham，于是删除了有关孚斯塔夫部分。无论如何，《亨利五世》的面目与《亨利四世》不同，在这里喜剧成分没有掩盖了历史的成分，亨利五世是名符其实的《亨利五世》的主人，《亨利五世》也名符其实地是一出历史剧。

一　版本

一六〇〇年八月四日"书业公会登记簿"上载有莎士比亚的三部戏剧的名字，那便是《亨利五世》《无事自扰》《如愿》，但是注明了"to be staied"字样，这便是先行登记防止盗印的意思。不过就在这一年出现了《亨利五世》的一个四开本，标题是：

The Chronicle History of Henry the fift, With his battel fought at Agin Court in France. Togither with Auncient Pistoll. As it hath sundry times played by the Right honorable the Lord Chamberlaine his seruants. London. Printed by Thomas Creede, for Tho. Millington, and Iohn Busby.

这个本子很坏，即所谓"坏四开本"之一，不但字句错乱之处甚多，而且比全本约少一千七百行（全本长三千三百八十行），缺剧情说明（Choruses）与尾声，其中有三景全被略去（一幕一景，三幕一景，四幕二景），显然是靠速记及记忆拼凑而成。

这个四开本后来在一六〇二年及一六一九年（假冒为一六〇八年）又重印了两次。

一六二三年第一版对折本里的《亨利五世》是唯一的完全的本子。很可能是根据莎士比亚的草稿（foul papers）而印的。

二　著作年代

《亨利四世》下篇作于一五九八年春，此剧之作当然是在较后。四开本印行于一六〇〇年，此剧之作当然是在这一年之前。

此剧第五幕前面的剧情说明（chorus）第二十九至三十四行，把亨利五世的由法凯旋和 Earl of Essex 之将要由爱尔兰胜利归来相比拟。我们知道远征爱尔兰是在一五九九年，Essex 离开伦敦是在三月二十七日，九月二十八日归来，在六月的时候英国人对于这次远征的结果已不热心，证之以莎士比亚对 Essex 出征所作之热烈的期望，可见莎士比亚写此剧时尚不知爱尔兰的军事失败，此剧之作当在是年之仲夏。

三　故事来源

莎士比亚写《亨利五世》时可能想到了一部无名氏所作的戏 *The Famous Victories of Henry the fifth: Containing the Honourable Battell of Agin-court: As it was plaide by the Queenes Maiesties Players*。此剧印于一五九八年（可能作于一五八八年）。在莎氏剧中可以找到几处此戏的痕迹：（一）第一幕第二景法太子派人送网球那一段，（二）第四幕第四景法兵求饶那一段，（三）亨利向法公主求婚那一段。在字句间均显示有此剧的痕迹。

但是莎士比亚的主要故事来源是 *Raphael Holinshed's Chronicles of England, Scotland, and Ireland*。他使用的是这部《史记》的第二版，刊于一五八六——一五八七年。莎士比亚运用历史资料，在取舍之间是颇具匠心的。亨利五世一朝之中之最足受人注意的事件无过于阿金谷一役，故莎氏把何林塞《史记》中之有关亨利五世的前十几段完全略去，以商略进攻法国开端。第二幕和第三幕撷取何林塞的一些零碎事迹，揉和一些滑稽的穿插，目的在保留阿金谷的高潮到第四幕。第四幕第一景，最长的一景，完全是莎士比亚自己的，第二、第三两景取材于何林塞之处亦极少，主要的缘故是战争的经过放在舞台上表演需要另外的一种技巧，与叙述文迥然不同。阿金谷以后的故事占去何林塞的三分之二的篇幅，但是莎士比亚在第五幕里仅仅袭取何林塞的一些细节描绘亨利之凯旋伦敦，略去了以后的在法国进行的战役，直接创造了一个脱汪和议的场面，然后以求婚结束全剧（求婚一场取自 *The Famous Victories*，与何林塞无关）。

四　舞台历史

《亨利五世》在莎士比亚当时是很受欢迎的一出戏，主要的原因是它充足地表现了伊利沙白时代英国人的爱国精神。莎氏剧团中的最著名演员白贝芝（Richard Burbage）死后，有人写诗悼念他，还提到他所扮演的亨利王。一六○五年一月七日此剧曾在宫中上演，此外在莎氏生时此剧便别无上演的记录了。

复辟时代中，此剧亦无多少上演记录。日记家皮泊斯（Pepys）在一六六八年七月六日看过 Betterton 扮演亨利王。此外便是一片沉默。

到了十八世纪的二十年代，《亨利五世》在舞台上开始活跃起来。最初是 Aaron Hill 一七二三年的改编本 *Henry V or the*

Conquest of France, 删去了喜剧的数景, 使此剧变成了伤感的爱情戏。十八世纪中莎士比亚的《亨利五世》之最初上演是在一七三五年十一月, 在 Goodman's Fields。此后 Covent Garden 与 Drury Lane 两家戏院不时地演出此剧, 直到十九世纪中叶。加立克 (David Garrick) 在一七四七年演出此剧, 但他自己只是扮演了"剧情说明者" (Chorus) 的角色。自加立克以后, 此剧不时上演, 普通都是炫示伟大场面。Kemble 一七八九年的演出特别注重服装及布景。Macread 一八三九年的演出在第三幕使用了活动画面 (moving diorama), 以写实的手法表演英国舰队的横渡海峡以及阿金谷前夕双方的军队的状况。Charles Kean 于一八五○年上演此剧于 Princess' Theatre, 对哈夫勒围城作详细的表演, 最出色的是把亨利的凯旋由口述改为实际的舞台演出, 连续演了八十四晚。后来 George Regnold 于一八七九年在 Drury Lane 演出此剧也还是沿用 Kean 二十多年前的创作。

较近的上演之杰出者为 Benson (一八九七年) 及 Lewis Waller (一九○○年), 在此后二十年的期间内亨利五世这一角色为这两个著名演员分别担任了。凡是在舞台上需要鼓吹爱国精神的时候,《亨利五世》辄应时上演, 例如在波尔战争 (Boer War) 的时候, 在一九一六年第一次世界大战的时候, 在伦敦上演都是座无虚席。在美国最著名的一次上演是 Richard Mansfield 在一九○○年的演出。

五 几点批评

《亨利五世》常被认为是莎士比亚心目中的"理想的国王"。亨利五世是一个精明强干的人，是英国的英雄，他有眼光，有果断，心狠手辣，所以他能敉平叛乱，能得民心，能得军心，能杀敌致果。他为人谦逊虔诚，有礼貌，有同情，几乎完全符合文艺复兴时代所谓"理想的君王"（ideal prince）。莎士比亚的狭隘的爱国精神使得他夸张了英国人的沉着勇敢等等美德，同时也夸张了法国人的浮躁狂妄的缺点。不过在剧情编排上莎士比亚还是相当公正的，例如剧情一开始便明白告诉观众对法掀起战争的动机并不怎样光荣。亨利四世临死留下的遗嘱便是对外要掀起战争以转移国人对于他篡位的注意与反感。亨利五世是执行这一政策。教会人士支持他远征，是因为如此可以暂且避免教会所有土地之被没收。

一般批评家常说《亨利五世》与其说是戏剧的，毋宁说是史诗的。这出戏是有史诗的意味。莎士比亚自己亦可能意识到他所要处理的乃是一连串的会议、行军、围城、谈判、议和，中心人物只有一个亨利五世，故事没有曲折穿插，但是又需要伟大的场面，所以每幕之前加了"剧情说明"，其任务除了报告两幕之间的所发生的事之外还用口述的方法描绘了舞台上所不易表演的动作。这戏以战争为主题，但是舞台上并无打斗出现，就连两个人挥剑对打的场面也没有。我们不能不说这是一种戏剧化的处理。

有人指陈，亨利五世的性格在此剧中并无深入的描写。的确是，除了两处独白之外，亨利王的内心很少吐露。不过我们不可忘记，这一出戏应该和《利查二世》、《亨利四世》（上、下篇）连在一起当作一部"二部曲"或"四部曲"来看，亨利五世的性格发展在《亨利四世》（上、下篇）里已有详尽的刻画，在此剧中已不需画蛇添足了。

剧 中 人 物

亨利王五世（King Henry the Fifth）。

格劳斯特公爵（Duke of Gloucester）

白德福公爵（Duke of Bedford）┐ 国王之弟。

哀克塞特公爵（Duke of Exeter），国王之叔。

约克公爵（Duke of York），国王之族叔。

骚兹伯来、韦斯摩兰与瓦利克诸伯爵（Earls of Salisbury, Westmoreland, and Warwick）。

坎特伯来大主教（Archbishop of Canterbury）。

伊雷主教（Bishop of Ely）。

康桥伯爵（Earl of Cambridge）。

斯克庐帕爵士（Lord Scroop）。

汤玛斯·格雷爵士（Sir Thomas Grey）。

汤玛斯·厄平翰、高渥、弗鲁哀伦、马克毛利斯、翟米诸爵士（Sir Thomas Erpingham, Gower, Fluellen, Macmorris, Jamy），亨利王军中将领。

贝次、考尔特、威廉斯（Bates, Court, Williams），军中士兵。

皮斯图、尼姆、巴多夫（Pistol, Nym, Bardolf）。

一童。

侍传令官。

查理上六世（Charles the Sixth），法兰西国王。

路易斯（Lewis），太子。

勃根第、奥利恩斯、布邦诸公爵（Dukes of Burgundy, Orleans, and Bourbon）。

法兰西大元帅（The Constable of France）。

朗布雷斯（Rambures）⌉
　　　　　　　　　　├ 法兰西贵族。
格朗普雷（Grandpre）⌋

蒙召爱（Montjoy），法兰西之一传令官。

哈夫勒总督（Governor of Harfleur）。

派谒英王的诸大使。

伊萨白尔（Isabel），法兰西王后。

卡萨琳（Katharine），查理士与伊萨白尔之女。

阿丽斯（Alice），卡萨琳公主之女侍。

野猪头酒店女店主，前魁格来夫人，现嫁给皮斯图。

贵族们、贵妇们、官员们、英法士兵们、公民们、使者们及侍从等。

剧情说明人。

地 点

英格兰；后为法兰西。

开 场 白

剧情说明人上。

啊！愿炎炎的诗神给我们灵感，一同上升到想象之
最光明的天表。以国土为舞台，层出不绝的剧情由
君主来扮演由帝王来观看。然后英勇的哈利，不失
其历史上的英雄本色，以战神玛尔斯的姿态出现；
紧跟在他后面的是饥馑、刀兵和火焰，像三头猎犬
似的系在一起，蹲在那里听候他的差遣。但是，诸
位，请原谅那些庸俗之辈胆敢在这简陋的台上扮演
如此伟大的戏剧：这个斗鸡场[1]能容纳法兰西之广
大的战场吗？就是当年使得阿金谷的空气受了惊吓
的那些战盔，我们能把它们塞在这个木造的圆圈儿
里吗？[2]啊，请原谅！圆圆的一个"零"字，地位
虽然渺小，可能成为百万的巨数，所以对于这个伟

大的故事我们固然也是微渺不足道，且让我们来激发你们的想象力吧。假想在这围墙圈绕之内现在拥有两大王国，他们的巉岩对耸的疆界是由一条狭急的海水隔离着的。用你们的想象来补充我们的缺陷，把一个人分成一千份，假想盛大的军容；我们说起战马，你们就要假想看到骄嘶的战马在软土上印了蹄痕。因为现在一定要凭诸位的想象力来装扮我们的国王，把他们带来带去，跳越时间，把几年的事情在一小时内办完[3]。为了补充时间上的空隙，请容许我参加这出史剧。

我要像报幕人一般请诸位耐心观看，

对我们的戏，要细心地听，从宽地批判。〔下〕

注释

[1] 伊利沙白时代之狭小的剧院形似斗鸡场。Drury Lane 之斗鸡场于一六一七年改造成为剧院。

[2] this wooden O 指木造的圆形剧院，威尔孙注云：可能不是环球剧院（the Globe Theatre）而是幕幔剧院（the Curtain Theatre），因为环球剧院之建筑开始于一五九九年正二月间，约需二十八个星期建筑完毕，不可能在八九月间竣工，而第五幕之序幕是写作于六月之前。

[3] 历史上的时间是一四一四——一四二〇年，共六年。此处所谓一小时系约略言之，实际上每剧上演约占二至三小时。

第 一 幕

第一景：伦敦。王宫内一前厅

坎特伯来大主教及伊雷主教上。

坎特伯来　　主教，我要告诉你，那个议案又被提出来了，在前
　　　　　　王朝里第十一年的时候，若非因为时局扰攘未能继
　　　　　　续讨论下去，当时很可能的，不，会一定地予以通
　　　　　　过，打击我们[1]。

伊雷　　　　我们现在怎样的予以抵抗呢？

坎特伯来　　这必须要想一想。如果此案通过，我们要损失大部
　　　　　　分产业，因为虔信的教友们遗嘱捐献给教会的所有
　　　　　　的民间土地，他们将要从我们手里剥夺了去。其估
　　　　　　价是这样的：为了给国王的荣誉增光，足够维持十五
　　　　　　位伯爵、一千五百位骑士、六千二百名候补骑士；并

且为了救济麻风患者和衰老的人，以及贫苦无依不能劳动的人，建立一百所设备良好的救济院；此外对国王的财库每年尚可有一千镑的收入。议案内容是这样的。

伊雷　　　　这一口喝得好大。

坎特伯来　　会把杯子都喝下去哩。

伊雷　　　　但是怎样去阻止呢？

坎特伯来　　国王是宽厚而且体恤人的。

伊雷　　　　是一个真心拥护教会的人。

坎特伯来　　他的少年时的行为并没有这种预示。他的父亲刚一断气，他的野性收敛了，好像是也死了。是的，就在那时节，深谋远虑之心像是天使似的来了，鞭走了他的荒唐的邪念，使他的躯体有如天堂，容纳着天上的神灵。从没有人像他那样突然地变成为斯文的人；从没有见过改过自新像是一股洪流，流得这样激，冲洗掉一切的罪过：难以斩尽杀绝的桀骜不驯的脾气，从来没有这样快地这样全部突然地失势，像这位国王所表现的。

伊雷　　　　这一变使我们有福了。

坎特伯来　　只要听他谈论神学，你便不由得要衷心佩服，愿国王能担任高级圣职；听他讨论国事，你便要说他是研究有素；听他讲述战争，你就会听到一场战事像音乐一般给你演奏出来；向他提出任何政治问题，症结所在无不到手解除，像解他的袜带一般熟练。他开口说话的时候，放荡自恣的空气都静止不动，无言的惊异之情躲在人们的耳朵里想要劫取他的美妙的谈吐，可见他的理论上的智识一定是从生活中实际经验而来。然而这就怪了，他怎么能够拾取到智识呢，他的嗜好只是荒唐，他的伴侣只是一些不学无术的粗浅之徒；他的时间用在饮宴嬉游上面；从没有人看见过他闭门读书，远离公共场所，避免与庶人为伍。

伊雷　　　草莓生于荨麻之下，健硕的浆果在低级的果实旁边长得最为茂盛肥大，所以王太子也只是用荒唐的面幕遮掩他的深谋远虑。像夏天的草，夜里长得最快，没人看得见，但是他的智慧却日在增长。

坎特伯来　一定是这样的，因为奇迹是不会再有的了。所以我们必须承认什么样的果必定有什么样的因。

伊雷　　　但是，大主教，现在下议院提出的议案怎样缓和下去呢？国王陛下趋向于赞成呢，还是不赞成？

坎特伯来　他好像是没有意见，也可以说是偏向我们这一边，并不欢喜提案反对我们的那些人。因为根据我们宗教大会的决议，并且鉴于目前形势——例如关于法国的事情，我都详细地向国王报告过了——我已经向国王陛下捐献了一笔款项，比以往教会对他的祖宗任何一次捐献的为多。

伊雷　　　他是如何接受这一笔捐献的呢，大主教？

坎特伯来　国王陛下是欣然接受了。我看出国王是很愿意听，只是没有时间听，听我讲述他对于某几个公国要求继承权利之种种的细节与明显的步骤，以及对于法

兰西整个的王冠与王位由于他的曾祖父爱德华而来
的继承权 [2]。

伊雷　　　　是什么事情打断了你这一番谈话？

坎特伯来　　就在那时候法国使臣要求谒见。我想接见他的时候
　　　　　　已经到了：是不是四点钟了？

伊雷　　　　是的。

坎特伯来　　那么我们进去听听他有何公干。其实不必等那法国
　　　　　　人开口，我一猜便知。

伊雷　　　　我愿奉陪，我很想知道。〔同下〕

第二景：同上。接见室

亨利王、格劳斯特、白德福、哀克塞特、瓦利克、韦斯
摩兰及侍从等上。

亨利王　　　我的贤明的坎特伯来大主教在哪里？

哀克塞特　　不在这里。

亨利王　　　派人请他来，好叔父。

韦斯摩兰　　我们唤使臣进来吧，陛下？

亨利王　　　等下，姑父。在我接见他之前，关于我与法国有些
　　　　　　重要问题正在使我踌躇，必须先有个决定。

坎特伯来大主教与伊雷主教上。

坎特伯来　　愿上帝和他的天使们护佑你的宝座，使你长久地为那宝座增光！

亨利王　　我谢谢你。我的博学的大主教，我请你继续讲下去，公正地虔诚地解释一下，为什么他们法国的"萨利克法"[3]可以，或不可以阻挡我的要求。我的亲爱的忠诚的大主教，上帝不准许你蓄意曲解，或者巧立名目提出实质与真理不符的虚妄主张，因为上帝知道，为了支持你所怂恿我去做的事，多少康健的人们将要洒出他们的热血。所以你要小心，你如何的令我履行誓约，如何的唤醒那睡着的刀剑，我以上帝的名义劝你小心。因为两个这样的国家交战，从来没有不大量流血的，每一滴无辜的血就是一件惨事，一个沉痛的抗议，对那个妄动干戈牺牲人命的人所提的抗议。在这样的恳求之下你就说吧，大主教，我会听你说，注意地听，而且衷心地相信，你所说的话都是在你的良心里洗涤过的话，像是原罪经过洗礼之后那样的纯洁。

坎特伯来　　那么听我说吧，陛下，还有你们身沐王恩对国王应该效忠誓死的诸位贵人。没有什么理由可以阻止陛下对法国的要求，除了这一点，据他们说是从法拉蒙[4]传下来的，"在萨利克境内女性不得继承"（"In terram Salicam mulieres ne succedant"）。所谓萨利克领土法国人误解即是法国的领土，法拉蒙即是这条

排斥女性的法律的创立者。可是他们自己的作家们
却老老实实地断言萨利克领土是在日尔曼境内，介
于萨拉与易北二河之间。当年查理士大帝征服萨克
逊人之后留下了一些法国人在那里定居下来，他们
看不起日尔曼妇女之一些生活放荡的习惯，于是制
定了这条法律，那便是，在萨利克境内女性不得为
继承者。这所谓萨利克，我已说过，介于易北与萨
拉之间，亦即现今日尔曼境内所谓迈森。那么，很
明显的，萨利克法不是为法兰西国土而制订的。而
且法国人之占有那块萨利克土地，乃是在那被妄推
为这条法律的创始人国王法拉蒙死后四百二十一年
的事[5]：他是死于耶稣纪元四百二十六年；查理士
大帝征服萨克逊人把法国人移殖到萨拉河的彼岸乃
是在八百零五年。此外，他们的作者们又说，把乞
得利克加以废黜的丕宾王，他乃是国王克娄载尔之
女伯丽兹尔德的嫡传，所以有权要求法兰西的王冠。
还有休·卡佩，篡夺了洛兰公爵查理士的王冠，查
理士乃是查理士大帝嫡系真传之唯一男性后嗣。卡
佩为了使他的要求像是合理起见——老实讲是无理
取闹——冒称他自己是查尔曼之女林噶尔公主之后，
而查尔曼是路易斯皇帝的儿子，路易斯又是查理士
大帝的儿子。还有国王路易斯十世，他是篡位者卡
佩之唯一的继嗣，戴着法国的王冠，良心上总是不
安，直到后来察知他的祖母乃是前述洛兰公爵查理
士的女儿厄曼加之嫡系，这才安下心来。由于婚姻

关系查理士大帝这一系统才得与法国王冠重新结合起来 [6]。所以，有如夏天的太阳一般明显，丕宾王的王号、休·卡佩的王权、路易斯王之心安理得，全是基于母系的继承权利，直到如今，法国历代国王都是如此。可是他们却还要标出这萨利克法律来阻挡你的由母系而来的权利主张，他们自己宁可藏在一面网里 [7]，也不愿公然暴露 [8] 从你和你的祖先篡夺而来的僭取的王权。

亨利王　我可以理直气壮地提出这个要求吗?

坎特伯来　有罪由我承当，威严的君王! 因为《圣经·民数记》里面写着: "一个人死后'无子'，应由女儿继承 [9]。" 仁厚的君王，坚决维护你自己的权益吧; 展开你的血红的旗子; 回顾你的伟大的列祖列宗。去，我的威严的主上，拜谒你的曾祖父的陵寝，你的权利是由他那里世袭下来的，祈求他的英勇的神灵呵护吧。再祈求你的叔祖黑王子爱德华吧，他在法国境内演出一场悲剧 [10]，使得法国全军覆没; 他的最伟大的父王站在一座小山上微笑着看他的幼狮屠戮法国的勋贵。啊，高贵的英国人们! 你们用半数的 [11] 人力对付法国全部精锐，让另一半笑着旁观，无所事事，因无动作而觉得寒冷了。

伊雷　唤起对于这些英勇死者的回忆，用你的强壮的胳膊重演他们的伟绩吧: 你是他们的后嗣，你坐在他们的宝座上，使他们驰名的血液与勇敢在你的血管里面流着。而且我的英勇绝伦的主上正在他的青春 [12] 的五月之晨，正当建功立业的时候。

| 哀克塞特 | 世上的各国君王都期望着你发奋，像从前你的祖先中的那些雄狮一般。 |

哀克塞特 世上的各国君王都期望着你发奋，像从前你的祖先中的那些雄狮一般。

韦斯摩兰 你们都知道陛下有名义，有财力，有兵力，你的确是有。英格兰的国王从来不曾有过更富足的贵族，更忠实的臣民，身在英格兰而心早已卧在法兰西战场上的营帐里面了。

坎特伯来 啊！让他们的身体也跟了去，我的亲爱的主上，用血用剑用火去赢取你的权利吧。为了支援起见，我们教会同人愿为陛下募集一笔巨款，其数额是教会对于你的任何一位祖先所不曾一次捐献过的。

亨利王 我们不可以仅仅挥兵侵入法国，我们还要酌量分兵防备苏格兰人，他们有机可乘便要向我们进犯的。

坎特伯来 陛下，边疆的人民便是一道长城，足可防卫我们的内地，不受边地盗贼的侵扰。

亨利王 我不仅是说那些流寇，我怕的是苏格兰人大举进犯，他一向是我们的一个不稳定的邻邦。你一定读到过，我的曾祖父从没有一次进军法兰西，而苏格兰人不对他的无防御的国土倾巢来犯，像海潮一般以全部的力量乘隙而入，以快速的攻击骚扰这空虚的国土，围困堡垒城池，于是英格兰因国防空虚在这恶邻骚扰之下战栗了。

坎特伯来 我国所受的惊吓多过于损害，陛下。听听她为她自己创作的前例：她的武士们全都开往法国，她变成了丧失贵族们的孤苦的遗孀，那时节她不仅把她自己

保卫得好，而且把苏格兰国王 [13] 像流窜的野狗一般
捉到关了起来。随后把他送往法国，作为被俘的国
王之一，以增长爱德华国王的威名，并且彪炳英格
兰的史册，使得它充满了光荣事迹，有如海底污泥
充满了沉船珍宝一般。

韦斯摩兰　有一句老话说得很对：

如果你想赢得法兰西，

要先从苏格兰做起。

因为英格兰之鹰一出去捕食，苏格兰那只黄鼠狼就
偷偷地来到她的没有防御的巢里吮吸她的蛋，扮演
猫不在家时的老鼠，扯烂糟蹋的东西比她所能吃的
还要多。

哀克塞特　那么如此说来猫就必须留在家里了。不过那是很勉
强的结论，因为我们有锁可以保障食粮，有巧妙的
捕鼠机可以活捉那些鼠窃之辈。执干戈的人手在海
外作战的时候，小心谨慎的头脑要在家里谋求自
卫，因为政府，虽然分成为上级下级更下级几个阶
层，各有任务，实际是一个整体，像音乐一般的和
谐完善。

坎特伯来　所以上天要把人类组织分成若干不同的任务，使之
不停地努力，而以"服从"为共同目标。蜜蜂就是
这样工作的，他们是靠了自然规律为人类国家之有
秩序的活动而示范的小生物。他们有一位国王和各
级官吏，其中有些像是地方官，在国内惩奸除恶；有
些像是商贾，到海外冒险经商；有些像是军人，以

螫刺作武器，劫掠夏日的娇嫩的花苞，他们把劫掠
的东西耀武扬威地带回到他们的国王的帐篷里去。
国王呢，忙着执行他的职责，他监督着哼哼唧唧的
泥水匠建筑金屋顶，规规矩矩的平民揉蜂蜜，可怜
兮兮的搬运夫把他们的重负堆塞在他的大门口，板
着面孔的法官用愤愤的嗡嗡声把懒惰的打呵欠的工
蜂交付给苍白脸的刽子手。我要证明一点道理，为
了一个相同的目标，大家可以采取不同的工作方式，
譬如许多支箭，从不同的方向射出，可以飞向一个
靶的，许多条道路可以通达一个城，许多条淡水河
可以汇聚在一个咸水海洋里，许多根线条可以集中
在日晷仪的中心处，故此一千种的工作，一经发动，
会达成同一目标，而且可以全部顺利完成，不有挫
败。所以到法国去吧，我的主上。把你的英格兰的
精锐分为四部，你把四分之一带往法国，你就足可
使整个的高卢震颤。如果我们，有四分之三的兵力
留在国内，而不能抵抗那狗侵入家门，那么就让我们
被撕成碎片，让我们的国家失去坚强多谋的美名吧。

亨利王　传法国太子派来的使臣进来。〔一侍者下〕现在我下
　　　　了决心，有上帝保佑，有你们诸位相助，你们都是
　　　　我们军中的主要支柱，法兰西本来应该属于我，我
　　　　要逼它在我的威力之前屈膝，否则我就把它粉碎。
　　　　我要坐在那里，君临广大的法兰西帝国，以及她的
　　　　所有的几与王国相埒的公国，否则我就埋骨在一只
　　　　破瓮里面，没有墓碑，上面没有纪念物。让将来的

历史极口称道我的丰功伟绩，否则就让我的墓穴像个土耳其的哑巴[14]徒有一张没有舌头的嘴巴，连刻在蜡上的墓铭都没有。

法国使者们上。

现在我准备听取我的好兄弟法国王太子有何吩咐，因为我听说你们是奉他的命而来，不是奉国王之命。

使甲　　　陛下准许我们把我们的使命坦白奉陈呢，还是要我们隐隐约约地把太子的意向和我们的使命向您表达呢？

亨利王　　我不是暴君，是信奉基督教的国王。我的情感听命于我的心灵，恰似我们的罪犯之被锁在我们的监牢里面一般，所以把太子的意思直言无隐地告诉我吧。

使甲　　　那么，简单说吧。陛下最近派人到法国，根据您的伟大的祖先国王爱德华三世的权利，要求某几处公国。为了答复您的要求，我们的太子说您未免是少年气盛，要您放明白些，在法国没有什么东西单凭一场热舞即可获得到手，你不能靠了饮宴作乐而在那里赢得公国。所以为了更适合您的趣味，他给您送来一桶宝物。作为对这项礼物的回敬，希望您对您所要求的公国以后休再提起。这就是太子说的话。

亨利王　　什么宝物，叔父？

哀克塞特　网球，陛下。

亨利王　　我很高兴太子对我这样诙谐，他的礼物和你们的辛劳我都很感谢。等我给这些球配好网拍子之后，我

就要到法国去，借上帝的恩宠，和他打一局，把他
父亲的王冠打进"墙的豁口"[15]。告诉他说和他对
局的是一位高手，法国的所有的球场将因连串的
"失手"[16]而震动。我很了解他，他拿我从前荒唐的
生涯来挖苦我，没有料到我将怎样的利用那一段荒
唐的日子。我从不重视这英格兰的可怜的王位，所
以，不在朝的时候，便放纵一番，人们离开家的时
候便要行乐，这是很寻常的事。但是，告诉太子，
等我登上法兰西的王座，我就要摆出我的威仪，像
是一位国王，扯起我的满帆。我过去是有意放弃我
的身份，像一个普通工人似的跑来跑去，但是我要
赫然崛起，使法国人全都目为之眩，是的，要使太
子看我的时候睁不开眼。告诉那位轻佻的王子，他
这番嘲弄已经把网球变成了炮弹，随着炮弹飞来的
横祸将使得他内心惨痛：因为他这番嘲弄将要造成
千万失去亲爱丈夫的寡妇；使得母亲失掉儿子，使得
城堡坍塌；还有一些尚未出生的后代将来也要有理由
咒骂太子的这一番嘲弄。不过这一切要看上帝的意
旨而定，我诉请上帝裁决。你要告诉太子，我就要
以上帝的名义而来，尽力为我自己复仇，并且在一
件神圣的事业之中伸出我的正义之手。你就和平地
走开吧。告诉太子：

他的戏谑只能算是小有才气，

使少数人笑，千万的人哭泣。

送他们安全离去吧。祝你们平安。〔使者们下〕

哀克塞特	这是一场有趣的使节往来。
亨利王	我希望让那个遣派使者的人惭愧。所以，诸位，不要错过了准备远征的良机。我现在心中唯一怀念的就是法国，除了对上帝的祈祷之外，我们无论做什么事都是要先祈祷的。所以我们要赶快征集作战的兵员，考虑一切能相当迅速地给我们的翅膀增添羽毛的事情， 因为，上帝领导我们吧， 我们要把这太子在他父亲门前惩罚。 现在每个人都要竭尽忠诚， 推动这正义的大业向前进行。〔同下。奏花腔〕

注 释

[1] 此处所谓议案，系于一四〇四年提出，后于一四一〇年（亨利四世第十一年）再度提出，其目的在将教会所有之一部分土地转移到政府之手。当时英国土地有很大一部分（据说约有三分之一）在教会手中，故土地问题成为代表统一国家的国王与教会势力的重要争端之一。何林塞有这样的记载：

"The effect of which supplication was, that the temporall lands (devoutlie given, and disordinatlie spent by religious, and other spirituall persons) should be seized into the kings hands; sith the same might suffice to mainteine, to the honour of the king, and defense of the realme, fifteen earles, fifteen hundred knights, six thousand and two hundred esquires, and a hundred almesse-houses, for reliefe onelie of the poore, impotent,and needie persons; and the king to have cleerlie to his coffer twentie thousand pounds." (Holinshed)

此议案再度提出时，已由众议院通过，但主要地由于太子亨利之反对在上院被否决。

[2] 英国的爱德华三世的母亲，是法国国王菲力普四世（Philip IV）的女儿 Isabella（伊萨白拉）。伊萨白拉的三个弟兄们都死了以后，伊萨白拉便为她的儿子爱德华争取王位，当时法国的贵族们便开会决议阻止女性继承（即根据所谓 Salic Law）。下面的谱系表可以说明亨利五世对于法国王位要求的根据（表见下页）。

[3] the law Salique 乃佛兰克人（Franks）的 Salic 族的一种法律，禁止女性继承王位。立法的原意是由于若干土地必须以男性继承为限，因此项土地的享有与某些军事服役有关，非男性不办也。

[4] 法拉蒙（Pharamond），第五世纪时半神话性的佛兰克人的领袖。

[5] 殖民在八〇五年，法拉蒙之死在四二六年，殖民之年代应是法拉蒙死后三七九年，不应是四二一年。这一数目字的错误，莎士比亚是沿用何林塞，未加改正。（何林塞之所以有误，乃是误 805 为 826，又误 426 为 405，826-405 = 421。）

[6] 这一段所述法国帝王嬗递的情形，按照历史，是这样的:

（一）Clothair I , 558—561。

（二）Childeric III , 742—751 被 Pepin 所废。

（三）Pepin, 752—768 是 Charles Martel 的儿子，为 Carlovingian 王朝的建立者。

（四）Charles the Great (Charlemagne) , 768—814 是 Pepin 的儿子。

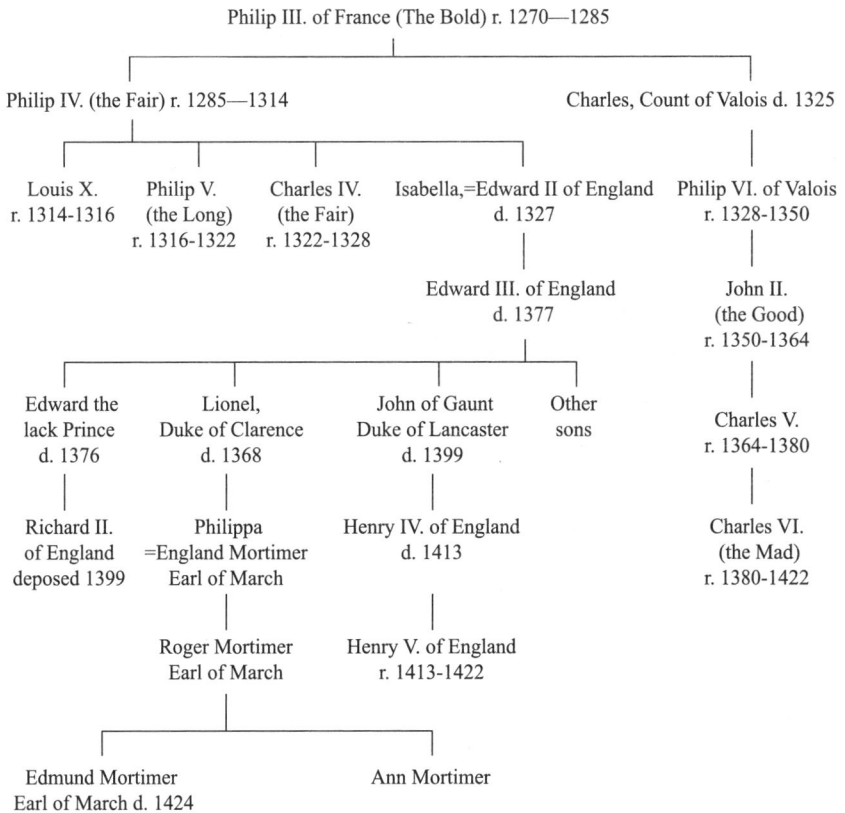

Philip III. of France (The Bold) r. 1270—1285

Philip IV. (the Fair) r. 1285—1314   Charles, Count of Valois d. 1325

Louis X. r. 1314-1316	Philip V. (the Long) r. 1316-1322	Charles IV. (the Fair) r. 1322-1328	Isabella,=Edward II of England d. 1327	Philip VI. of Valois r. 1328-1350

Edward III. of England
d. 1377

John II.
(the Good)
r. 1350-1364

Edward the lack Prince d. 1376	Lionel, Duke of Clarence d. 1368	John of Gaunt Duke of Lancaster d. 1399	Other sons	Charles V. r. 1364-1380

Richard II. of England deposed 1399	Philippa =England Mortimer Earl of March	Henry IV. of England d. 1413		Charles VI. (the Mad) r. 1380-1422

Roger Mortimer
Earl of March

Henry V. of England
r. 1413-1422

Edmund Mortimer
Earl of March d. 1424   Ann Mortimer

（五）Louis I, le Debonnaire, 814—840, 是 Charlemagne 的儿子。

（六）Charle I, the Bald（在第七十五行称 Charlemagne）840—877。

（七）Hugh Capet, 987—996（击败 Charles, Duke of Lorraine；于 Louis V 死后被推为王，建立了他的王朝）。

（八）Louis IX（在第七十七行误为 Lewis the Tenth）1226—1270。

[7] 网里不能藏身，言自欺欺人。

[8] 原文 imbare，各家解释不同，威尔孙引述《牛津大字典》embare =

make bare 从而解释为 "they prefer to hide themselves in a transparent network of contradictions than to expose to the world at large the rottenness of their own titles."

[9]《旧约·民数记》Numbers, xxvii. 8. "when the man dieth without a son..." 莎氏遗漏 without a son 三字。Oxford 本改为 "When the son dies,..." 似无必要。

[10] 一三四六年克雷西（Crécy）之战。

[11] 实际上是三分之二。

[12] 亨利年二十七。

[13] 一三四六年苏格兰王 David II 在 Neville's Cross 被俘，在英国停留了十一年，并未曾送往法国。

[14] 据说土尔其宫廷中有若干侍者舌头被割，以防泄露秘密。

[15] hazard = a hole in the wall. If the ball is sent into the hazard, the opponent cannot return it, and so loses his point. (Harrison) 网球场三面有墙。

[16] chaces = second bounces, a missed return. (Harrison) 球跳二次未能击回，失分一次。

第 二 幕

剧情说明人上。

现在全英格兰的青年们情绪炽烈，把绸缎的服装藏在箱里；现在铸造兵刃的人利市三倍，荣誉之想霸占住每个人的胸怀：现在他们卖掉牧场去买马，脚跟像生翅似的去追随那位基督教国王的模范，有如一群英格兰的梅鸠里[1]。因为现在"希望"在空中端坐，用许多大小不同的冠冕把一把宝剑从剑柄到剑尖完全遮起了，那些冠冕是许给哈利和他的属下的[2]。法国人得到了这极可怕的备战的情报，战栗恐慌，想用怯懦的狡计转变我们的目标。啊英格兰！你是内部伟大之缩小的模型，像是小小身躯而有强大的心胸，凡你所要做的事都是荣誉所驱使你做的，愿你没有不肖的子孙！但是看看你的纰漏！法兰西

王在你境内找到了一窝内心虚伪的人，他用诱人
的克朗^[3]塞满他们的胸怀。三个受贿的人，一个是
康桥伯爵利查，第二个是马沙姗的斯克庐帕爵士亨
利，第三个是脑赞伯兰的汤玛斯·格雷爵士，他们
为了法国的金钱——啊真是罪过——和怯懦的法兰
西王暗订阴谋。这位国王中之佼佼者在上船驶行法
国之前，尚在骚赞普顿的时候，就一定要被他们下
手处死，如果地狱与叛逆不改变他们的主意。请诸
位多多耐心观看，在我们穿插剧情的时候请注意地
点的变换。贿款已经交付了；叛徒们都商量好了；国
王从伦敦出发了，诸位，地点现在已经换到骚赞普
顿，现在剧院是在那里，你们是在那里坐着呢。我
们要把诸位从那里安全地送往法国，然后接你们回
来，使海峡风平浪静让诸位往返舒适。

因为，如果我们能够，

我们不让这戏令人作呕。

不过，等到国王来临，

我们就换景到骚赞普顿。〔下〕

注释

[1] Mercury，罗马神话中之使者，其便鞋及小帽生翅。

[2] "古代战胜纪念等等画图里，常见有王冠环绕的刀剑。莎士比亚的

意象据说是取自何林塞《史记》第一版中的一幅木刻画。"（Singer 注）
"剑桥三一学院教堂钟楼上有爱德华三世之像，右手持剑，有三顶王冠
环绕剑刃，一顶微在剑柄之上方，一顶近剑刃之中部，一顶近剑尖。
这三顶王冠象征对英格兰法兰西及爱尔兰之主权。hilts 一字，字典通
常能作'剑柄'。其实不是剑柄本身，而是保护剑柄的那一部分。现代
的形式是钢铁制之罩状物，保护手指手背。从前则是钢铁横梁，与剑
身成直角十字形。形式之改变乃由于现代剑法注重直刺，从前则是上
下砍劈，故旧式之 hilt 对于手较易保护。横梁左右各伸出一段，故此
字用复数形。"（Deighton）

[3] crown 金币，约值五先令。亨利八世时方开始铸造，此乃时代错误。

第一景：伦敦。东市

尼姆与巴多夫上。

巴多夫　　您好，尼姆排长。

尼姆　　　早安，巴多夫中尉。

巴多夫　　怎么，旗手皮斯图和你还没有和好吗？

尼姆　　　在我这一方面，我不在乎，我没有多话说。不过机
　　　　　缘凑巧，也可以绽出笑容，不过那是说不定的。我
　　　　　不敢打斗，但是我会半闭上眼睛伸出我的剑。那是
　　　　　一把普通的剑，可是那又有什么关系？它可以烘烤

酪干，它可以像任何别人的剑一样的耐冷，如是
而已。

巴多夫　　我愿请一餐早点为你们和解，我们三个结成盟兄弟
前往法国。就这么办，好尼姆排长。

尼姆　　　真的，我可以活多久我就愿活多久，这是事实；等到
我不能再活下去的时候，我可以怎样我就怎样，这
是我的决定，这是最后一着。

巴多夫　　排长，他和奈耳·魁格来结婚了，这是真的。她也
是真的对你不起，因为你和她订有婚约。

尼姆　　　我没法子说，事情要怎样就会怎样。人们可以睡觉，
在那时候也许会随身带着他们的喉咙，有些人说，
刀是有刃的。事情是能如何便如何，虽然忍耐是像
一匹疲惫的母马，她总还能慢慢向前走。总要有个
结局。唉，我没法子说。

皮斯图与女店主上。

巴多夫　　旗手皮斯图和他的老婆来了。好排长，你且在这里
忍耐一下。怎么样，我的皮斯图店主！

皮斯图　　贱狗，你喊我作店主？我举手发誓，我瞧不起这个
称呼；我的奈耳也不再接待房客。

女店主　　不，老实讲，不能长久，因为我们不能为一打或
十四位规规矩矩做针线过活的娘儿们供应膳宿，而
不被人认为我们是开窑子。〔尼姆与皮斯图拔剑〕哎
呀，圣母！看他拔出剑来了，我们就要看到奸杀的
事情发生了。

巴多夫	好中尉[1]！好排长！别在这里惹祸。
尼姆	呸！
皮斯图	给你一个呸，冰岛的狗！[2] 你这冰岛的竖耳朵的狗！
女店主	好尼姆排长，放出你的勇气，收起你的剑。
尼姆	你敢出去吗？我愿和你单独解决[3]。〔放剑入鞘〕
皮斯图	"单独"，最下贱的狗？啊卑鄙的毒蛇！我把"单独"投进你这张顶古怪的脸；我把"单独"投进你的牙关，你的喉咙，你的可恶的肺，对了，还有你的胃，上帝为凭；更进一步，放在你那脏嘴里！我把"单独"回掷到你的肠肚里去，因为我会动火的[4]，皮斯图的扳机已经扳起来了，随后就要闪出一道火光。
尼姆	我不是巴勃孙[5]，你不能用咒语把我唤来唤去。我颇有意好好地打你一顿。如果你对我说话不干不净的，皮斯图，我要用我的剑好好地给你刮一下。如果你愿走到一旁去，我可以彻底地把你的肠子戳一下，情形就是如此。
皮斯图	啊卑鄙的夸嘴的人，该死的狂暴之徒！坟墓在张着大嘴，热爱着你的死神已经来临，所以拔剑吧。
巴多夫	听我，听我说：谁先动手，我就用剑刺他直到剑柄挡住为止。我是军人说得到做得到。〔拔剑〕
皮斯图	好有力的一句誓语，怒气不得不消，把你的拳头给我，把你的前脚给我，你真勇敢极了。
尼姆	总有一个时候我要好好地把你的喉咙切断，情形就是如此。

皮斯图　　　这叫做"Coupe le gorge!"[6] 我再度向你挑战。啊克
　　　　　　利特的狗[7]，你想要我的老婆？不行，到医院去，
　　　　　　从那治脏病的汽浴缸里扯出一个像克莱西达那种患
　　　　　　麻疯病的贪婪的娘儿们，她名叫道尔·蒂尔席特，
　　　　　　去和她结婚吧。我有了从前的魁格来，我认为她是
　　　　　　世上唯一的女性，我要继续保有她——简单说，这
　　　　　　足够了。去吧。

　　　　　　侍童上。

童　　　　　我的店主皮斯图，你务必到我主人那里来；还有你，
　　　　　　女店主。他病得很厉害，只想上床。好巴多夫，把
　　　　　　你的脸放在他两层被单中间，当作暖壶用吧。真的，
　　　　　　他病得很厉害。

巴多夫　　　滚开，你这混蛋！

女店主　　　说真的，这家伙总有一天成为一根肉肠喂乌鸦[8]。
　　　　　　国王伤了他的心。好丈夫，立刻回家来。〔魁格来与
　　　　　　侍童下〕

巴多夫　　　来，要我为你们两个和解吗？我们一定要一同到法
　　　　　　国去。我们究竟为了什么要动刀彼此割喉咙呢？

皮斯图　　　让洪水泛滥，魔鬼号叫寻食吧！

尼姆　　　　我赌钱时候赢过你八先令，你还我不？

皮斯图　　　还钱的是贱奴。

尼姆　　　　现在我要这笔钱，情形就是如此。

皮斯图　　　那要看谁是好汉才能决定：用力刺吧。〔二人拔剑〕

巴多夫　　　凭我这把剑，谁先冲刺，我就要杀掉他；凭这把剑，

	我要。
皮斯图	剑就是誓，誓不可背。
巴多夫	尼姆排长，如果你愿和解，就和解；如果你不愿，那么，和我也作敌吧。请你收起你的剑。
尼姆	我可以拿到我赌钱时赢你的那八先令吗？
皮斯图	你可以拿到一诺布尔[9]，而且是现金交付。我还请你喝酒，从此友谊长在，情同手足：我有事靠尼姆[10]，尼姆有事靠我。这不是很公道吗？因为我要随营贩卖酒食，有利可图。把你的手给我。
尼姆	我可以得到我那一诺布尔了吧？
皮斯图	现钱交付不少分文。〔付钱〕
尼姆	好啦，情形就是如此。

女店主又上。

女店主	如果你们是女人养的，赶快来看约翰爵士。啊，可怜的人！他发着"每日热""隔日热"的高烧[11]，真是惨不忍睹。你们好人，来看看他吧。
尼姆	国王对这位爵士发了一顿大脾气，事实是如此。
皮斯图	尼姆，你说得对，他的心碎了，他的心加强了[12]。
尼姆	国王是个好国王。不过凡事不可强求，他有一些任性，不可捉摸。
皮斯图	我们去慰问这位爵士吧，因为，小羊儿们，我们是要好好活下去的。〔同下〕

第二景：骚赞普顿。一议室厅

哀克塞特、白德佛与韦斯摩兰上。

白德佛	天啊，国王实在大胆，竟信任这些叛徒。
哀克塞特	他们不久就会被捕的。
韦斯摩兰	他们的态度是多么从容自在呀！好像是满腔恭顺，忠心不二。
白德佛	国王用他们梦想不到的截取的办法已经获得有关他们的一切意图的情报。
哀克塞特	唉，曾经是他的知心好友，饱受过他的恩宠的那个人，居然为了外国的金钱把他的主上的性命阴谋出卖！

喇叭声。亨利王、斯克庐帕、康桥、格雷、贵族等及侍从等上。

亨利王	现在有顺风，我们要启程了。康桥大人，还有玛沙姆大人，还有你，我的亲爱的爵士，把你们的意见告诉我：你们不以为我率领的队伍能摧陷法军的防线，完成我把他们征集成军的任务吗？
斯克庐帕	毫无疑问，陛下，如果每人都全力以赴。
亨利王	这一点我不怀疑。我深信我带来的人没有一个不是跟我心投意合的，留在后方的也没有一个不愿我成功胜利的。
康桥	从来没有过一位国王比陛下更受人民的敬畏与爱戴，

　　　　　　　　我想在您的统治荫庇之下没有一个臣民是苦痛不
　　　　　　　　安的。

格雷　　　　　是的。从前和您父王为敌的人们已把他们的怨恨浸
　　　　　　　　在蜜里，以忠诚与热忱为您效劳。

亨利王　　　　所以我应该感激，并且我会忘记我的手的功用[13]，
　　　　　　　　也不会忘记论功行赏的。

斯克庐帕　　　大家更要努力效劳，工作因希望而益感振奋，为陛
　　　　　　　　下不断地服务了。

亨利王　　　　我也正是这样想法。哀克塞特叔父，把昨天逮捕的
　　　　　　　　辱骂我的那个人释放了吧，我想他是喝多了酒，才
　　　　　　　　做出这事来，再推究他的案情之后我饶恕他了。

斯克庐帕　　　这是慈悲，但是太不顾到自己的安全了。让他受罚
　　　　　　　　吧，主上，否则对他纵容，此例一开将要有更多的
　　　　　　　　事端。

亨利王　　　　啊！我们还是慈悲一点吧。

康桥　　　　　陛下尽管慈悲，还是不能不治罪。

格雷　　　　　陛下，让他受重惩之后，如果您饶他一命，那也就
　　　　　　　　是很大的慈悲了。

亨利王　　　　哎呀！你们对我之过分的爱护关怀乃是对这可怜的
　　　　　　　　人之很有分量的不利的请求。如果我对于由酗酒而
　　　　　　　　生出来的小小过失不肯闭眼，那么等到经过咀嚼吞
　　　　　　　　咽消化的大罪在我面前出现的时候，我如何能够瞪
　　　　　　　　眼呢？我还是要释放那个人，虽然康桥、斯克庐帕
　　　　　　　　和格雷，为了深切关心我的安全而愿把他治罪。现
　　　　　　　　在讲到我们的法国事件，最近特派的国务大臣是哪

几位?

康桥　　　我是一个,陛下,您教我今天来领取派令。

斯克庐帕　您也同样吩咐我的,主上。

格雷　　　还有我,我的大王。

亨利王　　那么,利查,康桥伯爵,这就是你的派令;这是你的,
　　　　　玛沙姆的斯克庐帕大人;脑赞伯兰的格雷爵士,这个
　　　　　是你的。读读看,要知道,我知道你们是很称职的。
　　　　　韦斯摩兰大人、哀克塞特叔父,我们今晚上船。噫,
　　　　　怎么,诸位!你们在文件中看见什么了,竟这样面
　　　　　无人色?你们看,他们变色多厉害!他们的脸白似
　　　　　纸。噫,你们读到什么了,以至于把你们的血色吓
　　　　　跑了?

康桥　　　我认罪,求陛下慈悲。

格雷　　}　我们也都求您慈悲。
斯克庐帕

亨利王　　在我心中活着的慈悲,方才被你们的劝告给扑灭扼
　　　　　杀了,你们没有脸面敢再谈起慈悲,因为你们自己
　　　　　的理论反过头来在撕咬你们的心胸,像群狗反噬主
　　　　　人一般。诸位王公贵族,你们看看这些英国的怪
　　　　　物!这位康桥伯爵,你们知道我对他是多么优遇,
　　　　　凡合于他身份的一切我都不吝赐予了他。而这个人,
　　　　　为了几块轻飘飘的金币,就轻举妄动地阴谋叛变,
　　　　　盟誓参加法国的狡计,在汉普顿[14]这里把我杀死。
　　　　　这一位爵士,受过我的恩惠,不下于康桥,对于这
　　　　　项计划也同样地加了盟。但是,啊!我对你说什么

呢，斯克庐帕大人？你这残酷、负恩、凶悍、毫无人性的东西！你掌握着我所有的秘密，你懂得我的内心深处，如果你为了便利私图而利用我，你几乎可以把我也铸为金币！^[15]外国的金钱报酬怎么可能从你身上抽出一星星的恶念来伤我一根手指呢？这事太怪，虽然事实真相已如黑白一般分明，我的眼睛还是几乎看不见它。叛逆与谋杀一向是相连的，像是两个发誓互助的魔鬼，很自然地为了同一目标而公然合作，原不值得我们大惊小怪。但是你，不合一切常情，居然使得叛逆与谋杀成为可惊异的事。这样伤天害理地蛊惑你的那个狡狯的恶魔，不管他是谁，在地狱里有权被认为是优秀分子。其他的诱人叛变的恶魔，引人为恶的时候总是强勉地借神圣的外表为掩饰。但是诱惑你的那个恶魔，教你起来叛变，不给你任何必须谋叛的动机，只是给你一个叛徒的名义。如果这样玩弄你的那个恶魔，像狮子似的在全世上逡巡，他会回到广大无垠的地狱里去对他的属下宣称，"我永远不能赢得一个人的灵魂，像赢得那个英国人的灵魂那般容易。"啊！你用猜疑玷污了我的美好的信赖。人们是不是露出恭顺的样子？噫，你正是如此。他们是不是像是严肃博学的样子？噫，你正是如此。他们是不是出身高贵？噫，你正是如此。他们是不是像是虔诚信教的样子？噫，你正是如此。他们是不是饮食有节，避免过度的喜怒之情，精神专一，不为情感所动，温文有礼，不仅用眼而且还要用耳，除非有真知灼见则眼耳均不加信任？你正像是这样缜密的一个人，所以你的堕落留下了一种污点，使得最有才干最有品德的人也令人怀疑了。我要为你而哭，因为我觉得你的这次叛变像是人类之又一次堕落。他们的罪行显著，逮捕他们交付法办，上帝赦免他们的罪过吧！

哀克塞特　以大逆不道的罪名，我逮捕你，康桥伯爵利查。以大逆不道的罪名，我逮捕你，玛沙姆的亨利·斯克庐帕大人。以大逆不道的罪名，我逮捕你，脑赞伯兰的汤姆斯·格雷爵士。

斯克庐帕　我们的意图已被上帝公正地揭发了，我的错误比我的死刑更令我后悔。我请求陛下宽恕我的错误！虽然我的肉体要付出代价。

康桥　　　至于我呢，法国的金钱并不曾有诱惑力，虽然我承认那是促我提前实行我的怀抱的一项动机。感谢上帝防止此事发生，我在受刑之中还是因此而十分高兴，祈求上帝和你宽恕我。

格雷　　　从来没有一个忠实的臣民看到一桩最凶险的阴谋被揭发时的快乐，能比得上我如今在一桩毒恶的勾当遭受挫阻时的衷心快慰。请饶恕我的过错，不必饶恕我的身体，主上。

亨利王　　愿上帝慈悲饶恕你们吧！听你们的判决。你们阴谋对我叛变，串通国敌，接受他们的贿金，受雇置我于死。你们是企图将你们的国王出卖加以杀害，将他的王公贵族出卖为奴，将他的臣民出卖遭受凌辱，将他的整个国家出卖给破亡毁灭。关于我本人，我无意报复；但是我的国家的安全我必须维护，你们企图颠覆国家，我只得把你们交付国法制裁。可怜的东西们，你们走开这里，去就死吧。愿上帝慈悲，给你们力量忍受死亡的痛苦，使你们真心忏悔你们一切严重的罪过！带他们去吧。〔康桥、斯克庐帕与格雷被押下〕现在，诸位，我们谈谈法国的事情！这件大事对于你们会是像对于我一般的光荣。我毫不怀疑这将是一场圆满成功的战争，因为上帝恩慈，业已揭穿中途埋伏的阻止我动身的一项危险的阴谋。我现在毫不怀疑我途中的每一阻碍均已铲除。那么前进吧，同胞们，让我们把我们的武力交在上帝手里，立刻出发。

快乐地下海吧！让战旗飘扬，

我愿战死，若是作不成法兰西王。〔同下〕

第三景：伦敦。东市一酒店前

皮斯图、女店主、尼姆、巴多夫及侍童上。

女店主　　亲爱的丈夫，让我陪你到斯坦斯吧[16]。

皮斯图　　不！因为我这颗男子汉的心已经很悲伤了。巴多夫，放快活些；尼姆，露出你那得意扬扬的神气；孩子，鼓起你的勇气，因为孚斯塔夫他是死了，我们一定会因此而悲伤的。

巴多夫　　我愿能陪伴着他，不管他是在哪里，在天堂或是在地狱！

女店主　　不，当然，他不是在地狱，他是在亚瑟的怀抱里[17]，如果真有人进入过亚瑟的怀抱。他临终的情形是比较体面的，像一个没满月的婴儿一般安详地死去。他恰恰在十二点与一点之间去世，正是在落潮的时候[18]。我看见他摸索被单，玩弄花朵，对着他的指尖微笑，我就知道只有一条路好走了。因为他的鼻子尖得像一支鹅翎笔，他在谵语中说起绿色的原野[19]。"怎么样啦，约翰爵士！"我就说，"怎么，你要提起精神来。"于是他就喊道："上帝啊，上帝啊，上帝啊！"喊了三四次。为了安慰他，我就对他说不该想到上帝，我希望还没有动这个念头的必要。于是他教我在他脚上再放几件衣服。我伸手到被里一摸他的脚，凉得像任何一块石头。于是我摸到他的膝盖，再往上摸，再往上，全都冷得像任何一块石头。

尼姆　　他们说他还咒骂过白酒哩。

女店主　　是的，他是咒骂了。

巴多夫　　也咒骂女人。

女店主　　不，那他倒没有。

童　　是的，他咒骂了，他说女人是魔鬼的化身。

女店主	他一向不能容忍肉色[20]，那是他从来不喜欢的颜色。
童	他有一次说过，为了玩女人恶魔将要把他抓了去。
女店主	的确，他是偶然谈起过女人。不过那时候他是在发狂，谈的是巴比伦的娼妇[21]。
童	你不记得吗，他看见巴多夫的鼻子上落着一只跳蚤，他就说那是在地狱的火焰里燃烧着的一个罪人？
巴多夫	好啦，维持那一把火的燃料已经没有了，那是我追随他多年所积下的一点财富[22]。
尼姆	我们走吧？国王要从骚赞普顿开船了。
皮斯图	来，我们走。我的爱，让我吻你的嘴。照管我的财物和动产，诸事小心谨慎，格言是"现钱交易"，不要信任任何人。誓言是稻草秆，信用是薄煎饼，抓得紧是唯一可靠的看家狗[23]，我的乖，所以，让"小心谨慎"做你的参谋。去，揩干你的眼睛。武装弟兄们，我们到法国去，像蚂蟥一般，我的小伙子们，去吸，去吸，去吸他们的血！
童	据说那不是好消化的食物哩[24]。
皮斯图	触一下她的软嘴，就开步走吧。
巴多夫	再会，女店主。〔吻她〕
尼姆	我不能亲嘴，情形就是如此，但是，再会吧。
皮斯图	要好好地理家，别到处乱跑，我嘱咐你。
女店主	再会，一路平安。〔同下〕

第四景：法国。法国国王宫内一室

奏花腔。国王偕侍从等上；太子、贝利公爵与布列颠公爵、大元帅及其他上。

法王　　英国人就这样的向我们大举进攻了，我要非常小心地准备最佳之防御。所以，贝利公爵、布列颠公爵、布拉邦公爵、奥利恩斯公爵，还有你，王太子，全要赶快出发，以精壮的士兵增援前方城市，以防御的物资强化战略地点。因为英国国王来势汹汹，有如激流之被卷入漩涡。所以我们应该谨慎戒备，因为过去被我们轻忽的英国人在我们的战场上 [25] 已经留下了几次惨痛的榜样。

太　　　我的最威严的父王，我们武装起来防御敌人，那是最应该做的事。因为，纵然没有战争或公开争执发生，一个国家亦不可耽于安逸，防御工事应加保持，兵役人员应行募集，财务准备应予征收，好像是已经面临战争一般。所以我认为我们全都出发视察法国境内脆弱之处，我们不可露出张皇恐惧之色，就好像是我们只是听说英国正在忙着进行圣灵降临节的土风舞 [26]。因为，我的好主上，英格兰拥有一位昏君，一个虚浮的、昏头昏脑的、浅薄的、脾气不定的年轻人正在古里古怪地掌握着王杖，一点也不令人畏惧。

帅　　　啊别讲了，太子殿下！您可把这位国王看错了。问一问您最近派去的使臣，他接见他们的情形是何等威严，他左右有多少足智多谋的人，提出反对意见的时候是多么委婉。还有，他的坚定的意志是何等的可怕，您会发现他以前的狂妄只是那罗马人布鲁特斯[27]的外表，以荒诞的外衣遮盖着里面的机智，好比是园丁用粪土掩盖的根株，必定会首先萌发出最娇艳的花朵。

太　啊，不是这样的，大元帅阁下！不过我们这样想，也没有关系：作防御战的时候，最好是量敌从宽，便可有充分的准备；如果因陋就简地设计，就要像是一个吝啬的人，为了节省一点布料糟蹋了整件的衣服。

法王　我们假设哈利王是强大的，诸位亲贵，你们要以强大军力去应付他。他的族人曾经在我们身上尝过了血肉的滋味，他就是在我们家乡道路上紧紧追逐我们的那一群恶狗的后裔。想想看，当年[28]克雷西一役惨败下来，我们的亲贵全部被那拥有凶恶绰号的威尔斯的黑王子爱德华[29]所俘，我们受到何等的永不能忘的奇耻大辱。那时节，他那位像一座小山似的父亲[30]，站在一座小山之上，高高地在半空中，金色的阳光照耀着他的头顶，看着他的英雄的儿子，微笑地看着他屠戮生灵，摧毁了上帝与法国的父老们用二十年功夫铸范出来的子弟兵。这位国王便是那胜利的根株所发出的一个枝桠，我们要慎防他的祖传的英武和他命中注定的功业。

一信差上。

信　英国国王哈利派来的使臣请求晋见陛下。

法王　　我立刻接见他们。去，领他们来。〔信差及若干贵族下〕朋友们，你们看追踪好紧啊。

太　　　转过头来[31]，停止他的追逐。因为怯懦的狗群，在那些好像是受他们威吓的猎物远远跑在前面的时候，吠叫得最起劲。我的好君王，给这些英国人一个严峻的笑答，让他们知道您是怎样伟大的国家的元首。自尊，我的主上，并非是像自卑那样可鄙的罪过。

贵族等偕哀克塞特及随从等又上。

法王　　你们是我的老弟英格兰王派来的吗？

哀克塞特　是他派来的。他向陛下问候。他以万能的上帝的名义，命令你放弃那些根据天意与法理[32]应该属于他和他的子孙而被你所借去的光荣，那即是说，王冠以及根据过去习俗惯例附属于法国王冠的一切广大的荣誉。为了让你明白这不是无理的怪诞的要求，既非是从古老的残篇蠹简里翻寻出来的，亦非是从久被遗忘的档案尘灰当中爬梳出来的，他把这最值得注意的族谱送给你看。〔送上族谱〕其中每一派系均有明白的记载，愿你翻阅这一族谱，等到你发现他是他的最光荣的祖先爱德华三世的嫡系直传的时候，他要你放弃依法应属于他而被你僭占的王冠与国土。

法王　　否则便怎么样呢？

哀克塞特　便要以流血相逼。因为你纵然把王冠藏在你的心窝里，他也要到那里去搜索，所以他此来像是一阵狂风暴雨，挟着雷霆地震有如周甫，如果请求无效，

他便要强取。他要你，为了上帝的慈悲心肠，把王
冠缴出，怜悯那些凶饿的战争张着大嘴将要吞食的
可怜的人们。而且这一场争斗将吞噬不少人，其中
有父亲，有丈夫，有缔了婚约的情人，那寡妇的眼
泪，那孤儿的哭号，死人的血，憔悴少女的呻吟，
这罪过都要归在你的头上。这就是他的要求，他的
威吓，我奉命传达的话，除非太子现在也在此地，
否则我还要专诚向他问候。

法王　　　关于我自己，我要再考虑一下，明天你可以把我的
　　　　　全部意见带回给我的老弟英格兰国王。

太　　　　至于太子，本人就是。英格兰王对他有何话说？

哀克塞特　只有轻蔑藐视与侮慢，我的伟大的国王把你估量成
　　　　　为任何他说出口而不至失身份的东西。我的国王是
　　　　　这样说的：如果你的父王对于所有要求不肯全部应允，
　　　　　把你对于我国国王的侮慢加以缓和，他便要猛烈地
　　　　　令你负责，他的大炮一响，法国的洞窟和空穴会要
　　　　　发出回声来宣告你的过失，回答你的侮慢。

太　　　　哼，假如我的父亲给你们满意的答复，那是和我的
　　　　　主张相反的。因为我别无所愿，只愿和英格兰国王
　　　　　作对。为达到这个目的，我所以送他一箱巴黎网球，
　　　　　因为这是和他的年少气盛正相适合。

哀克塞特　巴黎的罗浮宫尽管是全欧洲最伟大的宫廷，他也要
　　　　　令它震撼。你要知道，你会发现他年轻时候所显露
　　　　　的迹象和他现今的表现之间有很大的差别，像我们
　　　　　本国臣民在惊奇中所发现的一样。现在他珍视时间，

可说是锱铢必较。这一点你们在吃苦头的时候就会
领略到，如果他留驻在法国。

法王　　　　明天就让你们知道我的全部回答。

哀克塞特　　赶快打发我们走吧，否则我们的国王要亲自来此责
问我们的延迟，因为他已经在这国土上登陆了。

法王　　　　你们很快地就会带着合理的建议返国复命的：回答这
样重大事件，一夜的功夫是很短暂的犹豫时间。〔奏
花腔。同下〕

注释

[1] 皮斯图是旗手，不是中尉，似有错误。威尔孙注，旗手是中尉衔。

[2] 冰岛产狗以善吵著名，咬时亦甚凶狠，浑身有长鬃毛，为巴尔狗之
一种。

[3] 拉丁文 solus 即英文之 alone，但皮斯图不识此字，以为是侮辱语，
故以此字回敬对方。

[4] 原文 For I can take，take 一字可以解做 take fire，亦可解做 strike，
或 bewitch；cast enchantment，但观下文皮斯图以其姓名为戏，以 pistol
作手枪解，则此处之 take 似应是"发火"之意，亦即"动火"。

[5] 巴勃孙（Barbason），恶魔名。

[6] 皮斯图的错误的法文，应该是 couper la gorge（= to cut the throat,
切断喉咙）。

[7] Crete 产狗，长毛善斗。

[8] "这家伙"指持童。pudding = stuffed stomach or guts，black pudding，sausage，言侍童不久即将陈尸绞架为乌鸦所啄食也。

[9] 一个诺布尔（noble）金币，合六先令八便士。

[10] Nym 双关语，因为 nim = to steal 偷东西。

[11] quotidian 每日发作的热病，tertian 隔日发作的热病。魁格来误用医学名词，二语连在一起。

[12] corroborate (= strengthened) 是误用的字。

[13] 语出《旧约·赞美诗》(Psalm 137: "If I forget thee, O Jerusalem, let my right hand forget her cunning.")。人不会忘记手的用处的，言其事决不可能也。

[14] 即骚赞普顿。

[15] 斯克庐帕为财务大臣，故云。言其利用国王的信任可以搜刮任何数量的金钱。

[16] Stanes，泰晤士河畔一小镇，为赴骚赞普顿之第一站，距伦敦十六英里。此处指 Stanes bridge 斯坦斯桥。

[17] Arthur's bosom 是 Abraham's bosom 之误 (Luke xvi,22)。阿伯拉罕是犹太人的始祖，死者被天使送入阿伯拉罕怀抱中，即是送入天堂之谓。不过魁格来也可能想象骑士死后投入亚瑟王的怀抱，亦即加入其他圆桌武士行列之意。

[18] 自亚里士多德以来即有的民间迷信，病危的人在开始落潮的时候死去。

[19] 第一对折本作"and a Table of greene fields"，Theobald 在一七二六年修改为 he babbled of green fields，近代本多从之，被誉为版本修订中神来之笔。

[20] incarnate（化身）与 carnation（粉红色、肉色）二字读音相近，故

被误用。

[21] whore of Babylon 是有成见的新教徒对罗马天主教会之蔑称，词见《旧约·启示录》第十七章三至五节。

[22] "燃料"指酒，"财富"指酒糟鼻子。

[23] 旧谚："Brag is a good dog, but Hold-fast is a better."

[24] 威尔孙注：参看 A. Boorde, *Dyetary*, 1542, p. 276 ："The blode of all beestes & fowles is not praysed, for it is hard of digestyon."（禽兽之血不被欣赏，因不易消化之故。）

[25] 指 Crécy 与 Poitiers 之役。

[26] 圣灵降临节（Whitsun），复活节后第七个礼拜日。morris dance 是昔日英国乡间露天舞蹈，通常于五月一日或圣灵降临节举行之，据说是刚特的约翰从 Moorish Spain 传到英国的。

[27] the Roman Brutus 是指 Lucius Junius Brutus，他曾佯狂以避免被害，后领导起事推翻 Tarquin 王朝暴政。

[28] Cressy battle 是百年战争中第一个主要战役，发生在一三四六年八月二十六日，英王爱德华三世大胜法军。

[29] Edward, Black Prince of Wales 事实上是面白皙，蓝眼珠，淡色头发，只是穿着一副黑色盔甲。

[30] 原文 mountain sire，牛津本改作 mounting sire，似无必要。爱德华三世身躯魁梧像一座小山，也许是指他出生在多山的威尔斯。

[31] turn head 猎人术语，意谓被追逐之兽停止奔跑，转身迎拒，=stand at bay。

[32] Jus Naturale (Law of Nature) 与 Jus Gentium (Law of Nations) 在早期罗马法中是意义相同的名词。

第 三 幕

剧情说明人上。

借想象的翅膀，我们迅速地换景，动作的速度不比思想来得慢。试想你们已经看到装备齐全的国王在汉普顿码头登上了船，他的雄壮的舰队在清晨中旗帜飘扬，在想象中驰骋，你们就可以看见水手们爬上麻索；听见尖锐口笛声对着嘈杂的人声发号施令；看见被无形的清风所吹动的布帆，拖着巨舰破浪前进。啊！只要设想你们是站在岸上，看着一座城池在不稳定的波涛上面跳舞，因为这雄伟的舰队就像是这个样子，照直驶向哈夫勒。跟了去，跟了去！把你们的心勾挂在舰队的后尾上，离去你们的英格兰，那地方现在像午夜一般的寂静，由一批老弱妇孺防卫着，不是已经年迈力衰，便是尚未茁壮成年，

因为哪一个下巴刚刚长出一根胡须的人，不肯跟随
特选的精锐武士们到法国去？用力地，用力地想，
在想象中可以看到围城，看那架上的大炮，对准了
被围的哈夫勒张着吃人的大嘴。假想使臣已从法国
回来，告诉了哈利法国国王打算把他的女儿卡萨琳
嫁给他，有几个小小的贫瘠的公国作为陪嫁的妆奁，
这个建议不能令他满意。敏捷的炮手现在用火绳杆
触发了那凶恶的大炮，〔号角鸣，火炮响〕
一切都被轰倒了。务请多多原谅，
用你们的想象弥补我们表演不足的地方。〔下〕

第一景：法兰西。哈夫勒城下

号角鸣。亨利王、哀克塞特、白德福、格劳斯特与士兵
等携云梯上。

亨利王　　再向那缺口进冲一次，好朋友们，再冲一次，否则
就用我们英国的阵亡士兵去填补那城墙吧！在和平
时期，静默谦恭是最好不过的美德，但是在战争的
狂飙吹过我们耳边的时候，就要模仿老虎的行动，
绷紧筋肉，鼓起热血，用狰狞的怒容遮掩起善良的
本性，然后让眼睛冒出凶光，像是一尊铜炮似的从

头上的炮孔里向外面瞪视，让那一道浓眉悬挂在他
的眼上，其凶险的样子就像是一块被磨损过的山岩
斜着向外突伸，俯视着下面被怒海狂涛所吞噬的受
了侵蚀的基石。现在咬紧牙关，张大鼻孔，屏住气，
把每一种力量都尽量地使用出来！前进，前进，你
们最高贵的英国人！你们的血是从身经百战的祖先
们传下来的；你们的祖先，都像是亚力山大一般，
在这一带都曾自朝至暮地奋战过，直到敌人消灭才
把刀剑入鞘。不要让你们的母亲丧失体面，现在要
证实你们确是你们喊作父亲的那些人所亲生的。现
在给出身较低的人们做个榜样，教导他们如何作战。
你们，健壮的庄稼汉，你们的胳膊是英格兰培养出
来的，在这里给我们表现一下你们的道地的本领吧。
这一点我不怀疑，因为你们当中没有一个是卑鄙的，
个个的眼里都是神采奕奕。我看你们站在那里像是
皮带系着的猎狗，急于要出发的样子。我们的猎物
已经在走动，

放手做去，在冲锋的时候就喊：

"上帝保佑哈利，圣乔治与英格兰。"〔同下。号角
鸣，火炮响〕

第二景：同上

尼姆、巴多夫、皮斯图与侍童上。

巴多夫　　前进，前进，前进，前进，前进！冲向豁口，冲向
　　　　　豁口！

尼姆　　　排长，请等一下，攻击得太厉害了。以我而论，我
　　　　　的性命只有一条，情形实在是太厉害了，简单真相
　　　　　就是如此。

皮斯图　　简单真相是最正确的，因为特殊情形实在太多了。
　　　　　攻过来打过去，上帝的奴仆倒地亡，
　　　　　盾牌和刀枪
　　　　　在血染的战场
　　　　　赢取不朽的荣誉。

童　　　　我真愿在伦敦的一家酒店里！我愿放弃一切荣誉换
　　　　　取一壶酒和生命安全。

皮斯图　　我也是！
　　　　　如果愿望能够生效，
　　　　　我的目的可以达到，
　　　　　我只愿快快到那里去。

童　　　　一定错不了，
　　　　　但不一定那样好，
　　　　　像一只枝头歌唱的鸟。

弗鲁哀伦上。

弗鲁哀伦　　冲向那个豁口，你们这些狗！向前进，你们这群贱
　　　　　　货！〔赶他们前进〕
皮斯图　　　慈悲点吧，大统领[1]，对泥土做的人们慈悲点吧！
　　　　　　减缓你的狂怒，减缓你的英勇的狂怒！减缓你的狂
　　　　　　怒，大统领！好人儿，减缓你的狂怒！要宽恕一些，
　　　　　　亲爱的乖乖！
尼姆　　　　这算是好脾气！你的恭敬只能赢得侮辱[2]。〔尼姆、
　　　　　　皮斯图、巴多夫下，弗鲁哀伦后随〕
童　　　　　我虽然年纪小，我已经看穿了这三个虚张声势的家
　　　　　　伙。我是他们三个的侍童，可是他们三个人合在一
　　　　　　起，纵然愿意来伺候我，也不配做我的仆人，因为
　　　　　　这样三个小丑实在是算不得一个人。说起巴多夫，
　　　　　　他是肝白而脸红，靠红脸吓人，可是不敢打斗。说
　　　　　　起皮斯图，他有一条凶狠的舌头和一把安静的剑，
　　　　　　因此他能和人家吵嘴，武器却保养得完好。说到尼
　　　　　　姆，他听人家谈起，说话最少的人便是最勇敢的人，
　　　　　　于是他连祈祷都不肯做，生怕被人认为是懦夫。但
　　　　　　是他说的坏话固然少，做的好事也一样的少，因为
　　　　　　除了他自己的头之外他从没有伤碰过任何别人的头，
　　　　　　而那一回是因为喝醉酒撞上了一根柱子。他们会偷
　　　　　　任何东西，而唤作为进货。巴多夫偷了一只琴匣，
　　　　　　带着走了三十六英里路，然后以三个"半便士"卖
　　　　　　掉了。尼姆与巴多夫是行窃的盟兄弟，在卡雷[3]他
　　　　　　们偷了一把煤铲——我从他们所干的这件事就知道
　　　　　　他们要变成懦夫[4]——他们要让我对于别人的衣袋就

像对于他们的手套或手帕一般地随便摸摸。如果我把别人衣袋的东西放进我的衣袋里，那是很不合于我的体面的事，因为那是很明显的窝藏赃物。我一定要离开他们，去谋较好的事情做，他们的卑鄙不合于我的微弱的胃口，所以非吐出来不可。〔下〕

弗鲁哀伦又上，高渥后随上 [5]。

高渥　　　弗鲁哀伦营长，你必须立刻到地道那边去，格劳斯特公爵要和你说话。

弗鲁哀伦　到地道那边去！你告诉公爵到地道那边去是不大好的。因为你要注意，那地道不是按照兵法挖掘的，深度不够。因为，你要注意，敌人方面——你可以向公爵公开说，你要注意——已经挖掘了比我们更深四码的地道，我指着耶稣为誓，他会把我们一齐炸毁，如果我们没有较好的应付办法。

高渥　　　奉命围城的格劳斯特公爵完全是听从一位爱尔兰人，一位很勇敢的贵绅的指导。

弗鲁哀伦　那是马克毛利斯营长，是不是？

高渥　　　我想是的。

弗鲁哀伦　我指着耶稣为誓，他是蠢驴，世上最蠢的蠢驴！我可以当着他的面证明他是蠢驴：你要注意，他不比一条小狗懂得更多的兵法，罗马人的兵法。

马克毛利斯与翟米上。

高渥　　　他来了。还有苏格兰人营长，翟米营长，和他一起

	来了。
弗鲁哀伦	翟米营长是个非常勇敢的人，那是一定的。他富有经验，而且精通古代兵法，这是我从他指挥战事中所亲自领教过的。指耶稣为誓，讲到古罗马战争中的兵法，他逗起雄辩能不下于世上任何军人。
翟米	我说您今天好啊，弗鲁哀伦营长。
弗鲁哀伦	您晚安，好翟姆斯营长。
高渥	怎么，马克毛利斯营长么！你离开了地道？挖地道的工兵们放弃工作了吗？
马克毛利斯	基督作证，哼！做得不好，工作是放弃了，喇叭响起了收兵号。我凭我这只手和我父亲的神灵为誓，这工作是做得不好，是放弃了。我本来可以在一小时之内把这城池炸毁，哼！如果上帝保佑我。啊！工作做得不好，是做得不好；凭这手为誓，是做得不好。
弗鲁哀伦	马克毛利斯营长，我现在请求你，你可否，请你注意，让我和你讨论一番，一部分是关于兵法，罗马战争中的兵法，以辩论和友谊谈话的方式，请你注意；一部分是为了满足我的主张，一部分是为了满足我的心理，请你注意，关于兵法的事情，这就是我的意思。
翟米	这太好了，老实说，两位都是好营长。〔旁白〕而且如果你们允许，我也要俟机贡献一点意见来报答你们 [6]，我一定会这样做。
马克毛利斯	基督救我，这不是高谈阔论的时候！今天很热，这

天气，这战事，还有国王，还有公爵们，不是高谈
阔论的时候。城是包围起来了，号角在呼唤我们冲
向豁口，而我们在高谈阔论，基督啊，任事不做。
这是我们大家的耻辱，上帝救我，站着不动是耻辱，
的确是耻辱，我举手为誓！有不少脖子要我们去砍，
有不少事要我们去做，而什么事都没有做，基督救
我，唉！

翟米　　　我凭弥撒发誓，在闭眼睡觉之前，我要好好地效力
一番，否则我就要倒在地上。对了，倒地而死。我
要尽可能地勇敢地效力，我一定要这样做，总而言
之就是如此这般。唉，我真是想听听你们二位之间
的一番辩论。

弗鲁哀伦　马克毛利斯营长，我想，你要注意，如果我错了你
可以纠正，没有很多的你们贵国人——

马克毛利斯　我们贵国！我们贵国怎么样？他是个小人、杂种、
奴才、流氓吧？我们贵国怎么样？他想议论我们
贵国？

弗鲁哀伦　请你注意，如果你歪曲了我的意思，马克毛利斯营
长，也许我就要以为你欠思考，没有以你应该对待
我的礼貌来对待我，你要注意，讲到兵法、出身，
以及其他各方面，我都不比你差。

马克毛利斯　我不晓得你是不比我差的一个人。基督保佑我，我
要砍掉你的脑袋。

高渥　　　二位，你们彼此误会了。

翟米　　　唉！那将是严重的错误。〔谈判号声响起〕

高渥　　　城里吹起谈判号来了。

弗鲁哀伦　马克毛利斯营长，如能找到更好的机会，你要注意，
　　　　　我要大胆地对你说我是懂得兵法的，话说到这里为
　　　　　止。〔同下〕

第三景：同上。哈夫勒城门前

总督及若干人民在城墙上；英国军队在下。亨利王及侍
从等上。

亨利王　　城里的总督下了决心没有？这是我所同意的最后一
　　　　　次谈判，所以你们开门请降听凭我宽厚处理吧。否
　　　　　则，就像以自趋毁灭而自傲的人们一般，顽抗到底，
　　　　　尝尝我的厉害，因为，我是一个军人——在我心里
　　　　　这是最适合我的一个名称——我决不说谎，如果我
　　　　　再开始攻城，我不把这半攻占的哈夫勒埋在灰烬之
　　　　　中我决不罢手。慈悲之门将完全关闭，我的尝过血
　　　　　腥的士兵一个个的粗暴而狠心，将伸着血污的手而
　　　　　肆无忌惮地四出扫荡，把你们的鲜艳的处女和初生
　　　　　的婴儿像草一般地芟除净尽。如果邪恶的战争之神，
　　　　　像魔王一般浑身冒着火焰，露着一张污黑稀脏的脸，
　　　　　作出一些迹近毁灭的残暴勾留，那与我何干？如果

你们的纯洁的少女落在淫恶的暴徒的手里，你们是祸由自取，那与我何干？一个人向下坡猛冲，什么缰绳能控制住放纵的邪恶？要我命令我的狂暴的士兵不作劫掠，那就如同传令鲸鱼上岸，一样的不生效力。所以，你们哈夫勒的人员，乘我的士兵尚在我的控制之下的时候，你们要怜悯你们的城和你们的人民，现在仁慈之凉爽温和的清风还能把凶杀劫掠之醒酲的毒雾吹散。否则，哼，一刹那间，你们就注意看吧，放肆凶狠的士兵用污秽的手就要把你们的锐叫的女儿们的发鬟弄脏；你们的父老们的银须就要被抓住，他们的最尊贵的头被撞在墙上；你们的赤裸的婴儿被戳在矛尖上，疯狂的母亲们呼天抢地，声彻云霄，有如犹太妇人们之面对着希律王手下的搜杀婴孩的屠夫[7]。

你们意下如何？愿投降，避免这一切；
还是执迷顽抗，就这样的自趋于毁灭？

总　　我们的希望到今天已经结束了。我们曾向太子求援，他回复我们说他的军队尚未准备完成以解除这样强大的包围。所以，伟大的国王，我们把这座城池和人命一齐出献求你矜全。进我们的城门吧，处置我们和我们的一切，因为我们不能再抵御了。

亨利王　　打开你们的城门！来，哀克塞特叔父，你去进入哈夫勒，停留在那里，加强防御，抗拒法人来攻，对他们一律宽大处理。至于我，亲爱的叔父，严冬将至，士兵们病患日增，我要退回卡雷。

今晚在哈夫勒我做你的贵宾，

明天我们要准备远道行军。〔奏花腔。亨利王及侍从

等入城〕

第四景：鲁昂。宫中一室

卡萨琳与阿丽斯上。

卡萨琳	阿丽斯，你是到过英国的，那地方的话你也说得很好。
阿丽斯	一点点，小姐。
卡萨琳	我请你，教我，我一定要学着说。手（la main），英语怎样说？
阿丽斯	la main? 英语叫做 de hand。
卡萨琳	de hand。还有手指（les doigts）呢？
阿丽斯	les doigts? 哎呀，我忘记了 les doigts，可是我会记起来的。les doigts? 我想是叫做 de fingres，对了，de fingres。
卡萨琳	La main, de hand; les doigts, de fingres. 我想我是一个好学生。我很快地学会了两个英国字。你怎样说指甲（les ongles）？
阿丽斯	Les ongles? 我们叫做 de nails。

卡萨琳	De nails. 听我说，告诉我我说得好不好：de hands, de fingres, et de nails。
阿丽斯	说得很好，小姐，是很好的英语。
卡萨琳	告诉我英语的胳膊（le bras）。
阿丽斯	De arm，小姐。
卡萨琳	还有胳膊肘（le coude）呢？
阿丽斯	De elbow.
卡萨琳	De elbow. 我现在要把你所教我的字全部重念一遍。
阿丽斯	我想这太难了吧，小姐。
卡萨琳	对不起，阿丽斯，注意听：de hand, de fingres, de nails, de arm, de bilbow。
阿丽斯	De elbow，小姐。
卡萨琳	啊天老爷！我忘了，de elbow。你怎样说脖子（le col）？
阿丽斯	De nick，小姐。
卡萨琳	De nick. 还有下巴（le menton）呢？
阿丽斯	De chin.
卡萨琳	De sin. Le col, de nick: le menton, de sin.
阿丽斯	是的。说真的，你念这几个字和英国人念得一样好。
卡萨琳	我不怀疑我可以学习，有上帝帮忙，而且在短期内可以学好。
阿丽斯	你是否已经忘记我所教你的了？
卡萨琳	没有，我立刻背给你听。De hand, de fingre, de mails——
阿丽斯	De nails，小姐。

卡萨琳	De nails, de arm, de ilbow.
阿丽斯	对不起，d'elbow.
卡萨琳	我就是这样说的: d'elbow, de nick, et de sin。脚（le pied）和袍子（la robe）你怎么说?
阿丽斯	De foot，小姐; et le coun。
卡萨琳	De foot, et le coun? 啊老天爷! 这些是坏字眼，粗野、不雅驯，高贵妇女是不宜使用的。无论如何，当着法国的贵族面前我是不肯念出这几个字的。呸，le foot, et le coun. 不过我再把所学过的整个背诵一遍吧: de hand, de fingre, de nails, d'arm, d'elbow, de nick, de sin, de foot, le coun。[8]
阿丽斯	好极了，小姐!
卡萨琳	这够一次学的了。我们去吃饭吧。〔同下〕

第五景：同上。宫中另一室

法国国王、太子、布邦公爵、法军大元帅及其他上。

法王	的确，他已经渡过了索姆河。
帅	如果不去和他一战，陛下，我们就不必在法兰西活下去了。我们放弃一切，把我们的葡萄园送给野蛮民族吧。

太 啊永恒的上帝！我们的祖先一时荒唐，在那野生的
树干上插进了枝条，现在滋生出来了一些枝芽，我
们能让它们高耸云霄，俯视着它们的原株么[9]？

布邦 是诺曼人，但是私生的诺曼人，诺曼人的私生子！
如果让他们横冲直撞而不去迎战，我愿卖掉我的公
国，在那湾港错纵的英格兰岛上买一块泥泞污秽的
田地，否则让我下地狱！

帅 战神哟！他们的这种勇气是从哪里来的？他们的气
候不是湿冷多雾而沉闷，太阳好像是轻蔑他们而黯
淡无光，愁云惨雾使得水果不得收成吗？他们的大
麦啤酒，不过是白开水，只合作为过疲的驽马的饮
料，能把他们的冷血鼓舞到这样勇敢沸腾的地步
吗？我们的生气勃勃的血液，有葡萄酒的刺激，反
倒像是寒霜一般吗？啊！为了我们国家的荣誉，我
们不可以像是挂在屋檐下的冰柱，而一个来自比我
们更寒冷的地方的民族却正在我们肥沃的田野里挥
洒着热烈青春的汗珠，这样肥沃的田野而有我们这
样的主人，可说是太可怜了。

太 我老实讲，我们的女人看不起我们，直说我们的勇
气是泄光了。她们要委身给英国的青年，给法国新
添一辈私生的战士。

布邦 她们要我们到英国的跳舞学校去，去教授高跳旋转
舞和快速舞[10]，说我们只是在脚跟上有功夫，我们
最擅长的是逃跑。

法王 传令官蒙召爱在哪里？让他赶快去，让他把我的严

词抗拒的态度告诉英王。起来，诸位公卿！鼓起比剑还要锋锐的荣誉之心驰赴战场：查理斯·戴拉伯来兹，法兰西大元帅；奥利恩斯、布邦、贝利、阿兰松、布拉班、巴尔、勃根第，你们几位公爵；杰克斯·沙提雍、朗布雷斯、伏德蒙、波蒙、格朗普雷、卢西、孚康堡、福洼、来斯特拉尔、布西珂、沙洛娄义斯，各位高贵的公爵、伟大的亲王、伯爵、贵族、骑士，想着你们的伟大的名衔与地位，现在湔雪你们的奇耻大辱吧。拦截英王哈利，他正举着哈夫勒血染的旗帜在我们境内横行。冲向他的队伍，像阿尔帕斯山上的融雪倾泻，往下面的幽谷里喷吐痰唾，向他猛扑，你们有足够的兵力，用一辆囚车把他掳到鲁昂来。

帅　　这合于大王的身份。我遗憾的是他的人数很少，他的士兵行军病饿，我敢说他一见到我们的大军就会吓得魂不附体，纳款赎身，不敢应战求胜。

法王　所以，大元帅，催促蒙召爱快去，让他对英王说，我愿知道他打算出多少赎金。太子，你要留在鲁昂陪我。

太　　不要这样，我请求陛下。

法王　不要急，你必须留下陪我。

　　　大元帅和全体公卿，立刻前去，

　　　快快给我带来英王覆没的消息。〔同下〕

第六景：皮克地英军军营

高渥与弗鲁哀伦上。

高渥　　　怎样，弗鲁哀伦营长！你是从桥那边来的吗？

弗鲁哀伦　我告诉你说，桥那边的一战打得好极了。

高渥　　　哀克塞特公爵可平安吧？

弗鲁哀伦　哀克塞特公爵是像阿加曼农 [11] 一般的英勇，他乃是
　　　　　我尽全心全意，矢忠效命，竭我力之所及，所敬爱的
　　　　　一个人。他没有——让我们赞美上帝吧——受到一点
　　　　　伤，他以极巧妙的阵法，顶英勇地保住了那座桥 [12]。
　　　　　在桥那边有一位旗手少尉，我认为，凭良心说，他是
　　　　　和马克·安东尼一样勇敢的人，他是世上的一个没没
　　　　　无闻的人，但是我亲眼看到他有同样英勇的表现。

高渥　　　他名叫什么？

弗鲁哀伦　他叫旗手皮斯图。

高渥　　　我不认识他。

皮斯图上。

弗鲁哀伦　就是这个人。

皮斯图　　队长，我求您一件事。哀克塞特公爵是很欢喜您的。

弗鲁哀伦　是的，我赞美上帝，我是有值得令他欢喜的地方。

皮斯图　　巴多夫是个意志坚强的军人，有活泼的勇气，但是
　　　　　命运不济，那个命运女神瞎了眼睛，站在滚圆不定
　　　　　的一块石头上面，狂转善变的法轮——

弗鲁哀伦　　对不起，旗手皮斯图。命运女神是被画做盲目的，她的眼前蒙着一块布，向你表示命运女神是盲目的；她也被画成为手执法轮，那意思是向你表示她是在转动、无常、善变，她的脚，你要注意，是踏在一块不住地滚、滚、滚的圆石头上。老实说，诗人把她描写得好极了，命运之神那幅图画真是很好的一个象征。

皮斯图　　命运之神是巴多夫的敌人，对他皱起眉头来了，因为他偷了一块圣像牌[13]，他一定要被绞杀，永世不得翻身的死法！让绞架张着大嘴吞食狗吧，饶了人吧，别让麻绳窒息他的喉管吧。但是哀克塞特已经为了一块不值钱的圣像牌判了他的死刑。所以，你去说一句话，公爵会听你的话，不要让巴多夫的生命线被一根破绳子和不名誉的罪名给割断了。队长，为他的性命说句话吧，我会报答你的。

弗鲁哀伦　　旗手皮斯图，你的意思我听懂了一部分。

皮斯图　　那么，可以高兴了。

弗鲁哀伦　　当然，旗手，这不是一件应该高兴的事。因为，你要注意，如果他是我的亲弟兄，我也要请公爵运用他的意旨把他处死，因为纪律是应该维持的。

皮斯图　　死而且下地狱，这就是你的朋友交情[14]！

弗鲁哀伦　　这没有错。

皮斯图　　呸！〔下〕

弗鲁哀伦　　很好。

高渥　　唉，这个人是个十足的骗人的流氓！我现在想起他来了，是个拉皮条的，是个小偷。

弗鲁哀伦　　　我可以告诉你，他在桥那边说了许多很好的话，都是些你难得听到的^[15]。不过那是不错的，他对我说的话，都是不错的，我敢向你保证，等到时机到来的时候。

高渥　　　　　哼，他不过是一个笨鹅，一个傻瓜，一个流氓，偶然参加战争，为的是以后以军人姿态回到伦敦。这种人对于伟大将领的姓名知道得最清楚，他们还能把战役发生的地点背诵如流地告诉你:在某一座堡垒，在某一处豁口，在某一次保卫战中;某人安然退回，某人中箭而亡，某人遭受屈辱，敌人提出的什么条件，这一些他们都能用战争术语说得清清楚楚，而且点缀上一些新造的咒词。这种人像个将军似的留着一脸大胡子，穿着一身可怕的军装，在酒店里一群醉醺醺的汉子中间周旋，将要产生什么样的效果，想起来真是有趣得紧。但是你们必须了解这时代的荒唐风气，否则你们要大大地吃亏上当。

弗鲁哀伦　　　我告诉你说，高渥营长，我确实看出来了，他实在不是他愿表示给世人看的那样的一个人。如果我能找出他的漏洞，我要毫不客气地对他说。〔鼓声闻〕你们听，国王来了，我必须和他谈一下桥那边的消息。

亨利王、格劳斯特及士兵等上。

上帝祝福陛下!

亨利王　　　　怎样，弗鲁哀伦! 你是从桥那边来的吗?

弗鲁哀伦　　　是的，陛下。哀克塞特公爵很英勇的保卫了那座桥梁：法军已经撤退，您要注意，这一战有不少的英勇的事绩。真的，敌人原已占据了桥梁，但是被迫后退，由哀克塞特作桥梁之主了。我可以告诉陛下这位公爵是个勇敢的人。

亨利王　　　你们损失了多少人，弗鲁哀伦？

弗鲁哀伦　　敌人伤亡很重，相当的重，真的。以我来看，我认为公爵没有损失一人，除了因抢劫礼拜堂可能被处决的一个人之外，一个名叫巴多夫的。不知陛下可知道这个人：他的脸上满是毒疮脓疱和一团团的火焰；他的嘴唇像是一堆煤火，一阵青一阵红的，不住地吹着他的鼻子；不过他的鼻子已经被割裂了，其中的火已经灭了。

亨利王　　　犯这种罪的人，我愿一律加以肃清，我曾明令我们在乡下行军之际不得在村中强取任何事物，均须照价给偿，对法国人民不得任意斥责或恶言辱骂。因为宽仁和残暴在争夺一个国家的时候，宽仁的一方会先获胜利的。

喇叭鸣。蒙召爱上。

蒙召爱　　　您看到我的服装就会认识我的。

亨利王　　　我是认识你的。你对我有何话说？

蒙召爱　　　我的主人的决定。

亨利王　　　说出来吧。

蒙召爱　　　我的国王这样说：你去对英格兰的哈利讲，虽然我像是死了，其实我只是在睡，俟机而动在兵法上远比

轻率进攻为佳。告诉他，我认为在尚未十分成熟之
际就下手挤脓是不大好的，否则在哈夫勒我原可把
他痛击。现在我到了说话的时候了，而且我说出的
话是合于帝王身份的，我要让英格兰王悔恨他的荒
唐，看出他的弱点，惊讶我的忍耐。所以你去教他
考虑一下愿纳多少赎金，其数量必须相当于我们所
遭受的损失，人民的伤亡，以及我们所忍受的耻辱。
若要充分补偿，那份负担怕不是他那渺小之躯所能
胜任。为了赔偿我们的损失，他的财库过于贫乏；
为了赔偿我们所流的血，他的全国人民仍嫌数目太
小；为了赔偿我们的耻辱，他即使亲自跪在我的脚下，
我也不能认为满意。说完这些话之后再加上我的挑
战：总结一句，告诉他说，他已经把他的部队带入绝
境，他们的死亡是已经注定了。这便是我的国王和
主人所说的话，这便是我来传达的任务。

亨利王　　你名叫什么？我知道你的官职。

蒙召爱　　蒙召爱[16]。

亨利王　　你的任务执行得很好。你回去吧，告诉你的国王我
现在还不想找寻他，但是颇想挥军直趋卡雷不受任
何阻扰。因为，老实说——虽然对于一个狡诈的而
又占优势的敌人这样坦白未免不智——我的部众是
因病而力量薄弱了很多，我的人数也减少了，我现
有的一些人几乎不见得比同数量的法国人好，可是
在他们健康的时候，我告诉你说，传令官，我认为
两条英国人的腿可以押解三个法国人。可是，饶恕

我吧，上帝，我竟这样的夸口！你们法国人的这种
风气把我的这种罪恶给吹胀了，我必须忏悔。所以
你去吧，告诉你的主人我在此地，我的赎金便是这
一副脆弱的贱躯，我的军队只是软弱无力的卫士罢
了。但是，上帝领导我，我是要前进的，纵然法国
国王本人再加上另外一个这样的邻邦国王来阻挡我，
也没有用。这是酬劳你的辛苦的，蒙召爱。去，教
你的主人好生考虑一下：我们如果可以通过，我们便
通过；如果我们受了阻碍，我们要把你们的鲜血洒在
你们的黄土上。蒙召爱，再会了。总结起来我的回
答是这样的：我现在并不求战；可是以我们现在的情
况，我们也不辞一战，就这样告诉你的主人。

蒙召爱　　我会这样传达。多谢陛下。〔下〕

格劳斯特　我希望他们现在不来攻打我们。

亨利王　　我们是在上帝的手里，兄弟，不是在他们的手里。
　　　　　向桥那边前进。现在快到夜里了，我们要渡河扎营，
　　　　　明天再向前进行。〔同下〕

第七景：阿金谷附近法营

法兰西大元帅、朗布雷斯爵士 [17]、奥利恩斯公爵 [18]、太
子及其他上。

帅	唉！我有世上最好的一套盔甲。愿现在就是白昼！
奥利恩斯	你有一套极好的盔甲，但是我的马也有可夸之处。
帅	是欧洲最好的一匹马。
奥利恩斯	怎么还不到早晨？
太	奥利恩斯殿下，大元帅麾下，你们谈起马和盔甲——
奥利恩斯	这两项您是兼而有之，不输于世上任何一位王子。
太	这是多么漫长的一夜！我不肖用我的马换取任何用四根骸骨跑路的畜牲。吓！它从地上跃起，好像肚里填的全是毛发 [19]，鼻孔喷火的天马斐加索斯（le cheval volant, the pegasus, qui a les marines de feu!）！我骑他的时候，我飞翔，我是一只鹰，他凌空驰骤；他触到地面的时候地面上发出美丽歌声，他的最低贱的蹄子也能比赫美斯的笛子奏出更好的音乐 [20]。
奥利恩斯	他是豆蔻颜色的。
太	像姜一般的火辣。是该由波西阿斯 [21] 来骑的牲口，它是纯粹的"风"与"火"，除了在骑者跨上马背的时候它是驯静不动外，在它身上从不露出"土"与"水"那种沉浊原质的迹象，它真是一匹好马。其他的所有的马你都可以唤作为牲口。
帅	诚然，殿下，那是一匹十全十美的马。
太	他是座骑中之王，他的嘶声像是君王的号令，他的样子令人起敬。
奥利恩斯	别再说了，老弟。
太	不，一个人若是不能，从云雀升空起到羊群回栏止，

用各种不同的言辞赞美我的坐骑，他便是缺乏才气，这是像海洋一般广阔的题材，如果把海岸上的沙粒都变成为健谈的舌头，我的马也是够他们谈论的题目。它值得让一位君王来谈论，更是值得让王中之王来骑乘；值得令所有的人——无论是我们认识的或不认识的——放下他们各人的工作而来对他表示惊羡。有一次我写了一首十四行诗赞美他，是这样开始的："自然的奇迹！"——

奥利恩斯　　我曾听过一首写给情人的十四行诗也是这样开始的。

太　　　　　那么是他们模仿我写给我的马的那首诗，因为我的马正是我的情人。

奥利恩斯　　你的情人很好骑。

太　　　　　让我觉得很好骑。这才是对于一位好的独享的佳人所惯用的赞美。

帅　　　　　哎，我觉得您的情人昨天把您的背抖动得很厉害呢。

太　　　　　也许你的情人这样的抖了。

帅　　　　　我的情人没有缰辔。

太　　　　　啊！那么也许它是老了，变温和了。你骑上去的时候，像是爱尔兰的轻装步兵一般，脱下了你的法国裤子，穿着你的紧腿裤[22]。

帅　　　　　您对于骑马很有研究。

太　　　　　那么，你要接受我的劝告了：这样骑的人，如不小心地骑，会要掉进污秽的泥淖里去。我宁愿把我的马当作我的情人。

帅　　　　　我宁愿把我的情人当作一匹贱马。

太	我告诉你，元帅，我的情人是不戴假发的。
帅	如果我有一只老母猪做我的情人，我也可以同样夸口。
太	"犬有所吐，转复茹之；母猪方洁，又入泥中。"[23]（Le chien est retourné à son propre vomissement, et la truie au bourbier.）你是任何东西都可以利用。
帅	可是我并不把我的马当作我的情人用，也不引用任何这样文不对题的成语。
朗布雷斯	我的大元帅，我昨晚在你的帐篷里看到的你那一套盔甲，上面的图案是星星还是太阳？
帅	是星星，大人。
太	我希望，明天会掉下几颗。
帅	我的天空不会缺乏星星的。
太	那是可能的，因为你身上的星太多了，去几颗更体面些。
帅	恰似你的马之承担你的赞美，若是把你的吹夸卸下一些他会跑得一样好。
太	但愿把他应得的赞美都驮在他的背上！永远到不了白昼？明天我愿骑着马跑一英里路，路上铺满英国人的面孔。
帅	我不愿这样说，怕的是我会被敌人赶走，弄得满面羞惭。但是我愿现在就是早晨，因为我很愿去打英国人的耳光。
朗布雷斯	谁愿和我打赌捕获二十名战俘？
帅	你自己需要先去冒险，才能抓到战俘。

太	已经到了夜半，我要去穿上武装。〔下〕
奥利恩斯	太子盼着到早晨呢。
朗布雷斯	他盼着吃英国人。
帅	我想他会把他杀死的都吃下去。
奥利恩斯	凭着我的爱人的白手发誓，他是一位英勇的王子。
帅	凭着她的脚发誓吧，好让她把你的誓言一脚踢开 [24]。
奥利恩斯	他绝对是全法国最活跃的贵公子。
帅	干就是活动，他总是在干 [25]。
奥利恩斯	我过去从没有听说他干过害人的事。
帅	明天也不会干，他要永远保持那个美名的。
奥利恩斯	我知道他是勇敢的。
帅	有一位比你更知道他的人曾经告诉过我这个话。
奥利恩斯	他是什么人？
帅	是他自己这样告诉我的呀，而且他说任谁知道了这件事他也不介意。
奥利恩斯	他无须介意，他的这一项美德并非是秘密。
帅	老实说吧，先生，是秘密。除了他的仆侍之外谁也没有看见过他做出勇敢的样子：那是一种蒙罩着头的勇敢，一露脸，就要扑动翅膀 [26]。
奥利恩斯	"坏心说不出好话。"
帅	我可接着说这么一句成语："友谊当中总有阿谀。"
奥利恩斯	我再接着说："恶魔的优点亦不可否认。"
帅	接得好，把你的朋友当作了恶魔，让我来一语破的吧，"让恶魔生天花吧！"
奥利恩斯	你是比较地会说成语，因为"蠢人的箭很快地就

射完"。

帅　　　你这一箭没有射中。

奥利恩斯　你这不是第一次在比射中失败。

一探子上。

探　　　报告大元帅，英军在距离您的帐篷一千五百步以内之处扎营了。

帅　　　谁量的这块地？

探　　　格朗普雷大人。

帅　　　是很勇敢而极有经验的一个人。但愿现在是白昼！哎呀！可怜的英格兰的哈利，他并不像我们这样的盼望黎明。

奥利恩斯　这位英格兰的国王是一个何等无聊而糊涂的人，带着一群头脑不清的人这样毫无意义地乱闯！

帅　　　若是英国人还有脑筋的话，他们会逃去的。

奥利恩斯　脑筋他们是没有的，因为他们的脑袋里如果有智慧的防御力，他们不须戴那样厚重的盔了。

朗布雷斯　英格兰那个小岛产生不少勇敢的动物，他们的猛犬有无比的勇气。

奥利恩斯　一群笨狗！闭着眼冲进一只俄罗斯熊的嘴里去，脑袋像烂苹果似的被嚼得稀碎。你大可以说敢在狮子唇边进早餐的跳蚤是勇敢的。

帅　　　对，对！那些人确实是像那些猛犬，勇往直前，把头脑留在家里由老婆看管。给他们饱餐牛肉，再给他们钢铁武器，他们便会像狼一般地吃，像恶魔一般地战斗。

奥利恩斯　　是的，但是这些英国人目前非常缺牛肉。

帅　　　　　那么明天我们会发现他们只是有胃口而不能作战了。
　　　　　　现在是武装起来的时候了吧。来，我们动手吧？

奥利恩斯　　现在是两点，到了十点时分，我们每人可以俘获
　　　　　　一百名英国人。〔同下〕

注 释

[1] great duke, 拉丁文 dux（＝a leader, a chief）之英译。*The New Clarendon* 编者 Fletcher 以为是误认弗鲁哀伦为指挥围城之格劳斯特公爵本人，亦不为无理。

[2] 原文 These be good humours! your honour wins bad humours. Fletcher 注云："尼姆的意思是，皮斯图之对弗鲁哀伦的恭敬只换得了侮辱。"威尔孙解释不同："尼姆是先对皮斯图说话，随后（'your honour'）是对弗鲁哀伦说的。"二说未知孰是，译文从前者。

[3] 尼姆与巴多夫是正要向卡雷进发，如何能是从卡雷来？可能是莎士比亚的疏忽。

[4] would carry coals＝would prove cowards.（威尔孙注）

[5] 弗鲁哀伦是威尔斯人，马克毛利斯是爱尔兰人，翟米是苏格兰人，高渥是英格兰人，作为参加亨利王征法大军的四个国家的代表人物。前三者均有浓厚的乡音，故他们的英语在文法上及发音上均有特异之处，无法译出。

[6] 原文 "aside" and I sall quit you with gud leve, as I may pick occasion(其中之 aside 系后添)。Johnson 注云: "I shall with your permission requite you: that is, answer you or interpose with my arguments, as I shall find opportunity." 恐系揣测之词，但近代本多从之。姑照译。

[7] 希律王（Herod），犹太之王，以残虐著名，两岁以下之婴儿尽被屠杀，希望基督必在被杀者之内，见《马太福音》第二章第十六至十八节。

[8] foot 与法文之 foutre（=copulation，交媾）音相近。nick（即 neck）在法文为 pudendum 生殖器之意。

[9] 指英国人在诺曼征服时期混有诺曼人的血统，英国人为法国人之私生子。

[10] Lavolta，一种旧日之舞蹈，内多旋转之动作。意大利文 la volta = the turn。Coranto，一种活泼迅速之舞蹈。拉丁文 currere = to run。

[11] 阿加曼农（Agamemnon）是脱爱战争中希腊军方面之统帅。

[12] 英军渡索姆河后向卡雷进行撤退，法军拟迎头截击，企图先行破坏在 Blangi 地方之 Ternois 河上桥梁，以断其去路，英王觉察其企图，于十月二十三日遣先头部队驰往驱逐法军，占领桥梁，翌日率全军安然渡过，是乃阿金谷大战之前夕也。

[13] pax 是十三世纪时教会所使用的一种木牌，上刻有耶稣在十字架上之像，行弥撒时，传交会众吻之。何林塞《史记》作 pyx，乃是圣餐箱（box of consecrated wafers）之意。究竟是皮斯图不辨二字之异，抑是莎士比亚之误，不得而知矣。

[14] 说这句话时要作手势。原文所谓 figo，即以大拇指伸入二指与三指之间，或以大拇指伸入口内，表示极端鄙夷侮辱之意。下文的 The fig of Spain（=a poisoned fig）亦同一意义。

[15] as you shall see in a summer's day，是莎氏剧中常见的一句话。summer 表示令人愉快或满足之意。Schmidt 引 "a proper man, as one shall see in a summer's day."（Mids. I, 2, 89）

[16] Montjoy 莎士比亚当作姓名，其实是官职之称，法国的首席传令官之官称，从法国国王的战争呐喊（war cry）"Montjoy St Denis!" 假借而来。

[17] 朗布雷斯（Rambures），弓弩统领（Master of the Crossbows），为前方重要将领。

[18] 奥利恩斯公爵（Duke of Orleans 即 Charles D'Angoulême）在阿金谷被俘，在英囚禁二十五年，于一四四〇年缴纳八万克朗获释。卒于一四六五年，其第三妻所出之子于一四九八年为法国国王，号路易十二，继查理士第八之位。

[19] 网球是用毛发填塞起来的。

[20] 赫美斯（Hermes），希腊神话中发明笛子的神，曾吹笛以诱使 Argus 入睡。此处原文 basest horn 可能有双关义，base 意为"低音"或"低贱"，horn 意为"喇叭"或"蹄上之角质"。

[21] Perseus，希腊神话中的英雄，骑天马 Pegasus。

[22] 法国裤子是形似南瓜的宽松短裤，长及大腿中部。此处所谓紧腿裤，Theobald 疑系"裸着的腿"之意。

[23] 见《新约》2 Peter,2：22。

[24] 原文 tread out the oath，威尔孙解释说 i. e. treat it with the contempt it deserves. 是也。

[25] 威尔孙注 doing，= copulation（Schmidt "do" 5）疑未必确。

[26] bate 双关语:（一）旧时常以皮革蒙头，扯去皮革时，便扑动翅膀准备起飞，这扑动翅膀的动作谓之 bate。（二）减少消失。

第 四 幕

剧情说明人上。

现在请诸位心中想象，蠕动的低语和凝视的黑暗正充满了这宇宙的穹冥。两营对峙，双方军中的嗡嗡声在黑夜之中荡漾，站岗的哨兵几乎可以听到对方的窃窃私语。营火相望，借着暗淡的火光，双方可以窥见对方的棕黑的脸。战马雄视着战马，高傲的嘶鸣刺穿了黑夜的聋聩的耳朵。匠人为战士装甲，频急地锤打铰钉，自营帐中发出可怕的备战的声音。乡下的鸡叫了，钟也响了，正是朦胧的清晨三点。过分自负的法军，自恃人多势众，怡然自得，和被低估了的英军掷骰作战；并且斥责跛脚缓步的夜像丑恶巫婆一般地蹒跚而去。可怜的待毙的英国人，像牺牲一样，静静地守候在营火旁边，盘算着晨间的艰危，罩在削瘦的脸上的一层肃杀之气，以及敝旧的战服，使得他们在月光之下像是可怖的幽灵。啊！现在若是有人看到统率着这一群狼狈军人的那位英主，从一个岗位走到另一岗位，从一个帐篷走到另一帐篷，让他大喊"光荣赞美降在他的头上吧！"因为他往来访问所有的土兵，微笑着向他们道早安，称他们为弟兄、朋友、同胞。他的脸上没有因强敌包围而生的惧色，也没有因为彻夜未眠而露出一丝倦意，依然精神抖擞，而且以愉快的样子和从容的态度镇服了疲倦与恐慌。本来颓丧惶恐的人，一看到他，从他的脸上获得了慰安。像煦光普照的太阳一般，他的眼光所及，加惠于每一个人，把寒冷的恐惧消融净尽。列位老哥贵客，恕我们的笨拙的表演，你们可以窥见哈利在夜间活动之一斑。我们的地点要立刻移到战场上去。哎呀好可怜，我们对不起阿金谷这个地名，只有四五支破剑胡乱耍动一番。

但是诸位请坐下来看戏。

戏是假的，事情却是真的。〔下〕

第一景：阿金谷英军营

亨利王、白德福及格劳斯特上。

亨利王　　　格劳斯特，我们确是在很危急的状态之中：唯因如此，
　　　　　　我们须有更大的勇气。早安，白德福弟弟。万能的
　　　　　　上帝啊！恶的事物里面也有好的菁华，只要人们能
　　　　　　细心地把它提炼出来，吵闹的邻居可以使我们早些
　　　　　　起床，既有益健康，又节省光阴；并且他们是我们的
　　　　　　身外的良知，也是我们大家的牧师，劝告我们好好
　　　　　　地做临终的准备。这样我们便可从莠草中采蜜，从
　　　　　　恶魔身上也可以获得教训。

　　　　　　厄平翰上。

　　　　　　早安，汤玛斯·厄平翰老爵士！对于你那白发苍苍
　　　　　　的头，一只软软的枕头要胜似法国的一块粗硬的
　　　　　　草泥。
厄平翰　　　不然，陛下，这住处更讨我喜欢，因为我可以说，
　　　　　　"现在我像国王一样地睡了。"
亨利王　　　大家现在吃苦，看到有人以身作则，便不以为苦，
　　　　　　这是很好的事情。这样一来他们的精神就安了，心
　　　　　　里一有了生气，无疑的，各个器官虽然已经停止活
　　　　　　动，也会打破他们的昏沉沉的坟墓，蜕下一层皮而
　　　　　　重新活跃起来。把你的外衣借给我，汤玛斯爵士。
　　　　　　两位弟弟，为我向营中各位公卿致意，代我向他们
　　　　　　道一声早安，请他们立刻到我的帐篷里来。
格劳斯特　　遵命，陛下。〔格劳斯特与白德福下〕
厄平翰　　　要我在这里伺候吗？
亨利王　　　不，我的好爵士，随同我的两位弟弟去看诸位英军

	将领。我有事要在心里盘算一下，不需要有人陪伴。
厄平翰	上天福佑你，高贵的哈利！〔下〕
亨利王	多谢你，老朋友！你说话真令人鼓舞。

皮斯图上。

皮斯图	谁在那里走动？（Qui va là？）
亨利王	是朋友。
皮斯图	告诉我，你是一位军官吗？还是普通的士兵？
亨利王	我是营里的志愿军[1]。
皮斯图	你拖长矛吗？[2]
亨利王	恰是如此。你是谁？
皮斯图	我出身和皇帝一般。
亨利王	那么你是在国王之上了。
皮斯图	国王么，他是好人，有纯金的心，一个活跃的人，荣誉的骄子，有良好的父母，有坚硬的拳头。我愿吻他的脏鞋，从我的心坎里我爱这个可爱的汉子。你名叫什么？
亨利王	亨利·勒罗爱。
皮斯图	勒罗爱？是个康瓦人的姓，你是属于康瓦部队的吗？
亨利王	不，我是威尔斯人[3]。
皮斯图	你认识弗鲁哀伦吗？
亨利王	认识。
皮斯图	告诉他，到圣大维节那一天我要拔掉他头上戴的那根韭菜[4]来打他的头。

亨利王	到了那一天你可别在你的帽子上佩戴短刀，否则他会把短刀取下来打你的头。
皮斯图	你是他的朋友吗？
亨利王	还是他的亲族。
皮斯图	那么，给你这个！〔以拇指塞两指间〕
亨利王	多谢你。上帝与汝同在！
皮斯图	我的名字叫皮斯图。〔下〕
亨利王	这个名字倒是和你的凶劲相称。〔退下〕

弗鲁哀伦与高渥分途上。

高渥	弗鲁哀伦营长！
弗鲁哀伦	这个样子喊！看在耶稣基督面上，小声些。这是宇宙之间最大的遗憾，真正的古代的兵法竟不加遵守。如果你肯费心去研讨庞沛大将的战役，你会发现，我敢担保，在庞沛的军营里没有吱吱喳喳，也没有嘀嘀咕咕[5]。我敢担保，你会发现战争中的仪式，其中的顾虑，其中的形式，其中的分寸，其中的适当安排，都不是这个样子的。
高渥	唉，敌人是吵闹的，你整夜地听到他们。
弗鲁哀伦	如果敌人是蠢驴，是傻瓜，是个喋喋不休的笨蛋，你以为，你现在凭良心讲，我们也应该是一个蠢驴，一个傻瓜，一个喋喋不休的笨蛋吗？
高渥	我小声说话便是。
弗鲁哀伦	我请你，我求你，小声一些。〔高渥与弗鲁哀伦下〕
亨利王	这个威尔斯人，虽然有点古怪，却很有心机，很有

勇气。

约翰·贝次、考尔特与迈克尔·威廉斯上。

考尔特　　约翰·贝次弟兄，那边是不是天已破晓？

贝次　　　我想是的，不过我们没有重大理由盼望白昼来临。

威廉斯　　在那边我们看见这一天的开始了，但是我想我们将
　　　　　永远看不到这一天的终结。谁在那里走动？

亨利王　　朋友。

威廉斯　　是哪一位营长的部下？

亨利王　　汤玛斯·厄平翰爵士部下。

威廉斯　　是很好的一位老将领，顶和气的一位绅士。请问你，
　　　　　他以为我们的状况如何？

亨利王　　恰似破舟在沙洲上的一群人，等着下次潮水把他们
　　　　　冲走。

贝次　　　他没有把他的意见禀告国王吗？

亨利王　　没有，他也不该禀告。因为，我不妨对你说，我觉
　　　　　得国王也不过是一个人，和我一样：紫罗兰的气味，
　　　　　由他来嗅和由我来嗅是一样的香；天空大气，由他来
　　　　　看和由我来看也是一样的；他的一切感觉也不过是普
　　　　　通常人的性质。如果把他的威仪服饰搁在一边，赤
　　　　　裸裸的，他也不过是一个人，虽然他的欲望比我们
　　　　　的有较高的境界，可是在搜取什么东西的时候也还
　　　　　是用同样的翅膀向卞猛扑。所以他发现情形可怕的
　　　　　时候，他的恐惧是和我们的一般无二。不过，平心
　　　　　而论，任何人都不该使得他露出恐惧的样子，怕的

是他一表示恐惧，全军都要为之沮丧。

贝次　　　他可以随意装出勇敢的样子，但是我相信，就在这样寒冷的夜里，他会情愿齐着脖子浸在泰晤士河里，我愿他是浸在那里，而且我在他身边，不顾一切，只消能离开这里就行。

亨利王　　真的，我要说一说我对于国王的观感：我想他是安心留在这里，不会希望换个地方的。

贝次　　　那么我愿他独自留在这里，这样一来，他一定可以纳款赎身，许多条人命可赖以保全。

亨利王　　我敢说你不会这样的不爱他，以至于愿他独自留在这里，你这种说法只是试探别人的心意。我以为我死在任何地方也不及陪着国王战死之令人满意，他作战的理由正大，宗旨光明。

威廉斯　　那不是我们所能知的了。

贝次　　　是的，那也不是我们所该追问的。我们只要知道我们是国王治下的小民，那就够了。如果他的理由是错误的，我们只是服从国王，我们自身无罪。

威廉斯　　但是如果理由不正大，国王要负很大的责任，在战争中被砍掉的胳膊腿和头颅，在最后裁判的日将要联合起来，一起叫喊，"我们死在这样的一个地方。"有些在咒骂，有些哭喊着要外科医生，有些为他们的穷苦无告的妻室而哀号，有些为了欠债未还而啜泣，有些为了他们遗下的没有依靠的子女而唏嘘。我恐怕死在战场上的人很少能死得心安理得，他们干的是流血的勾当，如何能心平气和地安排一切？

如果这些人不是好死的，那么对于领导他们至此的国王，这是一件罪恶的事，他们懔于民臣之义不服从是绝不可能的。

亨利王　不错，如果一个儿子奉父命出外从商，未经忏悔就在海上猝然身死，依照你的说法，他的负罪而亡的罪过应该归派在遣他出外的父亲的头上。或是一个仆人，奉主人之命送一笔款项，被强盗袭击不及获得上帝赦罪而死，那么你也可以说主人的事务乃是造成仆人死后受罪的原因。但是并非如此：国王对于他的士兵们之各个的结局并不负责，父亲对于儿子或主人对于仆人亦不负责，因为他们给他们职务的时候并非是有意要他们去死。况且，一个国王，无论他的宗旨是如何的纯洁无疵，一旦兵戈相见，谁也不能全然使用纯洁无疵的士兵去贯彻他的主张。有些个，也许犯下了预谋杀人的罪；有些个，以背誓悔约欺骗了处女；有些个，曾经抢劫窃盗破坏过社会治安，以战争为护符。现在，如果这些人曾经犯法，并且躲避了国内的惩处，他们虽然能逃过人，却没有翅膀逃避上帝。战争是上帝的刑吏，战争是上帝的报复，所以从前犯了王法的人如今在为国王战争之中在此受到惩罚，他们在行将丧命之际逃命偷生，在希望获得安全之处反倒死亡。那么，如果他们死时没有准备，因此而被打入地狱，国王不负责任，犹之他们为了以前所犯之罪而遭天谴，对于那些罪国王亦不负责任。每一臣民的义务皆是属于国王的，但是每一臣民的灵魂却是他自己的。所以战争中每一士兵应该像是床上的病人，洗去良心上的每一污点，这样的死，死对他是有益的；如果不死，作这种准备的那段时间也不算浪费。至于逃命未死的人，他已经这样坦白地把自己献交给上帝，上帝让他大难不死，为的是让他领略上帝的宽大，为的是教导别人应该如何在死前准备，这种想法不算是罪过吧。

威廉斯 那是一定的，每个未做准备而就死去的人，那罪过该由他自己承当，国王不负责任。

贝次 我并不要他对我负责，可是我还是决心为他拼命打仗。

亨利王 我亲自听到国王说，他不肯纳款赎身。

威廉斯 是的，他是这样说过，为的是鼓舞我们的斗志。但是在我们的喉管被割断了的时候他就会被赎出来的，我们永远不得省悟。

亨利王 如果我还活着，见到此等事，我以后将永不信他说的话。

威廉斯 那么你这就算是报复他了。一个可怜的平民对于帝王感到不快时也只能这样做，像是玩具气枪发出的弹。用孔雀毛去扇太阳，想把太阳变成冰，那是同样的办不到。说什么你将永不信他说的话！算了吧，那是蠢话。

亨利王 你的谴责似乎太不客气了。如果在另一个较为适当的时候，我要对你生气的。

威廉斯 如果你能生还，这就作为是我们二人之间的一项争端吧。

亨利王　　我接受这个提议。

威廉斯　　我以后怎样辨认你呢?

亨利王　　给我任何一样你的信物，我把它戴在我的帽子上，然后，如果你敢指认，我便认为那是挑战。

威廉斯　　这是我的手套。把你的一只给我。

亨利王　　给你。

威廉斯　　我也把这一只戴在我的帽子上。以后如果有一天你来对我说，"这是我的手套"，我凭我这只手发誓一定要打你一个耳光。

亨利王　　如果我能活着见到它，我就要向它挑战。

威廉斯　　你大可以说，你敢受绞刑。

亨利王　　好吧，我是要这样做的，虽然我发现你是和国王在一起。

威廉斯　　保持你的诺言。再会了。

贝次　　　和气一些，你们这两个英国傻瓜，和气一些，我们对法国人的争执已经够多的了，如果你们懂得计算的话。

亨利王　　的确，法国人会以二十大头对一来打赌，他们可以战胜我们，因为他们的肩膀上有的是头。但是英国人来削法国的大头，那不算是罪过，明天国王自己也要削大头呢[6]。〔众士兵下〕一切责任都推在国王身上! 把我们的性命，我们的灵魂，我们的债务，我们的焦急的妻子，我们的儿女，我们的罪恶，都交给国王来负责! 一切都必须由我承担。好苦的处

境啊！这是与帝王身份同时俱来的，要受到每一个
蠢材的批评，而那蠢材是除了自己的苦痛之外是没
有任何感觉的。平民享有多么无限的心安，而国王
偏偏不得享受！除了威仪，除了公众对他的尊敬以
外，国王可有什么是平民所没有的呢？你又是什么
东西呢，你这无聊的威仪？你究竟算是哪一种神祇
呢，你比你的崇拜者受到更多的人间苦恼？你收多
少赋税？你有多少收益？啊威仪！只消让我看看你
的本身价值：你受人崇敬之处究竟安在？除了地位、
阶级、仪式，足以令人敬畏之外，你还有什么？因
为你令人畏惧，你比畏惧你的人们更为不幸。除了
含毒的阿谀，代替了甜蜜的敬意之外，你还能常常
喝到什么？啊！伟大的君王，你生一回病，让你的
威仪来给你治疗。你以为阿谀的尊称可以使你的发
烧消退吗？有人屈膝下跪，它就会让步吗？你能命
令一个穷人下跪，你能对健康发号施令吗？不，你
这狂妄的梦想，你是在玩弄国王的安宁。我是看穿
了你的一位国王。我知道香膏、王杖、圆球、宝剑、
权棒、王冠、镶珠的金缕衣、名字前面的一大串尊
衔、高踞的宝座，以及拍打到这尘世的高岸上的荣
华富贵的浪潮，不，这一切都没有用，这都是极端
豪华的虚文缛节，这一切都不能使得国王卧在高广
大床之上，像一个塞饱劳力换来的面包然后心无挂
碍的上床休息的贱奴那样地熟睡。黑夜乃是地狱的
产物，贱奴是永远看不到黑夜的，他像太阳神的马

夫一般，从日出到日落他永远在太阳照耀之下流汗，
整夜地在天堂睡觉，第二天黎明之后就起来帮着太
阳神套马，就这样地追随着飞驰不停的岁月辛劳至
死。这样的一个贱奴，只是没有虚文缛节的享受，
以苦工度过白昼，以安眠度过黑夜，比一位国王舒
服得多。贱奴乃是太平国家的一分子，而且享受太
平。不过他头脑粗陋，他不大晓得在平民最能获益
的时候国王费掉多少睡眠时间来维系国家的太平。

厄平翰又上。

厄平翰　　陛下，您部下贵族们因看不到您而着急，在营中遍
　　　　　地寻找您呢。

亨利王　　好老爵士，召集他们到我的帐篷里，我先去了。

厄平翰　　我就去办，陛下。〔下〕

亨利王　　啊战争之神！使我的士兵们心坚如铁吧，不要令他
　　　　　们心怀恐惧，现在就解除他们的计算数目的感觉吧，
　　　　　如果敌方人数能使他们丧胆。今天不可以，啊上
　　　　　帝！啊，今天不可以，不可以想念我父亲篡夺王位
　　　　　的罪过。我把利查的遗体已经重新葬过 [7]，我在上
　　　　　面挥洒的悔恨之泪比他身上被迫淌出来的血还要多
　　　　　些。我每年雇用五百贫民，每日两次向天举起他们
　　　　　的枯手，乞求饶恕这流血的罪行；我又建了两座教堂，
　　　　　延有高僧不断地为利查的亡魂诵经祈祷。我愿再多
　　　　　做一些，虽然我所做的一切并没有什么价值，因为
　　　　　我感觉忏悔之心于赎罪之后仍不断地发生，来乞求

上天的饶恕。

格劳斯特又上。

格劳斯特	陛下!
亨利王	我的弟弟格劳斯特的声音!是了。
	我知道你的来意,我同你去,
	朋友们,胜利和一切都等着我呢。〔同下〕

第二景:法军营地

太子、奥利恩斯、朗布雷斯及其他上。

奥利恩斯	太阳给我们的盔甲镀上金了。起来,诸位大人!
太	上马!(Montezàcheval!)我的马!小童!马夫!(Lacqais!)喂!
奥利恩斯	好一匹烈马!
太	走啊!水和土!(Via! les eaux et la terre!)
奥利恩斯	没有别的了吗?气与火。(Rien plus? I' air et le feu.)
太	还有天呢!(Ciel!)奥利恩斯老弟。

大元帅上。

啊，大元帅！

帅　　　听我们的战马为了急欲出战而嘶鸣！

太　　　跨上马，踢破马腹上的皮，让热血喷进英国人的眼睛，以过多的刚强血气浇灭他们的眼睛，哈！

朗布雷斯　怎么！你要他们哭出我们的马血来吗？那么我们怎能看得见他们自己的眼泪呢？

一探子上。

探　　　英军已摆好了阵势，诸位法国大人。

帅　　　上马，诸位英勇的贵族！立刻上马！只消看一下那一群饥饿的贫民，你们的盛大的军容就可以摄走他们的心灵，使他们徒剩一个人的空壳。没有足够的工作需要我们大家一齐动手，他们的细弱的血管里没有多少血，不够沾污我们的每一把短刀，我们的法国勇士们今天抽出来的刀将因无用武之地而放回鞘里去，我们向他们只消一吹，我们的英勇之气就会把他们吹倒。这是毫无疑义的，诸位大人，我们私人携带的童仆和我们的农民拥集在我们的阵营里面无所事事，就足够把这一群下贱的敌人逐出战场，我们不妨站在附近山脚底下袖手旁观，只是为了我们的荣誉不能这样做。还有什么可说的呢？我们只消稍微做一点点，一切就都做完了。

那么就吹起喇叭

催大家一齐上马：

我们大军掩至，他们将失措彷徨[9]，

英王会被吓得俯首乞降。

格朗普雷上。

格朗普雷　诸位法兰西的亲贵，你们为什么耽搁这样久？小岛
上来的那批死尸，他们的尸骨是没有收殓的希望了，
在清晨的阵地上显得十分丑陋。他们的破烂的旗帜
低垂倒挂，我们的清风以极端轻蔑的态度吹拂它们。
在他们狼狈的队伍里伟大的战神玛尔斯也露出寒伧
相，从生锈的面甲里向外面无精打采地张望：骑兵像
是呆立的蜡烛台，手里擎着蜡烛座[10]；他们的可怜
的马低垂着头，皮松肉软，灰白死滞的眼里淌着一
条条的黏液，苍白呆笨的嘴里的一副衔铁粘着嚼过
的脏草，停滞不动;凶恶的乌鸦是他们的遗体处理者，
在他们上面飞旋，焦急地等待着他们的死亡。这样
奄奄无生气的一支队伍简直是非言语所能形容。

帅　他们已经祷告过了，他们等着死呢。

太　我们要不要给他们送饭，送新衣服，给他们的挨饿
的马送些刍秣，然后再和他们厮杀?

帅　我只是在等我的卫兵[11]。前进，到战场去！我要取
下喇叭上的一面小旗，
匆忙中借用一下。来，来，开步走!
太阳已经高升，我们在浪费白昼。〔同下〕

第三景：英军营地

英军上；格劳斯特、白德福、哀克塞特、骚兹伯来及韦斯摩兰上。

格劳斯特　　国王在哪里？

白德福　　　国王亲自骑着马视察他们的阵线去了。

韦斯摩兰　　战斗的兵，他们足有六万之众。

哀克塞特　　是五与一之比；而且，他们全是生力军。

骚兹伯来　　愿上帝助我们一臂之力！众寡太悬殊了。诸位亲贵，上帝保佑你们！我要去执行我的任务。如果我们在天堂聚首之前不得再见，那么，我的高贵的白德福大人，我的亲爱的格劳斯特大人，我的好哀克塞特大人，我的亲家大人[12]，全体诸位战士，我要高高兴兴地道声再会了。

白德福　　　再会，好骚兹伯来，祝你幸运！

哀克塞特　　再会，亲爱的大人。今天要勇敢地作战。我提醒你这一点，是对你不起的，因为你生来就有坚定不移的勇敢精神。〔骚兹伯来下〕

白德福　　　他有的是仁心，也有的是勇气，二者都很出众。

亨利王上。

韦斯摩兰　　啊！但愿在英格兰的今天无事可做的人能有一万名调到此地来。

亨利王　　　是谁这样的愿望？我的韦斯摩兰老弟？不，我的好老弟，如果我们命定要死，我们是国家的够多的损失了；如果命定不死，人数越少，分享的荣誉越大。听从上帝的意旨！我请你，不要希望再添一个人。天神作证，我是不贪财的，谁要是吃我的饭，我也不介意；穿我的衣服，我也不心痛，这些身外之物都不在我的心上，但是如果贪求荣誉也算是罪恶，我便是世上罪大恶极的一个人了。不，真的，老弟，不要希望从英格兰再增派一个人。你放心吧！我怀有最佳的希望，我不愿因为再添加一个人而损失我的荣誉。啊！不要希望再添加一个人，不如向全军公告，韦斯摩兰，对于这次战斗没有胃口的人，尽可离去，他的护照可以签发，作盘川用的金钱亦可放进他的荷包，怕和我们共死的人，我们也不愿和他同死。今天是克利斯品节日 [13]，凡是今日不死能够安然生还的人，以后听人说起这个日子就会感觉骄傲，听人提起克利斯品就会兴奋。凡是今天不死能够活到老年的人，每逢这个节日的前夕就会宴请邻人，说"明天是圣克利斯品节日"，然后卷起袖子展露他的疤痕，说"这些伤是我在克利斯品节日所受的"。老年人是健忘的，可是在一切都已遗忘之前，他还会愈益夸张地记得他在这一天所建的战功。然后我们的姓名，在他嘴里就像家常用语一般的熟习，哈利国王、白德福与哀克塞特，瓦利克与塔尔鲍特，骚兹伯来与格劳斯特，会在他们满杯痛饮的时候重新被忆起来。这好人会把这一段故事传授给他的儿子，从今天起到世界末日，克利斯品节日永远不会轻易度过而不忆起我们。我们这几个人，我们这幸运的几个人，我们这一群弟兄，因为凡是今天和我在一起流血的就是我的弟兄，不管他出身多么低微，今天这一天就要使他变为绅士。现在在英格兰睡觉的绅士们会以为今天没来此地乃是倒霉的事，每逢曾经在圣克利斯品日和我们一同作战的人开口说话，他们就要自惭形秽。

萨　　　　陛下，请赶快准备！法国人已经布下了盛大的阵式，很快地就要向我们进攻。

亨利王　　一切都准备好了，只要我们心里有备。

韦斯摩兰　现在谁若是心存畏缩，谁就毁灭吧！

亨利王　　你不盼望从英格兰再来援兵了吧，老弟？

韦斯摩兰　全凭上帝安排！陛下，但愿你我二人，不要任何援助，能打这一场大战！

亨利王　　唉，你现在是盼望我们这方面减少五千人了。这种愿望，比愿我们增加一个人，更使我高兴些。你们都知道你们的岗位，上帝保佑你们！

喇叭鸣。蒙召爱上。

蒙召爱　　哈利王，我又来向你请示，在你稳遭败覆之前，现在是否愿意纳款讲和，因为你确是濒临深渊，势必要被吞没。还有，本国大元帅慈悲为怀，愿你提醒你的部下早作忏悔，好让他们的灵魂平安愉快地离去战场，那些可怜的人的肉体就只好留在战场上腐烂了。

亨利王	这回是谁派遣你来的?
蒙召爱	法国大元帅。
亨利王	我请你把我前次的答话带回去:让他们来捉我,然后出卖我的骸骨吧。上帝啊!为什么他们这样地嘲弄可怜的人?有人在狮子还活着的时候就出售狮皮,在猎狮的时候反被狮子咬死。我们很多人都会毫无疑问地生还故乡归正首丘,我相信将来坟墓之上还会竖立铜牌记载今日的成绩。那些把忠骸遗在法兰西的人,乃是慷慨赴死,纵然埋葬在你们的粪堆底下,也会名垂不朽,因为在那里太阳会要向他们敬礼,把他们的荣誉引升到天堂,留下他们的肉体在你们的空中散放毒气,在法兰西造成一场疫疬。那时节你看看我们英国人有多么威武,人虽已死,却能像一颗子弹的跳射,发生第二度的毁灭的作用,重新造成杀伤事件。让我傲慢地说吧:告诉大元帅,我们不是前来度假的战士,由于在困苦的战场上雨中行军,我们的华丽的服饰全都污损了,全军中一片羽毛都没有了——我希望这是好的证明我们不会逃跑——时间把我们磨成这个破烂的样子。但是,上帝证明,我们的心是整洁的。我的可怜的士兵们告诉我,在夜晚之前他们就要穿上较为鲜丽的袍子 [14],或是从法国兵的头上硬把漂亮的新衣给剥下来,把他们一律解雇 [15]。如果他们这样做了——如果上帝准许,他们必定这样做——那时节我的赎金便可以很快地征收了。使者,你不必费神,不必再

　　　　　　为赎金而奔波，亲爱的使者，他们得不到赎金，我
　　　　　　发誓，除了这一副骸骨之外。如果我把这骸骨留给
　　　　　　他们，他们得到之后，也不会有什么益处，告诉大
　　　　　　元帅吧。

蒙召爱　　　我遵命，哈利王。那么，拜辞了。永远不会再有使
　　　　　　者来了。〔下〕

亨利王　　　我恐怕你会要再来谈判赎金。

　　　　　　约克上。

约克　　　　陛下，我跪求陛下恩准派我去打先锋。

亨利王　　　由你担任，约克。士兵们，出发!
　　　　　　上帝，今日的胜负，由你决定吧! 〔同下〕

第四景：战场

　　　　　　喇叭鸣。两队人马交驰。一法兵、皮斯图及侍童上。

皮斯图　　　投降吧，狗!

法　　　　　我想你是一位阶级很高的绅士。(Je pense que vous
　　　　　　estes le gentilhomme de bonne qualité.)

皮斯图　　　阶级？ Calen O custure me! [16] 你是绅士吗？你姓甚名
　　　　　　谁？说吧。

法	啊天老爷!
皮斯图	啊田老爷一定是位绅士了。考虑我的话,啊田老爷,请听:啊田老爷,你要死在阔剑的尖上!啊田老爷,除非你给我一笔庞大的赎金。
法	啊,慈悲一点吧!可怜我吧!(prenez miséricorde! ayez pitié de moy!)
皮斯图	一块钱[17]是不行的,我要四十块钱,否则我就要把你的横膈膜从你的喉咙里血淋淋地生扯出来。
法	难道就无法逃离你的掌握?(Est-il impossible d'eschapper la force de ton bras?)
皮斯图	铜钱[18],狗!你这该死的淫荡的山羊,想给我铜钱?
法	啊请饶恕我!(O pardonnez moy!)
皮斯图	你真这样说?是不是一大桶金钱?过来,孩子,用法语问这奴才他名叫什么。
童	听着:你名叫什么?(Escoutez : comment estes vous appellé?)
法	勒飞先生。(Monsieur le Fer.)
童	他说他名叫勒飞先生。
皮斯图	勒飞先生!我要飞他,捶他,追捕他。用法语把这话告诉他。
童	我不知道飞、追捕、捶,用法语怎样说。
皮斯图	让他准备,我要割断他的喉咙。
法	他说什么,先生?
童	他要我告诉你赶快准备,因为这位军人想要立刻割断你的喉咙。(Il me commande à vous dire que vous

faites vous prest; car ce soldat icy est disposé tout à cette heure de couper vostre gorge.)

皮斯图　　是的，割你的喉咙，的确是。(Ouy, cuppele gorge, permafoy.) 乡巴佬，除非你给我金币，亮晶晶的金币，否则我就用这把剑把你砍死。

法　　　　啊！为了上帝的爱，我求你饶了我吧！我是良好家族的绅士，保全我的性命，我给你二百金币。(O! Je vous supplie pour l'amour de Dieu, me pardonner! Je suis le gentilhomme de bonne maison: gardez ma vie, et je vous donneray deux cents escus.)

皮斯图　　他说什么？

童　　　　他求你饶他的命，他是个良好家族的绅士，作为赎金，他愿送你二百金币。

皮斯图　　告诉他，我的怒气会消的，我愿接受他的金币。

法　　　　小先生，他说什么？(Petit monsieur, que dit-il?)

童　　　　又说饶恕任何俘虏乃是违反他的誓约的事，但是，为了你所许下的金币，他愿给你自由，把你开释。(Encore qu'il est contre son jurement de doadonner aucun prisonnier, neantmoins, pour les escus que vous l'avez promis, il est content de vous donner la liberté, le franchisement.)

法　　　　我跪下来向你道一千次谢，我认为我很幸运，落在一位骑士手里，我想他是英格兰的最勇敢最英武最出众的一位贵族。(Sur mes genoux, je vous donne mille remerciemens; et je m'estime heureux que je suis

tombé entre les mains d'un chevalier, je pense, le plus
brave ,valiant, et très distingué seigneur d' Angleterre.)

皮斯图　　给我解释一下，孩子。

童　　他跪下来向你道一千声谢，他认为他很幸运，他落
　　　在一位——他认为——英格兰的最英勇最高贵的绅
　　　士手里。

皮斯图　　我虽然以吸血为生，我也要表示一点慈悲。随我
　　　来！〔皮斯图与法国兵下〕

童　　你 跟 着 这 位 大 营 长 去 吧。(Suivez vous le grand
　　　capitaine.) 我从未听见过这样雄壮的声音发自这样空
　　　虚的心胸，不过俗语说得好，"空洞的器皿能发最大
　　　的声响。"巴多夫和尼姆的勇敢十倍于这个旧剧中的
　　　叫嚣的恶魔，每个人都可以用木刀修剪他的指甲 [19]，
　　　他们两个都受了绞刑，这一个如果敢大胆偷一点什
　　　么，也会被绞死的。我必须和仆役们在一起照顾营
　　　中的行李，法国人若是知道，会对我们偷袭，因为
　　　除了仆役们没有人担任守卫。〔下〕

第五景：战场上另一部分

喇叭鸣。太子、奥利恩斯、布邦、大元帅、朗布雷斯及

其他上。

帅	啊恶魔！（O diable!）
奥利恩斯	啊上帝！失败了，完全失败了！（O seigneur! le jour est perdu! tout est perdu!）
太	我的性命休矣！（Mort de ma vie!）一切都毁了，一切！永恒的耻辱在我们的头上嘲笑我们。啊可恶的命运！你不要逃走。〔短促的喇叭声〕
帅	唉，我们的阵线全都崩溃了。
太	啊永久的耻辱！我们刺死自己吧。这些胜利者就是我们当初掷骰子打赌的那些可怜虫吗？
奥利恩斯	这就是我们当初派人索赎金的那位国王吗？
布邦	耻辱，永恒的耻辱，纯粹的耻辱！我们要死得光荣！回去再战。谁要是不肯跟了布邦去，他就离开这里，手持帽子，像一个下贱的龟奴，给一个不比我的狗高贵多少的奴才把守房门，让他在里面玷污他的最美丽的女儿。
帅	已经把我们毁了的混乱之神，请来照顾我们！我们去把我们的性命集体地奉献上去吧。
奥利恩斯	在战场上我们还有足够的人活着，如果能想出一个办法，仍然可以一涌而上阻止英军的前进。
布邦	什么鬼办法！我上前线去打仗： 生命要短，否则耻辱将要太长。〔同下〕

第六景：战场又一部分

喇叭鸣。亨利王率队伍上；哀克塞特及其他上。

亨利王　　我们打得很好，最英勇的同胞们！但是大功尚未告
　　　　　成，法军仍在固守阵地。

哀克塞特　约克公爵向陛下问安。

亨利王　　他还活着吗，好叔父？在这一小时内我看见他倒下
　　　　　三次，又起来三次再战，从头盔到靴刺他浑身是血。

哀克塞特　勇敢的战士，他血淅淋地躺在那里，用血给土地施
　　　　　肥。在他的血体旁边——他的光荣负伤的伙伴——
　　　　　高贵的萨孚克伯爵也躺在那里。萨孚克先死了，约
　　　　　克，浑身砍伤，爬到他身边，他是整个浸在血泊里
　　　　　的，于是抓着他的胡子，吻他脸上豁着大口的血淋
　　　　　淋的创伤，大声地喊，"等一下，亲爱的萨孚克老
　　　　　弟！我的灵魂要陪着你的一起上天，等一下我的灵
　　　　　魂，然后并肩起飞，就像在这光荣的杀敌致果的战
　　　　　场之上我们亦曾一同尽忠效命一般！"他说了这几
　　　　　句话，我就来了，我并且安慰他。他对我微笑，伸
　　　　　出手来，虚弱地握着我的手说，"亲爱的大人，代我
　　　　　向国王表示我的忠心。"于是他翻过身去，用受伤
　　　　　的胳膊搂着萨孚克的脖子，吻他的嘴唇，于是和死
　　　　　亡缔了盟，用血签署了临终时充满高贵之爱的遗嘱。
　　　　　那可爱的从容的态度迫使我流出了本想忍住的泪水，
　　　　　但是我没有那么多的丈夫气概，我的所有的柔情涌

到了我的眼里，把我交给了泪水。

亨利王 我不怪你，因为，听了你这一番话，我也不能不和模糊的泪眼进行和解，否则眼泪也要流了出来。〔喇叭鸣〕但是听！这是什么新的号角声？法军已经增援他们的零落的残兵，那么每个士兵都把他的俘虏们杀掉吧！把这命令传给全军。〔同下〕

第七景：战场另一部分

喇叭鸣。弗鲁哀伦与高渥上。

弗鲁哀伦 杀死仆童，掠夺行李！这显然是违反交战法规。你现在要注意，这是狡诈的人所能做出的最狡诈的事，你现在凭良心说，是不是？

高渥 的确是，没有留下一个活的仆童，从战场上逃下来的怯懦的恶汉干出了这屠杀的勾当。他们还把国王帐篷里的一切东西连烧带抢，因此国王很公道地下令每个士兵杀死他的俘虏。啊！是一位英勇的国王。

弗鲁哀伦 是的，他是生在玛茅资，高渥营长。亚历山大肥猪所出生的那个城，你叫它做什么名字？

高渥 亚历山大大帝。

弗鲁哀伦 唉，请问，肥猪不就是大吗？肥猪，或是大，或是

伟大，或是庞大，或是宽大，都是一个意思，只是
名词稍有不同。

高渥　　　我想亚历山大大帝是生在马其顿，他的父亲我记得
　　　　　是名叫马其顿的菲力浦。

弗鲁哀伦　我想亚历山大是生在马其顿。我告诉你，营长，如
　　　　　果你看看世界地图，我担保你会发现，把马其顿和
　　　　　玛茅资比较一下，二者的情况正是相同。在马其顿
　　　　　有一条河，在玛茅资也有一条河：在玛茅资的那条河
　　　　　名为魏河，另外那条河的名字我记不起来了，不过
　　　　　没有什么不同，正像我的这些手指和这些手指一模
　　　　　一样，而且两条河里都有鲑鱼。如果你仔细考查亚
　　　　　历山大的生平，玛茅资的哈利的一生和他颇为相似，
　　　　　因为在一切事物之中皆有相同之处。亚历山大——
　　　　　上帝晓得，你也晓得——在他激怒中，在他狂怒中，
　　　　　在他盛怒中，在他愤怒中，在他抑郁中，在他恼恨
　　　　　中，在他愤慨中，还有一点点醺醉中，的的确确，
　　　　　在酒气与怒火支配之下，你要注意，杀死了他的最
　　　　　好的朋友，克赖特斯 [20]。

高渥　　　在这一点上我们的国王不像他，他从没有杀过他的
　　　　　任何朋友。

弗鲁哀伦　你现在要注意，我的故事还没有说完，你就把它从
　　　　　我的嘴里抢了过去，这可不大好。我所说的只是比
　　　　　较其相同之处：亚历山大在杯酒支配之下杀了他的朋
　　　　　友克赖特斯，哈利·玛茅资在他的清晰头脑与良好
　　　　　判断的支配之下也赶走了那个穿凸肚上衣的胖爵士，

他是最会说笑话、揶揄人、恶作剧、讥诮人，我忘了他的姓名。

高渥　　约翰·孚斯塔夫爵士。

弗鲁哀伦　就是他。我告诉你，有好多好人都是生在玛茅资。

高渥　　国王陛下来了。

喇叭鸣。亨利王率一部分英军上；瓦利克、格劳斯特、哀克塞特及其他上。

亨利王　自从我来到法国，直到目前为止，我还不曾发过怒。带一名喇叭手，传令官；骑马到那山上的骑兵阵地：如果他们要和我作战，教他们下来，否则就撤离战场；他们使我看着不舒服。如果既不战亦不退，我就要亲自前去，使他们仓皇遁走，像古代亚述弓弩所射出的石弹一般快。除此以外，我们还要把所有俘虏一律处死，一个也休想得到饶恕。去这样告诉他们。

蒙召爱上。

哀克塞特　法国的使者来了，陛下。

格劳斯特　他的眼色比以往谦逊多了。

亨利王　怎么！这是什么意思，使者？你不知道我已经应允用我这一副骸骨作为我的赎金了吗？你还来讨赎金？

蒙召爱　不是，伟大的国王。我来求你开恩，准许我们巡查这血染的战场，记载我们的死亡，然后埋葬他们，在民兵当中辨认我们的贵族。因为我们有好多位亲贵——现在情形好惨！——浸泡在佣兵的血水里；平民的肢体也同样地被亲王的血水所湿透；他们的负伤的战马在深及距毛的血水里面跳躁，用它们的铁蹄狂踢它们的死去了的主人，再度地杀伤他们。啊！请准许我们，伟大的国王，安全地视察战场，处理他们的尸骸。

亨利王　　我老实告诉你，使者，我不知道胜利是否属于我们，因为你们还有很多骑兵在战场上出现奔驰。

蒙召爱　　胜利是你们的了。

亨利王　　这应该赞美的是上帝，而不是我们的力量！在附近矗立的堡垒叫什么名字？

蒙召爱　　他们称之为阿金谷。

亨利王　　那么我们就称之为阿金谷之役，战于克利斯品节日。

弗鲁哀伦　你的名垂不朽的曾祖父——请陛下原谅——还有你的叔祖威尔斯的黑王子爱德华，我在历史上读到过，在法兰西这里打过一场顶漂亮的仗。

亨利王　　他们是打过，弗鲁哀伦。

弗鲁哀伦　陛下说得很对。如果陛下还记得，威尔斯人在那生长韭菜的园子里确曾建过战功，在他们的玛茅资帽子上佩戴着韭菜。那韭菜，陛下知道的，一直传到今天仍是作战的光荣标志。我相信，陛下到圣大维节日 [21] 也一定不会不屑于佩戴韭菜的。

亨利王　　我要佩戴它，作为荣誉的纪念，因为我是一个威尔斯人，你知道吧，老乡。

弗鲁哀伦	魏河所有的水也不能把陛下的威尔斯的血液从你身上冲洗掉[22]，这是我敢告诉你的。愿上帝祝福那血液，并且保佑那血液，只消上帝大人，上帝陛下，愿意那样做！
亨利王	多谢你，老乡。
弗鲁哀伦	耶稣在上，我是陛下的老乡。我不怕任何人知道这件事，我愿向全世界承认这件事：我无须为了陛下而感到惭愧，让我们赞美上帝吧，只消陛下是个诚实的人。
亨利王	愿上帝使我长久如此！我们的传令官们和他一同去：把双方死亡数目给我作一正确的报告。把那个人喊过来。〔指威廉斯。蒙召爱及其他下〕
哀克塞特	军人，你去见国王。
亨利王	军人，你为什么在你的帽子上戴着那只手套？
威廉斯	请陛下恕罪，那是一个人的信物，我要向他决斗的，如果他还活着。
亨利王	是一个英国人吗？
威廉斯	请陛下恕罪，是一个坏蛋，昨晚向我夸口乱说。如果他还活着，敢来指认这只手套，我是已经发誓要打他一个耳光的；或者，如果我能看到我的手套在他的帽子上——他曾以军人身份发誓说他如果活着他必定佩戴的——我就要狠狠地把它打落。
亨利王	你以为如何，弗鲁哀伦营长？这位军人是否宜于保持他的誓言？
弗鲁哀伦	凭我的良心，请陛下恕我直言，如不保持誓言他便

是一个懦夫一个恶汉。

亨利王　也许他的对手方是地位相当高的士绅，不肯接受他那种阶级的人的挑战。

弗鲁哀伦　纵然他的士绅的身份比得过恶魔，像路西佛和贝尔兹勃本人一般，陛下要注意，他也必须保持他的誓约和誓言。如果他背誓，你现在要注意，他的名誉便是和任何用脏脚在上帝的地面走过路的坏蛋一般的声名狼藉，凭我的良心，哼！

亨利王　那么你就保持你的誓言，伙计。等你遇到那个人的时候。

威廉斯　只要我活着，我是要这样做的，陛下。

亨利王　你在谁的部下？

威廉斯　在高渥营长部下，陛下。

弗鲁哀伦　高渥是个好营长，深通兵法，熟谙战史。

亨利王　喊他到我这里来，军人。

威廉斯　遵命，陛下。

亨利王　过来，弗鲁哀伦，你替我佩戴这个纪念物，放在你的帽子上。我和阿兰松[23]一起倒地的时候，我从他的盔上扯下了这只手套，若是有人前来指认，他必是阿兰松的朋友，亦即是我的敌人。你若是通到这样一个人，捉住他，如果你是爱我。

弗鲁哀伦　陛下所赐乃是万千臣民心中想望的最大的荣誉。我愿见见这位只有两条腿的人，他为了这只手套会要吃点苦头，如是而已，但是我很想能会到他，愿上帝准许我见到他。

亨利王　　　你认识高渥吗?

弗鲁哀伦　　他是我的好朋友，陛下。

亨利王　　　请你去找他，把他带到我的帐篷来。

弗鲁哀伦　　我去找他。〔下〕

亨利王　　　瓦利克大人、格劳斯特老弟，紧跟着弗鲁哀伦去。
　　　　　　我给他的当作纪念物的那只手套可能为他招来一记
　　　　　　耳光，那乃是那个军人的，按照约定应该由我自
　　　　　　己佩戴。跟了去，好瓦利克老弟，如果那军人打
　　　　　　他——依我看，他的态度很耿直，他会施行他的诺
　　　　　　言——会发生突然的意外事件，因为我知道弗鲁哀
　　　　　　伦是勇敢的，激怒起来，性烈如火药，会很快地回
　　　　　　手伤人，跟了去看看不要教他二人之间发生什么意
　　　　　　外。你和我去，哀克塞特叔父。〔同下〕

第八景：亨利王帐篷前

高渥与威廉斯上。

威廉斯　　　我担保是要晋封你为爵士了，营长。

弗鲁哀伦上。

弗鲁哀伦　　上帝的意旨，营长，我请你现在赶快到国王那里去。

那里也许对于你有你所梦想不到的好处。

| 威廉斯 | 先生，你认识这只手套吗？ |

弗鲁哀伦　认识这只手套！我认识这只手套是一只手套。

威廉斯　我认识这一只，我就这样地来指认。〔打他〕

弗鲁哀伦　该死！这简直是全世界，全法兰西，全英格兰，最可恶的一个叛徒。

高渥　怎么了，先生！你这坏人！

威廉斯　你以为我会背弃我的誓言吗？

弗鲁哀伦　站开，高渥营长，我要给叛逆以应得的打击，我担保。

威廉斯　我不是叛徒。

弗鲁哀伦　你完全是说谎。我以国王的名义命令你，把他拘捕起来：他是阿兰松公爵的一个同党。

瓦利克与格劳斯特上。

瓦利克　怎么了，怎么了？是什么事？

弗鲁哀伦　瓦利克大人，这里有——为了这个我们赞美上帝吧——有一桩最骇人听闻的叛逆行为被发现了，你要注意，这是你在一个漫长夏季天所能发现的最骇人听闻的事。

亨利王及哀克塞特上。

亨利王　怎么了！什么事？

弗鲁哀伦　陛下，这里有一个恶汉，一个叛徒，请陛下注意，他打落了陛下从阿兰松盔上取下的那只手套。

威廉斯　　　陛下，这是我的手套，这是同样的另一只，我和他交换的那一个人，曾作诺言把它戴在他的帽子上。我也曾作诺言，如果他戴上，我就揍他。我遇到了帽上戴我手套的这个人，于是我就照着我的诺言行事决不含糊。

弗鲁哀伦　　陛下请听——原谅我说句粗鲁的话——这是多么荒谬、下流、卑鄙、腥齪的一个奴才。我希望陛下为我作证，为我见证，为我保证，这是陛下给我的阿兰松的手套，现在凭你的良心。

亨利王　　　把你的手套给我，军人。看，这是同样的另一只。老实说，你作诺言要揍的是我；而且你还对我说了些极难听的话。

弗鲁哀伦　　请陛下裁决，让他引颈受戮吧，如果世上还有所谓军法。

亨利王　　　你将怎样对我赔罪？

威廉斯　　　一切的罪，陛下，皆由心生：我的心中从来没有冒犯陛下之意。

亨利王　　　你的确侮辱了我本人。

威廉斯　　　陛下来的时候并未显露本来面目，我以为你不过是一平民。那夜晚可以作证，你的服装，你的猥琐的样子，陛下在那个形状之下所受的误会，我请求你，你要归罪于你自己的过失，莫要怪我。因为你若真是我所误认的那样一个人，我并没有任何冒犯之处，所以，我求陛下，饶恕我。

亨利王　　　过来，哀克塞特叔父，把这只手套装满了银币，送给这个家伙。你收下吧，弟兄，把它戴在你的帽子上作为一种荣誉，直到有一天我来向你挑战。把银币给他，营长，你必须与他和好。

弗鲁哀伦　我指天日为誓，这家伙肚皮里倒是真有骨气。拿着吧，这是给你的十二便士，我愿你奉侍上帝，不要和人争执、吵架、斗嘴、冲突，我敢保这样会对你有益的。

威廉斯　我不要你的钱。

弗鲁哀伦　这是好意。我可以告诉你，你拿去可以修补你的鞋子。来，为什么你要这样害羞？你的鞋子不大好了。这是真的一先令，我敢保，错了管换。

一英国传令官上。

亨利王　传令官，死亡的人数算清楚了吗？

传　这是被杀死的法国人的数目。〔呈清单一纸〕

亨利王　有什么阶级高的俘虏被捕，叔父？

哀克塞特　法王的侄儿奥利恩斯公爵查理斯、布邦公爵约翰、布西科爵士，除了平民之外足足有一千五百名大小贵族和正规的与候补的骑士。

亨利王　这清单上说有一万个法国人在战场上被杀：其中亲贵与携有勋旗而死在战场上的有一百二十六名；此外，骑士、侍卫与英勇的士绅，有八千四百名，其中有五百名是昨天才晋封为骑士的。所以，在他们损失的一万人当中，佣兵只占一千六百之数，其余的全是亲王、贵族、爵士、骑士、侍卫，以及门第高贵的士绅。他们阵亡的贵族的衔称是：查理士·德拉布莱兹，法兰西大元帅；沙提雍的杰克，法兰西舰队司令；弓弩手统领，朗布雷斯爵士；法兰西义勇军团团长，骁勇的吉沙窦番爵士；阿兰松公爵约翰；布拉邦公爵安东尼，勃根第公爵的弟弟，还有巴尔公爵爱德华。至于强悍的伯爵们，有格朗普雷与罗西，孚康伯与傅洼，鲍蒙与马尔，孚德蒙与李斯特拉。好大一批的显贵同归于尽！我们英方死亡的数字呢？〔传令官呈上另一清单〕约克公爵爱德华、萨福克伯爵、利查·开特雷爵士、侍卫大维加姆[24]，再没有别的有地位的人了。其他死者一共也不过二十五人[25]。上帝啊！你在这里显了神威，一切我们不敢居功，只能归功于你的神威。没有任何机谋，只凭公平的对杀对打，几曾听说过一方面损失如此之巨，另一方面损失如此轻微？接受这战果吧，上帝，这完全是属于你的。

哀克塞特　真是太好了！

亨利王　来，我们列队向村庄进发[26]！向我们全军通告，凡夸耀这场胜利或夺取唯有上帝方有资格享受的赞美者，一律处死。

弗鲁哀伦　请陛下原谅，讲述死亡人数算是违法吗？

亨利王　可以讲的，营长，但是须要承认是上帝帮助我们作战的。

弗鲁哀伦　是的，我凭良心说，上帝帮了大忙。

亨利王　我们来作礼拜吧。我们合唱 Non nobis 和 Te Deum[27]，死者要遵礼掩埋。

然后我们到卡雷，再到英格兰，

从法兰西不曾来过更盛大的凯旋。〔同下〕

注　释

[1]"营里的志愿军"（a gentleman of a company），按英国军制，陆军以营（company）为单位，营设营长（captain），营长受命征兵一百人，领饷时得扣取百分之十，流弊甚大。最好的兵士是志愿兵，出征时如有利可图，志愿兵从不缺乏。知名之贵族有时且自募兵丁志愿从军。此处所指，是在某一营中之志愿军。

[2]步兵用矛，作为抵拒马队之用，矛甚笨重，常手提矛之上端，任木柄拖在地上。此语等于是问："你是否步兵？"

[3]国王生于威尔斯边境之 Monmouth，但并无威尔斯人血统。

[4]圣大维是威尔斯的护国神，其节日在三月一日。韭菜是威尔斯的国家象征。弗鲁哀伦喜于此节日在帽上佩戴象征国家的韭菜。阿金谷战役是在十月二十五日，距圣大维节甚远。Deighton 注云："皮斯图很愚蠢地威吓着要抓下弗鲁哀伦帽上的韭菜，用以敲打他的头，好像那是很有分量的木棍一般。"

[5]庞沛（Pompey）是朱利阿斯·西撒之前的罗马主要大将。耶鲁本编者注云："弗鲁哀伦错误了，因为庞沛的 Pharsalia 前的军营是著名的漫无纪律。"

[6]此处原文有三点值得注意:（一）法军方面人数众多，远超过英国

人;（二）crown 双关语，可作"人头"解，亦可作"法国钱币"解；
（三）以刃削币之边缘，窃取金屑谋利，乃犯死罪之行为。

[7] 利查二世于一三九九年在 Pontefract 被囚时遇害，草草殓葬于
Hertforshire 之 Langley，后改葬于西敏寺，举行隆重典礼。

[8] 这行和下面二行费解。大概有两种讲法，一是指放马奔驰，经过风
火水土四种地境，Deighton 及威尔孙均作此解。一是指马身内有风火
水土四种原质，水与土性混浊，风与火性轻灵，马停顿时似水与土，
驰骤时似风与火。四种原质之外尚有"天"，为另一种更高贵的原质。
持此说者有 New Clarendon 编者及 Hardin Craig，译者倾向于第二说。

[9] 原文 dare the field 是放鹰捕猎的术语，鹰在天空能使鸟吓昏不能起
飞，猎者可随手擒来，毫不费力。

[10] 昔日蜡烛台常作披甲的人体形，伸臂举着当作蜡烛座用的长矛。

[11] 第一对折本作 guard，作"卫兵"解，近代编本多改为 guidon，为
大旗之意。牛津本保留原文未改。按何林塞《史记》所载：借喇叭上
之小旗者为 Duke of Brabant，并非是大元帅。

[12] 韦斯摩兰之次子娶骚兹伯来之女为妻，故为亲家。

[13] Crispinus 与 Crispianus 弟兄二人从罗马到法国之 Soissons 传基督教，
因不愿受人供养，作鞋匠以自给，后被发现，一说于三〇三年被斩首，
一说于二八七年被投入熔化铅液的锅内，后世奉为鞋匠之呵护神，定
十月二十五日为纪念节日。阿金谷之战发生于一四一五年十月二十五
日。莎士比亚将兄弟二人混为一人。

[14] in fresher robes 费解。在夜晚之前穿新装，只有强剥法国士兵服
装之一途。故有人提议改下文之 or 为 for。Deighton 解释云："他们想
要穿新衣服，如不可得，则实逼处此，只好从法国兵身上剥取。"New
Clarendon 本注云：i. e. those to be surrendered by the French. 并未解决困

难。威尔孙注云: i. e. in Heaven; cf. Rev. vii, 9 似牵强。

[15] 仆役所穿之制服，被解雇时例需脱下。此处喻法国士兵为被解雇之仆役。

[16] 此句据说是爱尔兰文，义为 Young maiden, my treasure，可能是当时一流行歌曲的重叠句，在此地无意义可言。第一对折本原文是 calmie custure me，牛津本采 Malone 的改笔。据 Boswell 说: Callino castore me 是一首古代爱尔兰歌，此数字意义为 "Little girl of my heart for ever and ever."

[17] 皮斯图误以为 moy 是钱币的名称，事实上无此钱币。

[18] 皮斯图误 bras 为 brass。

[19] 旧时的奇迹剧或道德剧中的恶魔是一个叫嚣怯懦的角色，常威胁着用木片刀修剪他的指甲，因为他的指甲是需要又尖又长的。他的一个老搭档是"罪恶"，有时也威胁着要修剪他的指甲。

[20] 克赖特斯（Cleitus）为亚历山大部下大将，曾救过亚历山大的性命，被亚历山大在酒醉中所杀。

[21] 圣大维节日（St. David's day），是纪念纪元五四〇年三月一日威尔斯人战胜萨克逊人。大维是威尔斯的保护神，详见注 [4]。

[22] 亨利的曾祖母是一位威尔斯的公主。伊利沙白女王本人是 Owen Tudor 之后，他是威尔斯人，娶了亨利的寡妻卡萨琳王后。

[23] 亨利被阿兰松公爵（Duke of Alencon）击倒在地，但是苏醒过来，连杀公爵侍从二人。阿兰松后被国王卫士所杀，非王之本意也，王意欲保留其性命。这是根据何林塞的《史记》。近代历史家不信亨利与阿兰松曾有单独战斗之事。

[24] Davy Gam 原名 David ab Llewelyn，绰号 Gam（= the squinting, 斜眼的人），曾自备资斧雇用三名弓箭手随军到阿金谷。亨利王命他探敌

军人数，他复命说，"够我们杀的，够我们捉的，够他们逃的。"在战场上曾救亨利王之性命。

[25] 英法双方阵亡人数悬殊，确系事实，因法军在池沼地带使用重甲军团集体进攻未能突破英方配有弓箭手之坚强阵线，故法方损失一万人（最近估计约为七千人），英方损失最近估计约为四百至五百（一说为一千二百），所谓英方损失仅有二十九人之说自系夸张之词。

[26] 此村庄为 Maisoncelles。

[27] Non nobis 即拉丁文 Vulgate 本之圣诗 Psalm cxv："Non nobis, Domine, non nobis, sed nomini tuo da gloriam."（="Not unto us, O Lord, not unto us, but unto thy name give the praise.""不要给我们，上帝啊，不要给我们，赞美应该归于你的名下。"）Te Deum 乃古代基督教赞诗，起句为 Te Deum laudamus（=We praise thee, O God."上帝啊，我们赞美你！"）。

第　五　幕

剧情说明人上。

对于尚未读过这故事的列位，请准我给他们作一提
示；至于业已读过的列位，我诚恳地请求他们体谅在
时间上、在人数上、在剧情发展过程上的删减 [1]，因
为按照实际的庞大的规模那是无法在这里上演的。现
在我们把国王送到了卡雷，姑认为他是在那里了。在
那里看到他之后，请把他高举在你们的想象的双翼之
上，飞渡海峡。看啊，英国海岸上的老幼妇孺，围立
如堵，欢呼鼓掌之声掩盖了波涛的雷鸣，那波涛有如
一位雄壮的导引官，走在国王前面为他开路：那么就
让他登陆，看他堂堂地向伦敦进发。想象力走得飞
快，现在你们可以想象他已到了黑原 [2]。在那里他的
属下要把他的破损的盔和他的缺刃的剑高高举起走在

前面进入市区。他不准，因为他没有虚荣之心和骄矜之气，全部的胜利，包括胜利的标志与仪式在内，一律不敢自己占有，完全送给上帝。但是现在看啊，在想象力迅速制炼之中，伦敦的市民倾城而出了。市长和他的同僚都盛装起来，像是古罗马的元老们一般，率领着成群的平民，走出来迎接胜利的西撒回国。再举一个规模较小而性质相同的例子，如果我们的仁慈女皇手下的那一员大将 [3] 现在——很可能就在现在——从爱尔兰回来，剑挑着叛逆的头颅，平静的城里面要有多少人出来欢迎他啊！他们之欢迎这位哈利，人数多得多，理由也大得多。现在我们把他放在伦敦，法人新败之余举国哀痛，使得英王只好留在国内——于是神圣罗马皇帝为法人说项前来给他们讲和——直到哈利重复回到法国为止，其间发生的一切事故都略去不表。我们把他又带到法国，其间经过由我一语带过，算是向诸位交代明白了。

简略之处请多多地包涵，

追随想象，举目向法国看。〔下〕

第一景：法兰西。英军守卫室

弗鲁哀伦与高渥上。

高渥	不，那是不错的。不过你为什么要在今天佩戴韭菜呢？圣大维节日已过。
弗鲁哀伦	一切事物都有其所以然的动机与原因，我把你当朋友，高渥营长，所以我要告诉你。那个下流的、肮脏的、卑贱的、龌龊的、说大话的奴才，皮斯图——这个人你和你自己和全世界的人都知道不是好东西——你现在要注意，此人无一长可取，他昨天来送面包和盐给我，你要注意，他居然让我吞食我的韭菜。在那个地方我不便和他争吵，但是我仍要把韭菜佩戴起来，等着再见他一面，然后我要略为教训他一番。
高渥	噫，他来了，飞扬浮躁得像一只火鸡。

皮斯图上。

弗鲁哀伦	他飞扬浮躁，他像火鸡，都没有关系。上帝保佑你，旗手皮斯图！你这卑鄙龌龊的奴才，上帝保佑你！
皮斯图	哈！你疯了吗？下贱的奴才，你渴望由我来剪断你的生命之线吗？滚开！我闻到韭菜味就恶心。
弗鲁哀伦	我诚恳地请求你，卑鄙龌龊的奴才，根据我的要求，我的请求，我的乞求，请你吃下这韭菜，因为，你要注意，你不喜欢它，你的嗜好你的口味你的肠胃也都不适于它，所以我要你吃它。
皮斯图	就是把卡瓦拉德和他所有的山羊[4]都给了我，我也不干。
弗鲁哀伦	〔打他〕这就是给你的一只羊。劳您的驾，卑鄙的奴

才，把它吃下去吧？

皮斯图　　　　贱奴，你要死了。

弗鲁哀伦　　　你说得很对，卑鄙的奴才，上帝要我死的时候我自
　　　　　　　然会死。目前我要你活着吃东西，来，给你加一点
　　　　　　　酱汁。〔再打他〕你昨天喊我为山地老倌，我今天要
　　　　　　　你成为一个低级侍卫。我请你，开始吃吧。你能嘲
　　　　　　　弄韭菜，你当然也能吃下韭菜。

高渥　　　　　够了，营长，你已经把他弄得目瞪口呆了。

弗鲁哀伦　　　我说，我要教他吃下我的一点韭菜，否则我要把他
　　　　　　　的脑袋敲打四天。咬啊，我请你，对于你刚受的伤
　　　　　　　和流血的头是都有益处的。

皮斯图　　　　我非咬不可吗？

弗鲁哀伦　　　是的，一定要，而且是毫无疑问，并且毫无问题，
　　　　　　　毫无疑义。

皮斯图　　　　凭此韭菜发誓，我要顶严厉地报复。我吃我吃，我
　　　　　　　发誓——

弗鲁哀伦　　　吃，我请你，你还想给你的韭菜再加上一点酱汁
　　　　　　　吗？没有多少韭菜够你拿来发誓的。

皮斯图　　　　停住你的棍子，你看我是在吃。

弗鲁哀伦　　　希望对你有好处，卑鄙的奴才，我诚恳地希望。不，
　　　　　　　请你一点也别丢掉，皮对你的破脑袋有好处。以后
　　　　　　　你有机会看到韭菜，请你，嘲弄它。我没有别的要
　　　　　　　求了。

皮斯图　　　　很好。

弗鲁哀伦　　　是的，韭菜是很好。拿着吧，这是给你的脑袋养伤

用的一块钱。

皮斯图　　　给我一块钱！

弗鲁哀伦　　是的，的的确确是的，你非拿不可，否则我的袋里
　　　　　　还有一棵韭菜，你必须吃下去。

皮斯图　　　我接受你那一块钱，作为报复的定金。

弗鲁哀伦　　如果我欠你点什么，我将用棍子偿还你：你要做木材
　　　　　　商，只是从我这里买棍棒。上帝与汝同在，保佑你，
　　　　　　医治你的脑袋。〔下〕

皮斯图　　　为了这个非彻底大闹一番不可！

高　渥　　　算了，算了，你是一个冒充好汉的怯懦的奴才。一
　　　　　　项古老的传统，其起源是光荣的，其佩戴乃是为纪
　　　　　　念久已死去的勇者，你竟愿加以嘲弄而又不敢以行
　　　　　　为来保证你的语言吗？我看见你接二连三地讥讽嘲
　　　　　　骂这位先生。你以为他不会说流利的英语，便也不
　　　　　　会挥动一根英国的棍子，你发现不是这样的。此后
　　　　　　让这一番威尔斯的惩罚给你以教训，使你养成一种
　　　　　　良好的英国的品格吧。再会了。〔下〕

皮斯图　　　现在命运女神遗弃我了吗？我得到消息，我的奈尔
　　　　　　患花柳病死在医院里了[5]，我的退路已经断绝了。我
　　　　　　是老了，疲惫的肢体由人殴打，体面无存。好，我
　　　　　　去做龟奴，附带着做个扒手。我要偷偷地到英格兰，
　　　　　　到那里去偷。
　　　　　　我在这些伤疤上贴一些布片，
　　　　　　硬说是法国战争归来的伤患。〔下〕

第二景：香槟省之脱洼。法国王宫内一室

亨利王、白德福、格劳斯特、哀克塞特、瓦利克、韦斯
摩兰及其他贵族自一边上，法国国王、王后伊萨白尔、
卡萨琳公主、阿丽斯及其他贵妇；勃根第公爵及其侍从
等，自另一边上。

亨利王　让这会谈充满了和平吧，因为我们是为讲和而来
　　　　的！对于法王吾兄和王后吾嫂，我谨祝健康愉快；还
　　　　有我的最美丽的公主卡萨琳，我祝你快乐；勃根第公
　　　　爵，我要特别向你致意，你是这个王族的一员，这
　　　　次盛会是由你筹划成功的；法国的诸位亲王贵族们，
　　　　我祝大家健康！

法王　　我见到你非常高兴，我的最高贵的兄弟英格兰国王。
　　　　今日之会实在幸运。我也同样地欢迎你们，英格兰
　　　　的各位亲贵。

后　　　英格兰国王兄弟，我们今日既然是如此高兴地见你，
　　　　今日恳切会谈的结果一定也会非常顺利。你的一双
　　　　眼睛，一向是对着法国人怒目而视，目光所及就像
　　　　是致人于死的炮弹一般 [6]，我希望这种毒恶的目光
　　　　已经失去毒性，今天能把一切的苦恼与争端化为一
　　　　团和气。

亨利王　我今天来，也正是这个想法。

后　　　你们诸位英国的亲贵，我向你们敬礼。

勃根第　我以同等的爱向你们二位致敬，伟大的法兰西国王

和英格兰国王！我殚精竭虑地把二位陛下邀在这里
相会，二位一定可以鉴察我的苦心。我的任务既已
达成，你们二位亦已面对面地互相问候，请不要怪
罪我，我要在二位驾前询问一声，有什么故障，有
什么阻碍，为什么那赤贫的、可怜的、任人宰割的
"和平"，原是技艺繁荣与欢欣的保姆，不能在这世
界上最好的花园，我们的富庶的法兰西，抛头露面
呢？哎呀！她被赶出法兰西实在已经太久了，她的
耕耘所得，成堆地弃置在那里，丰硕的成果任由其
自行腐烂。她的葡萄，最能鼓舞人心，因未加修剪
而死了；她的编插匀整的篱笆，像是毛发鬅松的囚
徒，抽出了凌乱的枝条；毒麦、莠草、荒蔓的胡延
索，在她的未耕的田地上长得根深蒂固，而应该用
以芟除芜秽的犁头却在生锈。那平坦的草原，一向
生长着带斑点的野樱草、地榆和绿的苜蓿，只因没
有镰刀刈割，变得荒芜不治，如今与懒惰结缘，除
了可厌的酸模、粗陋的紫蓟、空茎、针球，不生长
任何东西，既不美观，亦无实用。我们的葡萄园、
休耕地、草原、篱笆，固然是因变质而荒芜，而我
们的家人，我们自己，和孩子们，也同样地荒废了，
或是没有功夫去学习，那些足以使我们的国家增光
的学识，一个个变得像是野蛮人——军人任事不做
只想杀人流血当然要变为野蛮人的——动辄赌咒骂
人，怒目相视，服装不整，一切皆不正常。今日你
们在此相会，就为的是要把这些恢复到以往的形态，

	我说这番话的意思就是我想知道有什么障碍使得温柔的"和平"不能排除困难，把她以前的福佑赐给我们。
亨利王	勃根第公爵，如果你要和平，缺了和平就要招致你所提出的缺憾，那么你一定要以同意我的全部正当要求为代价，来赎买那和平。我的要求之纲要与条款早已简单列出送交在你手上了。
勃根第	这些要求，国王已经听说了，现在还未作答。
法王	那些条款我只是约略地看过，如果您同意的话，现在就派定几位大臣和我们再行会商，更仔细地研讨那些条款，我会立刻提出我们所决定采纳的答复。
亨利王	老兄，我照办。去，哀克塞特叔父、克拉伦斯弟弟，还有你们几位，格劳斯特老弟、瓦利克与亨丁顿，随同这位国王去。关于我的要求以内或以外的任何条款，你们有全权批准、增列、改动，只要你们能明察确实有利于我的威望，事后我会同意盖章的。美丽的嫂夫人，你愿随诸位大臣去，还是和我留在这里？
后	我的仁兄，我和他们去。琐细的条款双方坚持不下的时候，也许一个女人说句话有些益处。
亨利王	把卡萨琳公主留下陪我吧，她乃是我的主要的要求，是和议条款顶重要的一项。
后	她可以留下。〔除亨利王、卡萨琳与阿丽斯之外，众下〕
亨利王	美丽的卡萨琳，最美丽的！你肯不肯教一个军人说

话，说那种女人听得入耳的话，诉说衷情打动她的
芳心的话？

卡萨琳　　陛下会要笑我的，我不会说你们的英语。

亨利王　　啊美丽的卡萨琳！如果你用你的法国的心来完全地
爱我，我会很高兴听你用不完全的英国语言来承认
你爱我。你喜欢我不，凯特？

卡萨琳　　原谅我（Pardonnez moy），我不知道什么叫做"喜
欢我"。

亨利王　　天使像你，凯特，你像天使。

卡萨琳　　他说什么？说我像天使？（Que dit-il? que je suis
semblable à les anges?）

阿丽斯　　是的，的确是的，请原谅，他是这样说的。（Ouy,
vrayment, sauf vostre grace, ainsi dit-il.）

亨利王　　我是这样说的，亲爱的卡萨琳，我这样说并不觉得
应该脸红。

卡萨琳　　好上帝啊！（O bon Dieu! les langues des hommes sont
pleines des tromperies.）

亨利王　　她说什么，小姐？是说人们的话充满了欺骗吗？

阿丽斯　　是的，人们的话充满了欺骗。这就是公主说的。

亨利王　　公主的英语比你说的还要好些呢[7]。老实说，凯特，
我的求爱的话是很容易令你了解的，我很高兴你的
英语不太好，因为，如果你能说更好的英语，你会
要发现我是一个很质朴的国王，你会以为我是卖掉
田地买一顶王冠的呢。我作爱不会扭捏作态，只能
直说"我爱你"。那么，如果你逼我于"你真的爱我

吗？"之外再说一句别的话，我就词穷了。回答我，请回答我，然后就击掌为定[8]。你以为如何，小姐？

卡萨琳　请原谅，你的意思我是很了解的。

亨利王　真的，如果你要我为了你而作诗跳舞，凯特，那你是令我受窘了：讲到作诗，我既无词藻，又无节奏；讲到跳舞，我跳起来腿上没有劲儿，虽然我有相当大的力气。如果靠了比赛跳蛙，或是靠了浑身披挂纵身上鞍的本领，就能赢得一位小姐，不是我夸口，我可以很快地赢得一位妻子。如果我为了爱情而打斗，或是为了赢得她的欢心而上马驰骤，我能杀人如屠夫，我能像一只猴子似的稳坐在马背上，永不滑落下来。但是，当着上帝，凯特，我不能露出一副苍白的面孔，也不能半吞半吐地喋喋不休，也不会花言巧语。我只会干脆发誓，我不被人逼急从不发誓，发誓之后怎样逼我我也不会背誓。如果你能爱这种性格的人，凯特，他的脸是不值得再晒黑的，他从不曾顾影自怜，那么就看你的眼力用什么手段来处理这一副容貌吧。我的话是一个军人的老实话：如果你能因此而爱我，接受我；如果不能，我告诉你说我将要死，那是真的，但是为了你的爱而死，上帝作证，绝无其事，不过我还是爱你。你在有生之年，亲爱的凯特，接受一个朴实而真诚的人吧，他一定能善待你，因为他没有在别处献殷勤的本领，那种能说善道的人，固然能写诗作歌的讨女人的欢心，也常找到借口遗弃她们。什么！说话即是饶舌，

诗篇即是歌谣。一条好看的腿也会变细，挺直的腰
会弯，黑胡子会变白，卷发的头颅会变秃，漂亮的
面孔会枯萎，充实的眸子会塌陷，但是一颗好的心，
凯特，却像太阳和月亮；也可说，像太阳，而不像
月亮，因为它长久照耀，永不改变，确保它的轨迹。
如果你愿要这样的一个人，就要我吧。要我，便是
要一个军人，要一个军人，便是要一个国王。你对
于我的爱有何话说？说呀，我的好人，我诚恳地乞
求你。

卡萨琳　　　我爱一个法兰西的敌人，这是可能的吗？

亨利王　　　不，你去爱一个法兰西的敌人，那是不可能的，凯
特。但是，你若爱我，你便是爱法兰西的一个朋友，
因为我很爱法兰西，即使是一个小小村庄我也舍不
得放弃，我要全都据为己有。凯特，等到法兰西属
了我，而我又属了你，那时候法兰西也是你的，你
也是我的了。

卡萨琳　　　我不明白那是怎么回事。

亨利王　　　不明白，凯特？我用法语来告诉你，我知道法语会
缠着我们的舌头像是新婚妻子搂着丈夫脖子一般
的难解难分。Je quand sur le possession de France, et
quand vous avez le possession de moy（等我占有了法
国而你占有了我的时候）——让我想想，往下怎么
说？圣丹尼斯 [9] 来帮我吧——donc vostre est France,
et vous estes mienne.（那么法国是属于你而你又属于
我了。）对于我来讲，凯特，说这么多的法语就和征

　　　　　　服这个国家一样的难：我再也不用法语和你谈话了，
　　　　　　除非是有意博你一笑。

卡萨琳　　　Sauf vostre honneur, le Francois que vous parlez est
　　　　　　meilleur que l'Anglois lequel je parle.（请原谅，你的
　　　　　　法语比我的英语要好些。）

亨利王　　　不，真的，那不见得，凯特。不过你说我的语言，
　　　　　　我说你的，的确是不大高明，必须承认是所差无几。
　　　　　　但是，凯特，这一点英语你总能听懂，你爱我不？

卡萨琳　　　我不知道。

亨利王　　　你的邻人能知道吗，凯特？我去问问他们。来，我
　　　　　　知道你是爱我的，晚间你回到闺房，你就会和这位
　　　　　　小姐谈论我。而且我知道，凯特，我之最讨你喜爱
　　　　　　的地方你一定会对她说些不恭维的话，但是，好凯
　　　　　　特，请你嘴下留情，亲爱的公主，因为我爱你爱得
　　　　　　太凶了。如果你终于属了我，凯特——我有绝对的
　　　　　　自信你一定会属于我——我是经过战斗才得到你的，
　　　　　　所以你一定会成为一位孕育军人的良母。你我二人，
　　　　　　在圣丹尼斯和圣乔治的共同保佑之下，要不要生出
　　　　　　一个男孩，一半法国的，一半英国的，有一天跑到
　　　　　　君士坦丁去揪土耳其大皇帝的胡子 [10]？我们要不
　　　　　　要？你赞成不，我的美丽的百合花？ [11]

卡萨琳　　　这个我不知道。

亨利王　　　不，这个以后才能知道。但是现在要答应：请你现在
　　　　　　就答应，凯特，你将为这样一个孩子的你的法国那一
　　　　　　部分而尽力，至于我的英国那一部分，你可以相信一

　　　　　　个国王并且是一个青年武士的诺言。你怎样回答，世
　　　　　　界上最美的卡萨琳，我的很亲爱的并且神圣的女神？
　　　　　　（ la phus belle Katharine du monde, mon très cher et divine
　　　　　　déesse?）

卡萨琳　　　陛下有足够的蹩脚法语去欺骗全法国最聪明的姑娘。

亨利王　　　啊，我的蹩脚法语真是要不得！我以名誉为誓，以
　　　　　　纯正的英语来说，我爱你，凯特！我可不敢以名誉
　　　　　　为誓来说你爱我，可是我的本能却在阿谀我说，你
　　　　　　是爱我的，虽然我的相貌不扬。我的父亲真不该有
　　　　　　那样大的野心！父亲使我成胎的时候，他是正在想
　　　　　　着内战 [12]，所以我生就了一副粗糙的外表，有铁一
　　　　　　般的脸色，我向小姐们求爱的时候会吓坏她们。但
　　　　　　是，老实讲，凯特，我年纪再大一些，我会变得好
　　　　　　看一些，我的安慰是，那毁坏美貌的老年不能再糟
　　　　　　蹋我的脸了。如果你得到我，你是在我坏得不能再
　　　　　　坏的时候得到我；如果你享受我，你会觉得我越来越
　　　　　　好。所以告诉我吧，美丽的卡萨琳，你要不要我？
　　　　　　收起你的处女的羞怯，以皇后的神情来宣布你心里
　　　　　　的情思吧。拉着我的手，说"英格兰的哈利，我是
　　　　　　属于你了"。我一听到你说出这句话，我就要大声
　　　　　　地告诉你——"英格兰属于你了，爱尔兰属于你了，
　　　　　　法兰西属于你了，亨利·普兰塔真奈属于你了。"那
　　　　　　个亨利，我虽然是当着他的面说，如果他不等于一
　　　　　　个最好的国王，你会发现他是在好人之间可以称王。
　　　　　　来，用你的那种破音乐给我一个回答，因为你的声

音是音乐，你的英语是破的，所以，众人景仰的女
王，卡萨琳，用破英语对我说破你的心事吧：你要不
要我？

卡萨琳　这要看我的父王是否愿意。

亨利王　不，这会令他很高兴的，凯特。他一定会高兴的，
凯特。

卡萨琳　那么我也就满意了。

亨利王　你既这样说，我吻你的手，我称你为我的后。

卡萨琳　不要，陛下，不要，不要！我不愿你因为吻你的卑
下的仆人的手而降低你的身份。请你原谅我，我
的最有权势的主上。(Laissez, mon seigneur, laissez,
laissez! Ma foy, je ne veux point que vous abaissez vostre
grandeur, en baisant la main d'une vostre indigne
serviteure : excusez moy, mon très puissant seigneur.)

亨利王　那么我吻你的嘴唇，凯特。

卡萨琳　妇女在婚前与人接吻，法国没有这种风俗。(Les
dames, et demoiselles, pour estre baisées devant leur
noces, il n'est pas la coutume de France.)

亨利王　翻译小姐，她说什么？

阿丽斯　妇女们在法国没有那种习惯——我不知道 baiser 在英
语是怎么说。

亨利王　接吻。

阿丽斯　陛下比我懂得更多。

亨利王　在法国小姐们于未婚之前没有接吻的习惯，她是这
样说的吧？

阿丽斯	是的，的确是。（Ouy, vrayment.）
亨利王	啊凯特！繁琐的习惯在伟大的国王面前是要屈膝的。亲爱的凯特，你和我是不能被局囿于一个国家的风俗之脆弱的藩篱以内：我们是开风气的人，凯特；跟着我们的地位而来的自由特权可以堵塞一般人挑剔的嘴巴，我现在正要堵塞你的嘴，因为你提出了你的国家的繁琐的风俗拒绝与我接吻。所以，安心地，顺从我吧。〔吻她〕你的嘴唇上有魅力，凯特，甜蜜蜜地在你嘴唇上一触，其中有比法国的枢密院更多的口才，那两片嘴唇能比许多位君王的联合请求更快地说服英格兰的哈利。你的父亲来了。

法王与王后、勃根第、白德福、格劳斯特、哀克塞特、瓦利克、韦斯摩兰及其他法国的与英国的贵族等又上。

勃根第	上帝保佑陛下！你是在教我们的公主英语吗？
亨利王	我是要她懂得，老弟，我是怎样全心全意地爱她，那便是好英语。
勃根第	她还不笨吧？
亨利王	我们的语言很粗，老弟，我的性情也不柔，所以殷勤的话我既不会说亦无意说，我不能用法术从她心里唤出爱情以其本来面目而出现。
勃根第	恕我心直口快，我倒是可以代为答复。如果你要在她身上施展法术，你必须先画出一个圆圈圈；如果你要在她心里唤起"爱情"以其本来面目出现，他一定要赤裸的而且是盲目的。她还是一个处女，还罩

着一层处女的娇羞的红晕，假如她不让一个赤裸瞎眼的男童在她的赤裸的眼睁睁的心中出现，那么你能怪她吗？陛下，这是一位处女所无法同意的苛刻要求。

亨利王　可是小姐们是闭起眼来顺从的，因为爱情是盲目而且逼人的。

勃根第　那么，陛下，她们看不见她们自己所做的事，是可以原谅的。

亨利王　那么，就请你教你们的公主闭着眼睛答应我吧。

勃根第　我愿向她挤挤眼让她答应，陛下，如果你能教她懂我的意思。因为小姐们，在软煨中娇生惯养，像是到了巴托罗缪节日的苍蝇[13]，虽然有眼睛，但是看不到东西，以前不让人看一看，那时节可以由人抚弄。

亨利王　这寓言的用意是要我等待，等到一个热的夏季，然后到了夏季末尾我就捉到苍蝇，你们的公主，而且她一定也是盲目的。

勃根第　爱情是盲目的，陛下，在未爱之前。

亨利王　是这样的。你们当中有些人应该为了我的盲目而感谢爱情，我因为遇到一位美丽的法国小姐而竟把许多美丽的法国城池视若无睹了。

法王　是的，国王陛下，你是从歪曲镜里看东西，把城池都看成为一位小姐了，每座城池都有战火不曾侵入的处女城墙围绕着。

亨利王　凯特可以做我的妻吗？

法王　　　　如果你愿意。

亨利王　　　我心满意足。如果你所说起的那些处女城池可以陪
　　　　　　送她做妆奁，这样一来，那妨碍我攻城略地的那位
　　　　　　小姐就可以引导我如愿以偿了。

法王　　　　一切合理的条件我都已经答应了。

亨利王　　　是如此吗，英国的几位大人？

韦斯摩兰　　法王陛下已经答应了每一条款：从他的女儿起，到
　　　　　　以下全部条款，都按照原来明白规定的意思一一应
　　　　　　允了。

袁克塞特　　只有一项他尚未表同意：陛下要求法兰西国王以后遇有
　　　　　　颁发敕令封土赐爵的时候，必须用这样的方式和这样
　　　　　　的衔称来称呼陛下，法文是，Notre très cher filz Henry roy
　　　　　　d' Angleterre, Herectier de France, 拉文是 Praeclasissimus
　　　　　　filius noster Henricus, Rex Angliae, et Haeres Franciae（我
　　　　　　的爱婿亨利，英格兰国王及法兰西之继承者）。

法王　　　　老弟，这一点我也没有十分拒绝，你若坚持我也可
　　　　　　以让步。

亨利王　　　那么，为了表示通婚之好，我请求你把这一条也列
　　　　　　进去吧，现在可以把你的女儿给我了。

法王　　　　娶她吧，贤婿，从她身上给我养育后嗣。这互争雄
　　　　　　长的英法二国，因嫉妒对方的幸福连海岸都露出了
　　　　　　苍白的脸，现在可以停止他们的恨意了，这次联姻
　　　　　　可以在他们心中种下和睦友好的根苗，战争之神永
　　　　　　远不再在英法之间挥动血淋淋的刀剑。

众　　　　　阿门！

亨利王	现在，我欢迎你，凯特！大家为我作证，我在这里吻她为我的尊贵的王后。〔奏花腔〕
后	愿上帝，一切婚姻之最好的安排者，把你们俩的心结合在一起，把你们的国土结合在一起吧！夫妻是两个人，在爱情中却是一个人，愿你们两国之间也有一种夫妻之情，常使幸福婚姻遭受困扰之恶意的挑拨或残酷的嫉妒，永远不要插进这两国之间的联盟，离间他们的融为一体的结合。 英国人，法国人，相待如一家人！ 愿上帝对这件事也说一声"阿门"！
众	阿门！
亨利王	我们筹备婚事吧。在那一天，勃根第公爵，我要听取你的宣誓，还有所有的贵族们宣誓，作为我们的友爱的保证。 然后我对凯特，凯特对我，互立誓言。 愿我们的誓约永守勿渝，顺利实现！〔退场号。同下〕

剧情说明人上。

我们的作者的一支拙笔，

已勉强地把这段故事讲完，

把大人物拘束在小空间里，

把他们的光荣事业加了割删。

时间虽短，其中却有万丈光焰，

英国的巨星在闪耀：为他铸剑的是命运之神，

他挥剑征服了世上最美的花园，
让他的儿子在那里为君。
亨利六世，还在襁褓之中，
就继位为英法两国之王，
太多的人帮他摄理国政，
丧失了法国，使得英国也把血淌。
那段情节我们的舞台常上演，
愿此剧能够讨到诸位的喜欢。〔下〕

注释

[1] 从阿金谷之役到《脱瓦条约》（The Treaty of Troyes, 1420）有五年的期间，在此期间亨利曾再度远征法国。

[2] Blackheath，伦敦南，属于坎椅郡之一地区，为荒野公地。

[3] The Earl of Essex 出征爱尔兰，系于一五九九年三月二十七日离开伦敦，同年九月二十八日归来。在爱尔兰镇压 Tyrone 之叛乱未获成功。

[4] Cadwallader（Bhendiged or the Blessed）是不列颠最后一位国王，撒克逊人侵入不列颠时据守威尔斯。山羊在威尔斯是受特别尊敬的，因为山羊与 Tylwyth Teg（= the Fairy Family）善，据说每星期五夜晚众小仙数山羊的胡子，使其在星期日外表整洁。Cadwallader 自己也养了一大群羊，其中有一只且曾变成了一位美女。

[5] 对折本及四开本均作 Doll（即是 Doll Tearsheet）而不是 Nell（即是 the Hostess）。可能是莎士比亚将二人混为一谈。近代本多改为 Nell。

所谓 malady of France，即花柳病，尤指梅毒。

[6] ball 双关语，（一）眼珠，（二）炮弹。basilisks 双关语，（一）大炮，（二）传说中之沙漠怪蛇，其目光触人即可制人死命。

[7] 原文 The princess is the better Englishwoman. 一般解释为，公主不为阿谀之词所欺骗，所以更有资格成为一个英国妇人。Delius 以为是亨利王认为公主的英语比阿丽斯还要好些，所以不需再要她传译。兹从后说。

[8] clap hands and a bargain，威尔孙注: strike hands in token of a bargain, in particular at a betrothal. "击掌为定"，似甚合原意。

[9] 圣丹尼斯（Saint Denis）是法兰西的保护神。

[10] 土耳其人于一四五三年始占领君士坦丁，亨利五世死后三十一年矣。此乃时代错误之一例。

[11] flower-de-luce 即 fleur-de-lis，法国王室徽章，蓝地上绘金百合花。

[12] 这是一句笑话。亨利五世生于一三八八年，彼时其父（即当时之赫福德公爵）尚未与利查二世之间发生任何内战问题。

[13] 巴托罗缪节，八月二十四日，已到夏季之末，入夜渐冷，苍蝇呈呆滞之状。

亨利八世

The Life of King Henry the Eighth

序

    《亨利八世》是莎士比亚的最后一部作品，虽然其中可能只有一部分是出于他的手笔。剧中所述的事迹，如开始时之亨利与法王佛兰西斯一世盟会于 the Field of Cloth of Gold，那是一五二〇年的事，煞尾处之伊利沙白公主受洗，那是一五三三年的事，已经是很接近莎士比亚自己的时代了。

一　著作年代

    《亨利八世》没有四开本，在一六二三年的"第一对折本"里初次出现，排列为历史剧的最后一部。最初上演的年代已无可考，但是我们确知此剧于一六一三年六月二十日在环球剧院演出，因为就在演出此剧到第一幕第四景第四十九行的时候剧院起火，建筑全部焚毁。主要的有三项记录：

    （一）Edmund Howes 续写 Stow 的 *Chronicle of England* 时说，环球剧院之被焚毁乃是由于"negligent discharging of a peale of ordinance... the house being filled with people to behold the play,viz.of

Henry the 8"（放炮不慎……当时剧院中充满了来看有关亨利八世的戏的人）。

（二）Rev. Thomas Lorkin 于一六一三年六月三十日写给 Sir Thomas Puckering 的一封信里说：

"no longer since then yesterday, while Bourbage his companie were acting at the Globe the play of Henry Ⅷ, and there shooting of certayne chambers in way of triumph, the fire catch'd and fastened upon the thatch of the house and there burned so furiously as it comsumed the whole house and all in lesse then two houres."

（三）比较更详尽的是 Sir Henry Wotton 于一六一三年七月二日写给他的外甥 Sir Edmund Bacon 的一封信，他说：

"Now, to let matters of State sleep, I will entertain you at the present with what hath happened this week at the Banks side. The Kings Players had a new Play, called All is True, representing some principal pieces of the Raign of Henry 8, which was forth with many extraordinary circumstances of Pomp and Majesty, even to the matting of the stage; the Knights of the Order, with their Georges and Garter, the Guards with their embroidered Coats, and the like: sufficient in truth within a while to make greatness very familiar, if not ridiculous. Now, King Henry making a Masque at the Cardinal Wolsey's House, and certain Canons being shot off at his entry, some of the Paper, or other stuff, wherewith one of them was stopped, did light on the Thatch, where being thought at first but an idle smoak, and their eyes more attentive to the show, it kindled Inwardly, and ran round like a train, consuming within less than an hour the whole House to the very grounds."

　　Wotton 说这戏是"一出新戏"，如果这戏即是《亨利八世》，那么《亨利八世》便是作于一六一三年了，至少也应该是一六一三年以前不久，否则就不能说是"一出新戏"，至于他所提起的剧名 *All is True* 那显然是《亨利八世》的另一名称，在"开场白"里好像是影射到了这一点。

　　在内证方面，有几点史实的引证是可以注意的。在最后一景里，有对哲姆斯一世的颂扬，还可能隐隐地提到了一六○七年佛琴尼亚的移民（按马龙的意见，可能是指一六一二年英国政府之发行奖券资助建立佛琴尼亚殖民地），这样看来 Wotton 所谓"一出新戏"之说获得了有力的支持。但是问题不这样简单，因为对哲姆斯的颂扬可能是后来插进去的，早期的批评家如 Theobald、Johnson、Steevens、Collier、Schlegel、Kreyssig、Elze 等皆主是说，马龙亦同此论调。伊利沙白女王在位之时，她是否愿意把她父亲母亲进行恋爱的情形搬到舞台上演倒是十分可疑之事，何况剧中又把卡萨琳形容得那么高尚正好成一对比？事实上任何想把《亨利八世》的著作年代提到一六一三年以前的企图，都只是臆测，没有证据支持。

　　我们假定《亨利八世》作于一六一二年，大概距事实不远。

二　著作人问题

　　起初没有人怀疑《亨利八世》是否莎士比亚的作品，"第一对折本"是莎士比亚同一剧团的两位演员所编纂的，并且这两位演员都曾在这一部戏里担任过角色。似不应发生著作人问题。不过莎士比亚剧团演过的戏不一定就全是莎士比亚所编写的戏，并且"第一对折本"的出版只是商业上的一宗行为，牵涉到许多单独的版权，与剧团无关。一七五八年 Rogerick（在 Thomas Edwards's *Cannons of Criticism*, 6th ed.）就发现了《亨利八世》在诗体方面有三项特点：

（一）很不寻常的在诗行中常有赘出的音节（redundant syllable）。

（二）行中的停顿（caesura）亦很显著。

（三）字句意义的重点与诗的节奏的重点之冲突。

但是他不能说明其所以然。直到了差不多一百年后，James Spedding 在一八五〇年八月份的《绅士杂志》（*Gentleman's Magazine*）发表了一篇论文《莎士比亚的〈亨利八世〉是谁写的？》（"Who wrote Shakespeare's Henry Ⅷ?"），这个著作人问题才算是正式揭开。Spedding 即是以编印培根全集著名的学者，他对于《亨利八世》全剧之效果薄弱以及诗体的奇异之处早就疑窦丛生，后来看到诗人丁尼生偶然的一句评论（Lord Tennyson："Many passages in Henry Ⅷ were very much in the manner of Fletcher."）而益发坚定了他的研究决心。他的论文是引用所谓"诗体测验"（metrical test）之最早的模范的尝试，对于以后考证莎氏作品著作年代的工作甚有影响。他的结论是，莎士比亚很少使用"赘出的音节"（redundant syllable），即一行中之第十一个音节，亦称 feminine ending，而此剧中偏偏有许多部分特别使用此种"赘出的音节"，而这种作风正是佛莱彻（John Fletcher）的惯常作风。因此他断定《亨利八世》是莎士比亚与佛莱彻二人合作的。其合作的分配如下表：

Act	Scene		Lines	Red. Syll.	Proportion	Author
1	1		225	63	1 to 3.5	Shakespeare

	2	215	74	1 to 2.9	Shakespeare
	3&4	172	100	1 to 1.7	Fletcher
2	1	164	97	1 to 1.6	Fletcher
	2	129	77	1 to 1.6	Fletcher
	3	107	41	1 to 2.6	Shakespeare
	4	230	72	1 to 3.1	Shakespeare
3	1	166	119	1 to 1.3	Fletcher
	2 (to King's exit)	193	62	1 to 3	Shakespeare
	3	257	152	1 to 1.6	Fletcher
4	1	116	57	1 to 2	Fletcher
	2	80	51	1 to 1.5	Fletcher
	3	93	51	1 to 1.8	Fletcher
5	1	176	68	1 to 2.5	Shakespeare(altered)
	2	217	115	1 to 1.8	Fletcher
	3 almost all prose				Fletcher

这一论文发表之后不久，即发现另有一位学者 Samuel Hickson 已经作过同样的研究，而且结论几乎完全相同。此外尚有其他学者们如 Fleay、Furnivall、Ingram 等亦曾就 rhymes、double-endings、unstopped lines 等加以研究，其结论如下表：

	Shakespeare	Fletcher	
Double-endings	1 in 3	1 in 1.7	proportion
'Unstopt' lines	1 in 2.03	1 in 3.79	
Light endings	45	7	
Weak endings	37	1	
Rhymed lines	6 (accidental)	10	numbers
Alexandrines	23	8	

他们以《亨利八世》中所谓莎士比亚的部分与《冬天的故事》作一比较曾有如下之发现：

	Winter's Tale	Henry VIII
Double-endings	1 in 3. 2	1 in 3
'Unstopt' lines	1 in 2. 12	1 in 2. 03
Light endings	1 in 32	1 in 25. 46
Weak endings	1 in 42. 44 1 in31	

这可以说明《亨利八世》中之莎士比亚部分比《冬天的故事》（一六一一年）的著作年代要稍微晚一点。

但是也有人坚决主张《亨利八世》全部为莎士比亚一人的手笔，例如 Swinburne 在他的 *Study of Shakespeare* 一书里便是一方面承认"这戏里很大一部分就外表看像是佛莱彻常有的作风，而不像是莎士比亚常有的作风"，另一方面又说"我们能否发现一景或一篇剧词或一小段台词，在精神上在局面上在用意上能有与佛莱彻作品相同或近似之处"颇成问题。便如白金安的告别词与乌尔西之告别词，初看都像是佛莱彻的佳构，但仔细考察之后就会发现其中有一种"较高的较严的自我控制的精神"是佛莱彻在别处所不曾表现过的。他不承认"诗体测验"是充分的可靠的证据。附和这一种学说的有 Singer、Knight、Ulrici、Elze、Halliwell-Philllpps 等。

还有一个第三种看法：在《亨利八世》里根本找不出任何莎士比亚的痕迹。Robert Boyle 在 *New Shakespeare Transactions*（1880-1885）指出此剧"不是佛莱彻与莎士比亚写的，是佛莱彻与马星哲（Massinger）写的，为的是代替一六一三年毁于环球剧院之火的莎氏剧 *All Is True*"。Spedding 所认定为佛莱彻作品的部分，除了第四幕第一景（加冕礼之一景）外，他也认为是佛莱彻的手笔：加晃礼那一景以及全剧其他各景，他说全是马星哲的作品。近人 H. Dugdale Sykes 是属于这一派的。Aldis Wright 也是认为全剧之中没有一点莎士比亚的痕迹，并且指出大量的"非莎士比亚的"字与词，但是他没有积极地指出作者或作者们是谁。

因缺乏外证的关系，我们无法确切地解决此一问题。"诗体测验"价值若何姑不具论，此项方法确能发现此剧作者不是一个人，则事属可信。就全剧结构之松懈而言，亦足证明决不像是莎士比亚一个人匠心独运所能产生的东西。假定莎士比亚是作者之一，另一个是谁？最合理的当数佛莱彻。此说当属无可非议。可惜的是，全剧中最精彩的一景，第四幕第二景，卡萨琳之死的那一景，必须划归到佛莱彻的名下，而佛莱彻在别处没有过这样出色的表现。这是难于解释的一点。

三　故事来源

《亨利八世》的前四幕及第五幕之最后一景是取材于何林塞的《史记》（Raphael Holinshed's *Chronicle*, 2nd edition, 1587），第五幕之前四景是取材于 Foxe 的 *Book of Martyrs*（1563），亦名 *Actes ahd Monuments*。

剧情包括了历史上二十四年的期间，在何林塞的书里占一百页以上的篇幅，所以这剧本的编者们不能不使用紧缩的手法，选择若干情节，编排起来，使戏里的动作集中在六七天之内的一段时间。因此时代的紊乱，次序的颠倒，乃成为不可避免之事。同时历史上二十四年的时间变化，在戏剧里也只好不加理会，例如戏剧开始时是在一五二○年，国王只有二十九岁，年富力强，耽于逸乐，到了戏剧的末尾时的一五四四年他是年老多病，雄心万丈的一位霸主。但是在戏里他从始至终是一个样子，没有任何变化。

《亨利八世》有若干地方好像是取材于 Cavendish 的《乌尔西传》（Life of Wolsey），事实上此书至一六四一年才印行，本剧编者曾否阅过该书底稿大是问题，可能是间接地从何林塞《史记》第二版中获得此书的一点资料。不过何林塞也没有直接参考过《乌尔西传》，他也是转录 John Stow's Annals or General Chronicle(1580) 所抄录的几段文字。

此外如 Edward Hall 的《史记》（全名是 The Union of the Two Noble and Illustre Famelies of Lancastre and Yorke, 1548）也提供了一些琐节。同时代的另一部戏 Samuel Rowley 的 When you see me you know me, or the famous Chronicle Historie of King Henry the Eight, with the birth and vertuous life of Edward Prince of Wales，刊于一六○五年，其内容与《亨利八世》颇为相似，亦可能提供了一些琐节。

四　舞台历史

《亨利八世》里面有几个很出色的场面，例如第四幕第二景描述卡萨琳之死，约翰孙博士便誉为"优于莎士比亚其他悲剧之任何部分，并且也许是优于任何其他诗人之任何一景"。但是就全剧而论，我们无法承认其为精心杰构。其最大之缺陷为缺乏"动作的单一性"，全剧像是一连串的情节拼凑一起的，没有中心的情节，没有高潮。起初是动作与人物均集中于乌尔西，但是他随着第三幕而告结束，他的突然消逝对于以后两幕的情节不发生任何影响。第四幕大事渲染安·卜伦的加冕礼，但是安·卜伦在全剧之中一直是个不重要的人物。第五幕的主要人物是克兰默，其受审对于全剧毫无关涉。像这样结构散漫的作品，在莎士比亚集中是没有第二部的。更严重的缺陷是全剧的用意不明，观众的同情显然是投给受屈的卡萨琳，而剧情的发展显然的是要观众分享安·卜伦加冕及生女受洗之欢腾的气氛，我们很难说明作者在处理剧情的时候究竟有怎样的用心。

虽然如此，这出戏在舞台上还是很受欢迎的，因为剧中含有好几个辉煌的伟大场面，也有几个能使优秀演员发挥演技的角色，都足以吸引观众。白贝芝（Burbage）亲自参加演出，Wotton 还特别强调其中服装之灿烂。皮泊斯（Pepys）在一六六四年看到此剧之伟大的演出，由 Betterton 饰国王，Mrs. Betterton 饰卡萨琳，Harris 饰乌尔西，Smith 饰白金安。他的批评是不利的，他说：

"但是我的妻与我假装为有事，离席起立，到公爵剧院（即 Lincoln's Inn Fields），这是我根据我最近的誓约六个月以来第一次观剧，看了颇负盛誉的《亨利八世》。我去的时候带着欣赏此剧的决心，但此剧竟是如此的简单，许多零碎情节拼凑而成，除了其中的场面和游行之外，可以说一无是处。"

但是四年后他不这样挑剔了：

"饭后偕妻赴公爵剧院，看《亨利八世》；对于这历史剧及其中的场面都十分满意，比我所预计者为佳。"

在十八世纪中至少有十二次重演。一七二七年，英王乔治二世行加冕礼的那一年，此剧盛大上演，由 Barton Booth 饰演国王，在 Drury Lane 演出，据说加冕礼那一景即斥资达一千镑之多。后来在该剧院一七六二年演出的一场，第四幕第一景的大游行包括了一百三十人以上。《西敏斯特杂志》提到一七七三年在 Covent Garden 的演出时说："从许多莎士比亚戏剧中特别选择了这一部戏，因为它有最多的热闹场面。"

到了十八世纪末，乌尔西与卡萨琳已经好像是成了公认的剧中主角。Kemble 与 Macready 都是扮演乌尔西的名角，卡萨琳成了 Mrs. Siddons 的拿手角色之一。因为这两个角色之被特别强调，第五幕便受了冷淡，有时也被大量删裁。一八五五年 Kean 演出此剧时便声称"恢复近年来完全被删的第五幕"。Kean 的演出建立了新的写实的时尚，他使用了"活动换景"来表演伦敦景色，在舞台上引进了一艘真船载白金安而去。为了写实的布景与效果，换景时使用了垂幕。

一八九二年 Sir Henry Irving 以饰演乌尔西得到一项极大的成功，当时 Lyceum Theatre 舞台场面之豪华可谓空前，比 Kean 更为迈进一步，为了加冕一场把旧日的伦敦一丝不苟地在舞台上复制出来了，为了最后一景把格林尼治的灰僧教堂也复制了一遍。这一次虽然盛况空前，实际是大亏成本，此后没有人再敢踵事增华，不过二十世纪的演出此剧，几无不在服装及其他细节上力求忠于历史。

一九一六年莎士比亚忌辰三百周年纪念，Beerbohm Tree 上演此剧于纽约，着重的也是场面布景而不是演技，有人说在这样的机缘演出这样的戏，恐怕九泉之下莎士比亚不得安枕。较近的重要的演出可推 Tyrone Guthrie 一九三三年在 Sadler's Wells 的一场，一九四九年在斯特拉福的一场，一九五三年在 Old Vic 的一场，三场之中可能以第二场为佳。目前《亨利八世》不是很受欢迎的戏，一直遭受讥评，但是对于演员及演出者仍然是富有诱惑力的。

剧 中 人 物

亨利八世（King Henry the Eighth）。

红衣主教乌尔西（Cardinal Wolsey）。

红衣主教康佩阿斯（Cardinal Campeius）。

卡普舍斯（Capucius），皇帝查理士五世之大使。

克兰默（Cranmer），坎特伯来大主教。

诺佛克公爵（Duke of Norfolk）。

沙佛克公爵（Duke of Suffolk）。

白金安公爵（Duke of Buckingham）。

色雷伯爵（Earl of Surrey）。

枢密院大臣（Lord Chancellor）。

宫内大臣（Lord Chamberlain）。

嘉德纳（Gardiner），温柴斯特主教。

林肯主教（Bishop of Lincoln）。

阿伯格凡尼勋爵（Lord Abergavenny）。

桑兹勋爵（Lord Sands）。

陶玛斯·勒佛尔爵士（Sir Thomas Lovell）。

亨利·吉尔佛爵士（Sir Henry Guildford）。

安东尼·丹尼爵士（Sir Anthony Denny）。

尼古拉斯·孚克斯爵士（Sir Nicholas Vaux）。

乌尔西的秘书等。

克朗威尔（Cromwell），乌尔西之仆。

格里菲兹（Griffith），卡萨琳王后之引导官。

绅士三人。

嘉德勋章院长（Garter King-at-Arms）。

柏次（Dr. Butts），御医。

白金安公爵之田产管理人。

布兰顿（Brandon）及一警官。

枢密院之守门人。

门房及其助手。

嘉德纳之侍童。

一传令员。

王后卡萨琳（Queen Katharine），亨利王之妻；后离婚。

安・卜伦（Anne Bullen），王后之宫女，后为王后。

一老妇，安・卜伦之友。

佩慎斯（Patience），王后卡萨琳之侍女。

哑剧中若干贵族与贵妇；伺候王后之若干女侍；在王后面前出现之精灵；书记、官员、卫士及其他侍从等。

地 点

主要在伦敦及西敏斯特；一度在金伯顿。

开 场 白 [1]

我不想再逗诸位一笑：在这里

我们要表演一些严重的事体，

剧情伟大动人，哀感顽艳，

是一些可以令人流泪的场面。

慈悲的人，如不以为失态，

大可以在此一洒他们的眼泪，

这戏值得你们一哭。您出钱看戏，

若想看到一些真实的史迹，

这里就有信史 [2]。如果只想来看

一两场热闹的场面，

觉得戏还不错，坐着还能耐烦，

我担保大可花两小时的时间

看完这一先令的戏 [3]。只有那些人，

想听一些淫词打诨，

剑盾铿锵，或是看一个小丑身穿

长长的一件彩衣，镶着黄边，

那些人才会失望。因为诸位知道，

我们表演信史若是掺上丑角打闹

不仅是表示我们缺乏头脑，

放弃了我们所要确保

专演真实史迹的名誉，

而且也将得不到一位观众知已。

所以，诸位，你们是全城之中

最高尚最懂得戏剧的观众，

务请心情严肃，我们要使你们严肃：

要设想我们故事中的人物

都像活着一般；设想他们都在高位，

千万人争着在他们身边追随。

然后，突然间就可以看见

这权势如何迅速地遭了灾难。

如果你还能快乐，我就要说，

一个人在新婚之日也可以把泪落。

注　释

[1] "开场白"一般认为非莎氏手笔。约翰孙博士指为 Fletcher 所作；

十九世纪时有人指为 Ben Jonson 或 Chapman 所作；二十世纪时又有人

指为 Massinger 所作。除此剧外，莎氏剧共有六出含有开场白，其性质均为解释剧情，唯此剧之开场白独异，且末尾数行显示此剧为悲剧性质，而第五幕并无悲剧意味。

[2] 据 Sir Henry Wotton 给他侄儿的一封信，此剧另一名称为 *All is True*，故"开场白"中一直强调剧中故事之真实性。

[3] 莎氏戏剧上演约费两小时，有时亦谓为三小时。一先令系当时剧院中之最好座位的售价。

第 一 幕

••••━━━━━⟨∘⟩━━━━━••••

第一景：伦敦。王宫接待室

诺佛克公爵自一门上；白金安公爵与阿伯格凡尼勋爵自
另一门上。

白金安　　早安，幸会幸会。自从我们上次在法国相见，您一
　　　　　向可好？

诺佛克　　我谢谢您，倒还康健。自从那时以后，我对于在那
　　　　　里所见到的事物一直地在仰慕。

白金安　　那两个照耀的太阳，那两道人间的光明，在安德伦
　　　　　峡谷相会的时候[1]，一场疟疾正巧把我关在屋里。

诺佛克　　那是在基恩与阿德之间的地方，我当时在场，看见
　　　　　两位国王在马上施礼。我也看见他们，下马之后如
　　　　　何的互相拥抱，好像是要融为一体。如果真的融为

一体，哪四个拥有王位的人能和这融为一体的人相抗衡呢？

白金安　在整个的这一段期间，我被关在屋里不得出来 [2]。

诺佛克　这人间豪华的场面，你是错过了。人们可以说，在这时候以前，一个王室有一份豪华的排场，但是如今两份豪华的排场摆在一起了。每一天汲取前一天的教训，踵事增华，直到最后一天把以前的所有的盛况都集合在一起了。今天法国人盛装而出，金光灿烂，像是异教徒的神祈一般，声势压倒英国人；明天他们把不列颠变成了印度：每个人站在那里像是一座金矿。他们的矮小的童仆都像是天使，全都冒着金光。平夙不惯操作的贵妇们，浑身珠宝把她们累得香汗淋淋，好像是脸上搽了胭脂。这一场假面舞会，大家都说是盛况空前，无可伦比，第二晚竟使得它成为寒伧可笑。两位国王，排场同样的漂亮，可是他们的威仪有时候好得不得了，有时候坏得不得了。谁在人们面前，谁就受到赞美；两人同时出现，据说他们只看见两人不分轩轾，观众之中没人敢鼓弄簧舌强分优劣。这两个太阳——他们是这样描述他们——命令传令官宣布向场内武士们挑衅比武的时候，这两位国王的武艺真是出人意表。以前有关毕维斯的荒诞的故事 [3]，现在看来大有可能，也可令人置信了。

白金安　啊！你说得太过了。

诺佛克　我有贵族的身份，而且崇敬诚实无欺，我敢说当时

　　　　　的种种情形，无论怎样善加描述，也要减色不少，只有那行动本身才能充分地表白那一番盛况。一切都是泱泱王者的气派，进行都很顺利，每件事都布置得一目了然；官员都能有条不紊地善尽厥职。

白金安　　据你想，是谁指挥的，我的意思是说谁把这一场盛会的节目安排在一起的?

塔　　　　正是一位看来并非内行的人物。

白金安　　请问到底是堆?

诺佛克　　这一切全都是由约克红衣主教的贤明布置而成。

白金安　　让恶魔保佑他! 什么人的事情他都要染指。这些狂妄的把戏与他有何干系? 我觉得奇怪，这样的大块牛油[4]，居然包揽了和煦的阳光，不让它照耀地面。

诺佛克　　当然，大人，这人本身是有一套本领，故能有这样的成就。因为他没有祖宗的余荫为他打开一条出路，也不曾有过机会为国王做一番事业；又没有结交朝中的权贵，像从自己肚里抽丝织网的蜘蛛一般，据他自己对我们说，他凭自己的才能力争上游，那乃是他的天赋，使得他得到了仅次于国王的位置。

阿伯格凡尼　我不知道上天赋给他的是些什么，这件事让比我聪明的人去研究吧。不过我能看出他浑身各处都冒着傲慢之气，他这傲慢是从哪里来的? 若非来自地狱，恶魔必是一个吝啬鬼[5]，再不就是早已奉送一空，他开始在自己身上另造一座地狱。

白金安　　这次远适法国，所有随从人员，何以竟由他擅自选定，不令国王知悉? 他开列贵族名单，其中大部

分都是他想要他们负担巨大费用而又没有多少名
誉可享的人，就凭他一纸命令——把枢密院置诸不
理——被他列名的人便不能不去。

阿伯格凡尼　我确知我的几位族人，至少三个，因此倾家荡产，
再也不能过以前那样宽裕的日子。

白金安　啊！很多人为了这次盛大的远游，典卖地产来掇挡
行袋，脊背都被压断了。这狂妄的举动，除了获致
一场毫无结果的会谈以外还有什么益处呢？

诺佛克　我想起来伤心，法国人和我们之间的友好和平实在
不值得费那么大的代价去获致。

白金安　在那随后发生的狂风暴雨之后[6]，每个人都好像有
所领悟，不约而同地发出一项预言：这场风暴浇湿了
这次友好和平的外衣，正是不久即将破裂的朕兆。

诺佛克　已有迹象露出来了，因为法国已经破坏了盟约，在
波尔多已经扣留了我们的商人的货物[7]。

阿伯格凡尼　是不是因此而法国大使被斥不准发言了？

诺佛克　当然是了。

阿伯格凡尼　这就叫作友好和平，而且是付了过度昂贵的价钱才
买到手的！

白金安　唉，这一切全是我们的红衣主教经手办的。

诺佛克　请您不要见怪，政府方面注意到你与主教之间发生
争执。我劝你——出自衷心，唯愿你能获得荣誉与
安全——估量主教的敌意时不要忽略了他的力量；还
要进一步考虑，他的嫉恨之心所要实现的事，他手
下自有爪牙去给他执行。你知道他的性格，他是有

仇必报的；并且我知道他的剑有很锋利的刃，剑很长，可以说是无远弗届，凡是达不到的地方，他会把剑投掷过去。把我的劝告放在心里，会对你有用的。看，我劝你躲避的那块礁石来了。

乌尔西红衣主教上——前面有人捧囊，内盛大玺——卫士若干人，二秘书携文件随上。主教经过时注视白金安，白金安亦注视他，双方均有轻蔑之意。

乌尔西　　白金安公爵的田产管理人，啊？他的作证的口供呢？

秘甲　　　在这里，大人。

乌尔西　　他准备亲自应讯吗？

秘甲　　　是的，大人。

乌尔西　　好，到时候我们就要知道更多的事情。白金安那个傲慢的样子该要收敛一点了。〔乌尔西及侍从等下〕

白金安　　这屠夫养的贱狗真是嘴狠，我没有力量给他戴上口罩，所以最好别惹他。乞丐的学问比贵族的血统更受人尊重。

诺佛克　　怎么！你生气了？求上帝赐给你耐心吧，这是你的病所需要的唯一的药方。

白金安　　我从他脸上看出他对我的敌意，他的眼睛在骂我，把我当作了他的轻蔑的对象。现在他正在用什么诡计陷告我呢，他见国王去了，我要跟了去，和他对抗一下。

诺佛克　　且慢，大人，让你的理智盘问你的怒火，你要做的是什么事。爬陡岩起初需要慢步:怒火像是一匹烈马,如不加控制,就会精疲力竭。在全英国没有一个人能像你那样的规劝我:怎样对待你的朋友,你就怎样对待你自己吧。

白金安　我要到国王那里去,我要以贵族的口吻制服这易浦绥赤 [8] 的贱人的傲慢,否则我就要宣称贵族的地位并不受人尊重。

诺佛克　务必要审慎,不要为你的敌人把炉子烧得太热,以致烫了你自己。不要在穷追的时候跑得太快,跑过了头反倒失败。你不知道吗,火把水烧得沸腾四溢,好像是使水涨大,其实是耗费了它? 务必要审慎,我再说一遍,没有一个英国人比你更能指导你自己,如果你能用你的理性的汁液去浇熄或是稍为和缓你那情感的火焰。

白金安　大人,我很感谢你,我要按照你的指示行事。但是这个傲慢至极的家伙,我提起他来并非是由于私忿,而是由于纯正的动机——根据情报,以及如同泉水在七月间颗颗沙粒均可洞鉴一般清澈的证据——我确知他是贪污叛逆。

诺佛克　不要说"叛逆"。

白金安　对国王我要说,并且要使我的证词像岩岸一般的坚定。听我说,这个神圣的狐狸,或是狼,或是二者兼而有之——因为他是又贪婪又狡猾,既有心为恶又有力量足以济其恶,他的心机与权势交相影响,是的,互为利用,只为了在国内和在法国炫示他的威风，不惜鼓动我们的主上国王去举行这次耗费巨大的会谈，吞没了这么多的财宝，像一只杯子似的在洗涤的时候终归于破碎。

诺佛克　真的，确是如此。

白金安　请听我说，大人。这个狡狯的主教凭他自己的意思擅拟和约的条款，他喊一声"就这么写吧"，于是就获得了批准，其用意等于是送一根拐杖给死人。但是我们的侯爵主教已经这样做了，那就行了。因为高贵的乌尔西，他是不会有错的，这是他做的。于是紧接着便是——据我看，好像是老母狗生下一只小狗，叛逆——皇帝查理士 [9]，假充探视他的姨母我们的王后——其实这是他的借口，实际是来和乌尔西勾搭——现在前来访问。他担心的是，英王与法王之间的会谈，由于他们的友好，可能对他不利，因为从这个盟约之中已露出了对他构成威胁的迹象。他私下里来和我们的主教接洽，我相信我的看法不错，因为，我准知道在取得主教的诺言之前皇帝一定付过一笔贿款，于是他的请求在未提出之前即已被接受了。等到路途打通了，而且铺上了黄金，这位皇帝便提出了这样的要求：他要改变国王的路线，打破上述的和约。要让国王知道——我立刻就要去告诉他——主教便是这样的随意地为了他自己的利益拿他的荣誉做买卖。

诺佛克　听你所讲有关他的这一段话，我很难过，但愿他是有一些被人误会了。

白金安	不，一点也没有误会！我现在说他是怎样的一个人，以后他一定会有事实证明的。

布兰顿上；一警官在前行 [10]。

布兰顿	执行你的任务，警官，你要执行。
警	白金安公爵兼赫福德、斯塔福德、脑赞普顿伯爵，我现在以我们的至尊国王的名义，因叛逆罪而逮捕你。
白金安	你看，大人，网已经撒到我的头上了！我要在巧计陷害之下丧命了。
布兰顿	我亲眼看着你丧失了自由，我很难过。这是国王陛下的意旨，你须要到伦敦堡去。
白金安	我声诉清白是没有用处的，因为那乌黑的染料已经投在我的身上，我的顶白的部分也变黑了。这件事以及一切的事都听天命吧！我服从便是。啊！阿伯格凡尼大人，再会了！
布兰顿	不，他必须陪你去。〔向阿伯格凡尼〕国王要你也到堡里去，听他以后发落。
阿伯格凡尼	恰似公爵所说，听从天命，我服从国王的意旨便是！
布兰顿	这里还有一道国王的逮捕状，要拘捕蒙太沟大人 [11]；还有公爵的告解神父约翰·德拉卡 [12]；还有一位吉伯特·裴克 [13]，他的秘书——
白金安	是了，是了，这些都是案中的积极分子了。此外没有别人了吧，我希望。

布兰顿	还有沙特尔修道院的一位僧人[14]。
白金安	啊！尼古拉斯·霍浦金斯[15]？
布兰顿	正是他。
白金安	我的田产管理人[16]在陷害我，这位大权独揽的主教用金钱贿买了他。我的生命已经计日可数了，我是可怜的白金安的影子，目前他的形体已陷于云翳之中，只因我的光明被遮掩了[17]。大人，再会。

〔众下〕

第二景：枢密院会议厅

国王，靠着主教的肩膀上。枢密院诸大臣、陶玛斯·勒佛尔爵士、官员们及侍从等随上。主教置身于国王脚下右方。

王　　　　为了你这一番深切的关怀，我衷心感激。我成了充满弹药的阴谋的目标，你把它压制下去了，我得谢谢你。把白金安家中雇用的那个人员带来见我，我要亲自听他证实他的口供，让他再逐条陈述一遍他的主人的大逆不道之罪。

内呼喊声，大叫"为王后让路！"王后卡萨琳由诺佛克及沙佛克二公爵导引上：她跪下。国王自宝座上起立，扶她起来，吻她，使她坐在身边。

后　　　　不，我必须多跪一些时候：我是一个求情的人。

王　　　　起来，坐在我的身边。你的要求，有一半根本不必
　　　　　对我提出，我的权力有一半是你的，另一半，你开
　　　　　口之前，我就答应你了，你想要什么你就说出来，
　　　　　然后拿去便是。

后　　　　谢谢陛下。我请求的是，你要爱护你自己，而在那
　　　　　爱护之中不可因一时失察而损及你的荣誉和你的地
　　　　　位的尊严。

王　　　　我的夫人，说下去。

后　　　　有人向我申诉，而且人数不在少，都是些忠诚的人
　　　　　士，据说你的百姓们正在受着重大的苦难：最近有
　　　　　征税的法令[18]颁发到民间，使得他们的忠心大受伤
　　　　　害。我的主教大人，在这件事上他们的怨毒虽然大
　　　　　部分发泄在你身上，因为你是这些捐税的策动者，
　　　　　不过我们的主上国王——愿上天保佑他的荣誉不受
　　　　　玷污——连他也不免被人谩骂。是的，他们义愤填
　　　　　膺，几乎有公开叛变的样子。

诺佛克　　不是几乎，而是业已发生。因为自从征集这些捐税
　　　　　以来，全体纺织业者，无法维持他们的许多雇员的
　　　　　生活，已经把纺工、梳工、漂工、织工，都解雇了，
　　　　　这些人不适于别种营生，饥饿所迫，无以为计，于
　　　　　是不顾一切后果，聚众作乱，好像凶神都在供他们
　　　　　驱遣。

王	捐税！什么东西的税？什么税？主教大人，你和我同样地受人指责，你可知道这是什么捐税吗？
乌尔西	陛下，任何国家大事，我所知道的也不过是一个人所能知道的那么一份，我不过是在共列朝班的群臣之中位居首要而已。
后	对的，大人，你是不比别人知道得更多。但是大家都知道的事却是由你所规划的，而且你所策动的事乃是同僚们所认为不健全的事，他们不愿参与其事，而又被迫得不能说不知情[19]。这些捐税，我们的国王应该早就知道，乃是最骇人听闻的，亲身承受的人，脊骨要被压断。他们都说是你制定的，否则你挨骂受过太冤枉了。
王	又是苛捐！什么性质？是哪一种，告诉我，是否苛捐？
后	我太鲁莽了，惹你生气。但是你已经应允不怪罪我，所以我大胆起来。人民的苦难是由于捐税，强迫每人捐献财产六分之一，立即征收，不得延缓，借口是资助你在法国进行的战争。这就使得人民怨声载道：他们把义务从口中唾弃，把忠诚在心里冻结，现在他们的咒骂代替了从前的祈祷，以至于恭顺之心变成了愤怒的奴隶。我愿陛下速加考虑，因为没有比这更为迫切的事了。
王	这事是不合我的意思的。
乌尔西	至于我，在这件事中我只是个人表示同意，而且若非经过诸位法官裁可我也不会表示同意的。如果一

些无知之徒，既不明白我的职责所在，又不认识我的为人，还要批评我的行为，对我横加诬蔑，那么我也只好说这是居高位者的命运，这是好人必须踏过的一片荆棘。我们不能怕遭遇恶意的批评便不去做我们必须要做的事。这种批评，就像是一群馋嘴的鲨鱼，总是跟着一艘新装备起来的大船，尽管馋涎欲滴，得不到一点好处。我们所做出来的顶好的事情，据那些头脑糊涂亦即是心理脆弱的人们看来，不算是我们的成绩，或是根本不值得赞许。我们所做的最糟的事，时常投合低级趣味，反倒被称为我们的最好的成就。如果我们唯恐动辄得咎，便静止不动，我们只好坐在此地生根，或只是像泥雕木塑的大臣呆呆地坐在这里。

王　　　　事情做得好，而且加了小心，便没有什么可顾虑的；如果事无前例，其后果是可虑的。你这次征税可有先例可援？我想是没有的。我们不可剥夺人民的法律保障而任意施为。每人的六分之一？吓煞人的捐献！唉，我们简直是把每一棵树的嫩枝、树皮，以及一部分木材都取走了，虽然我们留下树根未动，可是经过这样的砍伐，空气就会把汁浆吸干。凡对此事发生疑虑的各个镇县，赶快把我的旨意传递过去，每一个拒绝纳税的人都赦他无罪。请务必照办。此事交给你去处理。

乌尔西　　〔向秘书〕和你说句话。传令到每一郡，就说国王开恩赦罪。苦难的平民对我怀有恶感，去宣告这次捐

税之取消与赦罪乃是由于我的力谏。以后我还再有
指示给你。〔秘书下〕

田产管理人上。

后	我很难过，白金安公爵惹起了你的恼怒。
王	使得很多人都很难过。他这个人颇有学问，口才极佳，天赋之高无人可比；他所受的教育足以使他指点改进一般著名的教师，他胸罗万有，无须再求助于外界。但是你看，这样高贵的秉赋如果没有善加利用，心术一坏，便要丑态毕露，比以前的漂亮要更加十倍的丑恶。这个人如此的多才多艺，被公认为是奇异现象之一，他讲话的时候我们会听得出神，他讲一小时我们觉得好像只有一分钟似的。他，我的夫人，竟使他的固有的才华披上了奇装异服，而且满脸漆黑，像是在地狱里污染过了一般。在我身边坐下来，你可以听一听——这个人是他的心腹——有关他的一些丢脸的事。他以前供过的阴谋，让他再说一遍，这种阴谋，我们越少受它的打击越好，可是听取它的报告却不嫌其多。
乌尔西	走过来，要像一个忠实的臣民一般，大胆地把你从白金安公爵那里搜集到的证据陈述出来。
王	坦白地说吧。
田	首先要说，他习以为常，每天谈话中都要提起，如果国王死后无嗣，他要设法取得王杖。这样的话我曾听他对他的女婿[20]阿伯格凡尼大人说过，并且对

他发誓说要向主教报复。

乌尔西　请陛下注意他这一点危险的想法。他的愿望不得实现，他便要对陛下本身生出歹念；而且怨气所钟还要延展到陛下的左右亲近。

后　　　我的贤明的主教，请你口下留情。

王　　　说下去，我死后无嗣，他有什么权利继承大统？关于这一点你可曾听他说过什么话吗？

田　　　他的这种想法是由于尼古拉斯·霍浦金斯的一项荒谬的预言。

王　　　霍浦金斯是做什么的？

田　　　陛下，是一个沙特尔修道士，他的告解神父，他时时刻刻地对他说些有关王位的话。

王　　　你怎么晓得？

田　　　陛下前往法国以前不久，公爵在圣劳伦斯·普特尼教区内的玫瑰庄园 [21] 曾经问过我，关于国王之出游法国，伦敦的人们有何评论。我回答说，大家都担心法国人可能背信，不利于国王。公爵立刻就说，那确是可虑的；并且他很担心有一位高僧说过的一句话可能应验。"那位高僧有好几次，"他说，"派人来向我说，要我准许我的家庭牧师约翰·德拉卡在一个适当的时间去听他谈一件重要的事。他令他宣誓严守秘密，凡他所说的话除了对我报告之外不向任何人泄露，于是断断续续地说出这样的机密的话：国王或是他的继承人——你去告诉公爵——都不会有好结果；教他努力去争取民心；公爵一定会统治英

后　　如果我没认错，你曾经是公爵的田产管理人，因为佃农的怨诉而被免职的。你要小心，不要怀恨诬陷一位高贵的人物，并且毁灭你自己的更高贵的灵魂。我说，你要小心。是的，我诚恳地请求你。

王　　让他说下去。继续说吧。

田　　我以灵魂为誓，我说的都是实情。我对我的主人公爵说，那僧人可能是受了魔鬼的欺；而且他这样不断地盘算着这件事，那是很危险的，因为终于有一天会迫使他造成一项计划，他既然相信这一套话，很可能就会迫使他造成一项计划。他回答说，"呸！不会对我有害的。"并且又说，国王上次生病如果一病不起，主教和陶玛斯·勒佛尔爵士的脑袋就该早已砍掉。

王　　哈！什么，如此狂妄？啊，哈！此人心怀叵测。你还有什么话说吗？

田　　我有，陛下。

王　　说下去。

田　　在格林尼治，为了威廉·勃娄默爵士陛下申斥公爵之后——

王　　我记得有那么一回：是为我效忠的仆人，公爵据为己有了。讲下去，以后怎样了呢？

田　　"如果，"他说，"为了这件事，照我当初所料，竟被关进了伦敦堡，我就会仿效了我的父亲[22]打算对篡位者理查所要采取的行动：他在骚兹伯来曾请求晋谒

	国王，如蒙照准，他在假装下跪的时候就把他的刀子给戳进去。"
王	好一个巨奸大憨！
乌尔西	请问，夫人，此人不下狱，国王陛下能享受安宁吗？
后	让上帝安排一切吧！
王	你还有更多的事情要吐露吗？还有什么话说？
田	仿效"他的父亲公爵"带着"他的刀子"的神气，他挺直了腰身，一手握刀，一手抚胸，抬起眼皮，他发出了一番凶狠的誓言，其内容是，如果他受了虐待，他要比他的父亲更进一步，他要说做就做，不是三心二意地空想。
王	那就是他的目的：把他的刀子戳进我的身体。他已被捕，叫他立刻来应讯：如果在法律上他能得到饶恕，他就可以得到饶恕；如果得不到，不要向我求情。皇天后土！ 这是一个罪大恶极的叛徒。〔众下〕

第三景：宫中一室

宫内大臣[23]与桑兹勋爵上。

宫　　　　法国的魔力居然能颠倒众生，使得大家追逐这样古
　　　　　怪的时髦？

桑兹　　　新的风尚，无论是怎样的可笑，只消是缺乏丈夫气
　　　　　的，就会风靡一时。

宫　　　　据我看，我们英国人这次海外之行所得到的好处不
　　　　　过是学会了做一两种鬼脸，而且是很难看的鬼脸。
　　　　　他们扮出那种怪相的时候，你会赌咒说他们的鼻子
　　　　　都一定给丕平或克娄载利阿斯[24]作过枢密院大臣，
　　　　　他们好神气。

桑兹　　　他们都有了新的步伐，而且是跛的：以前没有见过他
　　　　　们这样走路的人，会以为他们是患了跗节内肿或是
　　　　　跛行症呢。

宫　　　　该死！大人，他们的服装也是邪门外道，基督教国
　　　　　家境内的各种式样他们一定是都穿腻了。

陶玛斯·勒佛尔爵士上。

　　　　　怎样！有什么消息，陶玛斯·勒佛尔爵士？

勒佛尔　　真是的，大人，我没听说什么，只是在宫门口张贴
　　　　　了一个新的告示。

宫　　　　为了什么？

勒佛尔　　为了纠正我们的那批在海外游历过的风流人物，他
　　　　　们使得宫廷里充满了打斗、闲谈和裁缝。

宫　　　　我很高兴有这么一张告示，现在我要请我们的法国
　　　　　式的先生们注意，一个从没有见识过罗浮宫[25]的英
　　　　　国宫廷人士也可以是很聪明的。

勒佛尔　告示上开列着，他们必须放弃从法国带来的那些奇装异服 [26]，以及一切自以为体面的陋俗，例如比武与烟火；仗着从外国学来的一些小聪明便侮慢实际比他们更高明的人——必须完全放弃对于打网球 [27] 和穿长袜，短而肥的灯笼裤 [28]，以及那些表示曾在国外旅行的标志之种种的嗜好，要重新恢复像大家一般的诚实人的头脑 [29]，否则就卷铺盖到他们的老游伴那边去。在那边，我想，他们可以于国王特准之下，在荒淫中度过他们的晚年，为大家所讪笑。

桑兹　是到了该医治他们的时候了，他们的病症已经变得很容易传染。

宫　关于这些漂亮的东西，我们的妇女们将有多么大的损失啊！

勒佛尔　是的，真是的，一定会引起悲伤：那些狡狯的下流胚子关于诱惑妇女是真有办法，一首法国歌和一把提琴就有无比的效力。

桑兹　愿恶魔拿着琴弓来对付他们！我很高兴，他们要匿迹销声了。当然，这种人是无法改善的。现在一位诚实的乡下贵绅，像我似的，受人冷落已经很久了，可以高歌一曲简单的歌儿 [30]，让人听一阵子，而且还被认为是很时髦的玩意儿呢。

宫　说得对，桑兹大人，您真是驹齿未脱 [31]。

桑兹　是还未脱，大人；将来也不会脱，只消留得老根在。

宫　陶玛斯爵士，你要到哪里去？

勒佛尔　到主教那里去。您也是被邀请的客人。

宫	啊！那的确是的。今晚他大张盛筵，邀请了许多贵族贵妇，我敢说，全国的精英都要荟萃一堂了。
勒佛尔	这位教会领袖可真是慷慨，一出手便像养活我们的大地一般的豪爽：人人都能沾到他的雨露。
宫	他是个豪爽的人，那是无疑的。谁要说他不豪爽谁就是口出恶言。
桑兹	他可以这样做，大人，他有这一份财力。就他而论，俭朴好像是比邪说为更大的罪恶，过他那种生活的人们应该是最为慷慨大方，他们是在人间作模范的。
宫	的确，他们是的，但是如今肯举行这样盛大宴会的人少了。我的船在等候着 [32]，您和我一同去吧。来，好陶玛斯爵士，否则我们要迟到了。我不愿迟到，因为我和亨利·吉尔佛爵士被邀请在今晚作主持人。
桑兹	我来奉陪。〔众下〕

第四景：约克府邸 [33] 之大客厅

奏木箫。在主教圣座下有为乌尔西红衣主教特设之一小桌，另有为客人所设之长桌。安·卜伦自一门上，诸贵族贵妇等宾客随上；亨利·吉尔佛自另一门上。

吉尔佛	诸位夫人女士，主教对于大家光临敬致欢迎之意，

他奉献今晚的时光供大家享受。他希望贵宾中没有
一位是带着外边的烦恼来到这里的，好的伴侣，好
的酒，好的款待，应该可以使大家好好地快乐一番，
他愿大家都能尽量地快乐到那个地步。

宫内大臣、桑兹勋爵及陶玛斯·勒佛尔爵士上。

啊，大人！你来得好晚，一想到这美丽的集会，我
恨不得插翅而来。

宫　　你年轻，哈利·吉尔佛爵士。

桑兹　陶玛斯·勒佛尔爵士，如果主教有我的一半俗念，
这些贵妇之中恐怕有几位在就寝之前还要有一顿消
夜好吃[34]，我想她们也许会更高兴。我以性命打赌，
她们真是一群可爱的美人。

勒佛尔　啊！愿您是方才刚给其中一两位作过告解神父！

桑兹　我愿我是，她们便可得到从轻的惩罚了。

勒佛尔　轻到什么程度呢?

桑兹　像一张鹅绒床那么令人好受。

宫　　诸位夫人女士，请入座好吧? 哈利爵士，你到那边
去安排座位，我负责这一边。主教大人就要来了。
不，你不可让两位女客坐在一起，她们会冻结起来
造成寒冷的天气。桑兹大人，有您在此便可提起大
家的兴致，请您坐在这两位夫人中间。

桑兹　好得很，多谢您。两位夫人，请准许我坐在这里，
〔在安·卜伦及另一位女客之间坐了下来〕我如果
说话有一些放肆，请饶恕我，那是从我父亲那里传

来的。

安　　　　他是疯狂吗?

桑兹　　　啊!很疯,疯得很厉害,在恋爱中也是如此。不过
　　　　　他不咬人,就像我现在这样,一口气可以吻你二十
　　　　　次。〔吻她〕

宫　　　　做得好,大人。所以,我给你的座位安排得好。诸
　　　　　位先生,如果这些漂亮的女客们皱着眉头而去,你
　　　　　们可要受惩罚的。

桑兹　　　在我这小小教区之内,由我安排好了。

　　　　奏木箫。红衣主教乌尔西偕侍从等上,就座。

乌尔西　　我欢迎你们,诸位贵宾!无论男客或是女客,若是
　　　　　不能尽情欢乐,便不是我的朋友:请饮此杯,来证实
　　　　　我的欢迎,敬祝大家健康。〔饮酒〕

桑兹　　　主教太多礼了。这杯里含着我的感谢之心,让我干
　　　　　了这杯,免得多费言词。

乌尔西　　桑兹大人,我很感谢你,替我招待你近旁的客人。
　　　　　诸位女宾,你们的兴致不高。诸位男客,这是谁的
　　　　　过错?

桑兹　　　主教,我们须要先用红酒在她们的粉颊上生晕;然后
　　　　　令她们喋喋不休地谈话,谈得我们无法作声。

安　　　　你是一个很开心的人,桑兹大人。

桑兹　　　是的,如果我能赢得胜利[35]。这一杯酒奉敬小姐,
　　　　　请饮这一杯,小姐,因为这一杯是为了——

安　　　　你讲不出道理来。

桑兹	我已经对主教说过，她们不久就会开始说话。

〔内闻鼓和喇叭声；放礼炮 [36]〕

乌尔西	这是什么？
宫	你们出去看看。〔一仆下〕
乌尔西	这是什么威武的声音，为了什么目的？不，女士们，不要怕，按照一切战争的法规，你们是享有特权的。

一仆又上。

宫	怎么，是什么事？
仆	一群高贵的外国人——看样子有一点像——他们下船登岸了，到这里走过来了，像是外国君王派来的一群大使。
乌尔西	宫内大臣，去，欢迎他们，你会说法国话。隆重地接待他们，引导他们到我这里来，这里美女如云，光艳四射，可以完全照耀着他们。带几名侍从。〔宫内大臣偕侍从等下。全体起立，撤席〕诸位的筵席被搅了，我们以后再补偿吧。祝诸位饭后安适。我再向诸位表示欢迎，欢迎大家。

奏木箫。国王及其他戴假面具化装为牧羊人状，由宫内大臣引导上。他们直向主教面前走去，向他殷勤敬礼。

高贵的一群！他们有何事见教？

宫	因为他们不会说英语，要我转达主教：他们说今天晚上这里有这样高贵而美丽的宾客集会，他们由于对

> 美人所抱崇高之敬意，只好离开他们的羊群。如蒙允许，请准他们去见见那些贵妇并且和她们共享一小时的快乐。

乌尔西　喂，宫内大臣，他们的光临使得寒舍增光。我十分感谢他们，请他们尽情欢乐吧。〔他们各选女宾跳舞。国王选中安·卜伦[37]〕

王　这是我从没有摸过的最美丽的手！啊美，我以前还不曾见识过你！〔音乐。跳舞〕

乌尔西　大人。

宫　主教？

乌尔西　请把我的这一番意思告诉他们大家：他们当中必定有一位，按照他的身份，比我更有资格占据这一个荣誉的座位，如果我能辨识出他来，我愿以爱戴恭顺之心让这位子给他。

宫　我就去说。〔向面具舞者低语〕

乌尔西　他们怎么说？

宫　他们都承认，其中确有这样的一位。他们愿意主教去找出来，他就会接受那个座位。

乌尔西　那么让我来看看。〔从他座位上下来〕请诸位原谅，我选择这一位为我的国王。

王　〔脱下面具〕让你找到了，主教。你举办了一次美人大会，你做得很好，主教。你是教会中人，否则，我告诉你说，主教，我要怀疑你居心不良。

乌尔西　我很高兴，陛下兴致如此之高。

王	宫内大臣，请你走过来。那位漂亮小姐是谁？
宫	报告陛下，那是洛施佛子爵陶玛斯·卜伦爵士之女，王后的侍女之一。
王	天啊，她是个标致的人儿。亲爱的人，我邀你出来跳舞而没有吻你实在太失礼了[38]。祝大家康健！请传杯共饮。
乌尔西	陶玛斯·勒佛尔爵士，内厅的宵夜准备好了吗？
勒佛尔	准备好了，主教。
乌尔西	我想陛下跳舞之后恐怕是有点热了。
王	恐怕是太热了。
乌尔西	陛下，在那边厅里有比较新鲜的空气。
王	每位领导你们的女伴进去吧。亲爱的伴侣，我还舍不得离开你。我们作乐吧，我的好主教，我要举杯六次祝这些美丽的女宾康健，再领她们跳舞一回，然后我们去梦想谁是最受女宾欢迎的人[39]。奏起舞乐来吧。〔喇叭声中众下〕

注 释

[1]法国国王佛朗西斯一世（Francis I）与英国国王亨利八世于一五二〇年（自六月七日至二十四日）在安德伦峡谷相会。峡谷之一边是基恩（Guynes），法国皮卡地省中之一城，当时属英国，另一边是阿德（Arde），皮卡地省中之另一城，属法国。峡谷为中立地带，会盟之时

布置堂皇，仪仗甚盛，故有 Field of Cloth of Gold 之称。会盟并无多大政治意义。

[2] 与史实不符。白金安在盟会之若干仪式节目中是曾经列席的，所谓因病不克参加乃莎氏的假托，借此以引起那番盛会的描绘。事实上是诺佛克留在英国未能参加此一盛典。

[3] Bevis of Hamptoun 中古传奇中之英雄人物，为撒克逊人，武艺超群，最著名的事迹是降服巨人 Ascapard，最后一次表演是在伦敦街上屠杀六万市民。William the Conqueror 赏识他的武艺，封为 Earl of Southampton。

[4] 据说乌尔西红衣主教是屠夫之子。

[5] 三大罪恶为傲慢（pride）、愤怒（wrath）与嫉妒（envy），均来自恶魔。

[6] 据何林塞记载，"六月十八日星期一发生凶恶的狂风暴雨，许多人以为是国王们之间将要发生冲突仇恨的朕兆"。（页八六〇）

[7] 法王下令没收英商在波尔多的货物是在一五二二年三月，历史上的白金安勋爵是于一五二一年五月十七日被斩首的。此剧年代有误。

[8] 易浦绥赤（Ipswich）是乌尔西的出生地。

[9] 查理士五世，西班牙国王兼神圣罗马帝国皇帝。他的母亲 Joanna 和亨利八世的妻 Katharine of Aragon 是亲姐妹。于一五二〇年五月二十六日在多汶登陆。

[10] 据何林塞，白金安系于一五二一年四月十六日被国王卫队长 Sir Henry Marney 所逮捕。布兰顿是 Master of the Kings Horse。

[11] 蒙太沟勋爵（Lord Mantacute）原名 Henry Pole，是阿伯格凡尼的女婿，在此案中被赦，后于一五三九年涉另一叛逆案而被斩首。

[12] 约翰·德拉卡（John de la Car）是公爵与僧人 Nicholas Hopkins 之间的联系人。

[13] 吉伯特·裴克（Gilbert Peck），本来名字是 Robert Gilbert，其职务是 clerk，何林塞误 clerk 为 Perke，剧作者们再误为 Peck。

[14] a monk of the Chartreux = a Carthusian monk，此教派系由 St. Bruno 于一○八四年所建立，于一一八○年传入英国，最初修道院为 Grenoble 附近之 Grande Chartreuse。

[15] 霍浦金斯（Nicholas Hopkins）是 Henton 沙特尔修道院的一个僧人，为一宗教热狂者，善预言，于无意中使公爵获谴，伤心而死。

[16] 原文一一五行已提到此一田产管理人，名 Charles Knyvet，是白金安之 cousin，因佃农怨恨而被白金安所解雇，遂密告白金安有弑君之密谋。

[17] 末三行费解，参看亚敦本 R. A. Foakes 的解释:

"I am the semblance of poor Buckingham, whose form (and future) at this instant are clothed in afflictions,in clouds, because I have darkened my bright self, and made angry my king."

[18] commissions（= writs of authority）此处是指征税的法令。何林塞记载，"红衣主教制定了奇怪的征税法令……每人捐献财产六分之一，以金钱或银器缴纳之，不得拖延。于是引起人民对国王与主教之咒骂，哭泣，感叹，惨不忍闻。"（页八九一）事实上此项税法之颁布在一五二五年三月，乃是在白金安死后四年之久。莎氏把此事提前，目的是在烘托王后与主教之间的龃龉。

[19] 参看 G. B. Harrison 注: "you originate decisions which are made known to each member of the Council, and which they dislike and would prefer not to know, and yet perforce they must."

[20] 阿伯格凡尼第三次娶玛丽，乃白金安之第三女。

[21] the Rose, 据 Stow : *Survey of London*（1618, p. 437）"... a house, called the Mannor of the Rose, sometime belonging to the Duke of Buckingham."

显系一庄园。G. B. Harrison 注为"酒店",恐误。

[22] Henry Stafford 自一四六〇年起为白金安公爵,一四八三年在骚兹伯来被斩首,事见《利查三世》第五幕第一景。

[23] 当时的宫内大臣是 Charles Somerset, Earl of Worcester 任职至一五二六年死时为止。

[24] Pepin or Clotharius 六世纪或七世纪时 Franks 之国王。此处系泛指任何古时法国帝王。

[25] the Louvre 罗浮宫,法国宫廷所在地。

[26] fool and feather,可能是指模仿法国时髦在帽子上佩戴的巨大羽饰。Steevens 以为是指携带羽毛扇的习惯。亦有人以为是专指职业性 fools帽上之羽饰。耶鲁本注为 light-brained folly。

[27] 网球是法国流行的游戏,于十三世纪时传入英国。亨利是热心的网球运动者,最古老的网球场在 Hampton Court 即亨利所建。

[28] 长筒袜与灯笼裤是法国佛兰西斯一世宫中的时髦装束,也是莎士比亚时代的流行式样。

[29] 原文 understand 双关语:(一)了解,(二)台下站立着(的观众)。

[30] plain-song 简单的歌调,英国式的唱法,以别于法国式之对位法、复合旋律等。

[31] Your colt's tooth is not cast yet. 言其年事虽长而少年风流之习未除。

[32] 这一景的地点应该是泰晤士河畔的 Bridewell 宫。宫内大臣是准备乘船前往 York Place。

[33] York Place 是乌尔西以约克大主教身份居住之所,后改为 Whitehall王宫。宴会是于一五二七年一月三日举行的。剧中略有舛误,将宫内大臣与桑兹勋爵误为两个人,因桑兹已于一五二六年继 Earl ofWorcester 为宫内大臣。

[34] running banquet 双关语,(一)点心,(二)流质的食物(含淫秽意)。

[35] 原 文 if I make my play 有 许 多 种 解 释:"if I make my party"（Steevens）,"if I may choose my game"（Ritson）,"if I win what I play for"（Wright）,"when I play with spirit, if I play up"（D. Nichol Smith）。

[36] 国王驾临则施放礼炮。一六一三年六月二十九日环球剧院失慎,即是为了这一次施放礼炮而起。

[37] 按照史实,国王与安·卜伦跳舞一事,并非发生在约克府邸的宴会里。事实上是一五二七年五月五日国王在格林尼治盛宴招待法国派来的安排玛丽公主与法王或王子间的婚事之诸使臣,先是举行盛大的比武,有三百支矛枪折断,随后是歌唱跳舞。至夜半,国王及使臣等与另外六人退席,化装为威尼斯贵族,又复归来,与贵妇跳舞,国王选中了安·卜伦云云。

[38] 当时礼节,跳舞完毕男应吻女,女屈一膝为报。或谓跳舞开始时吻之。

[39] 原文 Who's best in favour 据 R. A. Foakes 注云:"Pooler 解释为'who was the prettiest girl tonight'把 favour 当作 appearance 解;更简单地说,'in favour with the ladies'之意。"二说皆可通,今采后者。

第 二 幕

••• ❦ •••

第一景 [1]：西敏斯特。一街道

二绅士自对方上。

绅甲	这样匆匆的到哪里去?
绅乙	啊！上帝保佑你们。就是到西敏斯特大厅去，听听那伟大的白金安公爵的结果如何。
绅甲	我可以让你省却这一趟辛劳，先生。现在一切均已完毕，除了在形式上还要押犯人回来听判。
绅乙	方才你在那里吗?
绅甲	是的，我确是在那里。
绅乙	请你说一说发生了什么事。
绅甲	你可以很快地猜到。
绅乙	他被判有罪了吗?

绅甲　　　是的，他确是被判决为有罪了。

绅乙　　　我很为此而难过。

绅甲　　　很多人都难过。

绅乙　　　但是请告诉我审判是怎样经过的?

绅甲　　　我可以简单告诉你。这位伟大的公爵来到庭上，对
　　　　　于被控各节他一直不肯认罪，而且提出许多强硬的
　　　　　理由使控告归于无效。检查官相反地举出了各个证
　　　　　人所作的证词、证件及招供，公爵便要求他们前来
　　　　　当面对质，于是他的田产管理人，他的秘书吉尔伯
　　　　　特·斐克先生，他的告解神父约翰·卡尔，还有惹
　　　　　出这场祸事的妖僧霍浦金斯，都出庭和他作对了。

绅乙　　　就是以预言向他灌输的那个人吗?

绅甲　　　正是他，这些人都对他强烈指控。他极力想要为自
　　　　　己开脱，但是他无法办到，于是他的同辈贵族们根
　　　　　据这项证据判他为大逆不道罪。为了活命，他说了
　　　　　不少话，而且都是精通法理的话，但是只能引起人
　　　　　的怜悯，或是令人听了就忘。

绅乙　　　经过这一切之后他态度如何呢?

绅甲　　　他再度被带到庭上听取他的葬钟，也就是听取他的
　　　　　判决的时候，他因苦痛而激动，大量地流汗，愤怒
　　　　　中匆促地说了几句难听的话，但是他又恢复了镇定，
　　　　　此后便一直地很文雅地表示着高贵忍耐的态度。

绅乙　　　我不以为他怕死。

绅甲　　　当然，他不怕。他从来没有这样的女人气。对于作
　　　　　弄他的人，他倒难免不有一点愤愤然。

绅乙	这一定是主教一手导演的。
绅甲	从各方面猜测，这是很可能的：首先是，国王派往爱尔兰的钦差大臣吉尔达被黜；把他解职之后，就派色雷伯爵前去，而且是匆匆忙忙的，生怕他对他的岳父有所帮助[2]。
绅乙	政治上玩弄手段是非常狠辣的。
绅甲	他回来的时候一定要报复的。大家都注意到了，任谁获得国王宠信，主教立刻就派他职务，而且是调他离开朝廷远远的。
绅乙	所有的人民都恨死他，凭良心讲，愿他入土六丈深；而他们对这位公爵的爱戴却同样的强烈，称他为慷慨的白金安，一切礼貌的模范——
绅甲	且住，先生，请看你所说的那位高贵的被陷害的人吧。

白金安被审讯毕，上；法警等前导；斧刃对着他[3]；两边擎着戟；陶玛斯·勒佛尔爵士、尼古拉斯·孚克斯爵士、威廉·桑兹爵士[4]及平民等随上。

绅乙	我们走近些，看看他。
白金安	诸位好人，你们一路前来怜悯我的人们，请听我一言，然后回家去把我忘怀了吧。我今天已被判决为叛逆，并且必须在这个罪名之下受死。不过，上天给我作证，我若是还有良心的话，如果我真是不忠，就在斧头落下的时候，让我的良心帮同把我毁灭了吧！为了我的死刑我不怪法律，法律只是对证据加

以公正的裁决；但是陷我于法的人，我倒愿他们有更多的基督徒的气度：不管他们是什么样的人，我诚恳地饶恕他们。他们要小心些，不可干了坏事而得意扬扬，也不可在贵人的坟墓上建立他们的罪行，因为那时节我的无辜的血一定要控诉他们的。在这世界上苟延性命，我从无此想，我也不愿作此请求，虽然国王的慈悲心肠远大于我的犯罪的胆量。你们几位怜爱我，敢为白金安而哭，作他的朋友，引他为同调，和你们诀别乃是我的唯一苦恼之事，唯一哀痛欲绝之事，请像是我的守护神一般为我送终吧。斧钺加颈使我的灵魂躯体遽告分离的时候，请一致为我祈祷，使我的灵魂上天吧。请往前走，我以上帝的名义请求你们。

勒佛尔　我请求大人，为了慈悲之故，如果你心中隐藏着任何对我的怨恨，现在公开宽恕我吧。

白金安　陶玛斯·勒佛尔爵士，我无保留地宽恕你，犹之我愿被人宽恕一般，我宽恕一切人。那些无数的对我不起的事情没有令我不能谅解的，我的坟墓之上不可有怨毒的标记。为我向国王致意，如果他提起白金安，请告诉他你遇到他的时候他已经一半进入天国。我的愿望与祈祷仍是为国王而发，直到我的灵魂离弃躯体的时候为止，我要为他求福：愿他克享高龄，比我在这残生中所能计数出来的岁月还要长久得多！愿他的统治永远是爱民的，而且是受人民爱戴的！等到时间老人引导他到达生命的终点，愿一片慈祥与国王御体同时填满一座陵寝！

勒佛尔	我必须引导大人到河边，然后交由尼古拉斯·孚克斯爵士负责护送你到你的终点。
孚克斯	你们准备好啊！公爵来了，把船准备好，一切装备需要适合公爵的身份。
白金安	不，尼古拉斯爵士，不必费心了，如今我的排场只将是对我一大讽刺。我到这里来的时候，我是全国军事总监，白金安公爵；现在呢，不过是可怜的爱德华·鲍恩[5]。不过比起不知忠诚为何物的控告我的那些下流人，我还算是不可怜的，我现在以血来证明我的忠诚，这血会有一天要使得他们悔恨呻吟。我的高贵的父亲，白金安的亨利，他首先起兵反抗那篡位的利查，危急之中逃到他的仆人班尼斯特处求援，竟被那小人所卖，未获审判而被处决，愿上帝赐他以安息！亨利七世继位，深悯家父的不幸，不愧为一代名主，恢复了我的荣誉，使得我重振家声。现在他的儿子，亨利八世，一下子夺去了我的生命、尊荣、名誉，以及一切使我庆幸之物。我受到了审判，而且不能不说是很堂皇的审判，比我不幸的父亲要幸运多了，可是我们的遭遇还是相同的，都是为我们的仆人所陷，被我们最亲信的人所陷，这真是最伤天害理忘恩负义的事！上天安排一切。但是，听我说话的诸位哟，请听我这垂死之人，所言决无虚妄：你们对人推心置腹的时候，切记不可过度，因为你们所结交信赖之人，一旦发现你们的命途稍有

坎坷，便像水一般从你们身边流走，除了在他们蓄
意毁灭你们的场合之外休想再能遇到他们。所有的
好人们，请为我祈祷！我现在必须离开你们，我的
漫长疲惫的生命之最后的时辰已经到来了^[6]。再会
了！以后你们想要述说一些悲惨故事的时候，就说
我是如何覆亡的吧。我说完了，上帝饶恕我！〔白
金安与侍从等下〕

绅甲　啊！这太可怜了！先生，这件事恐怕要使那些暗中
　　　主使的人们受到很多的诅咒。

绅乙　如果公爵是无辜的，这事可太惨了。不过我可以告
　　　诉你一桩消息，有祸事就要发生，可能比这件事更
　　　为严重。

绅甲　守护神保佑我们不受它的灾害吧！到底是什么事？
　　　你不怀疑我的忠实吧，先生？

绅乙　这件秘密非常重要，需要有坚强的信念严守勿泄。

绅甲　告诉我吧，我不乱说话。

绅乙　我很放心：可以让你知道。你最近几天没听到一种谣
　　　传说国王与卡萨琳将要仳离吗？

绅甲　听到了，但那是不确的，因为国王有一次听到了这
　　　个谣传，大怒之下，立即命令市长遏止流言，取缔
　　　那些胆敢散布流言的人。

绅乙　但是那项流言现在已经成为事实了，因为流传已经
　　　越来越广，大家确信国王将不惜一试。不是主教，
　　　便是国王的左右什么人，由于对那贤慧的王后的嫉
　　　恨，故意让他生出疑虑^[7]，陷害于她。为了确认这

件婚姻，红衣主教康佩阿斯最近已经来到，大家都知道他是专为此事而来的[8]。

绅甲 是主教所安排的。据揣测，他只是为要报复皇帝查理士没有照他所请把陶来都大主教一职派给他[9]。

绅乙 我想你说得很中肯。不过让她白白做了牺牲，岂不过于残忍？主教的意旨是一定要贯彻的，她是倒霉定了。

绅甲 这太惨了。在这公开场所我们不便谈论这事，我们到较私蔽的地方再去想想吧。〔同下〕

第二景：宫中接待室

宫内大臣上，读一信件。

宫 "大人，台端索取之马匹，均系曾经本人悉心加以选择、驯练与装备者。齿龄既轻，仪态亦美，乃此地最为纯良之品种。正当马匹准备送往伦敦之际，主教大人派员前来，依据命令与强力将马匹夺走，其理由是：其主人之特权固不优于国王，但较一般臣民则为优先，因此吾等为之语塞。"我恐怕他确实是要这样做。好，马匹就让他拿去，我想，他是要占有一切。

诺佛克与沙佛克^[10]二公爵上。

诺佛克	幸会，宫内大臣。
宫	二位大人安好。
沙佛克	国王近况如何？
宫	我离开的时候他独自在那里，满怀的愁思与烦恼。
诺佛克	是何缘故？
宫	好像是和他的哥哥的妻子结婚一事使得他内心不安。
沙佛克	不，他的心已经是在另外一个女人身上了。
诺佛克	确是如此。这是主教所干的事，这俨然以国王自居的主教，这盲目的僧侣，像是命运女神的长子，继承了任意翻云覆雨的手段。国王总有一天会了解他的。
沙佛克	愿上帝使他了解吧！否则他永远不会有自知之明。
诺佛克	他做起事来是多么虔敬，多么热心！因为，他现在已经把王后的伟大的外甥查理士皇帝与我们之间的联盟破坏了，于是他钻到国王的内心深处，在那里散布危惧、疑虑、良心的绞痛、恐怖与绝望。这一切都是与他的婚姻有关，为了解救国王超脱这些困扰，他主张离婚，劝他舍弃她。她像是挂在他的颈上二十年而从不曾失掉光泽的宝石一般，她对他爱护之诚挚有如天使之爱护善良的人们一般，她纵然在命运的最大打击之下也还是要为国王祝福的，这办法是不是很虔诚的？
宫	愿上天保佑我别出这样的主意！这消息确已到处流

传，每一个人都在谈论着，每一个忠实的人都在啜泣。凡是敢于探讨此事内情的人们都看出了其中底蕴，主要的目标是法国国王的妹妹。上天有一天会使国王睁开眼睛，他对于这个大胆的坏人已经这样久的视若无睹了。

沙佛克　　　上天会解放我们不再受他的奴役。

诺佛克　　　为了获得解救，我们需要祈祷，而且要虔诚地祈祷，否则这一个跋扈的人将要把我们全都由王公变成了侍童。一切人的荣誉在他面前都成了一块泥土，由他随意捏成任何阶级。

沙佛克　　　以我而论，二位大人，我不喜欢他，也不怕他，这就是我的信条。我之得有今日并非是靠了他的提拔，所以只要王恩不坠，我便屹立不摇。他的诅咒与他的祝福同样地不能奈我何，我一概不加理会。过去我认识他，现在我也认识他，所以我把他交给当初使得他变得如此骄纵的那个人来处置，那即是教皇。

诺佛克　　　我们进去吧，谈一些别的事情让国王暂得排遣使他困扰过甚的愁思。大人，你愿和我们同去吧?

宫　　　　　请原谅我，国王已经派遣我到别处去。还有，你们此刻去打搅他，恐怕是很不适宜，祝二位健康。

诺佛克　　　多谢，我的好宫内大臣。〔宫内大臣下〕

诺佛克开启一双扇门，露出国王正在坐着潜心读书。

沙佛克　　　他的脸色多么愁苦! 他一定是很苦痛。

王　　　　　是谁，哈?

诺佛克	我求上帝他可别生气。
王	是谁，我说？我私下沉思的时候你们怎么胆敢闯了进来？我是谁，啊？
诺佛克	是一位能饶恕一切不含恶意的罪过之仁慈的国王。我们冒昧前来是为了公事，我们是来向陛下请示的。
王	你们太大胆了。走开吧，我会让你们知道什么时候来办理公事。这是办理政务的时候吗，啊？

乌尔西与康佩阿斯上。

那是谁？我的好主教？啊！我的乌尔西，你是我的受了伤的良心的抚慰者，你是善于疗治国王的良医。〔向康佩阿斯〕有道的主教，欢迎你莅临敝国，对于我和我的国家，有事尽管吩咐。〔向乌尔西〕主教，请多加小心，不要使我成为一个徒尚空谈的人。

乌尔西	陛下，你不会的。愿陛下准我们只要一小时的密商。
王	〔向诺佛克与沙佛克〕我现在有事，你们走吧。
诺佛克	〔向沙佛克旁白〕这个教士倒是一点也不傲慢！
沙佛克	〔向诺佛克旁白〕不值一提。我纵然有他的地位，也不会那样的傲慢，不过这情形是不能继续下去的。
诺佛克	〔向沙佛克旁白〕如果竟继续下去，我可要对他进攻了。
沙佛克	〔向诺佛克旁白〕我也要下手。〔诺佛克与沙佛克下〕
乌尔西	陛下已创下了一个比任何君王都要贤明的先例，把你的疑虑不决之事交付基督教世界人士公决。现在，谁还能忿忿不平？谁还能对你怀有恶意？西班牙人，

　　　　　　对她有血统上的和情感上的关联，现在也必须承认
　　　　　　这审判是公正无私的，如果他们还有一点良心存在。
　　　　　　基督教国家的所有的僧侣，我是说其中之有学问的，
　　　　　　都可自由表决。罗马，乃是审判的保姆，由你亲自
　　　　　　邀请，已经派来了一位总发言人，就是这位好人，
　　　　　　这位公正博学的教士，康佩阿斯枢机主教，我再度
　　　　　　为他向陛下引见。

王　　　　　我再度以拥抱来欢迎阁下，并且感谢枢机主教会议
　　　　　　诸公的盛意：他们派来了我所最企盼的人选。

康佩阿斯　　陛下当然要受一切异邦人士的爱戴，您是这样的英
　　　　　　明。我把我的委任状奉呈陛下，根据此项令状——
　　　　　　罗马教廷的敕令——约克大主教阁下，你和我要共
　　　　　　同负责执行他们的委任来公平裁判这一案件。

王　　　　　是两位公正人士。你来此的任务要立刻通知王后。
　　　　　　嘉德纳[11]在哪里？

乌尔西　　　我深知陛下笃爱王后，凡地位较她为低的妇女所能
　　　　　　依法要求的权利，亦必不会拒绝她来享受的，所以
　　　　　　她一定可以聘请法学专家为她尽量辩护。

王　　　　　是的，她可以聘用最好的学者。谁辩护得最好，谁
　　　　　　便得到我的赏识，上帝不准不如此做。主教，请叫
　　　　　　我的新秘书嘉德纳来见我，我觉得他很合适。〔乌尔
　　　　　　西下〕

　　　　　　乌尔西偕嘉德纳上。

乌尔西　　　〔向嘉德纳旁白〕伸手给我。恭喜你，你现在是国王

的人了。

嘉德纳　　〔向乌尔西旁白〕但是我是您亲手提拔的，永远要听您的调遣。

王　　　　走过来，嘉德纳。〔二人在一旁谈话〕

康佩阿斯　约克主教大人，此人的前任不是一位佩斯博士吗[12]？

乌尔西　　是的，是他。

康佩阿斯　他不是被公认为一个有学问的人吗？

乌尔西　　是的，当然是的。

康佩阿斯　请相信我，外面有恶意的流言散布，与您有关，主教大人。

乌尔西　　怎么？与我有关？

康佩阿斯　他们毫不犹豫地说，您嫉妒他，怕他升发起来，他是如此的贤能，所以总是派他出国，他因此很难过，以至发疯而死。

乌尔西　　愿上天给他平安！这可以算是充分的基督徒的愿望了。至于那些活着的诽谤者，将来自有报应。他是一个傻瓜，一点也不贤能。至于这位好人，我如有驱遣，他会服从指导的，其他的人我是不准这样接近国王的。老兄，你要知道这一点，我们不能让低贱的人和我们过分地平等。

王　　　　把这件事情平平稳稳地报告王后知道。〔嘉德纳下〕我所能想到的最适宜于接待这一批饱学之士的地点便是黑衣僧修道院[13]，你们到那里去集会，讨论这件大事。我的乌尔西，你负责去布置一下。啊，主啊！一个精力充沛的人，要舍弃这样可爱的一个床头伴侣，他能不难过吗？但是，良心，良心！啊！
那是一个娇嫩的地方，我必须离弃她。〔众下〕

第三景：王后居处的接待室

安·卜伦与一老妇上。

安·卜伦	倒也不是为了那个。令人心神不安的苦痛是在这个地方：国王和她共同生活这样久了，她又是这样贤惠的一位夫人，从没有人能对她发出诋毁的话，我敢以生命发誓，她从来不知害人为何物。啊！现在，于高据后座这么多寒暑之后，威望与排场一直是在增长，一旦令她放弃，其苦恼比起当初取得荣华富贵时之欢欣要更加千倍的深刻，于这样漫长的一段经验之后竟一声令下教她走路！这太可怜了，妖怪都会受感动。
老	铁硬的心肠也要软下来为她而悲伤。
安·卜伦	啊！这是上帝的意旨。她当初不曾享受荣华富贵倒还好些，那虽然是属于尘世的，不过，如果那好寻衅的命运女神真的把它从她身边夺走，其苦痛将和灵魂离开躯体一般的难堪。
老	哎呀！可怜的夫人，她现在又是一个外国人了。

安·卜伦	所以格外的令人同情，真是的。我可以赌咒，出身寒微，平平安安的与贫贱之人为伍，要比身穿锦绣头戴金冠而心怀悲怆要好得多。
老	知足常乐乃是我们最高的享受。
安·卜伦	我以我的诚心与贞操为誓，我不愿作王后。
老	老实讲，我愿意，而且情愿因此而冒着放弃贞操的危险。虽然你装腔作势的说得好听，你心里也是愿意的。你有女人的漂亮的仪表，一定也有一颗女人的心，女人总是爱尊荣富贵的。老实说，这些东西都是有福之人才能享受的——你用不着忸怩作态——如果你肯把你那有韧性的良心拉长一些，你也可以接受。
安·卜伦	不可以，实在不可以。
老	可以，实在可以，实在可以。
安·卜伦	不，把天下的财富都给我，我也不肯。
老	真是奇怪！像我这样的老婆子，给我一块弯曲的三便士[14]，说可以雇我去当王后。但是，我请问你，做一位公爵夫人，你以为如何？你的身体可禁得住这样重的衔称？
安·卜伦	不，实在禁不住。
老	那么你的身体是太弱了。再降下一格吧：我可不愿做一个年轻的伯爵遇到像你那样的人，我所需要的不仅是脸红一阵便算完事[15]。如果你连这样的负担都承当不下来，那么你的体力实在是太弱，怕永远生不出孩子。

安·卜伦　　你怎么这样胡说！我再赌咒，全世界都给了我，我也不愿为王后。

老　　　　老实说，为了小小的英格兰[16]你就会一试捧球的滋味[17]。至于我自己，只要把卡那文县[18]给了我，虽然除了那块土地之外与王位无任何其他关系，我就愿一试哩。看！谁来了？

宫内大臣上。

宫　　　　二位早安。你们谈的是什么机密事？

安·卜伦　　大人，不值得令您来问起：我们是在同情我们的王后的苦恼。

宫　　　　那实在是太体贴了，温柔贤慧的女性正该如此，一切总还有圆满解决的希望。

安·卜伦　　我现在祈祷上帝，但愿如此！

宫　　　　你心肠好，上天会降福给你这样的人。为了使你明白我所说的都是实话，而且国王已经注意到你的许多品德，现在国王派我传达对你的一番赏识之意，并有意以潘伯娄克女侯爵的荣衔颁赐给你；而且特加恩宠，每年拨给一千镑的岁俸。

安·卜伦　　我不知道应该怎样表示忠诚。我所有的忠诚都微不足道，我的祈祷也是些不够虔诚的字句，我的愿望也没有比空想更多的价值，但是祈祷与愿望乃是我所能报答的全部了。我求大人代我向国王陛下表达一个羞怯的女侍所能有的感激与忠诚，我为国王陛下的健康与威望而祈祷。

宫　　小姐，我一定要使国王对你的一番好感证明为不虚发。〔旁白〕我已经仔细端详了她，她是美貌与品德兼而有之，难怪吸引了国王的注意，谁敢说将来从这位小姐身上不会产生出一块宝石把这全岛照耀得通亮[19]？〔向她〕我要去见国王，并且告诉他我已经和你谈过。

安·卜伦　大人请。〔宫内大臣下〕

老　　唉，居然如此。看，看！我在宫中行乞十六年了，依然是贫苦的宫人一个，乞求金钱的赏赐不知多少回了，从没有一次不迟不早地及时获得报酬。而你，啊命运！不过是新来乍到的一个人——呸，呸，就赶上了这一份逼人而来的好运——你还没有张开嘴就塞满了一大嘴。

安·卜伦　这是我所料想不到的。

老　　滋味如何？苦吗？我敢赌四十便士，不苦。从前有过一位女郎——那是个老故事了——她不愿做王后，就是把埃及的所有的沃土都给了她，她也不愿。你听过这故事没有？

安·卜伦　好了，你的兴致好高。

老　　我若有你那样的遭遇，我的兴致会飞得比云雀还高。潘伯娄克女侯爵！每年一千镑，只为表示一点恩宠！别无其他义务！我敢以性命打赌，会还有更多的一千镑源源而至，尊荣的曳裙总比裙子的前面长些。到了现在，我知道你的背担得起一位公爵夫人了。你说，你现在是否比以前强健些了？

安·卜伦　好婆婆，你尽管想入非非地自己寻乐，别把我扯进去。如果此事给我一丝一毫的快乐，但愿我不曾生存，想到以后的事，真使我头晕。王后抑郁不欢，我们离开她这样久，也未免太怠忽了。请不要把在这里听到的话对她说起。

老　　你以为我是何等人？〔同下〕

第四景：黑衣僧修道院之大厅

喇叭奏登场号，辅以带音栓之小铜喇叭。主教仪队队员二人持短银杖上；随后是着法学博士制服的书记官二人；随后是坎特伯来大主教独自一人；随后是林肯主教、伊雷主教、洛柴斯特主教、圣哀塞夫主教；随后相隔不远是一位绅士捧囊，国玺及枢机主教之帽；然后是教士二人各持一银十字架；然后是不戴帽的引导员一人，由一手持银质权杖的卫士陪行；然后是两位绅士，手举两个巨大的银柱；其后二位枢机主教并肩而上；二贵族带剑及权杖上。然后国王，王后及侍从等上。国王在御帐下就座；二枢机主教以审判官身份坐在他的下面。王后坐在距王稍远之处。主教等分在庭内两边坐下，依宗教法庭之样式坐在他们下手的是书记官等。贵族等坐于主教等旁边。传令员及其他侍从等分立舞台上适当之地点[20]。

乌尔西	宣读罗马训令的时候，令大家肃静吧。
王	何必呢？已经公开读过了，其权威为各方面所认可。你大可以省下这一段时间。
乌尔西	就这么办。进行吧。
书记	喂，英格兰的国王，出庭。
传令	英格兰的国王亨利，出庭。
王	到。
书记	喂，英格兰的王后卡萨琳，出庭。
传令	英格兰的王后卡萨琳，出庭。〔王后未作声，自座中起，绕过法庭，走到王前，在他脚边跪下;然后发言〕
后	陛下，我请你以正义与公道来对待我，并且怜悯我，因为我是一个极可怜的女人，并且是一个外国人，不是生在你的国土之内的。在这里我物色不到公正无私的审判官，也得不到正直待遇与公平裁判的保证。哎呀！陛下，我在什么地方开罪于你？我在行为上有什么使你不愉快的地方，以至于你这样的想要和我离异，收回你对我的恩宠？上天作证，我一直在做你的忠实柔顺的妻子，总是依从你的意旨；永远小心翼翼的唯恐引起你的不快，是的，随时窥伺你的颜色，以决定我自己心中的忧喜。什么时候我违背过你的意思，而不曾以你的意旨为意旨？你的朋友中有哪一个我没有勉强地去喜欢他，虽然我知

道他可能是我的敌人？我的朋友中有哪一个招你生
了气，而我还继续喜欢他？不，没有立刻通知他和
他绝交？陛下，请回想一下我曾做你的妻，如此之
恭顺，将近二十年，还给你生过好几个孩子[21]。如
果在此期间你能提出而且证实对我名誉不利的事情，
对婚姻有什么不忠的地方，或是对你的圣躬我在情
爱与职责上有什么欠缺，那么用上帝的名义你可以
打发我走，以最难堪的轻蔑和我断绝关系，把我交
付严峻的审判。再说，陛下，你的父王乃是以贤明
著称的一位君主，有无比的睿智与果断，我的父亲
西班牙国王斐迭南也是若干年来公认的最聪明的君
主，毫无疑问的他们曾经从各国邀集到许多明智之
士来商讨这件事，他们都认定我们的婚姻为合法。
因此我恳求陛下宽容，准我征询我在西班牙的朋友
们的意见。否则，上帝鉴临，让你如愿以偿吧！

乌尔西　　夫人，此地有你自己所遴选的人——这些博学的神
　　　　　父们，都是品学出众的人，是的，全是一时之选，
　　　　　他们聚在此地为你辩护。所以你要求庭上展期审判，
　　　　　无论对你自己情绪之稳定，或国王心情不安之解除，
　　　　　都是无益的。

康佩阿斯　主教说得很好而且很公正。所以，夫人，这审判应
　　　　　该进行，而且无须拖延，现在双方即可提出言词
　　　　　辩论。

后　　　　主教大人，我有话对你说。

乌尔西　　夫人有何吩咐？

后	主教，我简直要哭了。但是，想想我乃是一位王后——或是很久地梦想着我是一位王后——确实是一位国王的女儿，我就要把泪珠变成为火花。

乌尔西　　还请忍耐一些。

后　　　　等到你谦恭一些的时候，我就会忍耐。不，在你变成谦恭以前，我也得忍耐，否则上帝要惩罚我。根据一些强有力的证据，我确信你是我的敌人，我提出异议，反对你做我的裁判者。因为是你在我的夫君与我之间煽火，愿上帝降下甘霖加以扑灭！所以我再说一遍，我严重地抗议，是的，我从心坎里拒绝你来做我的审判者，我再说一遍，我认为你是我的最恶毒的敌人，我认为你绝对不是真理的爱护者。

乌尔西　　我要宣称，你所说的话不像是你说的。你一向宅心忠厚表露出温柔的性格，具有超过一般妇女的智慧。夫人，你诬枉我了，我对你没有恶意；对你或任何人都没有不公道的念头。我业已采取的步骤，或将进一步采取的步骤，都是根据枢机主教会议，是的，罗马全体枢机主教会议的训令。你指控我煽动这次纠纷，我否认。国王在此，如果让他发现，我做下了事而加以否认，他会严惩我之罪有应得的虚伪。是的，就像你之对我的忠实痛加攻击一般。如果他明白我并没有你所攻讦的事实，他就会知道我并没有陷害于你。所以我完全仰仗他来解救我，解救的方法便是，解除你的这些想法。在国王陛下谈到这事之前，仁慈的夫人，我求你不要再想你所说过的话，也不要再这样的说了。

后　　　　主教大人，主教大人，我是一个愚昧的女子，简直
　　　　　没有力量对抗你的权谋。你是满口的谦恭柔顺；你
　　　　　身居高位，而扮出一派谦恭柔顺的样子，但是你的
　　　　　心里却充满了傲慢、毒恨与骄矜。你靠了命运与国
　　　　　王陛下的恩宠，平步青云，现在位极人臣，满朝权
　　　　　贵都成了你的侍从，你所说的话，就像是你的豪仆
　　　　　一般，随便你怎么说，就能做出怎样的事实。我必
　　　　　须告诉你，你关心私人的光荣远过于你的崇高的宗
　　　　　教职责。我再度拒绝你做我的审判者，我在此地，
　　　　　当着你们大众，向教皇上诉，把全案送请他来办理，
　　　　　由他来裁决。〔她向国王敬礼，意欲离去〕

康佩阿斯　王后坚持己见，不服法律制裁，有意刁难法庭，而
　　　　　且鄙夷受审：这不大好。她要走了。

王　　　　喊她回来。

传令　　　英格兰王后卡萨琳，出庭。

格 [22]　　夫人，喊你回去呢。

后　　　　你何必理他？请你继续往前走，喊你的时候，你再
　　　　　回来。现在，上帝帮助我吧！他们激怒我使我无法
　　　　　忍受。请你，继续走。我不逗留，不，以后为了此
　　　　　事我决不在他们的任何法庭中出席。〔王后及其侍从
　　　　　等下〕

王　　　　随你的意吧。世上如有人说他有一位更好的妻，只
　　　　　为了这一句谎言，其人在任何事上均不可信赖。你
　　　　　乃是，唯一无二的——如果你的稀有的品质，可爱

的温和，圣者一般的柔顺，举止有节的妇道，威仪
之中的随和，以及其他的高贵而可敬的优点，可以
形容你的话——你乃是人间王后中之王后。她出身
高贵，她对待我也一直不失其高贵的身份。

乌尔西　仁慈的国王，我以最谦卑的态度恳求陛下当着大家
宣布——因为我被劫被绑，我必须立即要求解缚，
纵然当时当地不能完全立即获得满意的补偿——
我可曾首先对陛下提出此事，或是逗起你的任何
疑虑不安，以至于引你走到这个问题上来？你有这
样贤德的一位王后，我除了感谢上帝之外，可曾对
你说过一个字有损她的目前的地位或是污毁到她的
名誉？

王　　　主教大人，我认为你无罪。是的，我以我的名誉为
誓，我宣告你无罪。我无须告诉你，你是有许多敌
人，他们不自知为什么要和你为敌，只是像乡村的
一群狗，听到别的狗的吠声便也跟着吠起来：王后
的愤怒便是被这种人所撩拨起来的。我认为你无罪，
但是你还要更进一步的证明吗？你一直愿把这件事
搁置起来，从来不曾想要把这事翻腾出来，而时常
时常地阻止此种企图。我以名誉为誓，我为我的好
主教大人辩白到这个地步，并且为他洗刷一切罪名。
现在，究竟什么事引起了我做这事的动机，我要费
一点时间说给你们听，那么就请听如何引起动机的
吧。是这样的，请注意听：贝昂主教，当时的法国
大使，奉派来此商讨奥利安斯公爵[23]与我的女儿玛

丽的婚事，他说过一番话使得我的良心开始觉得有
一点敏感、不安与刺激。这事在进行之间，尚未获
得结论，他——我是指那位主教——要求暂停谈判，
以便向他的国王请示，由于我和我的亡兄之妻结婚，
所生的女儿能否算是嫡出，这一停止谈判，动摇了
我的良心深处，以劈裂的力量刺入了我的心，使得
我的胸襟一带为之震撼。其势如此之猛，紧跟就是
妄念丛生，夹杂着这样的一项疑惧。首先是，我想
我是获罪于天了，上天曾经制下严令，我的妻如果
能为我怀孕一个男胎，她的子宫将不比坟墓之对于
死人发生更大的作用，因为她的男孩不是胎死腹中，
便是一见天日不久便要夭折。于是我想这是天谴。
我的国家，值得世上最优秀的后裔来承继，因我之
故不得享受这份快乐了。随后我又考虑我的国家因
我没有后嗣而要遭遇的危机，这给了我无穷的呻吟
苦痛。我在良心的大海里面漂荡着，终于驶向这个
解救之途，所以我们如今在此相聚。换言之，我意
欲把我这病情严重至今未愈的良心，交由所有的国
内的有道高僧以及知识渊博的学者们，设法调处一
下。最初，我私下和你谈过了，林肯主教，你该记
得我第一次向你提起此事的时候，我是怎样的在苦
闷之下大汗直流。

林肯	我记得很清楚，陛下。
王	我说得很久了，请你自己说说看你是怎样规劝我的。
林肯	陛下，兹事体大，后果堪虞，当时使我大为惊愕，

不敢冒然提出大胆的建议，但是却请求陛下采纳你
目前所进行的步骤。

王　　　　然后我又向你提起，坎特伯来大人，得到了你的同
意进行这次传讯。这庭上的各位主教没有一个我没
有征询意见过，但是我所得到的特别允许状乃是由
你亲笔签名盖章的。所以，进行吧，因为促使此事
进行的绝不是任何对王后本人的不满，而是我所提
出的那些棘手的理由。只消证明我们的婚姻为合法，
以我的性命与国王的尊严为誓，我很情愿和我的王
后卡萨琳这并世无双的好人儿共度我的余年。

康佩阿斯　陛下，王后既然缺席，我们只好宣告退庭，改日择
期再审。同时还要恳求王后撤回她所要向教皇提出
的上诉。〔众起立离席〕

王　　　　〔旁白〕我可以看得出，这些枢机主教们是在玩弄
我。我厌恶罗马的这种拖延的把戏。我的博学的可
亲的克兰默，请你快回来吧[24]。你的来临，我知道，
就给我带来安慰了。解散这法庭吧。请走。〔按照上
场时情形，众退下〕

注　释

[1] 这一景是 Fletcher 所作，但很精彩，很紧凑地追随着何林塞的《史
记》原文，有时词句均雷同。白金安公爵于一五二一年五月十三日受

审，由十七名贵族审判，以诺佛克公爵为主持人，结果于五月十七日在 Tower Hill 执行死刑。

[2] 按何林塞所述，Thomas Howard, Earl of Surrey，娶白金安之长女 Elizabeth Stafford 为妻，故于一五二〇年被遣往爱尔兰，名为钦差，实为流放，于一五二一年间返国，其时白金安已被处死。

[3] 以斧刃相向，表示犯人已判死刑。

[4] 第一对折本作 Sir Walter Sands, Theobald 改正为 Sir William Sands, 在这时候（一五一二年）他还是 knight, 故应称为 sir, 于一五二三年始授勋改称为 Lord, 故第一幕第三、第四两景皆称 Lord, 剧情自历史改编，故前后时间错误。

[5] 白金安是 Humphrey de Bohun, Earl of Hereford 之女 Eleanor 所传下来的第五代孙，他的姓氏应该是 Stafford。莎士比亚沿何林塞之误。

[6] 白金安被杀时只有四十三岁。行刑是在审判后的第四天，并不是立即处决。此处与事实亦略有出入。

[7] 所谓"疑虑"（scruple）是指卡萨琳曾与亨利八世的哥哥 Prince Arthur 订婚，在 Arthur 死后她与任何近亲结婚均为法所不许。亨利之与卡萨琳结婚乃是经由教皇之特准。

[8] 据何林塞，康佩阿斯奉教皇之命来到伦敦是在一五二八年十月，时在白金安死后七年。

[9] 查理士五世是西班牙国王兼神圣罗马帝国大皇帝，乃是卡萨琳王后的外甥。陶来都大主教一职乃是全欧洲最富庶而重要的圣职，其地位仅次于教皇。乌尔西垂涎此职，即系因有觊觎教皇地位之野心。据何林塞，乌尔西愿国王与王后离婚，以便国王能与法王之妹 the Duchess of Alencon 结婚，加强英法之联系，唯此说似无历史根据。

[10] 沙佛克公爵，即 Charles Brandon, 于一五一四年二月被封为公爵，

于一五一五年三月娶国王之幼妹玛丽（即法王路易十二世之寡妻），为国王之宠信。

[11] Stephen Gardiner（1483-1555）精通法律，一五二九年七月二十八日奉派为秘书，为国王办理离婚事件。乌尔西死后，于一五三一年任派为温柴斯特主教，以为酬庸。

[12] 佩斯博士 Dr. Richard Pace（1482? - 1536）是 dean of St. Paul's, Exeter, and Salisbury，并曾担任其他要职，乌尔西恐其夺王宠信，一再派遣他出使外国，终于抑郁发疯而死。

[13] 黑衣僧修道院 Blackfriars 是宗教改革运动以前多民尼加教派的修道院，在泰晤士河与 Ludgate Hill 之间。

[14] 三便士币在一五五二年开始铸造发行，此处提到显系时代错误。"弯曲的"，表示其为无效的废物。queen 可能有双关义，因与 quean 同音。

[15] 原文 I would not be a young count in your way, / For more than blushing comes to：费解。R. A. Foakes 注云: The Old Lady says that if Anne cannot bear the load of Duchess, she will get no further than blushing with an earl, and implies that she would not be in Anne's condition (i. e. a virgin; "way" has the double sense of path and condition) for more than blushing comes to - she would give up her virginity with no more than a blush.

[16] "小小英格兰"可能是指 Pembrokshire，因为其地素有"Little England beyond Wales"之称。但此刻安·卜伦与老妇人均尚不知被封为 Marchioness of Pembroke 之事，故此处所谓之"小小英格兰"大概即是英格兰蕞尔小岛，以与上文"全世界"相对。

[17] emballing 指行加冕礼时登王座后一手执杖一手捧球，为王权之象征。唯事实上王后并不捧球，安只是手执象牙杖，杖端有一鸽。此字有猥亵的双关义，G. B. Harrison 注为 assault。

[18] Carnavonshire 乃一贫瘠崎岖之地带，在威尔斯，与肥沃之英格兰正成一对比。

[19] 指伊利沙白女王。

[20] 关于这一段相当长的舞台指导，耶鲁本注云："此景之地点采自何林塞。……当此之时，一五二九年六月二十一日，坎特伯来大主教为 William Warham，林肯主教为 John Langland，伊雷主教为 Nicholas West，洛柴斯特主教为 John Fisher，圣哀塞夫主教为 Henry Standish。这一行列的细节是采自何林塞。在教育未普及的时代，情节之意义需用象征之物向群众说明。故携囊代表财政；大玺表示乌尔西为掌玺大臣；帽子表示其为枢机主教；两个十字架表示他的大主教身份及代表教皇之双重身份；银质权杖为权威之象征；两个银柱为枢机主教之仪杖。故整个行列乃是表现乌尔西在教会中及政府中之地位。"

[21] 她生过五个孩子，其中两个儿子三个女儿，但只有一个女儿长大，即玛丽。

[22] 格里菲兹（Griffith）即王后之引导官（gentleman-usher）。

[23] 奥利安斯公爵为法国国王法兰西斯一世之第二子，后为法国的亨利一世。

[24] 克兰默正在国外，搜集欧陆各大学对于亨利与卡萨琳婚姻之意见。于 Warham 卒后继为坎特伯来大主教。

第 三 幕

第一景：布赖德威尔宫。王后居处一室

王后及其女侍等在做女红。

后　　　　拿起你的琵琶，丫头。我心里烦得难过，唱个歌儿
　　　　给我解解烦闷，如果你能。放下女红。

歌

奥菲阿斯[1] 弹起琵琶歌唱
使得树和冰冻的山顶
都为之低下头来静听:
植物和花卉随着他的乐声滋长;
好像是太阳和甘霖普降

在那里造成了常驻的春天。

凡是听到他奏乐的东西，
甚至是大海里的波涛，
都垂下头来，然后安息。
和谐的音乐有如此的魅力，
恼人欲死的悲哀与内心的苦痛
都会昏昏入睡或在倾听中死去。

一绅士上。

后	什么事！
绅	启禀王后，两位大主教在客厅候见。
后	他们要和我谈话吗？
绅	他们是要我这样说的，夫人。
后	请他们进来。〔绅士下〕他们来找我这个失宠的可怜的弱女子，可有什么事情？以我现在的想法，我不喜欢他们来。他们应该是好人，他们的事情也应该是好事，但是戴头巾的不见得就全是和尚[2]。

乌尔西与康佩阿斯上。

乌尔西	愿王后平安！
后	二位主教看我有一点像是做工的家庭妇女，我愿是十足的一个呢，以备将来最恶劣的情势到来。二位大人，有何见教？
乌尔西	高贵的夫人，请到你的私人房间，我们会将来意尽

情禀告。

后　　　　　就在这里说吧。凭良心说，我还不曾做过什么事需
　　　　　　要到一个僻静的角落里去谈，愿其他一切的女人都
　　　　　　能像我一样无愧于心地说这句话！二位大人，我自
　　　　　　问一生清白，如果我的行为受到每一个人的指责，
　　　　　　被每一个人凝视着，为恶意流言所攻击，我也满不
　　　　　　在乎——在这一点上我比许多别人幸运多了。如果
　　　　　　你们前来找我是和我的妇道有关，就请大胆直说：真
　　　　　　理喜欢公开处理。

乌尔西　　　Tanta est erga te mentis integritas, regina Serenissima[3].

后　　　　　啊，大人，不要说拉丁文。我自从来到这里，并没
　　　　　　有懒惰到连本国语言都不曾学会，一种外国的语言
　　　　　　会使我的案情更显得奇异而可疑，请你说英语。如
　　　　　　果你肯说实话，这里有几位会为了她们的可怜的女
　　　　　　主人而感激你的。相信我，她受了很大的冤枉。主
　　　　　　教大人，我所犯过的最执拗的罪也可以用英语来加
　　　　　　以赦免的。

乌尔西　　　高贵的夫人，我很抱歉，我为国王和你效劳，一片
　　　　　　忠心，竟引起了这样深刻的猜疑。我们不是来控诉，
　　　　　　使那人人祝福的名誉受损，也不是要骗你陷入任何
　　　　　　愁苦之境——你的苦难已经够多了，夫人——而是
　　　　　　想要探听，在国王与你这场重大争论之中，你究竟
　　　　　　打算怎样；并且，像忠实公正的人们一样，来对你贡
　　　　　　献我们的意见，表示我们的慰藉。

康佩阿斯　　最尊贵的夫人，约克主教大人秉性忠诚，对夫人一

向是热忱而恭顺，真不失为一个善良的人，早已忘却你最近对他的为人与忠贞所加之严厉批评——实在是过于严厉了——如今为了表示善意和我一同前来向你效劳并且提供意见。

后　〔旁白〕来陷害我。二位大人，我谢谢你们的好意。你们说话像是忠实的人——我祈祷上帝，愿你们能证明为忠实的人——但是此事关系如此重大，与我的名誉关系如此密切——比我的性命还要密切——以我这样薄弱的才智，面对你们这样重望博学的人，我真不知如何立即作答。我本来是在和我的女侍们坐着做工，上帝晓得，一点也没有料到会有这样的客人见访或这样的大事相商。请看在我曾是王后的面上——因为我感觉到我的光荣的日子已到了最后阶段——二位大人，请给我时间让我想一想。哎呀！我是一个女人，没有朋友，没有希望。

乌尔西　夫人，你这样的疑惧实在是枉负了国王的恩爱，你的希望与朋友都是无限量的。

后　在英格兰很少对我有利。你们可能料想，二位，任何英国人敢为我出主意吗？或不惜冒犯国王的意旨，公然与我为友——虽然他敢大胆对我效忠——而还能活着做一个臣民吗？不，老实说，我的朋友们，凡能救济我的苦难的人，凡我一定可以信赖的人，都不在此地。正像一切别的我所喜欢的东西一样，他们都远在我的本国，二位大人。

康佩阿斯　我愿夫人摆脱你的忧伤，采纳我的劝告。

后　　　　什么劝告，大人？

康佩阿斯　把你的主要的问题交给国王处理，他是爱护你的，而且是很仁慈。这样办对于你的名誉和利益都比较好些，因为如果依法审判给你突然打击，你只得蒙羞而去。

乌尔西　　他说得不错。

后　　　　你们告诉了我你们所希冀的事：我的毁灭。这就是你们的基督教徒的忠告吗？去你们的！大家头上还有天，在那里有一位非国王所能贿买的裁判者。

康佩阿斯　你在盛怒中看错我们了。

后　　　　愈发证明你们为可耻！我原以为你们是圣洁的人，两位可敬的至高无上的美德的代表[4]。但是我恐怕你们乃是代表该死的罪与虚伪的心。太可鄙了，改过吧，二位。这就是你们给我的安慰吗？这就是你们带给一个困苦的迷途的受人讥笑的女人的兴奋剂吗？我不愿你们遭受我的一半苦难，我有比较多的恻隐之心，但是，我警告过你们了：要注意，为了上天的缘故，要注意，否则我的悲哀的重担就会落到你们头上。

乌尔西　　夫人，这简直是疯狂！你把我们提供的一番善意变成了恶意。

后　　　　你们把我变成了一个无足轻重的东西。你们好可恶，一切的像你们这样虚伪的满口基督教义的人们！你们是否要我——如果你们还有一点公道，一点恻隐之心；如果你们不是徒有一袭僧侣的制服——把我这不幸的案件交到一个恨我的人的手里？哎呀！他已经不和我同床共寝，老早地就不怜爱我了！我是老了[5]，二位大人，我和他之所有的关系只是靠了我的服从来维持。还能发生什么事情使我更为狼狈？你们处心积虑也不能使我受到更大的诅咒。

康佩阿斯　你的猜疑比你的实在状况要更坏一些。

后　　　我活得这样久——美德的人既然是孤立无友，让我自己形容我自己吧——是否一直是个忠贞的妻？我是否一个不为虚荣所惑的女人，从来不曾遭人疑忌？我是常久地以全部的情爱对待国王？爱他仅次于上天？服从他？由于痴爱，把他视同偶像？为了满足他而几乎忘了祈祷？现在竟受这样的报偿？这是不对的，二位大人。试举出一位对丈夫忠贞的女子，一位除了使丈夫快乐之外从不梦想其他乐事的女子，这女子已尽为妻之能事，可是我还能有比她更多一项荣誉，那便是强大的忍耐力。

乌尔西　夫人，我们是要来帮助你，而你误会了。

后　　　大人，我不敢自铸大错，甘心地放弃你的主上在婚礼中所给我的那个高贵的名分：除了死之外什么也不能使我和我的光荣地位分离。

乌尔西　请听我说。

后　　　但愿我当初不曾踏上这英格兰的国土，不曾尝试此地所生的种种虚伪欺骗！你们貌似天使[6]，但是天晓得你们的心。现在我将要有怎样的结局呢，受苦的女人？我是世上最不幸的女人。〔向女侍等〕哎呀！

可怜的女人们，你们的幸运现在哪里去了？在一个国土上触礁了，这国土上没有怜悯，没有朋友，没有希望；没有亲族为我哭泣；几乎死无葬身之所。像是一株百合花，当年曾是田野之后，盛极一时，我如今要垂下头，枯萎而死。

乌尔西　如果您能了解我们的目标是忠诚的，您就会感觉舒服得多。好夫人，我们为什么，有什么缘故，要做对你不起的事呢？哎呀！我们的地位，我们的职务，都不准许这样做：我们是要解除这样的悲伤，不是来为这样的悲伤播种。务请仔细考虑一下你所要做的事，照你现在这样的态度，也许要伤害了你自己，愈发失掉国王的欢心。君王们的心都愿吻着恭顺服从，他们爱恭顺服从，但是对于倔强的人他们就要发作，像暴风雨一般的可怕。我知道您有和顺高贵的性格，心灵静如止水，请把我们当作我们所自命的人、调停人、朋友、仆人吧。

康佩阿斯　夫人，您会发现我们实在是如此。您是以一般弱女子的猜疑而辜负了您的美德。像您所有的这样高贵的胸襟，总是把猜疑一概舍弃，就像是舍弃赝币一般。国王是爱您的，注意不可失去他的爱。至于我们，在您的这一件事之中如果您肯信任我们，我们准备尽全力为您效劳。

后　　　随便你们怎么做吧，二位大人。请原谅我，如果我有失礼的地方。你们知道我是一个女人，对于你们这样的人物不知怎样才能应对得体。请代我向国王

陛下致敬：我的心还是在他身上，我有生之年总是要
为他祈祷的。来，两位圣父，把你们的劝告赏给我
吧，她现在是一个乞讨的人。

当初她踏上这块国土，真没想到，

购买尊荣富贵的代价是如此之高。〔众下〕

第二景：国王居处之招待室

诺佛克公爵 [7]、沙佛克公爵、色雷伯爵及宫内大臣上。

诺佛克　　如果你们在控诉之中通力合作，而且坚持不懈，枢
　　　　　机主教在这压力之下是站不住的；如果你们错过这个
　　　　　机会，我不能预言你们在已受的耻辱之外不再遭受
　　　　　更多的新的耻辱。

色雷　　　我欢迎任何一个顶小的机会，只要能令我忆起我的
　　　　　岳父，公爵大人，并且为他报仇。

沙佛克　　贵族当中有哪一位没有受他轻蔑，至少受他的冷
　　　　　待？除了他自己之外，他可曾看得起过任何人的
　　　　　身份？

宫　　　　诸位大人，你们都说得很痛快。他应该从你们和我
　　　　　的手中得到什么样的报酬，我是知道的，虽然现在
　　　　　时机对我们很有利，我们究竟能对他做些什么，我

　　　　　很怀疑。如果你们不能拦阻他晋谒国王，就不可对
　　　　　他下手，因为此人舌灿莲花，对国王颇有魅力。

诺佛克　　啊！不必怕他，他在这一方面的魅力已经消灭了：国
　　　　　王已经发现了于他不利的资料，使得他的甜言蜜语
　　　　　永远无效了。不用怕，他已深陷于国王的恼恨之中，
　　　　　无法挣脱。

色雷　　　大人，像这样的消息我愿能每小时听到一次。

诺佛克　　相信吧，这是确实的：在离婚案中他的前后矛盾的做
　　　　　法已全被揭穿，他的尴尬的处境正是我所愿望于我
　　　　　的敌人者。

色雷　　　他的狡计是怎样被揭穿的？

沙佛克　　经过很奇怪。

色雷　　　啊！怎样的？怎样的？

沙佛克　　主教写给教皇的信被误投了，投送到国王的眼前。
　　　　　信里说主教请求教皇对离婚一事展缓判决，因为一
　　　　　旦判决，他说，"我恐怕我的国王就会和王后的属下
　　　　　安·卜伦小姐在恋爱中搅得难解难分。"

色雷　　　这封信在国王手里吗？

沙佛克　　的确。

色雷　　　这会发生作用吧？

宫　　　　由于这封信国王看出了他是怎样偷偷摸摸地谋求其
　　　　　本身的利益。但是关于这一点他的狡计全归失败了，
　　　　　他是在病人死后才送药：国王已经和那位漂亮小姐结
　　　　　婚了[8]。

色雷　　　但愿他已经这样做！

沙佛克	愿你的愿望能给你带来快乐，大人！我可以公开宣告，你已经如愿以偿了。
色雷	现在让我为这一结合而欢欣鼓舞吧！
沙佛克	我喊"阿门"！
诺佛克	大家都喊"阿门"！
沙佛克	已有令为她举行加冕礼。这是新近的事，有些人也许还不知悉。不过，列位大人，她真是一位了不起的人物，才貌双全，我相信，从她身上将有福泽落到这个国土之上，使这国土因此而名垂青史。
色雷	国王对主教这封信会隐忍而不声张吗？上帝不准！
诺佛克	唉，阿门！
沙佛克	不，不！将有更多的黄蜂在他的鼻端嗡嗡地叫，使得此事更快地刺痛他。康佩阿斯主教偷偷地到罗马去了，不辞而别，丢下了国王的案子未加处理。作为我们的主教的代理人，他匆匆忙忙地跑去协助他的整个的策略。我向你保证，国王对于此事会大吼一声"哈！"
宫	现在，愿上帝鼓动他，让他喊"哈！"的声音更大一些。
诺佛克	但是，大人，克兰默什么时候回来？
沙佛克	他已经把调查所得的意见送了回来，关于离婚一事业已使国王以及基督教的一切著名大学都感觉满意了。我相信他的第二度结婚不久即将宣布，还有她的加冕礼。卡萨琳不再被称为王后，而是王妃，亚瑟王子的遗孀。

诺佛克	这位克兰默是一位干才，为了国王的事很尽了不少力。
沙佛克	他是。我们不久可以看到他将被擢升为大主教。
诺佛克	我也这样听说。
沙佛克	确是如此。主教来了！

乌尔西与克朗威尔上。

诺佛克	注意看，注意看，他很沉闷的样子。
乌尔西	克朗威尔，你把那包函件交给国王了吗？
克朗威尔	交到他的亲手，在他的寝宫里。
乌尔西	他打开封皮看过里面的信件了吗？
克朗威尔	他立刻就启封。他首先看到一件，心情很是严重；他的脸上露出了聚精会神的样子。他要你今晨在此候见。
乌尔西	他准备出来了吗？
克朗威尔	我想，到了这个时候他一定准备好了。
乌尔西	你先去吧。〔克朗威尔下〕〔旁白〕应该是法国国王胞妹阿兰松女公爵[9]，他应该娶她。安·卜伦！不，我不愿他娶一个安·卜伦那样的人：除了美貌之外，其中还另有别情。卜伦！不，我们不要卜伦那种人。我愿赶快得到罗马的消息。潘伯娄克女侯爵！
诺佛克	他很烦躁的样子。
沙佛克	可能是他听说国王对他要发脾气。
色雷	为了公道起见，上帝啊，让他大发脾气吧！
乌尔西	前任王后的侍女，一位爵士的女儿，现在来做她的女

主人的女主人！王后的王后！这根蜡烛燃得不亮[10]，
该由我来剪一下烛心，然后，它就灭了。我晓得她人
品好，受人尊敬，那又有什么关系？我还知道她是个
热狂的路德派教徒呢，让她投入我们的桀傲难驯的国
王的怀抱中去，对于我们的大业是不利的。现在又兴
起了一个异教徒，还是一个狡狯的异教徒，克兰默，
他窃得了国王的宠信，国王对他言听计从。

诺佛克　他是为了什么事情而烦恼。

色雷　我愿那是能磨断他的心弦的一些事情！

国王读一文件，偕勒佛尔上。

沙佛克　国王，国王！

王　他聚敛了好大一堆财富为他自己享用！好大的开销
由他随时随刻地像流水一般地挥霍！他以俭约自持，
如何能搜刮到这么多？诸位，你们看到主教了吗？

诺佛克　陛下，我们站在这里看着他，他的头脑中有奇怪的
骚动：他咬着嘴唇，不时地惊动；突然停步，注视地
面，然后把他的手指放在他的太阳穴上；急步地向前
跳去；然后又停步，用力地捶胸；立刻又举目望月，
我们看着他做出许多顶奇怪的姿态。

王　这是理所当然的事：他的心中起了变乱。今天早晨他
按照我的吩咐把公事送给我看，你们知道我发现了
一些什么东西被无心地放在里面？老实说吧，是一
张财产清单，内容是这样的：他的各式各样的金银器
皿，他的财宝，家庭用具与贵重物品，其价值之高

显然不是一个为人臣者之所能拥有。

诺佛克　　这乃是天意，一定是有天使把这文件夹在公文里面送给你看。

王　　　　如果我们认为他所沉思的事都是超俗的，专注在精神方面的事物上，那么他便该继续地冥想下去。但是我恐怕他想的是尘世间的事，不值得他认真思考的。〔王入座，向勒佛尔低语，勒佛尔即走向乌尔西〕

乌尔西　　上天饶恕我！愿上帝祝福陛下！

王　　　　主教，你心里充满了上天的事物，心里存有一张你的高尚品德的清单，你现在一定是正在查阅：你的精神生活非常忙碌，抽不出片刻余暇来稽核你的尘世的财产。当然，在这一方面我认为你不是一个善于经营的人，我很高兴在这一方面你能做我的伴侣。

乌尔西　　陛下，我分出一部分时间从事圣职；一部分时间料理政务，上天生人要他们自行维持生活，我也是和尘世间的同胞们同样脆弱的一个人，所以也必须注意到生计。

王　　　　你说得好。

乌尔西　　但愿我能令陛下相信，我除了说得好之外还做得好！

王　　　　这也说得好。能说得好也算是一种好的行为，不过语言究竟不是行为。我的父亲喜欢你：他说他喜欢你;而且在行为上也确实对你恩宠有加。我登位以来，也引你为心腹，不仅派你担任利之所在的要职，而且削减我自己现有的财产，拿来赏赐给你。

乌尔西　〔旁白〕这是什么意思？

色雷　〔旁白〕上帝把这事态扩大吧！

王　我没有使你成为政府里的首要之人吗？请你告诉我，我所说的话你是否认为真实？如果你认为不虚，那么再说，你是否应该对我感恩图报。你怎么说？

乌尔西　陛下，我承认国王的恩典像雨一般每天降落在我身上，非我竭虑殚精所能报答于万一。我的心远超过了一个人所能有的全部的力量，我心余力绌，但是我已经尽力而为了。区区私心也不过是永远以陛下之圣躬康泰以及国家的福祉为指归。至于陛下对我所施的宏恩，我受之有愧，实在无以为报，只有衷心感激，为你祈祷上苍，忠心耿耿，与日俱增，死而后已。

王　回答得好！把一个忠顺的臣子形容得惟妙惟肖。忠顺的光荣便是忠顺的报酬，犹之反转来说，叛逆的丑态便是叛逆的惩罚。我的手可以说是对你慷慨好施，我的心可以说是对你垂爱有加，我的册命可以说是对你优遇备至，比任何别人为多。所以你的手与心，你的头脑，你的每一器官的作用，应该除了你的效忠的义务之外再有一份特别亲切的爱戴之心，对于我这个与你友好之人应该比对任何别人更多一些表示。

乌尔西　我要宣称，我为陛下的利益而努力，远过于为我自己的打算。现在如此，过去如此，将来亦复如此——纵然全世界的人都对陛下实行叛变，舍弃忠心；纵然危险丛生到极想象之能事的地步，而且露出一副比想象更为狰狞的面目，我的忠心却像面对怒流的岩石一般，能抗拒那汹涌的河水，屹立不动，为你效忠。

王　说得极为光明正大。诸位注意，他有忠诚的心胸，已经打开给你们看了。读一读这个吧。〔给他文件〕然后再读这个，然后你有胃口就去吃早餐吧。〔王下，对乌尔西怒目而视；众贵族拥随于后，一面微笑，一面低语〕

乌尔西　这是什么意思？为何这样突然发怒？我怎样惹起他发怒的？他临去时对我怒目而视，好像眼里要进出毁灭的力量：一只愤怒的狮子对于伤了它的大胆猎人就是这样怒目而视，然后就毁灭了他。我得要读一下这个文件，我恐怕这是他发怒的缘由。果然如此，这文件可毁了我！这是我为了我自己的目标而聚集起来的财富的清单，老实说，我的目标是获得教皇的位置，贿买我在罗马的友人。啊粗心大意！一个糊涂人才能犯这样的错，是什么邪恶的魔鬼促使我把这重大秘密夹在信函里面送给国王？没有挽救的办法了吗？没有新的计策清除他的恶感了吗？我知道此事使他大为激动；不过我也知道，虽然我命运不济，我仍然有一个方法，如果执行顺利，可以使我得到解脱。这是什么？"谨呈教皇！"正是我写给教皇报告这全部事件的那一封信。那么，一切完了！我这一生已经登峰造极，从那光荣的顶点我现在要急速下降：我要像夜间闪亮的流星一般陨落，没有人再看见我。

诺佛克、沙佛克二公爵，色雷伯爵及宫内大臣又上。

诺佛克　听国王的旨意，主教，他命令你立刻把国玺缴出交给我们；并且着你居住在温柴斯特大人的阿舍官邸[11]，听候国王发落。

乌尔西　且慢，你的派令呢，大人？空口不能传达这样重大的命令。

沙佛克　我们奉有国王亲口指示的命令，谁敢违抗？

乌尔西　你们所称的旨意与语言不过是你们的恶意罢了，在未得更有力量的证据之前，二位爱管闲事的大人，我敢而且必须拒绝。现在我感觉到你们是什么粗劣质料所造成的了，嫉妒。你们是何等热心地追随着我的失意，好像我的失意对你们有什么好处！你们在任何足以招致我的覆亡的事件之中，表示得多么轻佻放肆！恶毒的人们，追随你们的嫉妒的路线吧，你们有基督教的支持，无疑地将来会得到适当的报酬。你们这样强横索取的国玺，乃是国王——我的也是你们的主人——亲手交给我的，要我终身享有它以及这位置与光荣；并且为了证实他这一番好意，还颁下了一道敕令：现在谁敢夺取？

色雷　当初交付与你的那位国王。

乌尔西　那么就由他本人来取。

色雷　　　　　你是一个傲慢的叛贼，教士。

乌尔西　　　　傲慢的贵族，你说谎。在这四十小时之内，色雷若
　　　　　　　是敢把舌头烧掉，也比说出这一番话要好些。

色雷　　　　　你这猩红的罪人啊，你的野心把我的岳父高贵的白
　　　　　　　金安在这举国哀悼声中给夺走了，你的所有的同僚
　　　　　　　枢机主教的头脑——再加上你自己和你的全部最优
　　　　　　　异的才能——也抵不过他的一根头发。你的狡计实
　　　　　　　在可恶！你派我到爱尔兰做钦差大臣，把我调得远
　　　　　　　远的，不得援助他，不得谒见国王，不得接触一切
　　　　　　　可能因你故入罪而心怀怜悯的人们，这时节你一团
　　　　　　　好心，慈悲为怀，用一把斧头把他解决了。

乌尔西　　　　这件事，以及一切其他的这位能言善辩的大人所能
　　　　　　　归罪于我的事，我可以回答说，全非事实。公爵是
　　　　　　　依法受刑，我自问清白，绝无挟私嫌致他于死的情
　　　　　　　事，这是他的高贵的陪审员和他所犯的罪状可以作
　　　　　　　证的。如果我爱多言，大人，我可以告诉你，你是
　　　　　　　既不诚实又无荣誉，讲到对于我的英主国王之忠贞，
　　　　　　　我敢和比色雷更完美的人以及一切欣赏他的荒谬行
　　　　　　　为的人们来比较比较。

色雷　　　　　你那件长袍，教士，保护了你，否则你就要尝到我
　　　　　　　的剑刺入你的肉体的味道了。诸位，你们能容忍听
　　　　　　　这样狂妄的话吗？而且是出于这个家伙之口？如果
　　　　　　　我们就这样的驯顺，这样的受一件红袍的侮辱，那
　　　　　　　么，贵族的身份，再会吧。让主教大人走过来，把
　　　　　　　我们当作云雀一般，用他的帽子在我们眼前摇晃来

捕捉我们吧[12]。

乌尔西　一切美德在你看来都是毒药。

色雷　　是的，用横征暴敛的方法把全国财富聚于一人之手，聚到你的手里，主教大人，那也是美德；你的被截获的函件，你写给教皇反抗国王的信，那也是美德，你既然逼我，那么你的美德一定要让大众周知。诺佛克大人，你是真正高贵的人，你关怀公共福利，你痛心我们贵族地位之受凌辱，你深感如令此人活下去我们的子孙恐将难保绅士的身份，请你把他的罪恶全盘托出，把从他一生中搜集起来的被控的罪状一一宣布。主教大人，我要使你大吃一惊，比你拥抱着黄脸婆子亲嘴的时候所听到的晨铃[13]更能令你胆战心惊。

乌尔西　若非限于慈悲为怀的天职，我想我会深深地鄙视此人！

诺佛克　那些控诉状全都在国王手里，不过我可以这么说，都是些很严重的控诉。

乌尔西　等到国王知道我的真相，我就要更显得清白无辜。

色雷　　这不能拯救你。多谢我的记忆，我还记得几桩控诉的内容，我要说出来。现在你如果能红着脸自承有罪，主教大人，你总算还有一点点的诚实。

乌尔西　请说下去。我不怕你的最严重的控诉，如果我红脸，那是因为目睹一位贵族狂妄无礼。

色雷　　我宁可失礼，不愿失掉勇气[14]。听我宣布罪状吧！首先，你未经国王同意，亦未使国王知情，你擅自

成为教皇代表，你以此项权利而侵害了所有的主教
们的管辖权。

诺佛克　　　再说，你写给罗马或其他外国君主的信件，总是写
着"我与我的国王"[15]字样，你把国王变成了你的
仆从。

沙佛克　　　再说，在国王或枢密院均不知情之际，在你奉使去
会晤神圣罗马帝国的皇帝的时候，竟大胆地把国玺
带到了佛兰德斯。

色雷　　　还有，未奉国王的旨意或政府的批准，你擅命葛高
格雷·德·卡萨都为全权代表签订了国王陛下与费
拉拉公爵的联盟[16]。

沙佛克　　　还有，完全由于野心，你把你的圣帽铸在国王的币
上[17]。

色雷　　　还有，你运出无数财宝——你是怎样搜刮来的，问
你自己的良心——送到罗马，以为猎取尊荣的准备，
不惜陷全国于困顿之境。还有更多的罪状，都是关
于你的，而且都是丑闻，我不愿玷污我的嘴巴。

宫　　　啊大人！对于一个要倒下去的人不要挤得太厉害，
这也是美德。他的罪过自有法律制裁，该由法律，
不是由你，来惩治他。看他不可一世的样子，现在
一点也没有了，我心里真是为他难过。

色雷　　　我宽恕他。

沙佛克　　　主教大人，国王还有旨意，只因你最近利用教皇代
表的权力在国内所作的一切，均已涉及"侵害王权"
的罪名，所以对你颁发了这样的一道敕令：没收你的

　　　　　　一切财物、土地、住宅、动产，以及一切一切，概
　　　　　　不予以法律保障。这就是我的控诉。

诺佛克　　现在我们就让你沉思反省，如何做个好一点的人。
　　　　　　至于你对于缴还国玺给我们所作的顽强的答复，我
　　　　　　们要禀知国王，无疑的他会酬谢你的。再会了，我
　　　　　　的不怎么好的主教大人。〔除乌尔西外，众下〕

乌尔西　　再会吧，你们对我的这番不怎么样的好意。别了，
　　　　　　长久地别了，我的一切的权势！这就是人生的情况：
　　　　　　今天他滋长出希望的嫩叶；明天开花，浑身的花团
　　　　　　锦簇；第三天霜降，肃杀的寒霜，这得意的人，正
　　　　　　以为稳稳地可以达到全盛时期，突然从根上加以摧
　　　　　　残，于是他倒下去了，像我现在这样。像淘气的小
　　　　　　孩利用气囊游泳一般，这多年来我在荣誉的大海里
　　　　　　面浮沉，但是未能适可而止，陷入太深。我的膨胀
　　　　　　的骄纵之气终于迸裂，我这衰老疲惫之躯只好交付
　　　　　　给汹涛骇浪来摆布，势必永久地葬身于海底。尘世
　　　　　　的虚荣，我厌恨你：我觉得我的心里得到了新的启发。
　　　　　　啊！仰承君王恩宠的可怜人是多么的狼狈哟！我们
　　　　　　所能得到的君王的开颜一笑，和他们所能给的毁灭
　　　　　　的打击，其间痛苦恐惧之情远超过战争之所能制造
　　　　　　或妇女之所能怀抱，他一旦失势，就像堕落的天使
　　　　　　撒旦一般，永劫不复。

　　　　　　克朗威尔上，惊慌站在一边。

　　　　　　喂，有什么事，克朗威尔？

克朗威尔	我没有力量说话，大人。
乌尔西	什么！被我的不幸所吓呆了吗？你是不是想不通，一个大人物也有坍台的一天？如果你是在哭，那么我的确是倒下去了。
克朗威尔	大人可好？
乌尔西	我很好。我从来没有这样真正快乐过，我的好克朗威尔。我现在认识我自己了，我在内心深处感到一种超过一切世间荣华的和平，一种宁静的感觉。国王医治了我，我感谢国王陛下。承蒙国王见怜，从这两个肩膀上，这两根坍倒的柱子上，把足以压沉一支舰队的重负给拿走了，那便是太多的荣誉： 啊！对于想上天堂的人而言， 克朗威尔，那是太重太重的负担。
克朗威尔	我很高兴您能善于利用您的逆境。
乌尔西	我希望我能。我想我现在能够——由于我所感觉到的内心坚忍之力——忍受比我的怯懦的敌人所敢加给我的更多的更重大的灾难。外面有什么消息？
克朗威尔	最严重的最恶劣的，便是您和国王的失和。
乌尔西	上帝祝福他！
克朗威尔	其次便是，陶玛斯·摩尔爵士继您的位置膺选为枢密院大臣。
乌尔西	这未免出人意料，不过他是一个有学问的人。但愿他能长久享受国王的恩宠，并且为了真理与他的良心之故秉公守法，等到走完人生路程长眠千古的时候，他的骸骨能有一座孤儿洒泪在上面的坟墓[18]！

还有什么？

克朗威尔　克兰默在欢迎声中归来，被任为坎特伯来大主教。

乌尔西　　这真是新闻。

克朗威尔　最后，早已与国王结婚的安·卜伦小姐，今天以王后的身份公开露面，一同到教堂去了。现在大家议论的只是有关她的加冕典礼的事情。

乌尔西　　就是这件事把我拖垮了的。啊克朗威尔！国王已经抢在我的前面了，由于那一个女人，我永远地丧失了我一切的尊荣。以后每天太阳升起，不再给我带来光荣，也不会再给伺候我的那一大群人[19]罩上灿烂的光辉。去，你离开我吧，克朗威尔。我是一个可怜的失意人，不配再做你的主人，去追随国王吧——我愿那个太阳永不下坠——我已经告诉过他你是怎样的一个人，如何的忠实可靠。他会提拔你的，只消想起我从前的一点点好处，就会使他心里感动——我知道他的高贵性格——决不会让你的前途也一起毁灭。好克朗威尔，不要疏远了他。利用现在这机会，为你自己将来的安全做准备吧。

克朗威尔　啊大人！那么我必须离开你吗？我必须舍弃这样好的，这样高贵的，这样真诚的一位主人吗？心肠不似铁石的人们全来给我作证吧，克朗威尔离开他的主人的时候是如何的悲伤。我要去投效国王，但是我的祈祷将永远永远地为你而发。

乌尔西　　克朗威尔，在我所有的苦难之中我不曾想要落泪，但是你以你的真诚逼我扮演一个女人。我们揩干眼

睛吧。你且听我来说，克朗威尔，总有一天，我要
被人遗忘，长眠在冰冷无情的石椁之内，没有人再
提到我。那时节请你说我曾给过你一个教训，请你
说那曾在光荣路上驰骋过的乌尔西，所有的荣誉的
深渊浅濑都曾经探测过，在他自己毁灭的时候给你
指点了一条进取的道路，一条稳妥安全的道路，虽
然你的主人没有摸到它。只消记取我的覆败，以及
使我覆败的根由。克朗威尔，我嘱咐你，放弃野心，
为了这一项罪过，天使都堕落了。那么，造物者按
照他自己的形象所造出来的人类，如何能希望凭了
野心而赢取胜利？最后爱你自己。要爱那些恨你的
人，邪恶并不比诚实更能获益。在右手里永远带着
和平，毒恨之舌自然平息：公正自持，无所畏惧。你
的国家，你的上帝，以及真理，便是你一切行动的
唯一目标。那么如果你还要失败，啊克朗威尔，你
是以一个有福的殉道者的身份而失败[20]。向国王效
忠。还有——请你领我进去，你把我所有的财产造
具清册，直到最后一便士而后已，这都是属于国王
的。我的袍子，和我对天的忠诚，乃是我现在敢说
属于我自己的全部所有。啊克朗威尔，克朗威尔！
如果我以侍奉国王的热诚的一半来侍奉我的上帝，
他就不会在我衰老之年把我赤条条地交付给我的
敌人。

克朗威尔　　大人，你忍耐一些儿吧。

乌尔西　　　我是在忍耐。永别了，富贵荣华！

我把希望寄托在天堂里面吧。〔同下〕

注 释

[1] 奥菲阿斯（Orpheus），阿波罗（Apollo）之子，喜弹琴，琴音甚美，木石百兽均受感动，事见 Ovid's *Metamorphoses*，Bks. x, xi。

[2] 古谚，拉丁文为 cucullus non facit monachum，谓不可以服装论人也。

[3] So great is our integrity of purpose towards thee, most serene queen, "我们对你完全是一片善意，最尊贵的王后……"

[4] 原文 tow reverend cardinal virtues 中之 cardinal 有双关义，所谓四大基本美德 the four cardinal virtues 即 justice, prudence, temperance and fortitude，再加三大宗教美德 three theological virtues 即 faith, hope, charity，是为七大美德，为七大罪恶 the seven deadly sins 之对。

[5] 当时（一五二九年）卡萨琳年四十三岁，她是一四八五年下半年生的，已届中年，也可以算是"老"了，因为莎士比亚在他的十四行诗（第十一首）里也称四十岁的男人为"老"。

[6] 可能是指教皇 Gregory the Great 所说的 Non angli sed Angeli 一语。英国人发色淡而面白皙，教皇见英人被鬻为奴，叹曰："此辈非英国人，乃天使也。"

[7] "诺佛克公爵死于一五二四年，故在此处出现实乃时代错误。他由他的儿子色雷伯爵世袭，故戏剧中的诺佛克与色雷在历史上实为一个人。"（D. Nichol Smith 注）

[8] 结婚确期不可考，或谓是在一五三三年一月二十五日，但据何

林塞，结婚是在一五三二年十一月十四日，总之是秘密举行的。在此剧中被提前到乌尔西失败之前。乌尔西于一五二九年失宠，卒于一五三〇年。

[9] 这是时代错误，因阿兰松女公爵（Duchess of Alencon, Margaret）已于一五二七年一月嫁给了 Henry d'Albert，King of Navarre，且乌尔西是否真有意安排此项婚事，亦属可疑。

[10] 原文 This candle burns not clear："'tis I must snuff it; / Then, out it goes." 有人指陈 to go out like a candle in snuff 乃一谚语。又有人指陈 bullen 一字可能有双关义，有 "hemp-stalks peeled"（剥过皮之麻茎）之一义，故转为"烛心"之意。

[11] 阿舍官邸（Asher-house）乃是温柴斯特主教居住之所，但当时的温柴斯特主教即是乌尔西本人。本剧作者所谓之温柴斯特主教是指 Stephen Gardiner 而言，但是他在乌尔西死后于一五三一年始成为主教。故此处显有错误。

[12] 原文 dare us with his cap like larks（所谓 dare = daze, or fascinate），指捕捉云雀之方法，用小镜或红布使云雀目为之眩，然后捕捉之。枢机主教之帽系红色，故云。

[13] sacring bell 原指罗马天主教会举行弥撒时将圣体（面包）高高举起令人瞻仰时所摇之小铃。此处所谓之 sacring bell，含有宗教改革以后之意义，指晨间召集教友作晨祷时所摇之铃声。乌尔西好色成性，常有淫乱之事，故云。

[14] 牛津本作 heart，一般均沿原文作 head。

[15] "我与我的国王"（Ego et Rex meus），按拉丁文语法，第一人称放在前面，并不错误。真正可议之处是在不该将自己与国王并称。

[16] Ferrara 是意大利北部一城市。

[17] 大主教有权铸造辅币，如 half-groats 或 half-pennies，但乌尔西铸银币 groat，且将他的名姓简写字母及其圣帽铸于其上，则系僭越国王特权。

[18] 摩尔（Thomas More）于一五二九年十月二十五日被任为枢密院大臣（Lord Chancellor），此乃大不列颠政府之最高职位，同时兼任掌玺大臣，贵族院主席，通常亦为内阁阁员。在名义上他也是 the general guardian of infants（未成年者即未满二十一岁者之保护人），或谓为 the general guardian of orphans，故云。

[19] 乌尔西家中侍从人等约有五百人之众，其中有贵族绅士与大地主等。双行排列，可以延长到半英里之遥云。

[20] 克朗威尔后晋升为 Earl of Essex 及 Lord Great Chamberlaine，但其覆败较乌尔西更为突兀，终受斩刑。

第 四 幕

第一景：西敏斯特一街道

二绅士上，相遇。

绅甲　　又得和您幸会。

绅乙　　又幸会您。

绅甲　　您是到这里来找个地方站着，看安夫人从她的加冕
　　　　典礼后走出来吧[1]？

绅乙　　就是为了这个。我们上次相遇，是白金安公爵受审
　　　　之后走出来。

绅甲　　一点也不错，不过那一回给我们的是悲伤；这一回，
　　　　普天同庆。

绅乙　　这很好。一般市民用表演、游行和其他节目来庆祝
　　　　今天这个日子，我敢说，是充分地表达了他们的忠

心了。不过说句公道话，他们对这种事一向是热心的。

绅甲　从来没有比这次更热烈过，我敢说，也从来没有比这次更蒙嘉纳过。

绅乙　我可否动问，您手中的那个文件，里面说的是些什么？

绅甲　当然可以。这是今天按照加冕典礼习惯提出请求担任职务的人员名单。第一名是沙佛克公爵，请求担任事务总管；其次，诺佛克公爵，他担任司礼官；其余的你自己看吧。

绅乙　多谢你，先生。如果我不知道这些习惯，我倒是需要您这个文件来指点指点我了。但是，我请问您，卡萨琳寡后现在如何了？她的事情现在怎样了？

绅甲　这我也可以告诉你。坎特伯来大主教，由他教会中其他几位博学的神父陪同，最近在丹斯台布修道院开庭 [2]，那是在距寡后所居住的安特希尔堡垒六英里之处。她数度被他们传讯，但是拒绝出庭。简言之，为了她的拒不出庭，以及国王最近之惶惑不安，这些博学的人便一致决定判她离婚，前次的婚姻无效。自此以后她即被迁往金包顿堡垒 [3]，目前她住在那里生病中。

绅乙　哎呀！好夫人！〔喇叭鸣〕喇叭响了。站近些，王后来了。〔奏木箫〕

加冕典礼行列秩序

喇叭奏活泼的花腔。

一、二法官。

二、枢密院大臣，由玺囊及权杖前导。

三、歌唱队，歌唱着。

四、伦敦市长，携带权杖。随后是嘉德纳勋章院长，佩
带纹章，头戴镀金铜冠。

五、道尔赛侯爵，持金杖，头戴金质小冠。色雷伯爵陪
伴，持顶端带鸽之银杖，戴伯爵冠。颈上均悬有 SS 形状
的金链 [4]。

六、沙佛克公爵，任事务总管，着公爵大礼服，头戴小
冠，持一长白手杖。诺佛克公爵陪伴，携司仪官手杖，
头戴小冠。颈上均悬有 SS 形状的金链。

七、五港男爵中之四男爵擎华盖 [5]；其下为着大礼服之
王后；发间有珍珠为饰，头戴金冠。伦敦主教与温柴斯
特主教分立左右。

八、老诺佛克公爵夫人，戴满饰鲜花的金冠，提着王后
的长裙。

九、若干贵妇或侯爵夫人，头戴无花饰之金箍。

一行于整齐肃穆中经过舞台。

绅乙	真是冠冕堂皇的行列。这些我都知道。捧金杖的那一位是谁？
绅甲	道尔赛侯爵。那一位持银杖的是色雷伯爵。
绅乙	是一位英勇的人物。那一位是沙佛克公爵了？

绅甲	正是他，事务总管。
绅乙	那一位是诺佛克大人了？
绅甲	是的。
绅乙	〔望着王后〕上天祝福你！你有我所不曾见到过的最美丽的面貌。先生，我说句真心话，她是一个天使。我们的国王拥抱这位夫人的时候，可以说是把东西印度都拥在他的怀里，而且更丰盛更富庶。我不怪他良心不安。
绅甲	给她擎着华盖的是五港男爵中的四位男爵。
绅乙	那些人真是幸运，一切接近她的人也都是幸运。我认为那位提裙子的老太太一定是诺佛克公爵夫人了。
绅甲	是的。其余的全是伯爵夫人们。
绅乙	他们的小金冠就表明她们的身份了。这些真是天上的群星，有时候也堕落的流星哩[6]。
绅甲	别再说这个了。〔游行行列于喇叭奏出一大阵花腔声中下〕

又一绅士上。

	上帝保佑你，先生！您到什么地方挤大汗去了？
绅丙	在教堂内的人群里。在那里不能再挤进一根手指，他们的那一份热烈狂欢就把我给窒息了。
绅乙	你看见典礼了吗？
绅丙	我看见了。
绅甲	情形如何？
绅丙	很值得一看。

绅乙　　　好先生，给我们谈一谈。

绅丙　　　我当尽我所能地告诉你们。一群多彩多姿的川流不息的贵族贵妇，把王后引到东厢特设的位置之后，就从她身边后退。这时节王后陛下坐下来休息片刻，约半小时左右，在那富丽的宝座之上，把她的美丽的仪容显露给大众瞻仰。相信我，先生，这是男人所能娶到的最好的女人。大众瞻仰了她的全部仪容之后，欢腾之声四起，恰似海上强风突起时船上缆索所发出的声音，声音有那么大，音调也有那么杂：帽子、袍子——我想还有上衣——一齐飞起。如果他们的脸是松动的，他们今天把脸也要丢掉了。这样的狂欢我以往不曾见过。大腹便便的妇女们，等不到半个星期就要临盆了，像古代战争中的撞城机一般，在人群中横冲直撞，把他们撞得摇摇晃晃。在那里没有人能说，"这是我的妻"，大家都很奇怪地交织成为一体了。

绅乙　　　以后怎样呢？

绅丙　　　最后王后站了起来，慢慢地走到祭坛。她跪了下去，像圣徒一般，抬起她的美丽的眼睛望着天，虔诚地祈祷。然后又站起来，向大众鞠躬。这时节她在坎特伯来大主教的主持之下接受了一位王后应该领受的一切饰典，例如圣油、坚信者爱德华的金冠、象牙杖、和平鸽，这一些象征性的东西都隆重地加披在她身上了。礼毕之后，拥有全国最优秀音乐家的唱诗班齐声歌唱赞美歌。于是她离去，以同样铺张的盛况回到约克官邸，在那里举行宴会。

绅甲　先生，您不可再称为约克官邸了，那已成为过去。枢机主教垮台之后，那名称即不存在，现在是属于国王了，改称白宫。

绅丙　我知道。不过这是最近改变的，旧名称我一时还忘不了。

绅乙　那在王后两边走的两位主教是谁?

绅丙　斯托克斯利和嘉德纳，一位是温柴斯特主教——新由国王秘书之职升任的——另一位是伦敦主教。

绅乙　温柴斯特的那一位主教对于贤德的大主教克兰默，据说并不十分友善哩。

绅丙　这是全国皆知的，不过，尚无严重裂痕；一旦决裂，克兰默会找到一位永不背弃他的朋友。

绅乙　请问那是谁呢?

绅丙　陶玛斯·克朗威尔，是国王很器重的一个人，真是一个可靠的朋友。国王任命他为宝藏室的主任，并且已经成为枢密院会议委员之一。

绅乙　他将有更多的荣誉。

绅丙　是的，毫无疑问。来，二位，你们得要跟我走，到宫廷那个方向去，让我来请客，我可以准备一点什么来招待你们。我一面走一面还有更多的事告诉你们。

绅甲
绅乙　　由你吩咐，先生。〔众下〕

第二景：金包顿

卡萨琳带病上，由格里菲兹及佩慎斯搀扶着。

格里菲兹　　夫人觉得怎么样了？

卡萨琳　　　啊格里菲兹！病得要死！我的两条腿，像是不胜负
　　　　　　荷的树枝，弯到地面上了，真想解脱负担。拿一把
　　　　　　椅子来。好，我觉得舒服一些了。你搀着我的时候，
　　　　　　格里菲兹，你不是告诉我说，那天之骄子乌尔西主
　　　　　　教死了么[7]？

格里菲兹　　是的，夫人。不过我以为夫人那时病痛难当，没有
　　　　　　听到我所说的话。

卡萨琳　　　好格里菲兹，告诉我他是怎样死的：如果死得平安，
　　　　　　他走在我的前面，也许是为了给我做个榜样。

格里菲兹　　死得平安，据人传说，夫人。因为自从那果断的脑
　　　　　　赞伯兰伯爵在约克把他逮捕，并且当作为一名囚犯，
　　　　　　押解他前去受审，他就突然病倒，病势颇为沉重，
　　　　　　无法骑他的骡子[8]。

卡萨琳　　　哎呀！可怜的人。

格里菲兹　　最后，缓缓而行，他到达了赖斯特，在修道院里住
　　　　　　下。院中长老及所有的僧众都很恭敬地接待他。他
　　　　　　于是对他们说："啊！长老，一个在富贵场中饱经忧
　　　　　　患的老人[9]送他的骸骨到你们这里来了，请慈悲一
　　　　　　下给他一小块土地吧。"于是他就上床了，病势一直
　　　　　　是很沉重。过了三夜之后，约在八点钟的时候——

这是他自己预言将要寿终的时刻——充满了悔悟，不断地沉思、眼泪和哀伤，他把荣华富贵交还了尘世，把灵魂送上了天，他宁静地长眠了。

卡萨琳　　　愿他永得安息，愿他的过失不至于使得他心里太难过！但是，格里菲兹，请你准许我这样的批评他，当然是从宽地批评。他是一个有无限野心的人，一向是自比于王侯之列；玩弄手段，使全国受其奴役；出卖圣职，贿赂公行；他自己的意见便是他所服从的法律；在国王面前说假话，在措词与用意之中总是模棱两可。除了在他存心毁灭人的时候以外，从来不曾表示同情；他的诺言，像他本人当年一样，豪爽之至；但是他的履行，像他本人如今一般，渺不足道。他自身堕落，并且给教会人士一个坏的榜样。

格里菲兹　　高贵的夫人，人们的恶行永铭铜匾；他们的美德，我们却写在水上。现在您愿否听我说说他的好处？

卡萨琳　　　是的，好格里菲兹，否则我是恶意批评了。

格里菲兹　　这位枢机主教，虽然出身寒微，无疑的在襁褓中即已注定克享大名。他是个学者，而且是一个成熟的优秀的，非常的聪明，辩才无碍，能折服人。不喜欢他的人们嫌其高傲乖张。但是，和他攀交情的人觉得他温暖宜人有如夏季。虽然他贪得无厌——那是一项罪恶——但是在施舍一方面，夫人，他极为豪爽。让他在易普绥赤和牛津创立的那两座学院永久地为他作证吧[10]！其中之一随着他一同倒下去了，不愿在创办人死后继续生存；另一个虽然尚未完成，但已声誉卓著，在学术上有优异表现，而且方兴未艾，基督教各国将永久想念他的好处。他的坍台给他带来无穷的快乐，因为直到如今他方才认识自己，并且深感做一个斗筲小民的幸福。并且，在衰老之年获得了人所不能给他的荣誉，那便是在怀着敬畏上帝的心情之中死去。

卡萨琳　　我死后不要别人宣扬我一生的行谊使我的美名永垂不朽，我只要像格里菲兹这样一个忠实的史笔。在他活着的时候我所最恨的一个人，由于你的信实与节制，使得我在他死后也要加以敬礼了。愿他永得安息！佩慎斯，永远不要离开我身边。把我放低一些，我不会麻烦你很久了。好格里菲兹，在我坐着沉思我将投奔的天国的时候，教乐队为我演奏我所指定作为我的葬钟的那段哀乐吧。〔奏哀乐〕

格里菲兹　　她睡着了。好姑娘，我们静静地坐下，别惊醒她。轻一点，好佩慎斯。

幻梦。六个人，身穿白袍，头戴桂冠，面罩金色面具[11]，手持桂枝或棕枝，庄严而迅速地鱼贯而上。他们先向她鞠躬，然后跳舞，在舞到某一回合时，前二名手持一额外的花冠在她头上举起；其余四名向她屈膝为礼。然后，举花冠之二人将花冠递给其他二人，舞至某一回合时再将花冠在她头上举起。完毕之后，再把花冠交给最后二人，他们亦照样行事，这时节——好像是有灵感一般——她在睡中露出快乐之状，举起两手向天。于是他们在舞中消逝，将花冠带走。继续奏乐。

卡萨琳	和平的天使们，你们在哪里？你们是否全走了，撇下我孤零零地在这里受苦？
格里菲兹	夫人，我们在这里。
卡萨琳	我叫的不是你们。在我睡的时候你们没看见有人进来吗？
格里菲兹	没有人，夫人。
卡萨琳	没有？你们没有看见，就在方才，一群天使邀我赴宴。他们的光亮的脸像太阳一般照耀着我？他们答应我可以得到永恒的幸福，给我带来了花冠，格里菲兹，我觉得我还没有资格戴呢。当然，将来我是要戴的。
格里菲兹	我极为高兴，夫人，您有这样的好梦。
卡萨琳	教乐师们停止演奏吧，它们使我听来刺耳而单调。〔乐止〕
佩慎斯	你发觉没有，夫人突然改变了好多？她的脸拉得好长？她的面色多么苍白，而且是泥巴一般的冷冰冰的？看她的眼睛！
格里菲兹	她不行了，姑娘。祈祷，祈祷吧。
佩慎斯	愿上天安慰她！

一使者上。

使	报告夫人——
卡萨琳	你是一个鲁莽无礼的家伙：我不该受更多的尊敬吗？
格里菲兹	是你不对，你明知她不愿失掉她的往日的威严，而竟做出这样鲁莽的举动。过去，跪下。

使	我敬求陛下恕罪，我因匆忙而失礼了。外面有国王派来的一位先生求见。
卡萨琳	让他进来，格里菲兹。但是这个家伙我永远不要再见他了。〔格里菲兹与使者下〕

格里菲兹偕卡普舍斯又上。

	如果我的眼力不差，你该是我的外甥皇帝派来的大使，你的名字是卡普舍斯。
卡普舍斯	夫人，正是，您的仆人。
卡萨琳	啊大人！自从你第一次见到我以后，情势和衔称现在已经大有变更。但是，我且问你，你见我作甚？
卡普舍斯	高贵的夫人，首先，是我自己来向您致敬。其次是，国王派我来见您，他为了您的欠安很是忧伤，要我代他致问候之意，盼您多加保重。
卡萨琳	啊！大人，这一番慰问来得太晚了，这好像是行刑后的特赦。这一副灵药，如果及时而至，可以把我医好；但是现在除了祈祷之外一切安慰对我都是无用的了。国王陛下可好？
卡普舍斯	他很健康，夫人。
卡萨琳	愿他永久健康！等到我与蛆虫为伍，我的可怜的名字已被国人遗忘的时候，愿他永久昌旺不衰。佩慎斯，我要你写的那封信送出去了吗？
佩慎斯	还没有，夫人。〔把信给卡萨琳〕
卡萨琳	先生，我敬求你把此信送呈我的主上国王。
卡普舍斯	遵命，夫人。

卡萨琳	在这信里我把我们的纯洁的爱情的结晶，他的幼女，付托给他照料——愿上天的甘露密密地降落在她身上为她祝福！请求他给她以良好的教养——她还年幼，秉性贞淑，我希望她将来能受人尊敬——并且为了她的母亲的缘故而怜爱她一点，她的母亲爱他多么深只有天知道。第二个可怜的请求是，愿国王陛下怜悯我的女侍们，她们在我得意时失意时都这样久地忠心伺候我：其中没有一个，我敢发誓——现在我无须说谎——讲到德行与内心的美，或贞操与娴淑的举止，不该配上一位上好的丈夫，即使他是一位贵族也配得上，那些能娶到她们为妻的男人们一定是幸福的。最后是，关于我的男侍：他们是最穷的人，但是穷苦从来没有能把他们从我身边拖走，请把他们的薪津照付，并且额外有所赏赐，作为对我的纪念。如果上天肯给我较长的寿命和较为宽裕的财力，我们也不至于就这样的分离。这就是全部的内容。我的好大人，请看在你在世上所最爱的人的面上。你对将死的人们总是祝他们能获得基督教的和平，那么就请你帮助这些穷苦的人们，催促国王答应我这最后的请求。
卡普舍斯	以天为誓，我愿这样做，否则我不成为人了。
卡萨琳	我谢谢你，忠实的大人。对国王陛下转致我的卑微的忠爱之忱，就说他的长期的困扰现在已经不复存在。告诉他，我在死的时候还在祝福他，因为将来我也将这样做。格里菲兹，再会了。不，佩慎斯，

你还不可离开我，我一定要上床去，再喊几个人来。
我死了的时候，好姑娘，给我一切的哀荣：在我身上
洒些贞洁的花朵，让世人知道我直到进入坟墓之时
依然是一个贞洁的妻子；给我涂香油，然后为我入殓
举丧，虽然不再是王后，但是还要把我当作一位王
后一般，并且按照一位国王的女儿的身份，来埋葬
我。我不能再多说了。〔众扶卡萨琳下〕

注 释

[1] 安·卜伦的加冕礼于一五三三年六月一日举行。

[2] 开庭审讯是在一五三三年五月二十三日。丹斯台布（Dunstable）指
Dunstable Priory，在 Bedfordshire。安特希尔（Ampthill）指 Ampthill
Castle。

[3] 金包顿堡垒（Kimbolton Castle）在 Huntingdonshire。

[4] 原文 collars of SS，Harrison 注云："高级政要佩带之金链也，其环节
作一连串之 SS-SS-SS 形，故云。"

[5] 五港（Cinque-ports）指 Dover、Hastings、Romney、Hythe、Sandwich，
各设男爵拱卫英国海岸，在加冕典礼中有权推举代表四人擎举华盖。

[6] falling 有双关义，寓女人之失去贞操。

[7] 乌尔西死于一五三〇年十一月二十九日，在卡萨琳的死五年多以
前，此处改写成为差不多前后同时死去，乃是为了戏剧效果。

[8] 脑赞伯兰伯爵，名 Henry Percy，为第六代伯爵。乌尔西之被捕是

在 Cawood，不是 York，那是在一五三〇年十一月四日。六日押往伦敦受审，当晚宿 Pomfret Abbey，翌日动身赴 Doncaster，再往 George Talbot，Earl of Shrewsbury 之别墅 Sheffield Park 勾留约两星期。二十二日突然生病，仍继续就道。二十四日至 Nottingham 留宿二天，二十六日抵 Leicester Abbey。过了三夜之后，二十九日卒。

[9] 乌尔西死时，年在五十五与六十之间。

[10] 乌尔西在他的家乡兴建的学院，早已荒废，现仅存一砖建的拱门。在牛津所建学院为 Christ Church，原名 Cardinal College，校徽上端之枢机主教帽即为纪念其创办人者。

[11] 金色面具，表示其为天使。

第 五 幕

第一景：伦敦。宫中一走廊 [1]

温柴斯特主教嘉德纳上，一童持火炬前行，陶玛斯·勒佛尔爵士自对方上相遇。

嘉德纳	一点钟了，孩子，是不是？
童	敲过一点了。
嘉德纳	这时候外出是为了紧急事故，不是为了寻乐。这是该利用安眠恢复体力的时候，我们不该把这时候浪费。夜安，陶玛斯爵士！这样晚到哪里去？
勒佛尔	您是从国王那边来吗，大人？
嘉德纳	我是，陶玛斯爵士。我离开时，他正在和沙佛克公爵玩纸牌。
勒佛尔	在他就寝之前，我也必须去见他。告辞了。

嘉德纳　　　先别走，陶玛斯·勒佛尔爵士。到底什么事？你好像很匆忙的样子。如果您不嫌冒昧的话，你连夜办理的事务，也让我略知一二，半夜三更，据说这是鬼魂出现的时候，这时节赶办的事情必定比白天办理的事情有较为异常的性质。

勒佛尔　　　大人，我是敬爱你的，比这事更为严重的秘密我也敢告诉你。王后正在分娩，据说，很是危急，恐怕她要在分娩中死去。

嘉德纳　　　我要为她孕育的果实虔诚地祈祷，希望能顺利诞生。但是那株母体，陶玛斯爵士，我愿现在就连根拔掉。

勒佛尔　　　我觉得我也可以喊一声阿门，不过我的良心却说她是一个好人，而且是一个可爱的女性，该受我们的较好的祝祷。

嘉德纳　　　但是，先生，先生，听我说，陶玛斯爵士，你是和我信仰相同的人，我知道你是明白的，虔信的，让我告诉你吧，那是永远不会有好结果的，永远不会，陶玛斯·勒佛尔爵士。相信我的话，除非有一天克兰默、克朗威尔，她的左右手，连同她一起，长眠地下。

勒佛尔　　　先生，您现在提到了两位在国内最为显赫的人物。讲到克朗威尔，除了宝藏室总管之外，又奉派为衡平法院档案保管主任，兼国王秘书。而且，先生，他正步上了擢迁的坦途，不久就会有更多的新命。大主教乃是国王的手与舌，谁敢对他说半句不满的话？

嘉德纳	有的，有的，陶玛斯爵士，有人敢说。我自己就曾斗胆发表我对他的观感，就在今天，先生——我可以把此事告诉你——我已经把枢密院的诸位激动起来了，由于我说他是——因为我知道他是，他们也知道他是——邪说异端的首要分子，毒害全国的疫症，当时群情激动，他们就把此事禀告国王。国王听取了我们的诉愿——由于他的睿识和贤能，他预见了我们所提示的那些可怕的祸端——于是下令传他明天早晨到枢密院会议应讯。他是一种茂盛的莠草，陶玛斯爵士，我们必须把他根除。我妨碍你的公干太久了。再见，陶玛斯爵士！
勒佛尔	再见，大人。我永远是您的忠仆。〔嘉德纳与童下〕

国王与沙佛克上。

王	查尔斯，我今晚不再玩了。我心不在焉，我对付不了你。
沙佛克	陛下，我以前从来不曾赢过您。
王	很少赢，查尔斯，我精神专注的时候你无法取胜。勒佛尔，现在王后那边有什么消息？
勒佛尔	我没有能把陛下命令我传达的话面告王后，但是我请她的女侍转达了。王后敬谨道谢，请求陛下为她祈祷。
王	你说是怎么回事，哈？为她祈祷？什么！她是在临盆呼喊吗？
勒佛尔	她的侍女这样说，她阵痛起来简直是痛一回死一回。

王　　　　哎呀！好女人。

沙佛克　　愿上帝平安地解除她的负担，顺利分娩，使陛下喜
　　　　　获后嗣。

王　　　　夜半了，查尔斯，请你睡去吧。在你祈祷时别忘了
　　　　　我的可怜的王后。让我一个人在这里吧，因为我必
　　　　　须想想那些不宜于和人商量的事。

沙佛克　　祝陛下过平安的一晚。我会为王后祈祷的。

王　　　　查尔斯，再见。〔沙佛克下〕

　　　　　安东尼·丹尼爵士上。

　　　　　喂，后来怎么样了？

丹尼　　　陛下，我已经遵命把大主教大人带来了。

王　　　　哈！坎特伯来？

丹尼　　　是的，陛下。

王　　　　不错的。他在哪里，丹尼？

丹尼　　　他在等候传见。

王　　　　带他来见我。〔丹尼下〕

勒　　　　〔旁白〕这必是有关嘉德纳主教所说的那件事了：我
　　　　　幸亏来到此地。

　　　　　丹尼偕克兰默又上。

王　　　　离开这个走廊。〔勒佛尔似欲停留〕哈！我已经说过
　　　　　了。走开。什么！〔勒佛尔与丹尼下〕

克兰默　　我很害怕。他为什么这样的愁眉不展？这是他的盛
　　　　　怒的表情：大事不好了。

王	怎样，主教！你必是想知道我为什么派人邀你来。
克兰默	〔下跪〕伺候陛下是我的本分。
王	请站起来，我的好坎特伯来主教大人。来，你和我一同散散步，我有消息告诉你。来，来，让我拉着你的手。啊！主教，我对我所要说的话感觉难过，很抱歉不能不说。最近我听到许多我非常不愿听到的很严重的，的确是，主教大人，非常严重的对你的控诉，使得我和枢密院都为之震动，今天早晨你必须到我们面前来应讯。我知道届时你自己无法轻易辩白，在以后详加审问所控各节容你提供答辩之前，你必须忍耐一下，暂且住在伦敦堡里。你是枢密院的一员 [2]，我只好如此处理，否则没有证人能来指证你 [3]。
克兰默	〔下跪〕我敬谢陛下。我非常高兴能有这个良好机会彻底地把我簸扬一下，我的糠皮和谷粒可以分开，因为我知道没有人比我这可怜的人更容易受人的毁谤。
王	站起来，好坎特伯来。你的诚实与忠贞乃我所深知，我是你的朋友，把你的手递给我，站立起来，我们一同走走。我的圣母啊，你是一个何等的人？主教大人，我以为你会向我请求设法把你和你的控诉人聚在一起，听你申辩，而无须下狱。
克兰默	我最敬畏的主上，我是靠了我的诚实与忠贞为我辩护。如果辩护失败，我，连同我的敌人，都要以击败我自己而狂欢，我不重视我自己，如果我没有诚

实与忠贞。随便说什么攻击我的话，我是不怕的。

王　　　你知道不知道你自己在世间的处境，在整个世间的处境？你的敌人很多，而且权势不小；他们的阴谋也有同样的规模，并不是每一件有理的案子都能得到应有的判决。邪恶的人买通同样邪恶的流氓来发誓作证反对你，那是多么容易的事？这样的事是有人做过的。你遭受强大的反对，其恶意亦不在小。你不过是耶稣的仆人而已，你梦想在伪证之下还能有比耶稣在这邪恶的尘世的时候所得的更好的运气吗？嘘，嘘，你不以跳悬崖为危险，而自寻毁灭。

克兰默　　上帝与陛下保护我的清白吧！否则我就要陷入为我安排下的陷阱了！

王　　　放心好了，我不允许。他们是不得成功的。你尽管安心，今天早晨务必应召出席。如果他们对你提出指控的时候要逮捕你入狱，你要尽力抗辩，不妨看当时的情形使用激烈的言词。如果请求无效，就把这指环递交给他们[4]，当面要求我来处断。看！这位好人哭了，他是忠诚的，我敢发誓。圣母啊！我敢发誓说他是秉性忠贞的，在我国内没有比他再好的人了。你去吧，按照我的吩咐办事。〔克兰默下〕他哽咽无言。

一老妇上。

男仆　　〔在内〕回来！你要干什么？

妇　　　我偏不回来，我带来的消息会使我的莽撞变成为礼貌。现在，愿慈祥的天使在陛下的头上飞翔，用他们的神圣的翅膀呵护你的圣躬！

王　　　看你的样子我现在猜出了你所要报告的消息。王后
　　　　分娩了吗？说，是，而且是个男孩子。

妇　　　是，是，我的主上，而且是个男孩子。愿天神永远
　　　　降福给她！是个女孩子，预告以后将有很多男孩子。
　　　　陛下，王后要你去看看她，认识认识这新来的人儿，
　　　　它长得像你，有如一颗樱桃之像另一颗樱桃。

王　　　勒佛尔！

勒佛尔又上。

勒佛尔　陛下！

王　　　给她一百马克[5]。我要到王后那里去。〔下〕

妇　　　一百马克！我指着白昼里的光亮发誓，我要再多一
　　　　点。这样的赏钱只好给一个普通的仆人：我要再多一
　　　　点，或是再向他吵出一点来。我说那女孩子很像他，
　　　　不就是为的这个吗？我要再多一点，否则取消这句
　　　　话，现在趁着热和劲儿，我要把这问题解决。〔众下〕

第二景：枢密院会议厅前之休息室

克兰默上；仆役侍童及其他等人随侍。

克兰默	我希望我没有到得太迟，可是枢密院派来的人却要我赶快前来。门还关得严严的？这是什么意思？喂！里面有人吗？

守卫上。

	当然，你认识我？
守	是的，大人，但是我帮不了您。
克兰默	为什么？
守	在没有请您进去之前，您必须等候。

御医柏次上。

克兰默	好的。
柏次	〔旁白〕这显然是恶意了。我很高兴我到这里来得这样巧，此事必须立刻禀告国王知道。
克兰默	〔旁白〕这是柏次，国王的侍医，他走过的时候，他多么聚精会神地望了我一眼。我祷求上天，他可别把我这受辱的情形向人宣扬！这一定是与我有仇的人之故意的安排——愿上帝改变他们的心情！我从不曾招惹他们憎恨——想要打击我的荣誉。否则，我是枢密院的同僚，竟教我在门口等候，与仆役童厮为伍，他们也不体面。但是只好让他们一意孤行，我且耐心等候。

国王与柏次自上面窗口上。

柏次	我要给陛下看看一个顶奇怪的景象——
王	那是什么，柏次？
柏次	我想陛下已经看过好多天了。
王	倒是在哪里？
柏次	在那里，陛下，以坎特伯来大主教之尊，竟在门口，混在一群仆役童厮之间，赫然出现了。
王	哈！是他，的确是。他们彼此之间就这样的互相尊重吗？幸亏他们之上还有一个人。我以为他们之间还保持相当的体面——至少，礼貌——不至于让有他那样地位的人，那样受我恩宠的人，听候他们几位的传见，而且是站在门外，像是一个传递公文的驿卒。我指圣玛丽为誓，柏次，其间必有毒计。不要理他们，拉上窗帘，我们不久将要听到更多的消息。〔同自上方下〕

第三景：枢密院会议厅

枢密院大臣、沙佛克公爵、诺佛克公爵、色雷伯爵、宫内大臣、嘉德纳与克朗威尔上。枢密院大臣于长桌之距门口较远一端的左手就座；在他上面为坎特伯来留一空座。其他各按序在两边就座。克朗威尔以秘书资格坐于下面。守卫立在门口。

枢	讨论议案，秘书先生，我们今天为什么集会？
克兰默	诸位大人，主要的原因是关于坎特伯来大主教的。
嘉德纳	他已获得通知了吗？
克兰默	是的。
诺佛克	在那边等着的是谁？
守	在外面的吗，诸位大人？
嘉德纳	是的。
守	大主教大人，已经等候半小时了，听候传见。
宫	让他进来吧。
守	大人现在可以进来了。〔克兰默进入；走向会议桌〕
宫	大主教大人，我很抱憾我现在坐在这里，看着那一把椅子空着。不过我们都是人，人的本质是脆弱的，易受欲念的影响，很少的人是天使。由于这种脆弱的本质和智慧的缺乏，您，您本该是最善于教训我们的，您自己却犯了过失，而且不算轻微，首先是忤逆了国王，随后是触犯了国法，由于您自己以及您的教士们的讲道——我们得到了这样的情报，——把全国都充满了又邪恶又危险的新思想，那是邪说异端，如不加纠正，可能成为灾祸。
嘉德纳	其纠正亦刻不容缓，诸位大人。驯服野马的人并不凭借他们的双手来训练它们缓缓行走，而是用梆硬的衔铁来塞进它们的嘴，并且用刺马钉来刺它们，直到它们听从驾驭而后已。如果我们容忍——由于我们对一个人的荣誉之姑息的幼稚的怜悯之心——这一项传染病症，那么一切医药请从此告别。后果

如何呢？骚乱、叫嚣，必将蔓延到整个国家，就如同最近我们的邻邦日耳曼内地所发生的事件一般^[6]，那是我们有目共睹的，而且在我们记忆中留有清新的可悯的印象的。

克兰默　诸位大人，在我的生活当中和在我的职务当中，我过去是一直地在努力，而且是很用心地在努力，想要使我对于教义的弘扬以及我的职权之严格行使能趋于一致，而且不生波折。我的目标永远是要做好。我诚恳地说，诸位大人，无论在私人良心上或他的职位上，世间没有一个人比我更憎恶更积极反对那些破坏和平的人们。祈祷上天，愿国王永远不要遇见一个比我较少忠顺之心的人吧！拿嫉恨和邪恶当饭吃的人们，是敢咬好人的。我请求诸位大人，在这件案子之中，控告我的人，不管是什么人，要站出来和我当面对质，尽量地指控我。

沙佛克　不，大人，这个办不到：你是枢密院的一分子，基于这一项特权没有人敢控告你。

嘉德纳　大人，因为我们还有更重要的事务，我们要对你没有礼貌了。这是国王陛下的意思，也得到了我们的同意，为了使你受更好的审判，现在送你到伦敦堡里暂押。到了那里你恢复平民身份，你就会知道有许多人敢于对你大胆指控了，恐怕比你所需要的还要多些。

克兰默　啊！温柴斯特主教大人，我谢谢你，你一向是我的好朋友。如果你的主张实现，将来审问我的和裁判

  我的人选非你莫属,你是这样的仁慈。我看出你的目标了,那便是我的毁灭。慈爱与谦卑,主教大人,要比野心更适合于一个僧侣的身份。对于迷途的人要好好地劝导他们回头,不要舍弃他们。你们尽管对我的忍耐横施一切压力,我毫无疑问地可以为自己辩诬,犹之你们毫无顾虑地日行恶事。我可以再多说一些,但是我对你们的职务的敬意使我不得不适可而止。

嘉德纳 大人,大人,你是一个信奉新教的人,这是显然的事实。对于了解你的人们,你的粉饰的外表适足以暴露你的空言曲解。

克兰默 温柴斯特主教大人,对不起,你未免太酷刻了。这样高贵的人,无论怎样错误,我们对他们的以往应怀敬意,落井下石,未免太残忍了。

嘉德纳 好秘书先生,我请你原谅,在今日席上你最没有资格说这样的话。

克兰默 为什么,大人?

嘉德纳 我还不知道你是一个拥护新教的人吗?你不忠实。

克兰默 不忠实?

嘉德纳 我是说,不忠实。

克兰默 愿你有我一半的忠实!那时节你就会得到人们的祈祷而不是畏惧。

嘉德纳 我不会忘记你这无礼的话。

克兰默 不要忘记。并且也不要忘记你的无礼的生活。

枢 这太过分了。好难为情,二位不可如此。

嘉德纳	我说完了。
克兰默	我也说完了。
枢	那么我们是要这样处置你，大人：全体一致同意，你立刻就要被押解到伦敦堡，作为一个囚犯，你且住在那里，听候国王发落。大家都同意吗，列位大人？
全体	都同意。
克兰默	没有别的从宽处理的办法，我必须到伦敦堡去吗，诸位大人？
嘉德纳	你还指望什么别的办法？你可是真啰嗦。喊几名警卫准备好。

一警卫上。

克兰默	为我的吗？我必须像是叛逆似的押解到那里去吗？
嘉德纳	把他拘捕，牢牢地关在伦敦堡里去。
克兰默	且慢，我的好大人们，我还有句话要说。诸位，请看这个：靠了这只指环，我把我的案子从残酷的人们的掌握中抽出，交由一位最高贵的审判者我的主上国王亲自来处理。
枢	这是国王的指环。
色雷	不是赝品。
沙佛克	真是那只指环，天呀！我们当初推动这块危险的大石头开始滚动的时候，我就对大家说过，它会落到我们自己身上来。
诺佛克	诸位大人，你们以为国王会让这个人的小手指受到

一点点损伤吗?

宫　　　　现在看来是太明显了:他把他的性命该看得更有多么
　　　　　重啊?我希望能置身事外才好。

克兰默　　我早就觉得,你们搜寻资料来对付这个人——他的
　　　　　忠诚只有魔鬼及其徒党才心怀嫉恨——你们实际上
　　　　　是玩火自焚。现在你们当心吧!

　　　　　国王上,对他们怒目而视;就座。

嘉德纳　　尊严的主上,我们应该怎样的日日感谢上苍给我们
　　　　　这样的一位明主,不仅是仁慈睿智,而且极度的虔
　　　　　诚:毕恭毕敬,以庄严教会为主要光荣的目标;而
　　　　　且为了执行那一项神圣的职务,由于对教会的热爱,
　　　　　不惜亲临审讯,听取教会与这一个重大罪犯之间的
　　　　　案子。

王　　　　你一向是善于颂扬,而且出口成章,温柴斯特主教。
　　　　　但是你要知道,我现在不是为了当面听你阿谀而来,
　　　　　阿谀之词是太浅薄无聊了,不能掩蔽罪行,你是不
　　　　　能触到我的。于是你扮演一条摇尾乞怜的狗,想鼓
　　　　　动你的如簧之舌来赢得我的信任,但是,不管你把
　　　　　我当作什么,我确知你有一副残酷凶恶的性格。〔向
　　　　　克兰默〕善良的人,坐下来。现在让我看看这个最
　　　　　狂妄最大胆的人,敢不敢对你摇动一根手指:以一切
　　　　　神圣的事物为誓,谁要是以为他不适于占据这个席
　　　　　次,谁就先去死吧。

色雷　　　愿陛下听我说——

王	不，我不愿听你说。我以为在枢密院里我有几个明白人，但是我没找到一个。诸位，让这个人，这个善良的人——你们当中很少配有这个称号——这个忠诚的人，像一个卑贱的童仆一般在门口外面等候着，这成何体统？何况他是和你们同样的显贵？噫，这是何等的侮辱！我委派你们，是要你们如此的忘形吗？我授权给你们，是把他当作枢密院一分子而审讯他，不是当作一名仆役。我看出你们当中有几个，出于挟嫌而非出于公正，只要有机会就要彻底地收拾他一番。只要我活着，你们休想能得到机会。
枢	我们最敬畏的主上，请准我这样的解释一下。关于他的监禁，其用意乃是——如果人们尚有真心可以信赖的话——为了他的审判，为他公开洗刷罪名，决不是我有什么私人怨嫌。
王	好了，好了！诸位，你们要敬重他，接受他，好好地待他，他值得受你们的礼遇。我愿为他而这么说，如果一位君王可以对一个臣属表示感激，我便是为了他的忠爱勤劳而感激他。不要给我再多麻烦，大家来拥抱他：和好吧，诸位！坎特伯来大人，我有事相烦，你不可拒绝我，那便是，有一个漂亮的小女孩尚未受洗，你一定要做教父，并且为她的教养负责。
克兰默	当代最伟大的君主都会以此为荣：我何以克当，我只是你的一个卑微的臣仆？
王	好，好，大人，你只是想省你的汤匙罢了[7]。你有

两位高贵的伙伴：老诺佛克公爵夫人、道尔赛伯爵夫
人。这两位可以使你满意吧？我命令你，温柴斯特
大人，再拥抱这个人，爱这个人。

嘉德纳　　　我以真心和友爱来拥抱你。

克兰默　　　让上天作证，我是多么珍视你这一番表示。

王　　　　　善良的人！你的快乐的眼泪足以证明你的真诚的心
情，大众所说的关于你的一句话业已获得证实，是
这样说的，"对坎特伯来大主教做一回含有敌意的
事，他便永久地成为你的朋友。"来，诸位，我们把
时间浪费了。我想就去把那小东西变成基督徒。
我已使你们和好，愿长久团结在一起；
我可以日益坚强，你们得更多的荣誉。〔众下〕

第四景：宫中庭院

内喧哗鼓噪声。守门人及其助手上。

守　　　　　你们不要吼叫，你们这群流氓。你们把宫廷当作巴
黎园了么 [8]？你们这些粗鲁的奴才，停止喊叫吧。
〔内〕守门的好先生，我是属于食品储藏室里的人。

守　　　　　属于绞架，去被绞死吧，你这流氓！这是你们吼叫
的地方吗？给我拿十几根林檎木的棍子来，要粗壮

　　　　的，这些比较起来只能算是嫩树枝。我要敲破你们
　　　　的脑袋，你们一定要看洗礼！你们想在这里讨一些
　　　　麦酒和糕饼吗，你们这些粗鲁的流氓？

助　　　请您不要动火。除非开炮把他们轰出门外，我们无
　　　　法把他们驱散，犹之无法令他们在五月节早晨睡觉
　　　　一般[9]。那是永远办不到的事：你想推动他们就像推
　　　　动圣保罗大教堂一般的难。

守　　　他们是怎么进来找死的？

助　　　哎呀，我不知道。这人潮是如何涌进的？一根四英
　　　　尺长结结实实的棍子所能照顾到的范围之内——你
　　　　看这剩下来的可怜的一橛——我一个人都没有饶，
　　　　先生。

守　　　你没有任何贡献，先生。

助　　　我不是参孙，也不是盖爵士，也不是考尔伯兰[10]，
　　　　不能把他们成群地刈割。不过凡是有头可敲的人，
　　　　不问老少，不分男女，不管是乌龟还是乌龟制造者，
　　　　如果我曾放过一个，让我永远没有再看见牛里脊的
　　　　希望，而那希望乃是我无论如何也不肯放弃的[11]。
　　　　〔内〕守门的先生，听我说呀！

守　　　我立刻就来会你，好狗。严守那一道门，伙计。

助　　　你要我做什么事？

守　　　除了把他们一批一批地打倒之外，你还有什么该做
　　　　的事？难道这地方是训练民团的摩尔菲兹[12]？或是
　　　　宫里来了什么怪模怪样的垂着粗大阳物的印第安人，
　　　　所以妇女这样的围绕着我们？天呀，门口聚集着好

大一群私生子！凭我这基督徒的良心说，今天这一
场洗礼会要繁衍出一千场洗礼：生父，教父，全都要
到这里来。

助　那汤匙可得要大一些，先生。离门口不远有一个家
伙，看他的脸该是个铜匠 [13]，因为，凭良心说，现
在有二十个伏暑天 [14] 在他的鼻子上发威呢。站在他
周围的人可以说都是置身于赤道之下，他们不需要
别种苦行来忏悔他们的罪恶了。那条火龙我在他头
上敲了三次，他的鼻子向我喷射了三次，他站在那
里像是一尊臼炮准备轰击我们。在他身边还有一个
头脑不清的杂货贩子的老婆，她说这场大火是我放
的，对我破口大骂，连她头上的镶花碗形帽都掉下
来了。我一棍子没有打着那一团火球，却打中了那
个婆娘，她大叫起来，"拿棍子来哟！"我看见远远
的来了约四十名舞动棍棒的人为她声援，都是她的
店铺所在地斯特兰德街上的好汉。他们动手进攻，
我实行防御，最后他们和我短兵相接了，我仍然抵
拒他们。忽然他们背后一队孩子，都是些非正规的
射手，石如雨下地对我射来，我不得不退避下来，
那据点由他们占领了。我想魔鬼一定是在他们的队
伍里。

守　这些就是在剧院里叫嚣如雷，为了别人咬剩的苹果而
打架的青年学徒。除了塔山派的好汉，或是灰房帮的
弟兄 [15]，没有人能敌得住。我已经把他们捉到几个，
放进了监狱 [16]，三天之内可能要吊在绳子上跳舞：除

了沿途还有两名差役给他们预备的点心之外 [17]。

宫内大臣上。

宫　　　我的天，好多的人挤在这里！从各方而来，还越聚
　　　　越多，好像我们在这里举行市集！守门的人哪里去
　　　　了，这些懒鬼？你们干的好事，小子们。放进了好
　　　　漂亮的一批乱民。这些全是你们的郊外的好友吗？
　　　　行完洗礼之后女客们走出来的时候，我们必须给她
　　　　们留出很多的空间。

守　　　请大人原谅，我们只是人，只求不被群众撕成一块
　　　　块的，别人所能做的事我们都做到了：正式的军队也
　　　　控制不住他们。

宫　　　如果国王因此而怪罪我，我一定要立刻把你们放进
　　　　脚枷，而且为了有失职守加重罚款。你们是懒惰的
　　　　奴才，在该执行任务的时候，你们却躺在这里酗酒。
　　　　听！喇叭响了，他们已经行完洗礼走出来了。去，
　　　　驱散群众，打出一条路令行列好好地通过，否则我
　　　　要给你们找一处监狱请你们在里面玩上两个月。

守　　　给公主让路。

助　　　你这大块头，站住不要乱动，否则我要使得你的脑
　　　　袋发痛。

守　　　你这穿丝毛衣的，从栏杆上站起来 [18]，否则我要把
　　　　你掷到栏杆外面去。〔众下〕

第五景：王宫

喇叭手数名上，吹着喇叭；然后两名市议员、市长、嘉德纳勋章院长、克兰默、诺佛克公爵手持典礼官的手杖、沙佛克公爵、二贵族手捧盛着洗礼赠品的高脚巨盆上；然后，四贵族擎华盖，其下有教母诺佛克公爵夫人，抱着穿华丽袍子的孩子，并有一贵族牵着曳裙，随后是另一教母道尔赛伯爵夫人及贵妇等。行列走过舞台一遭，嘉德纳致词。

嘉德纳　　天啊，你有无穷的仁爱，请把昌隆的、长久的，而且幸福的一生赐给英格兰的尊贵的公主伊利沙白吧！

奏花腔。国王及侍从等上。

克兰默　　〔下跪〕为了陛下和王后，与我共同执行任务的两位高贵的教母和我自己，愿这样的祈祷：由于上天赐给您这样一位最能使父母欢欣的高贵的公主，愿您能从此永沐天麻，快乐无穷！

王　　　　多谢你，好主教大人。她取了什么名字？

克兰默　　伊利沙白。

王　　　　站起来，大人。〔王吻婴儿〕借这一吻，接受我的祝福：上帝保佑你！我把你的生命交付给上帝照管。

克兰默　　阿门。

王　　　　我的高贵的教父教母们，你们太破费了。我衷心地感谢你们。这公主能说话的时候也必定这样说。

克兰默　　请听我说，陛下，因为上天命令我说，任何人都不
要以为我说的话是阿谀，因为他们会发现我的话是
真实不虚。这一位王家的婴儿——愿上天永远回护
她——虽然尚在襁褓，但是现在即已预示将带给本
土以无穷的幸福，假以时日即将逐一实现：她将成
为——但当今之人很少能目睹那一番盛况——与她
同时代的和以后继起的所有的君王中的模范，希巴
的女王[19]也不曾比将来的这位纯洁的人为更贪求智
慧与美德。铸造成这样一件杰作的一切的高贵的品
格，以及善人必备的各种美德，在她身上还会与日
俱增；真理会来保育她；神圣而高尚的思想会永远地
劝导她；她一定会受人爱戴敬畏；她自己的臣民会祝
福她，她的敌人们会像田里的被践踏过的谷类，一
个个垂头丧气；她的好运将与日俱增。在她统治的时
期，每个人在他自己的葡萄架下安然食用他自己栽
种的东西，和邻人们共唱太平快乐之歌。大家对上
帝都要有真正的认识。在她左右的人们会从她学习
获致荣誉的正途，由正途成为显贵，而不是靠了世
袭的余荫。这太平盛世也不会随着她而消逝。像那
奇异之鸟，处女的凤凰死时一般，从她的尸灰中会
创造出另一只新鸟，与她自己同样的令人赞叹。我
们的公主也是如此，在她脱离尘世奉召归天的时候，
她也会把她的福泽留给一个人[20]，他将从她的荣誉
的灰烬中像明星一般冉冉上升，克享大名和她从前

一样，而且长久地稳定不坠。和平、富庶、亲爱、忠诚、威望，这都是为这个特别选定的婴儿而服役的臣仆，那时节将是他的臣仆，并且像藤蔓一般缠在他的身上。凡是太阳照耀之处，他的威名即将无远弗届，而且兴建新的国家[21]，他必将昌盛，像一棵山上的杉树，枝叶伸展到他周围的土地[22]。我们的孩子们的孩子们可以看到这番盛况而感谢上苍。

王　　　你说的是奇妙的预言。

克兰默　为了英格兰的幸福，她将成为一位长寿的公主[23]；她将看到许多的日子过去，而没有一天没有光荣的事迹发生。但愿我不再知道别的事！可是她总有寿终的一天，她不能不死，圣徒们一定要迎她归天，不过她将终身为一处女；她像一株不染微尘的白百合，终于回到地下，举世之人将要哀悼她。

王　　　啊大主教大人！你现在使得我成为一个堂堂的人了：在这个孩子诞生以前，我没有任何成就。你这一番安慰的预言使我很高兴，等到我归天之后，我要看看这孩子做了些什么事，并且赞美上帝。我谢谢你们大家。对你，市长先生，还有你的诸位同僚，我很感激，你们的光临使我感到光荣，我感谢你们。请在前面开路吧，诸位大人，你们得去见见王后，她也要感谢你们的，否则她会觉得不高兴。

今天谁也不许想家里的事，都留在这里：

这小东西要宣告今天是个欢乐的假期。〔众下〕

收场白

此剧什九是不能令诸位满意，

有些位来此只是为了寻求休息，

睡上一两幕，但是这些位看官

被我们的喇叭所惊扰，所以很显然

他们要说此剧无聊。另一些人听到

市民被挖苦得厉害，会喊，"骂得好！"

其实我们没有骂人，所以，我恐怕

我们此刻希望听到的有关此剧的好话，

只是切盼在场的诸位娴淑的女士

多多包涵，予以善意的解释。

因为我们已经给她们演出了这样的一个：

如果她们肯嫣然一笑，表示许可，

我知道男客就会捧场，那未免太僵，

如果女客吩咐了，而男客偏不肯鼓掌。

注释

[1] 第五幕的前四景全是根据 Foxe 的 *Acts and Monuments of Martyrs*（简称 *Book of Martyrs*）改编的。第五景是取自何林塞。时代的顺序完全凌乱。按照史实，陶玛斯·勒佛尔爵士卒于一五二四年；伊利沙白生于一五三三年；克朗威尔被斩于一五四〇年；和克兰默有关的一景在

一五四四或一五四五年。

[2] 原文 you a brother of us，有两解:（一）你是枢密院的一员 a Privy Councillor 谊属同僚，（二）你是教会的领袖，有近于皇族的身份，故情同手足。

[3] 枢密院的一员，享有许多特权，其一即不受渎职之公开控诉。入狱则恢复平民身份，证人可以出庭指控。

[4] 国王的指环，上面刻有国王的纹章，凡持有此指环者即具有特殊身份，可不受逮捕。

[5] 值十三先令四便士，相当于八盎司白银，但并无此种硬币。

[6] Upper Germany，所谓 upper，即 inland 之意。此处所指之骚乱大抵即 Anabaptists（再洗礼派教徒）在一五二五至一五三五年间所掀起之变乱。

[7] 指儿童受洗礼时教父赠送受洗儿童之"使徒"匙，匙十二只为一套，柄之顶端有"使徒"像，匙为银质或镀金者，富有者赠十二只，亦有赠四只者，至少赠一只，其使徒之名即为受洗儿童之名。

[8] 巴黎园（Paris-garden），莎氏时伦敦之斗牛斗熊的中心，其间兽叫之声与观众叫嚣之声往往混成一片，声闻遐迩。其地即在环球剧院附近，名为巴黎园，因 Robert de Paris 于利查二世时在彼处曾筑有房屋。

[9] 五月节（May-day）即五月一日，是日清晨一般人竞入森林原野采花及露，据云对面容有医疗功效。

[10] 参孙（Samson），《圣经》上具有超人膂力的伊色列的士师。考尔伯兰（Colbrand），传说中之丹麦巨人。盖爵士（Sir Guy of Warwick），中古浪漫故事中英雄，最大战迹为杀死考尔伯兰。

[11] 原文 And that I would not for a cow, God save her! 费解。所谓 for a cow,God save her! 据说是英国南部民间通用的一句口头语。Staunton 指陈，此

语与 my mare, God save her! 或 my sow, God save her! 类似，而 God save her! 则是一种咒语，所以抵抗巫术者。总之，此语并无特殊意义，可能只是加强语气，故 Hudson 注云："That is, 'I would not miss seeing a chine again.'" 句中之 That = miss seeing a chine again。

[12] Moorfields 是伦敦附近民团操练之处。

[13] brazier 双关语，（一）铜匠，（二）铜质炭盆。

[14] 伏暑天（dog-days）通常认为共有四十天，在八月十一日左右天狼星（Sirius the Dog-star）升起之前，是全年最热的一段时期。

[15] 塔山（Tower-hill）有绞架，为政治犯行刑之处，经常有粗鲁的人群围看行刑。灰房（Limehouse）在泰晤士河畔，为供应商船水手之集中地。

[16] 按中古的神学，Limbo Patrum 乃耶稣降世之前的善良之士死后灵魂居留之地，离地狱不远。此处泛指监狱。

[17] 原文 running banquet 本义是 a slight refreshment（小量的点心），即"当众鞭抽"，对"正式宴会"（banquet）即"监狱"而言。

[18] 剧院舞台的边缘有短栏杆，观众有时爬上去坐在栏杆上观剧。

[19] Saba 即 Queen of Sheba，谒所罗门王，以考验其驰名的智慧，事见《圣经》1 Kings 10：1-130。

[20] 指莎氏当时国王哲姆斯一世，继伊利沙白为王。

[21] 大概是指一六○七年在佛琴尼亚最初建立之殖民地。

[22] 可能是指一六一三年二月哲姆斯一世之女伊利沙白出嫁德国的亲王 Elector Palatine 事。

[23] 伊利沙白卒于一六○三年，享寿六十九岁，在位四十六年。